LA

VIE A PARIS

BRUXELLES. — TYP. DE VEUVE J. VAN BUGGENHOUDT,
Rue de Schaerbeek, 12

LA

VIE A PARIS

CHRONIQUES DU FIGARO

PAR

AUGUSTE VILLEMOT

PRÉCÉDÉES D'UNE ÉTUDE SUR L'ESPRIT EN FRANCE A NOTRE ÉPOQUE

PAR P.-J. STAHL

(2me série)

PARIS
ÉDITION HETZEL
MICHEL LÉVY FRÈRES, LIBRAIRES-ÉDITEURS
Rue Vivienne, 2 *bis.*

1858

I

Madame Émile de Girardin. — Quelques mots sur sa vie et sa mort. — Les choses frivoles et les choses éternelles. — Encore la Ristori. — La canne et la plume de M. Janin. — Mademoiselle Rachel. — Un mot de madame de Staël applicable à cette dernière. — Bonjour, monsieur Courbet! — Exposition de ce peintre, très-exposé lui-même. — Une concurrence au Palais de l'Industrie. — Théâtres. — Palais-Royal. — Dialogue entre M. Dormeuil et M. Coupart, suivi d'une représentation à la provençale. — La revanche d'un directeur contre les journalistes.

8 juillet.

Je voudrais mêler aujourd'hui aux frivolités de mon bavardage hebdomadaire quelque chose de grave et de senti. — J'ai à déplorer, avec tout le monde la mort prématurée d'une femme, d'une portée et d'un tact bien remarquables, puisqu'elle sut concilier les choses les plus inconciliables, la vie du monde et la vie des lettres, le sourire de la poésie et l'amertume des luttes politiques, l'éclat dans le succès et la simplicité dans les attitudes.—Je ne veux médire de personne; mais je dois dire que, parmi les grandes renommées de ce temps-ci, je n'ai connu que deux hommes exempts d'un peu de faste et de *pose*, et ces deux hommes s'appellent madame George Sand et madame Émile de Girardin. — Il m'a été donné d'approcher la première et j'ai toujours été profondément touché de cette souplesse dans la grandeur et de cette familiarité accessible aux plus humbles intelligences, qui est le *sinite parvulos venire ad me* des grands esprits de ce monde. — Pour la seconde, j'en parle par intuition, mais avec une conviction profonde. — Pendant vingt ans, j'ai passé à côté de madame de Girardin sans avoir eu l'honneur de l'aborder ; — mais, dans ce monde spécial, qui se rencontre deux ou trois fois par semaine sur un terrain commun, il s'établit des antipathies inexplicables et des attractions mystérieuses qui déterminent d'étranges préventions dans le cœur et dans l'esprit. — Madame de Girardin était de ceux que l'on aime à distance, de confiance, pour ainsi dire; il semble que la loyauté et tous les instincts sympathiques et généreux respirent en eux. — Elle était belle, ce qui n'est jamais indifférent, et, pendant vingt ans, elle fut la parure de ces solennités dramatiques, où elle eut sa part de gloire, par les productions d'un esprit souple et varié. — L'année dernière encore, elle fut la joie et la douleur de Paris, en donnant au théâtre deux pièces où, sans haute prétention littéraire, elle eut l'art de déchirer tous les cœurs et de provoquer toutes les explosions du rire.

M. Théophile Gautier, qui fut l'ami de cette femme distinguée, a écrit lundi, sur elle, quarante lignes, de celles qui restent. C'est avec la forme du maître, quelque chose comme un de ces monuments, parés des grâces du style et des ingénieuses fictions de l'imagination, que les Grecs plaçaient au seuil de la mort, comme pour en adoucir l'amertume et l'horreur.

Après lui, M. Saint-Victor et M. Jules Janin ont payé leur tribut à cette chère mémoire. — J'étais venu avant eux, et je demande à citer quelques lignes que j'écrivais, il y a un an, comme par un pressentiment funèbre, sur madame de Girardin, à l'occasion de sa pièce, *la Joie fait peur*.

« Je ne sais pourquoi je suis très-heureux de ce succès. Madame de Girardin est une des physionomies de notre époque : jeune fille, elle fut un poëte; femme, elle fut un soldat. Liée à une destinée orageuse, elle a pris sa part des luttes de ce temps-ci ; elle a eu le courage, si rare en ce pays, de braver l'opinion dans ce qu'elle a d'inique et d'étroit; et voilà que Dieu donne à son automne les beaux fruits que vous voyez, le sourire des lettres, le talent paré de toutes les grâces de l'esprit, ennobli de toutes les inspirations du cœur, le succès et l'estime publique, qui, à certains jours, consent bien à se prostituer à des faquins, mais qui ne s'attache définitivement qu'aux nobles natures. »

Amitié, gloire, beauté, respect, sympathie, tout est maintenant enseveli, et Dieu sait ce qu'il y a au delà de ce fossé où nous allons déposer chaque jour un de ceux par qui et avec qui nous avons vécu. — Si tout finit avec ce peu que nous sommes sur la terre, ce n'était pas la peine de commencer. — Si nous sommes appelés à un monde supérieur, pourquoi Dieu ne nous a-t-il pas donné une révélation plus distincte de cet avenir rémunérateur? Dieu pourra me répondre qu'il a eu ses motifs et que cela ne me regarde pas.—Cette objection clôt victorieusement la discussion. — Je reconnais, sans vanité blessée, que Dieu est plus fort que moi, et je renonce à pénétrer ses desseins.

Ces catastrophes devraient au moins avoir pour utilité suprême de nous faire comprendre, de temps en temps, la banalité de la vie; — mais, quand je sors de cet empire de la mort, où nous laissons ceux que nous ne devons plus revoir, je suis toujours frappé de la facilité avec laquelle les vivants du jour, qui seront les morts de demain, se rattachent aux liens fragiles de ce monde. « Nous traitons les choses éternelles comme si elles étaient frivoles, et les choses frivoles comme si elles étaient éternelles. » C'est une parole de l'apôtre saint Paul dont la confirmation est tous les jours sous nos yeux. — La voiture qui nous a conduits au cimetière nous ramène au théâtre;—la grande affaire du jour, ce n'est pas ce dernier témoignage rendu ce matin à une créature anéantie; c'est la représentation qu'on donnera ce soir, et dont nous voulons être pour prouver que nous sommes vivants. — Quant aux morts, que sait-on? Ils auront provoqué leur sort par imprudence, par négligence; ce sont des êtres atteints de mille infirmités dont nous sommes exempts; ils se sont mal défendus, autrement l'ange funèbre aurait reculé. — Voyez nous! nous sommes bien portants, nous sommes éternels; nous n'avons rien à craindre. Donc, allons au bois, allons au spectacle, allons à l'Exposition, allons même au parc d'Asnières, où M. Janin a brisé sa canne, pour ne pas la soumettre aux humiliations du vestiaire.

A nous donc les vivants! N'avons-nous pas la Ristori? peut-il être question d'autre chose? en prose, en vers, sous forme de feuilleton ou sous forme de causerie, dans toutes les formules de la langue humaine, n'y a-t-il pas un consentement universel pour célébrer la diva. — M. Jules Janin, qui, s'il a brisé sa canne, n'a pas brisé sa plume, a écrit sur elle, *inter alias*, un feuilleton très-éloquent. — Seulement, il m'a semblé que, dans la dernière colonne de son édifice, il s'essoufflait un peu pour démontrer que la Ristori laisse la Rachel intacte et invulnérable. — Notre public parisien procède malheureusement toujours par voie de comparaison et d'exclusion. — La réaction et la malignité aidant, il ne manque pas de gens qui s'avisent aujourd'hui que mademoiselle Rachel n'a jamais su dire un hémistiche sans le déshonorer. — Ceci me rappelle un très-beau mouvement de madame de Staël : — Un homme, qui savait ses rancunes contre l'empereur, disait un jour devant elle, croyant la flatter infiniment, que Bonaparte n'avait jamais eu ni talent ni courage. « Monsieur, répliqua sévèrement l'auteur de *Corinne*, vous aurez beaucoup de peine à me persuader que l'Europe s'est prosternée pendant quinze ans aux pieds d'un imbécile et d'un poltron. »

A notre tour, il nous semble difficile d'admettre que mademoiselle Rachel ait, pendant plus de quinze ans, englobé dans une immense mystification toutes les supériorités de l'intelligence, la presse, les artistes et le seigneur public, qui sait bien aussi se défendre, quand on prétend lui imposer ce qui n'est pas de son goût. — Pendant quinze ans, on a jeté aux jambes de mademoiselle Rachel des Maxime et des Araldi pour la faire trébucher. — Elle a passé sur ces mannequins en poursuivant sa marche triomphante. — Aujourd'hui, le cas est beaucoup plus grave : la Ristori tient la lyre aux sept cordes, et il semble que, de ces sept notes de l'âme humaine, Rachel n'en ait jamais touché que deux. Voilà l'état de la question. — C'est à mademoiselle Rachel à en appeler et on dit qu'elle en appelle, car on annonce ses représentations d'adieu.

Bonjour, monsieur Courbet! — J'ai vu votre exposition, monsieur Courbet, et je ne vous cache pas que cette idée d'installer une vingtaine de toiles de votre cru, en concurrence à tous les chefs-d'œuvre de l'école contemporaine, me paraît une des plus grosses prétentions que l'orgueil ait jamais logées dans la tête d'un artiste.

— Ainsi a fait cependant M. Courbet. — Tout à côté du palais des beaux-arts, il a construit une petite barraque, qui représente assez bien le théâtre de Guignol à côté de la Scala de Milan. — Tout me porte à croire, d'après ce que j'entends dire, que M. Courbet n'est pas un homme sans talent ; mais songez donc qu'il faudrait du génie pour déterminer le public, abruti par la contemplation de trois mille tableaux, à prendre pour un délassement la contemplation supplémentaire de quarante-deux toiles, surtout quand la vue en coûte aussi cher que celle de la peinture officielle,—un franc,—ni plus ni moins. Encore si vous aviez beaucoup de *baigneuses!* mais l'ensemble de votre exposition est d'une décence qui éteint le désir. — On me dit, monsieur Courbet, que vous avez dépensé onze mille francs pour votre installation.—Vous ne perdrez pas tout, puisque je vous ai porté vingt sous : j'affirme même, sur l'honneur, que j'ai vu un autre payant, le mardi 3 juillet, vers deux heures ; — mais il fait bien chaud dans votre petit endroit, et je doute que vous fassiez une immense fortune.

Le Palais de l'Industrie a aussi sa concurrence : c'est un *comptoir de vente* installé dans le Cours-la-Reine : je n'ai jamais rien vu de navrant comme cet édifice. — Il ressemble à ces palais enchantés qu'on rencontre dans les contes de fées et dont les habitants ont été dispersés par un génie malfaisant. — Les avis à la main n'y manquent pas, mais c'est comme dans la comédie, la précaution inutile. — *Entrée libre.* — Personne ne profite de cet avis salutaire. — *Il est défendu de fumer :* mais, à moins que l'entrepreneur ne viole lui-même sa propre consigne, qui pourrait fumer chez lui? — *Il est expressément défendu de toucher aux objets exposés :* il n'y a pas d'objets exposés, ce qui détourne la tentation. — A la porte de l'édifice, il y a un factionnaire qui a l'air très-intrigué et ne comprend pas pourquoi on l'a mis là en sentinelle perdue. — Il est probable que, de son côté, le public croit que le factionnaire est là pour empêcher d'entrer.

Le théâtre nous aurait laissé une semaine de loisirs si M. Dormeuil n'avait eu une inspiration. — On avait apporté à M. Dormeuil un thermomètre et un bulletin de recette : le thermomètre marquait trente degrés et le bulletin 300 francs. — M. Dormeuil fit appeler son chef de cabinet.

« Coupart, dit le directeur du Palais-Royal, je suis débordé par les langues étrangères ; la langue de Duvert et de Labiche ne me suffit plus; il me faudrait un idiome extravagant. — Le public n'aime plus que ce qu'il ne comprend pas : — les Italiens font 7,000 fr. tous les soirs; — Ravel et Hyacinthe refusent de jouer en italien... Trouvez-moi quelque chose.

— Je crois que j'ai une idée, dit M. Coupart.

— Voyons votre idée, répliqua M. Dormeuil avec une certaine défiance.

— Eh bien, dit M. Coupart, on pourrait fermer pour cause de réparations, et nous irions tous à la campagne. »

Ici, M. Dormeuil se frotta la nuque par un geste familier aux chats et aux directeurs à l'approche de l'orage.

Sans attendre la foudre, M. Coupart s'empressa d'ajouter :

« Du moment que mon idée n'est pas agréée par mon directeur, je n'hésite pas à reconnaître, loyalement, qu'elle était stupide.

— Vous ne vous écorchez pas, Coupart, reprit M. Dormeuil; — mais il ne s'agit pas de cela ; j'ai une idée fixe : je veux enfoncer la Ristori; — elle finira par faire du tort à Cico; — d'ailleurs, je n'aime pas que les étrangers viennent moissonner dans les recettes de ma patrie. — Oui ; — mais quoi? quoi? Du grec, du latin, de l'arménien ou de la bouillabesse? — La bouillabesse ! Oh ! quel trait de lumière! Coupart, je suis sauvé, je vient d'inventer la littérature à l'huile et à l'ail. — Faites-moi une affiche à la barigoule; — moi, je vais vous faire venir une troupe à la provençale.

— Tron de l'air! mon directeur, puis-je vous parler avec une rude franchise?

— Bagasse! je vous l'ordonne, Coupart; parlez-moi avec cette étonnante indépendance qui fait l'éternelle admiration de Grassot.

— Eh bien, — ne vous fâchez pas, — votre idée, bête au premier aspect, est tout simplement sublime.

— Coupart, où avez-vous appris la franchise?

— Sous M. le duc de Rovigo, ministre de la police de l'Empire, au cabinet duquel j'ai été attaché : le ministre aimait les choses vite et bien faites, et, toutes les fois qu'il me donnait ses ordres de service, il avait la manie de me faire remarquer que je serais fusillé si je ne les exécutais pas ponctuellement. — Cette fusillade suspendue sur ma tête, pendant de longues années, a fini par y graver des notions particulières sur le devoir et la déférence que l'on doit aux puissances, — et voilà pourquoi je vous parle toujours avec franchise.

— C'est bien Coupart, —assez... — Annoncez *Maniclou, ou le Savetier bel esprit;* ayez soin d'ajouter que, tandis qu'Alfieri et Shakspeare triomphent à Paris, il ne sera pas *sans intérêt* pour le public de voir quelques productions de la Cannebière. — Vous comprenez, Coupart? — Mais non, vous n'avez pas l'air de comprendre; — c'est une réclame provençale, — poussez à l'ail. »

Par suite de ce dialogue, le mardi 3 juillet, le bienheureux jour où nous avions vu les toiles de M. Courbet, nous avons été convoqué au Palais-Royal pour voir *Maniclou.*

Quelques spectateurs n'ont pas compris que M. Dormeuil s'amusait et avait voulu une bonne fois mystifier MM. les journalistes. — A la tenue de M. Dormeuil, qui assistait, de sa personne, dans une stalle, à la représentation, il était cependant bien facile de voir qu'il *blaguait papa.*—Moi qui ne comprends pas le provençal, j'ai compris cela tout de suite. — La farce est bonne, mais je suis vexé, *tron dé Diou!* — Figurez-vous que j'étais revenu de la campagne pour avaler cette gousse d'ail.

II

Tragédies et tragédiennes. — Madame Ristori. — Mademoiselle Rachel. — *Phèdre.* — Soirée nébuleuse. — Enthousiasme mal mis en scène. — Hermione. — Soirée éclatante. — M. Beauvallet. — La tragédie en commandite. — Mademoiselle Georges. — Théorie sur la tragédie. — La tragédie espagnole. — Décadence des mœurs en Espagne. — Un manifeste contemporain et une histoire rétrospective. — Le magasin du *Louvre.* — Réplique du *Coin de Rue.* — Une facture. — Palais-Royal : *English spoken.* — Gymnase. — La centième représentation du *Demi-Monde.* — Histoire de coulisses. — Le figurant parvenu. — Une théorie d'Harel sur les appointements d'acteurs. — Encouragements au métier de journaliste.

15 juillet.

Il se passe quelque chose d'étonnant, d'imprévu, de merveilleux. — Paris, qui l'eût cru ? est affolé de tragédie. — Ce n'est pas assurément la faute des tragédiens, — toute la responsabilité en revient aux tragédiennes. — C'est Mirrha qui nous a apporté ce mouvement dans les plis de ses longs voiles. — Tout semblait fini, — nous étions en repos. — Mademoiselle Rachel emportait au delà de l'Océan toutes ces épopées impossibles sans elle. — Mais, au bruit que faisait la foule sur les pas de la Ristori, elle s'est retournée et, se drapant dans sa tunique : « Ingrats ! a-t-elle dit aux Parisiens, qui oubliez votre langue et votre gloire, pour épeler les vers de l'étranger, venez voir une dernière fois comment, quand on s'appelle Rachel, on répond au défi de l'Italie. »

Cela dit, mademoiselle Rachel a reparu dans *Phèdre* en présence de la Ristori elle-même, conviée par elle à cette représentation. — Cette première soirée n'a pas été précisément un triomphe. L'artiste était évidemment fatiguée et énervée. Quelque chose de fini et d'épuisé semblait s'accuser dans sa diction parfois sourde et accablée. — Cette grande composition de Phèdre vivait encore sur sa physionomie, qui portait les empreintes profondes du sentiment intérieur, — mais l'élan et la force manquaient. — C'était bien Phèdre en ses langueurs, mais non dans ses fureurs. — Seuls, les mots incidents ont été envoyés avec cet accent superbe et imprévu qui a consacré la gloire de Rachel ; — ainsi elle a dit avec une hauteur charmante le fameux vers :

Va trouver de ma part ce jeune ambitieux.

Dans l'ensemble de la représentation, le public est resté froid et boudeur. — Les zélés se sont livrés à une démonstration de bouquets, préparée avec un peu de naïveté, et mal mise en scène. — Ces bouquets, on se les distribuait à l'orchestre, sous les yeux du public. — « A toi, Moïse ! — à vous, Isaac ! — Mon Dieu, Esaü n'en a pas ! » Rachel n'a pas été dupe de l'artifice, et, en rentrant dans la coulisse elle a dit, nous a-t-on raconté : « Mon frère est un Barnum perfectionné. »

Mardi tout a changé. — Rachel jouait Hermione ; — un orage avait passé sur la ville, et l'atmosphère, saturée d'électricité, avait rendu du ton à ses organes énervés. Le public a retrouvé sa Rachel d'autrefois ; on lui a laissé faire ses propres affaires ; — personne n'a pris pour lui procuration d'enthousiasme, et, se voyant libre de donner cours à sa passion, le public a applaudi *lui-même*. — Ce rôle d'Hermione demeure la gloire impérissable de mademoiselle Rachel ; — c'est celui qui l'a révélée il y a seize ans, — c'est celui dont le souvenir laissera la trace la plus profonde, au moment où elle nous quitte. — Elle a donc été, ce soir-là, encore la grande Rachel avec son amour et sa jalousie épiques, grondant comme un orage dans le ciel pur et serein de la poésie racinienne et entamant, par d'âcres morsures, l'élégant tissu du poëte.

C'est une bien belle langue, incontestablement, que parle ce Racine ; — mais les passions héroïques sont à une telle distance des nôtres, qu'il faut des interprètes de génie pour nous en donner le sens. — A défaut de génie, M. Beauvallet, dans le rôle d'Oreste, déploie un vrai et rare talent, une étude et un respect du maître qui ont provoqué des applaudissements, même à côté de mademoiselle Rachel. — Celle-ci a gagné la seconde bataille qu'elle était venue livrer à la Ristori ; — elle combattra quatre jours encore en présence d'une foule attentive à ce duel poétique.

Quant à la Ristori, sous l'impression de la représentation de *Phèdre,* elle a paru dans un salon, et, là, sans dépit, elle n'a pu s'empêcher de dire : « Que cette Rachel est heureuse de parler aux Français la langue qu'ils comprennent ! »

Pendant que la tragédie fait de si beaux traités de commerce, on nous raconte qu'un spéculateur offre 800,000 fr. à madame Ristori pour l'exploitation de son talent. — Voilà, en six semaines, quand il veut s'en mêler, ce que Paris fait d'une artiste.

Attendez, — nous ne sommes pas au bout de nos tragédiennes : — voyant des temps si propices, mademoiselle Georges s'est souvenue qu'elle avait, elle aussi, tenu le sceptre, et la voilà qui joue à l'Odéon, Cléopâtre, Agrippine, Sémiramis, etc. ; — avec quel succès, quelles recettes, c'est ce que je ne saurais vous dire. — La génération actuelle a pour le talent de mademoiselle Georges, je crois, plus de respect que de sympathie. — On s'émeut au récit de tant de triomphes éclipsés. En passant à côté de tant d'empereurs morts et détrônés, cette femme a emporté comme un lambeau de leur pourpre et de leur grandeur ; on la contemple comme un monument des temps fabuleux. Si elle fut belle, ce qui en reste le dit assez ; si elle eut du génie, c'est ce que nous ne comprenons plus guère, tant la version qu'elle apporte dans son art a été ruinée par une réaction en sens contraire. — Quand Talma et, plus près de nous, mademoiselle Rachel entreprirent de ramener la tragédie à des proportions humaines, je ne voudrais pas décider qu'ils furent dans le vrai absolu ; — mais ils furent dans la vérité relative, indiquée par nos mœurs et nos moyens d'expression. — Peut-être ces grandes épopées tragiques devraient-elles être représentées à ciel ouvert, sous le masque d'airain, comme dans les théâtres antiques. — Mademoiselle Georges est la dernière d'une école qui s'appliquait à conserver le sens héroïque et fabuleux de tous ces personnages plus grands que nature ; mais, très-décidément, nos mœurs ne s'accommodent plus de ces traditions du gigantesque. — Thésée, Hercule, Médée, etc., sont passés pour nous à l'état de curiosité foraines.

Voilà donc pour les tragédiennes du passé. — Quant aux tragédiennes de l'avenir, il y a ici une certaine Theodora, Espagnole d'origine, très-célèbre à Madrid, et qui va être probablement tentée de déployer ses talents. — Je n'oserais ni le lui conseiller, ni l'en dissuader. Cela ferait, à la vérité, beaucoup de tragédie; mais la vogue y est, et, en ce pays, il faut battre le vers pendant qu'il est chaud.

A propos de l'Espagne, qui est de nouveau en rumeur, je ne puis m'empêcher de constater, au point de vue philosophique, que les temps héroïques commencent aussi à s'éclipser au delà des Pyrénées. — A l'occasion des troubles de Barcelone, le général Zapatero a publié un *bando* qui atteste la décadence. Le général déclare que tout homme saisi les armes à la main sera fusillé dans le délai de trois heures. — Ceci est bien, et je reconnais mon Espagne. Mais, par une lâche concession, le général ajoute que *cet article* n'est pas applicable aux hommes qui feraient soumission volontaire. — Le général, je le vois bien, aura pensé que l'article en question entraverait les soumissions volontaires. Avec une profonde connaissance du cœur humain, il s'est dit que, pour encourager la soumission volontaire, il ne faut pas trop fusiller ceux qui viennent se soumettre. — Mais c'est là de la politique et du raisonnement, et non plus de la guerre civile comme on la faisait autrefois. — Tout s'en va!

Je me rappelle un trait de la guerre de succession qui me paraît infiniment plus pittoresque. — Le général Zumalacarreguy avait fait prisonnier un des frères O'Donnell, qui combattait dans les rangs des christinos. Précisément, ce captif était un camarade d'université. — Il le traita avec beaucoup de courtoisie, le fit coucher sous sa tente, l'admit à sa table et s'occupa de le faire échanger contre un officier de même grade. — Mais, quand cette proposition d'échange fut portée au général christinos, celui-ci, qui était un pur Espagnol, fit fusiller ses prisonniers devant le parlementaire, et *il ajouta :* « Voilà comment je traite avec les rebelles! »

Le lendemain, Zumalacarreguy et son prisonnier prenaient le chocolat sous la tente.

« Tu as l'air triste, dit le captif.

— Oui, répliqua le général; je suis contrarié...

— Pourquoi?

— Parce que je vais te faire fusiller quand tu auras fini ton chocolat.

— N'est-ce que cela? dit O'Donnell. En guerre civile, un bon Espagnol est préparé à tout. »

On échangea encore quelques souvenirs d'enfance; Zumalacarreguy donna à son camarade une bonne petite provision de cigarettes; on s'embrassa, et O'Donnell alla se faire fusiller, sans rancune.

Un des événements de la semaine parisienne a été l'ouverture du magasin de nouveautés qui présente ses trois faces éblouissantes de lumières, au rez-de-chaussée de l'hôtel Rivoli. — On a beaucoup crié contre l'exagération du luxe des boutiquiers, et on a raconté sur le nouveau magasin des choses fabuleuses. — Nous apprenons que ce marchand de nouveautés n'a que cent trente-cinq mille francs de loyer. — Est-ce la peine de s'émouvoir? — Cependant le *Coin de Rue* s'est ému. — Il publie des réclames perfides, où il insinue que, en définitive, c'est le consommateur qui paye tous les frais du boutiquier. — Là-dessus, le *Coin de Rue* se fait modeste comme un drapier de l'ancienne rue des Bourdonnais. — Il parle avec humilité de la modicité de son loyer et de son éclairage, et de la sobriété de ses commis. — Le *Coin de Rue* a peut-être raison devant la logique, mais il a tort devant les tendances du siècle. — Nous nous trouvons assez riches pour payer la gloire des marchands de nouveautés, et le magasin du *Louvre* a bien compris ses contemporains. — Il les éblouit. — Je voudrais seulement, quand le magasin du *Louvre* vendra à une femme une robe de trois cents francs, qu'il dressât ainsi la facture :

Loyer	100 fr.
Éclairage	30
Contributions	50
Personnel	40
Robe de soie.	80
Total	300 fr.

Le théâtre du Palais-Royal a cessé de parler provençal, — il parle aujourd'hui anglais : *English spoken*, — tel est le titre d'un petit vaudeville joué cette semaine. — Il s'agit de deux intrigants qui se sont introduits chez un herboriste, le premier pour enseigner l'anglais à sa fille, le second pour parler anglais à ses pratiques, le tout sans savoir un mot de la langue de Shakspeare et de lord Byron. — C'est vif et amusant, sans prétention ; — donc, c'est un excellent vaudeville.

Et voilà tout ce qu'il y a eu de nouveau cette semaine sous le lustre de l'art dramatique.

Le Gymnase a clos par la centième représentation le succès, peut-être sans précédent, du *Demi-Monde*. Une aventure assez bizarre se rattache aux vingt dernières représentations de cette pièce et mérite d'être racontée, parce qu'elle porte avec elle son enseignement. — M. Berton était tombé malade ; — son rôle fut offert à un comédien qui fit des barricades ; on pensa à un autre qui parut insuffisant ; on était fort embarrassé. — Sur ce, un artiste de l'endroit et des meilleurs, Villars, dit à M. Montigny :

« J'ai découvert, parmi vos comparses, un jeune homme qui pense et qui raisonne comme une personne naturelle...

— Pas possible ! dit M. Montigny...

— C'est comme j'ai l'honneur de vous le dire... un figurant qui a fait ses classes... qui a eu des malheurs... qui a été clerc... commis marchand, — tout ; — puis comédien chez Seveste, et qui, épuisé, éreinté, s'est jeté sur le premier morceau de pain qu'il a rencontré... — du reste, modeste et si peu intrigant, qu'il n'oserait aspirer aux rôles de Bordier...

— Envoyez-moi votre phénomène, dit M. Montigny après réflexion ; dites-lui d'apprendre la tirade de Dupuis dans le 4e acte du *Demi-Monde* et de venir me la réciter demain. »

Le lendemain, le comparse fut exact et il se tira si bien de sa tirade, que Montigny lui dit : « Demain, vous jouerez le rôle de Berton. »

On dépouilla le jeune homme de la livrée du figurant ; — on trouva dessous un garçon d'une bonne tenue et ne manquant pas de distinction naturelle. — Le soir, devant le public, il joua son rôle sans effort, sans grosses prétentions, un peu naïvement, comme un figurant qui ne connaît pas le danger. — Le lendemain, il était comédien, il était engagé et il avait des appointements, suffisamment et pas trop, — car pas trop n'en faut. — Écoutez plutôt cette histoire.

Harel, pour jouer le *Vautrin* de Balzac, avait engagé Frédérick Lemaître. — L'acteur avait 36,000 fr. d'appointements fixes, 100 fr. de feux, plusieurs congés et divers bénéfices. — Quand les répétitions furent un peu avancées, Harel demanda à Frédérick un entretien particulier.

« De quoi s'agit-il ? dit le comédien.

— D'une proposition qui vous intéresse, répliqua le directeur. — Nous disons que votre engagement porte : d'une part, 36,000 fr., avec les feux et les bénéfices, environ 60,000 francs... — Eh bien, si vous voulez, nous allons réduire tout cela de moitié, et... je vous payerai. »

Frédérick apprit par cette conclusion que son directeur avait deux jurisprudences en matière d'appointements. « En effet, disait Harel, quand il s'agit de s'attacher un grand artiste, il ne faut jamais hésiter... Mais, quand il s'agit de le payer, il faut être beaucoup plus circonspect. »

Pendant ce temps, il naît et meurt tous les jours une de ces petites feuilles hebdomadaires qui défient la vigilance des collectionneurs. Le discours prononcé par M. de Sacy à l'Académie en fera naître bien d'autres. Cet illustre lettré a parlé de la presse avec un respect et un amour assez rares aujourd'hui, et, derrière le journaliste, il s'est plu à effacer le savant et le politique, dont les commentaires font autorité jusque dans les chancelleries. — Beaucoup de gens, qui ne se doutaient pas qu'on pût être un simple journaliste et l'un des hommes les plus considérables de son temps, vont être évidemment tentés d'entrer dans cette *partie*.

III

A tout le monde la vie est chère. — Tarifs divers. — Le poulet. — Le lapin savant avec les accessoires. — La terreur en province. — Une provinciale prévoyante. — Nouvelle condition des fruits et des légumes. — La reine Victoria à Paris. — La fièvre de tragédie. — Mademoiselle Rachel. — Camille. — Pauline. — Monime. — Je découvre *Mithridate*. — Mademoiselle Rachel, artiste et femme. — Vaudeville : *le Mariage d'Olympe*.

22 juillet.

« Tout est cher à Paris, surtout le pain, » disait le grand Corneille. — La postérité a retenu cette plainte du génie, aux prises avec les besoins de la vie ; mais les temps sont changés, et on pourrait dire aujourd'hui : « A Paris, tout est cher, excepté le pain. » Une politique intelligente veille à ce que les déshérités de ce monde puissent au moins se procurer le minimum de l'existence ; mais, en dehors du pain, tout est luxe et frappé de tarifs somptuaires. Je ne saurais entrer dans des détails de cuisine, où je craindrais de m'égarer; je sais qu'un poulet coûte huit francs; je parle d'un poulet simple sortant de la basse-cour et n'ayant aucun talent de société; quant au lapin que j'ai vu dimanche, à la foire de Courbevoie, tirant le pistolet sur des Cosaques, je ne puis estimer ce lapin savant et patriote au-dessous de douze cents francs : — notez que, quand vous aurez acheté ce lapin, en vue d'un civet, il vous faudra encore du beurre, des petits oignons, du vin, du thym, du laurier et peut-être beaucoup d'autres accessoires que j'ignore. — Je ne suis plus étonné, en cet état de choses, de la terreur qui règne en province et des récits qu'on y fait à ceux qui se décident à venir à Paris : — la province est portée à s'exagérer toute chose. — Un fils de famille raconte, à Lons-le-Saulnier, qu'il a fait un dîner de quatre mille francs, aux Frères-Provençaux ; mais il a oublié de dire que c'était un repas de noce, et les gens du Jura croient que leur compatriote a mangé pour quatre mille francs de primeurs, en tête-à-tête avec une *casta diva* des Délassements-Comiques. Naturellement, ces précédents sèment l'épouvante dans les populations; or, voici ce qui en résulte : une brave dame, invinciblement attirée de son endroit à Paris par l'exposition, a voulu au moins prémunir sa bourse et sa conscience contre les déprédations, et, comme elle compte passer trente jours dans la bonne ville de Paris, elle a apporté avec elle trente pâtés, hermétiquement fermés, étiquetés et datés pour sa consommation de chaque jour. Avec le port, le transport et le report, ces pâtés coûtent à la dame un peu plus du double de leur valeur sur le marché de la pâtisserie parisienne. Mais c'est peut-être bien un bruit que les pâtissiers font courir pour décourager les gens prévoyants. — Notez que nous n'avons pas encore doublé le cap des misères ; — le temps des grandes détresses est proche, et, avant un mois, l'arrivée de la reine d'Angleterre, suivie, à ce qu'il paraît, de quinze millions d'Anglais, ne peut manquer d'exaspérer le cours des petits pois ! — Heureusement, il n'y a plus d'asperges; autrement, elles coûteraient mille francs la botte. — Oui; mais il reste des haricots verts et des artichauts, et il est bien probable que, dans trois semaines, ces légumes intéressants figureront à l'étalage des changeurs, parmi les bracelets, les chaînes, les tabatières et autres bijoux qui ne sont bons ni à rôtir, ni à bouillir. — Les fruits et les légumes commencent à avoir le sentiment de leur dignité; ils se refusent à moisir piteusement dans les mannes d'osier des fruitières de l'ancien régime, et, sur le boulevard des Italiens, tout à côté du café de Foy, on vient de leur ouvrir une boutique où, sur des coupes de porcelaine, ils contemplent les passants à travers des glaces de Saint-Gobain. — Voilà comment se mettent les fruitiers du jour; — il n'y a plus de hiérarchie, — on les prendrait pour des charcutiers.

Depuis mon dernier bulletin, la fièvre de tragédie dont Paris est possédé n'a pas diminué d'intensité. — Madame Ristori et mademoiselle Rachel se partagent la foule, et il n'y en a que pour elles. Quant à mademoiselle Rachel, elle s'est tout à fait relevée de l'accablement qui avait signalé sa première apparition. — Depuis, elle a joué Camille d'*Horace*, et ses imprécations, superbes de véhémence, ont ébranlé les murs de Rome naissante. — Depuis encore, elle a joué Pauline de *Polyeucte* et, peut-être, parce que je ne l'avais jamais vue dans ce rôle, il m'a paru que c'était un de ses plus beaux et des mieux inspirés. — Enfin, nous l'avons revue dans la Monime de *Mithridate*.

Ce que j'éprouve avant tout le besoin de constater, c'est que *Mithridate*-est une des œuvres viriles de ce poëte, le plus souvent féminin, qu'on appelle Racine. Tout y respire une grandeur sauvage; Mithridate rugit bien en lion blessé. A la vérité, il aime Monime; mais cet amour, entraîné dans l'orbite de ses vastes desseins, est bien plus la jalousie d'un dominateur ombrageux, qui retient ce qu'on lui dispute, que l'enivrement d'une âme héroïque, qui s'amollit devant une femme. — Trop souvent les héros de Racine, dompteurs de monstres, couverts de peaux de tigre, nous font sourire, en apportant aux pieds de Phèdre et d'Hermione des façons d'aimer qui rappellent vaguement la carte du *Tendre*, le grand *Cyrus* et l'hôtel de Rambouillet. — Dans Mithridate, rien de semblable; — l'accent demeure toujours mâle et robuste, et, en aimant Monime, l'Annibal asiatique n'oublie jamais de détester les Romains.

Le rôle de Monime, assez passif, n'a jamais, je crois, fait partie du grand emploi tragique, et a été, en quelque sorte, découvert par mademoiselle Rachel : elle y détache quelques mots qu'on vient entendre, comme autrefois le *qu'en dis-tu?* de Talma. Puis je crois qu'une très-légitime coquetterie de femme attache mademoiselle Rachel à ce rôle, où, calme et reposée, elle est d'une beauté très-saisissante. — Les amateurs de la beauté robuste et forte en couleur discuteraient bien son front proéminent, ses yeux vipérins, sa pâleur marmoréenne et cette ligne perpendiculaire et sévère que présente son corps, sans que rien y arrête l'œil charmé; — mais précisément c'est là une beauté *sui generis*, la belle entre les plus belles dont rêveraient tous les amants, dans ce monde mystérieux découvert par Shakspeare et Gœthe, le monde des drames sombres, des ballades et des légendes.

Le Vaudeville a joué mardi une pièce, attendue depuis longtemps, déjà connue et discutée dans le monde littéraire, *le Mariage d'Olympe*.

Vous connaissez le *Demi-Monde :* imaginez que M. de Nanjac est tombé dans les piéges de la baronne d'Ange, — qu'il l'a épousée. — Telle est la situation quand s'ouvre la pièce de M. Augier. — La baronne d'Ange s'appelle Olympe Taverni, et M. de Nanjac a nom Henri de Puygiron. — Reste à la faire épouser à sa famille. — On se rencontre aux Eaux ; — l'aventurière a tout un roman préparé pour séduire un oncle vendéen ; — la famille accepte une mésalliance, — elle ne soupçonne pas une infamie.

Ce premier acte est charmant, — mais là n'était pas l'embarras. Deux voies s'ouvraient devant l'auteur :

Ou cette femme, cette Olympe, sera une créature plus pervertie que perverse, et alors la vie calme et honorée, la vie de famille aura pour elle des attraits singuliers : elle sera touchée de la grâce, elle s'éprendra d'une passion d'esclave affranchie pour l'homme qui l'aura soustraite aux ignominies du marché, à ces folies traversées par des terreurs indicibles, quand apparaît, sur le seuil de l'hôpital, le spectre qui marque du doigt la première ride et le premier cheveu blanc.— Ce sera alors toute une vie de rédemption, puisant ses joies de pécheresse repentante jusque dans les mortifications que ne lui ménagera pas une société, qui sait tout et qui n'oublie rien. — Si cette expiation est comprise, si un jour la mère de son mari la baise au front en lui disant : « Ma fille ! » elle se sentira relevée et elle aura le pressentiment du ravissement des élus le jour où Dieu, les appelant à sa droite, les séparera des damnés.

Ou cette femme sera une coquine vulgaire, et alors cette famille avec ses joies innocentes, cette société avec ses devoirs et ses obligations, lui pèseront comme la servitude. — Son ambition est satisfaite, elle a *fait* un mari. — Elle est comtesse; maintenant, elle crève d'ennui dans ce château de province, devant ces portraits de famille. — Au moment où sa belle-mère lui met à la main un livre d'heures, elle entend grincer à ses oreilles l'orchestre de Mabille. — Elle regrette le lansquenet des Frères-Provençaux avec *ces messieurs ;* le coupé de louage qui la promenait au bois, l'Ambigu et son jeune premier, à qui elle jetait son bouquet ; les Folies-Nouvelles, son sucre d'orge et son Pierrot ; et, ma foi, si Pierrot passe, elle l'invitera à monter : — oui, — en l'absence de sa nouvelle famille, elle retourne à l'ancienne. — Voilà sa mère, une digne portière qui ne l'avait pas élevée pour les ennuis légitimes; — et Pierrot, ce bon Pierrot qui va nous donner des nouvelles de Paris. « Voyons, que joue-t-on présentement à l'Hippodrome? Camille est-elle toujours la reine de l'écurie? — Vous savez, Pierrot, que j'ai passé deux mois à l'Hippodrome? — C'était le bon temps! Et Amanda et Clotilde? Et Gabrielle, est-elle toujours avec son petit référendaire? — Que fait-on? que dit-on? Soupe-t-on toujours chez Vachette? Et mon petit cabotin, est-il toujours amoureux de moi? — Tiens, Pierrot, voilà une perle! »

C'est dans ce dernier ordre d'idées que M. Augier a jeté sa pièce. — Ce point de vue était le plus audacieux, et, quoi qu'on ait pu dire, le plus vrai. — Avec ces éléments, Balzac eût construit quelque effrayant chef-d'œuvre. — Mais le théâtre a des scrupules, et la scène ne supporte pas un certain réalisme. — Au théâtre, au nom de la vraisemblance, on conteste même la vérité, et, quand, au dénoûment, le vieux comte de Puygiron tue cette créature qui menace d'étaler dans tout Paris la tache imprimée sur un blason, on oublie que cette catastrophe est de l'histoire, et une histoire toute contemporaine.

Il faut dire aussi que, pour imposer au public cette figure impudique de la courtisane mariée, en révolte contre les lois divines et humaines, il fallait un art des ménagements, un talent enfin, que l'auteur n'a pas toujours retrouvé dans le labyrinthe où il s'était engagé. — Très-certainement, M. Augier a eu conscience des difficultés de sa tâche et s'est découragé à l'œuvre. — On le voit nouer des scènes, esquisser des personnages, puis les abandonner et recourir à d'autres moyens qui n'aboutissent pas davantage. Il fait de l'esprit, du meilleur et du plus raffiné, pour gagner du temps, et, quand la scène arrive, quand il faut livrer bataille, il n'a rien prévu, rien préparé. — Tous ces personnages parasites ne lui sont d'aucun secours et il demeure en présence d'un public irrité, avec son Olympe irritante.

Tout cela a produit une soirée un peu houleuse; — la morale était exaspérée; la famille, dans la consternation: « Où allons-nous? — Quelle aventure! — Et j'ai amené ma fille! »

IV

La vogue de l'emprunt. — Développement du goût de la rente dans les classes indigentes. — Emprunt Privat d'Anglemont. — Les Astecz. — Tarif croissant d'heure en heure. — Le musée des parapluies. — Le jonc phénomène. — Histoire à propos de ce dernier. — Le Gascon et le perroquet. — Paris à prix réduit. —Théâtre de la Porte-Saint-Martin : encore et plus que jamais *Paris*. — La pièce, les acteurs. — M. Bocage. — Madame Guyon.

29 juillet.

Paris présente depuis huit jours un spectacle consolant : — la vogue de l'emprunt national, les queues de souscripteurs nocturnes, formées aux abords des mairies, attestent le développement de la richesse publique ; même on peut s'étonner que les cuisinières, les porteurs d'eau, les marchands de coco, les marchands de contre-marques et les ramasseurs de bouts de cigares soient en position de s'inscrire au grand-livre des rentiers. — On a arrêté et conduit au bureau d'un commissaire de police un homme suspect de vagabondage et de mendicité. « Moi mendiant! moi vagabond! a dit cet homme au magistrat ; — apprenez que, depuis trois jours, j'ai acheté six mille livres de rente. » On a pensé, mais bien à tort, que ces prolétaires opéraient pour le compte des vaudevillistes et des journalistes, — c'est une erreur : l'homme de lettres ne prête pas à l'État ; — il emprunte. — Notre collaborateur Privat d'Anglemont, témoin de la déception des capitaux évincés des listes de souscriptions, a résolu de leur offrir un refuge : — il a dénoncé, sur la place, un emprunt de cinq cent mille francs, et, depuis ce temps, penché à sa fenêtre, il attend patiemment que les queues se dessinent autour de son domicile. — Les queues se dessinent lentement, à la vérité ; mais il faut donner le temps à la confiance publique de s'établir.

Jusqu'ici, l'emprunt du trésor a plus de faveur que l'emprunt Privat d'Anglemont ; — c'est absurde, sans doute ; mais les capitalistes ont toujours eu des préjugés et des manies routinières.

Le plus grand succès du jour après celui de l'emprunt, c'est celui des Astecz. Ces petits monstres ont été d'abord donnés au public comme des échantillons d'une race normale, perdue et retrouvée au Mexique. Il résulte aujourd'hui, d'une enquête, que ces deux avortons ne représentent pas plus une race mexicaine que les nains et les géants, que l'on montre dans nos foires, ne représentent la race européenne. — Quoi qu'il en soit, les Astecz obtiennent une vogue qui grandit de jour en jour et on peut dire d'heure en heure. Pour voir les Astecz à l'Hippodrome de sept à huit heures du soir, il n'en coûte que vingt sous ; mais, de huit heures à dix heures, le tarif est de trois cents francs, et de mille francs, de dix heures à minuit ! — Il est probable que, si un amateur voulait voir les Astecz après minuit, au moment où ces intéressants phénomènes font queue autour de l'emprunt, il lui en coûterait cinquante mille francs !

Pendant que l'Exposition universelle semble centraliser tous les produits de l'industrie, on est encore étonné de rencontrer en boutique des choses rares et merveilleuses qui ont dédaigné de passer sous les yeux du jury des récompenses. Il y a, dans le passage des Panoramas, un marchand de cannes qui a fondé ce qu'on peut appeler un musée historique de parapluies. — Toutefois, cette intéressante collection ne remonte pas au delà du XVIIe siècle. — L'histoire est muette sur le parapluie de Charlemagne : on ne sait presque rien sur le parapluie que portaient les croisés partant pour la Palestine. Le parapluie du siècle de Louis XIV présente deux physionomies bien distinctes : — de 1643 à 1650, le parapluie est tourmenté, précieux, enclin au colifichet et au mauvais goût : il sent l'hôtel de Rambouillet. — Plus tard, le parapluie devient sévère et majestueux ; sa carcasse se soumet aux lois d'Aristote, — c'est le parapluie cornélien. — La Régence manque ; — peut être ne pleuvait-il pas sous la Régence. Nous passons au parapluie bleu surmonté d'un anneau de cuivre ; — il porte la date de 1765. C'est du plein Louis XV, — c'est joli, — c'est rococo.

On croit que ce parapluie, quoique non signé, a été peint par Boucher. — Il est probable qu'en pressant un peu le manche, il jouerait le *Devin du village.* — Le parapluie de la Révolution est tricolore comme les rubans du bonnet de madame Roland et de Charlotte Corday. — Il y aurait tout un système à construire sur ces éléments, et il est bien évident que le parapluie est l'expression de la société. — A ce point de vue, le marchand de cannes du passage des Panoramas rend de très-grands services aux études historiques. — Pour les temps contemporains, le marchand de cannes a mis en montre trois parapluies rouges, forme parasol, avec cette étiquette : *Commandés par le grand sultan, empereur de toutes les Turquies.* — Le grand sultan aurait pu tout simplement emprunter sur le boulevard du Temple le parapluie d'une marchande d'oranges : il serait arrivé au même résultat et au même parapluie.

Le marchand de cannes, collectionneur de parapluies historiques, avait pour enseigne, il y a une quinzaine d'années : *Au Jonc phénomène.* Dans un étui garni de velours, on voyait, en effet, un très-beau jonc tigré de six pieds de haut, coté à 3,000 francs. — Un jour, deux amateurs, après un dîner trop fantaisiste, entrèrent chez le marchand de cannes, et s'informèrent avec anxiété si le jonc phénomène ne consentirait pas à une réduction.

« Peut-être, en effet, pourrait-on s'arranger, dit le marchand. Voyons vos offres, messieurs. »

Les deux amateurs se consultèrent à voix basse, et l'un d'eux finit par formuler en ces termes le résultat de la délibération :

« Monsieur, votre jonc n'est pas une canne, c'est un objet d'art. La valeur en est arbitraire et relative aux ressources de l'acheteur. Nous ne pouvons en donner que quarante sous. Mais vous seriez payé comptant, demain, avant midi, par les mains de notre intendant. »

Le marchand, un peu blessé, répondit par un sourire dédaigneux en replaçant avec amour le jonc phénomène dans son étui.

Les deux chalands s'éloignèrent, puis revinrent :

« Monsieur, dit l'un d'eux, nous ne tenons pas à posséder le jonc phénomène dans toute sa longueur et sa majesté. — Un prince ou un nabab pourrait seul se permettre un pareil luxe ; — consentiriez-vous à le détailler ?

— Qu'appelez-vous le détailler? dit le marchand de plus en plus dédaigneux.

— En donneriez-vous pour cent sous?

— Par exemple! répliqua le marchand, n'allez-vous pas demander si on voudrait vous donner pour trente sous du *Régent* ou du *Sancy?* »

On ne put pas s'entendre, et le jonc phénomène continua pendant quelques années à figurer à l'étalage. — Il a disparu, et je me réveille fréquemment la nuit pour me demander ce qu'il est devenu.

La dernière proposition des deux amateurs de jonc me rappelle une vieille histoire qu'enfant je lisais dans les vieux almanachs, et qui, aujourd'hui encore, a le privilége de m'épanouir. — Un Gascon était entré dans une auberge : on lui offre veau, bœuf, mouton, volaille; mais le Gascon est blasé : il lui faudrait quelque chair plus inédite pour réveiller son appétit. — Il avise un perroquet dans sa cage. « Bonne femme, dit-il à l'aubergiste, il y a fort longtemps que j'ai envie de manger du perroquet; faites-moi cuire celui-ci. — Mon perroquet! mon pauvre Jako! » dit la bonne femme en se signant! — Mais bientôt une tentation diabolique traverse son esprit. — Cet étranger qui mange du perroquet ne peut être qu'un prince déguisé. — Il va faire la fortune de l'auberge. — Avant de penser aux bêtes, il faut songer à ses enfants. — Elle tord donc le cou au volatile et le met en broche. — Au bout d'une heure, l'aubergiste, un peu larmoyante, vient annoncer solennellement au Gascon que le perroquet est cuit. « Ah! il est cuit, dit le Gascon; — eh bien, bonne femme, donnez-m'en pour deux sous. »

Il ne manque pas, en ce moment, de provinciaux qui, ne pouvant faire un séjour ruineux à Paris, voudraient qu'on leur en servît pour deux sous. — La vapeur les amène à prix réduit; — ils descendent dans un hôtel louche et borgne; ils trottent toute la journée, à pied, attendent un dimanche à quatre sous pour visiter l'Exposition, passent devant les théâtres sans oser y pénétrer, tant le tarif leur paraît somptuaire; se couchent à huit heures, se relèvent à cinq heures, ne voient guère du mouvement de la ville que les balayeurs, le matin, et les allumeurs de réverbères, le soir. — La vapeur les remporte, toujours à prix réduit, et, en rentrant dans leur endroit, ils s'étonnent que Paris ait une si haute réputation comme ville de plaisir. — Décidément, on ne s'amuse qu'à Carcassonne.

Il est vrai que les Parisiens ont parfois une façon de s'amuser qui n'appartient qu'à eux. — Par exemple, samedi dernier, les Parisiens ont passé sept heures dans une stalle au théâtre de la Porte-Saint-Martin. — Il s'agissait, il est vrai, de voir *Paris*, Paris lui-même, depuis l'alpha jusqu'à l'oméga, depuis la naïve Lutèce jusqu'à la splendide cité qui touche aujourd'hui, par toutes ses frontières, au monde des arts et de l'intelligence.

Nous avons donc vu se dérouler cette chronologie illustrée de l'histoire de Paris, — rêve ou cauchemar, métempsycose humanitaire qui reproduit, de génération en génération, des types, mortels comme individus, immortels comme l'idée qu'ils représentent. De la Gaule au chef-lieu du département de la Seine, de Jules César à Napoléon, les étapes sont longues, et nous les avons toutes traversées : — Empire, Bas-Empire, moyen âge, renaissance, temps modernes, temps contemporains, tout a été évoqué devant nous. — Les lieutenants de César avec leur tunique étoilée, les chevaliers de Charles VII avec leur armure fleurdelisée, Napoléon sous la pourpre de son manteau impérial : nous avons tout vu dans ce cycle immense de deux mille ans. — Tout cela, on ne peut le contester, a parfois des aspects épiques et grandioses. — L'auteur est évidemment un lettré et un penseur : — par moments, on est écrasé de son érudition et on voudrait un esprit plus naïf et plus vulgaire ; — tant de métaphysique, tant de psychologie, n'est-ce pas un peu trop pour les honnêtes marchands de la rue Saint-Denis, qui vont chercher au théâtre une distraction facile ? Assurément, vous leur apprenez beaucoup de choses qu'ils ne connaissaient pas ; — mais, d'abord, ils ne désiraient pas les connaître, et, ensuite, je ne sais pas s'ils pourront suivre votre *idée* dans ce labyrinthe où elle est engagée à travers les siècles. — Du reste, la direction a entouré tout cela d'une pompe et d'un spectacle tellement splendides, que le succès n'est pas à discuter. — La seule décoration de la nuit de la Saint-Barthélemy, la plus réussie de toutes, suffirait à la vogue de cette grande débauche de toiles peintes. Il est bien convenu qu'en pareille affaire le comédien passe après le machiniste. — Je ne sais même pas pourquoi on se donne la peine de mettre en scène des artistes de la valeur de M. Bocage et de madame Guyon. — Vous montreriez mademoiselle Rachel et madame Ristori, que le public, au changement à vue, vous crierait volontiers : « Otez donc mademoiselle Rachel ! ôtez donc madame Ristori, qui m'empêchent de voir le décor ! » Le sort de M. Bocage surtout m'a attristé : — il représente l'enchanteur Merlin, un enchanteur solennel et barbu comme le sorcier de Tivoli ; il représente un Abélard déclamateur et un Molière bousingot, qui ne veut pas que Louis XIV dise : *Moi!* ce moi qu'il a imposé à toute l'Europe. — Encore une fois, il y a autre chose à faire de M. Bocage. Cet artiste a été une expression souvent réussie d'une littérature aujourd'hui amortie. — Il a laissé au théâtre deux types, *Antony* et *Buridan*, c'est-à-dire la passion et l'aventure : s'il est vrai que vous l'ayez attaché par un engagement sérieux à ce beau théâtre de la Porte-Saint-Martin, n'en faites pas une annexe des machines. Recueillez-vous dans votre cabinet. — Demandez-vous, de toutes les figures qu'il a produites sur la scène, laquelle convient le mieux aujourd'hui à ses moyens d'expression, et partez de là pour lui préparer un succès dans quelque drame où il ne vivra pas dans la familiarité des comparses et des danseuses.

Voilà donc à peu près le résumé de mes premières impressions sur cette épopée de carton : littérature nuageuse à laquelle on ne peut refuser une certaine estime, mais qu'on estimerait davantage, si elle était plus accessible aux esprits simples ; — spectacle beau, très-beau, quelquefois magnifique : pour résultat, évidemment un grand succès de curiosité, et le remboursement probable de toutes ces prodigalités.

V

Comment il est difficile de rester à Paris. — Émulation de voyage. — Procédés simplifiés. — De Paris à Aix-les-Bains. — La ville. — Les lits. — Les bains. — Les Alpes. — M. Bias. — La banque d'Aix. — La question des jeux. — Les intéressés et les désintéressés. — La morale et la prospérité.— Histoire d'un négociant et de son commis.— La boite mystérieuse.

5 août.

Voici le moment où il devient difficile de demeurer paisible et sédentaire à son foyer. L'appel vous vient de tous les points de l'horizon : « Accourez ci, — accourez là. » — Les Pyrénées vantent leurs montagnes; la mer vante son galet; le Rhin emploie toute espèce de *banques* pour vous séduire. Il y a un système d'émulation et d'entraînement réciproques. — Voyez, par exemple, votre chroniqueur : — vendredi, il était à Paris, n'ayant d'autre ambition que d'assister à une première représentation au Palais-Royal; — dimanche, il couchait à Aix en Savoie : quelques amis l'avaient entraîné dans leur évolution de touristes.

Il fallait autrefois pour voyager, deux choses, du temps et de l'argent; — on a supprimé un des termes du problème, — l'argent demeure indispensable; — quant au temps, il n'en faut pas plus aujourd'hui pour aller respirer l'air des Alpes qu'autrefois pour se donner un petit congé de cinq ou six jours à Mantes ou à Lagny. — Vous partez, le samedi soir, à huit heures, par un train de vitesse : — le lendemain, à six heures, vous êtes à Lyon; — vous vous embarquez, et, après avoir remonté le Rhône jusqu'au lac du Bourget, vous faites vers dix heures une entrée triomphante au casino d'Aix. — C'est jour de bal : vous assistez aux dernières contredanses; — dans les salons voisins, vous voyez expirer la roulette et le trente-et-quarante, et, un peu après minuit, vous reposez sur un lit généreusement rembourré de paille de maïs. — Toutes les fois que vous remuez, ce matelas végétal rend un bruit analogue à celui du système qui fait la pluie dans les théâtres; — mais vous êtes trop fatigué pour vous inquiéter de ces détails et vous dormez comme un condamné à mort. — J'ai remarqué, dans les relations de la *Gazette des Tribunaux*, que, toutes les fois qu'on vient annoncer à un condamné à mort que l'heure est venue de la triste échéance, on est obligé de le tirer d'un profond sommeil. — Cette remarque fait le plus grand honneur à la literie de l'administration des prisons. — Reste à savoir si un condamné à mort dormirait sur un matelas de paille de maïs.

Voilà donc l'histoire de mon excursion.

Lundi matin, j'ai reconnu sommairement la ville et les environs d'Aix, après m'être immergé dans la piscine, espèce d'école de natation, vaste baignoire omnibus où vous prenez en commun un bain d'eau thermale incessamment renouvelée.

Cette petite ville d'Aix n'a pas, à beaucoup près, l'aspect animé et parisien des grandes cohues fashionables de Bade et de Hombourg. — On y voit des malades, de vrais malades, que l'on promène au sortir du bain dans des chaises à porteurs, pour opérer la réaction prescrite par le traitement. — Pas un café, pas un établissement public qui ait la prétention de doubler le boulevard des Italiens. — De petites maisons, une petite place conduisant au Casino, une marchande de modes, trois barbiers qui rasent à l'instar de Paris, voilà Aix et son plus grand luxe.

Le Casino lui-même est un édifice médiocrement merveilleux ; — mais il a un petit parc anglais assez bien dessiné, qui se perd dans l'horizon et qui a pour *rideau de fond* les Alpes. — Ceci est une galanterie que le Créateur a faite au casino d'Aix ,et tous les amateurs de la nature altière savent gré à M. Bias d'entretenir les Alpes à titre d'objet d'agrément pour les touristes.

M. Bias, puisque j'ai prononcé son nom, est le fermier des jeux d'Aix. — Il porte le nom et il est le fils d'une danseuse très-célèbre à l'Opéra, vers le milieu de la Restauration, sous le nom de Fanny Bias. — Du côté paternel, son origine l'avait prédestiné dès sa naissauce à la ferme des jeux publics. — Je ne sais pas quelle est la valeur de la banque d'Aix, ni d'une manière absolue, ni relativement aux établissements concurrents; — ce que je sais de mieux, c'est que la concession est incessamment menacée par les chambres piémontaises, atteintes des scrupules qui règnent dans tous les pays constitutionnels.

J'ai déjà dit ailleurs combien cette question des jeux était un cas de conscience embarrassant. Maintenez-les, vous soulevez des récriminations assurément légitimes; — supprimez-les, vous ruinez tous ces petits pays qui ne vivent que des vices et des loisirs nomades des touristes de l'Europe. — A Aix-la-Chapelle, on a peut-être résolu le problème et dégagé la conscience publique, en attribuant aux pauvres le produit de la ferme des jeux. Partout ailleurs, ce sont des actionnaires qui le mettent dans leur poche.

Chose singulière, et consolante à un certain point de vue, — à Aix-les-Bains, les marchands ont pétitionné pour obtenir la suppression des jeux. — Je me demande seulement sur quels autres éléments de séduction comptent les marchands d'Aix pour attirer l'Europe. — Certainement, j'ai vu à l'étalage de certaines boutiques des chapeaux de paille bien attrayants; — mais je ne crois pas, pour être sincère, que ce soit là un motif suffisant pour passionner cette foule, avide d'émotions, qui fréquente les pays d'eaux.

Ceci rappelle qu'autrefois les marchands du Palais-Royal avaient aussi pétitionné pour que le gouvernement supprimât tous les vices qui faisaient sa fortune (la fortune du Palais-Royal, bien entendu). — Je ne sais pas trop si ces mêmes marchands sont aujourd'hui bien heureux des vertus solitaires qui végètent dans leur bazar. — On ne voit plus là, à la vérité, ces créatures empanachées que tous les provinciaux revoyaient la nuit dans leurs rêves; — on n'entend plus que le bruit du canon de midi, qui n'a plus pour concurrent la détonation du pistolet de quelque joueur vexé, allant chercher dans un monde meilleur des martingales plus infaillibles; mais, avec le vice, a disparu la prospérité. — Ce dernier argument ne toucherait guère Alceste; mais Philinte chercherait quelque heureuse combinaison pour concilier la morale et le profit.

Il y a, en effet, moyen de tirer parti de toutes les situations. — Écoutez plutôt cette histoire, qui vient bien à propos des jeux :

Un négociant de Mayence s'aperçoit un soir, en faisant sa caisse, qu'on lui avait volé dix mille francs. — Ses soupçons portent très-naturellement sur un jeune commis qui, après avoir épuisé au jeu ses ressources légitimes, a pu être tenté du diable. — Sur ces indices révélateurs, le négociant traverse le Rhin, et va tout droit à Wiesbaden, où il arrive à dix heures du soir. — Il trouve son homme installé à la roulette devant une pyramide de rouleaux, et, lui mettant la main sur l'épaule :

« Vous êtes un voleur ! » lui dit-il.

Le commis frémit et pâlit.

« Monsieur, répliqua-t-il, c'est vrai, je suis un misérable ; — mais ne me perdez pas, — vous serez désintéressé; — voyez : je gagne trente mille francs, et je puis bien vous rendre vos dix mille francs. »

— Comment! me rendre mes dix mille francs, reprit le négociant, quand vous en gagnez trente mille? — Nous sommes de moitié. »

Pour en finir avec cette question en ce qui concerne Aix, je dois dire que le jeu, à première vue, m'y a paru assez tempéré. — La pièce de quarante sous y est de mise et apparaît sur le tapis vert bien plus souvent que le louis d'or. — Il est vrai que cette pièce de quarante sous, infiniment multipliée, représente le plus clair des bénéfices des banques, et les plus fortes pertes réparties entre des milliers de joueurs naïfs.

Je n'ai découvert, à Aix, ni opéra, ni drame, ni vaudeville; mais j'y ai trouvé un spectacle de curiosité dont je crois devoir vous communiquer l'affiche *textuelle*, la voici :

AUX PARTISANS

DU MERVEILLEUX ET MÊME AUX INCRÉDULES.

BOITE MYSTÉRIEUSE.

M. Joseph, possesseur de la boîte mystérieuse, a l'honneur de prévenir le public qu'il expose cette merveille qui a fait l'admiration des villes de France, d'Italie et d'Espagne. M. Joseph espère, ici comme ailleurs, provoquer les applaudissements universels de l'Europe.

Jusqu'à présent, les corps inertes n'entraient en conversation qu'au moyen de signes conventionnels et d'intermédiaires appelés *medium*.

La boîte enchantée de M. Joseph, qui a trente-cinq centimètres de longueur sur vingt-cinq de largeur, est isolée du sol et suspendue au plafond par un fil de laiton. Elle *chante*, *rit*, *pleure*, *tousse*, *souffle* et répond à toutes les questions de la société, excepté sur les matières qui touchent à la politique et aux cultes.

Ce spectacle sera surtout recherché des dames qui recherchent les spectacles émouvants.

Je n'ai pas pu voir la boîte enchantée, — la boutique était fermée et on m'a expliqué qu'elle était en réparation. — Mais je demeure très-frappé de la haute prudence de cette boîte qui refuse d'entrer en discussion sur les matières politiques et religieuses.

VI

Le voyage à la vapeur. — Résultats. — Questions sur la neige, les ramoneurs et les costumes de la Savoie. — Le Chinois de Paris. — Sa supériorité et son scepticisme. — Les Italiens et la langue française. — Le Parisien en voyage. — Souvenir de table d'hôte. — M. Prud homme à Hombourg. — Il passe en revue Paris, l'Italie, la chasse, la Grèce ancienne et moderne, la question des langues, Léonidas, Socrate, Voltaire, Molière et la garde nationale. — L'avenir des garçons épiciers. — Les vaudevilles de la semaine. — Magnifiques perspectives pour un directeur et un portier.

12 août.

L'homme voyage aujourd'hui à la façon du boulet de canon : on prend le voyageur, on le charge dans un convoi, on met le feu à la locomotive; on entend un sifflement, un bruit souterrain comme un tremblement de terre, et le voyageur est arrivé. — On retourne le convoi, et le voyageur est de retour par le même procédé.

De tout cela, il résulte peu de fatigue physique, mais une certaine atigue morale et comme un éblouissement qui ébranle le cerveau.

— Entre deux repas, voir les Alpes et l'Arc de l'Étoile, c'est un peu plus que n'en peut supporter notre faible organisation; — il vous reste dans les yeux et dans l'esprit des montagnes au sommet neigeux, un grand fleuve encaissé dans de riantes collines, des villes qu'on a traversées comme le cheval du Cirque traverse un cercle de papier; et, quand au lendemain de cette vision on se retrouve, assis comme un quincaillier, au seuil d'un café du boulevard, on se palpe et on se demande si on n'a pas rêvé Savoie et Savoyard.

Ce que l'on peut voir et faire maintenant en quatre jours et deux nuits est incompréhensible; les simples mortels qui ne quittent jamais l'asphalte n'en ont pas une perception bien distincte, et, quand vous leur dites que, pour varier vos motifs, vous êtes allé faire un feuilleton aux Alpes, ils aiment bien mieux croire que vous vous êtes enfermé trois jours à Courbevoie, avec un *Guide* bien-informé où vous avez puisé ces narrations gigantesques.

A propos des Alpes, il m'a été posé quelques questions qui me laissent fort embarrassé. — Par exemple, un jeune commis de banque m'a demandé de lui expliquer comment les neiges ne fondaient pas sur des sommets plus voisins du soleil que le mont Valérien.

Un autre m'a demandé s'il était vrai qu'il y eût à Chambéry un conservatoire de jeunes ramoneurs.

Un troisième s'est fort étonné que j'aie pu circuler dans ces contrées lointaines sans être habillé en marchand de peaux de lapin.

Il reste — et les chemins de fer n'y peuvent rien — il restera toujours des Parisiens murés dans leur boutique, qui n'ont pas encore vu la mer, doutent beaucoup des Pyrénées, et soupçonnent que les capitales étrangères sont des farces de commis voyageurs. — Quelle vraisemblance, en effet, qu'il y ait une autre capitale que Paris, et à quoi cela servirait-il, je vous le demande? — Ne plaignez pas ce Parisien : il est plein de confiance, et parfaitement épanoui dans son idiotisme; c'est une espèce de Chinois borné, au nord, par la butte Montmartre, au sud, par le petit Montrouge, à l'est, par Charenton, et, à l'ouest, par le bois de Boulogne. En dehors de ce Céleste Empire, le Chinois parisien ne connaît rien, ne croit à rien et hausse les épaules quand on lui parle d'un autre univers. — Il ne comprend rien à l'obstination des Anglais et des Allemands, qui continuent à parler des langues étrangères, et, sur ce point, il est de l'avis du troupier de la garnison de Rome, qui disait : « Faut-il que ces Italiens aient la tête dure : voilà six ans que nous sommes à Rome, et ils ne savent pas encore parler français! »

J'ai rencontré, il y a deux ou trois ans, à une table d'hôte de Hombourg une espèce de Prud'homme qui m'a paru résumer tous les aspects et tous les instincts du Chinois de Paris, modifié par le voyage. Lui-même, ce Prud'homme, à haute voix, et sans se faire prier, donnait en ces termes son signalement à la société :

« Que voulez-vous! j'ai cinquante-sept ans; — j'ai gagné honorablement huit cent mille francs dans le commerce; l'hiver, j'habite la *capitale* avec ma famille; nous fréquentons les concerts, les *assemblées*, les théâtres; l'été, je me réfugie sous les *ombrages* de mon parc en Brie. — Eh bien, le croiriez-vous, messieurs? j'ai là un château délicieux, cent cinquante arpents de bois et vergers, un parc dessiné par Lenôtre, sous le grand roi, un billard tout neuf, toute la société de la province, y compris le sous-préfet, qui vient familièrement manger la soupe au château, et je m'y ennuie. — Aussi j'y passe un mois, — deux mois; — puis, tous les ans, vers la mi-août, je dis à ma femme : « Zoé, je pars pour six semaines; nous nous » reverrons *dans la capitale* au mois d'octobre. » Je fais ma malle et me voilà parti, courant le monde, sans autre but que de voir, d'admirer et de m'instruire, car l'homme a toujours quelque chose à apprendre. — Garçon, du pain! — Monsieur l'aubergiste, je remarque que la volaille est d'une complexion bien délicate dans vos *climats*. J'ai déjà eu occasion de faire cette remarque à Aix-la-Chapelle, et on a fini par m'avouer que l'on ne cultivait que les petites espèces. — Oui, messieurs, je vais tantôt d'un côté, tantôt d'un autre. — L'année dernière, j'ai parcouru l'Italie, la belle Italie, la patrie des beaux-arts. A mon arrivée à Naples, le Vésuve jetait des torrents de lave et l'épouvante dans les populations. — Sans m'effrayer du trépas de Pline le naturaliste, je voulais m'approcher du cratère; mais l'autorité napolitaine, toujours soupçonneuse, s'y opposa. — J'ai vu Rome, où j'ai médité sur le sort des empires; Florence, la coquette Florence; Nice, où on met tous les poitrinaires; je suis rentré en France par Marseille, et j'ai revu, toujours avec délices, Paris, ses boulevards, ses monuments. Il n'y a que Paris! — Oh! mais, dites donc, monsieur l'aubergiste, votre gibier n'est pas de plus grande race que votre volaille. Vous appelez cela des perdreaux? Dans la Marne, nous appelons cela des alouettes. — Chassez-vous, monsieur?

— Monsieur, répondit celui à qui s'adressait cette question, j'ai chassé une fois, il y a vingt ans.

— Et, comme tous les chasseurs novices, vous vous en êtes dégoûté parce que vous n'avez rien tué?

— Pardonnez-moi, monsieur, j'ai tué un garde champêtre. »

M. Prud'homme ne comprit pas la fantaisie de cette réponse ; il la prit pour une naïveté et se mit à rire si bruyamment, que les marmitons vinrent de la cuisine sur le seuil de la salle à manger voir de quoi il s'agissait.

A la gauche de M. Prud'homme, il y avait un grand jeune homme brun, d'une physionomie mélancolique qui riait aussi, mais en sens contraire de son voisin. — M. Prud'homme crut se rencontrer sur un terrain sympathique et entra aussitôt en communication.

« Monsieur est Français?

— Non, monsieur...

— Oh ! c'est étonnant ! — Allemand donc?

— Non, monsieur...

— Anglais, alors?

— Pas davantage.

— Monsieur est donc né *au sein des Océans?*

— Non, monsieur; — je suis né à Athènes... je suis Grec.

— Grec? comment ! Grec? — Ah ! oui ; — mais alors Grec moderne, fit M. Prud'homme avec quelque dédain.

— Assez moderne, en effet, monsieur : — un Grec de vingt-huit ans. »

M. Prud'homme vit un sourire sur les lèvres du convive qui avait tué un garde champêtre à la chasse.

« Pardon, monsieur, reprit-il, c'est que nous avons aussi les Grecs anciens, et il ne faudrait pas confondre, comme le font journellement des personnes privées des bienfaits de l'éducation. — Ah ! monsieur, vous êtes Grec? Et, dites-moi, y a-t-il encore dans le pays des descendants des anciens Grecs?

— Mais, monsieur, je le suppose...

— Je veux dire par là, connaissez-vous des descendants directs des Miltiade, des Thémistocle, des Alcibiade ?

— Oh ! monsieur, la succession des temps a bien embrouillé nos traditions de famille... Moi qui vous parle, j'ai perdu tous mes parents au passage des Thermopyles, et, depuis ce temps, je n'en ai pas de nouvelles...

— C'est fâcheux, jeune homme, c'est fâcheux ! — Ah ! ce passage des Thermopyles ! action héroïque et à jamais mémorable. — Savez-vous le grand désavantage des anciens ? C'était de ne pas avoir inventé la poudre. — Si Léonidas avait eu seulement trois canons à mettre en batterie... Enfin, c'est fait, n'y pensons plus. — Du reste, la preuve que je fais cas de Léonidas, c'est que je l'ai dans mon cabinet en pendule : malheureusement, la pendule retarde, mais ce n'est pas la faute du héros... qui, lui, *avançait* toujours. — J'ai aussi le soldat de Marathon et le portrait de Socrate buvant la ciguë ; — il était laid, mais c'était un fameux philosophe. »

Ici, M. Prud'homme voulut prendre l'attitude de Socrate buvant la ciguë, et il arrondit le bras d'une façon si solennelle, qu'il renversa des mains d'un garçon un bol de sauce qui se répandit dans le dos de son voisin de droite. Celui-ci était un petit vieillard inoffensif, toujours le nez dans son assiette, et toujours découpant sa viande en morceaux menus comme chair à pâté. — Une chaleur insolite l'avertit qu'il se passait quelque chose dans son dos ; — il y porta la main et reconnut qu'il avait un habit noir sauce aux câpres. — Il se leva et fit une scène au garçon ; — ce que voyant, M. Prud'homme intervint, réclamant toute la responsabilité de l'événement. — L'offensé, sans prendre garde à M. Prud'homme, continuait à s'exaspérer en langue germanique, et, comme M. Prud'homme lui disait toujours, mais en vain : « Monsieur, daignez m'écouter ! » on criait de toutes parts à M. Prud'homme que cet Allemand n'entendait pas un mot de français.

« Eh bien, alors, dit M. Prud'homme en se rasseyant, qu'il aille se promener. — Quand on ne sait pas le français, *on ne doit pas sortir de la barrière.* »

Cette prétention de M. Prud'homme blessa l'élément germanique qui comptait pour un tiers dans la société. — Il y eut un de ces silences où on n'entend que le bruit aigre des fourchettes picotant la vaisselle ; — puis un Allemand prit la parole en s'adressant à M. Prud'homme :

« Mais, monsieur, votre voisin n'a rien à apprendre, — il n'a pas de barrière à franchir, — il est chez lui en Allemagne, et ce serait à vous à apprendre sa langue, si vous voulez être compris.

— Oh ! oh ! répliqua M. Prud'homme, je vous vois venir : —c'est une vieille querelle entre nous que celle des langues. — Que voulez-vous, messieurs les Allemands ! vous avez votre *prononciation*, nous avons la nôtre. — Vous vous obstinez à dire un *anche*, quand nous disons un ange, et un *boulet* pour un poulet, — à votre aise ! —mais nous ne céderons pas ; pour mon compte, j'ai toujours été implacable sur ce chapitre. Quand *j'étais dans les affaires*, j'avais pris un garçon de magasin, Allemand d'origine : « Mon ami, » lui demandai-je le jour où il se présenta, « parles-tu le français ? » Il me répond affirmativement, et voilà que, le lendemain, il vient me dire : « Patron, » *à quelle hûre est-ce qu'il vaut palayer la poutique ?* — Mon » garçon, » lui dis-je, « voilà déjà que tu parles allemand ; —fais-y » attention, — je ne supporte pas de langues étrangères dans mes » magasins. » Il me soutint avec impudence qu'il parlait français, et je le mis à la porte. — Voyez-vous, messieurs les Allemands, vous essayeriez en vain de nous imposer votre *prononciation*. — C'est comme en littérature, avez-vous *quelqu'un* à opposer à Voltaire ? Quel homme !

Le premier qui fut roi fut un soldat heureux.

. . . .

Les prêtres ne sont pas ce qu'un vain peuple pense,
Notre crédulité fait toute leur science.

. . . .

Je chante ce héros qui régna sur la France, etc.

Et Molière, *pour la farce*, connaissez-vous son pareil ? »

Au dessert, M. Prud'homme tira le bouquet de son feu d'artifice.

« Messieurs, dit-il, qui de vous a vu ce matin défiler la garnison de Hombourg ? »

Une exclamation partit de l'extrémité de la table.

« Comment ! il y a donc une garnison à Hombourg? »

M. Prud'homme coucha son torse tout entier sur la table pour voir l'homme généreux, qui lui envoyait la réplique.

« Oui, monsieur, et une bien singulière garnison.—Figurez-vous qu'ils sont douze, un à cheval et onze à pied.—Celui qui est à cheval, c'est le colonel ; — il y a quatre capitaines et quatre lieutenants ;— tout le reste, c'est des soldats, mais de vrais soldats du pape, avec un air si débonnaire, que, si on les voyait attaqués, on irait chercher la garde. — Dans la garde nationale de Paris, nous n'étions que des soldats citoyens, mais nous avions l'air un peu plus martial que cela.

— Ah ! oui, belle troupe que votre garde nationale ! répliqua l'Allemand, qui couvrait tout le corps germanique.

— Monsieur, reprit M. Prud'homme, si vous voulez parler de la garde nationale actuelle, je vous l'abandonne... ; mais vous saurez que, de 1830 à 1840, nous avons eu deux compagnies de grenadiers, la compagnie Baiguères et la compagnie Dupujet, qui ont mérité ces paroles mémorables du maréchal Lobau à la parade des Tuileries : « Capitaine Baiguères, — capitaine Dupujet, — j'ai commandé les vieilles phalanges qui sont entrées à Vienne et à Berlin ; je vous déclare que vos hommes me les rappellent jusqu'à un certain point. »

Le dîner était fini, et on laissa M. Prud'homme prenant son café et son pousse-café, en tête-à-tête avec l'aubergiste et lui demandant des renseignements sur le petit *hospodar* qui gouverne Hombourg.

Voilà les types précieux qu'on rencontre en voyage. — Il faut se hâter d'en jouir, car toute naïveté s'en va ; les générations qui nous suivent sont appelées à d'autres destinées, et, dans cinquante ans, les garçons épiciers prendront un congé pour aller faire leur tour d'Italie.

Du reste, quand vous rentrez à Paris, au retour d'une de ces excursions foudroyantes que je viens de faire, vous retrouvez tout à sa place ; — c'est à peine si deux ou trois vaudevilles imperceptibles ont succédé sur les affiches à trois vaudevilles défunts. N'attendez pas de moi que je dresse l'état civil des nouveau-nés. — Les Alpes dérobent encore à ma vue le trou du souffleur.—Je ne pourrais guère voir aujourd'hui que la grande machine de la Porte-Saint-Martin, qui, au moins, a des proportions alpestres; on reçoit là tous les soirs, au bureau des recettes, l'argent qu'on a jeté par les fenêtres, et on pourrait appliquer au directeur de ce théâtre le mot qui a été dit sur le portier de M. Polydore Milhaud. — Un visiteur avait vainement sonné un quart d'heure à la porte du féerique hôtel de la place Saint-Georges; — enfin, un valet de chambre vint ouvrir.

« Le concierge n'y est donc pas? demanda le visiteur.

— Monsieur, il est à la dorure. »

VII

Symptômes de la présence des étrangers. — La reine d'Angleterre. — Les arcs de triomphe à prix réduit. — Les fêtes en perspective. — Procédés divers pour y assister. — Vaudeville : *le Cousin Verdure*. — Variétés : *la Femme qui mord*. — L'auteur de dix-huit ans. — Palais-Royal : *les Précieux*. — Cirque-National : *Histoire de Paris*. — Le spectacle gratis.

19 août.

Pour le coup, il n'y a pas à s'en dédire.—Paris est plein d'étrangers et de provinciaux.—Voyez les théâtres, voyez les hôtels, voyez les chapeaux mécaniques qui signalent les exotiques; — écoutez ce ramage polyglotte qui module la langue française sur tous les tons et tous les accents. — Étonnez-vous si les propriétaires sont fiers et implacables, et si tout le monde ne peut se procurer le luxe d'un lit avec ses accessoires. Ces jours-ci, un vagabond comparaissait devant la police correctionnelle.

« Vous avez été ramassé dans la rue, lui dit le président.

— C'est vrai, monsieur le président, répliqua cet homme avec un sang-froid plein de dignité; mais, si je pratique le vagabondage, c'est moins par goût que par nécessité.—J'aimerais tout comme un autre à avoir un bel appartement; mais j'attends que les loyers soient diminués, et, provisoirement, je couche dans la rue. »

Notez que, le jour même où paraîtra cette chronique, la reine d'Angleterre, avec tout un cortége de touristes, fera son entrée solennelle dans la ville de Paris.—M. Godillot, l'entrepreneur des fêtes du gouvernement, a même répandu des affiches pour informer le public qu'il tenait à la disposition de toutes les bourses des arcs de triomphe au plus juste prix, calculés sur les ressources de chacun.— Voilà le progrès : autrefois, le gouvernement avait le monopole des arcs de triomphe; — aujourd'hui, les épiciers et les bonnetiers peuvent aspirer à ce luxe. — D'une manifestation publique à une manifestation de famille, il n'y a pas loin, et je vois l'arc de triomphe passer dans les mœurs des petits bourgeois. — Du moment que la maison Godillot tient cet article, je ne vois plus d'empêchement à ce qu'un neveu bien appris dresse un arc de triomphe de trente sous à son oncle revenant des Indes. Au retour des vacances, les avoués et les notaires pourront traverser Paris au pas, sous des dômes de verdure et de fleurs. — Un peu plus tard, la maison Godillot fournira des harangues, de même que certaines entreprises de monuments funèbres fournissent des épitaphes aux familles dépourvues d'orthographe et de sensibilité.

Quant aux fêtes préparées pour célébrer le séjour de la reine Victoria, elles restent dans le domaine des plaisirs olympiens, et il est interdit aux bourgeois d'en entreprendre une contrefaçon. Pour faire concurrence à Louis XIV, il faudrait louer le parc de Versailles, l'éclairer au soleil électrique; ouvrir les écluses de Neptune et de toutes les nymphes aquatiques; dresser des festins sur le tapis vert, comme dans les noces de Gamache; amener ses invités dans des voitures à huit chevaux café au lait; les ramener dans des potirons tirés par des souris blanches; et je ne conseillerais à personne d'entreprendre une pareille féerie, fût-il riche et magnifique comme Fouquet. — Vous savez par l'histoire de ce ministre qu'il ne faut pas provoquer la jalousie des dieux.

Laissons donc passer ces fêtes dans des sphères inaccessibles aux simples mortels. — Tâchons de nous procurer la contre-marque d'un demi-dieu et de voir cela comme les journalistes et les vaudevillistes voient le monde, par le trou de la serrure de l'écurie. — J'en parle encore bien à mon aise; pour entrer à l'écurie, il faudra être au moins cheval, et très-peu d'ânes seront admis.

Il y aura encore des bals à l'hôtel de ville : là, un journaliste consciencieux peut se déguiser en groom et voir entrer le monde. — Il y aura aussi des spectacles à Saint-Cloud et beaucoup de gens intriguent pour figurer dans *le Fils de Famille*. — Si j'avais cultivé ma voix et si j'avais pu chanter le chœur *Voilà les lanciers de France*, je me serais jeté aux genoux de M. Montigny pour entrer dans cette combinaison ; — mais jamais je n'arriverais à l'ut de poitrine de M. Bordier, ce jeune lancier de tant d'espérance ; — jouer du violon à mon âge, serait une entreprise insensée ; — n'y pensons plus. — La seule chance qui nous reste est que la reine d'Angleterre demande qu'on fasse *un service* à la presse.

Si je n'assiste pas au spectacle à Saint-Cloud, j'ai de quoi me consoler en ville. J'ai d'abord deux ou trois vaudevilles sur la planche. — Je ne veux pas, ni vous non plus, y attacher plus d'importance que les théâtres qui les ont représentés. — La liquidation en sera bientôt faite.

Le Cousin Verdure du Vaudeville est un animal très-gênant comme on en rencontre dans toutes les familles qui ont des cousins pauvres. — Ces gens-là ne sont bons qu'à vous incommoder de votre vivant et à réclamer votre héritage après votre mort.

Aux Variétés, *la Femme qui mord* est l'œuvre d'un auteur de dix-huit ans, dit la chronique des coulisses. — Cela me confirme dans la conviction que, pour faire ces choses-là, il faut y penser à l'âge où les autres jouent à la toupie. — L'auteur de dix-huit ans n'a pas encore le sentiment des carcasses neuves ; l'histoire de *la Femme qui mord* lui aura été racontée par sa nourrice, qui avait vu *le Nouveau Pourceaugnac* et *les Enragés ;* mais, pour le détail, l'auteur de dix-huit ans est aussi fort qu'un confrère de cinquante ans ; — qu'il soigne ses calembours et l'avenir est à lui.

Quant aux *Précieux*, du Palais-Royal, cette pièce me rappelle ces épingles qu'on avale dans la première jeunesse et qui, dans l'âge mûr, aboutissent à la peau, après avoir voyagé trente ans dans les tissus. — Il est évident que l'idée de cette pièce a voyagé au moins vingt-cinq ans dans le cerveau des auteurs. — Comprenez-vous aujourd'hui, en 1855, une critique des jeunes France, des Antonys, des romantiques de 1830 ?...

Toutes les batailles ont leurs enfants perdus; mais, aujourd'hui que la bataille est bien définitivement gagnée, que les chefs de cette école subversive sont devenus des conservateurs classés dans les académies, les ministères et les bibliothèques, il est pour le moins intempestif de jeter des pierres à ces gamins du romantisme qui marchaient dans la nuée lumineuse de Hugo, de Sand, de Dumas, de Balzac et de Musset, à peu près comme les cerfs-volants courent après les étoiles.

Qu'il reste dans les estaminets quelques culotteurs de pipes accroupis dans la barbe et la défroque d'Antony, c'est possible; mais, assurément, c'est leur faire beaucoup d'honneur que de les traduire sur la scène. Pour les besoins de leur thèse, les auteurs ont évoqué quelques échantillons grotesques de ce lyrisme enragé qu'avait enfanté la fermentation romantique. — Mais que diraient MM. Labiche, Marc-Michel et Lefranc, qui sont aussi à leur manière des *fantaisistes* très-spirituels, ingénieux dans leur extravagance, si on leur présentait *zut! du flan* et *des navets!* comme le fond de la langue des vaudevillistes? Ils diraient qu'il y a des vaudevillistes grossiers, sans esprit et sans invention, qui pivotent depuis cinquante ans sur la même turpitude, mais que ce n'est pas une raison pour proscrire, avec dédain, un genre qui a produit ces improvisations souriantes et faciles qui touchent à l'esprit français par les deux bouts, par ses qualités et ses défauts. — Du reste, les auteurs ont mis leur belle humeur accoutumée au service de leur agression rétrospective. Le zèle les a emportés seulement un peu loin, quand ils s'avisent de demander une subvention pour le théâtre du Palais-Royal : — la tolérance suffit.

Voici encore un homme d'esprit, incontestablement, M. Barrière, un satirique dont les pamphlets scéniques ont eu du retentissement, qui est tombé dans le gros ouvrage, la tête la première ; — à l'heure où je vous parle, il en a jusqu'à la cheville. — La gloire des *pions* l'empêchait de dormir ; il s'est mis à piocher *les beautés de l'histoire de France*, et il a entrepris de porter à bras tendus une chronologie de la force de six cents chevaux, à l'usage du Cirque-National. — C'est une nouvelle édition du *Paris* de la Porte-Saint-Martin; seulement, le directeur du Cirque, enivré de son poëme, a supprimé les décors comme nuisant au dialogue. — C'est une histoire racontée en petit comité, et, tandis que nous étions affamés de décors et de multitudes grouillantes, on nous a servi, vers dix heures, une Saint-Barthélemy en chambre avec un massacre intime. — Un pareil procédé frise l'indélicatesse. — Il y aurait bien une décoration assez belle, celle du *Pré-aux-Clercs,* si elle ne manquait pas de profondeur et de perspective, et si la lune ne laissait voir trop distinctement, à travers son disque transparent, le quinquet qui l'éclaire. — Les astronomes, à qui rien n'échappe, nous enseignent bien que la lune ne tire pas sa lumière d'elle-même ; — mais, si la lune tire sa lumière d'un quinquet de fer-blanc, il faut dissimuler ces misères indignes d'un astre si souvent invoqué par les amants. — Et les poëtes donc ! voyez-vous leur déconvenue, si, au lieu de chanter *la blonde Phœbé s'éclipsant derrière la frange des nuages*, ils en étaient réduits à dire piteusement : « La lune, manquant d'huile et de mèche, *charbonnait* à l'horizon. » Et le grand machiniste de l'univers, faudra-t-il qu'il commande aux séraphins d'enlever la lune qui *file* et empoisonne le firmament? — On n'imagine pas à quelles conséquences peut entraîner une lune mal réussie.

La représentation a été assez houleuse ; — la première partie a été écoutée avec une résignation somnolente ; — la seconde moitié a été égayée par des éternuements ironiques, des cris d'animaux en goguette, et les interpellations de MM. les voyous. — De temps en temps, on criait : « A bas la cabale de la Porte-Saint-Martin ! » — Mais, à moins que M. Marc Fournier n'ait joué à son confrère le très-mauvais tour de monter la féerie du Cirque, je ne vois pas ce qu'on peut lui reprocher. — M. Fournier a livré sa bataille, il l'a gagnée, et elle lui coûte assez cher pour qu'on ne lui dispute pas sa victoire. — Quant à M. Billion, je ne sais trop quel conseil lui donner ; — on dit qu'il y a une seconde partie, le *Paris* moderne et contemporain, en état de subir la lumière de la rampe. Peut-être serait-il d'une bonne politique de commencer dès demain par cette dernière partie, en laissant oublier le reste.

Malgré tout, on a pitié de tant d'efforts perdus et de cet argent gaspillé sans gloire ni profit. — La spéculation dramatique est arrivée au paroxysme d'une surexcitation fébrile qui emportera quelque jour le malade (la caisse). — Il serait temps de se raviser et d'en revenir à des procédés plus naïfs. — Le théâtre ne s'aperçoit pas que toute sa manœuvre tourne d'Occident en Orient, c'est-à-dire en sens inverse du monde. — Il nous convoque à six heures et demie, à l'heure où on dîne; il nous renvoie à une heure et demie, à l'heure où les laitières entrent dans Paris (en compagnie d'Henri IV). — Si les spectateurs deviennent hargneux, c'est peut-être parce qu'après avoir supprimé leur nourriture, on supprime leur sommeil.

Je n'aurais plus à vous parler que du spectacle gratis du 15 août, lequel ne paraît pas avoir été dédaigné. — Les salles pleines, j'ai constaté encore autour de divers théâtres des queues très-respectables qui convoitaient les places désertées par des sortants.—Du reste, j'ai vu, à la porte du Théâtre-Français, un provincial, muni d'un pain de huit livres et de plusieurs kilomètres de cervelas, qui peut sans inconvénient attendre le 15 août prochain. — Il est en tête de la queue et il a beaucoup de chance d'attraper une avant-scène, ce qui pose très-bien un homme dans sa province.

VIII

La troisième invasion. — L'ère des Césars. — Le gala universel. — Noce homérique. — Vœu en faveur de la réforme du costume masculin. — Dénombrement des étrangers. — Idiomes et dialogues départementaux. — La reine Victoria à Paris.—Les fêtes officielles. — Une fête apocryphe. — Nouvelles d'un intérêt secondaire. — M. Galimard et son tableau. — Le magasin du *Coin de Rue*. — Les fournisseurs des cours étrangères. — Un bottier obstiné. — Les réclames universitaires. — Préparation aux prix du concours. — Un cocher qui se vole. — Gymnase : *Un Poëte inconnu*. — Pourquoi on a joué cette pièce et pourquoi on n'aurait pas dû la jouer.

26 août.

Nous assistons à la troisième invasion. — Une véritable marée humaine flue sur le bitume, poussant ses vagues insensées jusqu'au sommet des maisons à sept étages. — L'ère des Césars est revenue; — on dirait que les maîtres du monde donnent le spectacle aux multitudes. — Il me semble qu'on commence à comprendre la vie. — Jusqu'ici, l'humanité s'était condamnée à des calculs sordides et prosaïques; — on avait un domicile et une profession; — les uns, pour payer leur loyer, arrachaient des dents à leurs concitoyens; d'autres leur coupaient bras et jambes; quelques-uns fabriquaient ou brocantaient; — on appelait cela une société fondée sur l'échange des services. — On est bien revenu de ces naïvetés. Depuis huit jours, la vie sociale s'est révélée sous des aspects tout nouveaux et infiniment plus riants; — tout le monde est riche, tout le monde est paré, tout le monde a des loisirs : — l'année 1855 s'appellera dans l'histoire l'âge du gala universel. — On a supprimé le repas à heure fixe, qui abaissait l'homme au niveau de la brute; — on boit et on mange en permanence, en pleins boulevards, et toutes fenêtres ouvertes. — Les femmes, ensevelies dans la gaze, portent une main virile et résolue sur les autels du Bacchus champenois, lequel, comme on sait, a épousé en secondes noces madame veuve Cliquot : — des générations entières de bœufs, de moutons et de poulets disparaissent dans cette noce homérique. — Un veau, un humble veau ne traverserait pas le boulevard, du faubourg Montmartre à la rue Drouot, sans être attaqué, dépecé, rôti, fricassé et englouti; — un quart d'heure après, sa peau lisse, vernissée, veinée et marbrée servirait de reliure aux *Mémoires d'un bourgeois de Paris*. — Voilà notre vie : — nous fermons boutique; nous promenons notre majesté sous des arcs de triomphe; nous prenons des glaces de dix minutes en dix minutes; nous fumons toujours, et nous ririons bien si quelque Jérémie hargneux venait nous rappeler que nous avons un billet à échéance fin courant.

J'affirme que rien de pareil ne s'est vu, même dans ce Paris, où les fêtes n'ont jamais manqué. — Mais, au lendemain de ces féeries, les flammes de Bengale s'éteignaient, tout rentrait dans le silence et l'obscurité, et chacun retournait à sa besogne. — Ce qui distingue le gala de 1855, c'est sa permanence. Les temps prédits par Fourier sont accomplis, et nous assistons au banquet de l'humanité réconciliée dans l'abondance.

Les femmes, avec leur intelligence et leur souplesse accoutumées, se sont mises bien vite au niveau de la situation : vêtues d'étoffes vaporeuses, elles glissent comme des déesses sur ce sol jonché de fleurs. Mais les hommes sont encore bien arriérés! Il leur faudrait pour cette ère de rajeunissement social un costume complet de prince Charmant, — les bottes jaunes, — la tunique abricot, — la toque à plume blanche, ou tout au moins le feutre empanaché des raffinés de Louis XIII. — On pourrait, en cet équipage, faire de galants Décamérons sur le seuil de Tortoni. — L'habit noir et le chapeau en tuyau de poêle sont les derniers vestiges de la barbarie expirante : espérons que, la semaine prochaine, nous serons mieux mis.

Si on essaye de décomposer ces multitudes entassées depuis huit jours de la Madeleine à la Porte-Saint-Martin, voici ce qu'on trouve : cent cinquante mille étrangers dénoncés par les hôteliers à la préfecture de police : puis tous ceux qui, logeant chez des parents ou des amis, échappent à ce contrôle. — Mettons deux cent mille individus de tout âge, de tout sexe et de tout idiome. — Je ne crains pas de dire que ces deux cent mille exotiques tiennent de la place comme un million de Parisiens, font du bruit comme deux millions, et consomment comme trente millions.

On n'entend que ceci :

« J'ai soif, *savez-vous* (soif belge)?

— Je mangerais bien un morceau, bagasse (échantillon provençal)!

— Je dînerais bien *tout de même* (provinces variées).

— Jé foudrais bien souper afant le couvre-feu (Strasbourg et pays annexés). »

Ou bien encore :

« J'irai demain à l'Opéra, — *oui*.

— Si tu trouves de la place, — *oui*.

— Moi je *fus* hier à l'*Opra*-Comique; on donnait *l'Étoile du Nord*, — *oui*.

— C'est une belle opéra, *oui*.

— Superbe... avec de la musique que l'on entend déjà sous le vestiaire en déposant sa canne.

— Eh bien, à Carpentras, il y a une basse que je l'entends depuis le Mail, quand je rentre du cercle.

— Vîtes-vous Bouffé?

— Certainement! je le vis dans *le Père Turlututu*... que ce farceur, il m'a fait pleurer... que je crois qu'il m'a jeté un sort!

— Et le nommé Mélingue, qu'il vint l'année dernière en représentation chez nous, qu'il ne joue donc plus présentement?

— Que je l'ignore, — non plus que ce même Frédérick, qui *à l'époque* jouait Robert Macaire, — que c'est défendu, mais que c'était bien amusant!

— Que je n'ai pas de chance! que je suis venu dix fois à Paris pour entendre ce *Robert le Diable*, et qu'on ne le donne plus dès que j'arrive, — que l'administration le fait donc exprès.

— Ultérieurement, il faut aller voir cette *Dame aux Camellias*, que le préfet a défendue à Nîmes, — qu'il paraît que c'est très-malpropre, mais qu'on y a de l'agrément.

— Et qu'on dit que c'est l'*historique* d'une femme qu'elle a existé, et qu'elle s'appelait Marie Duplessis, et qu'elle en est morte en priant un auteur de la mettre dessus la scène.

— Théobule, mon parent, qu'il fut hier par là-bas... du côté de Franconi... dans un endroit où il y a un Pierrot, et que toutes les femmes suçaient des sucres d'orge, et que ce Pierrot l'a amusé, et qu'il faut que nous y allions.

— Qu'il faut que ces Parisiens soient enragés pour avoir plus de comédies qu'il n'y a d'églises à Rome; — que je ne croyais pas, à l'époque, que Théobule avait dépensé *cinque* cents livres dans un mois à Paris, mais que je vois bien à présent que c'est la vérité... surtout qu'il a donné dans les femmes...

— Que si je n'avais pas fait la bêtise de me marier à Beaucaire, que je ne m'embêterais pas à vivre dans ce trou, et que je viendrais dans ce Paris, qui est un pays de délices! — que, mercredi, je fus au Jardin-d'Hiver et que je fis la rencontre d'une femme magnifique, qu'elle y était à l'insu de son mari... et que je lui fis oublier ses devoirs... »

Tout le monde oublie ses devoirs.

J'ai oublié, moi, de dire que, pendant ce dialogue, on prend un grog à chaque réplique. — Je répare cette omission.

Entre minuit et une heure du matin, on rencontre des groupes d'hommes devant la porte des hôtels. — Là, avec des accents intraduisibles, on fait l'historique de la journée écoulée et des projets pour la journée du lendemain; — on se donne des rendez-vous « devant la Rotonde, » et je dois croire que tout le monde est fidèle au rendez-vous; car, de midi à onze heures du soir, c'est à ce café un ramage départemental à couvrir la musique de *l'Étoile du Nord*, cette musique que l'on entend du bureau des cannes.

En vérité, en vérité, je vous le dis, ces déportements pantagruéliques me donnent des vertiges et des éblouissements; — j'ai une indigestion de tout ce que je vois manger, et, le soir, sur les boulevards, je suis agacé du clapotement de six cent mille petites cuillers tripotant dans le verre ou la porcelaine. — Après cela, la vie n'a qu'un temps et il faut bien y jeter quelques fleurs.

Pour les contemporains, il est bien oiseux de dénoncer le prétexte de cette vaste orgie; mais, pour la postérité reculée qui lira cette chronique, il n'est pas inutile d'indiquer que, si le genre humain s'est mis à faire le lundi pendant huit jours, il avait ses motifs : — on ne reçoit pas tous les jours une reine qui est le roi d'Angleterre. — Les érudits prétendent même que cela n'était pas arrivé depuis le moyen âge; — encore ajoutent-ils que les rois d'Angleterre n'étaient jamais venus chez nous à titre d'hôtes et d'alliés. — Qu'ils soient les bienvenus sous cette forme nouvelle et infiniment plus agréable.

Je laisse au *Moniteur* et à ses émules, le récit de la grande journée du 18 août. — La reine Victoria est entrée, — les fêtes se succèdent autour d'elle : — spectacles, bals, concerts, tout est splendide et digne d'une hospitalité impériale acquittant les avances d'une hospitalité royale. — Seulement, la fameuse fête de Versailles avec son parc éclairé à la lumière électrique, demeure à l'état de scénario dans les correspondances belges. — Mais j'ai lu tant de détails sur cette nuit fabuleuse, que c'est absolument comme si j'y avais assisté; — je crois même que le *Moniteur* se trompe, et que la fête a été donnée; — autrement, comment les correspondants auraient-ils vu tous les préparatifs, supputé les dépenses et consolé l'ombre de Louis XIV, se lamentant sur la concurrence que lui faisaient les magnificences contemporaines.

Il me semble qu'en présence de ces splendeurs historiques, tout devient secondaire et mesquin : M. Galimard continue à annoncer que le public est admis à voir chez lui, rue Cassette, nº 22, son tableau, *la Séduction de Léda.* — (Essuyez vos pieds S. V. P.) Si la reine Victoria va chez M. Galimard, j'en informerai l'Europe. — D'autre part, le magasin du *Coin de Rue* prétend que *personne* ne veut quitter Paris sans emporter un coupon d'étoffe de ses magasins : le propriétaire est en habit noir, et il attend naturellement le prince Albert, qui n'est venu à Paris que pour faire quelques emplettes au *Coin de Rue.* — Après le départ de nos hôtes illustres, nous en verrons bien d'autres. — La reine Victoria n'achètera pas un pot de pommade que, dès le lendemain, le parfumeur ne s'intitule fournisseur de la cour d'Angleterre. — Il y a dans la rue de Richelieu un bottier qui se proclame fournisseur du duc de Gênes; — je veux croire que le duc de Gênes lui a acheté une paire de bottes, — de son vivant; — mais le prince, depuis sa mort, a dû devenir une bien mauvaise pratique. — Cependant, le bottier persiste ; — récemment, il a fait restaurer son enseigne, et il continue à fournir des bottes au prince enterré.

Les préoccupations générales nuisent beaucoup, cette année, à la spécialité des réclames universitaires : je n'ai encore vu que la pension Coutant (ne pas confondre avec le coiffeur du même nom) se recommander du jeune Gramin qui a obtenu plusieurs prix au lycée. On sait que les maîtres de pension *préparent* les jeunes gens au concours à peu près comme on dresse les jockeys pour les courses. — On prend un enfant un peu bien doué : on développe jusqu'à l'hypertrophie une seule case de son cerveau en déprimant les autres ; on en fait un prodige en version grecque, un idiot pour tout le reste, et, août venant, le résultat s'inscrit à la quatrième page des journaux. — Quand j'étais petit, je me suis aperçu que mes professeurs voulaient me *préparer.* — Je crois qu'on inclinait à faire de moi un phénomène en version latine ; — j'eus recours à la ruse la plus ingénieuse : je m'arrangeai de façon à être *le dernier* plus souvent qu'à mon tour et on me laissa tranquille. — Cependant, dans leur rage de produire des sujets distingués, mes professeurs se demandaient quelquefois, sérieusement, si on ne pourrait pas me proposer pour un prix de paresse transcendante. — Mon système éprouva, d'ailleurs, un échec considérable : en seconde, je fus atteint traîtreusement par un deuxième prix de narration française, pendant que je donnais à déjeuner au lézard qui a fait ses humanités avec moi : mais mes professeurs eux-mêmes convinrent que c'était l'effet d'une fatalité, ce qu'on appelle au billard, et au noble jeu du concours, un *raccroc*, et que j'avais agi sans discernement. — Je fus acquitté à l'unanimité.

Avant l'arrivée de la reine d'Angleterre, j'ai constaté la difficulté de se procurer une voiture dans Paris : j'ai à constater aujourd'hui la difficulté de la conserver quand, après s'être jeté aux genoux du cocher, on a obtenu d'y monter. La veille même de ce grand jour, pendant que j'étais dans une maison, j'ai été *lâché* par une voiture que j'occupais depuis une heure et demie. — Probablement, un Anglais aura proposé mille francs au cocher pour se faire conduire au-devant de la reine. Je ne vois pas de recours contre une pareille désertion ; on ne peut guère logiquement se transporter à la Préfecture pour y signaler la filouterie d'un cocher à qui on doit trois francs et le pourboire, — il faut dévorer son affront, à pied, et se taire, sans murmurer, comme le vieux soldat de M. Scribe.

Les théâtres, cette semaine, n'ont pas osé lutter contre le spectacle officiel. — La plupart, intimidés par la concurrence, ont retardé leur comédie d'une heure. Un seul de ces théâtres, le Gymnase, a eu l'audace d'élever autel contre autel et de donner une première représentation, la représentation d'une pièce en vers intitulée *Un Poëte inconnu*. Ce poëte, c'est le jeune Racine ; — il se révèle en composant un compliment pour le grand roi, et Molière lui prédit qu'il ira aux astres. — Je crois que ce n'est pas autrement compliqué.

Si on me demande ce que je pourrais reprocher à cette œuvre, je serais embarrassé de le dire : — elle ressemble à ces gens parfaitement polis, bien élevés et parfumés d'ambre, dont les qualités sont perdues pour nos esprits grossiers et pervertis. — Nous leur préférons des goujats qui sentent la pipe, parlent l'argot et décrottent leurs bottes sur notre divan. — Peut-être aussi le théâtre a-t-il des lois implacables, et le plus beau ramage ne dispense-t-il pas le plus bel oiseau d'avoir une carcasse et un plumage. — L'accueil fait à cette pièce par la direction du Gymnase est fondé évidemment sur ce que j'appellerai le préjugé du vers. Si un auteur quelconque avait apporté, en prose, cette comédie, si naïve et si peu faite, nul doute que M. Montigny n'eût démanché tous les balais de l'administration pour la recevoir. — Mais elle parlait la langue des dieux, et, à défaut d'enthousiasme, on lui a accordé quelque estime.

Au point de vue des intérêts matériels du théâtre, la représentation de pareilles pièces est ce qu'on appelle un coup nul ; — reste à examiner si la gloire du Gymnase est intéressée à leur faire accueil. Je suis disposé à penser le contraire, et voici pourquoi :

Le Gymnase est incomparablement le premier théâtre de Paris ; — le premier par les recettes et le premier par le niveau littéraire. On n'arrive pas à ces prospérités sans exciter un peu l'envie. — Les directeurs, en bons confrères, s'inquiètent de la *fadeur* du genre exploité au Gymnase ; — les auteurs des Délassements-Comiques se demandent où on veut aller avec cet esprit *précieux* et *cherché,* qui dédaigne le *flan*, les *navets* et les couplets de facture ; — les acteurs forts en gueule, les épileptiques et les brûleurs de planches n'admettent pas cette mesure exquise, cette science des nuances les plus délicates qui distinguent les artistes du Gymnase ; — je crois même qu'on leur reproche un peu de gâter le métier par leur esprit de discipline et leur attachement à leur contrat et à leur devoir. — Viennent à la suite les oisifs de café, les amis des artistes, les satellites des directions rivales : — ceux-là, désintéressés en apparence, ne sont tenus à aucun ménagement, et ils ne se gênent pas pour déclarer qu'ils ne peuvent passer une demi-heure au Gymnase sans s'y endormir. — C'est un tort de fournir pour un seul jour, par l'abus même de ses qualités, un argument à ces démolisseurs, en donnant à penser que le goût, la correction et les délicatesses du langage s'achètent quelquefois au prix de ce plaisir vif et saisissant que doit toujours donner, avant tout, la forme dramatique. — Du reste, c'est une justice à rendre à M. Montigny que, s'il a reçu cette pièce, il ne s'empressait guère de la jouer ; — la distribution des rôles a été remaniée, et puis on s'est décidé à la noyer dans l'apothéose de la reine Victoria.

IX

La retraite des étrangers. — Le provincial à Paris. — Sa résignation et son martyre. — Les loges apoplectiques. — Améliorations proposées. — Aspiration au confortable. — Les derniers jours de la reine Victoria et son départ. — Le lendemain d'une féerie. — Compensation. — Retour du provincial. — Deux types de touristes provinciaux. — Impression de l'étranger. — Appréciation chinoise. — Proposition équitable. — Deux aspects de la société française. — Paris jugé par un Illinois.

2 septembre.

Le flot des étrangers commence à se retirer : on ne rencontre dans Paris que des voitures chargées de bagages dans la direction des embarcadères. — A vrai dire, les Parisiens pur sang commençaient à supporter avec quelque impatience cette usurpation de leur boulevard et de ses dépendances. — La disette des voitures, des stalles au théâtre et du bifteck au restaurant, avait pris des proportions agaçantes ; — il était temps que chacun rentrât un peu chez soi et vécût de son propre bétail et de ses propres artistes. J'imagine que, de leur côté, les provinciaux ne seront pas fâchés de rentrer dans les aisances de la vie départementale. — Pour voir Bouffé, pour entendre *l'Étoile du Nord*, pour voir le Louvre et les sept cents autres merveilles de Paris, on consent bien, pendant quinze jours, à déroger à ses habitudes, à coucher dans des draps de calicot, à payer deux francs du melon *pour un*, quand on a du melon à discrétion dans son verger. — Mais, au bout de quinze jours, le provincial s'aperçoit que nous vivons, nous autres Parisiens, dans des cabanes à lapins. — Le bienfait d'une vie large, dans des sous-préfectures, où l'air, la lumière et l'espace sont à discrétion au lieu d'être mesurés à la toise, rend le provincial très-indiscipliné quand on le met, lui cinquième, dans une loge de quatre, qui serait une excellente loge de deux, — où le troisième commence à devenir une gêne. — On a eu des exemples de provinciaux qui se révoltaient et réclamaient leur argent, dans l'ignorance de cet axiome inscrit sur toutes les affiches de théâtre : « Les billets une fois pris, on n'en rend pas la valeur. » Des femmes de province feignaient de s'évanouir, pour indiquer qu'elles n'avaient pas toutes leurs aises, et quelques provinciaux ont poussé la rouerie jusqu'à tomber en apoplexie foudroyante, afin de constituer l'administration du théâtre dans son tort.

Certes, je n'approuve pas ces systèmes, et il me paraît plaisant que de simples provinciaux aient des prétentions de mort subite dans les récréations cellulaires que nos seigneurs les Parisiens se disputent toute l'année ; mais ne pourrait-on, toutefois, en conclure que le régime de la vie parisienne, en général, et au théâtre en particulier, s'accommoderait de quelques améliorations ?

Il semble que l'exemple vient de haut et que la vie va prendre d'autres proportions. — Ces palais, ces places immenses, ces boulevards plantés sur les ruines des impasses et des coupe-gorge, nous convient à des mœurs plus larges et plus saines. — Le régime de la *portion pour un*, qui domine en toutes choses, semble menacé par l'avénement du Parisien à d'autres combinaisons dont je n'entrevois pas encore bien les résultats futurs. — Ce qu'il y a de certain, c'est qu'en matière de confortable, tout est solidaire, et que, le jour où le Parisien aura une habitation pourvue de toutes les aisances, des voitures en velours capitonné à quarante sous l'heure (on les prépare), des restaurants où le consommateur aura tous les avantages de la solitude dans la foule (on en médite), ce jour-là, le Parisien ne se laissera pas enfermer dans cette souricière que les directeurs de théâtre appellent une loge. — Je disais, dans une de mes dernières chroniques, que le théâtre avait le plus grand tort de combiner l'heure de ses exercices en sens contraire des mœurs de la société, les commençant à l'heure où l'on dîne, les terminant à l'heure où l'on doit être couché depuis longtemps. — L'appropriation des salles au confortable, qui semble indiqué par le courant général des choses, est un bien autre sujet de méditation. — Je le recommande à la sollicitude des intéressés.

Les dernières fêtes consacrées à la reine Victoria ont été dignes des premières. — Les splendeurs de Saint-Cloud et de Versailles, et les manifestations publiques de la rue ont pris, dans ces derniers jours, des proportions lyriques. — On dit que la reine rentre en Angleterre très-éblouie et très-charmée. — Elle aura vu Paris dans des conditions exceptionnelles, le ciel bleu conspirant avec les hommes pour donner à ces dix jours d'hospitalité internationale une magnificence bien rarement soutenue. — Ce sourire d'un climat ordinairement plus variable peut passer à ses yeux pour une galanterie toute française.

Il s'agit maintenant de remettre un peu d'ordre dans nos affaires, de reprendre la vie régulière, de remiser les drapeaux et les lampions jusqu'au jour où le canon des Invalides les provoquera de nouveau à la suite de quelque dépêche électrique partie de Crimée. — Tôt ou tard, le récit du Tartare sera une vérité, et, ce jour-là, la France entière sera pavoisée. — Mais, provisoirement, il faut nous contenter de la condition des simples mortels, ce qui est bien triste après une excursion de dix jours dans le domaine des *Mille et une Nuits.* — La compensation, je l'ai indiqué, ce sera de pouvoir circuler sur le boulevard sans être cerné par les multitudes départementales qui y avaient élu domicile. — J'ai déjà rencontré quelques cochers qui maraudaient à vide ; — leur attitude était moins crâne et ils laissaient tomber sur le passant un œil plus complaisant. — Depuis deux jours aussi, j'ai réussi à dîner dans un restaurant du boulevard, et, enfin, ce dîner fait, j'ai trouvé une stalle vide dans un théâtre que je ne désignerai pas de peur d'y attirer trop d'affluence.

Ce que je voudrais entendre maintenant, c'est le récit des provinciaux de retour dans leur endroit. — Le provincial voyageur n'a que deux notes, l'enthousiasme ou le dénigrement. Le provincial naïf et de bonne foi admire, s'étonne et n'hésite pas à propager ses impressions dans son chef-lieu. — Mais il y a aussi le provincial fier et dédaigneux qui ne veut pas se laisser imposer par le charlatanisme des Parisiens. — Ce dernier préfère *le cours* aux boulevards, la première chanteuse de son endroit à l'Alboni, et le jardin de la préfecture aux Tuileries et au Luxembourg. — L'étranger est plus désintéressé, — il voit de plus haut et ne combat pas pour son clocher.

— Un Prussien confesse avec sincérité que Paris l'a surtout étonné par ce mouvement et cette animation qui manquent essentiellement à Berlin ; un Anglais constate, sans l'envier, cette aptitude du Parisien à vivre des journées entières sur la place publique sans revoir son foyer. — Quant aux Chinois, je ne saurais dire le fond de leur pensée. On m'a raconté qu'une encyclopédie chinoise contenait sur les Français cette simple mention : « Peuple de l'Occident, spirituel et brave, mais malheureusement enclin au vol. » Beaucoup d'appréciations vicieuses peuvent être, en effet, relevées ainsi par des voyageurs mal dirigés dans leur enquête. — Nous avons sur les Chinois à peu près les mêmes données qu'ils ont sur nous, à cela près que nous leur contestons la bravoure et que nous ne sommes pas très-édifiés sur leur esprit.

Il serait bien temps de nommer une commission universelle composée de tous les sages du globe pour établir d'une manière impartiale la moyenne de vices et de vertus qui se rencontrent dans chaque peuple. — Jusqu'ici, nous en sommes réduits aux impressions individuelles de voyageurs qui prennent le détail pour l'ensemble et l'exception pour la règle. « Les Français sont bossus, » écrivait un Anglais qui avait vu un bossu en débarquant à Calais. — L'étranger qui se bornerait à lire la *Gazette des Tribunaux*, pourrait écrire aussi : « Les Français sont voleurs, assassins, incendiaires, à moins qu'ils ne soient avocats, magistrats ou gendarmes. » C'est qu'en effet la société, prise au point de vue des tribunaux, ne présente que ces deux aspects, un Français qui met les menottes à un autre Français.

Puis le point de vue change selon le temps et les circonstances. — Je suppose, par exemple, qu'un chroniqueur illinois retourne dans son pays après avoir observé Paris dans les dix jours de gala que nous venons de traverser ; — il va répandre dans les deux Amériques les appréciations les plus erronées sur nos mœurs, notre caractère et notre condition sociale. Il aura vu un Paris endimanché, dévoyé, dénaturé par une foule d'éléments hétérogènes, et il écrira :

« A Paris, le ciel est toujours bleu comme en Italie ; — il ne pleut jamais ; mais, en raison de l'inclination du peuple français pour le paradoxe, qui se met même en boutique, il y a beaucoup de marchands de parapluies.

» Le soir, les Parisiens mettent à leurs fenêtres des lanternes en papier à l'instar des Chinois; — dans les quartiers riches, on suspend des lustres à des verres de couleur sous des arcs de triomphe; — l'Opéra joue tous les soirs, et le directeur, M. Crosnier, est le même qui a reçu le privilége des mains de Louis XIV. — Il a représenté cette scène sur un rideau du temps. — Les Parisiens ne font que boire et manger; les gens sobres se contentent de fumer en prenant des glaces. — Les Parisiens ont toujours le nez à la fenêtre, et semblent attendre un messie; — ils sont, du reste, très-gais, et ne se livrent à aucun travail. — Leur plus grande affaire est de s'habiller, de se déshabiller et de se rhabiller pour se promener; — leur temps est divisé ainsi : — le lundi, ils se font des visites; — le mardi, ils vont à l'Opéra, où on joue toujours *la Fonti*, à la lumière de cinquante lustres; — le mercredi, ils vont à Saint-Cloud; — le jeudi, au bal; le vendredi, à la revue; le samedi, à Versailles, et, le dimanche, ils se reposent (et, à vrai dire, ils en ont besoin).

» La ville de Paris se compose de deux éléments très-distincts, savoir : les maisons qu'on démolit et les maisons qu'on construit; — les Parisiens logent dans les maisons qui ne sont pas encore démolies, et ils y sont rangés à peu près comme des dominos dans une boîte. — On ne voit partout que des théâtres, des restaurants et des cafés. — Aux Champs-Élysées, où on prend des rafraîchissements en plein vent, ces rafraîchissements poussent tellement à la gaieté, que les consommateurs montent sur un petit théâtre et chantent leur bonheur sous forme d'improvisations, qui parfois dégénèrent en vociférations. — Quant-aux garçons de l'établissement, ils n'ont qu'un seul refrain : « Messieurs, renouvelez la consommation. »

» Parmi les théâtres, dont cette ville est pleine, quelques-uns se livrent aux divertissements les plus singuliers : — aux Champs-Élysées, par exemple, il y a un cheval blanc qui tourne tous les soirs pendant deux heures autour d'un cirque; — il paraît que ce cheval tourne ainsi depuis cinquante ans, et ce spectacle, qui ne comporte pas d'autre variété, attire toujours la foule. — On paye deux francs et un franc pour voir ce cheval; — aux places à un franc, on voit assez bien; mais, aux places à deux francs, on a l'avantage de recevoir beaucoup de sable dans la figure. — Les autres comédies sont toutes plus ou moins bizarres : on représente, par exemple, des scènes de la vie réelle; puis, au moment où l'illusion vous captive, des musiciens placés dans la salle se mettent à jouer, qui du violon, qui de la flûte, et les acteurs, de leur côté, se mettent à chanter des airs gais ou langoureux; — quelquefois, le fond du théâtre est garni d'une société qui chante aussi :

A la fête
Qui s'apprête
Accourons,
Accourons,
Accourons,
Accourons,
Accourons,
Accourons.

Le maître de la maison leur réplique :

A la fête
Qui s'apprête
Accourez,
Accourez,
Accourez,
Accourez, etc.

» Quand ces divertissements sont terminés, la pièce reprend son cours et quelquefois, à la fin de la comédie, celui qui a été le plus gai et qui a le plus chanté se brûle la cervelle ou s'empoisonne de désespoir, — c'est à n'y rien comprendre; mais ce genre de récréation est si profondément enraciné dans les mœurs parisiennes, qu'il y a une quinzaine de théâtres où on s'y livre, et une société de trois cents poëtes qui ne fait autre chose toute l'année que de reproduire le fameux refrain :

A la fête
Qui s'apprête
Accourons, etc.

» Au dessus de ces petits théâtres qui ont le droit de faire faillite, et qui en profitent largement, il y a une grande scène nationale qu'on appelle le Théâtre-Français et qui se distingue des autres en ce sens qu'elle fait toujours des dettes sans jamais faire faillite.

» On représente là ce qu'on appelle le répertoire classique : — ce sont des espèces de poëmes toujours consacrés aux Grecs et aux Romains. — Les acteurs qui déclament ces sortes de choses font une telle dépense de force, qu'on leur garantit une pension sur leurs vieux jours.

» Les Parisiens sont très-bizarres. — Le premier jour de mon arrivée, je vis, dans un restaurant, un Parisien qui, après avoir mangé une omelette, mit le plat d'argent dans son estomac. — On m'a expliqué que c'était une farce qu'il faisait au restaurateur. — Depuis, j'ai vu faire cette plaisanterie dans les cafés avec de simples petites cuillers. — Du reste, ces facéties sont mal vues dans la société, et quelquefois elles sont jugées très-sévèrement.

» Les Parisiens voyagent peu, sous prétexte que rien n'égale Paris; — ils accueillent les étrangers avec politesse, pourvu qu'ils aient de l'argent et ne parlent pas de langues étrangères. J'ai demandé un jour mon chemin à un pâtissier, qui m'a répondu : « Vous » êtes étranger, adressez-vous à votre ambassadeur. »

» Les Parisiens ont cela de distinctif qu'ils s'entendent à tout et à rien; — ils consacrent les réputations musicales sans soupçonner les lois de la musique; tous les arts sont soumis à leur jugement, qui est sans appel en Europe, et, tandis que leur goût individuel incline presque toujours vers ce qui est puéril et mesquin, leur conscience collective s'élève aux plus généreuses aspirations. — C'est un drôle de peuple et quelquefois un peuple de drôles. »

Avouez que, si mon Illinois est un peu dépaysé, s'il a vu un Paris transitoire, qui a dérangé son optique, il a parfois rencontré juste.

X

Une semaine victorieuse. — Le chauvinisme. — La paix et la guerre. — Double triomphe. — L'Exposition. — Calcul de statistique. — Les machines. — Celles qu'on comprend et celles qu'on ne comprend pas. — La mécanique appliquée à la vie à bon marché. — Question d'actualité. — La crise des subsistances. — Les ouvriers et les employés. — Les restaurants à bon marché. — La salle Montesquieu. — Rouget. — Katcomb. — Un restaurant dénoncé à la police. — Au delà du dîner. — Les gargottes dramatiques. — Les réclames. — Vaudeville : *Aimer et Mourir*. — Les Kœnismarck. — M. Henri Blaze. — Palais-Royal : *le Gendre de M. Pommier*.

16 septembre.

Au-dessus des frivolités de la semaine, surnage un grand événement, une gloire de plus à inscrire dans ce livre des batailles où la France compte déjà d'assez belles pages. — Il y a un an, presque jour pour jour, un Tartare, croyant faire une grosse malice, annonçait la chute de Sébastopol. — Nos soldats ont pris la chose au sérieux, et, après bien des combats et bien des souffrances, les voilà maîtres de cette forteresse réputée imprenable. — Après une si longue attente, le succès a surpris comme une chose imprévue. On ne s'explique pas encore la retraite des Russes; — mais nous ne sommes pas dans le secret de leurs embarras et de leurs *ennuis*, comme aurait dit Racine. — Ne nous hâtons donc pas de condamner des ennemis dont la valeur a donné depuis un an tant d'éclat à la supériorité relative des nôtres.

Cet événement ouvre devant nous de nouvelles perspectives dont l'appréciation n'est pas de notre compétence; — tout au plus aurons-nous à rendre compte des fêtes publiques que l'on annonce en célébration de cette grande conquête.

Je retrouve toujours en moi dans ces occasions solennelles un vieux fonds de *chauvinisme* que je ne songe aucunement à amortir. — Le *préjugé* de la gloire nationale, comme disent certains sceptiques, est encore une de ces faiblesses qui maintiennent la société dans ses vieilles traditions d'honneur. — Il me semble que les hommes de tous les partis peuvent trouver des joies puissantes dans le succès de nos armées. — Qu'importe quelle cocarde porte la France, pourvu qu'elle conserve son ascendant dans le monde! D'ailleurs, à part ces considérations supérieures, quel cœur assez fanatisé par les passions politiques pourrait se refuser à un mouvement de sympathie passionnée pour ces soldats, ces officiers, ces généraux qui succombent dans le triomphe à huit cents lieues de la patrie?

Donc, par les arts de la guerre et par les merveilles de la paix, l'année 1855 prend une date mémorable dans l'histoire. — En Crimée, nous exposons au monde une armée modèle par le courage, le moral, la discipline; — à Paris, nous convions l'Europe au spectacle imposant des mille prodiges des beaux-arts et de l'industrie. Certes, c'est une rencontre qui mérite d'être notée et qui n'échappera pas aux commentateurs futurs, que ce cumul des gloires de la paix et des triomphes de la guerre.

A propos de l'Exposition, il y aurait encore beaucoup à dire, même après tout ce qui a été dit. Au bout de cette immense publicité répandue autour du Palais de l'Industrie, bien des produits remarquables demeureront dans l'ombre, loin du soleil de la réclame. — Un statisticien a calculé que, pour examiner pièce à pièce les produits entreposés aux Champs-Elysées, il faudrait trois ans à un homme valide, ponctuel, et pouvant y consacrer douze heures par jour; — ajoutez qu'il faudrait à beaucoup d'entre nous plus de trois ans d'études pour comprendre le jeu de certaines machines. — Moi qui vous parle, je ne comprends pas encore la machine la plus élémentaire, celle de M. Devinck, qui plie et cachète le chocolat. — Je comprends beaucoup mieux la fonction d'un appareil voisin qui débite du chocolat à six sous la tasse, et plus loin du café à quatre sous la demi-tasse. S'il y a quelque chose d'actuel, c'est assurément le génie de la mécanique appliqué à résoudre les problèmes de la vie à bon marché. — Ce serait le cas de parler de cette immense *restauration* de la salle Montesquieu qui, tous les jours, donne la nourriture à des milliers de consommateurs; c'est, paraît-il, une entreprise réussie à tous les points de vue. — La nourriture est saine, abondante, à prix très-réduit, et le spéculateur fait fortune. — Or, il paraît que précisément la mécanique joue encore un rôle dans cette affaire, — non pas qu'on ait trouvé le moyen, en soumettant un veau à un système d'engrenage, d'en faire sortir un bœuf, — ce serait trop beau, et c'est encore à trouver; — mais en ce sens que le tarif démocratique de la consommation est obtenu par des appareils donnant une immense économie sur les combustions et l'ensemble des préparations culinaires. — L'équilibre de la vie est dérangé pour le genre humain tout entier par un écart violent entre les salaires et le prix des choses les plus nécessaires à la vie.

Nous prenons ce mot de *salaire* dans son sens le plus générique, et sans prétendre en limiter l'application aux ouvriers.

Nous inclinons même à penser que cette crise sévit plus cruellement sur les ouvriers en habit noir que sur les salariés en blouse. — Se représente-t-on bien aujourd'hui, au prix *où est le beurre*, comme disent les cuisinières, la condition d'un employé à douze cents francs (et il y en a beaucoup au-dessous de cette couche aristocratique)? — La société impose à l'employé une certaine étiquette dont l'ouvrier est affranchi. — L'ouvrier trouve un lit pour trois sous; — pas un employé n'oserait reposer sur un pareil duvet. — Que dirait le patron, s'il trouvait son commis couché entre un ramoneur et un porteur d'eau? — Il dirait que son commis *ne garde pas son rang* et qu'il voit la *mauvaise compagnie*. — Et ainsi du reste : — il faut à l'employé du linge propre, un habit, un chapeau, des bottes, quelquefois des bottes vernies, et elles coûtent aujourd'hui quarante francs! — J'allais oublier que les exigences somptuaires ne dispensent pas l'employé le plus modeste de manger deux fois par jour. — Où ira-t-il manger? Dans quelque marmite économique? Mais là l'objection est la même que pour le coucher; — il risque de trouver un maçon ou tout au moins la casquette d'un maçon dans sa soupe. — Le patron pensera qu'il n'est pas de bon air que son commis *fréquente les gargotes*. — Au-dessus de celles-ci, il y a les restaurants :

ici, il y aurait un recensement à faire, au bout duquel il serait bien difficile de rencontrer pour moins de deux francs un dîner qui ne fût pas une dérision. — Dans la rue de Valois, au Palais-Royal, il y a encore l'illustre Rouget, où autrefois la littérature aux abois prenait sa pâture. — Je crois bien qu'on mange toujours chez Rouget; mais y *dîne-t-on?* — Question délicate et que je me refuse à approfondir, quand même on m'y offrirait à dîner. — On pourrait signaler encore la taverne de feu Katcomb, cet Anglais de si mauvaise humeur, qui a nourri notre jeunesse. — Il était bien sain et bien succulent, le rosbif de Katcomb, au temps où cet animal (je parle du restaurateur, ne vous y trompez pas) disait à haute voix: « Les personnes qui ont fini de manger sont invitées à passer au comptoir; — on ne vient pas ici pour faire la conversation. » Et, quand on lui demandait une serviette: « Je ne reçois que des gens propres: que ceux qui sont sales aillent s'essuyer chez eux. » — Il y aurait un volume à faire des impertinences adorables de ce Katcomb; — mais aussi quel rosbif! quelles pommes de terre et quel pudding! quelle bière! et cela pour moins de vingt-cinq sous! Aujourd'hui, on est bien mieux élevé chez Katcomb; mais je crains que la politesse du langage n'ait remplacé celle de la cuisine.

Là était la véritable séduction de ce Katcomb, et un artiste devenu très-célèbre, fort malmené un jour par Katcomb, lui disait: « Katcomb, je ne viens pas ici pour ton sourire: tu es vieux, bête et grossier, mais ton rosbif me charme: tu peux me frapper, mais tu ne me feras pas déserter. » Katcomb fut tellement flatté de cette déclaration d'amour à son rosbif, qu'à dater de ce jour il réserva une place à ce consommateur. — Or, une place réservée chez Katcomb, par Katcomb lui-même, c'était une faveur dont deux seuls mortels ont joui, le susdit artiste et le duc de S...-T..., ce géant qui mangeait cinq portions de rosbif dans ses petits jours et qui avait captivé Katcomb en lui donnant ses entrées à la chambre des pairs.

En dehors de ces deux maisons, Rouget et Katcomb, que je veux bien compter comme si elles existaient encore, je ne vois plus le dîner à bon marché que dans ces cuisines bourgeoises qui exposent invariablement en montre des pruneaux, de la marmelade de pomme et des œufs au lait. — Or, comme ordinairement on expose au public ce qu'on a de mieux, ces trois échantillons m'ont toujours dissuadé de connaître le reste. Béni soit donc le *bouillon* du grand Montesquieu, s'il console l'humanité affamée et médiocrement appointée des cartes inabordables de l'aristocratie gargotière.

J'ai fait hier dans un restaurant du Palais-Royal le dîner suivant ; je le dénonce à la police avec pièce justificative :

Pain.	»	25 c.
Vin.	2 fr.	50 c.
Potage.	»	80 c.
Rosbif.	2 fr.	
Haricots	1 fr.	50 c.
Pêche	2 fr.	
	9 fr.	05 c.

Ainsi voilà un homme de lettres, le plus ordinairement classé dans les catégories besoigneuses, qui a dépensé plus de neuf francs pour son dîner. « Bon ! vont s'écrier les bonnes gens de province (de la province qui ne vient pas à Paris), c'est un goinfre, un raffiné, un disciple de Brillat-Savarin, un successeur du marquis de Cussy, un alchimiste culinaire à la recherche de la truffe philosophale ! » Apaisez votre indignation : cet homme a mangé de la soupe, du bœuf, des haricots et un fruit. — Il a fait un dîner de collége. — Il est vrai que le restaurateur n'enseigne pas le latin, et, sans contredit, c'est là une compensation.

Il faut ajouter que la vie matérielle n'est pas toute la vie et qu'il faut aussi nourrir son intelligence. — De ce côté-là encore, on rencontre beaucoup de gargotiers qui ne se gênent pas pour servir au public des vaudevilles et des drames fort mal accommodés, sans saveur, ou trop épicés, quelquefois mélangés de substances narcotiques. — Cependant, il en coûte encore généralement cinq francs par tête pour s'asseoir au banquet de la comédie parisienne ; — mais aussi que d'appels irrésistibles, et combien la réclame dramatique a fait de progrès depuis que j'ai abandonné ce genre de littérature à des successeurs plus vaillants. — Écoutez la Porte-Saint-Martin : « La chaleur, le choléra, la villégiature et la chasse, conjurés contre le succès de *Paris, c'est le serpent qui mord la lime.* » Un autre jour, ce succès est établi sur des *bases d'airain.* — Une autre fois, c'est *Paris* racontant ses merveilles à Paris depuis les *vagissements de Lutèce au berceau* jusqu'à... (je ne sais plus quoi). — En y réfléchissant, je ne suis pas bien sûr, au temps où je cultivais ce style, de n'avoir pas été aussi pompeux que mon successeur le rédacteur en chef des réclames de la Porte-Saint-Martin. — Mais j'ajouterai que j'en suis bien humilié. — Du reste, en écrivant ces choses-là, j'avais pour excuse de n'en pas croire un mot, pour mon compte, et la conviction que je faisais peu de dupes. — La Porte-Saint-Martin est payée pour croire le contraire; car, serpent à part, sa pièce continue à attirer des multitudes insensées.

La semaine a vu éclore deux pièces d'un style et d'un intérêt bien différents. — Au Vaudeville, *Aimer et Mourir* est une pièce très-pompeusement habillée à la Louis XIV. — Mais qu'est-ce que cette pièce? Cela n'est pas le plus commode à dire. — M. Henri Blaze, pour qui l'Allemagne est une patrie littéraire, a publié il y a quelques mois une histoire des Kœnismarck. — C'est un travail très-touffu, très-varié, plein de documents, d'incidents, de physionomies, de caractères, le tout puisé aux archives du Hanovre. — Chemin faisant l'érudit et charmant conteur rencontre un drame; c'est la mort du dernier de Kœnismarck tué, comme Monaldeschi, par l'ordre d'une femme jalouse, dans la galerie du château de l'Électeur. — Le crime de ce Philippe de Kœnismarck est un crime de tous les temps. — Il était jeune, il était beau, et il fut le consolateur né de la princesse déplorable que son sort avait liée au fils de l'Électeur, qui fut Georges Ier d'Angleterre. Ces malheurs, ces amours voilés, ces jalousies pleines de fureurs et de sang, ces intrigues engagées dans la politique tortueuse d'une maison ambitieuse, composent dans le livre de M. Blaze un tableau curieux, attrayant, éclairé par des progressions de passions et des physionomies pleines de relief. — Transporté au théâtre, cet épisode des amours de Kœnismarck avec la princesse Dorothée-Sophie manque de lumière. — Les personnages tombent sur la scène comme des aérolithes et demeurent à l'état d'énigmes pour le public, qu'aucune préparation n'a initié à leurs mobiles. — Il est résulté de là trois actes fort languissants, et M. Blaze a doublement droit à des dommages-intérêts pour avoir été pillé d'abord, puis pour avoir eu affaire à des pillards qui ont saccagé sa propriété.

Je préfère infiniment à cette pièce magnifiquement costumée *le Gendre de M. Pommier*, vaudeville médiocrement vêtu, mais riche en gaieté. — M. Pommier du Palais-Royal procède à peu près avec son gendre, comme M. Poirier du Gymnase. — Pour dire toute notre pensée, M. Pommier est une canaille. — Simple carrossier en retraite, il aspire à faire entrer sa fille dans l'aristocratie; mais ce qu'il veut, c'est moins un gendre qu'un titre, et, en conséquence, il fait choix d'un jeune lion parvenu au bord de la tombe. — Seulement, ce lion malade est un Sixte-Quint, qui, une fois élevé au titre de gendre de M. Pommier, jette sa béquille, recommence la noce, et trouve dans les moments perdus le moyen de se faire adorer de sa femme; — si bien que M. Pommier, qui, de son côté, adore sa fille, est pris dans son propre piége. — Tout cela, très-heureusement, est loin d'être aussi raisonnable que je viens d'avoir l'honneur de vous l'exposer. — La pièce est d'une absurdité charmante, et, à l'instar du *Chapeau de paille d'Italie*, elle aura un grand retentissement dans la caisse du théâtre. — Grassot y est insensé, — Luguet extravagant, et mademoiselle Dinah agréable dans un très-petit rôle : au Palais-Royal, je ne crains rien tant que les grandes comédiennes, et je ne vois pas que mademoiselle Dinah ait des prétentions à la succession de mademoiselle Rachel. J'allais oublier un certain Octave, qui est laid et bête à faire rêver.

XI

Le dernier gala. — Les visiteurs en perspective. — Exposition. — Le registre des réclamations. — Les réclamations grotesques et irrévérencieuses. — Une victime de la gaminerie parisienne. — Le général Fabvier et les Grecs. — Odéon : *Maître Favilla.* — Madame Sand. — M. Rouvière.

23 septembre.

Nous avons eu encore, la semaine dernière, un jour de fête, un *Te Deum*, des illuminations et des spectacles *gratis*, avec cantates en l'honneur de la prise de Sébastopol. On attend encore des visiteurs couronnés, entre autres le roi de Sardaigne et le pacha d'Égypte, attirés ici par l'Exposition.

A propos de l'Exposition, comme dans ce pays-ci le bouffon se mêle toujours au sublime, j'ai à constater quelques gamineries de l'esprit parisien. — On a installé dans les Palais de l'Industrie et des Beaux-Arts des registres de réclamations destinés à recevoir les plaintes du public contre les écarts du service. Dans le principe, et avant que le buffet fût desservi par Chevet, les réclamations portaient exclusivement sur le jambon et la galantine; depuis qu'on n'a plus qu'à se louer de la cuisine de l'Exposition, les réclamations égarées sur toutes les puérilités s'abandonnent aux plus hautes fantaisies de l'imagination. — Celui-ci se plaint qu'on abuse des orgues; — celui-là demande qu'on supprime le piano, même le piano d'Érard touché par Quidant ; — ces gens-là rappellent assez l'homme dont parle Chateaubriand, qui se plaignait d'un pays où les rossignols ne faisaient que *gueuler*. — Aux Beaux-Arts, les deux écoles de la ligne et de la couleur se livrent des batailles furieuses sur le livre des réclamations. — M. Ingres y est encore plus maltraité que dans le *Figaro* par notre confrère Nadar. — Un fantaisiste demande qu'on construise un palais pour M. Galimard tout seul. — D'autres demandent des médailles d'or d'une valeur de plusieurs millions pour des peintres obscurs. — Quelques-uns proposent une souscription nationale pour rembourser M. Courbet de ses frais d'exhibition solitaire. — « *Une femme* (*sic*) accuse M. Courbet d'avoir calomnié son sexe du côté où toute agression est une lâcheté (voir *la Baigneuse*). » — Bref, une fois encore, les Parisiens ont tourné à la plaisanterie une mesure qui avait un but sérieux.

On m'a montré cette semaine une des victimes de la gaminerie parisienne : c'est une jeune dame aux camellias, plus forte sur la guipure que sur la géographie. — Elle avait voulu se montrer cet été dans un des casinos qui peuplent les bords du Rhin des élégantes de la rue de Bréda, et des farceurs sans vergogne l'avaient envoyée aux *eaux de Bottot*, avec des lettres de recommandation pour le directeur et le médecin de l'établissement. — Une fois à Francfort, conformément à l'itinéraire qu'on lui avait tracé, la belle voyageuse se mit à la recherche des *eaux de Bottot*. On finit par lui servir un flacon de 3 francs, *pour l'entretien de la bouche*. Quant à la source, au casino et à la roulette de Bottot, personne ne put l'aider à les découvrir. Elle se contenta donc de passer quinze jours à Bade, où elle s'est répandue en lamentations sur l'ignorance des Allemands, qui n'avaient pu lui enseigner la principauté de Bottot. — Tout le monde a compati à sa peine, et un ami du landgrave de Bottot lui a promis de la conduire, l'année prochaine, dans ce merveilleux pays.

Paris ne se doute guère qu'il a vu disparaître ces jours-ci un homme qui fut, il y a trente ans, une de ses idoles. — Le général, alors colonel, Fabvier, qui vient de mourir, joua dans l'insurrection grecque de 1825 le même rôle épique et chevaleresque qui fut dévolu à la Fayette dans l'insurrection américaine. — En ce temps-là, tout conspirait pour le succès des *Hellènes*. — Il y a toujours en France une politique transitoire et sentimentale qui mine la grande politique, et Charles X était entraîné par le courant irrésistible du libéralisme à s'allier à la Russie pour ébranler l'empire ottoman, comme Louis XVI avait dû donner le secours de ses armes aux insurgents d'Amérique, malgré les avis des sages et des prophètes.

— Bien mal venu eût été celui qui, en 1825, eût osé plaider la cause du sultan. — L'engouement était universel : — les journaux, les théâtres, les paravents, les fonds d'assiette, les enseignes de marchand, tout était grec. — En ce temps-là, les femmes s'inondaient de *l'huile des Grecs pour l'entretien de la chevelure*, comme, plus tard, nous avons eu le *mastic polonais* pour faire tomber les cors. Sur les bancs du collége, où nous étions assis, nous ressentions ce frémissement de la société extérieure, et, quand nous avions mollement étudié le *Compendium historiæ Grecæ*, quand nous avions fait une composition tiède sur la journée de Marathon ou de Salamine, le professeur, par une digression habile, donnait à son blâme un caractère de flétrissure indélébile :

« Je vois avec peine, disait le professeur, qu'au moment où les Grecs combattent pour leurs foyers, l'élève Villemot demeure indifférent à la gloire immortelle de leurs ancêtres. — L'élève Villemot est un mauvais écolier; plaise à Dieu qu'il ne devienne pas un mauvais citoyen ! — Pour conjurer ce danger, l'élève Villemot copiera soixante fois l'allocution de Miltiade à ses troupes. »

L'élève Villemot s'exécutait; mais, quand il avait fini son pensum, l'élève Villemot avait des Grecs plein le dos et même un peu davantage, et il jurait de se venger tôt ou tard. — L'élève Villemot a été patient; mais, enfin, l'heure est venue, et il se venge.

Il y avait parmi nous quelques jeunes Grecs élevés en France; ils s'appelaient de noms qui enflammaient l'imagination, et tout naturellement prenaient un intérêt passionné à cette lutte. — L'un d'eux fut conduit, un jour, chez le duc de B..., un des philhellènes de ce temps-là ; — il y trouva le portrait de madame de Staël, coiffée de son turban classique, et, prenant l'auteur de *Corinne* pour un Sélim ou un Amurath, il lui montra le poing et s'emporta en menaces et en invectives.

Donc, le colonel Fabvier, l'amiral de Rigny, l'*immortel* Canaris, avec ses lunettes (ce fut une de mes déceptions : je ne m'étais jamais représenté un Grec avec des lunettes), tous les héros de cette guerre sentimentale furent pendant deux ans les lions de l'époque. — Ce n'est pas qu'au fond on eût beaucoup d'illusion sur les Grecs. — Mais les dieux étaient pour eux, et dans les dieux je comprends Béranger, *le Constitutionnel*, le général Foy et le colonel Fabvier. — Ce dernier s'éclipsa depuis comme ces acteurs qui ne rencontrent qu'un rôle dans toute leur carrière.

L'Odéon a fait sa réouverture cette semaine par une pièce de George Sand.

Maître Favilla est une physionomie composée tout à fait dans la grande manière de l'auteur, et, comme pièce de théâtre, plus incontestablement réussie que beaucoup d'autres de ses productions scéniques. — Cette figure étrange de Favilla, se détachant sur le fond des choses réelles, va se perdre dans le vague fantastique des conceptions d'Hoffmann... — Paganini avec son violon et sa tête satanique vous donnerait une idée affaiblie du héros de George Sand. — Favilla n'est pas précisément fou, mais il a des vertiges. — Un jour, en promenant son génie sur les cordes de son violon, il a rencontré une extase qui l'a détaché du monde réel, et si bien brouillé avec les conventions sociales, qu'il perd de vue tout ce que les notaires ont l'habitude de respecter. — Le baron de Muldorf, en mourant, lui a dit : « Favilla, je vous donne tout ce qui m'appartient, mes fiefs, mes biens et mes titres de baron. » Favilla *obéit;* — la fortune ne le tente pas; mais, au bout de la fortune, il voit un devoir! — Il vient donc s'installer, avec une naïveté sublime, dans ce château de Muldorf, et il y rencontre l'héritier du sang, le neveu du comte, qui, à défaut de testament, a déjà pris possession. — Tous les incidents scéniques de la pièce et sa tendance philosophique reposent sur les relations étranges qui s'établissent entre Favilla et Keller, le neveu du comte. — Ce Keller est un personnage vulgaire, pas méchant au fond, aussi peu résolu pour le bien que pour le mal, et ajournant toujours l'un et l'autre; — du reste, très-empâté dans sa nouvelle grandeur, très-étonné, comme M. Jourdain, de faire de la prose (et de si belle prose), enclin à quelques galanteries grossières, et (c'est ce qu'il a de mieux) père d'un fils qui a tout de suite distingué, dans la fille de Favilla, une créature supérieure. — Donc, au moment où Favilla vient s'installer dans le château, une convention s'établit entre tous les personnages pour ne pas le réveiller trop brusquement de ce beau rêve. — Favilla, dans cette position fictive, devient la leçon du riche, et laisse tomber ce mot que devront ramasser ceux qui peuvent l'utiliser : « La richesse est un dépôt; » et il se comporte conformément à cette maxime.—Sa fille aime le fils de Keller, elle en est aimée : « Bénissons leur union, Keller, et ne craignez pas de moi un obstacle; je ne suis pas de ceux qui mettent les biens de la terre avant les trésors de l'âme. » Vous voyez d'ici tout ce qu'il y a de grâce, de charme, de nouveauté et de piquant dans cette situation qui se reproduit en prenant des aspects variés; — mais la femme de Favilla, qui, elle, n'a jamais joué du violon, a bien mieux que son mari le sens des positions respectives; — elle veut quitter cette maison, où l'honneur de sa fille est menacé. — D'autre part, Keller a jeté un œil de convoitise sur la femme de Favilla; — celui-ci pressent un manque de respect ou de convenance envers sa femme; il parle alors sur le ton d'un maître bienveillant, mais irrité, qui ne céderait rien sur le terrain de sa dignité blessée. —Keller alors déchire les voiles, et apprend à Favilla sa véritable situation, celle d'un fou visionnaire dont on a ménagé jusque-là la faiblesse. — Cette révélation produit sur l'esprit de Favilla une réaction salutaire : « Je ne veux pas être fou, dit-il; un fou n'est plus un homme; il n'a plus le droit d'être époux et père. — Vous demandez un testament pour établir mes droits; — ce testament, il a existé... mais qu'en ai-je fait? »

Alors, ce grand esprit, flottant depuis si longtemps dans les radieuses immensités d'un monde supérieur, essaye de se rattacher à la terre, de se fixer sur un seul point, sur un seul souvenir. — « Ce testament... il était dans ma main... au moment où mon ami expirait. » Favilla recompose alors cette scène funèbre. — Il cherche, il hésite, il s'égare dans le nuage, puis il s'en dégage avec un éclair de raison et de volonté. « Je me rappelle... ce testament..., je l'ai brûlé. »

Cette scène, d'un effet immense, a donné un éclat bruyant au succès déjà très-déterminé de madame Sand.

Nul n'a le droit de parler du style de l'auteur de *Valentine*. — Qu'en dire, d'ailleurs? — Si le talent progresse, le génie demeure immuable, et madame Sand, le jour où elle a pris une plume, a rencontré le génie du style, c'est-à-dire la grandeur dans la simplicité. — Il y a dans cette pièce, entre autres choses, une définition du génie de Mozart qui est une merveille.

Si un homme était prédestiné à représenter Favilla le visionnaire, c'est assurément M. Rouvière. — C'est une étrange condition que celle de ce comédien, incompris de la masse des spectateurs, acclamé par un public d'élite, sifflé, il y a quelques mois, à la Gaieté, triomphant hier à l'Odéon, inflexible dans sa voie et dédaignant de faire une concession aux vulgarités du métier : pauvre artiste de génie, condamné éternellement peut-être à flotter entre l'admiration des lettrés et des artistes, et les dédains bourgeois de la multitude, étrangère ou indifférente à toute combinaison d'art qui s'élève au-dessus d'un certain niveau convenu. Au moins, il aura eu une belle soirée en sa vie, ce Rouvière ; — il aura entendu répéter, par tout ce qui a une autorité dans l'art et dans la littérature, qu'aucun comédien à Paris n'eût approché de lui dans cette étonnante et fantastique composition de Favilla. — C'est un artiste étrange, singulièrement construit et doué d'une attraction indéfinissable. — Dès qu'il s'empare de la scène, elle lui appartient et n'appartient plus qu'à lui. — L'œil ne peut se détacher de cet être bizarre qui semble moins un homme qu'une apparition fantastique qui tout à l'heure va s'évanouir. — Ce vague de la légende, cet ascétisme d'une créature qui vit dans les extases d'un septième sens, sont si familiers à Rouvière ; il y apporte tant de conviction et une nature si spéciale, et laisse dans l'esprit une impression si profonde et si curieuse, que je me demande toujours ce qu'il devient quand il disparaît, et s'il ne retourne pas dans un monde mystérieux, fermé à l'œil des humains.

XII

Transition mélancolique. — La chute des feuilles. — Fête de Longchamps. — Le coureur Genaro. — Son physique. — Incidents et accidents. — La revanche. — Une spéculation d'Harel. — Un cheval qui n'aime pas les obélisques. — Le domestique à l'heure. — Un spéculateur funèbre. — Un duc à bon marché. — Aurore de la saison d'hiver. — Théâtres. — Ambigu : *la Tour de Londres*.

30 septembre.

L'été s'en va : un frisson a déjà passé dans l'air, chassant devant lui les tièdes émanations des beaux jours; — les ramoneurs relèvent la tête; les restes de la provision de l'année dernière petillent dans les cheminées en attendant du renfort. C'est toujours par une transition mélancolique que nous passons ainsi de la vie en plein air à la vie murée dans les salons et les lieux clos. Ce premier souffle de l'arrière-saison apporte à l'âme je ne sais quel découragement vague. — De tout temps, la chute des feuilles a inspiré l'élégie, et tout ce qui souffre, tout ce qui meurt se prend d'un pressentiment sinistre au spectacle de ce premier deuil de la nature.

Le dernier beau jour de la saison aura été signalé par l'exhibition très-curieuse de ce coureur espagnol qui avait porté un défi à tous les chevaux du steeple-chase parisien. — C'est dans le champ de course de Longchamps que cette expérience a eu lieu, dimanche dernier, par un soleil énervant et sous les flots d'une poussière que l'administration municipale de l'endroit aurait dû ménager davantage. — M. le maire a prodigué toute sa poussière ce jour-là, et il ne lui en restera plus pour l'année prochaine. — Toutes les beautés du monde et du demi-monde parisien assistaient à cette fête équo-pédestre; on y remarquait aussi tous les journalistes qui ne sont pas à Bade, à Hombourg ou ailleurs. — Le Jockey-Club et les marchands de chevaux intéressés dans la question avaient délégué des représentants ; les Espagnols, par esprit national, avaient voulu encourager leur compatriote à deux pieds, luttant contre les quadrupèdes de la France et de l'Angleterre, et tout cela grouillait sur le turf, dans les tribunes, à cheval ou en calèche.

Genaro s'est d'abord montré au public dans un petit déshabillé de féerie, que l'on dit être son costume national. — C'est un homme mince, nerveux et trapu, de trente-cinq ans environ, et plus grêlé que ne le comporte un siècle aussi vacciné que le nôtre. — On criait et on vendait la biographie de Genaro, *ornée* de son portrait, et il s'est rencontré des femmes assez perverses pour acheter le portrait de ce Castillan. — Ce sont probablement les mêmes qui contemplent avec complaisance, à l'exposition solitaire de M. Courbet, les deux *Lutteurs* de ce maître.—C'est probablement un moyen d'amortir les tentations coupables.

Si le serpent qui a perdu Ève avait été grêlé comme Genaro ; s'il avait eu des reins défendus par des ouvrages avancés aussi inaccessibles que les *Lutteurs* de M. Courbet, le genre humain était peut-être sauvé; — à quoi tient le paradis !

Un peu avant trois heures, le signal de l'engagement a été donné; — Genaro, dans son programme, se proposait, non pas de lutter de vitesse avec les chevaux, mais de les vaincre par la lassitude.—A dater de ce moment, et jusqu'à huit heures, la course ne pouvait offrir de péripétie ; — à six heures, quand j'ai quitté le champ de course, Genaro courait encore, mais cinq des chevaux tenaient bon ; — à huit heures, m'a-t-on raconté, Genaro est tombé évanoui, et les deux derniers chevaux qui avaient soutenu la gageure se sont partagé le prix et n'ont pas songé à le disputer.—Quand je parle des chevaux, il est bien entendu que je veux parler des cavaliers ; les chevaux, si on les eût consultés, eussent été d'avis depuis bien longtemps de s'avouer vaincus. — C'est là un élément à apprécier dans le résultat de cette gageure ; — Genaro ne luttait pas précisément contre des chevaux, mais contre des jockeys qui substituaient un peu leur volonté à celle de leur monture : — les chevaux, je crois, n'y auraient pas mis tant d'amour-propre. Genaro a donc succombé ; — mais plus un homme est grêlé, plus on doit déployer de courtoisie à son égard. Proclamons donc que sa défaite n'est pas sans gloire, et qu'un autre jour, par une autre température, il aura chance de prendre une revanche.

Le résultat de la journée de dimanche dernier a modifié les conditions du programme pour dimanche prochain : — tout l'intérêt de ce spectacle étant dans le dénoûment, on annonce une revanche qui commencera à neuf heures du matin.

Quelques féroces, de la classe de ceux qui voient trois mélodrames à l'Ambigu, le dimanche, viendront assister aux premiers pas de Genaro dans la carrière ; — le monde, proprement dit, arrivera vers deux heures et pourra assister à la dernière scène du drame. — Dimanche dernier, personne n'a pu résister jusqu'à huit heures du soir au cri de ses entrailles, et, d'autre part, si Genaro, au lieu de tomber tout simplement évanoui, était tombé roide mort, beaucoup de gens ne se seraient pas pardonné d'avoir manqué le dénoûment. Vous savez qu'Harel disait toujours en parlant de Van Amburg, le premier dompteur de lions et de tigres : « Cet homme-là sera infailliblement mangé un soir ou l'autre. Quel malheur de ne pas savoir le jour ! je mettrais les stalles à cinquante francs pour le voir manger de face, et à vingt-cinq francs pour le voir manger de côté. Il y aurait des baignoires réservées à mille francs pour les femmes sensibles qui veulent voir manger un homme, mais qui, le lendemain, veulent aussi pouvoir s'écrier : « Quelle horreur ! peut-on aller voir des » choses pareilles ! »

A cette course, et en dehors de l'événement du jour, je n'ai pas constaté d'autre incident piquant que celui-ci : Un amateur passait au petit pas, à cheval ; un autre amateur se détache d'un groupe de promeneurs et administre sur la croupe du cheval un avertissement sévère en bois des îles. — Naturellement, le cavalier se fâche et prend parti pour *son* cheval. « Monsieur, dit l'agresseur, vous n'êtes pour rien dans l'affaire : c'est un arriéré que je liquide avec cet animal, qui n'est pas plus *votre* cheval qu'il n'est le mien ; — vous l'avez loué aujourd'hui ; moi, je l'avais loué dimanche dernier. — Or, écoutez bien ceci et tâchez d'en profiter : ce cheval a une idée fixe, c'est de se débarrasser de son cavalier ; — c'est toujours devant l'obélisque de la place de la Concorde qu'il donne satisfaction à sa manie. — A propos, monsieur, passerez-vous devant l'obélisque pour rentrer chez vous ?

— Oui, monsieur, — c'est mon chemin d'abord, et, en fût-il autrement, je prétends prouver à monsieur mon cheval que je ne le crains pas.

— Monsieur, de plus forts que vous y ont passé. — Voici le programme : — Quand vous serez en face de l'obélisque, votre cheval s'arrêtera ;—puis, se pliant sur les genoux, à la façon des chameaux, il vous donnera une position inclinée, propice à ses projets, et, au moyen d'une secousse qui tient à un truc particulier que l'animal a dans les reins, il vous enverra à quinze pas et retournera paisiblement à son écurie. — Le loueur est si bien au courant de l'aventure, que, quand il voit rentrer son cheval *à sec*, il se contente de dire à un palefrenier : « Allez donc devant l'obélisque voir si ce monsieur » n'a pas besoin de quelque chose, et, s'il n'est pas mort, demandez-» lui pour boire. »

Cette histoire n'aurait absolument rien de piquant si, à six heures et demie, en arrivant sur la place de la Concorde, je n'avais vu, gisant sur le pavé, un monsieur à qui un sergent de ville faisait respirer des sels, et si je n'avais reconnu en lui l'amateur qui avait méprisé la prédiction de son prédécesseur. — Quel est ce monsieur? quel est ce cheval ? C'est ce que j'ignore. —Le monsieur m'a paru appartenir à cette classe de cavaliers intermittents qui montent à cheval le dimanche et en omnibus toute la semaine.—Quant au cheval, sous les apparences fallacieuses d'une rosse de première classe, il cache un fond de malice et de perversité qui se trahit par un sourire ironique.—Mais pourquoi a-t-il choisi l'obélisque pour théâtre de ses opérations? C'est ce que je ne soupçonne pas. — La vie parisienne est pleine de mystères, et tous les chevaux ne disent pas leur secret.

Le luxe *de location* à Paris cache une foule de combinaisons à l'usage de la vanité. — Les cavaliers dominicaux ne manquent jamais de donner à leur cheval un petit nom de familiarité : « Allons, *Mirrha*... voyons, *Arabella*... un petit temps de galop !... » Nous avons aussi le domestique *à l'heure*, destiné à éblouir les actrices des Délassements-Comiques. — A l'une des dernières courses de la Marche, je rencontrai un cocher qui m'avait souvent conduit dans son coupé ; — il avait une superbe redingote à rotonde, et à son chapeau un galon de huit pouces, surmonté d'une cocarde jaune.

« Vous êtes donc entré chez un ambassadeur ? lui dis-je.

— Pas le moins du monde, me répondit le cocher ; mais il y a des bourgeois si drôles... Je conduis presque tous les jours à la Bourse un petit jeune homme qui tripote sur la mort des monarques étrangers : c'est sa partie ; en route, il m'arrête pour dire à tous les passants : « Le roi de Prusse est mort ; — l'empereur Alexandre est à l'extrémité ; — le roi de Naples a le choléra. » Il me garde trois ou quatre heures et me paye quarante sous l'heure... comme tout le monde. — Mais, le dimanche, la scène change... il me met dans cette redingote et sous ce chapeau, et, en cet équipage, je roule à trois francs l'heure ; — il m'appelle *John* et j'ai une haute paye de six francs pour l'appeler *monsieur le comte* devant les femmes. — Quand il me *lâche*, il me crie : « A l'hôtel ! » — Quelquefois je vais le demander à son estaminet, toujours en grande livrée ; — je lui parle à l'oreille et il me répond invariablement à haute voix : « Mademoiselle » Rachel ? Faites attendre dans le petit salon bleu... J'y vais tout de » suite. » On dit que mademoiselle Rachel est partie pour l'Amérique ; je ne sais pas quelle femme il va *adopter*. Enfin, ce garçon, ça l'amuse, ça ne fait tort à personne et ça me rapporte de bonnes journées. — Hier, il m'a dit : « Cocher, combien me prendriez-vous » pour m'appeler *monsieur le duc?* » J'ai demandé douze francs ; il en offre dix et je crois que nous allons nous arranger... » Comme le cocher achevait cette esquisse de la vie parisienne, je vis arriver un jeune homme ni grand ni petit, ni beau ni laid, ni brun ni blond, d'une physionomie vague et insignifiante, un peu trop verni et beaucoup trop frisé pour un dimanche : c'était le duc en perspective. — Il jeta sur moi un air dédaigneux et dit à son domestique : « John, je vous avais défendu de causer avec les cochers de remise ; vous avez des goûts canailles ; — défaites-vous-en, ou je vous chasse. » Tout en bridant son cheval, John me dit à l'oreille : « Les gros mots se payent à part ; il en a pour trois francs de supplément. »

Donc, la saison, cette mémorable saison de 1855, signalée par tant de splendeurs et tant d'événements, touche à son terme. Il nous reste des provinciaux en nombre plus restreint et les deux visiteurs couronnés qu'on annonçait encore la semaine dernière, le roi de Sardaigne et le pacha d'Égypte, sont retenus dans leurs États par la maladie. — Aussi bien, peut-être est-il temps d'en finir avec les lampions, les cavalcades, les galas en plein air et tout ce qui s'ensuit. — Revenez, châtelaines ; — revenez, touristes ; — Paris va être noyé dans les brouillards, submergé dans des boues liquides, c'est le moment de s'amuser.

Grâce à l'Exposition, qui a fini par tenir toutes ses promesses, les théâtres n'ont pas trop soupiré, cette année, après les soirées froides et pluvieuses. — Depuis deux mois, et en ce moment encore, ils sont assiégés par des foules départementales ; — c'est à peine si quelques rares Parisiens se mêlent à ces cohues, car les salles sont envahies bien avant l'heure où le Parisien dîne ; et, d'ailleurs, rien n'est bien nouveau dans le menu du festin dramatique. — Vieux habits ! vieux galons ! vieux succès ! vieux comédiens !

Seul, le théâtre de l'Ambigu a éprouvé cette semaine le besoin de badigeonner son affiche, et Paris compte un drame de plus : *la Tour de Londres*. — Vous me demanderiez de vous raconter cette histoire, que j'aimerais mieux entreprendre la gageure de Genaro le coureur ; — je n'y survivrais pas, c'est probable ; mais à vous raconter *la Tour de Londres*, mon sort ne serait pas moins déplorable, et, avant le deuxième acte, on me trouverait enseveli sous les décombres. — C'est, d'ailleurs, toujours un peu la même aventure : des haines, des vengeances, des séductions, des bourreaux, des échafauds, des rencontres impossibles et des malentendus infiniment trop prolongés entre gens qui n'ont qu'un mot à se dire pour s'embrasser. — Ce mot, ils se décident à le dire, et alors, tout naturellement, le drame est fini. — Que n'ont-ils parlé plus tôt ! — On assure que cinq auteurs, jeunes et vieux, se sont cotisés pour la confection de ce drame, qui manque essentiellement de jeunesse et d'originalité. — Sa qualité dominante est d'être écrit avec une certaine sobriété et de ne pas trop *gueuler*. — Du reste, le public de l'endroit, qui est beaucoup plus jeune que nous, paraît y prendre intérêt.

XIII

Beaucoup de pluie et non moins de boue. — Genaro ne court plus. — Les chevaux courent encore. — Nouveau tarif des cochers. — Deux avertissements aux bourgeois. — Ménagements à employer envers les cochers. — Ruses de bourgeois ingénieux pour se procurer des voitures. — Histoire rétrospective. — Les fouets raccourcis. — Vengeance de cochers spirituels. — Théâtres. — Cirque : *les Grands Siècles*, seconde partie de l'*Histoire de Paris*. — Les décors. — La pièce. — Impressions de la représentation. — Grandeur et décadence de Pastelot. — Camille Roqueplan.

7 octobre.

C'en est bien fait des beaux loisirs d'été! — la pluie nous inonde; — le macadam est en dissolution, et les spectacles en plein vent en sont réduits à la bande sinistre annonçant le relâche à cause du mauvais temps.—Ainsi a fait dimanche l'administration de Longchamps; — Genaro devait courir; — il a même fait un tour d'Hippodrome, mais il s'est bien gardé d'en faire deux et il a réservé ses forces pour un jour plus propice.—Les chevaux ont été moins dégoûtés et ils ont couru vaillamment un steeple-chase dont j'abandonne le récit aux palefreniers de lettres qui cultivent cette littérature.

Des palefreniers aux cochers, la transition est douce. Il y a encore dans la banlieue de Paris des enseignes qui célèbrent *le Cocher fidèle*, rapportant un cachemire à une dame qui avait oublié un parapluie dans sa voiture.—Depuis, les cochers ont bien dégénéré. — Le nouveau tarif des cochers, révélé par deux événements récents, est devenu un peu dur : — pour une réclamation contre un pourboire, obtenu à l'aide de violences et de guet-apens, la mort; — pour une course au delà du bois de Vincennes, la mort. — Il paraît que, les bourgeois se comportant mal, les cochers ont voulu faire un exemple.—Pour ma part, je confesse que je suis un peu intimidé. Hier au soir, après avoir lu la *Gazette des Tribunaux*, qui rendait compte du second avertissement de MM. les cochers à MM. les bourgeois, j'ai dû prendre une voiture pour aller au Cirque, voir *les Grands Siècles*. J'ai d'abord apporté les plus grands scrupules dans le choix de mon cocher; — j'ai naturellement évité de relancer les cochers qui jouaient aux cartes dans les cabarets : tout homme qu'on trouble dans sa passion est dangereux; — j'ai également glissé discrètement à côté des cochers qui causaient avec les écaillères : il ne faut jamais déranger le cocher qui roucoule; — j'ai enfin avisé un cocher au repos, d'une physionomie à peu près humaine, et, n'osant pas lui proposer une simple course du faubourg Saint-Germain au boulevard du Temple : « Cocher, lui ai-je dit, au Théâtre-Lyrique, et, de là, au Cirque. Voyez l'heure. — Je n'ai pas de montre, » répliqua le cocher d'un air fauve. Il fit un geste comme pour prendre un numéro dans sa poche; je compris qu'il armait son pistolet, et je m'empressai de le supplier d'accepter ma propre montre; — puis, comme il était en transpiration, je le conjurai de vouloir bien se couvrir de mon gilet de flanelle. — Sur la place du Carrousel, la pluie commença à tomber; je mis alors mon cocher dans la voiture, et, monté sur le siége, je me conduisis moi-même au Cirque. — J'arrivai au milieu du premier acte, parce que le cocher m'avait recommandé, durement, de le mener doucement. Une fois à destination, j'offris au cocher deux francs pour son heure et un franc de pourboire. — Mon cocher ayant fait une moue sinistre, je me jetai à ses pieds et j'obtins de sa bienveillance qu'il voulût bien me faire l'honneur d'accepter ma chemise et ma culotte. — Grâce à ces ménagements, je rentrai chez moi, nu, mais sain et sauf. — J'oubliais de vous dire qu'en route j'avais offert un grog au cheval : il faut se mettre bien avec tout le monde. Je me reproche même de n'avoir pas fait à la voiture la politesse d'une garniture en drap gris capitonné.

Voilà l'état de nos relations avec MM. les cochers, qui ne peuvent, à ce qu'il paraît, nous pardonner les torts qu'ils ont eus envers nous dans ces derniers temps. — Depuis trois mois, le droit étant une lettre morte, il a fallu employer les ruses les plus coupables pour dompter ces despotes armés d'un fouet plus dangereux que celui de la satire, celle-ci ne jouant jamais du manche. — J'aime assez, en fait de ruse, celle d'un de mes amis qui avait trouvé le moyen de rentrer tous les soirs à Auteuil au moyen d'un mot de passe aussi puissant que l'*Il Bondocani* du *Calife de Bagdad*. — « Cocher, disait le voyageur, au bureau du commissaire d'Auteuil, et vivement! il faut que je sois rentré avant le rapport! » — Le cocher ôtait son chapeau, et, chose rare, le bourgeois n'était pas assassiné. Une fois au bureau du commissaire, il était à trois pas de son cottage et se félicitait de son stratagème.—Malheureusement, notre ami n'est pas toujours discret; il eut l'imprudence de se vanter de son procédé, et, chaque soir, c'était un véritable défilé de Longchamps autour de la lanterne du commissaire.

Ce n'est pas d'aujourd'hui seulement qu'on constate combien MM. les cochers ont l'humeur rancunière; — mais, jusqu'ici, ils s'étaient vengés en Gaulois et non en Corses. — Vous vous rappelez peut-être qu'il y a quelques années, M. Carlier rendit une ordonnance qui limitait la longueur des fouets. — En passant sur le pont Neuf, un cocher avait malicieusement cueilli un œil bleu dans l'orbite d'une jolie femme, et, en cocher fidèle, l'avait rapporté, au bout de son fouet, à la préfecture, bureau des objets trouvés. On loua la probité du cocher; mais, pour ne pas trop faire crier les femmes, on prescrivit qu'à l'avenir les fouets des cochers ne dépasseraient pas le bout du nez des piétons. — On n'imagine pas la colère que cet édit souleva dans le cœur des cochers;—Neptune dépouillé de son trident, Apollon dépouillé de sa lyre, M. Véron expulsé de sa cravate, n'auraient pas atteint à ce lyrisme d'indignation. — Cette fois, cependant, je me plais à le répéter, MM. les cochers se comportèrent en gens d'esprit : ils firent tirer une caricature que j'ai vue et qui représentait M. Carlier en train de se noyer dans la Seine. Un cocher vertueux lui tendait la perche sous la forme d'un fouet; mais le fouet se trouvait trop court. M. Carlier en est revenu néanmoins; mais il avait reçu là une fameuse leçon!

Abordons maintenant *les Grands Siècles*, — le nouveau drame du Cirque. — Vous me demanderez peut-être comment j'ai osé assister à la représentation de cette pièce devant l'élite de Paris (comme on est convenu de dire), après avoir donné à mon cocher ma chemise et ma culotte. — C'est le secret de la pudeur, et je vous prie de ne pas insister. Donc, nous tenons la seconde partie de l'*Histoire de Paris*, édition de M. Barrière. — Hâtons-nous de dire que ce tome second est beaucoup mieux réussi et plus richement illustré que le premier. — Il y a deux décorations très-bien venues : la porte Saint-Antoine sous la Fronde, les jardins de Meudon sous Louis XIV, et une dernière décoration tout à fait splendide, le Paris contemporain vu à vol d'oiseau. — Ces trois toiles sont de M. Devoir, qui, outre le talent du pinceau, possède cette habileté spéciale de *la plantation* qui donne à un décor de théâtre toute sa valeur d'optique. — Me voilà en règle avec le beau côté des choses : — les décors feront de l'argent, et je suis très-heureux de le proclamer. — Mais ceci ne me réconcilie pas avec le genre historico-féerique, qui semble vouloir s'implanter sur les scènes du boulevard : — des entassements de personnages qui s'évanouissent comme des fantômes, des siècles escamotés en dix minutes, ne donneront jamais au théâtre qu'un spectacle confus, sans repos, sans horizon, sans perspective, qui ne dépose dans l'esprit que des impressions maladives et vertigineuses. — Personne, peut-être, n'eût fait mieux cette fois que M. Barrière; mais il a fait aussi mal que tout le monde, parce que c'est là une tentative impossible. — J'insiste parce que M. Barrière n'a pas droit à l'indulgence du dédain. — Je fais le plus grand cas de son esprit, et je ne lui pardonne pas volontiers de mettre les plus précieuses qualités à la suite des beaux esprits en faillite qui travaillent pour le machiniste. — J'entends bien qu'on va me dire : « La vie est chère et Barrière a voulu gagner quinze mille francs. » — Mais, d'abord, au café voisin, Privat d'Anglemont, entre le deuxième et le troisième acte, a pulvérisé l'objection. « Si Barrière, a dit Privat, avait besoin de quinze mille francs, il n'avait qu'à parler; j'aurais mieux aimé les lui donner que de le voir se déshonorer dans la littérature du truc. » — Maintenant, comme il ne faut pas toujours compter sur Privat, dont le premier mouvement est meilleur le soir au café que le lendemain à sa caisse, j'admets la combinaison pour gagner quinze mille francs. — Mais alors il vous est bien facile de concilier vos intérêts et votre gloire. — Dérobez-vous, — cachez-vous. — Faites-vous appeler *Alfred*, comme

Bayard dans ses mauvais jours, et ne laissez pas croire que vous comptez ce cartonnage historique dans vos titres littéraires. — Sincèrement et sans vous surfaire, monsieur Barrière, vous valez beaucoup mieux que cela. — Et puis, allez, votre portier vous aurait toujours découvert sous le pseudonyme d'Alfred. — M. Billion aurait bien consenti à vous faire un procès pour réclamer la popularité de votre nom au profit de son affiche, et tout Paris aurait su que vous refusiez de signer pour cause de scrupule littéraire.

Du reste, la représentation, quoique longue (de sept heures à une heure du matin), n'a éprouvé aucune secousse fâcheuse. — Quelques tableaux bien mouvementés ont été applaudis; d'autres ont paru trahir des préoccupations trop ambitieuses. — Un des épisodes les plus heureux, c'est le combat de la Fronde à la porte Saint-Antoine; un des plus malheureux, c'est l'exhibition de ce Molière pédant et sentencieux dont on abuse tant aujourd'hui, qu'on finira par en faire *un fâcheux*. — C'est dans cette partie de la pièce que le public a paru moins recueilli; — un chien a aboyé, — un enfant à la mamelle a poussé des vagissements : — on a crié, comme toujours : « A la porte, le chien de la Porte-Saint-Martin ! — à la porte, l'enfant de la Porte-Saint-Martin ! » — Il paraît, décidément, que M. Marc Fournier fait de ses loisirs un emploi bien déloyal. — Enfin, tout cela a fini par une tempête d'applaudissements devant cette magnifique décoration dont je parlais tout à l'heure. Alors a paru Pastelot, qui avait joué un comte de Saint-Germain lugubre et prophétique comme le père Cazotte, — et qui l'avait joué sans rire, ce qui a dû lui coûter, car c'est un garçon d'esprit qui aime la gaudriole beaucoup plus que la guillotine. — Le dernier rôle de Pastelot consistait à nommer les auteurs, les machinistes, les décorateurs, les musiciens, les ustensiliers et les moucheurs de chandelles : — dans cette dernière création, Pastelot a faibli, et c'est le souffleur qui a nommé le dessinateur des costumes, M. Alfred Albert.

Pendant que nous essayons de rire, un grand deuil s'est ouvert dans le monde des arts. — Camille Roqueplan est mort. — Depuis douze ans déjà, miné par la maladie, il avait laissé échapper de ses mains le pinceau qui a jeté sur la toile tant de créations charmantes qui lui survivront, et à nous aussi. — Depuis ce temps, il avait puisé dans l'air des Pyrénées une vie artificielle qui vient de s'éteindre sans souffrance et sans agonie. — Mardi, Camille Roqueplan a reçu le suprême adieu des admirateurs que lui avait mérités son talent et des amis que lui avait conciliés une nature douce et exempte d'aspérités. — Il repose maintenant au cimetière Montmartre, à trois mètres de distance de la tombe d'Armand Marrast. — C'est encore là un des inconnus de la destinée de savoir quel voisin la mort nous réserve dans son empire.—Que de fois, parcourant ces nécropoles, nous passons indifférents sur les six pieds de terre qui nous attendent! — De tout cela, on pourrait se consoler encore, soit qu'on se résigne au sommeil sans réveil, soit qu'une foi plus vive nous signale un monde rémunérateur. Mais qui consolera jamais la fille qui n'a plus de père, le frère qui n'a plus de frère! Ceux qui partent ainsi les premiers sont peut-être bien des égoïstes qui n'ont pas voulu supporter les douleurs qu'ils nous laissent.

XIV

Une semaine pluvieuse mais honnête. — Les cochers repentants. — Théorie des femmes sur les hommes qui ne sont pas des hommes. — Avantage des scélérats auprès des femmes. — Comme quoi le crime a plus d'attraits que la vertu. — Le brigand et le chapelier. — Le chapitre des exceptions. — Deux histoires contemporaines. — Où peut mener l'ennui. — Aspect de la semaine. — Perspective de l'hiver. — La galerie de l'économie domestique. — Projet amorti d'une loterie gigantesque. — La Bourse et le Palais de l'Industrie.

14 octobre.

La semaine a été pluvieuse, mais elle n'a pas été scélérate : les cochers eux-mêmes n'ont assassiné aucun bourgeois; — bien plus, la corporation des cochers désavoue la vivacité de deux de ses membres, et le sieur Collignon, honnête cocher en retraite, fait savoir, au son du tambour de l'annonce, *qu'il n'y a rien de commun* entre lui et l'homonyme qui a si gravement compromis le caractère auguste de la profession. — Je suis touché de la démarche du cocher en retraite : d'autre part, j'ai constaté chez quelques cochers des égards et des délicatesses inusitées : — en toutes choses, le bien naît de l'excès du mal. — Les déportements des cochers avaient suscité contre eux une agitation menaçante. — Ils se repentent et s'amendent. — La réaction n'en est pas encore à ce point que les cochers donnent de forts pourboires aux bourgeois ; mais leur attitude est pleine de remords et de mansuétude. — Les cochers ont eu des torts : ils les oublient. — Embrassons-les et que ça finisse. — Je sais que c'est une démarche assez grave que d'embrasser un cocher ; mais les femmes nous donnent quelquefois en ce genre de si nobles exemples de dévouement, que ce serait une honte à nous d'hésiter.

Nous ne sommes pas jaloux des hommes d'une classe inférieure : ils sont beaux, ils sont laids, cela nous est indifférent, et nous nous reposons sur un axiome très-propagé par les femmes : « Un coiffeur n'est pas un homme ; un porteur d'eau n'est qu'un Auvergnat, etc. » — Cette sécurité est fondée, en général, et les Parisiennes ont les nerfs trop délicats pour n'être pas révoltées d'un crime qui n'aurait pas de bottes vernies, des gants de Suède et des *manières distinguées*. — Or, il est convenu qu'un homme qui vient à six heures du matin mettre de l'eau dans votre fontaine ne peut jamais être un homme distingué. — Le roman moderne a eu beau créer des types de commissionnaires rêveurs et werthériens, il n'a pu les mettre à la mode et il a échoué sur ce point, lui, ce terrible tyran, qui gouverne les mœurs de la société sans qu'on ait l'air de s'en douter. — Pour arriver au cœur des femmes et se passer *un caprice de robe de soie*, l'homme du peuple doit franchir d'un bond une distance qui le sépare des catégories sociales ; — il faut qu'il saute de l'atelier à la cour d'assises. Beau ou laid, inculte ou non, un scélérat n'est plus un être vulgaire. — Il a un théâtre, un piédestal, un auditoire, des gendarmes qui l'accompagnent, des journaux qui s'entretiennent de lui et informent le public que ce grand criminel, après une nuit agitée, a demandé, à son réveil, un bouillon et des côtelettes. — Et puis il y a dans certains crimes une grandeur sauvage qui remue l'imagination plus que les vertus obscures d'un rempailleur de chaises. — Que vous dirai-je ? interrogez les femmes, et toutes celles qui seront de bonne foi vous répondront que Lacenaire aurait plus de chance que le garçon de l'épicier du coin. — Et cependant, c'était un ignoble tueur que ce Lacenaire, et le garçon de l'épicier du coin est bien doux, bien amoureux et bien intéressant avec ses engelures qui règnent du bout des doigts jusqu'au coude.

Voilà la perversité des idées féminines. — Ne les accusons pas trop; cette perversité, nous la partageons. — Je me rappelle qu'à Rome j'avais fait la connaissance, au café Grec, d'un gaillard robuste qui, de son côté, m'avait pris en affection. — On m'expliqua que mon ami était un brigand *retiré* — (en Italie cela se dit d'un brigand comme ici d'un restaurateur). — Donc, il était de notoriété que mon ami avait beaucoup volé, un peu tué, et que, modeste en ses goûts, il avait cédé son fonds à son premier commis, après s'être amassé cinq ou six mille livres de rente. — A dater de cette révélation, mon devoir était de ne plus saluer ce misérable et de me lier avec un chapelier romain qui fréquentait le même café. Eh bien, — admirez le penchant funeste de l'homme! — le chapelier m'ennuyait, quoiqu'il racontât toujours avec infiniment d'aisance et de variété comment il s'y prenait pour rendre les chapeaux imperméables, et le brigand exerçait sur moi une attraction invincible. — C'était un homme pourvu du physique de l'emploi, avec une nuance de ténor léger dans les attitudes un peu molles de sa sieste, vêtu de ce pittoresque costume de Fra Diavolo qu'on rencontre encore dans tous les faubourgs du Transtevère, et manœuvrant sa cigarette avec cette dextérité et cette grâce qui n'appartiennent qu'aux hommes des deux Péninsules. — Nous voulons fumer la cigarette et nous la laissons tomber dans le ruisseau. — Pitié! — Donc, j'aimais à me faire raconter par cet homme quelques épisodes de sa vie aventureuse. — Fra Diavolo (je ne veux pas lui donner d'autre nom, car, s'il a changé de résidence, s'il a épousé, à Marseille, la fille d'un savonnier, je pourrais lui faire du tort dans sa nouvelle famille), Fra Diavolo, dis-je, était d'une verve charmante quand il abordait le chapitre de la grande route ; il parlait de diligences arrêtées avec une conscience aussi calme qu'un contrebandier parle d'une charge de tabac passée en fraude.—Sur le compte des voyageurs, il était beaucoup plus réservé. — Je lui demandais un jour s'il n'avait pas joué de très-mauvais tours à des voyageurs. Il devint grave, presque sombre, et, d'un air distrait, me répondit : « Dans notre état, on est quelquefois entraîné à faire ce qu'on ne voudrait pas faire. » Je n'en sus jamais davantage ; mais le chapelier, qui, tous les soirs, faisait la partie avec lui, me dit que notre ami s'était tout simplement baigné dans le sang des postillons et des voyageurs. — Par exemple, ce que Fra Diavolo se délectait à raconter, c'était la capture des malles du gouvernement. — On n'imagine pas combien cet homme, qui n'aimait pas son gouvernement, aimait les malles de son gouvernement. — Et voilà ce dont je m'accuse. Sur quinze jours que j'ai passés à Rome, j'en ai certainement passé dix à écouter ce brigand. — Mais, que voulez-vous ! le chapelier était si ennuyeux ! et il voulait toujours me mener à sa boutique et tremper mon chapeau dans l'eau pour le rendre imperméable. Il y a de ces Gribouilles-là dans tous les pays.

D'histoire en histoire, et de démonstration en démonstration, il demeure établi qu'un coquin illustre aura plus d'action sur l'imagination des femmes qu'un portier vertueux. — Toutefois, il y a, là encore, le chapitre des exceptions. — J'ai parlé plus haut des coiffeurs, qui, à entendre les femmes, ne sont pas des hommes. Je le souhaite ; car certaines femmes ont avec eux de telles familiarités, que je ne serais pas tranquille. Et puis enfin il faut prendre son parti de certaines démences qui déroutent toutes les combinaisons sociales.—Ne savez vous pas qu'il y a quelques années, la femme d'un riche financier a été prise en flagrant délit de conversation criminelle avec son palefrenier ? Probablement, ce n'était pas pour le charme de la conversation. — Il a été établi au procès en séparation que cette créature fière et parfumée des plus délicates essences de Guerlain, avait un goût particulier pour le fumier. — Allons, physiologistes, travaillez et expliquez-nous cela ; car il est remarquable que vous ne nous expliquez jamais rien.

Il y a encore le chapitre de l'imprévu, le casuel des *femmes sen-*

sibles, comme on disait au temps de la *Nouvelle Héloïse* et des *Liaisons dangereuses*. A Paris, la femme s'ennuie ; c'est là une de ses plaies et un des périls de sa vertu. — Elle est assez riche pour avoir des domestiques ; elle n'a pas, comme en province, le verger, le potager, le commérage dans le voisinage. — En attendant l'heure de l'Opéra, elle est seule entre quatre murs, livrée à un ennui somptueux. — Son mari est médecin, avocat ou quelque chose de semblable. — C'est un homme qui rentre à six heures, demande le potage, le mange avec quelque chose par-dessus et s'endort. — Voilà ! — c'est à prendre ou à laisser ; — mais, si on le laisse pour suivre un peintre ou un poëte, il se trouve que ceux-ci ont d'autres défauts, entre autres celui de faire crever de faim les femmes qui les adorent. — Une fois par an, on mange des truffes, et puis plus jamais rien. Ainsi, perplexes et ballottées, il arrive que les femmes, quand elles sont d'une nature un peu vulgaire, se laissent dériver aux distractions les plus saugrenues ; — elles se mettent quelquefois à aimer des funambules ; — d'autres fois, elles prennent ce qui leur tombe sous la main. — J'ai souvenance de la femme d'un médecin, qui travaillait à sa fenêtre pendant qu'un jeune badigeonneur promenait son large pinceau sur un immeuble du faubourg Poissonnière. — Le badigeonneur avait toute la poésie d'un héros de Paul de Kock, une gaieté intarissable, le col rabattu et le bonnet de papier sur le coin de l'oreille. — A un moment, il voulut prendre son point d'appui sur la balustrade de la fenêtre, et, tout en chantant *Jenny l'ouvrière*, il faillit choir sur le pavé de la rue. — Un bond heureux lui sauva la vie, en le transportant dans le salon du médecin, alors absent. — Il y resta deux heures, et, à dater de ce jour, le badigeonnage de la maison prit des proportions inusitées qui étonnèrent les voisins. — On badigeonna tant et si longtemps, que le mari finit par recevoir des éclaboussures. — Il y eut procès en séparation, et le médecin fut assez heureux pour démontrer que sa femme était une créature d'une imagination incandescente, qu'un badigeonneur tombant du ciel, et y retournant, avait entraînée dans son nuage.

Voilà donc deux séductions démocratiques qui sont à ma connaissance depuis que j'observe le monde parisien. — Je ne prétends pas dire qu'il n'y en ait pas d'autres ; mais je me crois autorisé à affirmer que ces chutes sont très-exceptionnelles. — C'était une raison de plus pour les enregistrer.

Pour le reste, je répète que la semaine a été des plus stériles : — des salons fermés, des théâtres voués à des spectacles invariables, et toujours nouveaux pour nos hôtes de province ; — des touristes qui reviennent lentement, d'autres qui partent encore en équipage de chasse ; — des courses fort humectées par les eaux du ciel : voilà le résumé de ces huit jours.

L'hiver s'ouvre avec les préoccupations graves d'une récolte insuffisante ; — la charité publique et privée est à l'œuvre, et la disette sera vaillamment combattue. — On parle bien aussi de crise financière, mais c'est là une maladie intermittente qui annonce plutôt une pléthore dans la haute industrie, qu'un appauvrissement dans la richesse sociale : les millions, dans ces derniers temps, ont eu trop de pente vers la Bourse, il ne s'agit donc que de leur donner un cours plus régulier. De toutes parts, on s'ingénie à rendre la vie plus facile aux déshérités de ce monde. J'ai déjà parlé d'une création très-récente qui occupe beaucoup les pouvoirs publics, la galerie de l'économie domestique, annexée à la grande Exposition de l'industrie ; — un zèle bien louable préside au développement de cette fondation qui a pour but de rendre l'organisation de la vie domestique accessible aux plus humbles ménages. — La mode, qui se mêle de tout, a pris sous son patronage cette idée qui réunit la grandeur à la simplicité.

Un projet d'une autre nature avait surgi, et a paru un moment en voie de réalisation ; — il avait été question de mettre en loterie, jusqu'à concurrence de trente ou quarante millions, tous les produits exposés au Palais de l'Industrie. — Un billet d'un franc aurait pu gagner un lot d'un million, et tous les billets de série de cinq numéros auraient eu droit à un lot quelconque, depuis un crayon jusqu'à un cachemire. — Tel était, je crois, le plan général de l'opération. — Ce vaste projet, auquel se rattachaient une foule d'intérêts combinés, paraît provisoirement succomber devant des objections dont la valeur ne m'est pas bien démontrée. — On hésite, me dit-on, à espérer qu'on pourrait placer quarante millions de billets en Europe. — Il me semble qu'on calomnie l'Europe, et un peu l'Amérique, qui aurait bien pris quelques billets; — du reste, le moindre incident peut réveiller ce plan qui sommeille. — Au moment où l'Exposition devra être close, on réfléchira avant de renvoyer dans les ateliers cette masse de produits qui paralyseraient pour longtemps la main-d'œuvre.

Quant au Palais lui-même, on ignore encore quelle sera sa destination après la clôture de l'Exposition : — on parle d'y transporter la Bourse. — Par le temps où nous vivons, aucun monument n'est trop vaste pour les multitudes ameutées autour des spéculations aléatoires ; — ce qu'il y a de certain, c'est que la Bourse actuelle ne peut contenir tous ses fidèles : — à l'intérieur, on étouffe; sous la colonnade, on reçoit, des quatre points de l'horizon, un vent de bise qui donne le frisson.—Or, on peut supporter que les gens se ruinent, — on ne doit pas souffrir qu'ils s'enrhument.

XV

Les inconvénients du métier de chroniqueur. — Les feuilletons qui se trompent d'adresse. — Un bourgeois sceptique. — Les histoires vraisemblables et les autres. — Le monde élégant observé à différents points de vue. — Mademoiselle Rachel en Amérique. — Un conseil à Hermione. — Disparition mystérieuse d'un artiste. — Un malentendu de locataire à propriétaire. — Le paraballe. — Une visite à l'École lyrique. — La tyrannie du vestiaire.

21 octobre.

Le métier de chroniqueur a ses périls : le plus grave est d'être lu par ceux pour qui on n'écrit pas. — Pour s'adresser à *tout le monde*, il faut avoir du génie ou être doué d'une dose de vulgarité qui remue toutes les couches sociales en commençant par le haut ou par le bas. — Il faut être George Sand ou Paul de Kock, car il est remarquable que les succès de vogue universelle ne se propagent qu'en attaquant le monde par ses deux extrémités. — Quant à ceux qui creusent un lit à leur fantaisie dans quelque couche spéciale de la société, ils ne doivent jamais aspirer à monter ou à descendre. Les grands esprits les dédaignent; les petits ne les comprennent pas. — Croiriez-vous que j'ai reçu une lettre d'un honnête bourgeois qui m'accuse d'avoir raconté une histoire *invraisemblable*, celle de mon aventure avec le cocher à qui j'aurais donné ma chemise et ma culotte pour apaiser son humeur. — Le bourgeois ne veut pas croire davantage que j'aie payé un grog au cheval. — Il est extrêmement probable, en effet, que j'aurai *brodé;* — c'est la pente de tous les conteurs et de tous les voyageurs, et précisément je reviens du pays de l'imagination où je prends mes coudées franches. — Ceci soit dit une bonne fois pour dégoûter mes lecteurs de savoir le pourquoi et le comment de toutes choses.

Je n'aime pas la discussion. — J'avoue, d'ailleurs, que je serais assez embarrassé de justifier par procès-verbal authentique de la véracité de tous mes récits. — Je supplie ceux qui ne me croiraient pas sur parole de lire la prochaine *nouvelle* du prochain journal rose. — Là rien ne heurtera leurs scrupules; — ils y verront « qu'Edgard parcourait à pas lents la longue avenue du château; » et un peu plus loin, « que Mathilde, enveloppée d'une pelisse brune, vint le rejoindre en lui disant : « Si on nous surprenait, nous serions perdus. » — Voilà des histoires *vraisemblables* qui ne déroutent pas la logique des bourgeois. Il est incontestable, en effet, que Mathilde a commis une imprudence grave en venant rejoindre Edgard. Mais je ne raconte pas des histoires aussi *vraisemblables*.

Un autre danger du chroniqueur est dans sa prétention d'observer et de peindre la société. — Or, la société se divise et se subdivise à l'infini, et l'optique change selon le groupe où se trouve placé le lecteur. — J'ai lu dans un roman contemporain : « La comtesse avait trois fois par semaine sa loge à l'Ambigu. » Et, quelques pages plus loin : « Albert vit la comtesse descendre de voiture devant le passage Vendôme; il se douta qu'elle allait chez sa marchande de modes, et se hâta de pénétrer dans le magasin par l'entrée des ouvrières; ce qui lui fut facile, grâce à sa familiarité avec Louisette. » Voilà le monde élégant observé sous la latitude du Petit-Lazari. — A ce même théâtre du Petit-Lazari, on joue des vaudevilles où le monde élégant prend des aspects singulièrement fantaisistes. — Deux artistes *égantés* entrent en scène, vêtus tous deux d'une polonaise et d'un pantalon rouge, et le plus malpropre dit au moins débarbouillé :

« Toi, vicomte, qui n'as pas quitté Paris, raconte-moi un peu ce qu'il y a de nouveau dans les ruelles : as-tu toujours la petite baronne?

— Toujours, cher, toujours. — Je voulais la conduire cet été à Baden-Baden; mais elle a préféré passer la belle saison dans sa terre de Pantin.

— Et que fait-on au club?

— Toujours la même chose : — on parle de ses maîtresses et on joue. — A propos, j'ai perdu cet été plus de soixante francs; — j'ai été poursuivi par une chance infernale, etc. »

Un monologue, très-célèbre au Petit-Lazari, et que je ne donne pas comme inédit, est celui d'une femme de chambre qui, au lever du rideau, ouvrait un buffet : « Allons, bon! s'écriait Lisette, encore une punaise dans le beurre! Cachons bien ce détail à madame la marquise; elle est si bégueule, qu'elle serait capable de ne pas vouloir déjeuner. »

Ce qu'il y a de plaisant, c'est qu'il n'est pas bien certain que les chroniqueurs placés à un point de vue plus élevé ne soient pas tout aussi grotesques pour un monde supérieur : il faut être très-circonspect quand on n'est pas initié : je me suis permis de désigner par le titre de *palefreniers de lettres* les gens qui, n'ayant jamais pratiqué le cheval que sur les ânes de Montmorency, se lancent à l'aventure dans la littérature du sport. — Pourquoi ne pas laisser cette spécialité à M. de Boigne, qui, il y a une quinzaine d'années, la traitait en maître, à Léon Gatayes, qui entend le cheval tout aussi bien que s'il n'entendait pas la musique, ou bien encore à notre ami Adrien Decourcelle, qui est aussi familiarisé avec le turf qu'avec les planches du théâtre? — On ne sait pas combien les écrivains gagneraient à n'écrire que ce qu'ils savent. — Il est vrai que beaucoup n'écriraient plus; mais j'avoue que j'en prendrais mon parti.

On parle beaucoup de la grande déception de mademoiselle Rachel et de son *fiasco* transatlantique. — Il paraît que les Américains ne sont pas mûrs pour la tragédie. — On raconte que M. Raphaël Félix a sondé les abonnés sur les motifs de leur froideur, et qu'il lui a été répondu : « Votre sœur devrait nous danser quelque chose. » Quelle imprudence aussi à M. Félix le père de n'avoir pas enseigné la gavotte à Hermione ! — Toujours est-il que voilà le premier puff européen qui échoue dans le nouveau monde. — Lola Montès elle-même avait subjugué les Yankees ; — il est vrai qu'elle ne dansait pas du classique, et qu'elle avait bien compris l'Américain, considéré au point de vue de la location des loges. — Je parle très-sérieusement : mademoiselle Rachel veut-elle se sauver de la ruine, elle et toute cette smala d'artistes qu'elle traîne à sa suite, qu'elle ne craigne pas d'emprunter une idée à Lola Montès : que mademoiselle Rachel commande à M. Dennery un drame intitulé : *la Vie et les Aventures de mademoiselle Rachel.* — Mademoiselle Rachel jouera le rôle de mademoiselle Rachel ; — M. Félix jouera le rôle du père Félix ; — M. Raphaël Félix jouera le rôle de l'entrepreneur des congés de mademoiselle Rachel, — mademoiselle Sarah Félix, mademoiselle Lia Félix, mademoiselle Dinah Félix, joueront le rôle des sœurs de mademoiselle Rachel. — Je gage pour un million de recette dans le premier mois. Moi qui vous parle, je laisserais là Paris, famille et chronique, pour aller en Amérique voir mademoiselle Rachel dans le rôle de mademoiselle Rachel.

Les foyers de théâtre ont été très-sincèrement émus, cette semaine, par la disparition mystérieuse d'un artiste aimé et estimé de tous, Villars, l'excellent Villars du Gymnase. — A l'heure où j'écris, les recherches vaines ne laissent place qu'aux plus sinistres conjectures. — Il paraît hors de doute que Villars aura terminé par le suicide une vie qu'il ne supportait peut-être pas avec assez de philosophie. — Quoique très-bien classé à Paris parmi les artistes les mieux accueillis du public, Villars n'avait pu prendre son parti de certaines déceptions de sa carrière. — A Berlin, où il avait joué longtemps la comédie et conquis les sympathies des classes supérieures de la société, il venait d'être nommé directeur du Théâtre-Royal, lorsque éclata la révolution de 48. — De retour à Paris, il s'était fait au Gymnase une position des plus honorables ; — mais son humeur inquiète le portait à n'envisager que le côté affligeant de la condition humaine. — Il avait eu, il y a trois ans, une première attaque d'apoplexie qui avait menacé sa carrière d'artiste. — Depuis ce temps, un certain trouble parut subsister dans son cerveau. — Il était bizarre, fantasque, et sa gaieté même se détachait sur un fond sombre et mélancolique. — Dans ces derniers temps, sa mémoire parut faiblir et il s'en préoccupait. — Enfin, il n'est pas impossible qu'une passion secrète et douloureusement comprimée ait, pendant plusieurs années et depuis son retour d'Allemagne, déchiré ce cœur blessé. — Quoi qu'il en soit, le vendredi 12, après avoir joué son rôle du marquis de Tonnereins dans *le Demi-Monde*, Villars quitta le théâtre : il ne rentra pas chez lui, et, depuis, il a été impossible de retrouver sa trace.

Dans le courant de mars 1848, je passais, vers trois heures de l'après-midi, dans la rue de Richelieu, lorsqu'un coup de pistolet retentit dans la cour d'une des somptueuses maisons qui avoisinent le boulevard ; — aussitôt la foule de s'amasser, tandis qu'un portier vigilant fermait la porte cochère. — Mais, comme, en ce temps de fermentation, toute émotion de la rue pouvait intéresser la chose publique, la multitude exigea que deux de ses membres pénétrassent dans la maison et lui rendissent compte de l'événement. — Au bout de cinq minutes, les deux représentants du peuple sortirent de la maison ; l'un d'eux monta sur une borne et fit la déclaration suivante : « Citoyens, ce n'est rien, rien du tout ; — c'est un locataire qui n'était pas d'accord avec le propriétaire, et il s'en est suivi une discussion, — voilà tout. »

La foule s'écoula, et personne ne songea à s'étonner que le locataire eût employé, vis-à-vis de son propriétaire, des arguments à balle forcée. — En ce temps-là, on ne s'étonnait pas pour si peu. — Depuis cette époque, je n'avais plus entendu de *discussions* de cette nature : — cette semaine, il paraît qu'un ferblantier des Batignolles vient de retrouver cette recette pour acquitter son terme à bout portant.

C'est le cas de recommander aux propriétaires une nouvelle invention, *le paraballe*. — « On connaissait, dit l'annonce, le parapluie et le paratonnerre, on n'avait pas encore inventé le *paraballe*. Au moyen de cet appareil, on peut défier tout projectile *émanant* d'un fusil ou d'un pistolet. » — (Rien des canons.)

A défaut des théâtres honnêtes et réguliers qui ont assez de public pour se passer des journalistes, j'ai voulu tenter cette semaine une débauche dans un petit théâtre de tolérance; — on m'avait sollicité. — Il s'agissait d'une bonne action, d'un artiste à secourir, et, moyennant deux francs, je pouvais m'élever au grade de bienfaiteur. — Je me laissai faire, et, vers huit heures du soir, je me mis à la recherche de *l'École lyrique.* — J'arrive à tâtons dans la rue de la Tour-d'Auvergne; une seule lanterne éclairait cette rue des premiers âges, et sur cette lanterne flamboyait une inscription : « École lyrique, » — *c'est ici.* — J'entre, — je présente mon billet, et le contrôleur, majestueux comme l'empereur Nicolas avant le passage du Pruth, d'une voix suave comme un verrou de prison, m'invite à déposer ma canne au vestiaire. « Vous vous méprenez, lui dis-je; j'ai un billet de parquet, qui correspond à l'orchestre du Théâtre-Français, et, au Théâtre-Français, j'entre à l'orchestre avec ma canne. — Monsieur, répliqua l'autocrate de toutes les contre-marques, nous ne sommes pas au Théâtre-Français; ici, *nous sommes les maîtres* (textuel), et on ne raisonne pas. »

Je compris que cette combinaison tendait à me soutirer deux sous pour les frais du culte : il y a des jours où je suis assez indifférent à deux sous; mais, en tout temps, j'ai horreur de ces tyrannies de bas étage pratiquées avec la politesse de la chiourme. — Je réclamai mes quarante sous. — Je dois déclarer qu'on me les rendit, mais je dois ajouter qu'on eut un peu de peine à les retrouver, non qu'ils fussent confondus avec d'autres, mais parce qu'entre tous les tiroirs qu'on ouvrait le contrôle paraissait indécis de savoir lequel figurait la caisse. Ce qu'on ne croira pas, c'est que j'ai passé une nuit calme après avoir manqué le spectacle de l'École lyrique.

Dans ce pays-ci, qui a fait depuis soixante et dix ans tant de révolutions, et même des plus absurdes, en vue des libertés les plus mal définies, on subit toujours dans les détails de la vie pratique les tyrannies les plus irritantes. — Dieu sait ce qu'on a inventé à propos de la canne et du parapluie. — Ceci me rappelle que, lorsqu'on ouvrit le Palais de l'Exposition, le prince Napoléon fut prié par la commission impériale de désigner l'heureux titulaire du vestiaire, chargé de tenir en dépôt, toujours moyennant deux sous, les innombrables et terribles cannes qu'on voyait à l'horizon.

« Je ne désigne personne, dit le prince; — il n'y aura pas de vestiaire.

— Comment! pas de vestiaire? mais où déposera-t-on les cannes, monseigneur?

— On ne les déposera pas. »

Il n'y avait pas à répliquer et on ne répliqua pas. — Mais on ne se fit pas faute de prédire qu'avant un mois il ne resterait pas un morceau du palais. — Les visiteurs devaient tout casser, puis se livrer des batailles rangées sur les ruines de l'industrie en deuil. — Voilà six mois que le palais est ouvert, — des millions de cannes y sont entrées; — tout est encore debout, et personne, que je sache, n'y a été assassiné. — Mais allez dire cela à M. le contrôleur de l'École lyrique, et vous verrez comment vous serez reçu.

XVI

Les bouchers et la réjouissance. — Le tarif de la viande et ses conséquences. — Perspective de la viande à bon marché. — La maladie des perdreaux. — Désolation et consolation. — Un automne homicide. — Correspondance du chroniqueur avec divers, à l'instar des journaux les plus sérieux.

28 octobre.

Les bouchers ont succédé aux cochers dans les colères de la population parisienne. Ici, nous ne pouvons discuter la matière par expérience, et nous en sommes réduit aux dépositions des cuisinières et des femmes de ménage, lesquelles déclarent que les bouchers méritent tous l'échafaud, sans réjouissance. L'ordonnance de police, qui établit le tarif de la viande semblait devoir tout apaiser; — tout au contraire, elle a provoqué de nouvelles et ardentes récriminations, en raison de la façon dont les édits préfectoraux sont interprétés par les privilégiés de l'étal et de l'abattoir. — Il paraît qu'au fond les bouchers reconnaissent leur impuissance à braver en face le tarif et ses conséquences ; — mais il paraît aussi qu'ils se flattent de l'éluder par convention entre eux et le consommateur. — Les os, si improprement qualifiés de *réjouissance*, ont déjà reparu et ont tenté de s'insinuer dans la balance. — Quand il y a réclamation, le boucher se contente de dire : « Je n'ai pas d'autre viande, allez vous pourvoir ailleurs. » — Mais, si *ailleurs* on procède de même, nous sommes tous menacés de faire quelque jour ce fameux repas d'anachorète dont le menu se trouve dans les romans vertueux, et notamment dans le *Bélisaire* de madame de Genlis :

Premier service : du lait caillé.

Second service : des amandes au lait.

Troisième service : des amandes grillées ; — après quoi, on apporte un bol et la carte.

Je dois dire que la résistance de MM. les bouchers ne me paraît pas sérieuse dans ses conséquences ; — elle se bornera à quelques taquineries, mais elle ne saurait prévaloir contre la volonté énergique qui a entendu soustraire la population parisienne à la tyrannie de cette trop fameuse corporation.

Il faut reconnaître, du reste, que, si le tarif a pour résultat de livrer au consommateur un peu plus de viande et un peu moins d'os, il n'a pas résolu et ne pouvait résoudre le problème de la viande à bon marché. — Ce bienfait, si impatiemment sollicité par les populations, est encore une perspective vague ; — mais de nombreux procédés de conservation sont à l'étude, et quelque jour les marchés européens seront inondés de viandes abattues en Amérique. — On peut voir déjà, à l'Exposition, des viandes préparées en France d'après ces divers systèmes. — Quelques-unes ont été dégustées et n'ont paru en rien inférieures aux viandes fraîches. — Au surplus, vous connaissez la naïveté de ce personnage, qui disait : « Si le peuple manque de pain, pourquoi ne mange-t-il pas de la brioche? » — A notre tour, nous dirons : « Si la viande est rare, pourquoi ne mange-t-on pas du gibier ? » — Peut-être objectera-t-on que le gibier est aussi cher que le reste; sans compter que les perdreaux sont atteints, dit-on, de la maladie des pommes de terre. — Alors, c'est désespérant, et l'Europe devient une succursale du radeau de *la Méduse.* — Ce qui me console un peu, c'est que je rencontre encore des restaurants à quatorze sous, avec potage, trois plats au choix et un dessert qu'on peut remplacer par un verre d'alicante. — Vous voyez bien que c'est une famine de gens riches, et que les pauvres continuent à nager dans l'abondance.

Provisoirement, le Parisien est très-charmé de son automne sans pluie et sans brouillard, qui lui permet de prendre encore son café en plein air : — seulement, les journaux qui sont un peu oisifs, en attendant des nouvelles de Crimée, commencent à enregistrer des cas de mort subite attribués à la température anormale *dont nous jouissons,*—comme on *jouit*, à ce qu'il paraît, d'une mauvaise santé. — Quoi qu'il en soit, les grands journaux ont enseveli cette semaine quelques morts improvisés. — Les uns meurent en omnibus; les autres au bain ; un monsieur a même eu l'impolitesse de mourir *dans une maison* après avoir pris part, quelques minutes auparavant, à une conversation sur la pluie et le beau temps. — Il est vrai que ce genre de conversation est parfois assez récréatif pour expliquer ce dénoûment funèbre.

C'est donc une chose bien convenue : si l'on meurt cette année, ce n'est ni parce qu'on doit mourir, ni parce qu'on a un peu usé par le frottement l'étoffe fragile qui retient l'âme captive et sur laquelle on a brodé les plus violentes fantaisies : c'est uniquement parce que le paletot est attardé.

On sait que certains journaux ont adopté la méthode économique de répondre dans leurs colonnes mêmes, à leurs correspondants; je ne vois pas pourquoi je me priverais de ce procédé, infiniment plus avantageux que celui du timbre-poste. — Je ne suis pas fâché, d'ailleurs, de laisser entrevoir que je suis en correspondance avec des gens de la plus belle apparence.

A Monsieur G. de M., à Constantinople.

« Il n'y a rien de décidé pour le remplacement de mademoiselle

Rachel : on croit qu'en son absence le souffleur lira ses rôles. — Si le souffleur se fait une réputation, je vous en informerai. »

A Sa Majesté l'empereur Alexandre.

« Je ne sais rien de bien positif sur les plans du maréchal Pélissier. — D'après un bruit répandu hier au ministère de la guerre, il aurait l'intention de battre les troupes déjà pas mal battues de Votre Majesté. »

A un ex-directeur du Vaudeville.

« Votre plan, si vous redevenez directeur, de ne donner que des pièces très-spirituelles jouées par d'excellents acteurs, est une idée aussi neuve qu'originale. — Ne vous en laissez pas détourner par de mauvais conseils. — Je n'approuve pas le projet de publier vos mémoires : — vous blesseriez les puissances du Nord. »

A mon sergent-major.

« Vous insinuez que je vais à la campagne pour ne pas monter ma garde; — c'est vrai. »

A l'empereur de la Chine.

« La pommade que vous me demandez pour détruire les insurgés de votre empire a été épuisée en Europe : néanmoins, je vous en envoie quelques pots avec la manière de s'en servir. — Vous prenez un insurgé, et vous le faites frictionner des pieds à la tête avec cette composition; ensuite, vous le faites infuser pour le reste de ses jours dans un cachot bien gardé, et il est hors d'état de nuire. »

A Monsieur B..., à Dresde.

« Il est vrai que j'ai maltraité la cuisine allemande, mais c'était mon droit, en vertu de la loi du talion. Si vous êtes si fanatique de la cuisine nationale, pourquoi donc avez-vous pris un cuisinier français? »

A Monsieur Théophile, poëte, à Pezenas.

« Votre projet de venir vous établir à Paris pour y *suivre la carrière littéraire* me paraît insuffisamment étudié. — Je ne doute pas que votre tragédie de *Jugurtha* ne soit une œuvre étincelante, puisque vous le dites; — mais il n'est pas certain que cette tragédie doive vous rapporter soixante mille francs. — Pour le cas où le produit ne rembourserait pas les frais de copie, il serait bon de vous munir d'une inscription de rente sur le trésor; — c'est encore là ce qu'il y a de plus sûr dans *la carrière des lettres.* »

A Monsieur G., à Albi (Tarn).

« Je ne puis décemment, mon cher, accepter votre rendez-vous au café de la Régence : cet établissement est démoli depuis deux ans. — Tâchez de m'indiquer un café qui ne soit pas démoli. »

A Madame R., à Orléans.

« Je vois que je suis incompris; — quand vous lirez ces lignes, j'aurai cessé de vivre. »

A Monsieur F., à Arbois (Jura).

« Je crois que oui. »

A Monsieur D., à Nîmes (Gard).

« Je crois que non. »

Maintenant que voilà ma correspondance à peu près au courant, j'aurai le loisir de vous parler de choses d'un intérêt plus général.

XVII

Petites nouvelles. — Moyen de ne pas les raconter. — Trop de prévoyance conduit aux galères. — Histoire d'un domestique prévoyant. — Les peintres et les récompenses. — Détails. — Récompenses à l'industrie. — Comme quoi on ne peut contenter tout le monde. — Les aventures galantes de la semaine. — Le régisseur et l'amour. — L'ingénue et le propriétaire. — Le régime pénitentiaire comparé. — Un dernier mot sur Villars. — Vaudeville : Bouffé dans *Michel Perrin*. — Odéon : *la Raisin*. — Gaieté : *le Médecin des enfants*. — Belle perspective pour nos compositeurs.

4 novembre.

Il y a cette semaine une foule de petites nouvelles qui bourdonnent autour de notre ruche ; — mais, comme toujours, de ces nouvelles une bonne moitié *mérite confirmation* (style de grand journal), et l'autre moitié n'est pas de nature à entrer dans un racontage honnête et modéré, comme celui que nous nous proposons de servir tous les huit jours au public, sauf à lui faire manger parfois des sauces fort épicées. — Vous savez, on veut mettre un grain de poivre et on laisse tomber la poivrière dans le ragoût. Il y a alors des gens qui font des grimaces épouvantables ; — mais cela en amuse d'autres qui prétendent que la société est trop bégueule et qu'il faut la réformer.

Je ne sais pourquoi je vous dis tout ceci ; — je ne suis en ce moment sous le coup d'aucune incrimination grave ; — je ne suis pas dénoncé aux sergents de ville pour attentat à la pudeur, et, depuis la catastrophe du bâton de la Brinvilliers, je crois avoir marché la houlette à la main dans le sentier de mes aînés et confrères, MM. de Florian, Berquin, de Bouilly, etc. Je crois donc qu'en entamant cette matière, je n'avais pas d'autre but que de réclamer l'indulgence du public pour un avenir plein de périls.

Cette prévoyance de ma part me rappelle celle d'un domestique qui disait tous les jours à son maître : « Monsieur a des valeurs dans son secrétaire et monsieur y laisse toujours la clef. Monsieur a tort : un jour, on volera monsieur. » — En effet, un jour, monsieur fut volé. — Il alla raconter sa mésaventure au commissaire de police, en s'accusant de n'avoir pas suffisamment écouté les avertissements de son vertueux Scapin. — Cette touchante sollicitude du domestique pour les trésors de son maître eût arraché des larmes à tout autre mortel qu'un commissaire de police. Mais le magistrat sceptique ne s'attendrit pas; bien plus, il osa soupçonner Caleb. Que dis-je! il osa le faire arrêter! il osa même le faire fouiller, et on trouva sur lui les billets de banque qui manquaient dans le secrétaire de son maître.

Quand un homme en est là, il a toujours une explication à donner. Elle est le plus souvent mauvaise, et, en outre, elle a toujours pour inconvénient de contrarier le système qu'adoptera plus tard l'avocat; mais enfin on ne peut pas non plus exiger qu'un homme pris, comme on dit, la main dans le sac, n'ait pas les meilleures raisons à donner pour dissiper les préventions.

Voici donc quel fut le système du domestique de mon ami : « Je suis, dit-il au magistrat, une victime de l'amour-propre. J'avais prédit à mon maître qu'on le volerait; on ne le volait pas : je craignis de passer à ses yeux pour un imbécile. »

Cette histoire n'est pas tout à fait moderne : elle a deux ans de date. — Cependant le domestique, pendant huit ans encore, réfléchira dans une geôle, sur *les dangers de l'amour-propre.*

Je crois que, sans blesser personne, nous pouvons parler des beaux-arts. — Essayons, au risque toutefois de blesser tous ceux dont nous ne parlerons pas.

Il y a en ce moment une très-grande fermentation dans le monde des ateliers. — La répartition des récompenses est discutée avec une passion qui ferait souvent croire que les peintres sont des orfévres (vous êtes orfévre, monsieur Josse). Ce qu'il y a de certain, c'est que toutes les fois que je cause avec un peintre, il a toujours l'art de me démontrer, en peu de mots, et avec un accent de conviction irrésistible, qu'il est le seul et vrai Farina de la peinture en possession du fonds de Raphaël, et que tous les autres sont des charlatans qui ont contrefait son étiquette et ne vendent que de la drogue. — A la vérité, un peintre a bien beau jeu avec moi; car, à part une douzaine de toiles qui, dans mes jours lucides, m'ont révélé ce qu'un homme peut trouver de grandeur, de poésie ou de grâce en barbouillant une toile, tout le reste me laisse aussi peu ému qu'un sujet de pendule. — Bref, je ne suis pas *organisé* pour la peinture, et tout peintre un peu proprement vêtu et passablement décoré a chance de me persuader qu'il est plus fort que les Vénitiens.—Aussi je vous prie de croire que j'ai des pratiques, et que, depuis quinze jours, j'ai rencontré plus de grands peintres que tout le XVIe siècle n'en a produit.

Quoi qu'il en soit, le jury, sans consulter les intéressés, a rendu son verdict sur les récompenses attribuées à la peinture. — Il y aurait huit médailles d'honneur attribuées à MM. Ingres, Delacroix, Decamps, Horace Vernet, Heim, Leys, Landseer et Cornélius. — Des médailles d'or, plus nombreuses naturellement, et réparties entre quelques noms encore très-célèbres, parmi lesquels on cite Meissonnier, Troyon, Couture, Rosa Bonheur, Maréchal, Flandrin ; — puis des médailles d'argent, des médailles de bronze et des mentions honorables pour les multitudes.— Tout cela excite une grande rumeur dans le monde des Galimard, et les élèves du fameux Barbanchu poussent, du fond de leur barbe, des hurlements féroces contre le jury idiot et barbare qui n'a pas reconnu le génie du maître. — Voilà la marche des choses humaines. Partout où il y a un prix, il y a dix mille concurrents, et chacun, de la meilleure foi du monde, se croit victime de l'intrigue. — Assurément, l'intrigue ne manque pas en ce monde; mais, en définitive, je constate qu'elle est encore dominée et refrénée par une sorte de conscience universelle qui ne lui permet pas de prévaloir. Quelques-uns de ceux qui crient aujourd'hui seront un jour des élus, peut-être même des jurés, et ils ne se comporteront pas autrement que ceux dont ils sont en ce moment les justiciables.

A l'Industrie, les récriminations sont encore plus tumultueuses, parce que, entre des multitudes d'exposants, il est assez difficile de récompenser tout le monde. On pourrait croire que ce dernier procédé serait le plus simple; mais, si on en essaye jamais, on reconnaîtra que les hommes sont bien moins touchés des faveurs qu'ils obtiennent que blessés de celles qui échoient aux autres. En ce moment, la grande rumeur qui emplit de ses échos le Palais de l'Industrie a pour cause la réduction probable à cent, des médailles d'honneur, dont le nombre devait d'abord être porté à quatre cents. Vous verrez que les cent élus ne seront pas du tout fâchés de la déconvenue de leurs trois cents confrères.

J'ai toujours bien envie de vous entretenir des petits scandales de la semaine; — mais j'en parlerai sous la forme la plus voilée, et dans le style des prédictions de Matthieu Laensberg.

Un régisseur de théâtre du boulevard avait disparu; — pendant qu'on le cherchait à la Morgue, on l'a retrouvé dans les bras de l'Amour. — L'Amour a été reconnu par un mari qui avait donné son signalement, et par un commissaire de police qui a fait les constatations nécessaires à la séparation de corps. — La loi veut qu'un mari ne puisse se séparer de sa femme sans être bien sûr de son affaire.—Il paraît que celui-ci a un dossier superbe, et que l'avocat de la partie adverse n'aura rien à répliquer, sinon ce que disent madame Pernelle dans *Tartufe*, et le paysan que représentait autrefois Moëssard dans *la Pie Voleuse, sur le danger de se fier aux apparences.*

Une ingénue des Folies-Dramatiques a, dit-on, disparu en même temps qu'un fort propriétaire des environs; — on dit que le couple fortuné (le propriétaire a 80,000 livres de rente) se propose de passer trois ans au lac de Côme. — Le propriétaire a emporté une lyre pour chanter les splendeurs de la nature. — L'ingénue, qui ne verra pas la nature sous un aspect aussi séduisant, mettra beaucoup d'argent de côté; — à quarante ans, elle épousera *un comique.* — Toutes les femmes du demi-monde lui porteront envie, et on dira d'elle qu'elle a eu du bonheur, et qu'elle a su faire ses affaires. — Quant au reste, beauté, jeunesse, sympathie des âmes, allégresses du cœur, ce sont là de vieilles défroques à l'usage des bergers et des bergères dont se débarrasse une société civilisée. — L'amour est remplacé aujourd'hui par six rangs de dentelles pour le côté des dames, et des inscriptions de rente du côté des hommes.

Tout cela ne révèle pas des mœurs bien naïves. — Je suis donc obligé d'aller chercher la naïveté à l'étranger et je la retrouve en Allemagne. J'ai lu, cette semaine, dans les divers journaux de la Germanie :

« Le choléra ayant éclaté à Dietz (duché de Nassau), le gouvernement a accordé *un congé temporaire* à soixante-huit détenus pour crimes. »

Je me garderai bien de gâter par aucune réflexion cet acte de mansuétude du gouvernement paternel de Nassau. — Je ferai seulement observer que nous devons être bien humiliés, nous qui avons eu trois fois le choléra et qui n'avons pas seulement accordé un jour de sortie à nos scélérats. — Il est bien possible, en effet, que notre régime pénitentiaire soit plus dur que celui du reste de l'Europe. — Un jour, en arrivant à Livourne, je fus très-surpris de rencontrer les forçats en promenade dans les rues, deux à deux, absolument comme un pensionnat. Ils portaient le costume significatif de leur position sociale, et ils avaient dans le dos des étiquettes qui les désignaient, à divers degrés, à l'estime publique : *parricidio*, *infanticidio*, etc. — A cela près, ils avaient l'air folâtre, entraient dans les boutiques, achetaient des fruits et les mangeaient avec l'insouciance d'un rhétoricien ou, mieux encore, d'un philosophe.

Mardi dernier, le pauvre Villars a été conduit par une foule, vraiment émue, de gens de lettres et d'artistes à ce dernier asile du repos éternel qu'il a cherché peut-être avec une impatience un peu puérile. — Il faut croire que le monde l'ennuyait beaucoup et qu'il était bien pressé d'en finir. Les anciens avaient sur le suicide des idées très-différentes des modernes, et, aujourd'hui encore, on ne saurait décider s'il faut y voir le signe d'un esprit faible ou d'un cœur fort qui brise ce qu'il méprise. — Mais que font, je vous le demande, nos jugements et nos appréciations à ceux qui, par un acte de leur volonté souveraine, nous quittent ainsi sans daigner même nous dire adieu ? — Le voilà donc, ce brave Villars, retrouvé d'abord dans la Seine, puis couché dans ses six pieds de terre. — Il n'en sera jamais plus question, si ce n'est au Gymnase, où on distribue tous les rôles de son répertoire.

Parlons des comédiens qui vivent encore. Bouffé a repris au Vaudeville son Michel Perrin. — L'artiste est depuis longtemps connu et apprécié dans cette savante étude des procédés du grand Potier; — l'affaire n'a donc d'importance qu'au point de vue des intérêts du théâtre, qui s'en félicite.

M. Roger de Beauvoir nous a donné à l'Odéon une comédie élégante, galamment troussée, — versifiée avec beaucoup de grâce et d'esprit. — C'est encore un épisode de la vie d'une comédienne, *la Raisin*, qui en son temps mit des fleurs de lis sur son écusson.

Sous le titre de *le Médecin des enfants*, la Gaieté a représenté un drame qui aura une longue fortune. — Décidément, les écrivains du boulevard ont des roueries et des habiletés que le génie, dans sa naïveté, est loin de soupçonner. — Prenez cette pièce, elle est vulgaire au fond. — Je disais, il y a moins d'un an, à propos du vieux drame de Kotzebue, *Misanthropie et Repentir*, que c'était là un texte éternel pour le théâtre; — et en effet, c'est bien l'élégiaque Meinaut que nous avons revu à la Gaieté sous le nom de M. de Lormel. — Seulement, cette fois, l'époux outragé a imaginé une vengeance assez inédite. — Sa femme a fui avec son amant, — il les poursuit, les atteint, et, armé de la loi, leur enlève l'enfant né de leurs amours adultères. — Cette situation étant donnée, les auteurs en ont tiré un drame rapide, sans embarras, sans complications parasites, et plein d'émotions qui ne manquent pas leur coup, car elles s'adressent aux sentiments les plus élémentaires de la nature.

Voilà précisément en quoi MM. Anicet Bourgeois et Dennery sont des gens de talent : ils n'ont rien inventé, mais ils ont eu l'art d'intéresser et d'attacher une fois de plus à ce roman de l'amour paternel, qui est de tous les romans le plus saisissant quand il est réussi, et le plus ennuyeux quand il s'égare. En pareil cas, il n'y a pas de milieu : il faut bâiller ou pleurer. — Or, j'ai pleuré et les larmes ne se discutent pas. — Il est vrai que j'ai ri aussi en retrouvant le *merci, mon Dieu!* — Il paraît qu'il n'y a pas de drame possible sans *merci, mon Dieu!*

Donc, c'est un succès, et un très-grand succès. — Il n'est que juste d'y associer trois artistes dont le talent élève cette scène de boulevard au niveau des scènes les plus impériales. — Bignon a vaincu sa nature fougueuse; il a cherché le drame dans le calme et la sobriété et il l'a rencontré. Laferrière avait une autre mission, et il a eu, dans quelques scènes, vraiment très-heureusement mouvementées, des explosions magnifiques. — Quant à Ménier, on sait avec quelle science, quelle vérité et quelle finesse il compose ses rôles. — Il représente cette fois un vieux paysan, et l'on peut dire qu'il l'a *touché* de telle façon, qu'après lui on n'osera plus nous présenter des paysans de convention. — J'allais oublier une très-jeune fille dont je ne sais pas le nom ; — elle n'en a peut-être pas encore, mais elle s'en fait un. — Elle joue très-bien, cette jeune actrice, avec beaucoup de cœur et de simplicité. — Elle ressemble à mademoiselle Duverger, du Palais-Royal, et c'est déjà une recommandation. — J'aime à penser que ce ne sera pas une recommandation pour les avant-scènes seulement.

Je voudrais maintenant connaître le secret d'un M. Vauvert qui a trouvé un procédé pour *dorer*, *bronzer* et *velouter* instantanément l'écriture. — Mais j'ignore ce secret ; — je ne sais même pas ce que cela veut dire, et je suis obligé de livrer encore cette fois mon écriture telle quelle au compositeur.

XVIII

Encore les médailles et toujours les peintres. — Industrie. — Les récompenses. — Perspective de réclames. — Le *Journal des Débats* et la réclame. — Deux grands artistes inconnus. — Le vaudeville, la peinture et la sculpture. — Chômage littéraire. — Grande nouvelle pour les manuscrits. — Différence caractéristique entre les Chinois et les Français. — Histoire d'un homme qui aimait le spectacle. — Autres pays, autres mœurs. — La rancune en Chine et en Turquie. — Rien des théâtres.

11 novembre.

Parlons médailles, puisque aussi bien il est impossible de parler d'autre chose, — au moins jusqu'au 15 novembre ; — après quoi, on n'en parlera plus du tout. — D'ici là, il est impossible de se soustraire à la préoccupation universelle que les peintres et les statuaires ont portée dans les salons, dans les cercles, partout où les questions d'art sont traitées avec un sentiment qui n'est pas tout à fait de l'indifférence. — C'est à ce point que les dernières épreuves de la vie ne sont envisagées que dans leurs rapports avec la médaille. — Un sculpteur, M. Rude, meurt ces jours-ci. « Quel malheur! il avait la médaille, — et la médaille d'honneur encore ! » Un peintre se met au lit ; — on ne se demande pas s'il a une fluxion de poitrine ou une angine ; — on se demande s'il a la médaille ; — on apprend qu'il n'a qu'une mention honorable : — voilà la maladie expliquée.

Il est donc bien temps que la distribution des récompenses vienne mettre un terme à cette agitation toujours croissante. — Restera l'industrie, qui commencera un feu croisé de réclames ayant toutes pour base d'opération les récompenses décernées au châle, avec ou sans marque de fabrique, au calicot, au cuir, à la bougie-chandelle et au chocolat des familles. — Il est hors de doute que M. Biétry ne négligera pas cette occasion d'informer le public qu'il n'a jamais eu d'autre associé que son fils. — A la rigueur, on pourrait croire que le public en est suffisamment informé ; — mais on ne saurait trop publier des choses si intéressantes pour celui qui les publie. — Je ne suis pas l'ennemi personnel de M. Biétry ; j'admire même l'intrépidité de son caractère dédaigneux des commentaires un peu ironiques que soulève sa prose infiniment trop reproduite. — Je lui reproche seulement d'envahir, trois fois par semaine, les colonnes d'un journal que je lisais depuis vingt-cinq ans, le *Journal des Débats*, où j'étais accoutumé à voir traiter des questions moins personnelles. — A l'heure qu'il est, les *Débats* négligent l'Autriche et la Russie, le Caucase et l'isthme de Suez, pour chanter sur la lyre les vertus de la marque de fabrique. — Le lendemain, tous les journaux reproduisent la tartine sous cette rubrique : « *On lit dans le* JOURNAL DES DÉBATS. » Qui pourrait se douter qu'il y a là un compérage? — Le *Journal des Débats* n'est-il pas une autorité grave, et pourrait-on supposer qu'il se livre complaisamment à toutes les fantaisies du châle pure laine?

A d'autres égards, j'ai déjà eu occasion de faire remarquer que le

Journal des Débats, depuis la mort de M. Bertin, de regrettable mémoire, est devenu bien accessible à la réclame dramatique. M. Jules Janin, il y a une quinzaine de jours, plaisantait avec infiniment de grâce un acteur de province, M. Jenneval, à qui les Amiennois tressent des couronnes et dédient des vers avec accompagnement de mirliton. « Quel est ce Jenneval, ce grand Jenneval? s'écrie avec raison M. Janin, et, s'il est vrai, comme le proclament les odes de la Somme, que M. Jenneval résume en lui le génie de Frédérick, la beauté de Cléopâtre, la grâce de mademoiselle Mars et les vertus de saint Louis, comment se fait-il que Paris, ordinairement le premier informé de l'apparition de ces phénomènes, n'ait pas encore entendu parler de M. Jenneval? »

Mais je ferai observer à notre illustre critique que le *Journal des Débats* a son Jenneval. — C'est un artiste de la Seine-Inférieure, nommé Julien Mary, dont la gloire s'épanouit trois fois par semaine dans l'endroit rédigé par M. Camus. — M. Camus ne pense qu'à M. Julien Mary; — il en rêve et il en radote un peu. — M. Julien Mary a joué ceci jeudi dernier à Rouen, devant une salle enivrée.— Le lendemain, M. Julien Mary a obtenu tous les suffrages de la critique normande. — Suit une citation du *Nouvelliste de Rouen*.

« On voit que nous ne nous étions pas trompé, ajoute le *Journal des Débats*, en prédisant à M. Julien Mary une vogue qui ne se peut comparer qu'à son talent. »

Mais d'où vient au *Journal des Débats* cet enthousiasme pour un acteur inconnu à Paris? D'où vient cet acteur lui-même, et où veut-on qu'il aille? — Au Théâtre-Français ou au Gymnase? — Il serait alors bien plus simple, si c'est un aussi grand homme que le prétend M. Camus, de lui faire jouer deux pièces sur le théâtre des Batignolles. — On le verrait, — on le connaîtrait, et, cessant d'être un mythe, il aurait chance de devenir un comédien illustre, ailleurs que dans la colonne en petit texte de M. Camus.

Revenons un peu à nos peintres, et constatons que, si l'on fait beaucoup de bruit aujourd'hui autour de la peinture, c'est une compensation assez légitime du silence qu'elle subit et dont elle souffre en temps ordinaire. Telle est la pente de l'esprit public en France, que le plus médiocre vaudeville n'y peut demeurer inconnu plus de vingt-quatre heures. — A peine le rideau est-il tombé sur la *pièce nouvelle*, que trente journalistes taillent leur plume et se mettent gravement à informer l'Europe de l'événement, non pas sommairement, mais en appelant à leur aide toutes les puissances de l'analyse :

« La scène se passe à Paris. — M. Landernau, banquier, riche et un peu vain de sa fortune, a une fille ; celle-ci est aimée d'Adrien, le premier commis de la maison.

» L'idée seule d'avouer à son père cet amour, qu'elle partage, cause à Cécile des terreurs insurmontables. Mais un bon génie veille sur les deux amants : c'est la mère Floquet, femme de charge de M. Landernau. Celui-ci avait, dans sa jeunesse, épousé une femme riche. A la mort de sa femme, il était menacé, à défaut d'enfant, de voir sa fortune retourner à sa source. — C'est alors qu'il adopta Cécile, qui n'est autre que la fille de la mère Floquet.

» Il suffit donc à la mère Floquet d'évoquer ces souvenirs pour réduire le banquier à une capitulation. — Adrien et Cécile sont au comble du bonheur !

» Ce vaudeville, de MM. Melon et Concombre, a obtenu un succès incontesté. — Barnabé a été d'un comique *de bon aloi* dans le rôle du banquier ; — mademoiselle Coralie a déployé une sensibilité exquise dans celui de Cécile, etc. »

J'espère que vous en avez lu beaucoup de cette sorte, sans compter ce que vous lirez encore. — Tout cela ne se fait pas au hasard et en vertu d'un caprice de feuilletoniste : il y a un goût tel, dans ce pays-ci, pour tout ce qui tient au théâtre, qu'on est toujours sûr de se faire écouter quand on parle de la comédie et des comédiens. — Maintenant essayez de parler une fois par semaine à ce même public, non pas des barbouillages des peintres en bâtiment, mais des chefs-d'œuvre de la peinture, vous verrez comment vous serez reçu (par moi-même tout le premier).

Voulez-vous un autre terme de comparaison : les théâtres ont réalisé cette année environ douze millions de recettes en représentant des choses dont le titre même sera oublié avant dix ans d'ici (je veux faire bonne mesure). — Or, rassemblez où vous voudrez, et livrez à la vue du public l'œuvre complet des Raphaël, des Titien, des Corrége, des Rubens, des Teniers et de leurs pareils, s'ils en ont, et je vous donne un demi-siècle pour encaisser moitié de la somme qu'ont produite, en un an, la *Mère l'Oie*, *les Cosaques*, *Paris*, et *les Deux papas très-bien*.

La conclusion est que, une fois tous les cinq ans, il n'est pas exorbitant de s'occuper un peu de ces pauvres peintres dont on s'occupe si peu le lundi.

Quant à la sculpture, il est convenu que c'est un art tout païen, ou tout chrétien, qui ne pouvait vivre et s'épanouir qu'à Rome et à Athènes, sous ce soleil qui souriait au marbre, dans l'ensemble d'un mouvement social qui donnait à la statuaire un sens actuel et vivant; chez des peuples où un panthéisme sensualiste et imagé cherchait partout des emblèmes à leur riante mythologie. En ce temps-là, l'*idée*, qui aujourd'hui se met sous presse, se formulait spontanément en marbre. — Des multitudes écloses sur la place publique, instinctivement éprises du beau et du grand, se groupaient harmonieusement autour des statues de la Patrie. La statue résumait alors toute une civilisation : c'était l'amour, c'était la gloire, c'était la langue, c'était la divinité.

Avec les siècles vint le moyen âge : la statuaire eut encore sa raison d'être alors qu'une foi naïve et puissante tourmentait le bois et la pierre, jusqu'à ce qu'elle en eût dégagé une croix, un Christ ou une Vierge.

Mais, dans une société comme la nôtre, qui n'a plus ni foi ni soleil, fractionnée, d'ailleurs, en petits individus, en petits calculs et en petits monuments, la sculpture, cet art géant, a perdu sa place tout comme les mastodontes et les hydres sauriennes reconstruits par Cuvier ont perdu la leur dans l'échelle des êtres qui occupent le globe.

Aujourd'hui, la sculpture ne peut s'élever au-dessus des *réductions* de Barbedienne, et, quant à l'*art*, vous savez la réponse du bourgeois à qui on proposait, pour dix mille francs, une copie très-estimée de la Vénus de Milo : « Quand je mettrai dix mille francs à une statue, dit-il, je veux au moins qu'elle ait des bras. »

Ainsi donc, en dehors des médailles, la semaine n'a eu aucune signification : tous les bruits, toutes les passions, tous les mouvements de la société sont provisoirement concentrés autour des jurys des beaux-arts et de l'industrie. — La semaine prochaine, jeudi sans remise, nous assisterons au dénoùment, et puis nous parlerons d'autre chose, car Paris a cela de bon, qu'il n'aime pas à s'éterniser dans une même préoccupation. — En cela, les Parisiens se distinguent des Arabes, qui, au témoignage de Chateaubriand, pleurent encore Grenade perdue.

La littérature, primée en ce moment par la peinture, *ne fait pas ses frais;* mais, pour l'avenir le plus prochain, on parle vaguement d'une grande entreprise de librairie, sous le patronage de M. Mirès, qui se proposerait de donner des livres à bon marché et de délivrer du purgatoire tous les manuscrits français, ou à peu près, qui ne parviennent pas à éveiller la philanthropie des éditeurs. — Je pense qu'on ne sera pas forcé de lire tout ce qui sortira des presses de la maison Mirès; autrement, de même que Nestor Roqueplan, dans ses voyages, envoyait Désiré, son domestique, voir *les curiosités* de la ville pour lui en rendre compte, je serais obligé de prendre à mon tour un domestique pour lire les produits de l'imagination de mes contemporains. Il y a aussi les Chinois, qui font danser leurs domestiques et ne prennent jamais la peine de danser *eux-mêmes.* — Je finis par croire que les Européens sont les plus bêtes de tous les humains : j'aurais peut-être dû commencer par là.

Les Chinois n'ont pas toujours le cœur à la danse. — La grande insurrection s'y maintient avec le caractère de permanence qui distingue toute idée chinoise. — Ici, en trois jours, ces choses-là sont terminées, toujours par suite de l'inconsistance de notre nature : quand le peuple français a entendu le canon pendant trois jours, il éprouve le besoin de revoir son ami Chilly, — même quelquefois il est plus pressé. — Exemple : le 21 juin 1848, l'affiche du Théâtre-Historique portait cette annonce : « Après-demain jeudi 23, première représentation de *la Marâtre,* drame en 5 actes. » — La pièce était de Balzac, et grand fut l'empressement du peuple français à louer des loges et des stalles. — Cependant, le 22 et le 23, la location se ralentit. — Le canon grondait sur toute la ligne du boulevard. — Le 24, il y eut un répit. — Le canon tirait encore à la Bastille, mais le boulevard du Temple était relativement pacifié. — Ce jour-là, vers deux heures de l'après-midi, on frappa à la porte du Théâtre-Historique. Directeur et régisseur tinrent conseil. Que faire? — Le directeur prit son parti : « De deux choses l'une, dit-il, ou c'est le peuple qui vient demander des armes, ou c'est l'autorité qui vient les faire enlever pour que le peuple ne les trouve pas. — Dans les deux cas, il faut ouvrir. »

On ouvrit donc ou plutôt on entr'ouvrit la porte avec toutes les précautions imaginables, et on se trouva en présence d'un monsieur verni, ganté et frisé, qui, le plus poliment du monde, demanda « s'il restait *quelque chose* pour la première de *la Marâtre.* » — Sur la réponse brusque et négative qui lui fut faite, notre amateur parut désappointé, mais bientôt, reprenant courage :

« Monsieur D..., l'agent de change, n'avait-il pas loué une loge?

— C'est possible, fut-il répondu.

— Eh bien, M. D... a été blessé hier à la barricade Saint-Denis : je prends son coupon. »

Je ne prévois pas qu'un Chinois ose se présenter au bureau de location de Pékin avant quelques siècles d'ici. — Autres pays, autres mœurs.

Croyez bien que les nôtres ont du bon. — Chez nous, on se fusille pendant quelques jours, puis on finit toujours par dîner ensemble.— A Canton, les rancunes sont plus vivaces. On écrit de ce pays-là que les insurgés, pris les armes à la main, sont découpés en petits morceaux qui varient de 24 à 340 (textuel), selon le grade du prisonnier; — bien entendu que le minimum s'applique au grade le plus humble et le maximum au grade le plus élevé. — Pour être découpé en plus de cent morceaux, il faut déjà avoir une assez jolie position.

En Turquie, au contraire, les mœurs s'adoucissent. — A Damas, un chrétien étant décédé, un cadi a substitué sur le registre de l'état-civil au mot *mort* le mot *crevé.*— Le cadi a été blâmé, et il est convenu qu'à l'avenir les chrétiens seront des *morts* tout aussi bien que les Turcs.

Quant aux théâtres, il paraît que c'est fini de rire. — Mais je ne sais trop s'il n'y a pas imprudence à eux de laisser constater qu'on peut très-bien vivre sans voir trois vaudevilles nouveaux par semaine.

XIX

Clôture de l'Exposition.— Préparatifs. — Paris à la recherche de billets. — La cérémonie. — Le bilan de l'Exposition de 1855. — Le cocher assassin.— Conclusions diverses sur ce personnage. — Cirque : *le Donjon de Vincennes*. — Fouquet et l'histoire.

18 novembre.

Paris, la ville des spectacles, des fêtes et des curiosités, ne s'est pas démenti cette semaine. — Dès qu'il a été bien convenu et bien entendu que la grande solennité de clôture de l'Exposition était fixée invariablement au jeudi 15, toutes les affaires ont été suspendues, tout autre plaisir est devenu maussade.— Il s'agissait d'une première représentation et d'une représentation *unique*.— Toutes les ambitions et toutes les convoitises n'ont plus eu qu'un but : obtenir une, deux ou plusieurs cartes d'entrée au Palais de l'Exposition. — Au premier abord, rien ne semblait plus simple. — Trente mille billets avaient été mis en circulation ; — mais ils se sont arrêtés dans des couches supérieures, et très-peu sont descendus dans le demi-monde des curieux vulgaires. — Bref, il était plus difficile d'obtenir une de ces trente mille cartes qu'une des trois cents stalles qu'on se dispute pour les premières représentations les plus recherchées. — C'est à ce point que, la veille, dans une société richement pourvue, j'ai offert l'échange d'une loge de l'Ambigu contre une seule de ces cartes, et que, faut-il le dire, j'ai été conspué! — On donnait cependant ce soir-là, à l'Ambigu, la première représentation du *Sorcier de la Montagne*, drame sur lequel l'administration fonde les plus hautes espérances; mais le courant de la mode n'entraînait, ce soir-là, personne vers l'Ambigu.

Comme toujours, tandis que pour se procurer une entrée à l'Industrie, les gens les plus influents couraient Paris en voiture depuis trois jours (il y a encore des bourgeois assez intrépides pour prendre des voitures), les demandes les plus naïves se produisaient dans les sphères inférieures. — J'ai vu une demande adressée à un fonctionnaire de l'Exposition par une famille de province et ainsi conçue : « Nous avons fait, avec les Darancourt, la partie d'aller à la cérémonie du 15 : envoyez-nous huit places près du trône. »

Le fonctionnaire a répondu : « Je n'ai plus de place que sur le trône ; mais il faut un costume. »

A vrai dire, cette excitation était bien légitime et bien justifiée par ce qu'on savait des préparatifs de la solennité.— La nef, dégagée des produits exposés, avait pris les proportions gigantesques d'un amphithéâtre romain ; — une mise en scène d'un appareil féerique devait présenter un spectacle sans précédent et sans analogie avec aucune fête connue ; enfin, des orchestres formidables devaient emplir d'harmonie ce palais enchanté, où se trouverait réuni tout ce qui a une signification dans le siècle, par le rang, le génie, le talent ou la beauté.

Ce programme a maintenu toutes ses promesses, ce qui n'est guère la coutume des programmes ; en outre, le temps, qui n'avait pris aucun engagement avec le *Moniteur*, s'est avisé d'être doux et lumineux comme un sourire d'automne.

Il est permis de le dire parce que nous le disons après toute l'Europe : — l'Exposition parisienne a rejeté sur le second plan celle de Londres. — Cette dernière a eu le mérite de l'initiative : la nôtre demeurera dans toutes les mémoires comme un témoignage impérissable du goût, de l'élégance qui caractérisent toutes nos manifestations.

C'était bien assez d'une pareille solennité pour une seule semaine et on n'eût pas songé à autre chose, si le procès du cocher Collignon n'avait pendant deux jours fixé l'attention à beaucoup de titres. — Les uns n'ont vu dans cette affaire que le côté plaisant (si on peut s'exprimer ainsi) ; d'autres en ont dégagé des conclusions sinistres et ont cru voir la société tout entière minée par des haines souterraines et implacables. Mais c'est forcer un peu l'argument que de voir dans le cocher, assassin du bourgeois, une expression sociale. Cet homme vous l'a dit lui-même : il n'a jamais puisé d'inspirations dans les sociétés secrètes : il vivait étranger à toute théorie politique ou sociale. — C'était un cocher, rien de plus et rien de moins. — Il détestait le bourgeois, mais au point de vue du tarif et du pourboire ; — il a tué un homme pour un malentendu de quarante sous ; — pour trois francs, il lui eût dit : « Merci, mon prince ou mon ambassadeur. »

Le cocher Collignon me paraît quelque chose d'aussi anormal que l'infanticide Papavoine, — une exception monstrueuse, même parmi les monstres et, à plus forte raison, parmi les cochers, qui ne sont pas tous d'humeur aussi féroce. — Mais il n'est pas moins vrai que c'est une physionomie très-curieuse et très-accentuée. — L'attitude de cet homme en cour d'assises a atteint les sommets de la plus haute fantaisie du meurtre. — Il a eu des mots d'une audace et d'une crânerie qui lui assurent une belle position dans le panthéon du crime, s'il ne fléchit pas, comme tant d'autres, au dernier moment, qui est le plus mauvais. — Jusqu'à l'échafaud, tout va encore : — le jugement et la publicité soutiennent souvent un homme au lieu de l'énerver ; — la grande épreuve, c'est ce fameux réveil à quatre heures du matin, alors qu'on dort d'un profond sommeil (dit toujours la *Gazette des Tribunaux*).

C'est toujours là qu'on voit s'amollir ces natures féroces, et bien peu résistent à la tentation de se réconcilier avec le monde au moment de le quitter. — Déjà il est à remarquer que Collignon s'est pourvu en cassation, contrairement à la résolution qu'il avait manifestée en entendant son arrêt de mort. — Il est en marche pour l'échafaud ; mais il n'est pas fâché d'y aller au pas et à l'heure.

Tous les spectacles ordinaires du peuple français ont été bien éclipsés par le spectacle extraordinaire de l'Exposition. — Cependant le Cirque, sans trop s'inquiéter de la concurrence, a donné un drame, *le Donjon de Vincennes*. Il s'agit de ce fameux Fouquet, le surintendant des finances de Louis XIV, qui a fourni au XVIIe siècle un de ses épisodes les plus émouvants, et à la philosophie un sujet d'éternelle méditation sur l'instabilité des choses humaines. — M. Prud'homme en écrirait long là-dessus : je tâcherai d'être plus sobre, seulement, je constaterai, en passant, que l'histoire ne nous transmet que des figures vagues, indécises, à demi voilées, sur lesquelles la postérité est bien embarrassée d'émettre un jugement.

Qu'était-ce, au fond, que ce Fouquet, qui se présente devant nous avec le témoignage de quelques beaux esprits de son temps, mais très-logiquement incriminé, d'autre part, par tant de millions conquis dans le maniement des deniers publics? — Était-ce un Mécène magnifique et délicat, ou tout simplement un traitant dispersant fastueusement les miettes de son festin? — Quelle fut même la cause précise de sa disgrâce : — l'orgueil blessé d'un roi, ou la jalousie d'un amant? L'esprit flotte entre mille conjectures apportées jusqu'à nous par la grande rumeur qui se fit autour de cette chute éclatante. — Quoi qu'il en soit, l'émotion produite dans le monde par ce grand écroulement, s'est propagée jusqu'à nos générations, et la postérité, qui est toujours du parti des vaincus, a admis Fouquet dans la légende des martyrs. — C'était donc à tous ces titres un personnage désigné aux combinaisons de la scène, en ce sens surtout que l'obscurité qui enveloppe encore la destinée du surintendant à dater de son incarcération, ouvrait une libre carrière à l'imagination.

Les auteurs ont usé de ce droit, mais sans en tirer des situations précisément bien neuves et notablement saisissantes. — L'ensemble de la pièce par ses aspects et ses incidents rappelle tout à la fois *le Masque de fer* et *Latude*. — Nous souhaitons au *Donjon de Vincennes* le succès mémorable de ces deux drames, mais nous n'oserions le lui prédire. — La représentation a été un peu tumultueuse vers la fin. — Du reste, tout le monde y était, y compris le *chien des premières représentations*, qui ne manque plus une solennité du Cirque. — Cet amateur s'est assez bien comporté; — seulement, il a poussé des aboiements plaintifs quand il a vu le tombeau de Fouquet.

Les Variétés ont donné un vaudeville en deux actes qui se distingue de ses pareils par une idée et une moralité. — *L'École des épiciers* a pour but d'initier le public à toutes les combinaisons malsaines du boutiquier parisien pour frauder le chaland sur la qualité et la quantité. — Alphonse Karr a fait pendant quinze ans cette guerre au boutiquier parisien, et cela, avec une verve et un esprit dont aucun vaudeville n'a la prétention d'approcher.

Cependant les auteurs de la pièce des Variétés ont été heureux dans la plupart des épisodes dont leur fable se compose : on a ri, et on rira bien deux mois encore de cette plaisanterie qui a un certain mérite d'actualité. — Numa est parfait dans le rôle d'un vieil épicier qui représente, en forme de contraste, l'antique probité du commerce sans alliage. — Un acteur, qui depuis quinze ans amusait le public de l'Ambigu, Laurent, a débuté dans cette pièce, et a été tout aussitôt adopté. — C'est *un comique* de la bonne race, bête sans effort, sans travail, je crois, et digne de prendre rang parmi les grotesques les plus célèbres de ce temps-ci.

XX

Les émotions de la semaine. — Mort de M. Paillet. — L'incendie. — Terreur panique. — Avis aux soldats blessés. — Grandeur et décadence de la harpe. — Le dernier guitariste. — Les danseurs. — Le professeur de chinois. — Les professions de luxe. — Les états de première nécessité. — Théâtres. — Gymnase : *le Dessous des cartes*. — Jugement d'outre-tombe sur Bayard. — Palais-Royal : *le Mandarin*. — *Une Trilogie de pantalons*. — Vaudeville : *Trop beau pour rien faire*.

25 novembre.

Ces huit derniers jours n'ont certes pas manqué d'émotions. — D'abord, un homme illustré dans les luttes de la parole, M. Paillet, est tombé foudroyé, à la barre, devant les juges consternés. — Tout le monde demeure frappé d'une si belle mort, et c'est encore le sentiment qui survit à tous les regrets. — Mourir en détail, dans un lit ou sur un fauteuil, au milieu des fioles et des piteux agents de la pharmacie, c'est là ce qui humilie et dégrade l'homme fort ; mais mourir au grand jour, en pleine possession de son intelligence, dans son habit de combat, c'est passer de la vie à l'inconnu par une sorte d'assomption qui soustrait le mortel aux défaillances de l'heure suprême. Voilà, indépendamment de la place qu'il laisse au palais, ce qui a surtout ému dans la mort de M. Paillet. C'était un grand artiste en parole et, dit-on, un homme d'un beau caractère.

Puis, tout à coup, le ciel s'est embrasé d'une lueur immense et Paris tout entier s'est porté vers l'ouest de la ville pour admirer *la sublime horreur* de l'incendie. — De tous les points de l'horizon, un cri d'effroi a retenti : *au jugé* et avant informations, on pouvait croire que le palais des beaux-arts était en proie aux flammes. — Voyez-vous d'ici les conséquences d'un pareil sinistre. — L'œuvre de la peinture moderne était anéanti ; — la perte matérielle ne pouvait se traduire en chiffres ; elle était au-dessus de toute évaluation : mais la perte morale dépassait tous les calculs de l'imagination. — Depuis l'incendie de la bibliothèque d'Alexandrie, jamais le feu n'eût laissé une nuit plus profonde parmi les hommes. — *Heureusement* (dans tous les malheurs, il y a un bonheur relatif), c'était tout simplement la manutention des subsistances militaires qui s'abîmait dans un volcan. — Quelques sacs de blé ont été consumés, et c'est regrettable, au prix où est le pain. Mais les blés repoussent, et les tableaux ne *repoussent* pas, à moins de représenter les Vénus de l'école réaliste.

Du reste, un incendie n'est pas de trop pour éclairer notre Paris ténébreux : depuis la cérémonie du 15, le soleil ne s'est plus montré, et nous marchons à tâtons dans les brumes, comme les enfants de la nuit.

Aussi n'y a-t-il pas lieu de s'étonner si les choses humaines semblent plus obscures que de coutume. — Il paraît que nos alliés de Londres, qui, en fait de brouillards, ne le cèdent à aucune puissance, ne se reconnaissent plus sur le théâtre de la guerre, car je trouve dans un grand journal l'annonce suivante :

AUX SOLDATS CONGÉDIÉS.

« On demande un soldat blessé, qui ait été en Crimée, pour aller à Londres expliquer un modèle de Sébastopol et des environs. — Un zouave aurait la préférence. — Il est nécessaire qu'il sache un peu l'anglais, et jouisse d'une bonne réputation. — On donnerait vingt-cinq francs par semaine »

Je trouve cette annonce originale, mais je ne la trouve pas bien généreuse. — Être zouave, avoir été blessé, savoir un peu d'anglais, jouir d'une bonne réputation, aller à Londres, et tout cela pour vingt-cinq francs par semaine! — Autant vaut rester chez soi, n'être pas blessé, ne pas savoir l'anglais, et *jouir* d'une mauvaise réputation. Il n'y a pas de mauvaise réputation qui ne rapporte plus de vingt-cinq francs par semaine. — Demandez plutôt à ces dames et à quelques-uns de ces messieurs.

Il y a encore un autre mort, le guitariste Huerta, lequel aurait abrégé une vie que la guitare ne soutenait pas, ou soutenait mal.

Il est certain que notre siècle compte des martyrs inconnus : les guitaristes, les harpistes, et probablement bien d'autres encore.

Voilà comme le temps emporte tout : il y a cinquante ans, une femme un peu princesse, aurait rougi d'être représentée sur son portrait autrement qu'en robe blanche, les yeux levés au ciel, et embrassant une harpe de ses bras nus. — Aujourd'hui, on rencontre encore, mais sous les portes cochères seulement, quelques harpes manœuvrées par de pauvres balayeuses sans ouvrage. — Je ne sais pas au juste quelle est aujourd'hui la destinée de la guitare, mais j'imagine qu'Armand Marrast est le dernier amateur qui ait cultivé cette machine. — Marrast aimait la guitare par reconnaissance; il en avait vécu, et l'instrument avec lequel il donnait des leçons, en 1820, dans un pensionnat de la rue Montorgueil, passé à l'état de monument historique, a été acheté, à sa vente après décès, par un de ses amis politiques.

Vous êtes-vous demandé aussi ce que pouvaient devenir les danseurs depuis la réforme de la danse *mâle*. — Je ne suppose pas qu'ils deviennent danseuses, et je suis réduit à espérer que Terpsychore leur fait une pension alimentaire.

Je me préoccupe aussi du sort des professeurs de langues tombées en désuétude. — Il y a quelques années, je lisais dans tous les journaux cette annonce :

« Un ancien négociant qui a séjourné vingt ans à Canton, et que des revers de fortune obligent à s'occuper, serait bien aise de donner des leçons de chinois. — S'adresser au concierge, etc. »

Ce sinologue demeurait dans une maison qu'habitait aussi mon tailleur. — Un jour, en sortant d'un pantalon que je venais d'essayer, j'eus la curiosité de demander au portier si la *classe* du professeur de chinois était nombreuse :

« Hélas! non, monsieur, répliqua le portier, et, si vous vouliez apprendre le chinois, ce serait une bonne action que vous feriez. — Le pauvre homme n'a pas d'autre élève que mon fils, que je lui prête pour s'exercer. — Mais, avec tout cela, mon fils ne devient pas mandarin, et je suis obligé de le retirer du chinois pour le mettre dans la menuiserie. »

Aussi, les hommes devraient être assez avisés pour ne pas se vouer à des états de luxe, ou, tout au moins, savoir rompre brusquement avec les professions qui les abandonnent. — Quelques-uns s'entendent merveilleusement à exécuter ces évolutions, et, de pâtissiers en faillite, se font comédiens, auteurs et journalistes de banlieue.

Voilà des états de première nécessité : on y meurt souvent de faim, c'est vrai, mais on est soutenu par la gloire.

Ce n'est pas au moins cette année que Thalie et Melpomène laisseront périr leurs enfants. — Toutes les caisses dramatiques regorgent des recettes réalisées dans ce fabuleux été de l'Exposition universelle, et voici que, de toutes parts, on appelle des troupes fraîches pour se défendre contre une réaction menaçante.

Le Gymnase, après plus de cent cinquante représentations, a abandonné *le Demi-Monde,* qui a été vu par le monde entier; mais ce n'était pas une raison pour nous donner un vaudeville de l'autre monde. — Il a pour titre, ce vaudeville, *le Dessous des cartes;* — il est de Bayard, un auteur si fécond, que sa production déborde de sa tombe.

C'était assurément un homme de talent et un habile homme que ce Bayard; mais ce n'était pas précisément un bel esprit. — Quand il voulait plaisanter, son badinage en bottes fortes faisait craquer les planches. Aussi traitait-il le théâtre comme une affaire et n'y apportait-il aucune fantaisie, aucune dissipation d'esprit; — il se distinguait par la sûreté de ses combinaisons dramatiques, distribuées et dirigées sur l'échiquier par une main rusée et savante. — N'abandonnant rien au hasard et à l'inspiration, il cherchait un terrain solide pour y asseoir sa construction ; — mais il en résultait souvent ce contraste grotesque d'un édifice de carton sur des assises de granit, ou bien encore d'un sapajou exécutant ses évolutions sur le dos d'un éléphant. Initié à toutes les faiblesses du public, connaissant son ignorance et son respect pour les choses *sérieuses*, Bayard habillait le plus souvent son mannequin de costumes historiques. Les vaudevilles les plus historiques, qui ne sont pas les plus amusants, passent toujours ainsi sous le manteau des empereurs et des ambassadeurs. — Pour faire une pièce, tous les prétextes lui étaient bons. — S'il eût vécu, il eût mis indubitablement en vaudeville l'annexion de Cuba, la question de la Plata et le partage de la Pologne. Donc, il paraît que, dans les derniers temps de sa vie, deux questions préoccupaient surtout Bayard : la conquête de la Finlande et le partage du Holstein. Il y avait là trois actes et il les fit. On trouva le manuscrit après sa mort, et on pria M. Dumanoir d'y faire quelques retouches de sa plume élégante. Mais, dans son respect pour le maître, M. Dumanoir a reculé devant la profanation, et la pièce a conservé l'empreinte de Bayard, avec ses défauts et ses qualités. — Il y a en ce moment un mot célèbre dans les coulisses : — il s'agissait d'un acteur du Palais-Royal, qui imite avec plus de bonheur que de gaieté le geste, l'intonation et la grimace de Sainville. — On demandait à Grassot ce qu'il pensait de son nouveau camarade : « Il me fait l'effet du *bout de l'an* de Sainville, » répliqua le spirituel grotesque. — La pièce du Gymnase m'a fait l'effet du bout de l'an de Bayard. — Au lieu de raconter cette histoire empâtée d'impératrice, de roi de Suède, de grand-duc et de grandes-duchesses, j'aime bien mieux rappeler au Gymnase qu'il a pris envers l'art d'autres engagements. Ce théâtre a divorcé, depuis quatre ans, avec les puérilités du métier. — Il nous a donné des œuvres qui sont toute la comédie de ce temps-ci : *Mercadet*, *le Mariage de Victorine*, *le Gendre de M. Poirier*, *Diane de Lys*, *le Demi-Monde*, etc. ; et, lorsque sur cette scène, où l'on respire maintenant le grand air de la littérature, nous entendons grincer le violon de l'orchestre, attaquant *le timbre* de *Lantara*, il nous semble qu'un orgue de Barbarie vient mêler le *Sire de Franc-Boisy* à la symphonie en *ut* mineur.

Le Palais-Royal a cela de bon que ses vaudevilles ne sont pas historiques. — *As-tu tué le mandarin?* Sur cette simple question, on ébauche une fantaisie sans complications, qui dure trente-cinq minutes et amuse tout autant. — Il s'agit d'un garçon très-désargenté qui a médité la fameuse proposition de Jean-Jacques Rousseau : « Si, pour devenir riche en tuant un mandarin, et si pour tuer un mandarin, on n'avait qu'à faire un signe, croyez-vous que beaucoup de mandarins survivraient à un procédé de si facile tentation? » Donc, le héros du Palais-Royal fait le signe fatal et tue le mandarin. — La fortune lui arrive sous forme d'un portefeuille de médiocre apparence, quoiqu'il contienne cent mille francs. — Je soupçonne que les auteurs n'ont pas vu depuis longtemps cent mille francs, même en billets de banque; — autrement, ils auraient donné à leur trésor un volume plus vraisemblable. Ce que devient le meurtrier du mandarin une fois enrichi, vous ne vous en inquiétez guère, et je passe tout de suite à *la Trilogie de pantalons*, autre plaisanterie un peu plus riche de combinaisons. — Comment il se fait que Hyacinthe, Brasseur et Prosper Gothi se passent et se repassent, pendant trois quarts d'heure, un pantalon fond blanc à raies noires, un pantalon bleu tendre à bande jaune, et un pantalon de molleton d'une entière blancheur, c'est ce que je me garderai bien de vous expliquer : – c'est le secret de M. Marc Michel, et, si M. Marc Michel disait son secret, tout le monde pourrait faire ses pièces; — ce qu'il y a de mieux, c'est que tout le monde peut les voir et s'en amuser.

Trop beau pour rien faire est le titre d'une comédie que le Vaudeville donne depuis quelques jours. — On m'avait dit qu'elle était charmante, cette petite comédie; mais on ne me l'avait pas dit assez, et je ne saurais trop l'écrire. — C'est un aimable marivaudage à deux personnages; tout y est grâce, caprice, élégance, et l'esprit y respire les plus doux parfums du cœur. Certes, il faut plus d'art et de poésie pour construire ces frêles édifices que pour creuser le sol à cent pieds sous le trou du souffleur pour en faire sortir une féerie de carton; mais le public est ainsi fait, qu'il aime mieux s'ennuyer pendant six heures que de s'abandonner pendant une heure aux délicatesses de l'esprit. — S'il en était autrement, la comédie du Vaudeville, sans autre renfort, ferait de l'argent; mais ne l'espérons pas, et donnons-nous le genre de penser que ces choses-là nous sont dédiées et que le public de l'Ambigu n'a rien à y voir.

XXI

La mort et la comédie. — M. le comte Molé. — L'amiral Bruat. — M. Romieu. — La comtesse Himini et les marchands de Paris. — Théâtres. — Ambigu : *le Moulin de l'Ermitage*. — Les acteurs. — Porte-Saint-Martin : *la Boulangère a des écus*. — Les feuilletonistes auteurs.

2 décembre.

La mort et la comédie ont fait tous les frais de la semaine : — dans les hautes sphères de la société, on compte deux victimes : M. le comte Molé et l'amiral Bruat. — Puis un homme qui touchait de plus près à notre monde, M. Romieu, est allé mourir dans une province obscure, comme s'il avait voulu dérober aux compagnons de sa jeunesse ce triste spectacle d'un homme d'esprit qui s'en va.

M. Romieu avait été un personnage éminent dans la chronique de la vie parisienne. — Jeune, il avait semé, dans les sentiers fleuris de la bohème, les mille fantaisies d'une nature pleine de séve et de caprice. La légende des dernières années de la Restauration est pleine de ses aventures.

Le lampion déposé, un jour qu'il faisait nuit, sur l'abdomen de M. Romieu, par un ami vigilant qui voulait le préserver des voitures, est demeuré célèbre, si célèbre, que, lorsque M. Romieu fut devenu un homme sérieux, la censure dramatique s'effarouchait de tout lampion qui pouvait mettre le feu à une allusion. — Dans cette phase de sa vie, Romieu fut le chef d'une école aujourd'hui éteinte, celle des mystificateurs. — Tout le monde connaît, et il n'est plus permis de raconter les plaisanteries attribuées *à la bande de Romieu*, qui avait pour victimes de prédilection les portiers et les épiciers. C'est dans cette attitude, et tout en composant quelques pièces de théâtre, que

Romieu attendait la fortune qu'il devait rencontrer sous les ruines d'une dynastie. — Romieu, qui avait mis son esprit railleur et militant au service de cette artillerie légère qui, pendant quinze ans, bombarda la maison de Bourbon, se trouva, à la Révolution de 1830, tout désigné aux faveurs du nouveau régime. — Il devint préfet, éteignit son lampion, et fit une campagne mémorable contre les hannetons de son département.

Comme l'esprit sert à tout, il arriva que l'enfant chéri de la folie sut parfaitement s'assouplir aux convenances de sa nouvelle position, et, dans la Dordogne, qu'il a administrée, il a laissé le souvenir d'un esprit vif, conciliant, et très-bien organisé pour cette petite lutte d'influences qui soutenait au jour le jour la monarchie de juillet. — La révolution de 1848 l'aigrit. — Il ralluma son lampion et se mit à chercher des républicains dans la République. Il ne trouva que des gens inquiets de la prochaine suppression de la famille!

Romieu retourna alors à son métier de publiciste, et pressentit un des premiers *l'ère des Césars*. Le gouvernement du prince-président lui avait donné la direction des beaux-arts; l'Empire lui donna une bibliothèque. — Mais, en même temps, la guerre lui enlevait un fils sur lequel il avait concentré cette faculté d'aimer que les sceptiques mettent en réserve pour leurs vieux jours. La mort de ce jeune homme fut pour lui un coup terrible, et ceux qui le connaissaient ne mettent pas en doute que cet événement n'ait contribué à dessécher en lui les sources de la vie, très-altérées, du reste, dans ces derniers temps.

La police correctionnelle a vu figurer, cette semaine, sur ses bancs, une physionomie essentiellement parisienne : il s'agissait d'une aventurière, Hongroise d'origine, qui, un beau jour, fit un bond du comptoir d'un café dans un hôtel du quai Conti, où elle servait des bouillons dans des coupes d'or, à des marchands de modes et à des carrossiers. — Mais là se bornaient les largesses de la *comtesse Himini*, qui attendait toujours de son pays des sommes immenses que, toujours aussi, l'Autriche interceptait. Au bout du compte et de tous les comptes, factures, notes, billets et lettres de change, les marchands finirent par boire un fort bouillon; même la coupe d'or avait disparu, et le bouillon ne put être digéré par ces estomacs ingrats, qui dénoncèrent à M. le procureur impérial leur idole de la veille.

La comtesse a été condamnée à trois ans de prison. — Les marchands ont été acquittés; mais ils ont reçu une réprimande pour avoir été si naïfs.—Ceci est l'expiation du faux poids et de la sophistication; les marchands de Paris fraudent en détail et ils sont volés en gros par cette aristocratie à l'américaine qui fonde son crédit sur des rouleaux de plomb. —Cette aventure ne corrigera personne, pas même la comtesse Himini, qui, dans trois ans, sera princesse et probablement Polonaise. Il n'en faudra pas davantage pour rendre la confiance au marchand de modes et au carrossier.

Voilà tout ce que je puis vous dire, et j'en ai trop dit peut-être; car j'ai sur les bras des drames envahissants qui attendent l'honneur de vous être présentés.

Commençons par l'Ambigu, et entrons au *Moulin de l'Ermitage*.

Je n'ai pas pour habitude de m'égarer dans les labyrinthes de l'analyse;—mais, aujourd'hui, il s'agit d'un ouvrage d'un intérêt si exceptionnel, que je crois devoir faire partager à mes lecteurs toutes mes émotions.

Mademoiselle Isabelle Constant n'a pas de chance à l'Ambigu : — il y a trois mois, dans le drame intitulé *le Frère et la Sœur*, elle était déshonorée au pied d'un arbre, et voici que pareille aventure lui arrive dans un moulin à vent.—Ce qu'il y a de notable dans la carrière de mademoiselle Isabelle Constant, c'est qu'elle subit ces affronts sans cesser d'être l'agneau sans tache. — Lors de la première catastrophe, un breuvage perfide avait paralysé sa résistance probablement héroïque; et, dans la présente anecdote, il faisait si noir dans ce moulin à vent, que mademoiselle Isabelle n'a même pu *distinguer les traits de l'homme qui l'a déshonorée* (*sic*).

Ici se présente une observation : il est établi que l'interlocuteur nocturne de mademoiselle Isabelle n'a eu recours à aucune violence; — il se rendait paisiblement, la clef en main, dans la chambre de la meunière, qui lui avait donné rendez-vous, et c'est par suite d'une substitution de personne qu'il entre fortuitement en relations avec mademoiselle Constant. Dans ces circonstances, il est bien étrange que mademoiselle Isabelle ne dise pas à ce monsieur qui la déshonore :

« Mais, monsieur, vous vous méprenez. Je ne vous connais pas. On ne déshonore pas ainsi une femme sans lui avoir été présenté. Passez votre chemin. »

Mademoiselle Constant aura évidemment manqué de présence d'esprit;—ou peut-être bien était-elle encore un peu assoupie par suite du breuvage de l'ancien mélodrame. — On ne se réveille pas en un jour des mélodrames de l'Ambigu.

Tout cela ne serait que drôle et on pourrait en rire, si, au bout de neuf mois, mademoiselle Constant n'accouchait d'un enfant né viable et incombustible comme vous le verrez plus tard. — O jeunes filles, avant d'éteindre la chandelle, calculez toujours les suites d'un moment d'obscurité!

Un enfant né dans cette fatale obscurité est toujours un embarras pour sa mère. — C'est ici, je crois, le moment de vous confier que la scène se passe en Hongrie.—Une heure avant d'être déshonorée, mademoiselle Isabelle Constant venait d'épouser le jeune comte de Solzberg, et, dix minutes après son mariage, celui-ci était arrêté par des sbires autrichiens. — Le comte passe quinze mois dans une *forteresse militaire.* — Il allait être fusillé, lorsque, la veille de son exécution, un de ses amis a la bonne inspiration de le prendre dans la forteresse militaire pour le ramener chez lui. — Voilà donc le comte rentré dans ses foyers, auprès de sa femme. Celle-ci est mélancolique; — elle se reproche d'avoir manqué de caractère dans la scène du moulin à vent. Le séducteur nocturne, *animal malfaisant et même nuisible* (on le lui dit en face), s'introduit encore dans cette famille; il surprend le secret de la comtesse, s'étonne d'avoir été si heureux et prétend exploiter la situation en faisant acheter son silence.

Cependant le comte va dans la ferme où on élève le petit jeune homme du moulin à vent.— Pourquoi va-t-il dans cette ferme? Il n'en sait rien et il le dit loyalement lui-même. — Toujours est-il qu'au moment où le comte arrive, la ferme est en feu;—l'enfant est menacé de périr. — Le comte se conduit comme un pompier et sauve l'enfant. — *Merci, mon Dieu!!!* — C'est alors que, dans les angoisses de son cœur maternel et dans une scène assez bien traitée, il faut le dire, la comtesse laisse échapper son secret; mais, du moment qu'il n'y a eu qu'un malentendu, le comte pardonne, comme ces personnages de comédie qui excusent volontiers un soufflet qui s'est trompé d'adresse.

Je ne saurais vous traduire la sensation de surprise générale qu'a causée cette édition nouvelle de la *Closerie des Genêts*, dépouillée, à dessein, on pourrait le croire, de tout ce qui constitue une pièce, un art et un style. — On disait que ce drame était le premier ouvrage d'une femme; — probablement d'une femme de la campagne, qui, en apportant à M. Desnoyers des œufs et du lait, aura glissé son manuscrit dans la bourriche.

Quant au style, il se peint parfaitement dans cette phrase que j'ai copiée textuellement, au moment où elle tombait frémissante de la bouche de M. Dumaine :

« Horrible pensée que celle qui fait remonter au visage la blessure qui se répand du cœur! »

J'ai consulté les polyglottes les plus versés dans les langues mortes et vivantes; tous ont déclaré que ce morceau appartenait à un idiome perdu déjà avant la mort de Guilbert de Pixérécourt.

A la Porte-Saint-Martin, *la Boulangère a des écus* est encore un drame scélérat à l'endroit des femmes. — Il s'agit, cette fois, de la femme d'un sculpteur devenu agent de change (le premier sculpteur à qui probablement pareille chance soit échue). Jeune fille, cette femme était recherchée par un très-vilain personnage, qui se venge de sa déconvenue en persuadant à cette chaste épouse que, dans une nuit passée à l'auberge, il l'a endormie et déshonorée, ni plus ni moins que mademoiselle Isabelle Constant du théâtre contigu. — La jeune femme a la candeur de croire ce séducteur postiche, et elle porte, pendant cinq actes et sept tableaux, le remords d'un crime imaginaire. — De cette situation naît une série de tableaux qui nous font passer en revue le monde un peu épuisé des joueurs, des grecs et des filles perdues. J'espère que nous savons, sur ce monde-là, tout ce qu'on peut apprendre : le premier Berquin dramatique qui s'avisera de donner prochainement une pièce saturée de vertu, d'innocence et d'honnêteté, est sûr de tenir le succès qui s'attache à toutes les réactions.

La pièce est de M. de Prémaray, et j'aimerais mieux qu'elle fût

 11.

d'un autre. Dans le foyer et les couloirs, on a soulevé, à cette occasion, la fameuse question des feuilletonistes-auteurs. — Les feuilletonistes peuvent-ils et doivent-ils faire des pièces? — Pourquoi non, si la muse les tente? La pièce est-elle mauvaise ou seulement médiocre? — le feuilletoniste retombe dans le droit commun, et sera à son tour *feuilletonisé*. Supposez un homme de goût et d'esprit, — et nous le rencontrons ici, — il n'hésitera pas à se critiquer lui-même. — Je voudrais seulement que les écrivains qui abordent le théâtre, s'ils ne peuvent s'assimiler toutes les roueries du métier, n'abdiquassent pas volontairement les qualités qui leur sont propres.

Les feuilletonistes (je parle du grand format) ont la prétention assez fondée, à mon sens, d'écrire une langue supérieure à celle qu'on parle communément sur les planches. — M. de Prémaray, en ce qui le concerne, dépose tous les dimanches dans *la Patrie* un feuilleton dramatique un peu passionné quelquefois par le parti pris, dans le sens de ses prédilections ou de ses répugnances, légèrement influencé par ses relations, mais spirituel en somme, et écrit d'un style net et limpide; et voilà qu'en émigrant pour un jour dans le camp des mélodramaturges, M. de Prémaray a cru devoir leur emprunter ces fortes enluminures et ces précieuses énormités, qui en font des Trissotins de carrefour. — Ainsi il est question dans cette pièce, entre autres choses, « d'une mère qui se fait un collier des bras de son enfant. » C'est une image bien tourmentée. — La mère des Gracques a pu dire, en montrant ses enfants : « Voilà ma parure; » mais elle ne mettait pas sa parure à son cou.

XXII

Stérilité de la semaine. — Frédéric Bérat. — Quelques mots sur sa vie et sa mort. — La *Lisette de Béranger* et Béranger lui-même. — Traité des maladies de la moelle épinière. — Le tabac et le reste. — Symptômes de paix et de guerre. — Approche de la nouvelle année. — Les cartes. — Photographies. — Histoire d'un portrait. — Madame Sand. — Son nouveau drame. — Avis au feuilleton. — Gymnase : *le Camp des Bourgeoises*. — Vaudeville : *le Fils de M. Godard*.

9 décembre.

C'est bien le cas de parler de la pluie et du beau temps, de la neige et de la gelée : — il n'y a présentement rien de plus nouveau sous le soleil.—Vous passeriez au crible les sept jours de la semaine écoulée, qu'il ne vous resterait pas un grain de sable.

Cependant nous avons encore conduit le deuil d'un galant homme, d'un homme d'esprit et de talent, Frédéric Bérat, mort, comme nous mourons tous, au moment où il s'attachait à la vie par les promesses d'un avenir meilleur. — Bérat était ce compositeur populaire dont nous avons tous chanté les chansons et les chansonnettes. — Sa *Normandie* était un écho de la patrie qui vibrait toujours en son cœur. — Sa *Lisette de Béranger* a fait le tour de France en collaboration avec mademoiselle Dejazet, qui en avait fait un petit poëme. — La *Lisette de Béranger* était la grande ressource des représentations à bénéfice. — Quand l'actrice était énervée et épuisée, quand elle ne pouvait jouer ni *Richelieu* ni *Frétillon*, et qu'un artiste aux abois venait la solliciter, elle disait : « Affichez la *Lisette de Béranger* de Frédéric Bérat, » et ces noms connus et aimés de la foule, Lisette, Béranger, Dejazet et Bérat, suffisaient à l'attrait du spectacle. — C'est ainsi que Lisette, la bonne fille, a encore séché bien des larmes et soulagé bien des misères.

Quant à Bérat, la muse qui avait charmé sa vie ne l'avait pas conduit à la fortune. — Il avait pour toute richesse le patrimoine des vrais artistes : un goût très-vif pour les choses faciles, l'art ingénieux de dépenser dix francs quand on n'en possède que cinq, une vue courte qui lui dérobait les problèmes de l'avenir, la joie de l'heure présente et une place choisie au banquet de l'amitié. — Bérat vivait dans l'intimité de Béranger ; il s'était fait de la familiarité du poëte, un culte et une étude de tous les jours. — Il était le commentateur oral de cette vie enveloppée, avec la préméditation d'une modestie suspecte, dans cette retraite obstinée où, depuis trente ans, la gloire vient faire antichambre. Les futurs biographes du poëte de la patrie ont beaucoup perdu en perdant Bérat : mieux qu'un autre, il aurait pu indiquer les tendances et les mobiles de cette existence exceptionnelle et curieuse, qui a rencontré son plus grand éclat dans sa plus grande obscurité.

Bérat, quand la muse fut devenue tout à fait marâtre, se résigna, pour vivre, à des combinaisons prosaïques dont l'amitié se chargea encore de lui dérober les plus dures déceptions. Un homme de cœur l'avait recueilli dans une grande administration qu'il dirige ; — la place était modeste, mais elle n'engageait pas trop la liberté de l'artiste. J'ai remarqué que les hommes les plus insouciants, au moment où ils vont être désintéressés dans les affaires de ce monde, sont atteints de l'esprit de calcul. — Ainsi il arriva à Bérat : — il avait vécu plus de cinquante ans sans compter avec ce fantôme qu'on appelle *demain*, et, quand ce demain lui échappait, il s'en préoccupait plus qu'il n'avait jamais fait. — La fortune propice lui apportait un sourire :—sa position allait être considérablement améliorée.—Bref, Bérat eût été parfaitement heureux s'il n'avait souffert dans ces derniers temps d'un rhumatisme dans la région lombaire. — Ce qu'il appelait ainsi, c'était tout simplement les atteintes déjà profondes de cette maladie si cruelle à notre génération : le ramollissement de la moelle épinière. — Je ne sais pas ce que nous avons fait aux dieux et ce que les déesses nous ont fait, mais il est certain que c'est là notre endroit faible. — Les médecins ne sont pas d'accord sur les causes de cette défaillance générale de la moelle épinière ; — chacun les voit avec les préoccupations de sa spécialité.—Le docteur Trous seau, qui a entrepris une campagne à fond contre le tabac, n'hésite pas à accuser la pipe et le cigare. Le docteur Pelletan, lui, reconnaît l'innocuité du tabac, mais il croit que les Français sont trop légers en amour. — Quoi qu'il en soit, ce pauvre Bérat a succombé aux atteintes de ce mal qui a emporté tant des nôtres; mais, au moins, il ne s'est pas vu mourir en détail comme tant d'autres. — Sa maladie a eu une marche foudroyante; il n'a rien compris de sa position, et il est parti en parlant de ce lendemain qu'il avait toujours méconnu.

Paris fait donc peu de bruit en ce moment; il flotte incertain entre la paix et la guerre. A Vienne, un diplomate russe a pris du tabac dans la tabatière de notre ambassadeur : symptôme de paix. A Saint-Pétersbourg, l'empereur Alexandre, ayant vu dernièrement deux vaudevilles français, a déclaré qu'il s'était encore moins amusé qu'en Crimée : symptôme de guerre. — Sur ce dernier point, il faut bien dire que la tâche me paraît rude, pour nos auteurs et nos acteurs, de dérider un czar aussi empêché sur terre et sur mer.—Je me figure qu'on représente devant le czar *le Gendre de M. Pommier;*—certes, même Grassot à part, c'est là une fantaisie très-amusante pour ceux qui n'ont pas d'autre responsabilité que d'en rendre compte dans un feuilleton; —mais, considéré comme intermède, entre Sébastopol et Kinburn, *le Gendre de M. Pommier* manque peut-être de gaieté.

Dans huit jours, Paris sera déjà très-affairé; — ne toucherons-nous pas à la nouvelle année, et ne faudra-t-il pas se mettre en mesure du côté des chocolats, des polichinelles et des cartes de visite? — A propos de cette dernière politesse, on me dit que, cette année, il sera tout à fait de bon ton de déposer chez ses amis sa photographie, réduite aux proportions du petit morceau de carton en question. — J'ai déjà vu un de mes amis, dans cette posture, tiré à deux cents exemplaires. — En se généralisant, cet usage peut devenir ingénieux; — on pourra ainsi se faire un musée contemporain. Avec le temps, il est vrai, cette collection envahirait les murailles et déborderait jusque dans l'antichambre, et peut-être finirait-on par mettre les journalistes dans des endroits familiers, afin de les honorer comme on les aime. — C'est le sort d'un portrait que j'ai beaucoup connu chez une femme du demi-monde : — ce portrait, je l'ai vu d'abord dans le boudoir, puis dans le salon, et enfin dans la salle à manger, d'où il disparut. — Je crus qu'il était remonté aux cieux; mais j'appris un jour, fortuitement, que la dame, Française d'origine, traitait le sentiment à l'anglaise, quand le sentiment se faisait vieux.

De toutes les nouvelles littéraires, la plus importante (outre qu'il n'y en pas d'autre), c'est l'arrivée à Paris de madame Sand, apportant avec elle le manuscrit de la pièce en cinq actes que lui a demandée la Comédie-Française.—L'illustre femme vient de consacrer quelques jours à un travail de retouches, et, très-prochainement, on procédera à la lecture. — J'espère que les gazetiers ne se plaindront pas : — on taille de la besogne à leurs rancunes, si puériles et si persistantes, que le public pourra finir par s'apercevoir qu'on se moque de lui. — Un jour ou l'autre, le public, qui est patient parce qu'il est éternel, pourra bien s'étonner que le génie, le talent et l'esprit soient l'apanage exclusif de ceux qui vivent dans la familiarité du feuilleton, et que ceux qui se tiennent avec dignité à leur rang et dans leur sphère soient toujours des idiots. — Nous verrons comment madame Sand va traverser cette nouvelle épreuve.

En attendant, le Gymnase nous a donné une pièce tout à fait charmante. — Il s'agit, dans *le Camp des Bourgeoises*, d'une femme du monde très-agacée de l'importance qu'ont prise dans la vie parisienne les créatures du demi-monde : — mademoiselle Moucheron, mademoiselle Bastringuette, mademoiselle Pavillon et leurs pareilles. — Cette critique, *ab irato*, des hommes qui délaissent des femmes jeunes et bien élevées pour courir après des peaux rances et enluminées de toutes les couleurs de l'arc-en-ciel, est conduite avec infiniment d'art et d'esprit. — Si Bayard est mort, M. Dumanoir vit encore, Dieu merci, et il s'est manifesté une fois de plus par des qualités bien supérieures au genre de littérature où il a cherché et rencontré la fortune.—Entre une cinquantaine de pièces, peut-être, qui composent son répertoire, M. Dumanoir doit en compter de faibles; mais toujours il se distingue par le goût, la délicatesse et un parfum de lettré qui manque souvent à M. Scribe, son aîné, et son supérieur, d'ailleurs, par la fécondité et l'invention.

Cette petite pièce, *le Camp des Bourgeoises*, est bien une vraie comédie sous la forme d'un vaudeville. — Elle a été fêtée par le public avec un élan et une spontanéité qui ont fait ce soir-là de la claque une grasse sinécure.

Le Vaudeville a aussi son succès, non pas plus accentué que celui du Gymnase, mais plus important par les proportions. — *Le Fils de M. Godard* est une comédie en trois actes, vivant un peu d'emprunts, à ce que prétendent des gens qui ont trop de mémoire, mais qui, dans tous les cas, n'a pas emprunté à des indigents. — C'est tout une histoire de famille que je ne raconterai pas, d'abord parce que je viens trop tard et qu'on vous l'a déjà beaucoup racontée, et ensuite parce qu'étant destinés, vous tous qui me lisez, à voir la pièce, il est bien inutile que je déflore vos émotions.

Il suffit à ma conscience d'avoir enregistré un nouveau succès au crédit de la collaboration Anicet-Bourgeois et Decourcelle. Dans ce succès, les acteurs ont une part assez notable : — le Vaudeville a décidément une troupe de comédie qui peut tout entreprendre. Lafont, à son entrée en scène, a produit une véritable sensation par le caractère et la race qu'il avait su donner à une physionomie militaire. — Les beaux restent toujours beaux quand ils consentent à avoir leur âge, et Lafont a eu, comme homme, autant de succès dans son colonel de 1855, revenant de Crimée, que dans son colonel de la *Laitière de Montfermeil*, qui revenait de voir *Jocko* et les *Osages* (1825). — Comme artiste, Lafont a repris possession avec beaucoup d'autorité d'un emploi partout vacant, puisqu'il est joué partout par un jeune qui se vieillit ou par un vieux qui se rajeunit.

XXIII

Un chroniqueur empêché. — Excuses au public. — Indifférence du public français; ce qui le préoccupe. — Histoire d'un Abélard contemporain. — Conjectures sur le sort du chroniqueur. — Un festin littéraire. — M. Milhaud; son hôtel. — Un bohème enrichi. — Le feuilleton et les ténors. — Ma profession de foi en matière de ténors. — En quoi je ressemble au rossignol. — Avenir de la critique.

23 décembre.

La semaine dernière, j'ai été obligé de réclamer l'indulgence du public comme un chanteur enroué qui fait changer le spectacle.—Le public n'y a pas perdu assurément : mais, moi, j'y ai perdu de cette bonne renommée d'exactitude qui constitue, à défaut d'un écrivain de talent, un écrivain *consciencieux*.

Je suis, du reste, passablement humilié de voir que, nonobstant mon abstention, la terre a continué à tourner autour du soleil.—Pas un théâtre n'a fait relâche, et pas un journal ne s'est encadré de noir. —J'ai rencontré sur le boulevard des groupes d'hommes consternés; — j'ai eu un moment l'illusion que la faillite de la chronique hebdomadaire produisait son effet ; mais, en m'approchant, j'ai reconnu avec déception que la prostration de mes concitoyens avait des motifs divers, mais absolument étrangers à l'éclipse de la chronique.— Ici, on se lamentait sur la *faiblesse* des cours de bourse; — là, on déplorait le sort d'un grand seigneur englouti dans une catastrophe mystérieuse qui rappelle les malheurs d'Abélard : ici, seulement, les rôles d'Héloïse et de Fulbert auraient été *tenus* par une blanchisseuse et un blanchisseur. Cet énorme commérage, lentement ébruité, commenté à voix basse, tour à tour démenti et affirmé, occupe naturellement tous ceux qui consacrent leurs soins à une Héloïse.

Enfin, de l'enquête que j'ai faite, il résulte que mes amis n'ont pris aucun souci de mon sort, et que, seuls, mes ennemis ont daigné s'occuper de moi. — Les plus bienveillants prétendaient qu'après avoir fait sauter la caisse de mon journal, je m'étais retiré au lac de Côme ; — les plus malveillants insinuaient que j'étais mort, mais que je faisais le vivant pour n'avoir pas d'auteurs et de comédiens à mon enterrement.

Cependant je vivais, et même je vivais très-bien; car, à l'heure où mon silence donnait cours à ces commentaires, je m'asseyais, moi vingt-cinquième, chez M. Milhaud, à un festin dédié à toutes les gloires de la France littéraire. — Entre une foule de poissons, de gibiers, et à travers mille fioles de formes variées, j'ai reconnu là Méry, Dumas fils, Théophile Gautier, Saint-Victor, Michel Lévy, Villemessant, Lurine, Prémaray, Paul Foucher, Fiorentino, Lireux, Huart, Siraudin, quelques autres peut-être que j'oublie; puis Janin, que je n'oublie pas, et qui est arrivé au moment où nous prenions le café dans des coupes tout simplement en or, sans aucune espèce d'incrustations de diamants. — Cette simplicité a été beaucoup remarquée.

Nous avons vu s'élever, dans ces derniers temps, bien des fortunes subites; mais je ne crains pas d'affirmer qu'aucune n'a moins déchaîné l'envie que celle de M. Milhaud. — On a dit de ce riche et heureux spéculateur qu'il avait le million *bon enfant*, et rien, en effet, n'est plus vrai ; — il faudrait ajouter, si on voulait tout dire, qu'il a le million bienfaisant, et, si M. Milhaud, ce qu'à Dieu ne plaise! venait à être ruiné, il se ferait encore un capital de ce qu'il a donné, en supposant qu'on le lui rendît.

M. Milhaud, on le sait, s'est fait construire, rue Saint-Georges, sur les débris d'une habitation qui a appartenu à M. Chevreux-Aubertot, un petit hôtel en style Pompeïa qui est devenu une des curiosités de Paris. — C'est une habitation très-réussie, au moins au point de vue du goût qui l'a commandée. — On pourrait désirer quelques tableaux et quelques tapisseries, mais alors le style qu'on a recherché serait tout à fait méconnu. — Les objets d'art n'y manquent pas, d'ailleurs, car nous y avons rencontré, parmi d'autres statuettes, la *Sapho* de Pradier. — Telle qu'elle est, cette demeure peut être un sujet d'étude pour ceux qui ont le moyen de mettre plusieurs centaines de mille francs à leur logement. — Il n'y a donc pas à craindre que l'exemple devienne très-contagieux.

A propos de fortunes subites, on me raconte celle d'un bohème de beaucoup d'esprit, qui avait préféré au séjour de Clichy celui du Brésil, où il vient d'être surpris par une soixantaine de mille livres de rente d'origine avunculaire. — Naturellement, il fait voile en ce moment pour la France. — Voilà bien des soupers en perspective, sans parler du reste. — Surtout, ô mon ami! si votre blanchisseuse voulait jouer avec vous le rôle de madame Putiphar, jouez le rôle de Joseph : — c'est un rôle bête, j'en conviens; mais celui d'Abélard ne peut tenter que des imaginations très-exaltées.

Je remarque qu'Abélard est demeuré populaire : on l'a mis deux ou trois fois au théâtre, et il a toujours *fait de l'argent;* mais c'est peut-être bien le cas de dire :

Ni l'or ni les grandeurs ne nous rendent heureux !

L..., le bohème enrichi, est l'auteur d'une foule de mots célèbres, de celui-ci entres autres :

C'était en mars 1848. — L..., accompagné d'un ami, rencontre sur le boulevard son tailleur, qui l'interpelle en termes assez pressants, sur ce refrain connu :

« Quand me payerez-vous?

— Tu vois, mon cher, dit L... à son ami, voilà déjà la réaction qui lève la tête! »

Dans les derniers temps de son séjour à Paris, il avait absolument renoncé à ouvrir ses lettres, et, comme un ami lui en demandait la raison :

« Mon cher, lui répliqua-t-il, une longue et fatale expérience m'a appris qu'on m'écrit toujours pour me demander de l'argent, et jamais pour m'en proposer. »

Savez-vous que l'heure n'est guère propice pour le feuilleton? Voici ce que je lis dans les journaux : « Un des rédacteurs du journal satirique qui se publie à Séville a été frappé de trois coups de poignard, dont un mortel, par le ténor du Grand Théâtre. »

Ces trois avertissements (dont un mortel), donnés par MM. les ténors à MM. les journalistes, me décident à rappeler à MM. les ténors que je suis absolument étranger aux matières musicales; — je me connais si peu en musique, que je trouve tous les ténors ravissants, et, en s'attaquant à moi, MM. les ténors se priveraient d'un admirateur. — Je sais qu'il leur en resterait, — mais pas de plus passionnés que moi. — Ceci me rappelle qu'un journal italien signala que, le lendemain de la mort de Rubini, on avait trouvé tous les rossignols morts dans la campagne. — L'événement était notable, en effet, surtout si on suppose que les rossignols avaient abrégé leurs jours par suite de la douleur que leur avait causée la mort d'un confrère. — Eh bien, mon fanatisme pour MM. les ténors ne le cède en rien à celui de MM. les rossignols. — Si on ne m'a pas encore trouvé mort dans la campagne, c'est que nos ténors se portent bien.

Il me reste sur les bras tous les artistes de mon domaine, et c'est bien assez, — si chacun de ces artistes porte un poignard à trois coups (dont un mortel). — Mon parti est pris, et je suis bien décidé à trouver tous les artistes *tout simplement sublimes*. — A la fin de mon feuilleton, je les rappelle tous; — tous! tous! — MM. les figurants peuvent s'associer avec un rare bonheur au triomphe de MM. les artistes; — s'il est parfois arrivé à MM. les artistes de manquer de mémoire, j'en fais mes excuses à MM. les souffleurs; — je fais aussi mes excuses à M. Bousquet, de l'Ambigu, pour avoir dit qu'il avait vieilli d'un an depuis l'année dernière. J'ai dû encore blesser bien d'autres artistes; mais je vais confesser ma turpitude en face du public désillusionné. — Sachez donc, mesdames et messieurs, que, lorsqu'il m'arrive de trouver qu'un artiste *ne s'est pas maintenu à la hauteur de ses précédentes créations*, c'est uniquement parce qu'il a négligé de m'envoyer un service en vermeil la veille de la représentation. Ceci dit, j'imagine que me voilà en paix avec tous les artistes dont j'ai pu parler depuis deux ans. — Reste ceux dont on ne parle jamais. — A l'avenir, j'en parlerai alors même qu'ils auraient joué au domino dans l'estaminet voisin pendant qu'on jouait la pièce nouvelle. — Rien ne m'empêche de dire : « On regrette que le jeune Chalumeau, qui a de la verve et de l'originalité, n'ait pas un rôle dans la pièce; — il est vraiment fâcheux de voir un artiste de cette valeur s'abrutir au domino. — Du reste, M. Chalumeau joue le domino avec une habileté dont il a fait un art : c'est d'un bon augure pour sa prochaine création. » Me voilà encore tranquille du côté de M. Chalumeau...

XXIV

Influence d'une année qui finit. — Les étrennes. — Systèmes divers pour en donner et n'en pas donner. — Pourquoi les femmes tiennent aux étrennes. — Du danger de se soustraire au tribut. — Avis à la jeunesse. — De la nécessité de ménager la femme laide. — Théorie dont le chroniqueur tire un bénéfice. — Avis aux rhumatismes. — Un roi de Babylone à Paris. — Ce que dit son sarcophage et ce que j'en pense. — Malentendus des savants. — Rien de plus nouveau. — Prix de langue française, fondé pour les âges futurs.

30 décembre.

La fin d'une année, à Paris, est marquée par certains signes caractéristiques : les portiers sont polis, les enfants sont caressants et les annonces deviennent autant de sirènes qui chantent les louanges du boutiquier pour attirer le voyageur. On annonce ainsi les objets les plus disparates et les plus hétérogènes, et tous, sous cette recommandation invariable : « Le plus charmant objet d'étrennes qu'on puisse offrir à une jeune personne, c'est sans contredit : un sac de pralines, — une lampe modérateur, — une corbeille de fruits glacés, — un poêle de faïence, etc. »

Tout cela est vrai et faux ; — tout dépend des situations. — Si vous faites à une famille réduite à la plus extrême indigence la galanterie de lui apporter une boîte de chocolat à la crème, vous aurez péché par défaut de discernement ; une bonne couverture eût bien mieux fait l'affaire de la jeune personne de la maison. — Mais, si, d'autre part, vous offrez à la fille de votre chef de division un poêle de faïence, vous vous exposez à n'avoir pas de gratification au 1er janvier.

Le cadeau d'étrennes comporte une foule de nuances ; — la plus tranchée consiste à n'en pas donner : — mais cette combinaison est généralement mal vue ; — celui qui la risque doit être bien résolu à partir le 2 janvier pour la Californie (justement l'or ne suffisant plus, on vient de découvrir dans cette bienheureuse contrée une mine de diamants). Mais, si vous demeurez à Paris, ne vous laissez pas aller à la tentation de réformer les mœurs de votre siècle : — vous feriez une économie de cinquante écus, et vous vous fermeriez les avenues qui conduisent à toutes les relations sociales, lesquelles aboutissent quelquefois à la fortune.

Les femmes sont implacables sur le chapitre des étrennes, et elles ont raison, au moins à leur point de vue. — Assurément, elles font peu de cas du cartonnage de Marquis et même de la garniture de chocolat. Mais ces fragiles témoignages de la déférence des hommes de leur monde, étagés et empilés sur des tables, attestent ou la beauté ou le crédit.

Dans le manége de la coquetterie, la femme ne néglige aucune arme, et c'est avec le sentiment d'un petit triomphe qu'elle dit à sa meilleure amie : « Comment, M. A... ne vous a rien donné? — C'est impardonnable. — C'est d'autant plus inexplicable, qu'à moi qu'il connaît beaucoup moins que vous, il m'a donné une charmante jardinière en bois de rose avec des incrustations de vieux sèvres. »

Cela veut dire en bon français, et la meilleure amie le comprend bien ainsi : « Que voulez-vous, ma chère! vous donnez des dîners, des soirées; — vous faites des frais pour attirer l'attention des hommes; mais, comme vous avez six dents fausses, des cheveux rares, et l'esprit du *Moniteur de l'Épicerie*, les hommes trouvent tout simple de dépenser leur argent pour une jolie femme comme moi, qui les paye d'un sourire. »

Comprenez-vous maintenant la figure que la femme qui a reçu ce compliment fera, à la première rencontre, à celui qui lui aura valu cette mortification?

S'il se présente dans sa loge, aux Italiens ou à l'Opéra, on le trouvera importun, indiscret : « Il marche toujours sur les robes, — il exhale des odeurs qui portent au cerveau, — il pue toujours le cigare : — il a une conversation de palefrenier : il a vendu un cheval alezan et il va acheter un cheval isabelle, il ne sort pas de là ; — il a une réputation de beauté qui lui a été faite par des figurantes. —

Du reste, on serait bien embarrassé de savoir de quoi il vit : — c'est un mouchard — ou un escroc; — à la dernière soirée, il a manqué des petites cuillers. — Qu'il aille se faire pendre ailleurs, — on ne le recevra plus. »

Le mari, qui a entendu l'acte de proscription de son ami, se dit avec la candeur qui distingue cette institution : « Quelle singulière machine que la femme ! — voilà la mienne qui raffolait de A..., à ce point que ces imbéciles de la Bourse prétendaient qu'elle en était amoureuse. — Il se trouve qu'elle ne peut pas le souffrir : il y a huit jours, elle disait qu'il avait le regard de lord Byron, et, aujourd'hui, elle l'accuse d'avoir volé des petites cuillers! cela n'est pas logique. »

Mon Dieu, tout simplement, le jeune coulissier qui avait le regard de lord Byron, n'a pas trouvé que le regard de madame valût une boîte de chocolat. Par là, il a témoigné d'un désintéressement si absolu à l'égard de ladite dame, que celle-ci a reçu à l'endroit sensible cette blessure de l'amour-propre dont on ne guérit jamais.

Règle générale : — Jeunes gens qui entrez dans le monde, faites des jolies femmes tout ce que vous voudrez et tout ce que vous pourrez; — traitez-les lestement, soyez un peu inconvenants; — elles vous mettront à la porte souvent; elles vous pardonneront toujours. —mais ne blessez jamais une femme laide;—et surtout, si une femme laide venait à vous dire en louchant : « Je sais que je ne suis pas jolie; » n'allez pas tomber dans ce piége et lui répondre : « C'est vrai, madame; mais vous avez des qualités morales et des vertus de famille que je mets bien au-dessus des avantages périssables de la beauté. »

J'avais dix-huit ans lorsque je fis cette réponse, digne de Télémaque, à la femme d'un banquier dont je recherchais la protection. Le lendemain, la femme dit à son mari :

« J'espère que ce jeune filou que vous m'avez présenté hier ne va pas prendre d'assiduités dans la maison.

— Pourquoi, filou? dit le mari.

— Je ne sais, reprit la femme; mais il a tout l'air d'un filou. »

Voilà comment je manquai ma carrière dans la banque.

Donc, si vous avez absolument à ménager votre bourse, songez que le moindre péril est encore d'oublier la femme jeune, belle et courtisée. — Celle-là reçoit des cadeaux par montagnes et par avalanches.—Votre abstention, si elle la remarque, ne pourra la blesser, et, comme les jolies femmes ne manquent pas de fatuité, elle se dira tout simplement : « Pauvre garçon, je suis sûre qu'il eût été bien heureux de m'offrir un simple cornet de dragées; — il faut croire qu'il n'a pas le sou. »

Ici, en faisant les affaires de mes jeunes concitoyens, que je dirige d'après les préceptes de ma vieille expérience, il me semble que je fais passablement aussi les miennes. — Il résulte de ma théorie que toute femme à qui j'offrirais un bonbon à l'occasion de la nouvelle année, serait classée dans ma pensée parmi celles dont il ne faut pas provoquer les ressentiments.

J'avais bien trouvé un autre expédient : c'était de me déclarer malade, comme à la dernière quinzaine. —J'étais, en effet, assez mal en train, lorsqu'une de mes amies qui s'intéressait à ma santé, me conduisit rue Montmartre, dans un établissement fort bizarre. J'y fus reçu par des hommes nus qui m'invitèrent à prendre leur costume : — on me fit entrer dans une cellule où j'étouffais, — et, comme je me plaignais un peu, mon esclave, après m'avoir frictionné avec une brosse de chiendent fort dure, m'administra une correction, peut-être un peu sévère, avec des verges ; après quoi, cet excellent serviteur fit tomber sur mon corps en transpiration une aimable douche d'eau glacée.—Je fus ensuite essuyé, emmailloté, roulé dans des serviettes chaudes. — C'était fini; — j'avais pris un bain russe et j'étais guéri, au moins pour la chronique du jour. — J'ai dormi quatorze heures et j'ai mangé la moitié d'un bœuf, — moi qui ne dormais pas et ne mangeais plus. — Je ne veux pas tirer de cette aventure des conclusions trop générales ; — j'imagine qu'un homme, soumis à ce régime dans certaines conditions morbides, peut parfaitement en crever sur place ; — mais, toutes les fois qu'il s'agit de modifier un état nerveux, je crois à la vertu de ce bain héroïque.

En attendant vos étrennes, mesdames et messieurs, vous apprendrez avec plaisir que le Musée des Antiquités a déjà reçu les siennes sous forme d'un sarcophage qui renferme, à ce qu'on prétend, les restes d'un roi des Sidoniens.

Le sarcophage s'exprime en ces termes sur son contenu :

« Moi, Asmoun Agard, roi des Sidoniens, fils de Tabunade, aussi roi des Sidoniens et d'Amertrice, ma mère, grande prêtresse d'Esther, étoile de Vénus à Babylone : par là il est dit qu'à la fleur de ma jeunesse, au milieu des délices de mes vices parfumés, je fus enlevé par la mort. »

En quelle langue ceci est-il écrit? — Le renseignement manque. — Quel savant a donné cette version? — Je l'ignore; — mais, en ma qualité d'ignorant, je suis très-sceptique sur les versions qui concernent Babylone, Ninive, etc., et je me rappelle toujours les malentendus de mon ami M. de S... avec le général Duvivier. C'était en Afrique, il y a de cela plus de quinze ans, et il s'agissait d'une inscription carthaginoise que le général traduisait ainsi :

« Ici repose Amilcar, père d'Annibal, comme lui cher à la patrie et terrible à ses ennemis. »

M. de S..., lui, soutenait la version suivante :

« La prêtresse d'Isis a élevé ce monument au printemps, aux grâces et aux roses, qui charment et fécondent le monde. »

Au plus fort de la querelle, qui mit en émoi l'Académie des inscriptions et belles-lettres, un troisième savant proposa de lire, *ne varietur :*

« Cet autel est dédié au dieu des vents et des tempêtes pour apaiser ses colères. »

On s'en tint à ces trois versions, et pas un autre savant n'en donna une quatrième.

Vous savez peut-être cette autre histoire d'un collaborateur de Champollion qui, ayant accidentellement brûlé un papyrus, en présenta au maître une copie relevée, disait-il, sur l'original. Tout simplement, pour se soustraire au courroux du savant, le copiste infidèle avait fait une débauche d'ibis, de scorpions et de pharaons, prodigués par une imagination fougueuse; ce qui n'empêcha pas Champollion de lire très-couramment ce document, qui se trouva être un édit de Ramsès III, sur le commerce des blés.

Le roi des Sidoniens, qui ne compte pas moins de cinq mille ans de sarcophage, est ce qu'il y a de plus nouveau pour la fin de l'année de grâce 1855. — Les théâtres vivent sur quelques drames et quelques vaudevilles aussi vieux bientôt que le roi des Sidoniens, et dont le style donnera bien du souci aux commentateurs des siècles futurs. — Je suis toujours curieux de savoir comment les philologues de l'an six mille interpréteront la fameuse phrase du *Moulin de l'Ermitage :* « Horrible pensée que celle qui fait remonter au visage la blessure qui se répand du cœur. » Cela veut peut-être bien dire que le *Moulin* a vécu ce que vivent les roses et les mélodrames, l'espace d'un matin.

XXV

Fête nationale. — Rentrée de l'armée. — La foire aux étrennes. — Dissertation sur l'origine des étrennes. — Version de *la Patrie.* — Moyens divers d'éluder les étrennes. — Deux exemples. — Monologue de la mère de famille en présence des étrennes. — Liquidation d'un jour de l'an. — Théâtres. — Pièces de fin d'année. — Ouverture des Bouffes-Parisiens.

6 janvier 1856.

L'année a fini sous des arcs de triomphe, aux acclamations d'une population émue des grands spectacles de la guerre : — une armée tout entière rentrait dans ses foyers. — Les soldats et les drapeaux mutilés par la mitraille remuaient tous les cœurs ; — le ciel lui-même s'était adouci pour voir passer la jeune et vaillante armée qui venait reprendre sa place dans la grande famille. — S'il y avait des indifférents, on ne les a pas vus. — Il y a toujours un moment où on a honte des calculs égoïstes des partis auxquels on est asservi. — La fête a été générale, parce qu'elle était avant tout nationale, et, le soir, bien avant dans la nuit, Paris resplendissait encore d'illuminations.

Dès le lendemain, Paris avait repris sa physionomie affairée au milieu des boulevards transformés en champ de foire. Il y a là, pour huit jours encore, quelques milliers de petites baraques encombrées des étrennes démocratiques. — On ne trouve que là le pantin à deux sous, le bonbon au-dessous du cours, et ces mille produits de l'industrie parisienne, improvisés pour les besoins du jour. Les marchands forts en gueule, comme dit Molière, ne se lassent pas d'annoncer leur pacotille, *la tranquillité des parents et le triomphe des enfants!* Pendant ce temps, les magasins en vogue sont encombrés d'acheteurs. On ne sait auquel entendre. « Combien ceci ? — Combien cela ? » Tout s'achète, tout s'emporte, et, le soir, la grande table du salon de famille succombe sous les boîtes, les coffrets et autres inventions de saint Sylvestre, le créancier le plus implacable de tous les saints.

Tous les ans, à cette époque, les journaux érudits ne manquent pas l'occasion d'une dissertation sur l'origine des étrennes. — *La Patrie*, journal du soir, s'est distinguée, cette année, par quelques mots bien sentis, qui viennent évidemment du cœur, s'ils ne viennent pas de la maison Boissier. — L'usage des étrennes remonte aux Romains. Au moyen âge, les mœurs étaient trop dures, dit *la Patrie*, pour qu'on s'offrît des bonbons et des oranges ; mais, ajoute *la Patrie*, dans les mœurs de la société nouvelle, *les passagers sur ce globe* ont compris toute la valeur de cette démonstration de sympathie qui se renouvelle avec l'année.

La théorie de *la Patrie* aura évidemment le suffrage de tous les confiseurs bien pensants.

Malgré ces insinuations attendrissantes, il reste des réfractaires et des cyniques qui affichent le mépris des mœurs de la société nouvelle. — Je connais un artiste féroce sur cet article : dès le 31 décembre, il attend l'ennemi de pied ferme, la clef sur la porte. — On frappe : c'est le bedeau, — le paveur, — le facteur, — l'allumeur de réverbère, etc. — « Entrez ! » dit le rapin du fond de son atelier. — A cette invitation, la clef s'agite dans la serrure ; mais tout aussitôt on entend un cri de douleur, quelquefois un gros juron qui retentissent tout le long de l'escalier. — Tout simplement l'ingénieux artiste a fait chauffer la clef à blanc, et le visiteur y laisse toujours un lambeau de sa chair.

Je pourrais signaler des procédés moins barbares. — J'ai connu un homme de lettres qui, pour le jour fatal, endossait une livrée de domestique. — On sonnait. — C'était toujours le bedeau, le paveur, le facteur ou l'allumeur de réverbère.

« Que demandez-vous ?

— C'est pour les étrennes. — Nous venons souhaiter la bonne année à votre bourgeois.

— Eh bien, mes amis, répliquait le domestique, mon maître est sorti, et, quand il sera rentré, ce sera exactement la même chose. — Des étrennes ! — On voit bien que vous ne connaissez pas mon maître ! — C'est un gueux, un pané, un grippe-sou, une canaille, — un homme de lettres, pour tout dire. — Il ne sait seulement pas que les étrennes nous viennent des Romains. Ce matin, il m'a dit : « Baptiste, » il y a dans la société moderne des usages stupides ; je veux m'y » conformer, en ta faveur seulement, et te donner tes étrennes. — » Assieds-toi là, je vais te lire un vaudeville sur lequel l'administra- » tion des Délassements-Comiques fonde les plus grandes espé- » rances. » Là-dessus, il m'a lu son vaudeville, qui est intitulé : *Du Flan !* Vous me croirez si vous voulez, j'aurais préféré cinquante francs en or... »

Naturellement, le dessin de cette physionomie n'encourage pas infiniment le bedeau, le facteur, le paveur à renouveler la visite.

Quoi qu'en dise *la Patrie*, il ne me paraît pas que la société nouvelle soit bien sincèrement convertie au régime des étrennes ; — on s'exécute, — c'est vrai ; — mais d'assez mauvaise grâce.

J'assistais hier, dans l'intimité d'une famille, à la répartition des tributs que nous ont imposés les Romains, et ce n'est pas précisément avec l'accent d'un cœur épanoui que la femme disait à son mari :

« Voyons, Théodore, es-tu en mesure pour tout ton monde ? — As-tu pensé aux Darancourt ? En voilà un troupeau ! on n'en finit pas avec ce monde-là ! — Boîte à ouvrage pour mademoiselle Zélie Darancourt, qui va recevoir cela de ses deux grandes pattes maigres, en souriant comme une chanteuse sifflée. — Un livre pour M. Isidore Darancourt ; — qu'est-ce que tu lui donnes, à cet idiot-là ? — Et la grand'mère Darancourt, qui reçoit tout avec dédain, et ne manque jamais de vous raconter que, sous le Directoire, Barras lui a envoyé, pour ses étrennes, un service en vermeil. — Et madame veuve Darancourt qui va dire en minaudant : « Oh! vous avez fait des folies! » ce qui veut dire : « Pauvres gens qui n'avez pas le sou, pourquoi vous mêlez-vous de donner des étrennes? » — Enfin, on a besoin de ces gens-là. — Maintenant, qu'est-ce que tu donnes à ta vieille cousine Anastasie? — En voilà une encore qui n'est pas facile à contenter! — mais je le fais pour mes enfants, à qui elle laissera peut-être quelque chose. — Il y a encore les Pontarlieu, qui nous ont reçus cet été à leur terre de Lagny : — une hospitalité un peu chère! — Une terre! si ça ne fait pas pitié! — des marchands de modes enrichis! Ont-ils fait assez *de manières* avec leur rocher en écailles d'huîtres et leur oranger chargé d'oranges en laine jaune! — Tiens, voilà la chaîne de montre que je donne à ton neveu. — C'est autant de trouvé pour le mont-de-piété. — En voilà un qui ne m'intéresse guère! Quand il vient dîner chez nous, on dirait qu'il descend de l'Olympe. S'il croit m'éblouir avec *ses grandes connaissances!* — Je crois que c'est tout. — Les Grandisson iront se promener : s'ils ne sont pas contents, ils le diront. — Ah! j'oubliais! tu ne peux te dispenser de donner quelque chose à madame Darimont. — Tiens, repasse-lui cette boîte de chocolat que j'ai reçue hier. — Je n'en mange pas, moi, de chocolat! — Ah çà! Théodore, et moi, qu'est-ce que tu me donneras? — Ça m'agace de voir tout l'argent de la maison *filer* pour des étrangers. — Je veux un manchon — ou un manteau garni de fourrures. — Mais ne va pas me donner de la peau d'ours comme en 1850, etc. »

Pendant ce monologue, le chef de la communauté, assis d'un air maussade devant *son secrétaire* (les bourgeois, qui n'écrivent qu'une fois l'an, ne sont inspirés que devant un secrétaire), assemblait des cartes de visites, mettait des adresses, et, de temps en temps, se bouchait les oreilles pour ne pas entendre le tambour de monsieur son fils.

Rassurez-vous, honnêtes gens! — tout passe, — même le jour de l'an. — Dans huit jours, il n'en restera plus que des écorces d'orange, des boîtes vides, des tambours crevés, des pantins brisés, — et des vœux que le ciel accueillera, s'il croit à leur sincérité. — *La Patrie* y croit; — mais il est vrai qu'à l'aide de sa lanterne du soir, *la Patrie* a découvert des *mœurs nouvelles* parmi *les passagers sur ce globe.*

Quelques pièces de théâtre se sont aventurées sur l'extrême frontière qui sépare une année qui finit d'une année qui commence; mais, pour avoir, en pareilles solennités, le loisir du spectacle, il faudrait n'avoir ni patrie ni famille. J'ai assisté seulement à l'ouverture des Bouffes-Parisiens, dans la nouvelle salle du passage Choiseul. — Il avait bien raison, le ministre qui disait : « Concédez un tréteau, dans six mois vous aurez un théâtre. »

Voilà donc les Bouffes installés et naturalisés dans la grande famille dramatique. — On pourrait reprocher à la salle d'être trop coquette; mais il faut considérer que c'est le boudoir de la fleur des pois de la galanterie parisienne. Méry a tenu le nouveau-né sur les fonts de baptême, et, dans un prologue ingénieux, lui a prédit les plus heureuses destinées. La soirée s'est terminée par un splendide éclat de rire. — Du premier coup, M. Offenbach a rencontré le genre facile et amusant qui convient à son théâtre. — *Ba-ta-clan* est une fantaisie beaucoup plus sérieusement spirituelle que la plupart des vaudevilles de pacotille qui se débitent sur les scènes de genre.

XXVI

L'année défunte. — Ce qu'il en reste. — Les grands souvenirs de Paris. — Défaveur des chiens sur le marché. — A la mémoire des chiens célèbres. — Présence d'esprit d'un chien contemporain. — Les gens sans famille. — Bilan des théâtres en 1855. — Les théâtres en 1856. — Odéon : *les Peintres et les Bourgeois*. — Les origines de la pièce. — Porte-Saint-Martin : *l'Orestie*, trilogie grecque. — Mesdames Laurent, Guyon, Lucie Mabire. — Gymnase : *Je dîne chez ma mère*.

10 janvier.

Tout est bien consommé; — nous voguons sur la galère de l'an 1856 ; — l'année 1855 n'est plus qu'une ombre, un fantôme. — Il en reste deux souvenirs imposants : les Aztecs et le *Sire de Franc-Boisy*.

Paris est ainsi fait, que, de toutes les grandes choses qui s'y consomment, ce qui s'en dégage le plus nettement, c'est toujours une bouffonnerie, une curiosité, un phénomène ou une monstruosité.

Enfant, avant d'entendre parler de l'Empire et de Waterloo, j'entendais parler de la *belle Limonadière* et de la *Vénus hottentote*. — Des années, si calmes et si brillantes, à la surface, de la Restauration, il me reste le souvenir de *Jocko*, des *Osages* et de la *girafe*. — Le règne de Louis-Philippe se recommande par une *baleine* et un *obélisque*.

En ce moment même où la France est engagée dans une guerre terrible, nos journaux doivent paraître assez curieux à des lecteurs étrangers. — On y lit que Cronstadt sera indubitablement bombarbé au printemps, et un peu plus bas : « Le marché aux chiens a subi une grande défaveur par suite de l'impôt sur la race canine. — Tous les prix ont notablement baissé. »

Ainsi, Azor, qui, il y a quelques mois encore, était coté avec prime, est tombé au-dessous du pair. — Le caniche est offert, et le king's-charles, quoique un peu plus ferme, fait très-peu d'affaires.

Ce serait le moment de réunir, dans un volume élégant et portatif, l'histoire des chiens célèbres.—Nous avons d'abord le chien de Montargis; puis le chien cité dans la *Morale en action*, et dont la mort nous a coûté tant de pleurs quand nous avions douze ans : Un voyageur chargé d'une forte sacoche d'argent avait mis pied à terre dans un buisson. — Quand il se fut remis en route, son chien se jeta avec fureur sur le poitrail du cheval, comme pour arrêter sa course. — Le voyageur crut le chien enragé et lui brûla la cervelle. — Un peu après, le voyageur s'aperçut qu'il avait oublié sa sacoche dans le buisson. Il rétrograda et trouva son chien expirant sur sa sacoche.

Quel trait de probité, et comme j'en suis plus touché encore, aujourd'hui que je connais mieux les hommes! Un domestique, révolté de l'ingratitude de son maître, n'eût pas manqué d'enlever la sacoche pour aller faire soigner sa cervelle à la ville voisine : — le chien, fidèle jusqu'à la dernière heure, ne prend même pas une pièce de cent sous : — il expire sur le trésor de son maître.

Je connais un chien de la petite bourgeoisie qui vient de sauver sa vie par un trait d'intelligence. — L'impôt une fois voté, la mort de Zéphyr était résolue. — Zéphyr comprit son affaire et disparut pendant huit jours.— Au bout de ce temps, Zéphyr reparut, rapportant à la maison un superbe gigot de la première catégorie.—Dans le langage muet de la race canine, cela voulait dire incontestablement : « Bon maître à moi, paye l'impôt pour petit chien à toi.— Zéphyr travaillera; — Zéphyr nourrira toi: — peut-être fera-t-il fortune à toi; —Zéphyr a l'œil sur une boutique de changeur; — prochainement, il rapportera à petit maître des bons du trésor. »

Le langage de Zéphyr a été compris : — on a acquitté ses contributions pour un an.

Il est convenu de dire que les premiers jours de janvier sont consacrés aux réunions de famille. — Il faut croire alors que Paris compte une grande multitude d'orphelins, de gens sans aveu et sans famille. — Tous ces enfants trouvés encombrent les théâtres.

Et à ce propos, — savez-vous bien qu'on a représenté dans cette bonne ville de Paris 293 pièces dans le courant de cette bienheureuse année 1855?— Vous ne vous en doutiez guère, vous qui les avez vues, ces 293 pièces. — Vous qui ne les avez pas vues, n'espérez jamais les voir, — tout cela disparaît dans des oubliettes.—Mais rassurez-vous! tout cela reparaît aussi bientôt sous de nouveaux costumes, avec des noms et des titres différents, mais qui déguisent mal le drame et le vaudeville de l'année dernière.

Tenez : voici à l'Odéon *les Peintres et les Bourgeois*, qui ont un air de parenté avec beaucoup de comédies en trois actes et en vers. — Peu importe! La dernière venue n'est pas la plus mauvaise.

Je suppose que l'auteur, M. Henry Monnier, un observateur fin et sagace, aura ramassé son sujet dans ce même café où, il y a quelques mois, j'entendais le dialogue suivant entre deux bourgeois qui jouaient au domino :

« Cinq partout.

— Je n'en ai pas.

— Comptons.

— Vingt-sept. — Ça ne peut pas se marquer. Partie gagnée!

— C'est singulier! tu as toujours tous les blancs. — Ma revanche?

— Volontiers. — Et qu'as-tu fait de tes deux filles?

— L'aînée...—Double six. J'aurai donc toujours cet animal-là ?...

— L'aînée a fait un beau rêve : elle a épousé un des plus forts quincailliers de la rue Saint-Martin... — Le jeu est bouché.

— Douze à douze. Tu perds la pose.

— A toi... Retourne donc les dés. — Garçon, de la chapelure. — Oui, mon cher, Agathe nage dans le luxe. Elle a un manchon de six cents francs, et, quand elle va au spectacle, elle loue ses places d'avance. — Mais va donc! Du deux et du quatre.

— Du deux et du quatre? Mais j'en manque.

— Eh bien, montre ta culotte.

— Vingt-deux points! Est-ce dur, ça! avec cinq-trois! arrêté au second dé. — Et la cadette?

— Oh! la cadette... — A moi la pose. — La cadette a fait un coup de tête : elle a épousé un peintre.

— En bâtiments ?

— Ah bien, oui! un peintre *en* histoire.

— Oh! quel drôle de coup! pas un as dans le jeu! — Et est-elle heureuse?

— Tu penses bien que je ne la vois plus. Sa mère la voit quelquefois, et je ferme les yeux. — Ah! ah! il paraît que tu es blessé aux cinq! — La malheureuse se croit heureuse. — Tiens, le sournois, il avait du cinq! Alors, du trois — trois partout, — domino! — J'ai tout fait pour la détourner de cette folie; — maintenant, ce n'est plus ma fille.

— Manche à manche! — La belle! — Est-ce qu'il ne gagne pas d'argent, ton gendre?

— Ah bien, oui, de l'argent! dans ces *états-là*, il faut attendre vingt ans une réputation. Il est toujours à barbouiller l'esquisse d'un chevalier Bayard, qui meurt au pied d'un arbre! Comme ce sera intéressant! — Veux-tu jouer la belle à la pêche?

— Je veux bien; mais la pêche à trois dés et à jeu découvert.

— Naturellement! Il n'y a que les ganaches, qui jouent à jeu couvert! — Enfin... — Bon! ça commence bien. Tu es à cheval. — Enfin, j'ai toutes sortes de satisfactions du côté de mon aînée. — Ah! voilà un as!

— C'est égal, le coup est bon. — Soixante-douze! Je les marque.

— C'est un jeu stupide!

— Pourquoi ne mets-tu pas ton gendre, le peintre, dans les affaires? Cela ne l'empêcherait pas de faire de la peinture *dans ses moments perdus!*

— Eh! que veux-tu qu'on mette dans les affaires un homme qu'on n'ose présenter nulle part à cause de sa barbe, et qui dit qu'il n'y a à la Bourse que des fripons ou des imbéciles. — J'aime bien mieux qu'il crève de faim, avec son *Chevalier Bayard.* — Ma fille aura toujours un morceau de pain chez moi. — Quant à lui, il finira aux galères, comme les trois quarts des peintres. — Je comprends Horace Vernet, parce qu'il gagne de l'argent et qu'il a de belles relations; mais tout le reste me fait pitié. »

Donc, muni de ce dialogue, Henry Monnier rencontra en voyage un commis voyageur, qui va peut-être immortaliser le calicot. — Ce jeune homme faisait des vers faciles, souples, parfois élégants. — Bref, Monnier lui dit : « Voilà une pièce, écrivez-la! »

De cette association sont nés *les Peintres et les Bourgeois.* — Le sujet est tout entier dans l'entretien des deux joueurs de domino. — Seulement, comme la comedie a des grâces d'état, il se trouve que le peintre a du génie et sauve le quincaillier d'une banqueroute.

Cette comédie est très-agréable à voir et à entendre. — On sort de là sans palpitations de cœur, et le sommeil n'est troublé par aucune apparition satanique.

Il n'en est pas de même quand on sort de l'*Orestie*, la trilogie grecque que M. Alexandre Dumas a donnée à la Porte-Saint-Martin. — C'est cet été, dans les grandes soirées de la Ristori, que l'idée est venue à l'auteur de *la Tour de Nesle*, que nous retournions aux Grecs. — Avant tout, il faut louer la tentative. — Nous aurons toujours assez de mélodrames. — Une fois par hasard, le peuple le plus spirituel de l'univers peut bien prêter son attention à un travail d'artiste.

Hélas! c'est l'attention qui manquera le plus à cette évocation de l'art antique. — A la première représentation, un public lettré et choisi, qui savait à peu près de quoi il s'agissait, s'est très-sincèrement ému au premier acte; — il a encore salué de très-beaux vers dans la seconde partie. — Il était déjà énervé et fatigué, lorsque, dans la troisième partie, le tribunal, présidé par Minerve, a prononcé l'acquittement d'Oreste : — dénoûment un peu *humain* et qui a rappelé celui de *la Pie voleuse;* mais, demain, et les jours suivants, parviendra-t-on à captiver des foules saturées des émotions les plus vulgaires, avec ces catastrophes surhumaines, qui accablent la déplorable famille des Atrides? N'importe! — il est bien de l'avoir essayé. — Le directeur surtout, qui joue plus gros jeu que l'auteur, mérite d'être loué sincèrement de cette périlleuse et honorable entreprise. — Après cela, que sait-on? — M. Marc Fournier est en bonne veine, et, d'après ce qu'on raconte, depuis trois semaines, il joue à qui perd gagne.

Quoi qu'il arrive, l'œuvre de M. Dumas restera comme un très-beau travail littéraire. — Les lecteurs le vengeront de l'indifférence possible des spectateurs des loges et des stalles. Moi qui ai vu l'*Orestie,* je me réserve de la lire et de retrouver les beaux vers que le souffle de l'*Iliade* a transportés dans cette œuvre.

Le succès d'argent pouvait être obtenu, à une condition peut-être, c'était de grouper dans l'œuvre tous les grands talents d'artistes qui peuvent se rencontrer à Paris. — On y a réussi à peu près, du côté des femmes. — Mesdames Laurent, Guyon et Lucie Mabire, la première surtout, ont eu de très-hautes et très-puissantes inspirations. — Le côté des hommes est beaucoup plus faible.

Il me reste de l'année dernière une aimable comédie jouée au Gymnase, sous ce titre : *Je dîne chez ma mère.* Il s'agit d'une comédienne, Sophie Arnould, qui, toute l'année, a vu les plus grands seigneurs de la monarchie prosternés à ses pieds, et qui, le premier jour de l'annee, ne peut obtenir un convive pour partager son dîner. — Tous, jusqu'à sa femme de chambre, lui répondent : « Je dîne chez ma mère. » La signification morale de la pièce est que tout le monde a une mère, excepté la courtisane.

La pièce est ingénieuse, mais peut-être un peu sobre et un peu simple dans ses moyens. — Elle serait bien jouée par tout le monde, si mademoiselle Laurentine n'était beaucoup trop candide pour se douter de ce qu'a pu être Sophie Arnould. — Qu'elle l'ignore toujours et qu'on lui donne d'autres rôles!

XXVII

La paix. — La guerre. — Enquête. — Ce qu'on en dit à Saint-Pétersbourg. — Correspondances téméraires. — Programme d'une existence calme en Russie. — La guerre s'en va. — Scènes de la vie militaire en 1855. — C'est la Dame aux camellias qui fera la paix. — Mœurs chevaleresques. — L'armée à l'Opéra. — Vaudeville : *Lucie Didier*. — Les combinaisons neuves et les combinaisons épuisées.—Odéon : Débuts de mademoiselle Garcia. — *Valérie*.

17 janvier.

Les menues frivolités de la vie parisienne sont débordées par des préoccupations plus graves : la question à l'ordre du jour dans tous les entretiens, c'est la paix ou la guerre. — Chacun a ses renseignements : on prend ses informations à Paris, à Londres, à Vienne et à Berlin. — Mais, chose assez remarquable, Saint-Pétersbourg, assez intéressé dans ce débat, ne fournit rien à l'enquête.

Les lettres qui arrivent de la capitale de la Russie sont ouvertes avec émotion. On y lit que le Théâtre-Français a représenté l'*Histoire d'un sou* et *la Joie de la maison*. — Quelques correspondants téméraires ne craignent pas de dire que le froid est vif à Saint-Pétersbourg. — Si vous croyez que je plaisante en qualifiant de témérités ces révélations thermométriques, voici une histoire rétrospective :

Vers 1840, *un comique*, engagé pour le Théâtre-Français, arrive à Saint-Pétersbourg : « Diable, dit l'artiste en débarquant, il ne fait pas chaud ici. » — Un moujick avait pris la malle du comique et l'avait transportée à un hôtel. — Moins d'une heure après, l'artiste était mandé chez le comte Benkendorff, ministre de la police.

« Mon ami, dit le ministre, vous venez vous fixer pour dix ans à Saint-Pétersbourg ; — avant de prendre un tel engagement, il faut bien réfléchir. — Par exemple, si le climat ne convenait pas à votre santé, mieux vaudrait retourner en France.

— Mais, répliqua l'artiste, d'où peut venir à Votre Excellence cette sollicitude pour ma santé?

— De ce que vous avez fait une remarque désobligeante pour le climat de la Russie.

— Ah! oui, Excellence, je me rappelle... Mais j'avoue que je ne croyais pas avoir fait d'opposition en constatant que j'étais gelé.

— Monsieur, reprit le ministre d'un ton moitié sévère et moitié bienveillant, en Russie on doit toujours se borner à des réflexions intimes. — La chose n'a pas de gravité, mais j'ai voulu saisir la première occasion qui s'est présentée de vous indiquer une ligne de conduite et un programme de silence qui, fidèlement observés, vous assureront ici une existence exempte de trouble. »

L'artiste est, depuis plusieurs années déjà, de retour en France. — En nous racontant cette histoire, il ajoutait :

« La leçon du ministre m'a si bien profité, que, pendant dix ans, je ne crois pas avoir dit, à Saint-Pétersbourg, un mot étranger à mes rôles. — Tous les soirs, je jouais aux dominos dans un café; — le double quatre manquait dans le jeu : je n'ai jamais osé le réclamer :

Il faut savoir que toute insinuation sur les conditions ultrà-septentrionales de la Russie était toujours pour l'empereur Nicolas une blessure à l'amour-propre national et une cause d'incessante irritation. — Quand ses grands seigneurs demandaient *un exeat* pour aller en France ou en Italie, il fallait bien, sous peine d'échouer, se garder de l'ancienne formule : « Les médecins me commandent un climat plus doux. — J'y reste bien, moi! » répondait sèchement l'empereur.

Puisque j'en suis sur cette question de la paix et de la guerre, il faut bien que je constate, à l'honneur de notre siècle, que, si les temps héroïques ne sont pas clos, les mœurs inhérentes à l'état de guerre semblent s'effacer. On se bat et on se bat bien. — On s'entre-tue, mais on ne peut parvenir à se haïr. — La bataille terminée, on panse des deux côtés les blessures qu'on a faites. — Les officiers des deux armées belligérantes fument ensemble le cigare et on juge stoïquement les coups et les carambolages de la journée.

« Messieurs les Russes, disent les nôtres avec la politesse de Fontenoy, vous avez réellement beaucoup de moral et de tempérament pour résister au feu infernal que nous vous envoyons.

— Du moral et du tempérament! répliquent les Russes; après vous, s'il en reste! — Depuis six mois que vous barbotez dans les fossés des tranchées, avançant toujours, repoussant nos attaques! c'est une partie supérieurement soutenue. — Quels jolis pantalons vous avez! Et vos zouaves ! de vrais amours! — A propos, que jouait-on , hier, au théâtre des Zouaves, quand une bombe est tombée aux pieds de la *jeune première?*

— *La Sœur de Jocrisse.*

— Ah! oui, *la Sœur de Jocrisse.* — J'ai vu cela à Paris en 45.— C'était un nommé Alcide Tousez qui faisait Jocrisse. Ah! l'animal! m'a-t-il fait rire! — Et mademoiselle Pélissier, était-elle gentille dans son rôle! — Avez-vous beaucoup de blessés?

— Quinze cents!

— Que ça? — Nous en avons plus de quatre mille! — C'est votre batterie masquée qui nous a pris en écharpe. Notre général était dans l'admiration; il s'écriait : « Ces diables de Français! il n'y a » qu'eux pour avoir de pareilles inventions. Qui eût jamais imaginé » de poster une batterie sur ce rocher à pic. » — Dites-moi, à propos, vos zouaves ont été longtemps chats ou singes avant d'être soldats?

— Non! mais ils ont un chic particulier pour les escalades et la maraude. — Grâce à eux, nous mangeons tous les jours de la volaille fraîche.

— De la volaille! mais il y a bien longtemps qu'il n'y en a plus en Crimée !

— Apparemment ils la font venir de chez Chevet. — Mais vous paraissez souffrant, colonel?

— Oui, à la fin de l'action, un officier français m'a un peu défoncé la poitrine.

— Mais c'est moi , colonel! — Comment! c'était vous? — Asseyez-vous donc, — prenez donc quelque chose, — un petit verre de rhum. — Je disais aussi : « Voilà une physionomie qui ne m'est pas inconnue! »

— En effet, commandant, nous nous sommes vus, il y a dix ans, à Paris ; nous avons dîné deux fois ensemble chez madame Doche.

— Ah ! oui, je me rappelle... à Auteuil ; le soir, il est venu des artistes, et on a fait de la musique. Avons-nous dit des bêtises ! Mais, à propos de dîner chez madame Doche, vous devez crever de faim dans Sébastopol ?

— Mais, non ; nous avons encore du pain moisi pour six mois ; nous en mangeons tous les jours : le dimanche seulement et les jours de fête, nous n'en mangeons pas. Allons... au revoir, commandant.

— Au revoir, colonel. — A la paix, rendez-vous à Paris, chez Véry. Je vous ferai boire d'un certain madère qui réparera les avaries que j'ai causées à votre poitrine. »

Franchement, quand des *ennemis* en sont là, si loin de la Bérésina de 1812 et des cosaques de 1815, on peut leur dire : « Embrassez madame Doche, et que ça finisse ! »

J'espère que *la Dame aux camellias*, qui est rentrée cette semaine au Vaudeville, avec plus de succès et plus de diamants que jamais, ne m'en voudra pas d'avoir fondé sur elle l'espoir d'une paix prochaine. Avoir réconcilié deux puissances, en collaboration avec le baron Seebach, M. Nesselrode, M. Buol et M. Manteuffel, ce serait un assez beau souvenir pour la jeunesse d'une jolie femme.

Pour achever ce tableau des mœurs de la guerre en 1855, il faudrait dire encore quelle grâce chevaleresque et quelle loyauté on déploie de part et d'autre dans le traitement des prisonniers.

Un de nos amis, officier du génie, est en captivité à Odessa. Il écrit à sa famille :

« Tous les soirs, je vais au cercle militaire ou au bal ; les meilleurs cigares et les plus jolies femmes sont pour nous. — Tout le jour, nous circulons dans la ville, et, à minuit seulement, à moins que le bal ne se prolonge, je vais gémir sur la paille humide de mon cachot, qui est une très-jolie chambre, garnie, avec une pieuse délicatesse, de vues de Paris et de châteaux de France. — Nous avons eu ces jours-ci une alerte : des soldats français prisonniers et détenus dans un poste ont rossé les cosaques qui les gardaient et pris la clef des champs. Le gouverneur, informé de l'événement, a fait comprendre aux cosaques qu'ils seraient ridicules en ébruitant l'affaire, qui en est restée là. Les cosaques en ont été quittes pour trois jours d'arrêts. »

Pendant ce temps, nos soldats, de retour dans *leurs foyers*, vont militairement tous les soirs au spectacle, — des prisonniers ne seraient pas mieux traités; — vendredi, l'Opéra donnait une représentation solennelle à l'intention de l'armée. — L'Opéra est peut-être une récréation un peu sévère pour des hommes habitués au mouvement de la guerre; mais la musique adoucit les mœurs, et nous trouvons là encore des conclusions pacifiques.

Le Vaudeville a donné samedi une pièce en trois actes d'un tempérament un peu sombre; certes, nous ne sommes pas de ceux qui voudraient ramener la scène dirigée par M. Boyer, à la gaieté problématique de la *Faridondaine;* le petit tambourin du père Sewrin ne peut plus conduire les théâtres qu'au tribunal de commerce. Il faut savoir reconnaître les inclinations de sa génération et les modifications de l'esprit public. Les tableaux grivois, les pastorales fanées et le *gai, gai, gai, la rira dondaine*, pousseraient aujourd'hui au spleen ceux qui s'en amusaient il y a quarante ans. Il faut aujourd'hui d'autres combinaisons, de la bouffonnerie, ou de la comédie, ou du drame. Il n'y a place entre ces conditions actuelles du théâtre que pour la faillite. Mais chaque scène doit s'appliquer à conserver le ton et la nuance indiqués par l'art des transitions. Je crois donc que le Vaudeville aurait tort d'abandonner l'éventail pour le poignard et le poison. La pièce qui provoque ces réflexions, *Lucie Didier*, est bien faite; elle a réussi devant le public de la première représentation; mais ce public fera-t-il des enfants? Voilà la question très-intéressante pour la caisse, sinon pour l'art.

Lucie Didier est la femme d'un négociant qui passe sa vie à défaire et à refaire sa fortune. — Tout irait bien néanmoins, dans ce ménage, si un homme taillé sur le type des séducteurs qui ont causé tant de mésaventures à mademoiselle Isabelle Constant, ne s'avisait d'être éperdument épris de Lucie. — Celle-ci n'a pour lui qu'horreur et mépris; — mais le séducteur a entre les mains une pièce qui peut envoyer Didier aux galères. Lucie *rachète l'honneur* de son mari, — elle en meurt. — Le mari devient fou et le séducteur sera tué par un ami de la maison. (*Et gai, gai, gai, la rira dondaine!*)

Voilà la chose. — Si la pièce m'a paru peu neuve et peu originale, c'est probablement parce que je suis vieux, et que, depuis plus de vingt ans, je vois des pièces de théâtre. — Cela me fait l'effet d'un jeu de dames dont je connais toutes les combinaisons. — Dès que le premier pion est déplacé, je vois la marche du jeu, je devine comment la partie s'engage, comment on ira à dame, et dès lors je n'ai plus d'émotion. — Quelquefois l'auteur cherche un coup imprévu; — je deviens attentif; — mais je reconnais bientôt que l'auteur triche et n'est plus dans la règle du jeu. — La règle, au théâtre, c'est de ne présenter que des caractères vrais et des situations possibles, et je ne puis accepter le coup imaginé par les auteurs de *Lucie Didier*. — Étant donné un mari qui a découvert que sa femme a un amant, il s'agit de caser ce mari dans une combinaison originale. — Le faire battre en duel? — Usé. — Une séparation? — Connu. — Le mari s'avisera donc de réunir les deux amants au foyer conjugal, où il restera lui-même pour *jouir de leurs remords*. — La situation est assurément inédite, mais je la crois quelque peu impossible.

Une jeune artiste, mademoiselle Garcia, a débuté à l'Odéon dans *Valérie*. — Il y avait ce soir-là, à l'orchestre, une foule de poëtes, d'auteurs et de journalistes attirés par des motifs que je sais et que vous ne devez pas savoir. — La débutante est une écolière déjà pleine de bonnes intentions; — elle est si jolie, que ce serait un malheur si le talent ne lui arrivait pas. — Le talent est, je crois, ce qui lui manque pour entrer au Théâtre-Français, car les dieux sont pour elle.

Cette vieille comédie, *Valérie*, m'a jeté dans des réflexions infinies sur cet art qu'on appelle l'art dramatique, et j'ai constaté une fois de plus combien c'est, avant tout, un art de combinaisons, auquel le style et la langue proprement dits peuvent demeurer absolument étrangers. — J'y ai relevé cette phrase, qui se débite, depuis 1823, sur la scène *française* :

VALÉRIE, *à son amant.*

« Épousez une autre femme : *j'en aurai la force et le courage*. »

Ce qui veut dire, probablement, j'aurai le courage de le supporter.

Et ceci encore, que dit l'amant, au moment d'opérer Valérie de sa cataracte :

« Quel bonheur de lui faire partager les douceurs de ce jour dont je ne jouis que par elle. »

Je ne considère pas moins M. Scribe comme un homme remarquablement doué, ingénieux et inépuisable dans ses inventions. — Je me demande seulement s'il travaille bien sérieusement au dictionnaire de l'Académie.

XXVIII

La paix. — Le chroniqueur prophète. — La Bourse. — Les gagnants. — Le premier million. — Les voleurs. — La police. — Le luxe à bon marché. — Les femmes compromises. — Les fausses démarches. — Odéon : *la Revanche de Lauzun*. — Le bonheur d'être sifflé. — Ambigu : *la Servante*. — Mademoiselle Lagier.

24 janvier.

Vous me voyez bien glorieux et bien fier : dans ma dernière chronique, j'ai prophétisé la paix deux jours avant la dépêche de Vienne. — Je suis la Cassandre des temps modernes. — Je n'ai pas la prétention d'avoir été, dans ce rôle, aussi beau que madame Laurent. — Mais j'ai fait ce que j'ai pu. — Je réclame l'indulgence du public. Donc, l'Agamemnon de Saint-Pétersbourg nous envoie la branche d'olivier. — Aussi bien, les Euménides secouaient déjà leurs torches et menaçaient les côtes de la Finlande. — Tout est pour le mieux si tout aboutit bien, et si la réflexion ne gâte pas l'inspiration.

En attendant, la Bourse a tué le veau gras sur l'autel de la Paix. On y a acheté pendant deux jours les choses les plus impossibles et les papiers les plus invraisemblables. — En toute chose, il ne s'agit que de s'entendre, et, du moment qu'il est convenu que tel carré de papier vaut aujourd'hui 1,000 francs de plus qu'hier, il n'y a plus qu'à trouver acheteur pour son carré de papier, quand on en est pourvu, car il est bien reconnu que personne n'achète pour garder. — Le Jocrisse de ce jeu est celui qui se trouve nanti de ces valeurs chimériques au moment où il prend fantaisie aux bourgeois de crier : « Vive la réforme ! » Heureusement, cette manie leur a un peu passé.

Il paraît qu'en somme la semaine a été bonne pour tout le monde. — Je n'ai rencontré que des gagnants, depuis 3,000 jusqu'à cent cinquante mille francs. Je ne parle que des carotteurs à deux sous d'écart. Il est probable que, dans les hautes sphères du report et de la prime, on aura fait une curée de millions.

Les philosophes, qui ont tout observé, recommandent instamment aux hommes de s'appliquer à se procurer le premier million. C'est le plus difficile à attraper, et il paraît qu'une fois nanti de ce précieux talisman, les autres millions arrivent comme par enchantement. — On ne saurait trop blâmer la négligence de la plupart des mortels, qui végètent dans des industries ou des spéculations stériles, au lieu de se procurer le premier million. C'est ce coupable abandon des préceptes d'une saine philosophie qui entretient le paupérisme.

Le monde de la finance a été assez ému, depuis quinze jours, d'une soustraction de 172,000 fr., commise à la Banque par un employé de cet établissement. — On m'a raconté à ce sujet un détail assez plaisant, et qui fait honneur à l'imagination de la police. — L'employé en suspicion avait été soumis à une surveillance; le suspect s'aperçut parfaitement que ses démarches étaient épiées, et il en plaisanta avec grâce devant ses camarades. — Là-dessus, le gouverneur de la Banque fit des reproches au chef de la police de sûreté.

« Comment ! je vous livre un employé à surveiller, et vous le faites suivre par un agent en bottes fortes, qui met le suspect en défiance !

— Rassurez-vous, expliqua le chef de la police, l'agent qu'on voit et qu'on entend est ce que nous appelons un *dérivatif*, un paravent qui cache un autre agent qu'on ne voit jamais. — Pendant qu'on se met en garde contre le premier, le second prend des notes. »

Tout ceci prouve combien le crime a peu de chances d'échapper à ce système d'investigation qui s'attache à l'existence de celui qui a faibli. — L'homme qui s'est mis dans cette position ne peut jamais faire que de fausses démarches. — Des inductions savantes parviendront, quoi qu'il fasse, à dépister son système. Ceci me rappelle que, il y a quelques années, un commis de banque avait dérobé une somme assez considérable à son patron. On le met en surveillance, et l'agent, tout attendri, vint annoncer qu'il avait vu son client entrer dans un restaurant à vingt-deux sous. — Le chef de la police vit précisément dans ce repas spartiate la révélation d'une conscience inquiète. — Avant le crime, le suspect dînait, comme tout le monde, pour cent sous. — Sa sobriété, trop profondément calculée, le perdit, et le chef de la police pensa avec raison qu'un scélérat peut seul dîner à vingt-deux sous. On pouvait encore conclure que, travaillé par les remords, cet homme voulait s'empoisonner à petites doses. — Sur ces indices, on l'arrêta et on le trouva nanti des valeurs soustraites.

Un travers beaucoup plus commun chez les hommes qui ont mis la main dans la caisse d'autrui, c'est de se trahir par un luxe intempérant et insolite; mais, ici, il faut bien dire que *le luxe* prend généralement aux yeux des juges instructeurs des proportions très-exagérées. Il a été question, ces jours-ci, dans les journaux judiciaires, d'un clerc de notaire qui avait soustrait à son patron une somme de 2,525 francs (retenez bien le chiffre). — On constata dès lors que le clerc se livrait à *des dépenses effrénées.* — Il prenait des voitures, — avait plusieurs maîtresses, — fréquentait les théâtres et se pavanait dans un mobilier somptueux. Le clerc fut arrêté et on trouva sur lui 1,900 francs en billets de banque. — Le reste avait été *dissipé en débauches.* Mais ce reste représentait 625 francs : or, je me demande, au prix où est la débauche, ce qu'on peut s'en procurer pour 625 francs? — Il faut supposer que le coupable, entré en débauche à midi, aura été arrêté à midi dix minutes, et encore est-ce beaucoup d'avoir, pendant dix minutes, et pour 625 francs, *entretenu fastueusement* des maîtresses, loué des loges, monté sa maison sur le ton d'une orgie permanente, roulé carrosse et acheté des mobiliers chez Mombro. — Si ce garçon-là a fait tout cela seulement pendant un mois, pour 625 francs, il faut, après l'avoir mis au bagne, lui donner une récompense, comme inventeur de la débauche à bon marché! — Or, vous savez que le bon marché est une des ambitions de l'époque.

On trouve toujours, mêlée à ces sortes d'affaires, une classe de femmes que je ne puis m'empêcher de plaindre. — Pour qui connaît la vie parisienne, on sait comment se forment certaines *liaisons*. — On est au bal de l'Opéra : un chicard invite à souper une débardeuse. Le souper fini, il se trouve que le chicard ne peut rentrer chez lui. La débardeuse, qui n'a pas de préjugés, offre l'hospitalité au chicard.

Trois jours après, la débardeuse est mandée chez un commissaire.

« N'êtes vous pas actrice au boulevard? dit sévèrement le magistrat.

— Oui, monsieur : j'ai figuré quinze fois à la Gaieté dans *les Sept Châteaux du Diable*. — M. Cabot m'a renvoyée parce que j'avais mangé de la galette dans l'apothéose, où je *jouais* une des *filles du ciel*, la cinquième à droite. — Mais je vous jure, monsieur, que je n'étais pas coupable; c'est la grande Céline qui avait parié que je ne mangerais pas pour six sous de galette avant d'arriver au ciel.

— Ces détails sont oiseux. — Vous n'êtes pas poursuivie pour avoir mangé de la galette; — il s'agit d'autre chose. — Dans ces derniers temps, vous viviez avec un certain Gustave Reinfeld, se disant officier de marine, et qui n'est qu'un escroc émérite. — L'instruction établit qu'il a dépensé avec vous des sommes immenses.

— Gustave Reinfeld?... dit la figurante en cherchant à s'orienter dans les Gustaves. — Connais pas.

— Allons, ne niez pas. — Il a avoué avoir passé chez vous la nuit du samedi au dimanche.

— Ah! s'il s'agit de ce Gustave-là, je puis prouver que je ne le connaissais pas le samedi, avant le bal de l'Opéra, et que je ne l'ai plus revu depuis le lundi matin. Je dois ajouter qu'il est parti en emportant mon parapluie. Je n'en sais pas davantage sur sa fortune. »

Cette déclaration est très-souvent conforme à la vérité; — mais, comme le chicard persiste à dire, en pleurant, qu'il a été *perdu par les femmes de théâtre*, l'atteinte portée à la considération de la figurante subsiste dans son monde.

A la première rencontre, les bonnes amies ne manquent pas de se dire : « Tu sais bien, Clary, qui faisait tant sa tête, elle a été pincée avec un filou. — Ce n'est plus étonnant si elle faisait cent sous d'entrée au lansquenet ! — A qui se fier ! »

A personne, mesdames, pas même à vous. — La plus innocente, dans votre panier aux pêches à deux sous, peut et doit rencontrer son Gustave. — Il en sera ainsi jusqu'au jour où, avant d'admettre un homme à l'honneur de vous donner des cachemires, vous ferez l'enquête sévère de la mère de famille sur ses antécédents, sa fortune, sa profession et sa moralité. Ce serait, à la vérité, le chemin le plus long, et les amours parisiennes préfèrent le chemin de traverse, qui aboutit quelquefois à Mazas ou à Saint-Lazare.

Vous vous rappelez bien M. de Lauzun et ses aventures avec la grande Mademoiselle. — Vaincu dans cette lutte par l'orgueil du grand roi, le noble et brillant seigneur attendait *une revanche.* M. Paul de Musset vient de la lui donner sur la scène de l'Odéon. — Louis XIV est mort, et, de 1715 à 1721, dans ces heureuses années de folies galantes qui préparaient les dépravations du règne suivant, madame la duchesse de Berri, fille du régent, s'éprend d'une belle passion pour un jeune et timide chevalier qui n'a que la cape et l'épée. — Mais le jeune homme a un oncle inestimable, M. le duc de Lauzun, qui sait comment il faut conduire ces sortes d'affaires. — Tromper la vigilance du régent, échapper à ses alguazils qui conduisent l'amoureux à la Bastille, lier la duchesse par un mariage secret, apaiser au dénoûment la colère de Philippe d'Orléans, qui, du reste, se montre bon prince, ce sont là des jeux d'enfant pour un homme de l'expérience de M. de Lauzun. — Aussi en vient-il à ses fins.

Cette aventure, un peu froidement exposée, est déduite avec un certain art et animée par des épisodes assez galamment imaginés. — Le dénoûment est peut-être un peu brusque et ne met guère à l'épreuve le génie de Lauzun : mais, comme, un peu plus tôt, un peu plus tard, il fallait bien en venir là et consacrer ce mariage morganatique, il serait puéril de tourmenter l'auteur parce qu'il s'est un peu pressé de tirer la dernière fusée de son feu d'artifice. — D'ailleurs, nous en parlons bien à notre aise ; — les scènes qui manquent dans une pièce ne sont jamais sifflées, et il n'est pas démontré que celles que nous voudrions y mettre seraient applaudies.

La pièce a reçu un accueil assez cordial. De temps en temps, un mouvement hostile se manifestait dans le parterre.—C'était, disait-on, la queue de l'orage que *la Florentine* avait amassé sur la direction de l'Odéon. — On sait, du reste, qu'en ce moment les étudiants sifflent un peu partout. — Quoi qu'il en soit, si j'étais directeur ou auteur, j'aimerais infiniment mieux ce public turbulent et passionné que les automates endormis qui représentent dans les autres théâtres le peuple le plus spirituel de la terre. — Aujourd'hui, n'est pas sifflé qui veut. — Par exemple, il est infiniment plus facile d'être applaudi ; toute première représentation est un triomphe ; la seconde est une faillite ; on a de bons amis qui crèvent leurs gants en l'honneur de votre prose ; — mais ces gens-là ressemblent à ces mauvais plaisants qui déposent des petits cailloux dans le tronc des aveugles ; — l'aveugle salue et remercie ; — mais, quand il fait sa caisse, il est volé. — Avis aux aveugles.

L'Ambigu a donné un drame en sept actes, *la Servante*. On y trouve un peu de tout, de la *Mathilde*, d'Eugène Sue, des réminiscences de *la Dame de Saint-Tropez* et de *la Morte*, d'Ancelot. — Mais la couleur rustique de la pièce lui donne une physionomie qui lui est propre. — L'intérêt y est, d'ailleurs, sérieux et soutenu, et je crois bien que ce sera un succès.

Il s'agit d'un paysan avide et pervers qui, pour sauver ses prés, ses fermes et le reste de l'expropriation, épouse une fille des champs en vue de sa dot. — Le drôle a, au domicile conjugal, une servante qui a sur lui des droits superbes. — Tous deux sont unis de longue date par le crime et l'amour (*utile dulci*). — La jeune femme ne tarde pas à voir quelle position lui est destinée. — Elle veut rentrer dans sa famille. « Vous resterez, dit le mari ; je le veux et la loi le commande. »

Cependant, un jour, que l'aimable berger a tenu une bêche suspendue sur la tête de sa femme, celle-ci s'enfuit et va demander asile à un Rochegune en souliers lacés, maître d'école de son état, et naturellement très-amoureux de la jeune femme.

Le jeune homme, qui parle comme l'Évangile, cite à la femme les textes sacrés qui lui font un devoir de rentrer sous le toit conjugal.

Survient le mari, qui décoche à Rochegune une balle dans le bras.

« Vous avez commis un crime, dit celui-ci ; mais je garderai le silence à une condition : c'est que la servante sortira de votre maison et que votre femme y sera rétablie dans tous ses droits. »

Le pacte est accepté, mais avec cette arrière-pensée que le mari administre à sa femme de petits poisons de campagne. (On est si méchant au village !)

La femme meurt, — ou du moins elle est enterrée. — Le maître d'école brise le cercueil, retrouve sa bien-aimée, assez bien portante, et la ramène chez son mari, dans une toilette assez correcte pour une jeune femme qui a touché aux frontières de l'autre monde. — Le mari se brûle la cervelle, et je vous laisse à penser si les amoureux, pour s'épouser, laisseront écouler le délai prescrit par les convenances.

Ce drame est développé, écrit et joué avec une sobriété et une énergie sombre, qui ont produit infiniment plus d'effet que les cris, les violences et les déclamations en usage dans cet endroit.—Si l'on pouvait ramener la muse du boulevard à ce diapason, ce serait déjà beaucoup de gagné.

Les acteurs, en général, ont été très-suffisants ; mais il y a là surtout cette demoiselle Lagier, que je vous ai déjà signalée, et qui, avec sa manière fauve et ses tempêtes contenues, grondant comme un tonnerre lointain, est en train de culbuter à son profit toutes les grandes réputations du boulevard.

Je ne sais pas d'où lui vient cette révélation ; mais ce que je sais, c'est qu'elle m'a laissé une impression assez profonde.

XXIX

Le carnaval de 1856. — Les bals de l'Opéra. — Restauration des fines causeries. — Modèle en ce genre de littérature carnavalesque. — Le malin et la bergère. — Les deux provinciaux et le Pierrot. — Grande cérémonie capillaire. — Le vicomte d'Arlincourt.

31 janvier.

Nous sommes en carnaval ; — bien mieux, le carnaval expire, et on ne s'en douterait guère, tant il fait peu de bruit dans la ville. — Les seuls bals de l'Opéra attestent cette époque de folies. — Quant aux bals particuliers, ils boudent et s'abstiennent. — Apparemment, le carnaval était trop court, cette année, et on n'a pas voulu, pour si peu, faire la dépense du domino classique.

Quant aux bals de l'Opéra, je ne vois rien de nouveau à signaler. — Les costumes, les danses, les danseurs et les danseuses me semblent si exactement les mêmes, qu'on dirait que tout ce monde, endormi pendant dix ans par la baguette d'un enchanteur, s'est réveillé hier au bruit de l'orchestre.

Il n'a plus été question de la restauration des bals parés tentée l'année dernière. Le *chicard* et le *paillasse* ont repris, sans contestation, possession de leur empire. — Les vociférations règnent toujours là où on avait voulu ramener *les fines causeries* du foyer.

Cette année, en fait de fines causeries, voici ce que j'ai recueilli :

Un *malin* à une *bergère :*

« Je viens de la maison. — T'as donc pris tout l'argent et ma montre ?

— Eh bien, faut-il pas que je me fasse religieuse? Tu me laisses seule comme un clou ; — je peux bien m'amuser aussi, moi... na !

— Nastasie, c'est malpropre, ce que tu fais là ! Rends-moi ma montre...

— Elle reviendra à Pâques ou à la Trinité, comme M. de Malbrouk.

— C'est bon ! si tu ne me la rends pas, tu verras quelle trempée !

— T'as pas besoin de montre pour aller avec des *pierreuses*... Avec ça que tu m'épouses souvent, comme tu me l'avais juré ! »

Ici, les interlocuteurs sont séparés par un tourbillon de masques ; — chacun s'en va de son côté, sans que le dialogue ait paru laisser sur les intéressés une vive impression ; — le malin, descendu dans la salle, se fend comme un compas en entourant la taille d'une pierriette. — La bergère provoque les hommes à la galanterie par cette interpellation : « Il n'y a donc que des guillotinés dans ce bal-là ? — Alors je vas souper avec le bourreau. »

Vers trois heures du matin, deux hommes en habit noir s'abordèrent :

« Bonjour, monsieur Grignon.

— Bonjour, monsieur Dupuis. — Vous avez donc planté là votre étude pour venir faire carnaval à Paris ?

— Et vous votre fabrique dans le même dessein ?

— Ma foi, oui. — J'ai dit que je venais *aux achats*. — Voyez-vous, je raffole du carnaval.—Vous comprenez, quand on n'a jamais eu de jeunesse et qu'on a été marié, avant vingt-cinq ans, avec une femme rousse...

— Quelle peut être l'origine du carnaval ?

— Je ne sais pas trop. — Je crois que ça vient des Romains.

— J'ai lu dans le temps à ce sujet une dissertation très-curieuse dans *le Voleur*. »

Ici, un pierrot s'arrête devant la banquette où sont assis les deux amis, et, s'adressant au négociant :

« Va donc, eh... mufle ! — T'es gai comme un jour sans pain. — Faut-il un domestique pour secouer tes grelots ?... — Pourquoi que tu t'es déguisé en Folie ? — On va te reconnaître, petit extravagant. — Mais t'as donc assassiné ton beau-père, que t'es gai comme ça ?— Moi, je pleure des larmes de sang : je viens de la Maison d'or : il n'y a plus d'huîtres. — Ne restez pas au foyer, les écaillères vont vous ramasser.

— Monsieur ! dit le négociant avec dignité.

— De quoi, monsieur! reprend le pierrot. Tu ne peux pas dire citoyen? Le citoyen pierrot, entends-tu? qui monte sa garde et paye dix francs de contributions, comme un chien. — A propos, comment t'appelles-tu, mon ange?

— Monsieur, dit l'avoué de province, nous ne sommes pas de votre société; passez votre chemin.—Nous sommes venus ici prendre un plaisir décent, et nous sommes peu faits à vos manières.

— Et nous ne les supporterons pas, ajoute le négociant en devenant très-rouge.

— Ah! vous voulez parler raison? dit le pierrot en se glissant comme un serpent entre les deux provinciaux, qu'il enveloppa de ses deux grands bras après les avoir pieusement baisés au front. — La raison, voyez-vous, c'est ma partie. — Tel que vous me voyez, je suis professeur de philosophie à l'université d'Oxford. — Parlons de l'immortalité de l'âme. — Toi, mon gros, pourquoi as-tu l'air si bête? C'est donc une âme d'occas' que t'as dans l'estomac?»

Les deux provinciaux firent un mouvement pour se dégager.

« Bougeons pas! dit le pierrot en continuant à les étreindre d'un bras nerveux, et ne blaguons pas avec papa! — Que nous sommes donc deux petits scélérats de province et que nous sommes venus à Paris pour voler toutes les *phâmes* à ce pauvre pierrot? Que si la chambre de commerce le savait, que ton portrait serait voilé comme celui de Marino Faliero, un doge qui a été décapité pour avoir raccourci le carnaval... »

Le négociant et l'avoué parvinrent à tirer leur mouchoir et à essuyer leur front, d'où ruisselait une sueur abondante.

« Transpirez, mes agneaux, transpirez, dit le pierrot. — Les médecins le recommandent, et la religion l'ordonne. — Écoutez, je suis fatigué de la vie de garçon, et, si l'un de vous a une sœur, je l'épouse.

— Voyons, *monsieur pierrot*, dit l'avoué, nous n'avons pas de sœur; il est bientôt quatre heures... laissez-nous partir. Je prends le chemin de fer à sept heures, et, à dix heures, je serai à mon étude, que j'aurais mieux fait de ne pas quitter, ajouta-t-il avec un soupir.

— De quoi! des études? — Que vous êtes donc des perruquiers établis? — Alors pourquoi que vous vous mettez en Folies et que l'on vous prendrait pour des noceurs? — Vous voulez donc tromper les *phâmes?* — Vous venez donc ici pour séduire nos filles? — Ah! perruquiers, prenez-y garde! — en carnaval, je plaisante volontiers pour me conformer à un *us* invétéré; — mais, sur le chapitre de la famille, je suis un crocodile. — Mais ôte donc ton faux nez, toi, grand flandrin. »

Le négociant porta instinctivement la main à son nez.

« Elle est bien connue, mais elle est toujours drôle, dit le pierrot en se levant. — Ah çà! mes amours, je suis forcé de vous quitter. — On m'attend pour discuter les propositions autrichiennes. Mais, au nom de saint Carême, modérez-vous, ne secouez pas comme ça vos grelots, et respectez un sexe auquel vous devez votre mère. »

Cela dit, le pierrot partit comme une fusée : — l'orchestre ronflant jouait une invitation au cancan.

Les deux provinciaux demeurèrent quelques minutes dans un silence morne. Quand il eut repris ses esprits, l'avoué dit enfin :

« Voilà ce qui m'ennuie dans les bals masqués : c'est qu'il y a toujours des gens sans tenue qui viennent vous débiter des choses qui n'ont pas le sens commun. — A-t-on jamais rien rencontré de plus *décousu* dans sa conversation que ce monsieur! — et il dit qu'il est professeur de philosophie, — je t'en souhaite!... Je suis sûr que c'est un homme qui a des billets protestés et qui cherche à s'étourdir. — Il finissait par m'ennuyer.

— Décidément, dit le négociant, les bals masqués ne sont plus aussi drôles que de *mon temps*. Je crois bien que c'est fini de rire, et que, l'année prochaine, je ne reviendrai plus... »

Les deux provinciaux quittèrent le bal. — Ils sont probablement de retour dans leur endroit, où on jase beaucoup *des orgies* qu'ils viennent tous les ans faire à Paris.

J'ai reçu à domicile le programme d'une cérémonie philanthropique et capillaire qui a eu lieu ces jours-ci à Paris. — Le texte m'en a paru digne de figurer dans notre musée littéraire, et je le donne sans commentaires :

« Grande solennité de coiffure philanthropique donnée par dix coiffeurs et professeurs *de toutes les écoles*, le 18 janvier, rue de Grenelle-Saint-Honoré, 35, à sept heures du soir, au bénéfice de madame veuve G..., âgée de quatre-vingts ans, sous la présidence de

M. Croisat, organisateur de l'œuvre. Prix d'entrée : 1 fr. 50; pour les dames, 1 fr.

» *Observation importante.* — Afin que cette belle soirée soit à la fois très-productive pour l'intéressante veuve et instructive pour les *jeunes coiffeurs*, M. Croisat est convenu avec MM. les exécutants qu'il ne sera fait, dans cette belle assemblée, que des coiffures de *haute parure,* telles que COIFFURES DE COUR, ornées de barbes, de turbans et de coiffures poudrées à l'instar de l'ancien régime.

» *Noms de MM. les exécutants classés par ordre alphabétique :* Beaumont, Croisat (deux coiffures), Hamelin, Leblond, Pétrus, Robert, Randon, Renouard, Virmondois.

» *Ordre de la soirée.*—A huit heures précises, *exécution* de cinq coiffures; à neuf heures, des cinq autres coiffures; à dix heures, double promenade des dames coiffées, conduites par les exécutants eux-mêmes, lesquels, pour faciliter la vue de leurs *compositions*, feront d'abord le tour de la salle en prenant par la droite; puis ils parcourront la même ligne en prenant par la gauche; et, pour reconduire les dames à leurs places, ils devront prendre la voie du centre, que des commissaires auront préparée à cet effet. Ce cérémonial étant bien observé, les spectateurs n'auront pas besoin de quitter leurs places, et l'ordre n'en sera que plus parfait.

» Aussitôt après la promenade des dames, *M. Croisat dira quelques mots sur les coiffures de la soirée;* il rendra compte à l'assemblée des résultats de l'œuvre, et il remettra entre les mains de M. Vannier, marchand de cheveux, et de M. Colin, président de la société de Saint-Louis, tous les fonds pour être envoyés immédiatement à la bénéficiaire. *La soirée se terminera par un défilé fait devant les dames.* »

M. le vicomte d'Arlincourt est mort ces jours-ci à Paris.—C'était, en politique et en littérature, un homme d'un autre âge. — La malignité s'est suffisamment exercée sur les naïvetés de cet excellent homme, et nous ne voulons pas jeter sur cette tombe, à peine fermée, les gamineries de l'esprit parisien.

Depuis plus de trente ans, M. d'Arlincourt écrivait, pour lui et pour quelques amis, des romans et des pièces de théâtre. Lors de ses débuts, cependant, il était parvenu à faire quelque bruit dans le monde, par la forme ossianique de son style.—On peut refaire à son usage un vieux mot, et dire de lui qu'il passait pour un homme politique auprès des gens de lettres et pour un littérateur auprès des hommes politiques.

XXX

Les six bœufs gras. — Le bœuf au bal masqué. — Mariages carnavalesques. — Fantaisie de l'annonce anglaise. — Le mendiant à domicile. — Avis à une blonde. — Le touriste. — Deux coquins scrupuleux. — Les annonces matrimoniales et les agents matrimoniaux. — Un mariage par agent matrimonial. — Les mariages dans le monde. — Variétés : *Janot chez les sauvages*. — Les acteurs. — Palais-Royal : *Garde-toi, je me garde*.

7 février.

La semaine a été féconde en bœufs gras. — Nous en comptons six au lieu d'un seul. — Ainsi l'ont voulu les édiles. — Le mot du siècle est présentement : *bifteck et circenses*.

A ce propos, il paraît qu'un Français, éminemment farceur, s'est présenté à l'un des derniers bals masqués déguisé en bœuf, avec les divisions géographiques des quatre catégories de l'animal. — Mais ce qui a paru peu conforme aux nouveaux règlements sur la boucherie, c'est qu'il avait maintenu la *réjouissance* précisément proscrite par les susdits règlements. — Cette dérogation aux édits préfectoraux a déterminé son expulsion.

On annonce quelques mariages carnavalesques :

1° Le mariage d'une fille noble avec un musicien des Bouffes-Parisiens ;

2° Le mariage d'une autre fille également noble avec le valet de chambre de sa mère ;

3° Un mariage par la combinaison suivante : une jeune personne d'une ville manufacturière du Nord se met en loterie ; — il y a trois cents billets à mille francs chaque et un seul gagnant, qui trouvera une femme dotée de 299,000. — Prrrenez vos billets!

Je lis d'autre part dans les journaux :

« Un homme de lettres, demeurant à Paris, désire épouser une dame de Paris ou de la province âgée de cinquante ans *au moins*, et ayant un modique revenu. — S'adresser *franco*, jusqu'au 15 mars, à M. Lepeintre, 17, rue de Valois. »

Ce qui me frappe dans les ambitions de ce fiancé, c'est son fanatisme pour les femmes de cinquante ans *au moins*. — S'il avait dit *au plus*, je comprendrais mieux. Mais *au moins* me paraît le chef-d'œuvre de la résignation en ménage.

Pour le reste, je vois tout simplement que nous en venons aux procédés sommaires et expéditifs des Anglais, qui traitent tout par l'annonce : les mariages, les bretelles en caoutchouc, les décès, les cirages, les naissances et les ceintures de sauvetage. On n'a pas une idée approximative, de ce côté-ci de la Manche, des fantaisies de l'annonce anglaise ; — il n'est pas rare de lire dans le *Times :*

« M. Cokburn, ancien négociant, réduit à la misère par de grands revers de fortune, prévient les gentlemen qui désireraient l'assister, qu'il reçoit tous les jours les personnes charitables, de onze heures du matin à quatre heures.—Il y a urgence : M. Cokburn en est à ce degré d'indigence de ne pouvoir plus payer ses annonces. »

Le *Times* est très-souvent un indiscret courrier d'amour ; — j'y ai trouvé ceci :

« La jolie personne blonde qui a bien voulu lorgner hier au soir, au Théâtre-Italien, le gentleman qui était au balcon près de l'avant-scène, est prévenue qu'elle a fait une passion et que son adorateur ne manquera pas une seule représentation du théâtre. — Au besoin, on épousera, si les renseignements sont satisfaisants. »

Une autre fois, un touriste donne, en ces termes, de ses nouvelles à sa famille et à ses amis :

« M. Browster invite sa femme et ses enfants à n'être pas inquiets ; — il est aux eaux de Tœplitz, s'amuse et se porte aussi bien que le comporte son catarrhe. »

Ce n'est pas très-intéressant pour l'Europe ; mais la société anglaise aime à être renseignée sur ses proches.

Les journaux américains usent des mêmes procédés avec une nuance d'originalité qui n'appartient qu'aux Yankees. — On m'a montré, il y a plus de dix ans, dans un grand journal des États-Unis, l'annonce suivante :

« Les magistrats qui jugent en ce moment les nommés X et Z, accusés d'assassinat sur le fermier Werbster, sont prévenus qu'ils vont charger leur conscience d'une erreur irréparable. Le coup a été fait par deux vauriens, Johnson et Mac-Fraese, aujourd'hui dans une retraite sûre, d'où ils font parvenir cet avis à la justice de leur pays. Le mouchoir trouvé sur le théâtre du crime appartient à Johnson : il a servi de bâillon pour étouffer les cris du fermier. Que les honnêtes gens se tiennent avertis. »

Nous rions de tout cela, parce que, en France, tout ce qui n'est pas dans nos usages paraît grotesque. Mais quelle différence y a-t-il au fond, par exemple, entre les propositions de mariage insérées dans les journaux et les agaceries qu'adressent tous les jours aux célibataires les entremetteurs matrimoniaux, qui ont en portefeuille des dots de cent à cinq cent mille francs, et en carton des demoiselles appartenant aux premières familles de France? — Là-bas, il y a un peu plus de naïveté, ici un peu plus d'hypocrisie, et voilà tout. A Londres, on entre de plain-pied dans la publicité; à Paris, on s'enveloppe d'un capuchon et on va chez l'agent matrimonial par l'escalier dérobé, ce fameux escalier que toutes les réclames font valoir.

Ce qu'il y a de plaisant, c'est que personne ne peut se vanter d'avoir connu un mariage contracté par-devant l'agent : probablement, les époux deviennent ingrats et n'avouent pas l'intervention étrangère.—Je n'ai connu qu'un homme très-ingénieux en ce genre de transaction ; — c'était un garçon assez fin et très-ruiné qui avait fini par ouvrir un cabinet d'agence matrimoniale. — Il ne vit jamais qu'une cliente; — c'était une très-jolie personne de province, orpheline, émancipée, assez bien dotée en pâturages et prairies artificielles, sans relations, et fort effrayée de la perspective de coiffer sainte Catherine. — La jeune fille plut à l'agent; l'agent ne déplut pas à la jeune fille ; — l'homme d'affaires fit un mariage, un seul—le sien ! — il épousa sa première et unique cliente, ferma boutique et alla vivre dans le Nivernais, où je suppose qu'il vit encore.

Au surplus, à part l'indignité qui s'attache au salaire que prélèvent les agents matrimoniaux, il ne serait pas malaisé de démontrer qu'au point de vue du bonheur domestique, leur enquête présente autant de garanties que celle des officieux désintéressés qui se chargent d'unir le brun à la blonde. — Certaines femmes, à Paris, sont passionnées pour ce genre de négociations. Elles sont heureuses lorsque, au retour de l'église, elles peuvent dire : « Encore un mariage que j'ai fait ! » — C'est le plus souvent une bien vilaine besogne que ce mariage, dont l'idée première naît d'une polka, se noue dans un dîner pour être bientôt consacré par-devant maître un tel et son collègue, notaires à Paris. Ainsi sont unis et bénis deux êtres parfaitement dissemblables et parfaitement malheureux, parce qu'il a plu à une femme oisive de donner un bal le jour de sa fête.

La chose s'engage ordinairement ainsi : — Un monsieur de vingt-six ans, qui a une raie au milieu de la tête, vient de faire tourbillonner, pendant dix minutes, sous prétexte d'une valse à deux temps, une jeune fille agréable, mais sans dot ; — le valseur reconduit sa valseuse à sa place, auprès de la maîtresse de la maison, et, à ce moment, celle-ci dit à la jeune personne :

« Émilie, comment trouvez-vous ce jeune homme?

— Mais fort bien ; — il valse mieux que ce gros monsieur de tout à l'heure, qui m'a marché sur les pieds. »

Ici, la maîtresse de la maison échange un regard avec la mère de la jeune fille, estimable veuve qui, tous les matins, adresse cette prière au ciel :

« Mon Dieu, faites général mon fils, qui n'est encore que sergent, et mariez ma fille. A ces deux conditions, je vous reconnaîtrai Dieu. »

Alors on donne un premier assaut au jeune homme.

« Venez donc ici, Hippolyte ! — Savez-vous, jeune lovelace, que vous avez plu tout à fait à mademoiselle Émilie?

— Elle est charmante ! réplique le jeune homme, étourdi d'avoir plu à quelqu'un.

— Ce n'est pas un mauvais rêve que vous feriez là, au moins. — La jeune personne a peu de chose ; mais ce sera un trésor dans un ménage... de l'ordre, de l'économie, et des qualités de cœur incomparables... Mais voyez donc, est-elle jolie, avec ses longs cheveux dénoués, que son peigne ne peut parvenir à fixer!... »

On cause une quinzaine de jours sur ce ton, — on se revoit; — la jeune personne a compris la situation, et toute femme connaît son rôle en pareille circonstance.—Alors le jeune homme, honnête employé à 2,400 francs, se trouve en présence de cette alternative: « Ou épouser un petit monstre de boutique, qui m'apportera vingt mille francs; ou *céder au penchant de mon cœur*, et faire le bonheur d'une jeune fille qui m'adore. »

Être adoré!—être aimé pour soi-même comme un prince d'opéra-comique,—n'est-ce pas un pressentiment du ciel sur la terre?

« A propos, se dit mentalement le jeune homme, la jeune personne n'a rien et je n'ai pas le sou.—Bast! avec de l'intelligence on s'en tire toujours: — d'ailleurs, j'ai des goûts simples, et ma femme m'aimera. »

Un jour, ces deux déceptions sont unies par-devant M. le maire. — La jeune fille n'aimait ni ne détestait son mari; — il lui était indifférent; — mais elle avait rêvé cachemires, opéra, bois de Boulogne, Pyrénées. — Quand, de cet olympe, elle tombe à un quatrième étage de la rue Lamartine, ci-devant Coquenard, et que son mari, au lieu de la conduire à l'Opéra, lui confie une paire de chaussettes à raccommoder, elle s'aperçoit qu'on lui a fait faire une sottise;—que son mari est médiocre à tous les points de vue: nul d'esprit, sans ressource et sans invention pour faire violence à la fortune. — Cet horizon limité le matin à un mari qui fait remettre un bouton à son gilet, le soir à un mari qui met sa tête dans ses deux mains et échafaude des combinaisons diaboliques pour obtenir deux cents francs d'augmentation dans son ministère, tient la femme enfermée dans une de ces cages parisiennes où tant de jeunes lionnes, élevées dans un luxe qui était un appât et une réclame, dévorent des ambitions toujours inassouvies. De là tout ce que vous savez et tout ce que vous ne savez pas.

Le théâtre des Variétés nous a donné une vraie pièce de carnaval: *Janot chez les sauvages*. Je ne comprends pas autrement le théâtre des Variétés, et on userait des millions à vouloir intéresser le public aux bergeries bourgeoises des amants qui ont des peines de cœur:—

il faut laisser cela au Gymnase, qui a, pour traiter ce genre, une position faite, des écrivains et des comédiens incomparables. Aux Variétés, plus vous serez absurdes, plus vous serez raisonnables;— plus vous serez bêtes, plus vous aurez chance d'être spirituels.—Et voilà comment l'esprit vient aux vaudevillistes.

Donc, on s'est infiniment amusé des aventures de ce vieux Janot, naufragé chez les sauvages et exposé aux entreprises antropophages d'une foule de guerriers tatoués de bleu et de vert, et portant dans la cloison du nez leur anneau de mariage. — Le meilleur éloge à faire de cette folie, c'est de dire qu'elle est trop courte. Malheureusement, à cette bouffonnerie il manque des bouffons, et, si la direction entend acclimater ce genre sur sa scène, il lui faudra aviser. — Lassagne est un acteur que je ne discute pas. — Il *porte* sur l'immense majorité du public.— Il est aimé. Il a deux ou trois *trucs* à lui.— On vient de renouveler son engagement à de très-belles conditions, et on a fort bien fait.— Mais, si on a entrevu en lui une nouvelle édition de la naïveté grotesque d'Alcide Tousez, on s'est trompé. — Lassagne n'entre pas carrément dans la peau de Jocrisse. — Il y est contraint, gêné et embarrassé, et je crois bien, sauf meilleur avis, que ce n'est pas là son affaire. — Ambroise, comédien de rondeur, qui rappelle Bosquier-Gavaudan et chante le couplet avec une verve exubérante et une voix digne d'un théâtre lyrique, n'a rien de la *cassure* d'un Cassandre. Il est tout simplement très-mauvais dans son sauvage *ganache*, et j'aime mieux cela pour lui; — il n'y reviendra plus. — Le meilleur, c'est encore Christian, le guerrier nerveux *qui porte le carquois aux trente-trois flèches.* — On dit que le Palais-Royal a refusé ce vaudeville, que M. Dormeuil n'aurait pas trouvé assez sérieux. — Est-ce que, par hasard, Grassot, Hyacinche et Gil Perez se disposeraient à jouer la tragédie?—Il est vrai que ce serait peut-être un moyen de rendre la tragédie amusante.

Le Palais-Royal a donné deux actes : — *Garde-toi, je me garde.* —On est convenu que les pièces du Palais-Royal *échappent à l'analyse*, et aussi, je crois, à la critique, car je ne saurais comment m'y prendre pour médire de celle-ci.

XXXI

La chronique en voyage. — Entrée à Bruxelles. — Sujets de pièces proposés à MM. les auteurs. — Bruxelles en été et en hiver. — Les théâtres. — Le Théâtre-Royal. — Il ouvrira à Pâques ou à la Trinité. — Le théâtre des Galeries-Saint-Hubert. — Le théâtre des Variétés-Amusantes. — Le Vaudeville de la rue de l'Évêque. — La Revue bruxelloise. — On s'instruit en voyageant. — Les baigneurs de Spa. — De l'avantage d'avaler des épingles. — La vie à Bruxelles. — La Belgique.

17 février.

C'est ennuyeux, à la fin, de voir toujours les mêmes visages et les mêmes masques, surtout les masques du carnaval : j'ai pris la résolution héroïque et violente de dépayser la chronique pour huit jours, en transportant mon observatoire dans la capitale de la Belgique.

Après un trajet de dix heures, je faisais mon entrée à Bruxelles, à quatre heures du matin, le mercredi des Cendres. — La ville était pleine de bruit, — les lanternes flamboyaient à la porte de tous les estaminets. — Une demi-heure après, je reposais, à l'hôtel de Suède, sur un lit belge, court, étroit, avec un petit oreiller plat pour traversin. A midi, j'agitais la sonnette d'un citoyen belge, avec lequel je recherchais une entrevue, prétexte de mon voyage. — Ici, je vais procéder comme les bourgeois qui donnent aux auteurs des sujets de pièces tirés des accidents de leur vie.

« Monsieur, me disait un jour un quincaillier, je suis descendu hier à ma cave; ma chandelle s'est éteinte et je suis resté cinq minutes dans l'obscurité. Vous devriez bien faire une pièce là-dessus, ce serait très-drôle...

— Monsieur, me disait, un autre jour, un passementier, je suis allé dimanche, avec ma famille, dîner au restaurant; quand on m'a apporté la carte, je me suis aperçu que j'avais oublié ma bourse; j'ai dû déposer ma montre au comptoir. Faites donc une pièce là-dessus, ce sera infiniment comique. »

Voici donc le sujet de pièce que j'ai à proposer à messieurs les auteurs : — Je me présente chez mon ami belge, et la domestique flamande me répond : « Mon maître est parti hier au soir pour Paris. » — Vous voyez d'ici l'originalité de la situation. — J'espère bien que M. Clairville en fera trois actes et six tableaux.

Me voilà donc à Bruxelles sans mon ami de Belgique, comme mon ami belge est à Paris sans son ami de France. Nous nous écrivons, ce qui est une grande consolation; mais nous aurions pu nous écrire de notre patrie respective.

Certainement, j'aime beaucoup Bruxelles, mais je ne l'avais jamais vu qu'en été, alors que ce faubourg de l'Europe est traversé par des caravanes de touristes qui viennent de tous les points du continent. En hiver, le point de vue est moins coquet. Le jour, la grande distraction consiste à aller chercher ses lettres à la poste, à lire les journaux au café des Mille Colonnes (où le café est, du reste, beaucoup meilleur que dans aucun établissement parisien), à monter et descendre vingt fois la rue de l'Écuyer, les galeries Saint-Hubert, la rue de la Madeleine, la montagne de la Cour et la montagne aux Herbes-Potagères. Le soir, il y a les théâtres; mais quels théâtres! Celui de la Monnaie me paraît sorti de ses ruines; mais on n'y entend chanter que les peintres et les colleurs. Les Belges me paraissent peu émus de ces délais, car je ne crois pas qu'aucun peuple soit aussi indifférent aux *jeux de la scène*. Il est même arrivé à un Belge de dire flegmatiquement devant moi, en contemplant le théâtre de la Monnaie : « C'est bien inutile, *savez-vous*, de brûler les théâtres, puisqu'on les reconstruit toujours. »

Provisoirement, les chanteurs de la Monnaie, que les Belges appellent aussi leurs rossignols, sont installés dans la salle dite du Cirque. Mais cette salle n'est pas sous la main. — Après quatre séjours à Bruxelles, j'ignore encore où elle demeure, et je ne suis pas venu ici pour faire des fouilles.

Au théâtre des Galeries-Saint-Hubert, on fait relâche pour les répétitions des *Pilules du Diable*. Je pourrais me croire sur le boulevard du Temple, devant le Cirque, qui, lui aussi, fait toujours relâche pour répéter quelque chose.

A l'une des extrémités de la ville, un artiste que nous avons connu à Paris, aux Nouveautés et aux Folies-Dramatiques, Armand Villot, a ouvert un petit théâtre, dit des Variétés-Amusantes. De ce théâtre, je ne sais rien, sinon *qu'il n'est permis de fumer qu'au foyer*. — Ainsi parle l'affiche. — Il est vrai qu'à Amsterdam, il y a un petit théâtre français où on fume dans la salle.

A l'hôtel de Suède, on n'est séparé du Vaudeville de la rue de l'Évêque que par deux maisons. Précisément, on y donne une grande revue, *Bruxelles exposé*, et j'étais bien aise de m'initier à la malice belge. — Mais d'abord, première déception, la revue est d'un Français, M. Marc Leprevost, l'ami et le collaborateur de M. Guénée.

Et puis, dans cette revue, figurent quatre-vingt-quatre personnages aristophanesques et allégoriques, et toute cette mythologie est consacrée à des critiques purement belges, où je ne trouve pas, moi, Parisien, le mot pour rire. La pièce n'en a pas moins eu un grand succès; elle a été jouée une quarantaine de fois, ce qui est inouï dans les fastes de la rue de l'Évêque. A la vérité, je ne sais pas bien ce qu'on appelle à Bruxelles un grand succès, et de combien d'individus se compose un public. On m'a raconté que Carmouche, étant directeur du théâtre de Versailles, disait un jour en voyant déboucher sur la place d'Armes un rentier passionné pour le spectacle : « Voilà mon public qui va envahir ma salle. Contrôleurs, ouvreuses, à vos postes! les plus grands égards pour mon public. »

Le directeur du Vaudeville de la rue de l'Évêque, s'il m'a vu arriver le matin, mon sac de nuit à la main, a pu se dire : « Voilà mon public qui vient de Paris. »

Je n'étais pas absolument seul dans la salle; mais il ne m'a pas échappé que les quelques personnes semées au parquet et dans les loges avaient été placées là pour me faire illusion sur l'amortissement du public belge. — On n'a pas idée à Paris du désert d'une salle belge. — Quand nous disons à Paris : « Il n'y avait personne, hier, à tel théâtre, » cela veut dire qu'il n'y avait que moitié salle, tiers de salle ou quart de salle. » En Belgique, quand on dit : « Il y avait du monde la veille au Vaudeville, » cela veut dire apparemment que j'étais arrivé le matin à Bruxelles.

Ne pouvant m'amuser en Belgique, j'ai songé à m'y instruire, et voici sur quoi s'est portée mon enquête : on joue présentement au Théâtre des Variétés, à Paris, un vaudeville où les voyageurs qui arrivent à Spa sont qualifiés de *baigneurs* par les filles d'auberge. Or, depuis les Romains, qui, au dire des savants, ont inventé Spa, jusqu'à Pierre le Grand, qui a élevé un Parthénon à la bienfaisante source du Pouhon, je n'ai jamais connu à Spa que des buveurs. — Je me suis bien baigné dans une baignoire qu'on rencontre sur la promenade de Sept-Heures; — mais ce bain banal n'élève pas plus le touriste à la dignité de *baigneur* qu'un bain pris à Paris dans les mêmes conditions, chez M. Vigier. — Toutefois, j'étais si intimidé de l'autorité que prenait à mes yeux un vaudeville représenté tous les jours et sans contestation devant douze cents personnes, que je n'ai pas osé aborder la discussion avant de m'être renseigné en Belgique. — Je dois dire que les Belges ont beaucoup ri de mes questions. — Aussi, c'est la faute de M. Jules Janin, qui passe tous les ans l'été à Spa, et qui aurait bien dû rectifier les vaudevillistes sans m'induire en Belgique.

Les voyages déforment les chapeaux et forment les voyageurs. On apprend toujours quelque chose en sortant de sa toile d'araignée. Je ne sais si, à Paris, vous êtes édifié sur l'avantage d'avoir avalé des épingles dans sa jeunesse; voici ce que je trouve dans un journal belge, qui l'a peut-être emprunté à un journal français.

« Une servante a tenté d'*empoisonner* son maître en mêlant du verre pilé à ses aliments; celui-ci, qui, dans sa jeunesse, avait avalé une épingle, s'était accoutumé à manger *doucement*. Il a reconnu la présence d'un corps étranger dans ses aliments et a échappé ainsi à une mort certaine. »

Bruxelles, malgré tout, est la seule ville qui me rappelle Paris, la seule où le mouvement de la vie se manifeste encore après minuit. On ne sait pas assez combien il en est autrement dans une foule de villes d'un nom très-retentissant. A Francfort, par exemple, ce centre de la Confédération germanique, ce vaste champ de foire du commerce allemand et suisse, dès neuf heures du soir, les sentinelles autrichiennes vous crient : « Qui vive? » A cette interpellation, dont on devine le sens, on répond en français par un mot que la sentinelle ne comprend pas, ce qui la rassure sur les intentions des voyageurs nocturnes.

Le grand fléau du siècle, la cherté des subsistances, ne me paraît pas avoir épargné la Belgique, du moins si j'en juge par le tarif des restaurants. — Là, du moment que vous abordez la bouteille de vin, le moindre dîner est de sept francs. Il y a bien le faro national; — mais cette composition gratte furieusement, *savez-vous*, le gosier français.

Ce petit pays est très-amusant à observer : — on dirait une épreuve en réduction de la France constitutionnelle, tirée à la chambre noire, — petit parlement, petite armée, petits ministères, petits journaux et petit agiotage, et tout cela avec une très-grande ambition d'indépendance et une forte aspiration à une vie originale.

Autant que je puis voir, la Belgique est heureuse; mais il en est des nations comme des femmes : sait-on jamais ce qu'elles pensent, ce qu'elles désirent et ce qu'elles regrettent? De ce que le roi Léopold est un prince sage et ferme, faut-il conclure qu'il n'y ait pas en Belgique des Belges rêvant autre chose, — n'importe quoi? Les peuples d'aujourd'hui sont si folâtres!

XXXII

Du cheval considéré comme bifteck. — De l'homme considéré comme côtelette. — Du danger de faire son testament en faveur de son domestique. — Méthode anglaise. — Histoire du domestique d'un grand homme. — Les gens de lettres d'aujourd'hui et leurs gens. — Un fournisseur du genre admiratif. — Les derniers Jocrisses. — Affaires courantes de la vie parisienne. — Théâtres. — Repos. — Un vaudeville disparu. — L'activité des directeurs. — Gymnase : *Lucie*. — Les acteurs. — Dupuis, Lesueur, Armand, mademoiselle Laurentine. — Une annonce.

21 février.

Savez-vous ce qui me frappe le plus dans le temps actuel? — Ce n'est ni la prochaine ouverture des Conférences, ni le discours de réception de M. Legouvé à l'Académie française, annoncé pour le 28 de ce mois, ni les candidatures posées devant ladite Académie, ni la mort du bœuf gras, ni la création du théâtre du Peuple, ni la retraite de mademoiselle Rachel dans l'île des Cocos, ni le retour de M. Raphael Félix, ni ceci, ni cela; — c'est l'obstination de certains économistes à vouloir nous faire manger du cheval.

On nous dit bien que le cheval est un animal très-sain, très-végétal dans ses digestions, et que notre répugnance pour l'hippophagie est un pur préjugé : — c'est vrai; — mais notre répugnance pour l'anthropophagie est un préjugé aussi, car l'homme rôti, bouilli et fricassé est encore très-bien porté dans les repas de noces de quelques peuplades des mers du Sud. — Un peuple qui perd ses préjugés perd tout ses freins, et, si une fois nous abordons le bifteck de cheval, je ne vois pas de raison pour qu'on ne nous serve pas prochainement des côtelettes de jockey. — Voilà où nous conduit la crise alimentaire!

A la vérité, la race des jockeys et des domestiques en général devient bien peu intéressante. Vous avez pu voir dans les journaux l'histoire de ce seigneur portugais qui portait le nom d'un chevalier français et qui a été assassiné à Lisbonne par son domestique. Celui-ci était le dernier de la famille des Caleb. Il avait entouré son maître de tant de soins et d'amour, que le maître, dans un moment d'épanchement, ne put s'empêcher de lui confier qu'il l'avait couché sur son testament. Là-dessus, Caleb se fit cette réflexion, que le bénéfice d'un testament ne s'ouvre pour le légataire qu'au jour de la mort du testateur. — Cette réflexion aboutit à plusieurs coups de poignard. — Bien plus sage est la méthode des Anglais, qui donnent à leurs vieux et fidèles domestiques des gages progressifs pendant leur vie, et zéro après leur mort. — On n'imagine pas combien ce système attache les domestiques à la vie de leurs maîtres.

Ce qui se perd de plus en plus, c'est la race des domestiques de l'école admirative. Nos *gens* sont tous aujourd'hui infectés de l'esprit de Figaro : ils sondent nos misères et nos faiblesses ; le socialisme leur a fait entrevoir une ère de réparation où tous les maîtres seront des grooms et tous les grooms des bourgeois.—Le seul souci de ces messieurs, c'est de savoir si nous avons assez d'intelligence pour les bien servir.

Il n'en était pas ainsi, il y a encore moins de quarante ans.

Chateaubriand avait un domestique nommé ou surnommé Toby. C'était un garçon assez lettré pour s'intéresser à la gloire de son maître, et il s'y intéressait tellement, que, toujours en extase devant le génie de l'auteur d'*Atala*, il oubliait tout à fait de décrotter les bottes de M. le vicomte.—Quand celui-ci lui faisait un reproche de sa négligence, Toby répondait : « M. le vicomte connaît bien mon tempérament : je viens de relire *René*, et cette lecture a la propriété de m'abrutir pendant trois jours au point de vue de mes devoirs domestiques. — Ce n'est pas impunément qu'on élève son âme dans les régions où plane le génie de M. le vicomte : vus de cette hauteur, un parquet à cirer et une paire de bottes à décrotter paraissent des choses bien méprisables ! »

Un jour, un vieux marin napolitain se présenta pour faire visite à M. de Chateaubriand. Cet homme avait le teint cuivré, des cheveux blancs relevés en nattes sur le front, et il portait de grandes boucles d'oreilles en or. Toby courut au cabinet de son maître : « Ah ! monsieur, s'écria-t-il tout ému, quel événement ! Un Natchez qui vient vous voir ! »

Quand Chateaubriand fut bien blasé sur l'admiration de ses contemporains (à laquelle il n'était nullement indifférent), il cessa de trouver du charme dans le fanatisme de Toby. Il profita d'un voyage, lui donna une cinquantaine de louis, et le congédia.

Toby fut très-amer dans la scène de la séparation. « M. le vicomte me renvoie ! Ce n'est ni lord Byron ni Walter Scott qui auraient renvoyé un domestique aussi attaché aux livres de son maître. Louis XVI avait bien raison de dire : « Tous les Français sont des » ingrats ! » Si j'avais vécu du temps d'Homère, j'aurais été son fidèle serviteur et, au besoin, son bâton... Ah ! que ne suis-je une des filles de Milton ! J'irais bien me proposer à M. Gœthe; mais il faudrait savoir un peu de cuisine et beaucoup d'allemand. — Je crois bien qu'Ossian est mort. — Me voilà exposé aux tentations de la faim, qui me réduira peut-être à servir un auteur du cirque Franconi. »

A bout de ses lamentations, et bientôt à bout de ses cinquante louis, Toby entra chez un fort parfumeur. — Le premier jour, il colla des étiquettes sur des pots de pommade ; — le second jour, il colla des étiquettes plus grandes sur des pots plus majestueux que ceux de la veille ; — le troisième jour, il mit sa tête dans ses deux mains et tomba dans une profonde rêverie. — Le parfumeur lui demandait : « Que faites-vous donc là, mon ami ? » Toby répliquait : « Monsieur, je réfléchis. » Le lendemain, le parfumeur, ayant trouvé Toby dans la même attitude, le secoua violemment. « Voyons, mon garçon, je vous ai pris pour tout faire, et vous ne faites rien ! Vous sortez de nos conventions. Venez servir à table. » Toby se laissa déplacer machinalement comme une chose inerte. La cuisinière lui mit dans les mains une pile d'assiettes, et une serviette sur le bras gauche ; — mais le parfumeur et sa famille venaient à peine d'absorber la première cuillerée de potage, qu'un bruit formidable, pareil à celui que produirait l'écroulement de la muraille de la Chine, ébranla la maison. C'était la pile d'assiettes qui venait naturellement de s'échapper des mains de Toby, au moment où Toby avait levé les mains au ciel en s'écriant : « Quelle décadence ! »

Profitant de la stupeur produite par cet événement, Toby fit, en ces termes, sa profession de foi au parfumeur :

« Monsieur, je suis chez vous depuis trois fois vingt-quatre heures ; je n'ai rien fait, mais je n'ai pas mangé, — nous sommes quittes. — Voyez-vous, quand on a été l'homme de confiance de M. le vicomte de Chateaubriand, on ne peut pas servir un marchand de savon. — J'ai mon idée : — j'ai lu hier les poésies d'un jeune homme nommé Lamartine, — je vais lui proposer mes services. — Je vous tire ma révérence. »

Chez le jeune Lamartine (tout cela est du 1828), Toby échoua ; mais ses relations littéraires le recommandèrent à la bienveillance du libraire Ladvocat, de qui je tiens toute cette histoire. — Ladvocat s'attacha Toby. — Là, autres aventures : Toby avait des bottes à revers, une culotte de peau blanche, une redingote noire à aiguillettes et un chapeau galonné d'or et surmonté d'une cocarde large comme la lune. Toby devait monter derrière le cabriolet du fringant libraire de la Restauration. Mais toujours il s'exonérait de cette fonction sous le prétexte de nettoyer *à fond* les appartements qu'il ne nettoyait jamais. La vérité est que Toby avait découvert chez son nouveau patron une véritable californie, les manuscrits que son maître devait éditer. Il lisait M. Guizot, M. Villemain, M. Cousin, M. de Barante en primeur, avant la France, avant l'Europe. Quand il lui tombait sous la main du Chateaubriand, Toby disait : « C'est un ingrat, mais il a du talent. » Ladvocat avait assez de fantaisie dans l'esprit pour se donner le luxe d'un domestique pour *rien* faire. Il s'amusait et amusait les autres des tendances littéraires de son domestique, le laissait tripoter ses manuscrits, les classer, les étiqueter, et peser à sa façon les gloires contemporaines dans la balance de son impartialité.

Malheureusement, Ladvocat fit un voyage en Angleterre. — A son retour, il trouva sa maison ensevelie dans les toiles d'araignée, comme une vieille bouteille de kirsch-wasser, les souris installées sur ses meubles, son cheval crevé à l'écurie et Toby plongé dans la lecture.

« Misérable! dit-il à son domestique, je t'aurais tout pardonné; — mais laisser crever mon cheval!...

— Le cheval! fit Toby en passant sa main sur son front. — C'est impossible; — il n'a pas même été malade.

— Mais, animal, si on t'enfermait pendant un mois dans une écurie, — sans boire ni manger, — crois-tu que tu en sortirais bien portant? »

Toby se distinguait de ses pareils par beaucoup de bonne foi et de sincérité. Il n'était pas de l'école de ces domestiques qui veulent toujours persuader à leurs maîtres que le carreau cassé de la veille était cassé depuis cinq ans. — Il n'essaya donc pas de démontrer que le cheval était mort avant la Révolution.

« Pour le boire et le manger du cheval, dit-il, je dois reconnaître que je suis *fautif*, et que je l'ai totalement oublié.

— Mais qu'as-tu donc fait en mon absence?

— Monsieur, j'ai lu le manuscrit des *Mémoires de la Contemporaine*. — Voilà un ouvrage qui va faire gagner de l'argent à monsieur! — Dire que toutes les gloires militaires de la France y ont passé. — C'est drôle! »

Toby avait, cette fois, dépassé la mesure de la tolérance de son bourgeois. — Il fut congédié, et essaya d'entrer chez M. d'Arlincourt. — Ici, je perds sa trace. — Seulement, Ladvocat m'a toujours dit qu'il était mort compositeur d'imprimerie.

Si vous voulez maintenant savoir où en est l'admiration de nos *gens* pour les écrivains qui sont la gloire de la France, voici le dernier signalement que donnait mon portier à un monsieur qui prenait des renseignements sur mon compte :

« M. Villemot? — Il paye son terme.

— Oui; mais quelle est sa profession?

— Il n'en a pas.

— Comment! est-ce qu'il n'écrit pas?

— Oh! oui, toute la journée; — c'est sa manie.

— Eh bien, c'est une profession, d'écrire.

— Mais ce n'est pas un état pour vivre, — puisqu'il affranchit ses lettres. »

Je vais cependant consigner ici un exemple de fournisseur admiratif. — Madame Sand a reçu, il y a quelques années, une facture de son marchand de vin ainsi libellée :

« Doit l'illustre auteur d'*Indiana* à X... deux pièces de Bordeaux. »

En fait de domestiques, il nous reste donc, ou des gens intelligents qui sont dangereux, ou des jocrisses qui sont irritants. — J'ai retenu le dernier mot d'un domestique de cette seconde classe, et il m'a paru joli. — Un verre de lampe avait été cassé, et le maître s'en plaignait avec humeur :

« Mais, répliqua le domestique, monsieur sait bien qu'un verre de lampe casse toujours la première fois. »

Voyons maintenant où nous en sommes des petites affaires courantes de la vie parisienne. — Le carnaval a été court : — je voudrais pouvoir dire qu'il a été gai. — Un congrès s'assemble à Paris; sous l'influence de cet événement européen, la saison parisienne va-t-elle enfin s'épanouir? y aura-t-il des galas, des spectacles, des carrousels? On ne sait rien encore. — En attendant, la Bourse est toujours dans les fêtes d'un optimisme pacifique. — A ce propos, on raconte qu'il serait question d'une fournée d'agents de change destinée à soulager de leur trop grosse besogne les soixante privilégiés du parquet. — Je ne sais si l'État vendrait ces charges ou les donnerait : — ce serait, dans ce dernier cas, un fort beau cadeau, car la dernière charge vendue a été achetée 1,700,000 fr. — Dans tous les cas, la mesure supposée ne pourrait soulever les réclamations de personne, pas même celles des intéressés. — Les agents ont parfaitement la conscience de leur insuffisance au point de vue des besoins du public, et les bénéfices sont, d'ailleurs, si considérables, qu'un agent, qui n'est pas un des princes du parquet, a partagé, en 1855, onze cent mille francs entre ses commanditaires.

Le théâtre a l'attitude de l'ours au repos, grignotant des recettes apparemment suffisantes à son appétit. — En mon absence, on a joué un seul vaudeville aux Variétés : — *Pélican*. — Je reviens, — je m'informe, je demande *Pélican* : on me répond qu'il est remonté au ciel, comme Romulus, pendant un orage.

Enfin, voici le Gymnase avec un petit drame de George Sand. — Le Gymnase! voilà un théâtre qui ne se pique pas d'activité, — ce dont je le loue fort. Le directeur, qui prend dans les réclames un brevet d'activité ne s'aperçoit pas qu'il prend en même temps un brevet de naïveté. Il faut de l'activité pour jouer beaucoup de mauvaises pièces; — il ne faut que du goût et de l'intelligence pour en jouer une bonne tous les deux mois. — C'est la jurisprudence du Gymnase, et ce n'est pas, je crois, la plus mauvaise.

La pièce de madame Sand s'appelle *Lucie*. C'est une histoire de famille, sobre, chaste, sévère, avec des effets *en dedans* par suite du mépris profond que professe l'auteur pour le fracas et le clinquant du théâtre. Rien n'est plus simple que cette histoire. Un jeune marin revient dans la maison paternelle: il trouve son héritage dévoré; une servante-maîtresse s'est emparée en son absence de l'esprit de son père. Un enfant est né des relations du maître et de la servante, et à cet enfant mort on a substitué la fille d'un vieux garde-chasse, cette intéressante Lucie, qui a rêvé de restituer à celui qu'elle croit son frère sa fortune détournée. — Toute cette œuvre de captation est cachée derrière le rideau. L'action, au moment où elle s'engage, n'apporte que des émotions douces. — Le jeune marin rentre dans son héritage, et il partage naturellement sa fortune avec l'ange de la restitution. — Ce dénoûment cause un vif déplaisir à un jeune Américain très-épris de Lucie. L'élément original est dans ce personnage, qui unit au flegme le plus britannique une prétention obstinée aux passions les plus volcaniques.

Tout cela est intéressant, un peu calme peut-être et toujours plus conforme aux procédés du roman qu'à ceux du théâtre tel qu'on le comprend aujourd'hui. — Les acteurs s'appellent Dupuis, Lesueur et Armand; ils ont joué, les deux premiers, supérieurement comme de coutume: le dernier, tout à fait bien aussi, comme un homme décidé à en prendre l'habitude.

Mademoiselle Laurentine a enfin rencontré un rôle dans la mesure de sa jeunesse, de son honnêteté et de ses moyens d'expression. Mais voyez la fatalité! — ce rôle — ce succès lui échoient au moment où, dit-on, elle quitte le Gymnase pour aller à Turin, où l'appelle un engagement *par ordre*, — en d'autres termes, le roi de Sardaigne, lors de son passage à Paris, aurait vu mademoiselle Laurentine: il lui aurait trouvé des talents et il lui aurait fait donner ce brevet de *prima donna* de la troupe de drame et de comédie dans sa capitale.

Maintenant, pour égayer un peu le Carême, je vous transmets l'annonce ci-dessous, qu'un anonyme bien avisé m'a adressée après l'avoir détachée du journal *la Presse :*

ON DEMANDE une dame veuve âgée de 50 à 55 ans, de la province (condition expresse), d'un extérieur très-respectable et agréable, d'un caractère pacifique, pieuse et douce, pouvant remplacer dans tous les cas une bonne et tendre mère, ayant été élevée dans la province et dans l'économie, ayant reçu même, dans la médiocrité, des goûts de la plus grande simplicité, même dans sa mise, pas de chapeau si cela ne lui était pas désagréable, d'une très-bonne santé, devant vivre à la campagne, éloignée du monde, au milieu des ouvriers et des pauvres, qu'elle ira visiter à pied en campagne dans leurs demeures, sachant écrire convenablement pour tenir les comptes de ménage et la correspondance d'une maison, connaissant la musique et sachant bien toucher du piano (les honoraires ne seront pas considérables), d'une grande probité, d'une très-bonne famille, munie de bons certificats de M. le maire et de M. le curé de sa commune et autres, attestant le plus possible des qualités énumérées ci-dessus. Si toutes étaient réunies, la personne pourrait finir ses jours dans cette maison, qui, à son tour, serait pour elle une bonne et tendre mère.

S'adresser à madame E., etc.

Les lettres non affranchies seront rigoureusement refusées.

XXXIII

La vie et la mort. — Henri Heine. — Madame Allan. — Madame de Caumont-Laforce. — Collignon fait école. — Conséquence de sa doctrine. — Les embêtements réciproques. — Les directeurs bien avisés. — Théâtres. — Une solennité à l'Opéra-Comique. — Palais-Royal. — Vaudeville : *les Infidèles*, *Madame Lovelace*. — Les acteurs.

28 février.

La semaine a été féconde : la vie et la mort y occupent une grande place.

Commençons par la mort :

Un poëte, Henri Heine, a terminé ce martyre qui depuis dix ans le tenait couché sur son lit de douleur. — « C'était la mort, moins le repos, » disait-il lui-même ; — maintenant il repose. — De tous les écrivains d'outre-Rhin, Heine était peut-être le plus connu de nous : cela tient à ce qu'il écrivait ou se traduisait lui-même en français. — C'était un esprit très-prédestiné à cette abdication de sa langue nationale et, jusqu'en ses défauts, Heine inclinait à notre idiome. — Le poëte ne dédaignait pas, au besoin, le jeu de mots et l'équivoque ; — il allait sans remords jusqu'au calembour. — Dans nos cercles littéraires, ses mots étaient cités comme ceux de nos bohêmes les plus célèbres. — On sait sa réponse à un ami qui, lors de son exil, lui offrait ses compliments de condoléance. « Moi ! exilé ? dit Heine. Mais pas du tout : je suis un Prussien libéré. »

Avouez que cela est bien français.

Une autre fois, on lui demandait s'il croyait que saint Denis eût pu marcher longtemps portant sa tête dans ses mains :

« En pareil cas, répliqua Heine, il n'y a que le premier pas qui coûte. »

Avouez que ceci est bien voltairien.

La vie de Heine, terminée par d'atroces douleurs, fut, au temps où son corps était sain et valide, abreuvée d'amertumes. — Une famille riche et puissante l'avait renié, et il dut toujours s'industrier pour subsister. — Ces déceptions communiquèrent à son esprit cette saveur âcre qui transpire partout dans ses œuvres. Son sarcasme prend souvent les proportions de l'agression, et, dans ces derniers temps, on a pu lui reprocher d'avoir peu ménagé ceux qui l'avaient servi et secouru. — Heine, couché depuis dix ans sur un lit qui était une tombe, se considérait déjà comme dégagé de toute obligation envers les vivants, et c'est avec toute l'indépendance de la mort qu'il s'explique sur ses contemporains. — Sa mort *officielle* a déjà apaisé les récriminations qui s'agitaient autour de son agonie. — L'homme littéraire reste seul en présence de ses juges, auxquels je le renvoie.

Une femme de talent, une femme d'esprit, madame Allan, vient aussi de disparaître subitement. — Si je ne craignais de tomber dans les naïvetés de M. de la Palisse, je ferais remarquer que, le 1er février, elle assistait, aux Français, à la première représentation de *Guillery*, au balcon, ayant à sa gauche sa gracieuse camarade, mademoiselle Fix. — Hélas ! mademoiselle Fix assistait encore hier à la première représentation de *Manon Lescaut*, à l'Opéra-Comique ; — mais elle n'avait plus à sa droite celle qui, depuis vingt-quatre heures déjà, s'était endormie du sommeil éternel. — Ainsi va le monde, et cela est triste : car, comme l'a dit quelque part George Sand, ce qui est lugubre dans la mort, ce n'est pas la mort elle-même ; — c'est la vie qui se continue à côté de la tombe ; — c'est la fête du jour qui s'allume comme à l'ordinaire ; — c'est cette indifférence, providentielle d'ailleurs, de ceux qui survivent.

Madame Allan, dès son premier âge, avait été vouée au théâtre. — Encore enfant, racontait hier Duprez au foyer de l'Opéra-Comique, elle jouàit Joas dans *Athalie*, sur la scène du Théâtre-Français, tandis que lui, Duprez, faisait sa partie dans un chœur de jeunes lévites composé, je crois, par Fétis.

Jeune fille, madame Allan se fit remarquer dans le rôle du jeune page d'*Henri III*. — Elle passa au Gymnase, où son succès éclipsa un moment la fortune de Léontine Fay ; puis elle épousa l'acteur

Allan, partit pour la Russie, y resta dix ans, nous revint en 1847, et rentra au Théâtre-Français. — Je m'accuse de n'avoir pas compris l'immense valeur de cette comédienne, avant cette dernière évolution de son talent, — mais, à dater de ce moment, les révélations m'arrivèrent. J'écoutais, il y a encore un mois à peine, madame Allan dans *Péril en la demeure*. Quelle merveilleuse souplesse elle savait donner au dialogue! quelles nuances et quelle familiarité charmante elle apportait dans la comédie, sans jamais la faire déroger de sa dignité de grande dame! — J'oserai dire que ce ton varié, cette causerie, fondus dans tous les accidents de la scène, me touchaient plus, peut-être, que cette étonnante et immobile perfection de mademoiselle Mars, qui, roide comme une muse grecque, et sans donner ni un pli à sa robe, ni un pli au dialogue, chantait la comédie d'une voix si harmonieuse et si juste, que parfois on eût désiré une note fausse : ainsi, en Italie, on voudrait quelquefois un nuage dans ce ciel bleu, qui énerve l'âme par sa monotone pureté.

Madame Allan, je l'ai dit, était une femme d'esprit, et d'un esprit très-redouté, parce qu'elle avait peu d'indulgence pour les bêtes. — Elle n'avait plus la jeunesse; elle n'avait plus la beauté; — il lui restait l'esprit. C'était sa force, et elle s'en servait. — Sœur du compositeur Despréaux, elle était elle-même très-musicienne.

Le public n'a rien su de la marche mystérieuse de la maladie qui vient de l'emporter soudainement. Aussi, c'étaient partout des étonnements qui ne peuvent se comparer qu'aux regrets que laisse cette remarquable artiste. — Le Théâtre-Français célébrera par un jour de deuil les obsèques de sa plus grande comédienne. Tout cela sera déjà consommé depuis deux jours quand vous lirez ces lignes, et il sera déjà question de tout autre chose!

Après tout, madame Allan meurt parce que Dieu l'avait condamnée; —mais que dites-vous de cette malheureuse femme *commencée* avec une bûche et *achevée* avec une fourche? — Là est la légende la plus douloureuse de ces derniers jours! — aussi aura-t-elle encore un long retentissement!

D'origine étrangère, madame de Caumont-Laforce était la fille du comte de Celle, qui occupa une grande position en Belgique au temps de sa réunion à la Hollande. — Elle était apparentée à de grandes familles françaises, aux Lagrange (de la Gironde), aux Valence, au maréchal Gérard et aux Genlis; — madame de Genlis, en ses Mémoires, nous parle de deux petites filles, Antonine et Pulchérie. Celle qui vient de succomber si misérablement était Antonine, — sa sœur Pulchérie a épousé un ancien député M. de L. — Il est très-heureux que le meurtrier ait été arrêté en flagrant délit; — autrement, les oisifs et les malveillants n'auraient pas manqué de donner à cette déplorable affaire de plus grandes proportions. — Le nom de madame de Laforce venait de retentir au palais dans un procès en séparation. La demande de M. de Caumont, son mari, était des mieux motivées, car sa femme vivait habituellement dans un état d'insanité maniaque et excentrique, qui a provoqué sa fin tragique. — Mais, lorsqu'elle comparut devant les magistrats, madame de Caumont fut accidentellement si lucide et elle laissa des impressions si favorables sur l'état de sa raison, que la requête de M. de Caumont fut repoussée. — Cependant, dans le cours du procès, madame de Caumont s'était signalée par quelques aberrations d'esprit; — je qualifie ainsi l'étrange mémoire qu'elle avait publié, et où M. Chaix-d'Est-Ange, qui avait refusé d'être son avocat, était critiqué dans sa personne, dans son talent, dans ses tapis, ses lustres, ses tentures et ses ameublements.

Les amateurs trouveront une citation de ce mémoire dans un très-précieux recueil, *la Revue anecdotique*, qui enregistre avec beaucoup de sobriété littéraire et un soin très-scrupuleux tous les documents curieux de notre temps. (Livr. du 16 au 31 janvier.) Depuis Bachaumont, ce genre de collection a été trop négligé et il n'est que juste d'encourager ceux qui se dévouent à ce labeur stérile pour la gloire et peut-être bien pour la fortune.

L'assassin de madame de Caumont-Laforce n'est pas encore jugé, mais il est déjà *jaugé* par l'opinion : — c'est un Collignon, à cheval sur son droit, et estimant qu'un prolétaire a toujours le droit de se défaire d'un bourgeois qui *l'embête*. — Il me semble que Collignon commence à faire école, et c'est à ce point de vue, surtout, que les bourgeois *embêtants* (il y en a, je le reconnais) doivent se préoccuper de l'événement.

Les conséquences de la doctrine formulée par Collignon sont immenses :

Un propriétaire qui réclame son terme *embête* le locataire qui n'est pas en mesure.

Le plus humble citoyen qui fait régler le mémoire d'un serrurier montant à 40 francs, pour pose d'une sonnette et d'un bouton de porte (j'ai un ami dans ce cas), *embête* le serrurier.

Le capitaine de la garde nationale qui met son charcutier en faction pendant deux heures, par quinze degrés de froid, *embête* son charcutier.

La cuisinière qui refuse d'accepter trois livres d'os sur un pot au feu de deux livres *embête* le boucher.

J'*embête* mon lecteur.

Le directeur qui refuse un vaudeville *embête* plus que vous ne pensez le vaudevilliste.

Mais, au moins, le directeur a conscience de son péril; — il a inventé une formule des plus caressantes.

Tout vaudeville refusé est renvoyé à son propriétaire avec cette circulaire :

« Monsieur, l'esprit, la gaieté et le talent que nous avons remarqués dans votre pièce nous font regretter qu'elle ne convienne pas à notre scène, etc. »

Pas moyen de se fâcher.

On m'a raconté qu'un directeur de Paris, ayant affaire à un auteur très-casseur de reins, était fort embarrassé pour lui formuler un refus. — Un jour enfin, il le prit à part :

« Comment avez-vous eu l'idée, lui dit-il, de m'adresser à moi, — directeur d'un tréteau, — une pièce pour laquelle le Théâtre-Français est une scène à peine assez littéraire. — Je vais jouer votre pièce si vous le voulez; mais je vous déclare que c'est un meurtre. Portez cela à Houssaye. »

Le lendemain, l'auteur, attendri et les larmes aux yeux, racontait dans tous les cafés le trait de désintéressement de ce bon directeur.

A propos :

Les directeurs *embêtent* aussi quelquefois le public.

Les payants *embêtent* les claqueurs.

Les claqueurs *m'embêtent* personnellement, moi et mon ami D., un homme excellent mais naïf et exaspéré, qui déclare qu'il va au spectacle avec un revolver à douze coups, et qu'au prochain jour il purgera la terre de douze claqueurs.

Au bout de cette nomenclature, qui ne comprend pas encore, tant s'en faut, les embêtements réciproques de la vie sociale, je vois une fort jolie série de meurtres en perspective et de bien beaux *détails* pour la *Gazette des Tribunaux*.

Les théâtres ont fait une ponte très-copieuse depuis huit jours.

D'abord, l'Opéra-Comique a donné sa *Manon Lescaut*, — musique d'Auber, — cela ne me regarde pas. — Tout au plus ai-je à constater que rarement j'avais vu une plus belle assemblée dans cette salle, où les grands hommes coudoyaient les jolies femmes; — les premières représentations sont plus que jamais une des fêtes de la vie parisienne, et aucune récréation n'est plus, en effet, dans le tempérament d'une société divisée par couches superposées qui forment autant de *coteries*. S'ennuyer avec *son* monde, cela ne vaut-il pas mieux que de s'amuser ailleurs, avec les boutiquiers de la 120e représentation. — Le spectacle, proprement dit, préoccupe si peu le monde spécial des premières représentations, que je sais une foule de gens qui, ayant manqué la solennité du premier jour, se considèrent comme dispensés de voir la pièce et ne la voient jamais.

Le Palais-Royal a donné trois pochades du genre dit *roustissure* (quelle belle langue on parle en France!), réservées pour les représentations à bénéfice.

Parlons de choses plus sérieuses.

Le Vaudeville avait en portefeuille une pièce en deux actes de MM. Anicet Bourgeois et Barrière, *les Camellias et les Violettes*. — la pièce a été interdite. — Du naufrage, il reste une épave en un acte, *les Infidèles*. C'est, dit-on, le premier acte tout entier, avec un dénoûment improvisé. — Mais qu'est-ce qu'un premier acte sans le second? Un piédestal sans statue, — un cabriolet sans cheval, — une demi-tasse sans petit verre. — Ainsi réduite à ces proportions, la pièce n'est plus qu'un marivaudage assez élégant, qui fait rêver le reste.

Mais, le surlendemain, le Vaudeville, qui ne se faisait pas illusion sur la portée des *Infidèles*, au point de vue de la location des loges, a livré une grande bataille. Voici donc *Madame Lovelace*, et madame Doche en personne qui fait sa rentrée.

Ce qui manque à *Madame Lovelace*, ce n'est ni le talent ni l'esprit. — Mais, je le répète une fois encore, sans m'en excuser, car j'aurai peut-être à le répéter beaucoup, nous arrivons à un temps d'épuisement où les gens chargés d'amuser le public ne savent vraiment plus quoi inventer. — Alors ils inventent un monde idéal et fantastique.

Voyez un peu madame Lovelace : trompée dans sa jeunesse par un premier amour, elle a dénoncé la vendetta au genre masculin. Invulnérable à toute émotion, sa seule joie est d'enivrer les hommes de cette séduction terrible qui livre toutes les forces de la vie au fantôme de la volupté. Aimer *les* femmes, ce n'est rien, — cela n'engage ni l'indépendance de la pensée ni la liberté des inspirations ; — mais aimer *une* femme, voilà la grande servitude.

Un jeune homme, Raymond de Bussières, en est venu à cette heure fatale où, pour un homme, dans toute la création, il n'y a plus que deux yeux, un seul sourire, un seul parfum : les yeux, le sourire et le parfum de la femme aimée. — Ouvrez à cet homme tous les sérails de l'Orient, et il ira se prosterner aux pieds de la froide et insensible maîtresse dont il est possédé, — absolument comme on est possédé du démon. — Il veut se tuer, ce jeune de Bussières : — madame Lovelace lui prête son poignard, et il se tue.

Mais le jeune Raymond a pour frère un chasseur de chamois qui assiste, dans les Pyrénées, à cette tragique aventure. — Il retourne l'arme contre l'assassin de son frère, éveille chez madame Lovelace une passion qui sommeillait, s'en fait aimer et lui repasse le poignard (*Pete, non dolet*). — Madame Lovelace en devient folle du coup. On la guérit par un procédé homœopathique, qui consiste à ramener au troisième acte toutes les émotions du second, et on s'épouse.

Tout cela a paru bien cherché, bien tendu et bien chimérique, dans l'ensemble comme dans les détails. — On ne comprend pas une femme qui, sans autre nécessité que les besoins de la pièce, ouvre les portes d'un salon à deux battants pour dire à tous les oisifs qui dansent à son bal : « Voilà l'homme que j'aime et que j'épouse. » — Une femme, quelle qu'elle soit, réserve toujours de pareilles confidences pour le tête-à-tête. — On ne s'explique pas davantage un *élégant* qui se vante de *dîner* chez Tortoni, à moins qu'il ne dîne avec les garçons de l'établissement. — Cela est puéril peut-être; mais, quand on veut peindre un certain monde, il faut au moins se donner la peine de l'étudier. La preuve, c'est que ce malencontreux dîner chez Tortoni a fait plus de tort à la pièce, parmi les beaux esprits de l'orchestre, qu'une faute d'orthographe. — Les vaudevillistes qui continuent à écrire *malgré que*, et je *m'en* rappelle, sont moins coupables.

M. Thiboust n'en est pas là : — il a d'abord le mérite d'avoir fait *seul* sa pièce et de l'avoir très-suffisamment écrite; mais il a cherché le nouveau, et il a rencontré l'impossible.

L'attitude un peu sévère du public n'a pas inspiré les artistes. — Madame Doche n'a pu dégager de son rôle antipathique aucune inspiration supérieure. — Le sémillant Félix s'est trouvé terne, et le plus heureux, c'est encore M. Lagrange, qui n'a pu survivre au premier acte.

XXXIV

Les conférences et l'hiver parisien. — Bals. — Concerts. — Le retour de la poudre et des mouches. — La comédie de société. — La mi-carême. — Les paresseux et les travailleurs. — Une fête à Paris. — A propos de nécrologie. — La chronique fait faillite au théâtre. — Belle position pour un critique ambitieux.

6 mars.

Les conférences, comme il était aisé de le prévoir, ont donné un élan irrésistible à l'hiver parisien, qui, jusque-là, avait été boudeur et renfermé.

Le Congrès, cette fois, a trouvé le moyen de tout concilier; — il marche,— il dîne, il soupe,— il danse, et, s'il dort, c'est si peu, que ce n'est pas la peine d'en parler.

Il y a eu bal ou réception partout cette semaine, dans les hautes sphères, aux Tuileries, — chez le roi Jérôme, — chez la princesse Mathilde, —chez M. Fould, — chez M. Walewski, et probablement ailleurs encore.

Aux Tuileries, on a beaucoup remarqué, chez les femmes, une tendance à la restauration du costume Louis XV. — La princesse de H... portait la poudre et les mouches comme au temps de madame de Pompadour.

Le jour de la mi-carême, chez madame Lehon, cette innovation a pris un caractère plus prononcé; — il est vrai qu'il s'agissait d'un bal costumé, et que toutes les fantaisies se trouvaient à l'aise; — madame de C. était en Norma; madame J., en Marie Leczinska. — Une jeune Russe, petite-fille de la célèbre madame de Krudener, et une Anglaise, pupille d'une amie de l'impératrice, ont été aussi remarquées par le goût de leur costume. — Tous les hommes non costumés portaient au moins le domino. M. le comte de Nieuwerkerque, directeur des musées, était à peu près le seul homme qui se fût affranchi de l'étiquette du déguisement.

On prépare, chez M. Pozzo di Borgo, un grand bal *poudré*, qui suivra de près la solennité de Pâques.

A l'Intendance militaire de la rue de Verneuil, chez madame la baronne B..., on a joué lundi pour la seconde fois *le Caprice*. — C'est un jeune et brillant officier attaché à la maison militaire du prince Napoléon, qui a donné la réplique à la maîtresse de la maison, et cela avec un succès dont quelques grands feuilletons ont déjà retenti.

Dans cette même journée de la mi-carême, qui est devenue la dernière manifestation du carnaval de la rue, les boulevards ont vu défiler de nombreuses mascarades; — le soir, toutes les fenêtres étaient flamboyantes de lumières, et, toute la nuit, les fiacres et les coupés de remise ont roulé dans la ville.

Cette année donc, c'est le carême qui nous dédommage d'un carnaval court et maussade.

Les gens qui font profession de tout voir et tout écrire à Paris sont en ce moment tirés à quatre invitations : — la nuit, il faut veiller; — le matin, il faut se relever en temps utile pour avoir une place convenable à la séance de l'Académie, qui a reçu M. Legouvé et qui recevra prochainement M. Ponsard. — Le soir, dix théâtres sollicitent la présence du feuilleton. — Vienne le printemps, qui a eu déjà un demi-sourire, les courses, le bois, les matinées dansantes, et plus d'un héraut de la fashion parisienne sera forcé de déposer sa trompette enrhumée.

Les bons bourgeois appellent les gens du monde des paresseux. — Quel préjugé! — Trouvez-moi, je vous prie, un bonnetier qui travaille autant qu'une duchesse. — Je maintiens mon paradoxe, à savoir que, à Paris, il n'y a de rude travail que pour ceux qui ne font rien. — Essayez un peu de reconstruire la journée d'une femme qui donne une fête. Dès le matin, accablée déjà par les préparatifs des deux jours précédents, elle se jette dans une voiture. Les fleurs et les lustres, le buffet, les glaces, les gens de service, occupent toute sa matinée. Dans la journée, autre toilette : visites délicates et diplomatiques, pour s'assurer la présence de certaines personnes dont l'absence serait un échec.—On rentre maussade, ennuyée et énervée par quelques revers : la princesse a promis si vaguement, qu'on pressent qu'elle ne viendra pas; — le duc a dit catégoriquement qu'il s'abstiendrait pour ne pas rencontrer des gens antipathiques. A l'hôtel, madame trouve tous les gens réunis à l'antichambre, dans l'attitude de Vatel, attendant la marée de Louis XIV; — c'est le chapitre des incidents; — tout périclite : le feu a pris à la cheminée de la cuisine; — le groom, sans expérience, a versé le broc à l'huile sur le meuble Louis XV.—Les artistes engagés pour le concert sont tous enroués; — la fête est en faillite. Il faut de l'énergie et de la volonté pour remonter cette machine qui se détraque. — Au milieu de ces soucis, l'heure avance; la maîtresse de la maison dîne au coin du feu; — triste dîner, vingt fois interrompu par les obsessions des gens de service et les mille coups d'épingle de ce charmant martyre couronné de fleurs.

« Madame, le tapissier dit qu'il y a danger d'incendie, si les lambrequins des tentures ne sont pas éloignés des bougies.

— Madame, Chevet veut installer le petit buffet dans le vestiaire; où mettra-t-on les manteaux?

— Madame, la pianiste fait dire qu'elle ne jouera pas si on n'enlève pas les tapis.

— Madame, quel vin donnera-t-on aux musiciens ?

— Madame, on vient d'apporter les fleurs ; elles sont toutes flétries, et ce n'est pas étonnant : elles figuraient hier chez la comtesse de F. ; avant-hier, chez la marquise de P., et, le jour précédent, chez un agent de change.

— Madame, le jet d'eau du grand salon est arrêté ; le tuyau est crevé et l'eau filtre sous le tapis. »

A ce moment, sept heures sonnent : la divinité qui reçoit ce soir-là l'élite de Paris donnerait volontiers quelques milliers de francs de plus que ne lui coûte sa fête, pour avoir le droit de se mettre au lit. — Ce grand tracas l'a enfiévrée : — l'heure matinale de son lever, le bruit des marteaux, le piétinement des gens de service, le vacarme des meubles qu'on déplace, lui ont donné la migraine. — C'est pourquoi il faut que, toute affaire cessante, elle se mette entre les mains des femmes de chambre, des coiffeurs, etc. — On enferme son corps dolent dans une charmante mais étroite prison de satin ; — l'artiste capillaire se livre sur sa tête à la fougue d'une *composition* orageuse et nouvelle, qui consiste à suspendre un diamant ou une fleur à chaque cheveu.

Quand tout cela est fini (et Dieu sait que cela ne finira jamais), on a une heure de répit en attendant les premiers invités — et, pendant cet armistice, on surprend les réflexions de ses domestiques.

« Madame est trop serrée, dit la femme de chambre ; — elle va éclater comme une grosse bombe.

— Bast ! réplique le valet de chambre, elle ne s'amuserait pas si elle était à son aise.

— Cela n'empêche pas que, l'année dernière, elle s'est évanouie roide, en pleine polka, pour avoir voulu faire fine taille. — Elle a eu beau dire que c'était un n'hussard qui lui avait marché sur le pied, j'ai bien vu, en la déshabillant, qu'elle avait les baleines de son corset dessinées en creux sur son estomac.

— Ah çà ! dit le cocher, est-ce que les repas sont supprimés ici ? Quand donc que nous mangerons ? — C'est pas amusant pour les domestiques, ces noces-là.

— Parle donc plus bas ! — madame peut entendre. Imbécile, on ne demande pas à manger, — on mange et on boit. — Crois-tu pas qu'on y verra clair demain matin dans le compte des bouteilles et des volailles ?

— J'aime pas tous ces *baltazars*-là, — moi, — reprend le cocher ; mon rêve serait d'être chez un monsieur seul qui me laisserait du viager. — Ici, y a rien à espérer, — on dépense tout en ripailles.

— Le fait est que c'est une bien drôle d'idée qu'ont les maîtres de s'embêter comme ça entre eux à écouter des chanteurs qui miaulent comme des chattes amoureuses : — sans compter que, ce soir, le bal de madame est raté, — ratatibus ! — ça va-t-être une pêle-mêle où on ne retrouverait pas son père. — C'est trop petit ici pour faire des *fla-fla* pareils : — la société y sera comme les *avantages* de madame dans son corset. — Dis donc, Jérôme, est-ce que, si tu avais la fortune de madame, cinq billets de mille francs à manger par mois, tu donnerais des *raouts* ?

— Moi, plus souvent ! que je donnerais comme ça la pâtée à un tas d'individus qui se *fichent* de vous par-dessus le marché... etc. »

Ces confidences de l'antichambre sont interrompues vers dix heures par le bruit d'une voiture ; à la lente allure de son évolution dans la cour, il est aisé de deviner le fiacre : les oreilles exercées ne s'y trompent jamais. — Un équipage entrant dans une cour l'emplit d'un bruit plein et sonore ; — le fiacre y apporte un bruit lourd et fêlé comme le luxe des hôtes qui vont en descendre. — Ceux-ci sont ordinairement des gens médiocres, commensaux et protégés de la maison ; — on leur a recommandé de venir de bonne heure, afin de garnir un peu les salons avant l'arrivée des invités considérables. — Ils représentent assez bien les claqueurs qu'on fait entrer avant le public dans les salles de spectacle, au jour des représentations solennelles : — comme les claqueurs, en effet, — mais avec plus de désintéressement et de sincérité, — ces bons bourgeois admirent tout. Il y a si loin de ce luxe, même factice et éphémère, à leur intérieur en acajou plaqué. — On jouit de leur surprise et on leur fait volontiers les honneurs du salon jusqu'au moment où on annonce une comtesse ou un baron. Alors le rideau se lève ; la maîtresse de la maison *met* son sourire, et la représentation commence...

Vers trois heures du matin, les observateurs peuvent entendre dans le vestiaire, où on reprend tout ce qu'on peut trouver de manteaux et de burnous, des dialogues qui n'encouragent pas à l'hospitalité.

« Eh ! dites donc, Ferdinand... vous partez ?

— Je crois bien, — assez fâché d'être venu ; — quelle cohue ! — Et ce monsieur qui chante ! — C'est donc l'âme de Collignon qui vient tourmenter les bourgeois ?

— Le fait est que je n'ai rien vu de plus mal entendu ! — je n'ai pas pu attraper un verre d'orgeat pour ma femme.

— Moi de même... et cependant c'est inconcevable, car on a fait circuler beaucoup de rafraîchissements.

— Oui... mais la maîtresse de la maison buvait tout. — Sans cela, du reste, il y a bien longtemps qu'elle serait étouffée.

— Et puis qu'est-ce que tout ce monde?... Le bric-à-brac de la chaussée d'Antin et du faubourg Saint-Germain... des comtesses qu'on nous donne pour du neuf et dont les fissures sont mal dissimulées par des *repeints.* — Des banquiers épais comme des marchands de chevaux et de petits crétins de jeunes gens qui racontent, depuis onze heures du soir (et il est trois heures du matin), qu'ils ont failli souper avec Orloff. Notre *Amphitryone* est bonne femme, mais elle ne soupçonne même pas ce grand art de composer une société. — Est-ce que je peux danser avec des femmes qui me prient de leur raconter *le Médecin des enfants ?* Est-ce que je peux causer avec des hommes qui demandent encore des détails sur la prise de Sébastopol, etc. »

Les deux interlocuteurs allument un cigare et sortent.

C'est maintenant le tour de deux femmes qui cherchent leur pelisse dans un océan de vêtements mêlés et confondus.

« Vous vous retirez, chère amie ! — Comment avez-vous trouvé la robe de madame X... (la maîtresse de la maison)?

— Ravissante ! je la connaissais déjà.

— Et ses volants ?

— Très-riches... pour du faux...

— Mais pourquoi donc cette chère amie a-t-elle la manie de se tant serrer ? — Elle a une si jolie taille !

— Vous appelez cela une jolie taille?

— Mais oui... je croyais. — Notre amie est très-mal faite... mais je vous assure que la taille serait assez dégagée, si les épaules un peu hautes et la poitrine un peu massive ne lui donnaient un aspect lourd et vulgaire. — On voit, du reste, que c'est une femme distinguée.

— Très-distinguée; — mais son bal, qu'en dites-vous ?

— Il y avait trop de monde; — c'est tout simple, elle a tant d'amis...

— J'aime à penser qu'elle n'a reçu ce soir que ses ennemis. — Il faut bien en vouloir à une femme pour apporter chez elle autant d'ennui, de si gros pieds et de si grosses mains... »

Ces dames ont trouvé leur pelisse... Un flot plus pressé les pousse au dehors. — Les salons se vident. — A quatre heures, on éteint les bougies. — La glorieuse victime, à qui cette plaisanterie ne coûte que quatre mille francs, va prendre un repos auquel elle aspire depuis si longtemps. Et, en s'endormant elle se dit : « Tout cela est bien cher et un peu pénible; — mais c'était admirablement réussi : — demain, tout Paris parlera de mon bal. »

A ce compte, qui est le compte de bien des gens à Paris, je suis tenté de parodier un mot de Danton, et de dire : « Mieux vaudrait être un pauvre pêcheur que de se mêler d'amuser le monde. »

Vous avez su comment on avait enterré, la semaine dernière, et le poëte et la comédienne que nous avons perdus.

Le feuilleton a eu ses élégies et M. Théophile Gautier s'est distingué entre tous par ce dernier adieu des poëtes au poëte.

A cette occasion, je voudrais seulement me fixer sur l'âge de Henri Heine. — La date de sa naissance varie, selon les biographes, de 1797 à 1800. — Théophile Gautier adopte cette dernière date. — Il ajoute que Heine, étant né le 1er janvier 1800, se disait le premier homme du siècle.

Je suis fâché de n'avoir pu rectifier chez Heine une erreur très-commune, qu'il semble avoir emportée dans la tombe. L'année 1800 n'est pas la première du XIXe siècle, mais la dernière du XVIIIe, qui, autrement, serait un siècle emphytéotique de quatre-vingt-dix-neuf ans.

Les théâtres se sont livrés à des débauches inouïes de drames, de vaudevilles, de reprises. — Samedi, on ne savait auquel entendre. —

Au Théâtre-Lyrique, début de madame Miolan, dans *la Fanchonnette*. — A la Gaieté, *Henri III*. — A la Porte-Saint-Martin, rentrée de Bouffé. — Au Palais-Royal, vaudeville. — Si bien que, très-énervé par la mi-carême et très-hésitant entre tant de sirènes, nous avons pris le parti de faire banqueroute au théâtre pour la présente chronique.

Il nous reste aussi, à l'Ambigu, *l'Espion du grand monde*, drame en cinq actes, que tout Paris voudra voir, disent les réclames.

Je me suis demandé, à cette occasion, s'il n'y aurait pas, pour un feuilletoniste, une grande position à prendre : celle d'un critique qui ne verrait pas *l'Espion du grand monde*, que tout Paris veut voir. — Plus tard (beaucoup plus tard, j'espère), on écrirait sur ma tombe :

« Ici repose un homme d'un grand caractère, qui n'a pas vu *l'Espion du grand monde.* »

Mais je ne me dissimule pas que la tentative est bien hardie, et que j'ai bien peu de chances de résister à l'entraînement de mon siècle.

XXXV

Les galas du grand monde. — Les tribulations de l'hospitalité. — Un chapitre oublié... — Les deux fêtes nocturnes. — Les théâtres et le feu. — Incendie de Covent-Garden. — Détails inédits. — Les théâtres de Paris. — Les places incommodes et les places fantastiques. — Commission administrative. — Petit plaidoyer en faveur des théâtres. — Concerts Musard à l'hôtel d'Osmont. — Théâtre des Bouffes-Parisiens. — Le genre. — Le comique Léonce. — Nécrologie. — Madame Desbrosses.

13 mars.

Toujours des dîners, des réceptions, des concerts et des bals. La comédie est partout : aux Tuileries, à l'hôtel Castellane, au faubourg Saint-Germain et à la Chaussée-d'Antin. Mahomet ne voulant pas aller à la montagne, la montagne vient à Mahomet. Il est certain que la comédie à domicile est la seule qu'on puisse, en ce moment, supporter, tant on est tiraillé et énervé par les rudes travaux du monde. Vous pouvez parcourir les salles de spectacle, depuis l'Opéra jusqu'à la Gaieté, vous n'y rencontrerez que des figures d'occasion. — Une femme de l'aristocratie parisienne, lorsque le Congrès lui donne un jour de relâche, n'est guère tentée d'aller s'enfermer dans les petites boîtes que les Mécènes dramatiques décorent du titre de loges à salon. — Après avoir bien médité sur l'emploi de cette soirée de répit, madame, conseillée par le sommeil, la tisane, le docteur et les effervescences de son teint, prend un parti héroïque. Elle se couche à huit heures. Elle se relèvera dans vingt-quatre heures pour aller dans le monde, si elle-même ne reçoit le monde.

J'ai donné, dans ma dernière chronique, un tableau des tribulations de l'hospitalité parisienne. — J'ai reçu à cette occasion une longue lettre, aussi anonyme que parfumée, et, comme elle m'a amusé, j'ai pensé qu'elle pourrait en amuser d'autres. La voici :

« Monsieur,

» Je n'ai pu m'empêcher de rire en lisant, dans votre dernière chronique, la peinture du martyre d'une femme du monde préparant une fête pour l'élite de Paris, — tant cela est vrai, pris sur nature.— J'ai eu tout, mais tout : — le feu à la cuisine, l'huile sur mes meubles et, de plus, un coiffeur qui m'a laissée dépeignée comme une princesse de tragédie, parce que je ne voulais pas servir d'essai à une nouvelle coiffure à la *Manon Lescaut* de son invention.

» Mais voici l'incident le plus orageux de ma journée de gala. — C'est une lacune que je vous signale dans votre inventaire : il était quatre heures. J'en étais précisément à ce moment de crise où mes gens venaient m'annoncer, pièce par pièce, la démolition de mon édifice, lorsqu'on introduisit le portier de la maison.

« — Madame donne un bal ? » me dit ce concierge en roulant sa casquette dans ses doigts. « Est-ce que madame tient beaucoup à ce » que ce soit ce soir plutôt qu'un autre jour ?

» — Parbleu ! mon ami, » répondis-je, « je vous trouve joli et in- » génieux. — Croyez-vous que j'aie lancé six cents invitations dans

» Paris, bouleversé des pépinières, pillé Chevet et Mauche, pour vous » donner un thé, à vous et à votre épouse ?

» — C'est que je vais dire à madame... Nous avons cette nuit, dans » la maison, des employés de M. Domange, et, alors, je me disais que » madame aurait peut-être préféré d'autres artistes. »

» Jusque-là, monsieur, j'avais soutenu avec énergie les chocs successifs de la fortune adverse; — mais la révélation du concierge me donna ce que, vous autres, gargotiers de lettres, vous appelez, je crois, le *coup du lapin*. — Ma jolie tête s'inclina sur mon épaule charmante (pardonnez cette franchise à une femme qui garde l'anonyme), et je demeurai foudroyée comme les victimes de la fatalité antique. — Mes gens, voyant à quel monstre j'avais affaire, avaient adopté l'attitude consternée des gardes d'Hippolyte à la sortie des portes de Trézène. Puis j'entrevis toute ma société venant se heurter, à minuit, aux willis de M. Domange. J'entendis les rires, les caquets, les malédictions, les compliments de condoléance, et les quolibets de votre prochaine chronique. — Je compris que j'étais perdue et déshonorée si ce forfait nocturne s'accomplissait. — Je bondis comme une lionne blessée, et, en trois enjambées, je fus chez mon propriétaire. Vous devinez ce que j'allais lui demander. Cet homme est un ancien avoué. — Il a le nez rouge comme un soleil couchant, des rhumatismes, et ne va jamais au bal. — Je le trouvai sec et implacable comme un terme échu. Il ne sortit pas de ce raisonnement : « La » maison souffre d'une grande plénitude. J'ai traité avec M. Domange » pour cette nuit. — Je ne m'oppose pas à une remise de vingt- » quatre heures; — mais c'est à vous de l'obtenir de sa galanterie. »

» C'était une indication.

» Je me jetai dans ma voiture. — J'avais ouï dire que M. Domange était un homme du monde, quoique ses occupations l'empêchent d'aller dans le monde, et qu'on pouvait avec succès invoquer auprès de lui quelques relations littéraires. J'arrivai au domicile particulier de M. Domange. — On me dit qu'il était au bureau, à la Villette. — Là, en effet, je trouvai M. Domange. Il me reçut avec une politesse qui me rappela l'ancienne cour, dont me parlait souvent ma grand'mère.

« — *Belle dame*, » me dit-il, « nous ne sommes pas des ogres, et, » en dehors du service, nous redevenons des hommes. »

» En effet, M. Domange avait en ce moment des yeux nuageux qui me firent rêver ballades et légendes.

» M. Domange sonna. — Survint *un brigadier.*

« — Donnez-moi, » dit-il, « la feuille du service de ce soir. »

« M. Domange découvrit dans cette nomenclature la maison que j'habite, passa un trait de plume sur les indications, et dit au brigadier :

« — Vous n'enverrez pas l'*équipage* ce soir dans cette maison : » c'est remis à demain. »

» M. Domange me reconduisit jusqu'à ma voiture, me demanda si j'avais vu *le Corsaire*, si mon bal serait brillant, si j'aurais Alexandre Dumas, fit quelques allusions délicates au danger qu'il y aurait eu pour ses hommes à se trouver exposés aux séductions du monde, et j'échappai ainsi au plus grand péril qu'une femme ait jamais couru de sa vie. »

On a dit que les théâtres étaient nés pour brûler comme les hommes pour mourir.

Il y a, en effet, peu d'exemples d'un théâtre échappant aux mille chances d'incendie qu'entretient l'industrie dramatique. — A Londres, un grand sinistre est signalé : le théâtre de Covent-Garden a vécu.

Il y a quinze jours, les journaux enregistraient la pompeuse annonce du physicien Anderson, qui, pour son bénéfice, offrait au public une journée et une nuit de spectacle, suivies d'une seconde nuit de bal masqué. Cette combinaison avait été assez fructueuse. Le spectacle avait produit 7,500 fr. et le bal près de 10,000 fr.

On sait comment, à la fin de la dernière nuit de ce bal, le feu se déclara, sans que les causes en aient encore été déterminées.—Moins d'une demi-heure après, les masques, mêlés à la foule, et heureusement préservés par une prompte fuite, contemplaient la sublime horreur de l'incendie, comme disait M. Proudhon.

La reconstruction de Covent-Garden avait coûté, en 1808, 3,650,000 fr. — C'était, avec Drury-Lane, la plus vaste salle de Londres. — Mal situé, comme la plupart des théâtres anglais, entouré de maisons qui l'étouffaient et le masquaient, cet édifice avait cependant un péristyle assez remarquable, soutenu par quatre colonnes.

Le vestibule rappelait un peu celui de la Comédie-Française ;—les escaliers étaient magnifiques. — Un parterre immense, douze rangs de stalles d'orchestre, quatre étages de loges, telle était sa physionomie. — Mais la décoration de la salle était de ce style lourd et massif qui signale l'ornementation britannique.

Ouvert en 1733 par un nommé Rich, à qui on attribue l'invention de la pantomime anglaise, Covent-Garden brûla une première fois en 1808. — Le 31 décembre de la même année, le prince de Galles posa la première pierre du nouvel édifice, qui ouvrit le 18 septembre 1809.

On y joua le drame jusqu'en 1847, où la troupe italienne s'en empara. — On entendit là, ensemble ou successivement : — Mario, Lablache, Tamberlick, Gardoni, Grisi, Viardot, Bosio, etc. La dernière pièce montée fut *l'Étoile du Nord*, et on préparait *les Vêpres siciliennes.*

M. Gye, l'impresario, était à Paris au moment du sinistre, recrutant sa troupe pour la saison prochaine. On dit qu'il avait eu le pressentiment du danger, et que sa correspondance mettait opposition aux exercices nocturnes du physicien Anderson.

Covent-Garden n'était pas assuré ; cet édifice était compris dans un immense lot d'immeubles appartenant à lord Bedfort. L'incendie a englouti des valeurs considérables servant à l'exploitation ; tous les décors, le magasin de musique et la bibliothèque, où on conservait des partitions aujourd'hui introuvables, des manuscrits originaux, entre autres celui de *l'École du scandale*, de Sheridan.

M. Gye a, en outre, perdu de précieux tableaux de Hoggard, qui décoraient son cabinet.

Une fatalité incendiaire semble s'attacher à M. Anderson , cause fortuite de ce désastre; en 1844, il avait lui-même fait construire le *théâtre of city Glascow*, qui brûla douze mois après l'ouverture.

A propos des théâtres et des petits cabinets à 40 fr., toujours improprement appelés loges, il paraît qu'une commission fonctionne en ce moment pour le compte de la préfecture de police, afin de mettre en interdit les places fictives des loges réputées de six places, où on tient deux mal à l'aise, plus les places fantastiques, d'où on ne voit pas du tout ce qu'on n'entend guère. — La commission, dit-on, se montre sévère dans son travail d'épuration. Un directeur a répondu, assure-t-on, aux interpellations de la commission : « Nous donnons toutes les bonnes places aux journalistes; il nous en faut bien quelques mauvaises pour le public payant. »

Ceci me paraît d'une logique attendrissante. Il a été, d'ailleurs, constaté que le public payant n'est jamais plus heureux que lorsqu'il est mal assis. — On proposait un jour à un directeur de faire rembourrer les fauteuils de son orchestre. — « On y dort déjà assez, répliqua-t-il; il ne faut pas encourager davantage le sommeil du spectateur. »

Tout en me montrant très-reconnaissant de la sollicitude du gouvernement, je vote pour qu'on laisse les théâtres faire tranquillement leur trafic avec le public. C'est une industrie très-difficile et très-obérée. Elle paye aux auteurs, ce qui est bizarre, des droits proportionnels sur des recettes généralement au-dessus des frais. Elle paye encore des redevances écrasantes aux pauvres, qui ne vont jamais au spectacle qu'avec des billets donnés. A certains jours, il arrive que le public, affolé d'une pièce ou du museau d'une actrice, se fait tuer aux portes d'un théâtre, pour payer le droit d'aller s'asseoir sur une corniche du cintre : là est la compensation des mauvais jours où le public est si fort à l'aise. Notez que nous connaissons le caractère du Parisien, et que, le jour où vous lui aurez interdit les mauvaises places dans les théâtres, il dira : « Mais pourquoi m'empêcher d'être mal assis quand c'est ma fantaisie? »

D'ailleurs, il y a des choix à Paris, et chacun peut prendre ses aises et son loisir où il les trouve. Tenez, voici encore un concert qui va ouvrir à l'hôtel d'Osmont, un concert dirigé par le fils de ce grand Musard qui, il y a vingt-cinq ans, a fondé les récréations musicales dans la rue Vivienne.

Je ne vous recommande pas le petit théâtre des Bouffes-Parisiens au point de vue de sa distribution; mais je n'hésite pas à dire que c'est peut-être celui où on s'amuse le plus.

Je ne parle pas des *Deux Aveugles*, charge classique consacrée par deux cents représentations, et qui fait en ce moment le tour de l'Europe en traversant les Tuileries. — Je parle de l'ensemble, du genre facile et sans prétention de ces opérettes, où on ne s'épouse pas au dénoûment. — J'ai vu ces jours-ci une pochade intitulée : *Élodie, ou le Forfait nocturne.* — Il me semble qu'on ne vous en a pas assez parlé. — C'est tout simplement de la fantaisie sublime. Il y a là un nommé Léonce, que j'avais déjà entrevu au Vaudeville, et qui me paraît, à l'heure qu'il est, le premier grotesque de Paris.

Je ne le recommande pas à M. Montigny, — pas même à M. Perrin, quoique Léonce chante l'opéra-comique. — Mais, si j'étais M. Dormeuil, j'irais me jeter aux genoux de M. Léonce, et je lui dirais :

« Homme étonnant, voilà six mille francs, dis-moi des bêtises! — Tiens, voilà six mille francs de plus, — dis-moi encore plus de bêtises; — ravis-moi de tes accents; — enivre-moi de ta stupidité, et fais-moi rêver la béatitude réservée aux idiots!

Ce que je signale dans ce Léonce, c'est qu'il est bouffon par lui-même, intrinsèquement, indépendamment du dialogue et du monologue. Il me fait crever de rire et je ne saurais dire pourquoi. — Va, homme étonnant, génie inconnu ou méconnu! — L'envie et l'ignorance peuvent retarder ton avénement; mais tu triompheras de tous les obstacles; un jour, je te le prédis, tu porteras, en chef, et sans partage, la couronne et le sceptre des Jocrisses.

Nota bene. — M. Léonce n'est ni mon parent, ni mon allié, ni mon ami, ni mon abonné; je n'ai pas épousé sa sœur, et il ne m'a pas payé la moindre demi-tasse; je ne l'ai jamais vu et je ne lui ai jamais parlé; mais c'est un aimable insensé, et je me plais à lui rendre hommage.

Madame Desbrosses, l'ancienne sociétaire de l'Opéra-Comique, qui fut, dans l'autre siècle, la *petite Desbrosses*, mais que nous n'avons jamais connue qu'à l'état de duègne, vient de mourir. — J'aurais voulu finir par quelque chose de plus gai ; mais est-ce si triste, après tout, de mourir quand on touche à sa centième année, et qu'on laisse le souvenir d'un talent qui a duré cinquante ans, et d'une humeur aimable et douce qui a duré un siècle ?

XXXVI

Événement dynastique. — Perspective de fêtes. — Le carême et le monde. — Les gonflements du luxe. — Question intéressante. — La femme de quarante-neuf ans. — La rosée orientale. — Balzac et *le Chevalier Pons*. — Le paradoxe est de l'histoire. — M. Sauvageot. — Une scie. — La comédie de société. — A quoi elle sert et à quoi elle pourrait servir. — Les danseuses en Portugal. — Comme quoi la France est humiliée. — Une cantatrice anonyme. — Retour de la Ristori. — Le dernier tragédien. — La pièce de M. Ponsard et la Comédie-Française. — Porte-Saint-Martin : *le Sang mêlé*, drame. — Vaudeville : *Calino*. — Variétés : *Madelon Lescaut*.

20 mars.

L'événement dynastique attendu depuis plusieurs jours est accompli. — L'empereur a un fils.—Le canon l'a annoncé à la France. — Le télégraphe l'a annoncé à l'Europe, et toute une perspective de fêtes, de galas et de réjouissances s'ouvre devant nous. — Le printemps sera très-brillant à Paris. — On attend encore d'illustres visiteurs, entre autres les deux héritiers présomptifs des couronnes de Suède et de Danemark.

Pendant ce temps, les élégances parisiennes se partagent entre les prédicateurs du carême et les vanités du monde. — Les orateurs de la chaire ont fait, cette année, une campagne biblique contre les frénésies du luxe féminin. — La littérature sacrée a trouvé des images très-saisissantes contre les modes gonflées d'iniquités.—Les femmes ont bien compris de quoi il s'agissait, et elles hésitent un peu entre leur salut et la crinoline. — En attendant, les femmes gonflent toujours à ce point, que la princesse de L... a paru dans le monde avec les paniers de nos grand'mères. — L'âge devrait au moins modérer ces exagérations chez les femmes qui peuvent chanter : *Adieu, pa-*

niers, vendanges sont faites. — Mais à quel âge finissent les vendanges? — Voilà le doute. — Une question aussi neuve que consolante a été posée ces jours-ci devant les tribunaux. — Il s'agissait d'une rente viagère constituée sur la tête d'une femme *d'un âge avancé.* — La bénéficiaire de la rente avait quarante-neuf ans, et il y avait lieu d'interpréter si une femme de quarante-neuf ans est une femme d'un âge *avancé*.

Les magistrats se sont comportés en chevaliers français. — Ils ont laissé la question indécise, de sorte que les femmes de quarante-neuf ans conserveront le bénéfice du doute. — Du moment que les *auteurs* ne sont pas d'accord sur cette terrible question, la jurisprudence hésitante autorise beaucoup d'illusions.—Seulement, il ne serait peut-être pas prudent aux femmes de quarante-neuf ans de porter la question devant la *cour d'amour*.

Du reste, la veine est bonne pour les femmes de quarante-neuf ans. — On vient de retrouver une lettre autographe d'un médecin italien du XVIIe siècle, Fortunio Liceti, qui donne la recette de la *rosée du visage*, composition merveilleuse dont Ninon de Lenclos, pense le *Journal des Débats*, a eu le secret, et à laquelle elle a dû cette jeunesse éternelle et miraculeuse qui a tant étonné ses contemporains. — Le docteur Liceti avait lui-même trouvé cette précieuse rosée dans un manuscrit oriental. — Or, vous savez que, dans les *Mille et une Nuits*, la beauté de *la princesse* fait toujours concurrence au soleil, à la lune et aux étoiles. — J'aime à penser que la *rosée orientale* n'est pas tout simplement cette combinaison fabuleuse des sept couleurs de l'arc-en-ciel qui se trouve aujourd'hui sur la palette de toutes les femmes du demi-monde, et qui les fait ressembler à des spectres solaires. — Bientôt, nous saurons à quoi nous en tenir, car il est indubitable qu'un parfumeur quelconque annoncera avant un mois, à la quatrième page des journaux :

LA ROSÉE DU VISAGE

D'APRÈS LA RECETTE DU DOCTEUR LICETI

Communiquée à Ninon de Lenclos.

« Il n'est bruit, dans le monde élégant, que de cette étonnante découverte, enfouie pendant deux siècles, et si heureusement restituée aux générations nouvelles. Les dames qui désirent conserver la beauté et la jeunesse, source du bonheur domestique, s'empresseront de recourir à ce précieux cosmétique. — 2 francs le pot avec une instruction.

» On reprend les vieux pots pour 25 centimes.

» Avis essentiel. — *La rosée du visage* a pour base la véritable rosée de l'Orient recueillie dans le calice des fleurs de l'Asie. — Se défier des contrefaçons, qui répandent dans le commerce des rosées frelatées recueillies dans les mauvaises herbes de Pantin et de Vaugirard. »

Vous avez lu, n'est-ce pas, *le Chevalier Pons*, de Balzac, et vous n'avez vu, peut-être, qu'un paradoxe d'artiste dans l'histoire de cet homme qui dîne à vingt-deux sous, porte des habits de 1804, et qui, avec quelques sous épargnés chaque jour sur sa vie, mais avec ces puissants auxiliaires, le temps, le goût et la passion, réunit une collection d'art qui, après trente ans, se trouve valoir un demi-million. — Eh bien, le paradoxe est de l'histoire, et de l'histoire inscrite au *Moniteur*, depuis le jour où le journal officiel a annoncé que M. Sauvageot était nommé conservateur du musée du Louvre.—M. Sauvageot, en effet, n'a pas procédé autrement que le cousin Pons. — Il a toujours vécu d'un modeste emploi, et il faut être initié aux prodiges de patience et de sagacité du collectionneur pour comprendre qu'il ait pu rassembler les pièces merveilleuses qui sont aujourd'hui sa fortune, sa gloire et son bonheur.

Il y a bien longtemps que le nom de M. Sauvageot nous a été signalé pour la première fois, et nous nous rappelons une *scie* dont il fut victime et qui aurait pu abréger ses jours. M. Sauvageot a toujours eu dans sa collection des faïences d'un prix et d'un goût inestimables. Un matin, quelques artistes, ses amis, entrèrent chez lui. Les mystificateurs s'étaient munis de piles d'assiettes communes ; — pendant que M. Sauvageot se levait pour rejoindre ses amis, qui attendaient dans son musée, ceux-ci laissèrent tomber sur le parquet leurs débris de vaisselle. — Vous savez quelle commotion produit sur le système nerveux l'écroulement et le bris même des objets sans valeur ;—mais jugez quelle dut être l'angoisse de M. Sauvageot, qui crut naturellement que le plafond venait de s'effondrer sur ses fragiles trésors. — D'une main fébrile, il tirait la porte qui le séparait du théâtre du désastre, et ses amis retenaient la porte en lui criant : « N'entrez pas! au nom du ciel! n'entrez pas! — vous ne pourriez y survivre! »

Plaisanterie cruelle, qu'un collectionneur ne ferait jamais à un collectionneur.

La comédie de société semble, cette année, avoir mordu tout le monde à ce petit endroit si sensible, la vanité. — Tout salon est un théâtre, — tout paravent une coulisse,—tout beau-père est un souffleur.—Cet élégant *cabotinage* amuse beaucoup les femmes. D'abord, le tracas n'est plus l'ennui, et c'est toujours cela de gagné;—et puis il y a, dans la comédie de société, mille combinaisons où le cœur et l'amour-propre trouvent leur compte. — Il y a tout le manége des répétitions, les déclarations autorisées par la brochure, la main pressée, les compliments adressés au personnage et dont la comédienne fait son profit.—Il y a enfin, le jour de la représentation, des toilettes pleines de fantaisie, un rôle qui rit si on a de belles dents, et qui sourit seulement dans le cas contraire, enfin toutes les évolutions de la beauté calculées par la grâce et la coquetterie. — Tout cela est l'objet d'une longue préméditation. — On me cite une femme d'un très-grand monde beaucoup plus fière encore de son opulente chevelure blonde que de ses aïeux. Le rêve de cette femme est de représenter Ève. — Elle est à la recherche d'un paradis en prose ou en vers, et elle frappe à la porte de tous les poëtes pour se le procurer. — Un jeune et célèbre écrivain consent bien à se mettre à l'œuvre; — mais il voudrait jouer le rôle du serpent, qui est déjà distribué.—En attendant, la dame joue toute espèce de rôles, pourvu qu'il y ait un évanouissement. — A ce moment, ses cheveux se détachent tout naturellement, et l'effet est produit.

De cette manie de la comédie de société, on pourrait faire quelque chose de sérieux et d'utile. — D'abord, si on est duchesse, si on a huit cent mille livres de rente, un hôtel, un théâtre et non un paravent, on pourrait nous représenter ces mille fantaisies des esprits raffinés, qui jamais n'écriront pour le Cirque et l'Ambigu. —Tenez, il y a dans les scènes et proverbes d'Octave Feuillet un diamant, un chef-d'œuvre d'audace et d'élégance, — *Rédemption*. L'œuvre, par mille raisons, ne pourrait être assouplie aux servitudes des théâtres publics. — D'ailleurs, si quelqu'un osait porter les grosses mains d'un *arrangeur* sur ces délicatesses, il mériterait d'être traité comme le scélérat inconnu qui a voulu lacérer la *Léda* de Galimard.

Eh bien, duchesse, voilà une tentative digne de vos loisirs.—Mais il s'agit de quelque chose de sérieux, je vous en préviens : — il faut un théâtre dans toutes les conditions d'agencement et de mise en scène ; — puis il faut des artistes et surtout un talent du premier ordre dans le genre féminin ; car, à part mademoiselle Rachel, je n'ai jamais imaginé qui pourrait jouer ce rôle de la chanteuse viennoise, — éclatante et orageuse fantaisie qui plane dans les régions byroniennes. Si je vous signale ces difficultés, madame, c'est pour vous tenter... Que si *Rédemption* vous effraye, vous trouverez encore dans Octave Feuillet des compositions plus humbles, d'une teinte plus douce et plus accessible à vos combinaisons. La société piémontaise et milanaise, qui joue toute l'année le *Feuillet* dans ses châteaux, pourra vous donner quelques répétitions.

Peut-être l'art pourrait-il tirer encore un meilleur parti des théâtres de société en produisant des œuvres inédites. Les théâtres publics ont dit leur dernier mot, expectoré leur dernière déclamation, usé leur suprême calembour. — N'attendez plus rien d'eux. — Ils se sont constitués en conservatoire de ficelles, et il y a là d'honorables négociants qui ne tenteront rien en dehors de la tradition, parce que toute tentative est un danger. — Mais vous, duchesse, qui ne craignez pas d'être sifflée et qui n'affichez pas le payement des artistes du 1er au 5 de chaque mois, vous pouvez tenter.

Quand vous serez décidée, je vous indiquerai deux ou trois petits centres littéraires où on ferait volontiers du théâtre pour les besoins d'un Décaméron parisien ;—je vous indiquerai dès aujourd'hui une plaisanterie en vers très-originale, à coup sûr, que m'a lue ces jours-ci un de mes amis, et qui serait indubitablement sifflée sur tous les théâtres de France. C'est au salon à la recueillir.

En Portugal, c'est encore le théâtre qui occupe la ville, la cour et le parlement. Une question de danseuses a provoqué des interpellations dans les chambres. — Le débat se réduit à ceci : Saint-Léon, une ancienne connaissance à nous, dirige là un ballet. — Le danseur-violoniste a, paraît-il, des prédilections particulières pour une ballerine blonde qui, de notre Opéra, avait sauté dans le comptoir d'un glacier du faubourg Saint-Germain, et qui, de là encore, a fait un bond sur le théâtre royal de Saint-Charles.

Le public, de son côté, s'est passionné pour une jeune danseuse de dix-sept ans, mademoiselle Hortensia Clavelle, qui a eu des débuts très-brillants, et que, depuis ce début, Saint-Léon a renfermée dans sa boîte à violon. — Rien n'est comique comme le ton sérieux de la polémique portugaise sur cet incident chorégraphique. — Un journal de Lisbonne, apporté par le dernier courrier, dit en propres termes que la tranquillité de la capitale est menacée par l'obstination de M. Saint-Léon. — Les Français se croient de grands révolutionnaires, et ils n'ont pas seulement songé encore à faire une barricade pour soutenir les droits de mademoiselle Legrain ! — L'esprit public est bien affaissé.

Ici, chez nous, la réclame ne sait vraiment plus quoi inventer. — On annonçait ces jours-ci, pour le dimanche 16, le début d'une cantatrice italienne *dont on ne dit pas encore le nom.* Voilà un mystère qui me charme et m'intrigue. Espérons que la cantatrice chantera avec un faux nez, et que jamais on ne saura qui elle est. — Vous voyez d'ici les conjectures : c'est une marquise, — c'est une princesse, — c'est mademoiselle Lagier, qui n'est plus enrouée ; — c'est Galabert, du Vaudeville, qui s'exerce dans la Norma avant de reprendre *le Rat des champs ;* — c'est mademoiselle Rachel, qui fait une queue à la tragédie.

En fin de compte, ce sera peut-être une chanteuse très-ordinaire, qui aurait tout aussi bien fait de dire son nom comme la Malibran, la Sontag, la Frezzolini et autres qui ne gardaient pas l'anonyme.

La Ristori est de retour, et elle ne s'en cache pas. — D'ailleurs, les sympathies du public sauraient bien la découvrir. — Disons toutefois qu'elle est revenue peut-être un peu vite, que le public aime qu'on se fasse désirer, et que la vogue ne se déclare pas cette année avec les mêmes fureurs que l'an passé. La tragédienne ne doit pas se décourager pour si peu : — l'année dernière, les Français croyaient savoir l'italien ; — cette année, ils s'aperçoivent qu'ils ne le savent pas, et voilà tout.

Un tragédien qui dit son nom, M. Barthélemy, a été signalé à l'Odéon le lundi 10 mars, à sept heures. — Il jouait *le Cid* et la salle était pleine.—C'est un homme convaincu qui a quitté le barreau pour le théâtre, et c'est diablement hardi, ce qu'il a fait là ; — mais son imprudence ne paraît pas avoir eu de suites, car, depuis, nous n'en avons plus entendu parler. Nous voudrions persuader à M. Barthélemy que le siècle présent est trop endurci au mélodrame pour s'éprendre des austères beautés de la tragédie. Mais peut-être enlèverions-nous à un artiste passionné l'illusion qui le soutient.

Par une note *en réponse à plusieurs journaux*, et dont nous pouvons prendre notre part, M. l'administrateur général de la Comédie-Française conteste, en ce qui le concerne, que la proposition d'une prime de 25,000 fr. ait été faite à M. Ponsard en vue d'attirer sa comédie au théâtre de la rue Richelieu. — Quant au chiffre, nous n'avons rien précisé, parce que nous ne savions rien. — Quant à la proposition en elle-même, nous croyons toujours qu'elle a été faite et qu'elle venait de plus haut.

Nous n'avons jamais vu là qu'une tentative infiniment honorable pour les deux parties.

M. Ponsard est un écrivain considérable par le talent et le caractère, et le ministre donnait un témoignage de sa sollicitude pour les intérêts de la littérature en le rattachant à la Comédie-Française, qui l'a un peu négligé.—A ce point de vue, nous ne comprenons pas la rectification. Si l'on veut dire par là que l'attribution d'une prime de 25,000 fr. serait un précédent ruineux pour la Comédie, on peut opposer à cet argument l'immense et productif succès de *l'Honneur et l'Argent*.— *Les précédents* de cette nature sont rares aussi, et peu communs sont les écrivains qui peuvent concilier l'honneur des lettres et les intérêts de la caisse. — Nous pensions aussi qu'à la Comédie-Française, la première considération avait toujours le pas sur la seconde.

Il y a un peu plus de vingt-cinq ans, M. Eugène Sue, dans le courant des idées du temps, a fait un roman négrophile,—*Atar Gull*.— Et, du roman, on fit un drame. Il s'agissait d'un noir vengeant sur la race blanche la chair de ses frères, martyrisée et flétrie par le fouet du commandeur. — Atar Gull ne procédait ni par la violence ni par la révolte;—il rampait dans la soumission; il baisait humblement la main qu'il déchirait. On rencontrait des serpents dans le berceau des nouveau-nés, — du poison dans toutes les coupes : on cherchait et on ne trouvait rien que ce bon Atar Gull, toujours dévoué et toujours désolé des malheurs qui venaient visiter *bon maître à lui.*

M. Édouard Plouvier, dans son drame de *Sang mêlé*, a traité en sous-œuvre cette haine héréditaire et toujours inassouvie de la chair noire contre la chair blanche.—Son héros est blanc d'aspect comme vous et moi. Il ne lui reste plus de sa funeste origine qu'un peu de laine dans les cheveux, et ce disque bleuâtre qui, à la quatorzième génération, se retrouve encore aux attaches des ongles. — Esclave à la Guadeloupe, Timor a vu vendre son enfant, prostituer sa femme et périr son père sous le fouet;—il a conçu une de ces haines fauves et sauvages dont l'explosion consomme la ruine de son maître.

Timor est venu en Europe riche des dépouilles du colon.—Il est jeune, il est beau, il est haineux et il aspire à se faire une descente de lit de la peau de tous les blancs.

Telle est l'idée de ce drame, si peu ou si mal éclairé, à son exposition, qu'on en saisit difficilement les développements. — Je ne vous raconterai donc pas ce que je n'ai pas toujours compris; —il me suffira de dire que la dernière partie de la pièce est très-supérieure à la première, et qu'il y a aux quatrième et cinquième actes deux ou trois scènes traitées avec une certaine originalité.

C'est une très-mauvaise pièce en somme, mais ce n'est pas la pièce d'un esprit vulgaire et impuissant.

Fechter a été comme la pièce, nuageux et indécis dans la première partie et très-artiste dans les quelques scènes que je viens de signaler.

Le Vaudeville, je crois, a eu pitié de Galimard, en nous retraçant, sous le pseudonyme de *Calino*, le martyre d'un être inoffensif, doux et naïf, aux prises avec les *scies* de six rapins sans pitié, qui finissent par le rendre fou. Que les monstres qui ont voulu lacérer la *Léda* de Galimard, rue Cassette, 22, aillent voir *Calino*, et ils connaîtront le remords.

Les Variétés ont eu, cette semaine, un franc éclat de rire avec une parodie de *Manon Lescaut*.—La parodie repose sur une convention immuable : — étant donné un prince, on en fait un garçon pâtissier; étant donnée une marquise, on en fait une blanchisseuse; — puis on emboîte l'action de la pièce parodiée et on chemine ainsi jusqu'au dénoûment. Il y a des drôleries amusantes dans la plaisanterie de M. Lambert Thiboust. Mademoiselle Scriwaneck a joué avec esprit le rôle de Madelon. Lassagne, à force d'abuser du *je* final du *mon Dieu*-JE et du *je t'ador*-JE, nous semble parfois faire sa propre charge; mais, comme ces manies amusent le public, je ne lui propose pas d'y renoncer. Ce sacrifice une fois fait, Lassagne ne serait peut-être pas plus amusant que votre serviteur.

XXXVII

La semaine sainte. — Le salut et la damnation. — Le retour des Russes. — Décadence des milords anglais. — Ce que deviennent les danseuses. — Histoire d'un poëte et d'un perroquet. — La recherche des courtisanes vieillies. — Deux types de lorettes à la retraite. — Retour des négrophiles. — Une histoire de sang mêlé. — Longchamps et ses déceptions. — Les théâtres.

27 mars.

La fougue des bals, soirées et comédies s'est naturellement calmée pendant la semaine sainte.—Les Parisiennes consacrent tous les ans ces huit jours au salut de leur âme ; — après quoi, la damnation reprend son cours.

Les agents de damnation qui nous ont le plus manqué depuis deux ans, ce sont les Russes : — deux hivers sans Russes ! — ô discorde, voilà de tes coups ! — Mais, avec la paix, les Russes nous reviennent.

Le monde, et plus encore le demi-monde, tressaille déjà d'impatience et d'espoir. Les Russes ont depuis longtemps remplacé les *milords anglais*, et les fameuses guinées de 1815 se sont transformées en roubles.

C'est une chose lamentable, du reste, que cette décadence du *milord anglais*, ce rêve de toutes les modistes de la Restauration.

En ce temps-là, *être avec un Anglais*, c'était, pour les femmes qui cherchent une fortune d'occasion, une exploitation prématurée de la Californie.

Le Russe n'était pas découvert et le Polonais était encore à l'état sauvage. — L'Anglais résumait toutes les forces et toutes les puissances de l'amour millionnaire.—Il entrait à Paris comme le maréchal de Richelieu à Vienne, en semant sur sa route les fers de ses chevaux ferrés d'argent. — Les journaux annonçaient son arrivée à l'hôtel Meurice, et, le lendemain matin, il recevait la visite du corps de ballet.—A propos, où peut-il bien être maintenant, le corps de ballet de la Restauration?

Je ne connais plus que la petite Montessu : —elle habite Marseille, et, si elle s'avisait de danser un pas, je crois que le globe tremblerait sous ses pieds. —Ceci me conduit à une question formidable.—Que deviennent certaines femmes lorsqu'elles disparaissent de l'horizon parisien? — Je crois qu'elles se cachent pour vieillir et pour mourir, — comme les perroquets. —Du moins, on attribue cette pudeur aux perroquets, et la tradition populaire s'appuie sur de graves autorités.

Il y a une vingtaine d'années, Alexandre Dumas apportait un billet de spectacle à d'honnêtes bourgeois. Pendant qu'on prévenait la maîtresse de la maison, Dumas se mit à agacer un perroquet qui pérorait sur un bâton, dans un petit salon d'attente. Le perroquet, qui était classique, apparemment, mordit jusqu'au sang l'auteur d'*Henri III*. Vous connaissez Dumas; ce n'est pas un homme à laisser sans réponse la provocation d'un perroquet. D'une main nerveuse, il étreignit le cou de Jacquot, qui montra au poëte cette petite langue noire et veloutée dont les Romains étaient si friands au temps de Lucullus. Dumas pensa qu'il avait peut-être serré un peu fort; —mais le repentir était tardif, — le perroquet était étranglé. — Cependant, comme la maîtresse du perroquet s'annonçait par un frôlement de robe de soie, Dumas, qui voulait éviter toute explication sur son perroqueticide, fourra la petite volaille sous le coussin d'un divan, donna son billet de spectacle et s'esquiva lestement.

Au bout d'un mois, il revient faire visite dans la maison; au milieu des banalités de la conversation, il risqua cette question :

« Il me semble que vous aviez un perroquet?

— Ah! monsieur Dumas, lui fut-il répondu, ne nous en parlez pas!— nous avons eu bien du chagrin ! — Mais, savez-vous, nous ne voulions pas le croire, et pourtant c'est bien vrai : ces pauvres bêtes se cachent pour mourir. Notre pauvre Jacquot est tombé malade, — puis il a disparu... Nous l'avons fait afficher avec cent francs de récompense; mais, au bout de trois jours, nous l'avons retrouvé — tenez — sous le coussin de ce divan. — Il avait voulu nous dérober le spectacle de son agonie, qui a dû être affreuse, car il tirait une langue... longue de ça. »

Ici, la propriétaire de feu Jacquot fit un geste indicatif qui donnait à penser que le perroquet avait une langue d'un demi-mètre, ce qui est invraisemblable.

Là-dessus, Dumas, très-soulagé de voir que son forfait était enseveli dans de profondes ténèbres, se mit à raconter qu'en Amérique les perroquets se cachaient si bien pour mourir, que les perroquets morts y étaient plus recherchés que les perroquets vivants.

J'en reviens aux femmes que nous voyons pendant dix, quinze et vingt ans (au maximum) dans les avant-scènes et qui disparaissent tout à coup; que deviennent-elles?— Ce serait un inventaire bien curieux et bien philosophique à faire. — On dit que les marchandes de coco ont eu voiture dans leur jeunesse, que les ouvreuses de loges sont toutes d'anciennes locataires des boudoirs de la Chaussée-d'Antin.

Moi-même, j'ai reconnu à la porte d'un théâtre de boulevard, dans l'attitude modeste d'une marchande de sucre d'orge, une femme que, trente ans auparavant, deux lions de la Restauration s'étaient disputée l'épée à la main. — Mais cette explication me paraît insuffisante et je demande une enquête. Probablement, il y a, dans le fond des provinces, quelques-unes de ces femmes mariées à des adjoints, sévères dans leur tenue, assidues à l'église et rendant le pain bénit plus souvent qu'à leur tour.

Chaque fois qu'un nouvel embranchement de voie ferrée rapproche Paris de leur petit endroit, ces femmes doivent être en proie à de grandes appréhensions. — Si un flâneur parisien allait tout à coup tomber comme un aérolithe dans la localité, et reconnaître un premier sujet du théâtre Saint-Antoine dans la châtelaine austère qui ne veut plus recevoir le médecin du pays, parce qu'il parle du *fémur* de façon à faire rougir les honnêtes femmes.

Et si quelque troupe de comédiens ambulants vient s'abattre dans la commune,—quelle angoisse!—Le petit monde du théâtre se touche par tous les bouts et correspond à toutes les extrémités du globe. Parmi ces nomades, il y a toujours un ancien premier rôle qui a débuté à Paris avant de jouer les *grimes* dans toutes les granges de France. — Il reconnaîtrait indubitablement son ancienne *camarade*. — On n'imagine pas combien ce titre est flatteur pour une femme classée dans la société, quand il lui est donné par un homme de cinquante ans, familier, mal élevé, s'annonçant à trente pas par des émanations alcooliques, et enclin à des indiscrétions dans le goût de celle-ci :

« Eh bien, ma bonne Amanda, avons-nous toujours cette jolie jambe dont l'orchestre raffolait et que vous ne lui cachiez guère, friponne ?... »

« Voyez-vous encore M. Polavski... vous savez, ce Polonais si riche, qui nous payait de si fameux soupers? C'était le bon temps. Dieu! que vous devez vous embêter dans cette *cassine*, avec ce gros adjoint qui est gai comme un dénoûment de tragédie. — Venez donc avec nous : notre premier rôle vient de faire une fugue avec un marchand de bœufs de Poissy ; vous la remplacerez avantageusement. »

Outre la lorette mariée, — la province doit encore recéler dans ses flancs ténébreux la lorette vieille fille. — Celle-ci a dû être une femme rangée même en amour ; — elle a appartenu à la classe des femmes qui disent à leurs amants : « Tu veux me donner un bracelet de trois cents francs pour ma fête, — je préfère quinze louis. »

Ces quinze louis additionnés avec beaucoup d'autres de même source, l'anse du panier qu'on a fait danser quand on a vécu *maritalement*, la maison de campagne qu'on a reçue en cadeau de noces et qu'on vend à l'heure de la retraite, les économies sordides et les rapines exercées sur le luxe, quelques bijoux, un peu de diamants, tout cela compose, vers la quarantième année, la petite fortune de la femme qui est entrée avec ordre dans le désordre, sous l'inspiration de cette idée fixe : « Je ne veux pas mourir à l'hôpital. »

Quand l'heure a sonné, quand, après une lutte obstinée, la conscience et la solitude vous disent que bien décidément on est une *femme finie*, on se retire avec son lingot, dans un chef-lieu d'arrondissement; — on a une petite maison, un petit jardin et deux petits chiens. — On s'appelle mademoiselle Basuche — ou quelque chose d'approchant. — Aux questions indiscrètes des voisins, on répond qu'on a fait sa fortune dans la mercerie et qu'on n'a jamais voulu se marier parce que les hommes sont trop *indélicats*. — Un reste d'élégance et de prétention, un peu de rouge sur les joues, qui sont pâles et flétries, et beaucoup de blanc sur le nez, qui est rouge, trahissent encore, aux yeux de l'observateur, ce culte que la femme galante conserve, jusqu'à la dernière heure, pour la peau dont elle fut si fière.

Mademoiselle Basuche soupire quelquefois : elle a des peines de cœur; elle vient de lire, dans le feuilleton du journal, que l'Ambigu a donné la veille une première représentation à laquelle assistait *tout Paris élégant*. Du fond de sa morne retraite, la courtisane, détrônée par le temps, reconstruit en imagination l'édifice écroulé des féeries de sa jeunesse. — Elle se voit entrer dans sa loge, précédée de son bouquet et suivie de son Arthur. — Elle salue à droite et à gauche, de face et de profil, toutes les illustrations contemporaines de la galanterie. — Les lorgnettes sont braquées sur elle. — Elle fait sensation, et, le lendemain, à son petit lever, sa femme de chambre lui remettra quinze *propositions*. — Le rêve fini, la lorette vieillie se retrouve les pieds sur sa chaufferette, en tête-à-tête avec le secrétaire de la mairie, qui a flairé les quatre mille livres de rente et qui soupire pour le bon motif.

Le drame de la Porte-Saint-Martin, *le Sang mêlé*, a remis en honneur toutes les pratiques négrophiles qu'avait suscitées le fameux *Oncle Tom*; — à ce propos, on me raconte l'histoire suivante :

A l'extrémité de la rue de la Pépinière vivait un vieillard heureux jusqu'au jour où les manies abolitionnistes s'emparèrent de son cerveau. Le bonhomme, riche comme un planteur, n'avait qu'une idée fixe : faire le bonheur d'un noir. — Sous le prétexte le plus futile, il congédie son domestique couleur de chair, et s'adresse à un bureau de placement pour obtenir un domestique noir.

On lui sert un groom de cette nuance. — Le vieillard en fait son ami, et l'autorise tout au plus à se lever à onze heures. — Cet état de choses durait depuis huit jours, lorsque le rentier reçut une lettre anonyme :

« Monsieur, lui disait-on, vous avez à votre service un noir sophistiqué. — En d'autres termes, on a spéculé sur vos instincts négrophiles, et vous êtes la dupe d'un pot de cirage.—Frottez votre noir, et vous verrez reparaître le blanc hideux et canaille ! »

Indigné du stratagème, le bonhomme mande son nègre et le conduit dans un cabinet.

« Misérable, lui dit-il, je sais tout ! —Je te donne une demi-heure pour te débarbouiller et faire ton paquet. »

Au bout de vingt minutes, il revint.

« Eh quoi ! cette cérémonie n'est pas encore faite... gredin... escroc ? (Ici, quelques coups de cravache.)

— Mais, maître, réplique le nègre, moi bon noir... moi pas pouvoir blanchir moi...

— Débarbouille-toi... scélérat !... »

Après un quart d'heure, nouvelle visite au cabinet.—Le noir était toujours noir, et il avait pour cela des raisons qui remontaient à la côte de Guinée. — Irrité de cette obstination, le vieillard conduit son domestique chez le commissaire de police. Ce magistrat ayant garanti *le bon teint* du sujet, le négrophile l'a repris et lui a rendu toute son amitié.

Longchamps a passé sur la France sans produire de variations appréciables dans les modes. — Le chapeau se met toujours sur la tête, et l'habit par-dessus le gilet. — Il y a peut-être bien encore des provinciaux qui attendent la mode de Longchamps pour se commander un pantalon : je ne sais en vérité quel conseil leur donner. —Les pantalons de cette année ressemblent à s'y méprendre à ceux de l'année dernière : seulement, j'ai cru remarquer qu'ils étaient plus neufs.

On a signalé à la promenade de Longchamps quelques-unes des nouvelles voitures de la Compagnie générale.—Elles sont élégantes, paraissent confortables, et les cochers ont juré de n'assassiner personne.

Malgré tout, il n'y a pas d'illusion à se faire, Longchamps se meurt, Longchamps est mort. — Il y a de plus que les jours ordinaires quelques fiacres de supplément ; mais la signification spéciale de l'institution est perdue, — si bien qu'on se demande pourquoi tout ce monde est là et non ailleurs.

Les théâtres, éventrés par les multitudes du spectacle gratis de lundi, ont fait pénitence tout le reste de la semaine. Ceux qui n'étaient point fermés ont ouvert pour les claqueurs et les gardes municipaux. — Quelques comédiens, profitant du relâche, ont banqueté avec leur directeur, et on a bu à la santé du caissier, ce qui prouve l'intérêt qu'on porte à la caisse.

La semaine qui s'ouvre est pleine de prospérités : les collégiens sont dans la circulation pour huit jours. — Or, on sait que de toute éternité un collégien libre se met à la recherche de mademoiselle Déjazet. — Ne la trouvant pas cette année, il se contentera de quelques actrices de quarante ans qui lui paraîtront bien jeunes.

Et bientôt sans doute les théâtres nous donneront du nouveau.— Déjà l'Ambigu annonce une grande épopée biblique : *le Paradis perdu.* Nous retrouverons là le déluge et toutes les légendes de la Genèse. — Quant au paradis, si on le retrouve dans les stalles de l'Ambigu, j'en serai bien étonné, à moins que le paradis n'ait été rembourré à neuf.

XXXVIII

Ouverture de la saison du printemps. — Le bois de Boulogne. — Locataires et propriétaires. — Le bœuf à la mode. — Invocation à Galimard. — Du danger de se faire assassiner. — Un mystère prussien. — Un enfant prodige. — De l'éducation et de ses inconvénients. — Académie française. — Les élus et les candidats. — M. de Broglie. — M. Biot. — M. de Falloux. — M. Émile Augier. — Les théâtres et les collégiens. — Ambigu : *le Paradis perdu.*

3 avril.

Où sommes-nous, et dans quel climat vivons-nous? Est-ce l'hiver? est-ce le printemps? Le soleil éclaire d'une lumière splendide les parcs et les bois. — Mais les femmes sont toujours ensevelies dans la fourrure, et MM. les chiens de bonne maison se montrent encore à la promenade en paletot. — Naturellement, les hommes imitent les chiens (fidélité à part), et c'est ce qu'ils ont de mieux à faire, car le soleil est une déception, et la brise qui souffle dans le bocage est tout simplement le vent du nord. Toutefois, et sous réserve des fourrures et des paletots précités, le monde a répondu à cette première invitation d'un soleil en faillite, et, toute cette semaine, le gala des voitures et des cavaliers a commencé son défilé depuis l'avenue des Champs-Élysées jusqu'au bois de Boulogne.

A propos du bois de Boulogne, — vous savez ce qui arrive? — Le conseil municipal vient de l'englober dans l'enceinte de la ville, aussi bien que Passy, les Thermes, une partie de Montmartre et des Batignolles. — Je l'avais prédit, il y a deux ans (que n'ai-je pas prédit?).

Il est bien temps, en effet, de livrer à la construction des emplacements pour remplacer les maisons démolies et soustraire les locataires aux prétentions léonines de MM. les propriétaires.

On a cité, dans tous les journaux, de nombreux traits de despotisme attribués, dans ces derniers temps, aux propriétaires. Voici une nouvelle histoire qui en vaut bien deux autres :

Un de mes amis se présente pour louer un appartement, rue de Valois, dans le voisinage du *Bœuf à la mode.* — Entre parenthèse, il serait temps de prévenir ce bœuf que sa mode a beaucoup vieilli, que les chapeaux se plantent maintenant derrière la tête, en auréole. et que le châle, depuis longtemps, ne se porte plus en écharpe autour des côtes de la seconde catégorie. — Ce bœuf me fait de la peine : il ressemble à *ma tante Aurore*, dont il est probablement contemporain, et je m'étonne que Galimard n'ait pas songé à s'immortaliser en dotant la ville d'un bœuf vraiment à la mode.—Galimard a trouvé plus court de se faire assassiner. Ce dernier procédé est peut-être le plus ingénieux, mais c'est aussi le plus dangereux.

Galimard a été assassiné par une main amie et caressante ; il en est quitte pour des égratignures, et les journaux officiels ont donné à entendre que c'était un farceur. — C'est fort bien, et je trouve assez joli que Galimard ait fait poser l'Europe pendant deux jours.—Mais le voici dans la situation d'un garçon que j'ai beaucoup connu et dont la plaisanterie suprême, à l'École de natation, consistait à simuler les convulsions de l'homme qui se noie. — Le premier jour, il y eut grande émotion. Douze maîtres nageurs se jetèrent à l'eau. —Le noyé leur rit au nez et leur demanda des nouvelles de leurs épouses. C'était fort drôle.—Mais, au bout d'un mois de cet exercice, notre plaisant fut un jour pris d'une crampe : il se débattit, il appela, implora la perche ; mais, à toutes ces invocations, les maîtres nageurs répondaient : « Toujours *la même?* Elle est bien bonne ! elle est connue ! » Mon ami alla au fond de l'eau et y resta deux jours. — Un maître nageur eut alors la curiosité d'aller voir ce qu'il faisait là.—Il était mort.—Le maître nageur ne voulut le croire que quand on l'enterra, et encore soupçonna-t-il qu'il y avait une farce là-dessous.

Je suppose maintenant que deux assassins, mais deux vrais assassins, attentent aux jours de Galimard. Galimard crie au meurtre. — Le portier court chez le commissaire, et, sur le ton essoufflé d'un portier qui fait une commission *pressée*, il s'écrie : « Accourez ! accourez ! on assassine Galimard ! »

Le commissaire répond :

« Si ce n'est que M. Galimard, il n'y a pas de danger. Portier, retournez à votre loge, et ne vous dérangez plus pour des charges d'atelier. »

Cependant, le portier revient.

« Monsieur le commissaire, je vous assure que je crois bien qu'on assassine M. Galimard. J'ai regardé par le trou de la serrure? M. Galimard est étendu sur le carreau, et sa tête est sur la table de nuit. — Cela m'a paru sérieux ; voilà pourquoi je me permets de déranger monsieur le commissaire.

— Encore une fois, concierge, dit le magistrat, laissez-nous tranquilles. Vous ne connaissez pas M. Galimard : ce farceur-là joue avec sa tête comme les jongleurs avec des boules de cuivre. — Dites-lui que le grand vizir, passant rue Cassette, vient voir sa *Léda*, et il va vous ouvrir. »

Revenons à la rue de Valois, où mon ami est toujours en instance pour louer un appartement. — Il voit le local, tombe d'accord sur le prix, la bûche, le sou pour livre, l'éclairage, le balayage ; etc., etc.

Le portier lui dit alors :

« Monsieur, il faut aller vous entendre avec le propriétaire.

— Ah ! bien. Où demeure-t-il?

— Monsieur, le propriétaire est à Nice, où il passe tous les hivers, étant *poumonique*.

— Alors, je vais lui écrire.

— Monsieur, cela *ne remplira pas l'objet*. Le propriétaire ne veut louer qu'à des personnes qui lui conviennent pour la figure et le caractère. Si vous conservez votre barbe, vous ne lui conviendrez pas. Cachez bien votre cigare : il déteste le tabac ! Quand vous serez locataire, vous pourrez fumer après minuit, et je fermerai les yeux. »

Il y a en ce moment en Prusse un personnage qui intrigue beaucoup l'Europe. Il se nomme de Canitz.

Une dépêche de Berlin a d'abord annoncé qu'il avait été tué en duel. — Le lendemain, les journaux ont rectifié cette version. M. de Canitz s'était brûlé la cervelle parce qu'il était tombé en disgrâce à la cour. — Le surlendemain, une autre opinion prévalut. M. de Canitz s'était tué pour se soustraire aux atteintes d'un ramollissement cérébral. — Enfin, on annonça que M. de Canitz était bien portant, et qu'il se promenait sous les tilleuls. — Mais alors le duel? le suicide?... Que voulez-vous que je vous dise? Un traducteur infidèle ou mal initié aux mystères de la langue allemande aura confondu ces deux fonctions si distinctes : se brûler la cervelle et se promener sous les tilleuls.

On a beaucoup parlé de l'œuf de Christophe Colomb, passé depuis à l'état de figure dans le langage. — Je viens de découvrir dans les journaux un enfant de quatorze ans aussi fort que Colomb. — On sait que, parmi les fléaux qui affligent l'espèce humaine, depuis le sevrage jusqu'à l'adolescence, on compte la rougeole, la dentition, la coqueluche, l'école et le collége. — Les trois premières calamités tiennent à l'ordre naturel; on n'a encore rien inventé pour les combattre. — Quant à l'école et au collége, ce sont des calamités dérivant d'une convention sociale basée sur ces deux paradoxes :

« Qu'avec une bonne éducation, on se tire de tout ;— que le temps des études est le plus heureux de la vie. »

La scie de l'éducation, à divers degrés, inventée par les parents, fait tous les ans des milliers de victimes dans le premier âge de la vie ; — mais elle fait peu de dupes : les écoliers les plus obtus, en observant le mouvement de la société, comprennent parfaitement qu'il est plus agréable de se lever à dix heures qu'à cinq heures du matin ; d'aller au bois de Boulogne en calèche qu'à pied à la retenue ; de voir des danseuses et d'écouter des chanteurs que de contempler des pions en chaire. — Les écoliers sont surtout frappés d'une considération, c'est que leurs parents mangent souvent des fraises au mois de janvier et que jamais l'institution Patachon ne leur sert de fruits en primeur. — Alors ces jeunes cerveaux entrent en fermentation, et ils se posent une série de questions formidables :

« L'instruction n'est-elle pas plus nuisible qu'utile à l'homme? »

« Le grec et le latin, en particulier, n'ont-ils pas l'inconvénient de détourner la jeunesse des carrières *professionnelles ?* »

« Pic de la Mirandole n'est-il pas mort à quatorze ans pour s'être donné une indigestion sur l'arbre de la science? »

« Un homme qui connaît Dieu a-t-il besoin d'autre science? »

« N'est-il pas constaté que les mathématiques faussent le jugement de l'homme quand elles ne l'abrutissent pas ? »

« L'histoire n'est-elle pas pleine de grands hommes qui ne savaient pas signer leur nom ? »

Toutes ces questions sont résolues par les écoliers dans le sens de cette conclusion, que l'école et le collége sont des institutions impies et contraires aux voies de Dieu, qui a créé l'homme ignorant; — contraires aussi à la nature, qui a donné à l'enfant une inclination très-manifeste pour les soufflés à la crème, et un dégoût providentiel pour le *rata aux pommes* qu'on servira sur les tables des réfectoires jusqu'à l'avénement d'une génération assez téméraire pour le manger. — Cela n'est pas encore arrivé, mais cela peut venir. — Ce qui arrive fréquemment, c'est que l'écolier rêve un ordre social où on signalerait aux défiances des peuples les artistes qui sauraient lire et écrire; où il serait défendu, sous peine de mort, d'enfermer la jeunesse entre quatre murs noirs et humides, sous prétexte de lui enseigner des choses frivoles ou absurdes, auxquelles elle ne donne, d'ailleurs, aucune attention.

Mais toutes ces protestations de la jeunesse contre les bienfaits de l'éducation étaient demeurées jusqu'ici dans le domaine de la théorie ;— le petit phénomène que signale le *Journal de la Moselle* vient d'aborder fièrement la pratique. — Il a mis le feu à l'école de son village; — les autorités du pays se perdaient en conjectures sur les mobiles de ce jeune Érostrate, incendiant le temple de l'instruction primaire. — Mais à cette question : « Pourquoi as-tu mis le feu à l'école? » l'enfant, en mordant dans une pomme verte, a fait cette réponse, qui révèle un génie : « Pour ne plus aller à l'école. »

Dire que j'ai cherché pendant dix ans de ma vie un moyen de ne pas aller à l'école et que je n'ai rien trouvé,— rien, — que ce vulgaire procédé qui consistait *à filer*, palliatif dérisoire à un mal chronique, évasion ridicule et honteuse, qui aboutissait, le lendemain, à une servitude plus dure sur la paille humide des cachots! — Enfant de la Moselle, tu es grand comme le monde! La société, qui se plaît à persécuter le génie, se propose très-probablement de t'enfermer dans une maison de correction jusqu'à l'âge de vingt et un ans; — mais tu as une statue dans mon cœur. — Remarquez encore que mon petit prodige avait atteint sa quatorzième année, et qu'il se voyait menacé du sort lamentable de Pic de la Mirandole.

L'Académie française fera beaucoup parler d'elle ces jours-ci. — Le 3 avril, on recevra en séance solennelle M. de Broglie, succédant au fauteuil de M. de Saint-Aulaire. — Le jeudi 10, on procédera aux élections pour les deux fauteuils vacants : — celui de M. Lacretelle écherra indubitablement à M. Biot, savant vénérable qui, à quatre-vingt-deux ans, s'éprend un peu tard des illusions de l'immortalité.

Reste le fauteuil de M. Molé, qui sera très-disputé. — Après quelques évolutions de scrutin, les chances sérieuses se partageront entre deux candidats, M. de Falloux et M. Émile Augier. — L'élection de M. de Falloux paraissait d'abord certaine; mais, depuis huit jours, il y a un revirement du côté de l'auteur de *la Ciguë*.

Nos vœux sont naturellement, et toujours, pour l'homme de lettres, qui n'a pas d'autre bâton de maréchal en ce monde que le bâton du fauteuil académique. — M. Augier, d'ailleurs, a des titres qu'on constate encore en les discutant. — Mais peut-être ne serons-nous pas consulté.

Quant à M. de Falloux, que nous avons entendu souvent dans les assemblées politiques, il nous a laissé l'impression d'un orateur d'un accent net, très-spontané et d'une forme d'autant plus saisissante qu'elle est moins travaillée.

Entre tous les *grands seigneurs* que l'Académie peut juger convenable de s'agréger, il nous paraît, nous en convenons, un des plus méritants, mais toujours après les écrivains.

Le ministre de l'instruction publique, sans brûler les colléges, ce qui ne rentre pas dans sa fonction, a déchaîné les lycéens dans Paris pour près de quinze jours, à l'occasion de la naissance du prince impérial. — Si la paix, que le canon proclame au moment où je vous écris, donne encore quelques loisirs aux élèves de l'Université, ce n'est plus la peine d'incendier les écoles. — Le procédé de l'enfant de la Moselle se trouve perfectionné par une civilisation plus douce.

Quoi qu'il en soit, nos collégiens, flanqués à droite de papa, à gauche de maman, avec deux ou trois petites sœurs en guirlande, font depuis plusieurs jours un cours très-assidu d'opéra-comique et de vaudeville dans les salles de spectacle, — d'où il résulte que les théâtres n'ont rien donné pour ces autres enfants terribles qu'on appelle des critiques.

L'Ambigu seul s'est lancé dans une grande aventure biblique, en représentant le *Paradis perdu*. — Je ne saurais vous dire combien toute cette mythologie de la destinée humaine me paraît un sujet grandiose et émouvant; — même à l'Ambigu, cela fait rêver. — Si j'étais un César, je convierais toutes les poésies et toutes les musiques du monde à me raconter ces légendes sacrées, moyennant deux millions, sur la scène de l'Opéra. — Nous ne savons pas au juste quelle langue parlaient Adam et Ève dans le Paradis; mais instinctivement, il ne nous semble pas que ce puisse être autre chose que la langue de Lamartine. — Théophile Gautier transporterait dans les chants des Séraphins l'éblouissant ramage de la création à sa première heure. — Meyerbeer écrirait les chansons à boire des démons et des damnés, et Bellini, vivant, aurait surpris la naïve et chaste émotion et les ravissements des deux premiers êtres sortis du néant.

Ensuite vient la chute, — le travail, — le mal, — la douleur, — la mort. — Quel monologue, le créateur d'Hamlet, le grand psychologue Shakspeare, aurait écrit sur cette première mort, ce premier *to be or not to be*. — Passons au déluge, qui éveillerait peut-être chez Félicien David quelque grande inspiration d'harmonie imitative, tandis que les décorateurs, émules de Michel-Ange et de Martynn, reproduiraient sur la toile cette vaste convulsion.

Ici, le peintre et le musicien peuvent tout; — les Titans de la poésie ne peuvent rien; — Bossuet lui-même est presque sans voix devant ce spectacle, et la Genèse, avec sa poésie sobre et altière, a pu seule raconter cette immense lamentation d'un monde submergé.

Tout cela, vous ne le retrouverez pas à l'Ambigu. — M. Desnoyers n'est pas encore un César et il ne disposait pas précisément de deux millions; — mais vous trouverez un spectacle intéressant, bien organisé et bien assoupli aux proportions du cadre.

C'est un succès obtenu par la patience et la volonté, — poursuivi avec conviction et qui doit se maintenir longtemps.

L'acteur Dumaine, dont je suis loin d'être fanatique, a rencontré des inspirations assez sataniques, dans le rôle du Tentateur. — C'est, d'ailleurs, un fort beau diable. — Mademoiselle Périga, qui avait pris l'omnibus de l'Odéon pour venir jouer le rôle d'Ève, y a déployé beaucoup de cheveux et une certaine science scénique. — Sans avoir toute la suavité du personnage, elle donne une idée assez agréable de la première femme.

XXXIX

Les fêtes de la semaine. — Le bal de M. Pozzo di Borgo. — Le bal de M. de Hatzfeld. — La paix. — Réjouissances publiques. — La guerre. — L'album. — Les situations délicates. — Les improvisations grotesques. — Improvisation sublime d'un financier. — Deux histoires à propos de l'or. — L'Académie. — Les prochaines élections. — Théâtres. — Gymnase : *Françoise*. — Madame Rose-Chéri. — Dupuis. — Berton. — M. et madame Lesueur.

10 avril.

La semaine s'est signalée par un grand nombre de fêtes aristocratiques.

Jeudi, M. Pozzo di Borgo a donné ce fameux bal qui, depuis un mois, occupait tous les rêves de la société parisienne. — On y a dansé un quadrille hongrois. — La princesse K..., qui le dirigeait, portait, à l'estime des gens compétents, pour trois cent mille francs de diamants. — Le costume de madame d'O... se signalait aussi par une grande richesse. — Ce quadrille a été répété le surlendemain chez M. de Meyendorff.

Vendredi, M. de Hatzfeld, ambassadeur de Prusse, a ouvert à son tour ses salons. L'hôtel qu'habite, rue de Lille, M. de Hatzfeld, appartient de longue date à la cour de Berlin. — Le roi de Prusse y a logé en 1814 et 1815.

Il s'agissait vendredi d'un grand bal pour lequel on avait prodigué les lumières et les fleurs.

On y remarquait en étrangers de distinction, le comte Orloff, le maréchal Narvaez, M. Olozaga, lord et lady Clarendon, le grand vizir, MM. Manteuffel, Villamarina, Hubner, lady Cowley, madame Montijo, mademoiselle Paniega, jeune Espagnole que la mère de l'impératrice vient d'amener en France, et dont la beauté fait en ce moment fanatisme dans les salons.

La société française était représentée par mesdames Bresson, Daru, d'Oraison, de Caraman, Decazes, de Crussol, de Vogué, de la Rochefoucauld, d'Escars, de Nadaillac, de Villeneuve, Achille Fould, etc.; MM. Guizot, Montalembert, Dumon, de Mérode, Walewski, Fould, Rouher, Bourqueney, Benedetti, Horace Vernet et le vieux marquis de Laigle, qui porte ses quatre-vingt-douze ans avec la légèreté d'un incroyable du Directoire.

Mais, au moins, si le Congrès a beaucoup dansé, on ne peut pas dire qu'il n'ait pas marché. — En quelques semaines, il a résolu les questions les plus délicates du conflit européen et rendu au monde cette paix si chère à l'industrie et aux arts.

Cet événement a été célébré par des réjouissances qui effacent tout ce que nous avions vu en fait d'illuminations et de galas de place publique. — Nous croyons seulement que les bourgeois de Paris ont eu tort de tirer des feux d'artifice dans les entre-sols. — Cet enthousiasme fulminant menaçait la sécurité des locataires supérieurs et les plafonds ont frémi, soulevés par des *bouquets* qui manquaient d'air et d'espace.

L'esprit public, depuis un an, est enfiévré de fêtes et de lampions. — Un assortiment de six lanternes chinoises fait aujourd'hui partie du matériel du plus modeste ménage, et chacun brûle son petit cierge sur l'autel de la prospérité publique.

Les touristes, qui, dans la saison d'été, parcourent le continent, ne sont pas les derniers à se réjouir de cet apaisement survenu dans les querelles de la société européenne. — L'Allemagne et la Russie sont ouvertes aux incursions des poëtes et des peintres qui vont toujours devant eux cherchant des impressions de voyage. Avant un an, Michel Lévy aura édité plus de trente volumes sur la Russie, ce pays si curieux, et si peu connu, qu'Ancelot a cru pouvoir imprimer qu'à Saint-Pétersbourg, les rues étaient chauffées par des calorifères. — Les Russes, qui nous aiment et nous recherchent, se prêteront à une enquête plus sincère et moins partiale que celle du marquis de Custine.

Quelques esprits chagrins nous ont paru enclins à penser que les Français avaient fêté la paix avec trop d'ostentation, et que ces démonstrations étaient de nature à affaiblir en Europe le sentiment de notre force. — Cela serait vrai d'une paix succédant immédiatement à une menace de guerre; — mais, lorsqu'une grande nation vient d'atteindre son ennemi au foyer même de sa puissance et que celui-ci est le premier à faire entendre des paroles de conciliation, il est tout à fait digne d'un siècle de civilisation de se réjouir de ce que, le but atteint, on n'a plus qu'à s'embrasser au lieu de s'entre-tuer.

Certes, l'armée qui a fait la campagne de Crimée est encore là pour attester qu'elle en pourrait faire bien d'autres. Mais la guerre pour la guerre n'est plus dans l'esprit de notre temps. — L'excitation nationale ne nous manquera jamais lorsque la grandeur ou la dignité du pays paraîtra compromise. — Mais de même que nous n'avons plus aujourd'hui de raffinés allant sur le Pré-aux-Clercs pour vider une querelle de pourpoint, de même les Français ne se croient plus absolument obligés par le point d'honneur à tuer des hommes, uniquement parce qu'ils ont des uniformes verts ou rouges.

M. Murger, dans la *Vie de Bohème,* un petit chef-d'œuvre que vous n'avez pas oublié, a flétri l'*album,* ce fléau de la vie parisienne, qui dresse ses embûches dans tous les salons, avec la complicité des plus jolies femmes. — L'album fait en ce moment de grands ravages; — les femmes qui ont la passion de l'autographe sont implacables : — la plus profonde obscurité ne vous préserve pas de leurs sollicitations : tout leur est bon : elles demandent de *petits vers* à des fournisseurs de fourrages, et des *pensées sublimes* à des clercs d'avoué. — Ce qu'il y a de féroce et de perfide dans l'album, c'est qu'il vous prend au dépourvu, vous serre à la gorge et vous paralyse. — C'est comme un monsieur qui vous demande la bourse ou la vie, en exécutant des *fantasia* autour de votre tête, avec un couteau catalan. — Rarement on trouve un joli mot à lui répondre.

Je ne connais qu'un homme qui se soit tiré agréablement de cette dernière situation, toujours très-délicate pour un homme d'esprit. — C'est un hercule qui donnait, il y a une quinzaine d'années, des représentations au Cirque. — Attaqué, au milieu de la nuit, dans le faubourg du Temple, par deux flibustiers armés jusqu'aux dents, il écarta d'un geste puissant ses deux agresseurs, et leur jeta ces paroles sublimes, où respire bien la force d'un demi-dieu : « Gamins, *si je ne craignais d'attirer la garde,* je vous flanquerais des giffles ! » — Je ne trouve rien dans l'antiquité de comparable à ce *si je ne craignais d'attirer la garde.* Eh bien, ce divin hercule, qui dédaignait si superbement l'intervention des baïonnettes étrangères, eût peut-être succombé devant l'album. — Là, il ne s'agit pas de frapper fort, mais de frapper juste. — Le mieux est de sortir de ces piéges à loup par les portes dérobées de la fantaisie, et de mystifier les importuns. — La femme d'un constructeur enrichi reçoit l'espèce littéraire au milieu d'une cohue de courtiers de commerce. — Elle a naturellement un album. Sur ce livre d'or, parmi les bouquets à Chloris, les odes à la lune et les sonnets-logogriphes, un vaudevilliste a écrit ces deux lignes pleines de bon sens :

« A dix-huit ans, j'étais soldat. — Si j'avais eu de la patience, je serais aujourd'hui caporal. »

Un autre, serré de trop près par la maîtresse de la maison, après avoir épuisé toutes les formules de refus, s'est décidé à écrire ceci :

« Chose singulière ! on n'hésite pas à avouer qu'on *s'ennuie,* et on ne veut jamais croire qu'on ennuie les autres. »

« Ah ! cela, c'est bien vrai, » dit la dame à l'album, qui aurait pu profiter de la leçon.

Enfin, un penseur de l'école de Grassot a consigné sur l'album cette remarque profonde :

« Le mariage émancipe la femme et enchaîne l'homme. — Voilà pourquoi les femmes se marient en plus grand nombre que les hommes. »

L'album *prémédité* a d'autres inconvénients : il n'est pas niais, mais il est précieux et tourmenté. — Vers l'an de grâce et de poésie 1836, j'assistais à une soirée de bienfaisance au profit des Polonais.— Il y avait une loterie, et le lot le plus considérable devait être un album que tous les écrivains en renom avaient été invités à honorer de leurs inspirations ; — et ils étaient tous venus : Hugo, Gautier, Balzac, Soulié, les deux Dumas (Pierre et Thomas), Alfred de Musset, etc.

A l'appel de la princesse patronnesse, on s'exécutait avec une grâce parfaite : — on prenait la plume, on se chatouillait le front et on ne tardait pas à trouver quelques vers, laborieusement improvisés la veille *dans le silence du cabinet.* (Le silence du cabinet est une des prétentions de l'homme de lettres, qui, le plus souvent, travaille au milieu des chats, des perroquets et du babil des comédiennes.)

Dans ce concours de beaux esprits, devinez qui l'emporta ?

Un banquier.

Mon Dieu, oui, un banquier qui passait pour très-médiocrement spirituel et à qui la dame patronnesse présenta l'album en lui disant, non sans une nuance d'ironie :

« Et vous, monsieur, n'avez-vous pas quelque *grande pensée* au service de l'infortune ? »

L'homme de finance prit la plume, et, d'une écriture très-nette, il écrivit ceci :

« Bon pour dix mille francs au profit des Polonais. »

Et il signa d'une signature qui valait trente millions.

Cette magnifique improvisation obtint un très-grand succès d'émotion.—C'était là, il faut bien en convenir, de l'esprit *argent comptant,* et le banquier prouva que les grandes pensées viennent quelquefois de la bourse. — Seulement, tout le monde n'a pas autant d'*inspiration* au fond de la sienne.

Quelques géologues ont prétendu, de longue date, que, si l'or ne se présente pas au mineur en masse compacte comme les métaux vulgaires, il existe épars dans les entrailles de la terre en plus grande quantité que le cuivre et l'étain. — On attribue même à M. de Humboldt cette prédiction qu'un jour viendra où les batteries de cuisine seront en or ; — ce qu'il y a de certain, c'est que les découvertes récentes faites en Californie et en Australie donnent beaucoup de chances aux cuisinières.

Voici maintenant une histoire qui circule :

Un avocat, M. C., ami d'une de nos plus grandes illustrations parlementaires, après une vie très-traversée, avait perdu sa femme à l'île Bourbon, — où il lui avait fait élever un monument funéraire.

Revenant en Europe, M. C. avait poussé la piété conjugale jusqu'à rapporter un peu de la terre qui recouvrait la dépouille de sa compagne, et cette terre était déposée sur son bureau, sous un globe de verre. — Dans ces derniers temps, un chimiste, ami de M. C., vint lui faire visite, examina machinalement cette terre, lui trouva un aspect particulier et demanda à l'analyser. — La terre contenait de l'or dans des proportions inimaginables. — Là-dessus, M. C. se mit en campagne : — pour plus ample information, de la terre extraite du même endroit fut encore demandée à Bourbon, transportée, analysée ici, et donna les mêmes résultats. — On assure qu'une compagnie se forme pour l'exploitation de cette nouvelle Californie...

A ce propos, M. Mérimée racontait hier, en ces termes, l'origine de la fortune des Demidoff. — L'emplacement où gisent les mines de l'Oural était occupé, il y a environ un demi-siècle, par une scierie appartenant à M. Demidoff. — Un coup de vent emporta un hangar sous lequel s'abritaient les travailleurs. On comprit la nécessité de reconstruire plus solidement ce couvert, et on se mit à enfoncer des pieux en terre. — Les trois premiers pieux avaient assez facilement pénétré dans le sol. — Le quatrième résista obstinément. On eut beau stimuler le zèle des moujicks par quelques coups de knout, le pieu s'arrêtait toujours sur une masse rocheuse. — On creusa pour déblayer le sol, et on trouva une pépite d'or de la grosseur d'une citrouille. — Depuis, on en a trouvé de la grosseur des millions que possèdent MM. Demidoff.

C'est toujours jeudi que l'Académie procède à ses élections pour asseoir deux élus dans les fauteuils vacants de M. Lacretelle et de M. Molé. — M. Augier paraît toujours avoir l'avantage numérique sur M. de Falloux, si son petit bataillon n'est pas affaibli par des abstentions préméditées.

Le Gymnase a donné jeudi *Françoise*, comédie en quatre actes, de madame Sand, destinée d'abord au Théâtre-Français, où elle a été répétée.

L'œuvre nouvelle de l'auteur du *Champi* pourra bien encore rencontrer un public réfractaire, ce public matérialiste à qui il faut avant tout du bruit, du mouvement, des coups de théâtre. — Mais ceux qui recherchent une forme, un style, des caractères et une idée élevée, suffiront à entretenir un succès consacré par la première représentation.

Madame Sand est toujours peu préoccupée d'amuser les oisifs par des jeux puérils ; — elle veut occuper l'âme. — Son nouveau travail rappelle ces magnifiques combats de la passion intérieure, ces grandes études spiritualistes qu'elle tente toujours d'acclimater à la scène, après s'en être fait une immortalité dans ses livres.

Indiquons en quelques traits les physionomies que madame Sand a mises en scène.

Abandonné par son père, M. Henri de Trégenec, gentilhomme breton, a été élevé par un vieux médecin du Berry. Près de lui, plus associée à ses études qu'à ses jeux, grandissait une jeune fille, de quelques années peut-être plus âgée que lui, calme, profonde, sérieuse ; — c'était Françoise, la fille du médecin. — Instinctivement et sans vouloir se rendre compte de l'état de son cœur, Françoise a voué à ce frère de sa jeunesse une tendresse qui a pour base le dévouement ; — elle a pressenti ce qu'il y a de faiblesse et de mobilité dans cette nature violemment attirée par les mirages de la vie, et à quels écueils se heurtera son bonheur.

En effet, Henri, de son côté, a bien confusément démêlé les beautés morales de Françoise. — Un moment il a pensé à être tout simplement heureux de ce bonheur obscur et profond que deux âmes peuvent trouver dans quelque paradis fermé au luxe et aux dissipations de la vie. — Mais, pour atteindre à ce bonheur, l'énergie lui manque. Il n'est donné qu'à quelques âmes très-supérieures de se passer de la foule.

Si Trégenec voulait ou s'il pouvait vouloir, Françoise lui ouvrirait les portes d'un Éden.

Il aurait, dans une petite maison tapissée de vignes, cette aisance rustique, qui ne connaît ni les amertumes ni les crises des fortunes conquises et disputées aux hasards de la vie. — Il respirerait l'air sain et robuste des champs. — Assis, l'hiver, devant la vaste cheminée du manoir berrichon; l'été, sur le sommet de la colline où penche le troupeau, il vivrait dans ces extases et ces recueillements que Rousseau poursuivait à travers les solitudes des grands bois. — Mais, tandis que Henri penche vers l'ange, le démon le tente.— Il a entrevu un million dans la corbeille de mariage d'une petite fille éventée, un peu folle, qui portera pour trente mille francs de dentelles, aura sa loge aux Italiens et à l'Opéra, ira le jour au bois, la nuit au bal, et finira par se déclarer la plus malheureuse des femmes parce qu'une duchesse l'aura oubliée dans ses invitations.— Attiré par ce million, Trégenec se retourne bien parfois pour contempler la petite maison des champs, au seuil de laquelle Françoise est assise.— Il se trouble, il hésite, il se maudit lui-même de n'avoir pas le courage d'être heureux. — Mais sa faiblesse le précipite dans l'abîme, où il trouvera, outre les chiffons de sa femme, un beau-père et une belle-mère comme on en tient en réserve dans les petits enfers de province pour les damnés qui vendent leur âme.

Françoise a observé de loin ce combat. — Elle a essayé de sauver Henri. — Tout ce que sa dignité lui permettait de faire, elle l'a fait. — Un homme digne de ce bonheur qui échappe à Trégenec, M. de la Hoyonnais, s'immole en s'associant aux efforts de cette Françoise qu'il aime.

Au dernier moment, Françoise s'élève au-dessus de ces orages : — elle a rendu à Trégenec sa dignité, compromise par ses dissipations. — Il est libre d'épouser ou Françoise ou la fille de l'aubergiste enrichi. — Le gentilhomme a un élan vers Françoise, mais il est trop tard. — Chez Françoise, la pitié a tué l'estime. — Elle se retourne vers l'homme fort qui l'a comprise, et Trégenec pleure son paradis perdu.

Je n'ai pas besoin de vous dire en quelle langue sobre et poétique cette situation est développée. Sous ce rapport, madame Sand, au moins depuis *le Mariage de Victorine*, n'avait pas été peut-être aussi bien inspirée, au théâtre.— Il y a là des accents d'une grandeur incomparable sous la forme la plus humble et la plus libre du langage familier.

Les artistes du Gymnase, même après ce qu'on a dit d'eux depuis quatre ans, ont encore trouvé moyen de se signaler.

Après avoir représenté pendant plusieurs mois les froides perversités de la baronne d'Ange, madame Rose-Chéri a composé, avec sa supériorité accoutumée, cette touchante physionomie de Françoise. — Mademoiselle Mars n'étant plus de ce monde, personne, après madame Rose-Chéri, ne peut aspirer à rendre ces calmes fiertés de l'âme, cette passion contenue par une dignité sévère et ombrageuse, enfin cette honnêteté suprême qui éclaire de la douce sérénité des vierges la physionomie de Françoise.

Dupuis, dans le rôle de la Hoyonnais, a eu un accent sérieux et profond qu'on ne lui connaissait pas encore, et qui a donné une plus grande valeur à une scène du troisième acte, abordée, d'ailleurs, par l'auteur avec beaucoup de fermeté.

M. Berton a ce qu'on appelle dans les conventions du théâtre un très-mauvais rôle. — Peut-être la convention est-elle absurde, car je n'ai jamais mieux compris combien M. Berton était un artiste habile et savant.

Un rôle de petite fille évaporée a révélé, chez mademoiselle Delaporte, un talent très-frais, très-jeune et très-naïf.

Enfin, les époux Lesueur ont assez bien accusé deux types de grossiers parvenus. — Cependant, en ce qui concerne Lesueur, il faut bien dire que sa *finasserie* n'est pas toujours en situation ; qu'un peu de bonhomie grotesque ne messiérait pas au rôle, et que, à ce point de vue, Geoffroy eût peut-être apporté dans la pièce un élément plus franchement comique.

XL

Les dernières fêtes de l'hiver. — Le régime de la vie parisienne. — Régime de la vie de province. — L'Académie. — Les deux élus. — M. Augier. — M. Brizeux. — Les créanciers et les débiteurs. — Variétés : *le Sac et la Braise.* — Cirque : *les Maréchaux de l'Empire.*

20 avril.

L'hiver expire sous des torrents de pluie et au bruit des orchestres. — Les bals, les banquets, les comédies, se multiplient pour fêter les derniers jours du Congrès. — J'ai déjà gémi sur le sort de ceux que j'appelle *les martyrs du plaisir.* Les salons aussi sont des champs de bataille, et plus d'un glorieux soldat, qui a supporté pendant quinze mois le feu des Russes à Sébastopol, succombe devant les travaux forcés de la société.

J'admire toujours que la machine humaine puisse résister à l'action délétère de la vie parisienne ;— et, ce qu'il y a d'étrange, c'est que jamais, dans les appréciations du vulgaire, les fatigues du monde n'entrent en ligne de compte dans les altérations de la santé. — Un homme meurt ; les médecins disent qu'il ne pouvait vivre ; — sa famille dit qu'il *se tuait au travail ;* — les amis et les indifférents se montrent disposés à croire qu'il avait *un chagrin secret.* Personne ne s'avise de penser que cet homme trop truffé est mort parce qu'il est tout simplement contraire aux lois les plus élémentaires de la nature de déjeuner le matin comme un entrepreneur de bâtiments, de dîner le soir comme un ambassadeur, et de souper à minuit comme une marquise, le tout pour soutenir ses relations.

Si vous ajoutez qu'en sortant de chez la marquise, notre homme va au cercle, *taille une banque* jusqu'à six heures du matin, exalte dans les émotions du jeu son système nerveux ; entretient trois liaisons qui traînent à leur suite une femme qu'on adore et qui vous demande de l'argent; une femme qu'on n'aime plus et qui demande de l'amour; une femme indifférente qui ne demande ni amour ni argent, mais qu'il faut conduire en baignoire à l'Ambigu, vous arriverez à comprendre que M. le vicomte ne soutienne pas dix ans un régime qui tuerait un bœuf en dix mois.

Nous sommes toujours étonnés de rencontrer en province ces races formidablement saines et plantureuses qui contrastent tant avec nos phthisies parisiennes. — C'est que, tout simplement, la province est exonérée du plus rude travail de ce monde, le travail de l'élégance. — Levée au premier appel de son coq, couchée avec le soleil, le jour paisiblement assise au seuil d'un jardinet, ne connaissant guère d'autre émotion qu'une promenade sur le mail, et livrée sans corset au libre épanouissement de sa riche nature, la femme de province se développe en largeur, se dessine en tour, s'affirme dans une vitalité puissante et marche d'aplomb dans son siècle, sans vertiges, sans vapeurs, sans migraines, jusqu'au jour de l'apoplexie.

Telle est aussi, avec quelques variantes, la condition de l'homme en province. — Quand c'est un très-mauvais sujet, le provincial fréquente *sa société* (son cercle), — joue au bézigue, — perd quinze sous à l'insu de sa femme (qui dirait qu'il dévore le patrimoine de ses enfants) et met, à dix heures, son manteau couleur de muraille pour rentrer chez lui après cette folle orgie. — Ce type de provincial est quelquefois maigre et mélancolique. — Un gros remords pèse sur sa conscience; — il ne se dissimule pas qu'il vit dans le désordre et que les familles interdisent à leurs rejetons d'approcher de son petit enfer. — Au fond, cet homme n'est pas pervers, — mais il est entraîné par des habitudes de jeunesse. — Ce malheureux a fait son droit à Paris, et, du droit, il reste toujours un peu de bézigue et beaucoup de pipe culottée. — Je crois même que c'est là le fond du droit.

Mais ces dégradations exceptionnelles n'altèrent pas dans son ensemble l'aspect monumental du provincial pur sang, mi-campagnard et mi-citadin; — hâlé comme un maquignon, riche comme un marchand de cochons, — un peu enclin à la gaudriole, pourvu que la gaudriole soit dessinée par M. Courbet, — ne payant à Vénus qu'un tribut animal, et préservé par de fortes épaisseurs de tout contact avec les sentiments orageux et werthériens; bon enfant, jusqu'à la bourse exclusivement, s'estimant plus qu'un duc s'il a plus de champs que le duc, flânant volontiers autour des bouteilles de vieux cognac, appréciant un beau tas de fumier bien plus qu'une bibliothèque, déployant des ruses infernales pour gagner deux sous sur un marché de cent écus, et racontant, la fleur à la bouche, en faisant claquer son fouet, comme quoi il a enfoncé le plus *malin* du pays. — Voilà l'homme. — Mettez par-dessus une chemise de grosse toile, — sans cravate, — une blouse ou un paletot d'été, des souliers avec lesquels il est venu au monde et dans lesquels on pourrait l'ensevelir.—Tout cela boit, mange, trafique sur la terre et le bétail, circule dans l'horizon d'un chef-lieu de canton, pendant soixante et dix ou quatre-vingts ans, et meurt sans avoir été malade. — Voilà les bénéfices de cette vie primitive et un peu bestiale; — tandis que le Parisien s'étiole dans les salons comme des fleurs rares en serre chaude, l'homme de la nature, sous sa rude écorce, se conserve en pleine terre.

Rentrons dans la serre chaude parisienne ; les lauriers y poussent au front des immortels. — L'Académie française a pourvu à ses deux vacances.—Les calculs présentés ici il y a quinze jours sont demeurés assez exacts : M. Biot s'est assis sans secousse à la place de M. Lacretelle, et M. de Falloux, après une lutte assez longue avec M. Émile Augier, prend possession du fauteuil de M. Molé. — Les scrutins ont d'abord été énervés par quelques voix perdues : — encore le fractionnement des suffrages eût-il été plus sensible, si des concurrents comme M. Brizeux, par exemple, ne s'étaient retirés avec une louable et rare modestie pour laisser passer le candidat des lettres.—Ces sacrifices ne sont pas précisément stériles : — le scrutin où M. Augier a réuni quinze voix le désigne suffisamment au premier fauteuil vacant. — Ensuite, l'Académie trouvera peut-être deux heures de loisir pour relire ce beau poëme de *Marie*, une des inspirations les plus suaves de la littérature contemporaine. Par ses œuvres, dégagées de toute préoccupation de métier; par sa vie digne, modeste et scrupuleusement littéraire, M. Brizeux représente tout un ordre d'idées solidaires, où on ne rencontre que des titres et pas un motif d'exclusion.

J'ai découvert, dans les journaux, un Anglais d'un grand caractère. — Il vivait à Boulogne, dans la prison pour dettes, et il y est mort, quoiqu'il eût amplement de quoi recouvrer sa liberté. — Mais l'Anglais, qui avait eu à se plaindre de quelque vice de forme dans les procédés de la procédure, avait fait serment de ne sortir de sa prison que le jour où son créancier viendrait, en manière de réparation, le chercher en voiture à quatre chevaux.—Le créancier n'est pas venu; peut-être n'avait-il pas de voiture, ou peut-être encore n'avait-il que deux chevaux.

Les Français, beaucoup moins formalistes que les Anglais, accueillent volontiers leur créancier quand celui-ci vient les prendre en prison pour les promener aux Champs-Élysées dans un tilbury à un seul cheval; — mais il ne faut pas se dissimuler que le débiteur français se dégrade et donne de lui à l'étranger une piètre opinion. — Il faut ajouter, cependant, que le créancier a si rarement de ces hautes inspirations, que le débiteur fait sagement d'en profiter. — Quatre chevaux! c'est peut-être beaucoup demander à un créancier, à qui on doit déjà la nourriture et le logement.

En France, je l'ai remarqué, le débiteur est généralement aigre envers le créancier.—De son côté, le créancier ne se comporte peut-être pas toujours en gentilhomme avec le débiteur. Mettre un homme à Clichy, en hiver, c'est une *scie* très-excusable d'usurier à dandy. —Mais, l'été, le créancier pourrait bien conduire son débiteur à Bade et à Spa. — Comment veut-il que le débiteur conserve son crédit, si on ne le voit jamais dans les centres élégants? — Retenir un homme à Clichy au delà de ce que permet une saine plaisanterie, c'est le ruiner dans l'esprit des femmes et dans l'opinion des capitalistes. — Les femmes envoient souvent les hommes à Clichy; — elles vont rarement les y chercher. — Quant aux capitalistes, ils se défient généralement des élégants qui mènent une vie aussi sédentaire.

Il y a de grandes réformes à introduire dans les rapports entre les créanciers et les débiteurs. — Il faudrait d'abord que les créanciers fussent assez spirituels pour ne pas se fâcher de quelques charges d'artistes qui consistent à aller à la campagne le jour des échéances. — D'autre part, les débiteurs devraient au moins lire le papier timbré que leur envoie le créancier. — Le créancier serait sensible à ce témoignage de déférence et de considération.

Les huissiers, qui vivent de la mésintelligence des créanciers et des débiteurs, ont envenimé des querelles, puériles au fond, puisqu'il s'agit de misérables questions d'argent, où l'honneur n'est pas engagé, et ils ont brouillé, à tout jamais peut-être, deux classes de la société faites pour s'estimer, puisqu'elles ne peuvent se passer l'une de l'autre. — Le jour où les créanciers en masse iront chercher les débiteurs à Clichy, en voiture à quatre chevaux, les études d'huissier baisseront de 75 pour 100. — L'année suivante, Galimard exposera une ravissante allégorie représentant un garde du commerce terrassé par un créancier magnanime, sous la forme d'un ange. — Le plus difficile sera peut-être de se procurer un créancier assez joli pour représenter un ange. — C'est tout au plus si deux créanciers, enlacés et déployant leurs ailes, pourraient suffire à l'illusion. Le mieux serait de supposer qu'une très-charmante femme ayant un amant riche seulement d'espérances, celui-ci souscrivait des billets à sa maîtresse pour avances sur le compte des mille et une nuits. — L'échéance venue, et le jeune homme n'ayant pas trouvé la lampe d'Aladin qui transformait les billets protestés en billets de banque, la dame mit le monsieur à Clichy.

La chose est parfaitement historique, quoique datant d'assez loin. Mais, malgré ses quarante ans, avec quelques retouches, le créancier aux longs cheveux pourrait très-bien figurer dans un tableau où il y aurait à la fois de l'ange et du démon.

Je vous convie à la représentation d'un vaudeville en trois actes aux Variétés : *le Sac et la Braise.*

Le titre est un peu trivial. — Il est emprunté à l'argot des ateliers et des coulisses : dans la langue imagée de ce monde, on dit d'un homme qu'il *a le sac* quand il est riche. — Quant à *la braise*, j'ignore son sens allégorique. Donc, sur *le Sac et la Braise*, on a construit trois actes. Le premier avait des intentions assez aristophanesques : des allusions très-transparentes avaient distinctement signalé, à la malignité du public, un brave et loyal millionnaire, assez spirituel pour rire le premier de la plaisanterie, assez riche d'élans généreux pour se glorifier de sa fortune. — Je n'ai rien reçu de l'homme qu'on a ainsi désigné; mais je sais des écrivains, des artistes pour qui *la grille dorée* s'est souvent et discrètement entr'ouverte aux jours des grandes détresses de la bohème.

Quoi qu'il en soit, cette incarnation du *sac*, si elle manque de goût et d'à-propos, ne manquait pas de couleur et d'accent. — Malheureusement, les auteurs ont reculé devant leur propre audace, et, au lieu de continuer à nous présenter quelques types de la société contemporaine, ils se sont laissés dériver au courant vague de ces peintures de mœurs faciles dont le théâtre ne s'est guère montré sobre depuis quelques années. — On a ri, en fin de compte; mais je ne crois pas, à vrai dire, que la pièce soit au niveau du genre qui pourrait rallier autour du théâtre des Variétés un public un peu dérouté par les compositions sans physionomie et sans nom qu'on donnait sur cette scène jusqu'à l'avénement de la direction actuelle. Je dis là des choses probablement bien oiseuses. M. Cognard est assez intelligent pour distinguer les bonnes pièces des mauvaises, et, s'il se contente des médiocres, c'est qu'apparemment on ne lui en apporte pas de meilleures. — Nous ressemblons assez, nous autres critiques, à ces gens qui ne veulent que de la fleur de farine et ne sauraient pas faire pousser un épi de seigle.

Le Cirque a donné *les Maréchaux de l'Empire*. La pièce militaire est un genre très-épique que nous honorons de toutes nos prédilections, mais ce genre s'est abâtardi ; on a voulu y introduire de la *littérature;* on y cherche maintenant des enfants égarés comme à l'Ambigu ; on y parle peut-être un peu plus français, c'est possible ; mais, sous prétexte de supprimer les généraux qui faisaient des cuirs, on a trop supprimé les batailles qui constituaient tout l'attrait de ce spectacle. On devrait comprendre que, lorsque nous entendons les chevaux piaffer derrière l'étroite mansarde où madame Lacressonnière berce son enfant, il nous importe peu de savoir jusqu'à quel point madame Lacressonnière a trahi ses devoirs; la question est de savoir si nous sommes en Allemagne ou en Italie ; si la toile a de l'horizon et de l'air, le théâtre des accidents savamment ménagés pour y grouper des armées, et sur quel sommet va planer l'aigle des batailles, Bonaparte. Tout le reste est ce que les saltimbanques appellent la bagatelle de la porte.

Donc, cette fois encore, le Cirque nous a paru trop sobre de poudre et trop riche d'*intentions littéraires*. — Ajoutez une forte déception. — L'affiche annonçait cinq actes.—Le quatrième acte joué, le directeur ayant tiré sa montre en or et à répétition, se dit: « Voici une heure du matin, c'est bien assez pour aujourd'hui. — Annoncez les auteurs. » — Mais le public des galeries supérieures, à qui on faisait tort d'une bataille d'Iéna et de trois autres tableaux, n'a pas compris qu'on l'envoyât coucher plus tôt que ne le comportait le programme, et il a témoigné son désappointement sur l'air des *Lampions*, avec des trépignements féroces. — Lacressonnière est venu lui faire un petit discours, qui a eu le succès de toutes les allocutions possibles devant un peuple ameuté. — A deux heures du matin, il y avait encore des groupes compactes devant le théâtre, et on demandait la tête de M. Billion, ce qui m'a paru indiscret. — Que M. Billion conserve sa tête, mais qu'il nous donne des batailles.

XLI

Le printemps de 1856. — Physiologie du lion ruiné. — Les existences problématiques. — Une histoire de lansquenet. — Un joueur payé en bonne monnaie. — L'assassin de madame Caumont-Laforce. — Distribution des prix Véron. — Encore l'Académie.

24 avril.

Je n'ose trop vous annoncer le printemps. — L'année dernière, à pareil jour, tandis que ma muse chantait sous la feuillée, la neige se mit à tomber; — et, lorsque, deux jours après, nos lecteurs, frissonnant dans leur paletot, se trouvèrent en présence de ma bucolique, ils se demandèrent d'où venait ce berger d'Arcadie.

Cependant, vous ne pouvez le contester, la nature est déjà souriante : — il reste bien dans l'air un léger frisson d'hiver; mais ces premiers beaux jours sont si lumineux et si doux, ils apportent au corps et à l'âme tant de bienfaits réparateurs, qu'on les accueille avec une sorte de joie enfantine et naïve. — Chaque année, ce sont les mêmes exclamations, la même fête des yeux et de l'esprit. — C'est le printemps ! — On dirait qu'on n'avait jamais vu le printemps ou qu'on se croyait condamné à ne plus le revoir.

Aussi, ces jours-ci, aux Champs-Élysées et au bois, quel empressement! quelle foule, à pied, à cheval, en voiture! — Dimanche surtout, c'était féerique! — Toutes les splendeurs de l'Empire ont défilé là, sous nos yeux, pendant quatre heures, et aussi, faisant cortége à ces puissances du jour, tout ce que Paris a de jeune, de riche, d'amoureux : — les lions en activité et les lions en demi-solde, — les grandes dames et les comédiennes, — tout cela pimpant, rayonnant, le bouquet au sein et le sourire aux lèvres.

Hélas! que j'en ai vu mourir, de jeunes filles! Hélas! que j'en ai vu passer, de printemps! Il y a vingt ans, je parcourais ces mêmes allées; une autre génération occupait alors ce théâtre des splendeurs parisiennes. — Les chevaux qui piaffaient en ce temps-là ont passé par les mains de l'équarrisseur. — Que sont devenus les élégants dont ils étaient l'orgueil et le luxe? — Quel monument élèverait à la philosophie l'homme qui pourrait dire l'histoire de ces brillants météores ! Quelles consolations il apporterait à ceux qui ne savent pas combien ils sont heureux dans leur médiocrité et leur obscurité !

Je parlais, dans une de mes dernières chroniques, des femmes qui apparaissent, brillent et s'éclipsent. A Paris, la destinée de certains hommes ressemble beaucoup à celle de ces femmes. — Voyez, à cheval, en voiture, au café de Paris, dans les avant-scènes, ces hommes jeunes, beaux, enviés, fêtés : — ce sont des millionnaires éphémères; ils ont soixante mille francs de rente pendant cinq ans. — Leur père, honnête marchand, officier ministériel, bourgeois scrupuleux et timide, a mis trente ans à leur amasser trois cent mille francs. Quand le père meurt, un tiers de cette fortune appartient déjà à l'usure; — le reste est semé d'une main prodigue à tous les vents de la folie. — Que devient alors le dissipateur? — Les uns se font soldats, — j'en sais un qui est aujourd'hui général ; — les autres se tuent. — Voilà pour les caractères énergiques. — Mais les faibles se laissent dégringoler, échelon par échelon, jusqu'au bas de l'édifice social. — On les voit réformer leur luxe pièce à pièce : — on vend les chevaux, — on vend les tableaux et les meubles de prix, — on fait restaurer par son portier ces délicieux habits de chasse que Renard *facturait* à 180 francs. — On dîne à la Taverne anglaise; — on a quitté la superbe Léona (qui a peu résisté); — on a maintenant, pour cinquante francs par mois, une ingénue des Folies-Nouvelles. — On est triste et mélancolique comme une ruine du moyen âge. — On s'avise, un peu tard, que trois cent mille francs, à 5 0/0, pouvaient produire quinze mille livres de rente; — qu'avec cela, un peu de retenue et de simplicité, — une honnête fille au lieu d'une prostituée pour maîtresse, un autre tailleur que Renard, un autre restaurateur que Bignon,—plus d'honnêtes gens et moins de grecs dans sa familiarité, on pouvait vivre éternellement de la vie des égoïstes heureux qui ne prêtent à personne, n'empruntent à personne, tiennent leur budget en équilibre, — dépensent un peu, l'hiver, à Paris, économisent beaucoup, l'été, à la campagne, et, vers leur sixième lustre, épousent la fille d'un commissaire-priseur. — Philosophie tardive! — Le jour des grandes épreuves s'avance; — les derniers débris d'un luxe qu'on achète si cher et qu'on vend à vil prix se dispersent chez les brocanteurs; le papier timbré entre dans la maison.—On ne vit plus que d'expédients; le mont-de-piété devient le seul et dernier usurier du lion en décadence. — Enfin, un jour, on se réveille sous le coup de *to be or not to be :* trouver cent sous, ou ne pas dîner!

Cent sous, cela se trouve; mais il faut dévorer bien des affronts, dépenser bien des paroles inutiles, mettre sa fierté à l'abri derrière des voiles bien transparents : « J'ai oublié ma bourse... Il me manque cent sous pour acheter une boîte de chocolat, etc. » Cela s'épuise bientôt. Comme on ne rend jamais, on n'en est plus à l'emprunt, on en est à *la carotte.*

Alors, on se dit que ce qui constitue *la carotte* et ses humiliations, c'est la modicité de l'emprunt. — On tente des coups plus hardis; on se rappelle qu'on avait des amis riches, on va les relancer.

« Mon cher, dit le premier ami, vous tombez mal : j'ai perdu hier cinquante louis au lansquenet. — Figurez-vous que je n'ai pas pu attraper *une main* de toute la nuit? — Je suis bien fâché, — bien désolé, — etc. »

Ailleurs, l'ami est à la campagne, — aux eaux.

Enfin, on rencontre un grand cœur, — un homme qui sait compâtir au malheur.

« Mon cher, dit cet ami, vous savez que j'ai toujours eu de la sympathie pour vous : — je veux vous sauver. Je vous prêterais les cinq cents francs que vous me demandez, que vous ne seriez pas plus avancé dans un mois ; — je ferai mieux. — Je viens d'intéresser mes capitaux dans une compagnie d'assurances. — Je suis en position d'imposer un employé ; — il y a là une place de douze cents francs, — elle est à vous. »

Ceci est une façon d'assommer le lion ruiné et importun avec une bûche économique. — Aller à un bureau à huit heures, en sortir à six heures, s'hébéter dans des expéditions et des additions, dîner à vingt-deux sous, se coucher sans feu, être banni du paradis social, et le contempler à la distance où végètent les damnés du travail sans gloire et sans profit, voilà la perspective qu'on ouvre devant l'homme qui naguère était assis au festin de la vie parisienne ! Même dans ses plus mauvais rêves, le prodigue ruiné n'avait pas entrevu cette douloureuse expiation.

Généralement, il refuse ce secours dérisoire. — Il n'en est pas là. — Il attend de l'argent de sa famille. — Il ne voulait qu'une avance, etc. — Bref, il refus ela *superbe place* qu'on lui offrait. — L'ami s'en doutait un peu. — Mais le voilà en règle avec sa conscience. — Quand il rencontrera les anciens compagnons de plaisir du lion ruiné, il pourra encore se poser sur le piédestal du bienfaiteur méconnu.

« Comprenez-vous Gaston ! il n'a plus le sou. — Je lui offre une place de douze cents francs, et il refuse... »

Ici, chœur d'amis :

« Vraiment !...

— C'est insensé !

— C'est un garçon perdu !

— Je voyais bien qu'il allait trop vite.

— Il y a un tas de jeunes gens qui veulent faire, comme ça, de l'embarras...

— Te rappelles-tu avec quelle ostentation il parlait toujours de son attelage gris pommelé ?

— Allons... voyons..., messieurs, c'était un bon garçon...

— Sans doute... mais que veux-tu qu'on y fasse?... Tu n'as donc pas entendu?... on lui offre une place, et il refuse...

— Ah! je voudrais bien vous y voir, avec une place de douze cents francs...

— Mais nous... nous..., mon cher... c'est différent...

— Moi! si je perdais ma fortune, je gratterais plutôt la terre que de demander un sou à personne...

— Oh! et moi donc! — Je travaillerais... j'irais en Californie... Mais je ne resterais pas à Paris... comme ça... à carotter tout le monde.

— Voulez-vous que je vous dise le malheur de Gaston? C'est l'orgueil... Il accepterait bien une place à l'étranger... Mais ici, à Paris, où il est connu de nous tous, il rougirait d'occuper un petit emploi.

— Oui... c'est cela; — c'est comme d'Estigny... vous savez... d'Estigny, qui, après avoir tout mangé, est maintenant employé à la Ville. J'ai eu affaire à lui dernièrement en allant dans les bureaux pour mon expropriation, et il a attrapé un coup de soleil!... J'ai été bon enfant... je lui ai donné la main; mais il est resté contraint et embarrassé.

— Ah! dame, c'est embêtant. — Mais, aussi, pourquoi veulent-ils paraître ce qu'ils ne sont pas!... Quant à Gaston, je dis que nous ne devons pas l'abandonner... Il faut le voir et le *raisonner;* mais, s'il persiste à refuser la place qu'on lui offre... bonsoir! »

C'est ainsi qu'en allant au bois au pas de son cheval, on enterre l'ami qui s'est laissé choir dans la fosse aux lions.

Quant à ces victimes des prodigalités parisiennes, il est impossible d'en retrouver la trace, dès qu'ils ont une fois disparu de l'horizon des Champs-Élysées et des avant-scènes. — L'homme ruiné dans la spéculation se remet à l'œuvre, accepte les emplois les plus modestes. — Mais, dans cette ruche bourdonnante où, depuis le chef de l'État jusqu'au plus humble ouvrier, la loi de l'existence est le travail, le dandy seul, quelles que soient sa condition et sa fortune, ne travaille jamais, — du moins d'un travail régulier et suivi. — Les loisirs de la vie dissipée ont brisé en lui ce grand ressort. — Il va à l'aventure, s'immisce dans les industries ténébreuses, roule dans les précipices, reparaît quelquefois en police correctionnelle ou en cour d'assises, s'abrutit souvent par l'absinthe, et meurt oublié après avoir vécu ce que vivent les roses.

En contraste avec les gens qui se ruinent, il faudrait placer les gens qui ne se ruinent jamais. — Ces derniers composent la catégorie des *existences problématiques*.

Nous connaissons tous à Paris, depuis vingt ans, des hommes qui ont les meilleures places au théâtre, dînent chez les premiers restaurateurs, s'habillent chez les tailleurs en renom. — Qui sont-ils? d'où viennent-ils? où vont-ils? — Nul ne le sait. — On ne leur connaît pas de fortune, on ne leur connaît pas d'industrie. — *Ils font des affaires.* On n'en saura jamais davantage. — Il y a bien parfois des embarras et des éclipses dans ces existences mystérieuses. — Mais toujours on voit reparaître dans le firmament parisien ces astres errants n'obéissant à aucune loi fixe, — surtout à la loi du calcul. Aujourd'hui, semant l'or sur le tapis vert; — le lendemain, renouvelant un billet de cent francs. — Du reste, d'humeur facile, orateurs de foyers et de cafés, toujours au courant des scandales élégants, tutoyant volontiers les hommes, plus volontiers encore les femmes; trop soigneux de leur crédit pour trahir leurs embarras; acceptés partout, parce qu'ils ne sont importuns nulle part; dupes, à la longue, de leur propre inconsistance, et persuadés qu'ils sont d'une race privilégiée, à qui tout arrive à point.

Seule, la police a quelquefois le secret des *existences problématiques*. — Quant aux profanes, ils en sont réduits aux conjectures les plus saugrenues.

Il y avait autrefois pour les existences problématiques une explication en grand crédit. — Quand un homme ne justifiait pas régulièrement de ses moyens d'existence, on disait : « C'est un espion de la Russie. »

Soit que la Russie n'ait plus d'espions, soit que les oisifs n'aiment pas à s'éterniser dans la même solution, cette explication n'a plus cours.

Il y a encore l'homme qui gagne *tous les ans* vingt mille francs au jeu.

L'homme *qui connaît une vieille dame...*

Soit. — Mais à ceux-là on connaît des ressources — malpropres, — mais des ressources.

Mon enquête porte précisément sur les hommes à qui on ne connaît ni père ni mère, ni vices ni vertus, ni industrie ni fortune.

Ils vivent cependant ; — mais de quoi vivent-ils?

C'est là où les plus savantes investigations se perdent dans une nuit profonde.

Puisque j'ai parlé du lansquenet et des joueurs *heureux*, voici une histoire assez fraîche :

Malgré les nombreux exemples d'*hellénisme* signalés depuis quinze ans, les jeunes gens se plaisent à braver le danger d'être dépouillés à la fois par le jeu et par le joueur.

A l'une des dernières solennités dramatiques, figurait un monsieur revenu des îles, où il était parti, il y a une dizaine d'années, à la suite d'une histoire nocturne, demeurée fort obscure. — Après la pièce, l'élégant rapatrié se promenait dans le foyer, recrutant des complices pour faire une *petite partie*, et s'adressant de préférence à ces bons petits jeunes gens qui ont une raie au milieu de la tête et encore très-candides à l'endroit de la dame de pique.

A minuit, il avait enrôlé une demi-douzaine d'amis qui ne savaient pas son nom, et, à six heures du matin, l'un de ces derniers, après avoir vidé sa bourse, devait 4,000 francs sur parole à son hôte.

« Je vais chercher de l'argent, dit la victime.

— C'est bien.—Mais rappelez-vous, répliqua le créancier, que les dettes d'honneur se payent avant midi. — J'ai le droit d'être sévère envers les autres, parce que je l'ai toujours été envers moi-même. »

Le petit jeune homme, piteux et dépourvu du premier sou, alla trouver son frère, garçon rangé, aujourd'hui intéressé dans une maison de banque, mais très-lancé autrefois dans ce monde du brelan dont il connaît toutes les figures. — Celui-ci se rendit chez le joueur heureux pour lui demander *du temps;* mais à peine eût-il envisagé le créancier de son frère, qu'il se ravisa, et ne demanda qu'une heure pour acquitter la dette.

De retour, il dit au créancier :

« Je ne vous apporte pas d'argent, mais de l'or en barre, — une excellente valeur sur Paris.

— Qu'est-ce à dire ! répondit le grec. — Je ne joue pas de l'argent contre du papier.

— Daignez voir la signature, reprit le négociant, et vous changerez d'avis. »

Le joueur prit machinalement les billets et reconnut avec stupéfaction sa propre signature.

« Faut-il aider votre mémoire? reprit le négociant. Ce sont des billets, passés à mon ordre, et souscrits par vous il y a une douzaine d'années à un de mes amis, en remboursement de sommes gagnées à un petit jeu de hasard dont vous aviez fait un jeu d'adresse.

— Il suffit, dit le grec en déchirant les billets, — je suis payé. »

Les nouvelles de la semaine sont assez insignifiantes. — L'assassin de madame de Caumont-Laforce a été condamné aux travaux forcés à perpétuité; — ce n'est pas précisément insignifiant pour lui, mais c'est d'un médiocre intérêt pour le public, qui n'a pas rencontré dans ce procès les fortes émotions qu'il recherchait.

La Société des gens de lettres a tenu une séance solennelle pour la distribution des prix fondés par le docteur Véron. — Les mœurs de Mécène sont devenues trop rares pour que nous voyions là un texte de plaisanterie. — Quand même il ne sortirait de cette fondation, à défaut de chef-d'œuvre, que des gens de lettres un peu mieux rentés, ce ne serait pas un mal. — Les favoris de Plutus (vieux style) s'enamourent tous, plus ou moins, d'un peintre, d'une chanteuse ou d'une danseuse : — il n'est pas inopportun de rencontrer un millionnaire amoureux de l'esprit. — Autant qu'il est en nous, nous encourageons M. Véron à persister dans son système d'encouragement.

On a encore beaucoup parlé de l'Académie, à propos de ses dernières élections. Le sens des commentaires n'est pas généralement favorable aux suffrages des trente-quatre. — Il y a, au palais Mazarin, des détours et des souterrains où la politique s'infiltre au préjudice de la littérature.

XLII

Le printemps en prose et en vers. — Le retour de la poésie. — *Les Contemplations.* — Victor Hugo. — Lamartine. — Béranger. — De la destinée et de la mission des poëtes. — Représentation navale en Angleterre. — Les dernières fêtes de l'hiver. — Un mot turc et un mot arabe. — Les trois couronnements. — M. de Morny. — Transformation de la Russie. — Les voyages et le *Guide Richard.* — Les jeux d'Aix. — Le vice et la vertu au point de vue des finances d'un État. — Les nouveaux journaux. — La *Vie humaine*, journal phalanstérien. — Histoire d'un serin trop sensible. — Le *Journal des Employés.* — Du sort des employés. — Vaudeville : *les Déclassés.* — La profession d'auteur. — M. Béchard. — Les acteurs. — Madame Doche. — Félix. — Chambéry.

1er mai.

Le ciel est trop bleu, la brise est trop molle; il y a trop de fêtes dans la nature pour que j'ose vous parler en vile prose de ce printemps splendide que Dieu nous envoie,—j'aime mieux citer Brizeux, le poëte dont je parlais l'autre jour :

L'aubépine avait pris sa robe rose et blanche,
Un bourgeon étoilé tremblait à chaque branche ;
Ce n'étaient que parfums et concerts infinis,
Tous les oiseaux chantaient sur le bord de leurs nids.

Aussi bien, la poésie se réveille.—Michel Lévy vient de publier les *Contemplations*, de Victor Hugo. — Cette muse inquiète et troublée a retrouvé toutes ses voix harmonieuses, et l'écho leur sera fidèle.— Nous reconnaissons à ces accents le poëte des jours heureux où les passions sommeillaient ; où, libre, fier, indépendant, même des partis, désintéressé dans les querelles purement humaines, dédaigneux des tribuns et des tribunes, le glorieux agitateur de la république des lettres poussait une génération dans l'ardente mêlée où deux mondes littéraires s'entre-choquaient. — Là, évidemment, étaient sa grandeur et sa mission.

En ce temps-là, les dieux conspiraient avec lui, et, au bout de la bataille, on vit le superbe factieux qui avait signé la préface de Cromwell entrer en vainqueur dans les foyers de l'ennemi, — au palais Mazarin ; — il entraînait à sa suite ses lieutenants et dicta des conditions aux vaincus. C'est à ce moment que ce grand esprit, assouvi dans ses ambitions littéraires, inquiet, avide de bruit et de mouvement, chercha un autre champ de bataille. — C'est là que l'orage l'a emporté loin de nous, et, depuis ce temps, les chants avaient cessé ! — Poésie, fille du ciel, captive dans tes régions sidérales le plus illustre de tes enfants ! retiens-le suspendu à la lyre qui chante si près de Dieu, si loin des hommes, et ne le laisse plus retomber sur la terre.

Le nom de Victor Hugo évoque celui de Lamartine : — à celui-ci il reste la patrie ; le pain qu'il mange croît en gerbes dans nos champs ; mais ce pain même est en question, Lamartine est réduit à *faire de la copie* pour vivre. — Cette voix, d'abord pure et suave comme un cantique, qui plus tard charmait les multitudes débordées et les refoulait dans leur lit, cette voix est aujourd'hui celle d'Homère, racontant aux fils de la Grèce les gloires de leurs pères. — Si la France, si l'Europe n'entendent pas l'appel qui leur est fait par tous les représentants de la pensée, par les plus glorieux et par les plus humbles, il faudra se résigner à croire que les *deux sous d'écart* y ont tué tous les sentiments généreux.

Mais ne semble-t-il pas que les poëtes soient pareils aux dieux de la Fable, qui, immortels et invulnérables dans leur Olympe, participaient à toutes les misères de l'humanité dès qu'ils touchaient la terre ?

Voici maintenant Béranger, qui, dit-on, nous laissera des chants d'outre-tombe. — En attendant, on récite dans les carrefours une chanson médiocre qui usurpe l'autorité de son nom. — L'imposture se trahit par le fond et par la forme. — Ce n'est pas là la voix de la patrie, et le Tyrtée de nos temps héroïques n'aurait pas trouvé des paroles amères pour les vainqueurs de Sébastopol.

L'Angleterre vient de donner à l'Europe le spectacle d'une grande évolution navale. — Aujourd'hui, grâce à la statistique, les plus grands spectacles se résument en quelques chiffres. — Je lis dans les journaux que l'escadre anglaise représentait une force de 3,800 canons et de 36,000 chevaux. — J'aime mieux la définition que donnait Chatterton de la puissance anglaise :

« L'Angleterre est un vaisseau. Notre île en a la forme : — la proue tournée au nord, elle est comme à l'ancre, au milieu des mers, surveillant le continent. Sans cesse elle tire de ses flancs d'autres vaisseaux faits à son image et qui vont la représenter sur toutes les côtes du monde. Mais c'est à bord du grand navire qu'est notre ouvrage à tous. Le roi, les lords, les communes sont au pavillon, au gouvernail et à la boussole. Nous autres, nous devons tous avoir les mains aux cordages, monter aux mâts, tendre les voiles et charger les canons ; nous sommes tous de l'équipage, et nul n'est inutile dans la manœuvre de notre glorieux navire. »

Ici, le poëte est mis en cause dans ses rapports avec l'ordre social.

« En admettant votre idée, dit le lord maire à Chatterton, quelle est la fonction du poëte dans la manœuvre?

— Il lit dans les astres la route que nous montre le doigt du Seigneur, » réplique Chatterton.

C'est ainsi qu'en ce temps-là les poëtes comprenaient leur emploi ; — un peu bergers, un peu devins, flottant entre le ciel et la terre, amoureux des étoiles plus que des lampions, trop rêveurs pour se mêler au flot de la place publique, trop grands pour rien demander aux grandeurs de la terre, heureux du bonheur qui se faisait par d'autres, sans responsabilité dans les calamités du siècle, debout près de l'histoire et condensant ses arrêts en quelques vers immortels destinés à traverser les âges.

Les salons épuisent leurs dernières fêtes ; — il est temps, car le soleil éclipse les bougies. — Le président du corps législatif a encore ouvert ses salons en l'honneur des plénipotentiaires. — Ceux-ci ont dépouillé la toge qui portait dans ses plis la paix ou la guerre ; — ils vivent maintenant dans la familiarité de notre société et s'exercent à lui emprunter ses grâces et son esprit. — Ils n'y réussissent pas trop mal, si j'en juge par ce mot du grand vizir. — Une dame lui adressait cette question assez naïve :

« Le sultan est-il marié?

— Beaucoup, madame, » répliqua Ali-Pacha.

Ces Orientaux ont maintenant des mots sceptiques et railleurs, qui doivent faire frémir l'ombre de Mahomet dans son tombeau suspendu.

Ceci nous rappelle qu'il y a trois ans, en traversant Paris, Abd-el-Kader y a laissé la trace d'un esprit singulièrement exercé.

Un jour, il visitait la bibliothèque ; — il fut présenté à un professeur d'arabe, qui lui parla l'arabe de l'Institut. — Après l'avoir écouté quelques minutes avec beaucoup de sang-froid, l'émir chargea son interprète de dire au savant « qu'il n'entendait pas le français. »

Les touristes sont déjà à l'étude d'un itinéraire pour l'été. — La politique entraînera dans les capitales de l'Europe les grands dignitaires de l'empire pour y représenter la France dans de grandes cérémonies dynastiques. — On sait que l'année 1856 verra un sacre à Moscou, et un autre à Vienne. — On sait aussi déjà que M. de Morny est désigné pour représenter l'empereur Napoléon au couronnement de l'empereur Alexandre. — On ne doute pas que l'ambassadeur de France ne déploie dans la vieille capitale de la Moscovie de grandes magnificences.

La Russie touche évidemment à une période de transformation. — Les enseignements sévères de la dernière guerre, les inspirations plus douces de la paix, l'esprit de concorde générale, l'élan irrésistible vers les grandes opérations industrielles, la politique d'équilibre et de mutuelle entente substituée à une politique d'envahissement et de domination, tout concourt à ouvrir à l'activité européenne cette espèce de Chine jusqu'ici fermée à ses explorations. — Les peintres, les écrivains, les économistes, les capitalistes, vont se précipiter comme un torrent sur cet empire, qui s'engage dans le mouvement de la rotation universelle ; — on demande des rédacteurs pour des journaux français à Saint-Pétersbourg ; — on établit des relations d'annonces entre la capitale de la Russie et nos offices de publicité : — naturellement, on parle de fonder en Russie un *Crédit mobilier*.

— Cette institution fait le tour du monde, — avec prime, et la plus flatteuse confiance l'accueille partout, bien que partout on ne comprenne pas bien nettement sa signification. Les bohèmes inclinent à penser qu'il s'agit de leur procurer des *mobiliers à crédit*. — Mais cette interprétation est repoussée par la grande valeur que constituent les actions. — Donc, la Russie est un pays indiqué, dès aujourd'hui, aux excursions des touristes, flâneurs, amateurs de mœurs inconnues, de costumes pittoresques, de cuisine ténébreuse et de lits invraisemblables. — Moi-même, je n'attends plus pour m'engager dans les steppes que deux choses : — un chemin de fer de Varsovie à Saint-Pétersbourg, et un *Guide Richard* en Russie, en supposant qu'il n'existe pas. — C'est peut-être une superstition, mais je n'irais pas de Paris à Saint-Cloud sans un *Guide Richard ;* — ce livre indispensable vous apprend d'abord la nature géologique du sol que vous foulez sous vos pieds, — la nature des céréales qu'on y récolte, — le produit du pays en suif, en chanvre et en résine, et l'histoire du palatin qui vivotait au XIIIe siècle dans ce château en ruine que vous voyez tout là-bas, là-bas, sur la colline.—Et puis ce *Guide Richard* est plein d'enseignements précieux pour la jeunesse! Par exemple, vous arrivez à Bade : — le *Guide Richard* vous donne une description de la *Conversation*, du trente-et-quarante et de la roulette,—et il ajoute : « Le mieux est de se tenir en curieux derrière les joueurs; — en mettant son argent sur le tapis on risque de le perdre... »— Supposez un touriste assez négligent pour ne s'être pas muni du *Guide Richard :* il ne se doute de rien, met son argent sur le tapis, et est fort étonné lorsque le croupier le ramasse ; — s'il fait une scène, il est ridicule ; — survient M. Benazet, qui lui dit : « Mais, mon bon ami, vous n'avez donc pas lu le *Guide Richard?* Lisez le *Guide Richard,* — vous y verrez que tout joueur qui ne gagne pas a perdu. »

Tout cela n'empêche pas que la ville d'Aix, en Savoie, où l'administration municipale a fermé les jeux, est en fort grand émoi, et que tous les marchands sont en serre-file sur la route, attendant le passage du comte Cavour, à sa rentrée dans le royaume de Sardaigne, pour lui présenter leurs doléances.

Ceci me rappelle un mot attribué à un très-éminent personnage, peut-être au plus éminent personnage de l'empire français. — Une femme déclamait devant lui contre le tabac, et le suppliait d'arrêter les envahissements d'une manie devenue un vice :

« Vice, soit, madame, fut-il répondu ; — mais trouvez-moi une vertu qui rapporte cent vingt millions par an au trésor. »

Ce n'est pas seulement en Russie qu'on fonde des journaux français ; — on en fonde même en France, mais en négligeant quelquefois de prendre l'avis des abonnés. — *La Démocratie pacifique*, qui n'était pas un soleil quoiqu'elle eût des taches, était, à ce qu'il paraît, une comète puisqu'elle a une queue. — La queue de *la Démocratie pacifique* s'appelle *la Vie humaine*, journal fondé sur l'*abonnement* et le *dévouement* (*sic*). — Cette revue phalanstérienne ne borne pas son ambition à l'amélioration de la race humaine, — ou peut-être y a-t-elle renoncé et préfère-t-elle éveiller les instincts généreux chez les bêtes. Dans l'un de ses derniers numéros, *la Vie humaine* raconte l'histoire d'un serin si particulièrement attaché à sa maîtresse, que, quand celle-ci sortait, il en perdait le boire et le manger.

Ceci doit vous faire pressentir une catastrophe ; voici la catastrophe :

« Hier, ayant à passer la journée dehors, madame de B*** s'esquiva d'assez bonne heure, dissimulant à son serin les préparatifs de son départ. Elle ne rentra qu'à minuit ; l'oiseau était roide dans sa cage ; il était réellement mort de chagrin ! »

Voici maintenant la moralité de la catastrophe :

« Que d'enseignements l'on peut trouver dans cette histoire ! Que de mystères renferme la nature ! De quelle utilité les animaux ne pourraient-ils pas être, si leur éducation était mieux comprise ! Combien la liberté exercée dans les conditions de l'ordre est féconde ! Retenu en cage, cet oiseau n'eût développé aucune des qualités qui l'immortalisent parmi nous. Observons surtout combien la Providence est grande jusque dans les moindres de ses œuvres !... »

La Vie humaine aurait-elle pressenti que les serins seuls pourraient pousser le *dévouement* jusqu'à l'*abonnement?* — Je ne me prononce pas; mais je constate que *la Vie humaine* flatte les serins au préjudice des autres classes de la société.

Nous avons encore le *Journal des Employés*. — Et, à ce propos, — j'ai vu avec peine un de mes spirituels confrères insinuer que le *Journal des Employés* n'a pas une mission distincte dans l'ordre social! — On voit bien que ce folliculaire a toujours vécu de la vie indépendante et frivole d'un homme de lettres, hantant les cafés, papillonnant dans les coulisses, et consacrant aux danseuses le temps que réclamerait une méditation salutaire sur le sort des employés. — La condition des employés dans notre société est une iniquité qui révolte tous les esprits progressistes, un préjugé fondé sur la tradition, un dernier vestige de la barbarie. — On prend des hommes jeunes, ardents à vivre : on leur fait signer tous les matins une feuille de présence; — on leur donne des appointements ridicules, et on les retient sous clef dans un bureau, tous les jours pendant six heures. S'ils travaillaient, on comprendrait cette tyrannie; — mais, puisqu'ils ne font rien, ne soyez pas odieux gratuitement; — lâchez-les — ou, un de ces jours, vous les retrouverez *roides dans leur cage*, comme le serin de madame de B***. — Notez que, quand ces forçats de l'oisiveté demandent du travail, on soupçonne qu'ils veulent de l'augmentation et on les congédie. — Donc, c'est uniquement le plaisir de torturer les humains, à raison de douze cents francs par an. — Il est temps que le *Journal des Employés* fasse entendre la voix des opprimés. — Les gens timides et trembleurs vous diront, je le sais, que l'amélioration du sort des employés est une chimère, — que la société ne peut rien pour eux, etc. — Mais elle pourrait d'abord supprimer les emplois, — ce qui serait déjà un acheminement à un ordre de choses meilleur.

Les théâtres prennent des loisirs et nous en laissent. — *Merci, mon Dieu!!!*

Cependant, voici le Vaudeville avec une pièce en trois actes, *les Déclassés*.

Je demande à commencer par une digression. — Autrefois, on faisait une pièce de théâtre — par hasard, — par aventure, — quand on était inspiré — ou quand on avait bu... — Mais, jusqu'à ces derniers temps, vous ne trouverez pas trace d'une race d'hommes vivant exclusivement de la profession d'*auteur*. — M. Scribe est évidemment le fondateur du genre. — Sa fortune a tenté tous les marchands de chandelles qui ont un fils *spirituel*, et vous entendez dire maintenant très-bien dans une arrière-boutique : « Mon aîné voyage pour les châles, et mon cadet vient d'entrer en apprentissage chez M. Mélesville. »

Au collége, les rhétoriciens sans fortune piochent le dialogue de Duvert et la charpente d'Anicet Bourgeois. — Ils ont déjà choisi leur *état*, — ils seront *auteurs*. — Cette prétention avorte dans la proportion de quatre-vingt-dix sur cent; — mais les dix qui restent donnent une race d'auteurs sans inspiration, sans initiative, élevés dans le culte des procédés épuisés et des conventions classiques qu'on a appelés *des ficelles*, et refont, à vingt-cinq ans, les vaudevilles que leurs maîtres n'oseraient plus signer à cinquante.

Rien n'est plus rare que de voir apparaître au théâtre un auteur qui ne soit pas, comme on dit, de *la boutique*.—Cet auteur, je le rencontre aujourd'hui; — c'est un jeune homme, — aventureux, évidemment; — il s'appelle Béchard; — il a de l'esprit; il a fait une pièce, bâtie à la diable, *déclassée* comme genre, planant au-dessus du Vaudeville, côtoyant parfois la comédie et tournant, vers la fin, à la goguette. — Telle qu'elle est, sa pièce est à lui ; — elle est bizarre; elle est fantasque; quelquefois, pour ne pas ressembler à tout, elle ne ressemble à rien; — mais, enfin, il y a là un souffle qui ne vient pas des Délassements-Comiques, et qui, un jour, pourrait conduire à bon port une comédie audacieuse, accentuée, observée dans le détail, hardie dans le mot et réussie dans l'ensemble. — Pour tout dire, j'aimerais mieux, au point de vue de l'honneur littéraire, avoir fait *les Déclassés* qu'une foule de vaudevilles qui *fournissent une honorable carrière* et *varient agréablement le répertoire*. — Il a manqué, peut-être, à M. Béchard un directeur plus convaincu et quelques bons conseils; mais, enfin, c'est un écrivain vivant et non un auteur empaillé !

Les acteurs, qui sentaient que la pièce n'allait pas sur des roulettes comme un vaudeville à vingt-cinq sous, m'ont paru inquiets et troublés. — Madame Doche, encore sous le coup d'un malheur domestique, a joué plus avec son dévouement qu'avec son talent. — Félix a eu des saillies assez narquoises dans le rôle, excessif d'ironie, d'un Dégenais un peu blagueur avec les gens qui lui confient qu'ils vont se brûler la cervelle. — Pour l'épilogue, Chambéry avait fait l'emplette d'un habit râpé, qui a été l'événement de la soirée. — Seulement, Chambéry avait la prétention de représenter un croupier des jeux de Hombourg. — Il représentait bien mieux un touriste qui n'avait pas suffisamment médité le *Guide Richard.*

XLIII

Boîte aux lettres anonymes. — Inventaire. — Lettres variées où l'on querelle le chroniqueur à propos du printemps et des poëtes. — Les confidences d'un garçon épicier. — Le bal de la marchande de modes. — Demande de conseils. — Questions indiscrètes. — La rose au milieu des épines. — Le confiseur. — Sur l'art dramatique. — Histoires piquantes. — Sur les actrices. — Une délation. — Perspectives d'été. — Adolphe Adam. — Théâtres. — Porte-Saint-Martin : *Salvator Rosa.* — M. Ferdinand Dugué. — M. Mélingue. — Variétés : danseurs espagnols. — — Catarina Mendez.

8 mai.

Il y a longtemps que je n'ai mis à jour la correspondance anonyme dont est honoré tout homme qui parle au public. — Calino disait : « Moi, quand j'écris des lettres anonymes, je les signe. » — Mais tout le monde n'a pas la loyauté et la franchise de Calino.

Voici l'inventaire de la boîte aux lettres anonymes :

Sous le nº 1. — Trois lettres; écriture et orthographe variées. — On invite le chroniqueur à ne plus parler du printemps. — On lui fait remarquer que, tous les ans, il appelle la grêle, la pluie, le froid, le paletot, le bois, le charbon de terre et toutes les calamités que le vent du nord porte sur ses ailes. — Une des trois lettres se moque assez spirituellement du chroniqueur, qui place son petit feuilleton sur le printemps, à date fixe, comme certaines gens mettent invariablement un pantalon de toile le jour de Pâques.

Rien à répondre. — Le chroniqueur confesse qu'il a le tort, dans un pays où le climat est variable, d'écrire le dimanche un article qui paraît le mercredi.

N° 2. — Écriture en colère. — On recommande au chroniqueur la sobriété. — On suppose qu'il était soûl quand il a dit que les poëtes n'étaient pas appelés à gouverner le monde.

Réponse. — Le chroniqueur ne s'est pas soûlé depuis huit jours. Il s'en excuse sur ses nombreuses occupations. — Quant au fond, chacun entend à sa manière la grandeur, la dignité et l'utilité du poëte. Une *méditation* vaut bien une harangue à l'hôtel de ville. — Le chroniqueur propose à son contradicteur de se soûler en sa compagnie, pour vider deux bouteilles de champagne d'abord, et la question ensuite. — Peut-être le correspondant anonyme ne voulait-il pas autre chose.

N° 3.—Sur papier à chandelle.—Un garçon épicier nous demande de signaler au gouvernement, à l'archevêque et au mépris public, un patron qui s'obstine à ne pas fermer sa boutique le dimanche. — Le jeune épicier ajoute que son patron est un filou, qui vend à faux poids de la marchandise avariée.

Réponse. — La question est sans intérêt pour le public. — Un garçon épicier n'est jamais mieux que dans son comptoir; dans le monde, il est déplacé, à moins que la conversation ne tombe sur les pruneaux. — Si on laissait sortir les garçons épiciers le dimanche, ils demanderaient bientôt à aller passer l'hiver à Nice. — Quant aux révélations sur le faux poids et la qualité de la marchandise, elles touchent à la vie privée.

N° 4.—Une dame se disant modiste, demande que le chroniqueur rende compte d'un bal qu'elle donne tous les mois à ses ouvrières et *à des messieurs très-bien*.

Réponse. — Cela touche au bureau des mœurs.

N° 5. — *Un lecteur assidu*, — plein de confiance dans ma judiciaire, — me demande si je lui conseille d'aller voir *le Paradis perdu*, à l'Ambigu, et, en cas de réponse affirmative, quel est le meilleur restaurant du quartier.

Réponse. — Je prie mon lecteur assidu de ne plus me lire et de me laisser tranquille.

N° 6. — Papier parfumé, écriture élégante, beaucoup de grâce et d'esprit. — On nous recommande un poëte; — on se fera connaître quand un peintre célèbre, notre ami, sera revenu d'Italie.

Réponse. — Le poëte recommandé nous est sympathique; mais il faut attendre une occasion pour en parler congrûment. — Pourquoi attendre le peintre? — Un peintre n'est pas absolument nécessaire à mon bonheur.

N° 7. — Écriture de confiseur. — On me prie de recommander un confiseur.

Réponse. — Pas de réponse.

N° 8. — On trouve que j'aime trop le Gymnase et pas assez la *véritable* gaieté française. — A quoi cela peut-il tenir?

Réponse. — Je n'en sais rien. — Je sais seulement que cela ne tient à aucun parti pris. — Probablement, j'aime ce qui est calme, élégant, tempéré, et j'ai peu de goût pour la turlupinade. L'homme n'est jamais ni complet ni parfait.

Je profite de l'occasion pour déclarer qu'il y a toutes sortes de manières de faire de la critique. — Je ne sais pas bien s'il reste dans les grands journaux des critiques didactiques. Quant à moi, je n'ai et n'aurai jamais la prétention de rien enseigner à personne. — Je ne donne sur les hommes et les choses du théâtre qu'une impression personnelle, sans même trop prendre soin de la motiver. Ceci m'amuse, — cela m'ennuie, — voilà tout; — et je crois que le public n'en demande pas davantage quand il a la garantie de la bonne foi et du désintéressement absolu de l'écrivain.—Évidemment, nous trouvons de l'écho dans une certaine portion du public. — Évidemment aussi, nous devons rencontrer de la résistance parmi les amants passionnés de l'épicerie dramatique. — Nous savons cela, et il est bien inutile de nous l'écrire.

N° 9. — Plus de vingt lettres où on nous propose des histoires *piquantes*.

Exemple d'histoires *piquantes* recueillies par les anonymes :

« Un monsieur était allé attendre sa mère au convoi de Strasbourg. — Il y avait longtemps que la mère et le fils ne s'étaient vus. — Le jeune homme avise une vieille dame, croit reconnaître sa mère, l'étouffe de caresses, l'installe dans un fiacre et, chemin faisant, s'aperçoit qu'il s'est trompé de mère. »

Voilà tout. — Si vous trouvez cela drôle, j'en ai une centaine de la même force en portefeuille.

Autre :

« Un bohème n'ayant pu payer sa carte à la fin d'un dîner, le restaurateur lui déclara qu'il ne le laisserait pas sortir de sa maison avant qu'il eût reçu de l'argent. Le jeune homme a écrit à sa famille. En attendant, le restaurateur a la naïveté de le coucher et de le nourrir... »

Autre :

« Six jeunes gens d'un magasin de nouveautés, ayant la fantaisie de monter à cheval et voulant modérer la dépense, avaient adopté la combinaison suivante : L'un d'eux partit de l'écurie du loueur, tandis que ses compagnons l'attendaient, échelonnés de trois lieues en trois lieues de Paris à Fontainebleau : à chaque étape, le cavalier cédait sa monture à son camarade ; — mais, le cavalier se renouvelant toujours et le cheval ne se renouvelant jamais, le cheval, vers la troisième étape du retour, prit le parti de tomber roide mort. »

Je n'en finirais pas à vous raconter les histoires *piquantes* que me transmet la petite poste.

N° 10. — On nous demande de médire d'une actrice brune au profit d'une actrice blonde. — On est riche et on sera très-reconnaissant.

Réponse.—Nous regrettons de ne pouvoir mettre en toutes lettres le nom de l'anonyme. C'est probablement un bon petit et naïf jeune homme ou un vieillard contemporain du *Courrier des Théâtres*, à qui il a été dit que, moyennant cent sous, on pouvait hisser une comédienne au Capitole et précipiter sa rivale du haut de la roche Tarpéienne.— C'est là de l'histoire bien ancienne.—Ce petit commerce se continue, à la vérité, dans une certaine presse; mais il est si bête, il sert si peu les idoles de l'abonnement, et il fait si peu de tort aux victimes du désabonnement, qu'on ne prend même plus la peine de s'en indigner. — Notre correspondant anonyme peut, sans se ruiner et pour quelques sous par mois, obtenir que sa favorite soit traitée quatre fois par semaine « d'admirable artiste. »

Pour notre compte, nous connaissons très-peu « d'admirables artistes. » — Il semblerait même que nous n'en connaissons pas, tant nous sommes sobre et réservé à l'endroit de l'éloge. Mais nous connaissons des artistes de talent, à qui nous ne refusons jamais à l'occasion un témoignage, et ceux-là peuvent dire qu'il ne leur en coûte rien.

Je clos cet inventaire au n° 10 : nous le poursuivrons un autre jour jusqu'au n° 65, — sans préjudice du courant.

Donc, la saison est des plus maussades;—le joli mois de mai est un polisson. — Espérons qu'il s'amendera, et que le délicieux mois de juin lui donnera des remords.

Alors commenceront les exercices des touristes. — Il semble, à en juger par les projets que je connais, que tout Paris doit émigrer cet été.

Comme compensation, l'Europe enverra à Paris ses plus illustres représentants. — Déjà le roi de Wurtemberg est arrivé. — D'autres sont en route.

Paris a été très-ému samedi de la mort subite du compositeur Adolphe Adam.—La veille, tout le monde l'avait rencontré, et nous ne voulons jamais admettre qu'une machine humaine se détraque ainsi subitement. — Malheureusement, rien n'est plus vrai et il faut bien en prendre son parti.—Panseron, qui nous a appris ce pitoyable événement, nous racontait à cette occasion quelque chose d'assez curieux : Panseron avait assisté, vers le milieu de la semaine, aux obsèques d'un *voisin de campagne* qui n'était autre que ce négociant de la rue Laffitte, si tragiquement assassiné ; — sous l'impression de cette lugubre aventure, Panseron composa d'inspiration un *Pie Jesu* qu'il se proposait de soumettre à Adolphe Adam. — Quelques jours plus tard, cette composition devait être exécutée en l'honneur de ce même Adam.

A cette heure suprême, les œuvres de l'auteur du *Chalet* ne peuvent manquer d'être appréciées et commentées par bon nombre de nos confrères. — Je me bornerai à regretter l'homme d'esprit, l'écrivain quelquefois incorrect, mais souvent ingénieux, qui déposait de temps en temps un feuilleton dans l'*Assemblée nationale.*

Il y a au Louvre, entre quelques peintures de l'école espagnole, sous le n° 360, une toile représentant une bataille devant laquelle je m'arrête toujours avec une certaine complaisance. — Il y a dans cette mêlée furieuse un mouvement d'hommes et de chevaux qui confond l'imagination. — Decamps, qui a dû étudier les procédés du maître espagnol, semble les avoir retrouvés dans sa fameuse bataille des Cimbres et des Teutons. Ce maître, c'était Salvator Rosa, dont la vie étrange et accidentée a inspiré un drame joué il y a quelques années, en de très-mauvais jours, sur la scène de la Porte-Saint-Martin. — Ce drame, qu'on vient de reprendre, je ne le connaissais pas. Il a pour auteur M. Ferdinand Dugué, et je suis heureux de rencontrer avec des impressions très-favorables le nom d'un écrivain dont j'ai toujours contesté ou méconnu le talent. — C'est un peu la faute de M. Dugué, qui, il en conviendra, n'a rien fait de cette force. Ce drame de *Salvator Rosa* est, en vérité, un travail très-remarquable et très-réussi.—D'abord, c'est un drame *amusant;* puis c'est une œuvre bien conçue, très-bien écrite et d'un souffle assez puissant. — On disait que la pièce avait été remaniée, et qu'elle avait gagné à ce travail de retouche qui avait éliminé une action parasite.

Quoi qu'il en soit, j'ai pris un très-vif et très-sincère intérêt à cette représentation, et je ne doute pas qu'il n'y ait là une série de recettes ; — j'en douterais moins encore si la direction avait osé traiter cette reprise avec ses habitudes de magnificence. — Il y a çà et là des négligences de mise en scène qui trahissent un peu de timidité dans l'entreprise : — par exemple, le carnaval de Rome n'est-il pas un peu indigent en figurants?

Il n'y a, à vrai dire, dans ce drame qu'un seul rôle dominant toute l'action, celui de *Salvator Rosa*. Ce rôle, Mélingue le joue avec toutes les ressources d'un talent habile, rusé et fertile en invention. — C'est très-certainement ce que je lui ai vu faire de mieux. — Soit calcul, soit penchant de nature, Mélingue s'est décidément classé dans la manière des fantaisistes anglais ; — il tend à échapper à la démarche roide et solennelle du drame par des recherches de réalisme. — Il y a dans cette voie du diamant et du caillou brut : — on cherche l'originalité, on rencontre parfois la trivialité. — C'est ainsi qu'en Angleterre et dans Shakspeare, tout tragédien se double d'un clown. — Mais cette manière souple, turbulente et orageuse, si elle a ses écueils, a aussi ses triomphes. — Voyez Mélingue sur son char dans la scène du carnaval : — il y a là une éruption de colère, de haine et d'ironie, que seul Frédérick Lemaître, en ses plus beaux jours, aurait pu rendre avec la même puissance et la même audace d'originalité.

Un tourbillon est venu s'abattre cette semaine sur la scène des Variétés : — il portait dans ses flancs une douzaine de danseurs et de danseuses, — naturellement espagnoles. — La diva de la compagnie s'appelle Catarina Mendez. — Elle est d'une beauté très-distinguée, et ressemble beaucoup à une des plus jolies femmes de la société parisienne ; — elle a, de plus, des castagnettes et un tambour de basque. — Il paraît qu'en Espagne on ne marche pas sans ces deux accessoires. — Roger de Beauvoir affirmait avoir vu dans les couvents de ce joyeux pays des fresques représentant des martyrs marchant à la mort précédés de castagnettes; — mais j'ai oublié de lui demander si c'était vrai.

XLIV

La villégiature. — La campagne d'opéra-comique. — Le bourgeois à la campagne. — Le jour du melon. — Une soupe indigeste. — Les fléaux champêtres. — Les dîners sur l'herbe. — Le renchérissement du luxe. — Un Castaing anglais. — Supériorité des assassins français sur leurs voisins. — Un problème. — Théâtres. — Odéon : *la Bourse.* — La pièce. — Les acteurs. — Vaudeville : *le Chemin le plus long.* — Un jeune auteur. — Lafont. — Lagrange. — Parade. — Mademoiselle Dinah Félix. — Palais-Royal : *Si jamais je te pince !* — Ravel. — Hyacinthe. — Mademoiselle Aline Duval. — Gaieté : *Mandrin.*

15 mai.

La saison de la villégiature est ouverte, et, depuis les palais jusqu'aux plus humbles chalets, tout ce qui a des loisirs, tout ce qui aime les champs, les verts feuillages, la promenade dans les grands bois, la vie exempte d'étiquette et de représentation, se dispose à échanger le lugubre habit noir contre la veste de toile blanche. Il y a bien de quoi sourire à voir aux environs de Paris, les millionnaires déguisés en paysans, se livrant à la rude culture des tulipes dans des villages d'opéra-comique ; les femmes éprises d'une rustique simplicité sur le pied de trois toilettes par jour ; — les hommes venus à la campagne *pour travailler*, et s'attablant au loto ou au lansquenet. — Mais il faut bien prouver qu'on connaît son Virgile et qu'on aime les troupeaux, les bergers, les bergères et le ranz des vaches. — Autrement, on passerait pour un homme *positif*, étranger à toute poésie, et incapable de soupirer une idylle.

Pour les femmes, malgré tout, la campagne d'opéra-comique est encore une trêve et un repos ; — c'est un prétexte aux *longues courses* autour d'un verger de cinquante mètres carrés ; — c'est une occasion honorable de se soulager des diamants, des colliers, des broches, des bracelets et de tout ce harnachement de l'élégance des salons qui pèse tant aux bras et aux épaules de la victime, et un peu plus à la bourse du mari ; — mais, pour l'homme qui a des affaires à Paris, la campagne suburbaine devient un petit enfer. — Il part le matin par le premier convoi ; — il rentre au domicile politique, veuf de toute domesticité, et est réduit à se servir lui-même : s'il cherche une chemise, il trouve toutes les armoires fermées ; s'il veut un mouchoir, il est obligé de le voler. — C'est là une excuse que n'ont pas encore inventée messieurs les *tireurs*. — Occupé tout le jour au Palais, à la Bourse, ou dans quelque autre étuve de la grande usine parisienne, il lui faut, vers six heures, tout suant, tout poudreux, un melon sous le bras gauche, des dossiers sous le bras droit, un homard dans sa poche, de la laine de Berlin dans son chapeau, courir au chemin de fer ; de la station, prendre le sentier des vignes, traverser *le pays* au grand soleil pour gagner son ermitage. — Là, sans se donner le temps de souffler, il s'assied devant un fricandeau ; — il déteste le veau ; mais *le pays* est affamé : le boucher *ne tue* que le samedi, et, quand on veut un gigot, il faut s'inscrire trois jours d'avance. — Le soir, arrivent les voisins de campagne ; on parle du beau temps, des affaires, du cabriolet de M. le maire et des ridicules de la femme de l'adjoint, ancienne confectionneuse, qui se dit fille d'un général. — On fait quelquefois un whist, et on se couche par là-dessus pour recommencer le lendemain. — Ce n'est pas d'une gaieté folle ; mais *on est à la campagne* et *on jouit de la paix des champs*. — Ne pas confondre avec la paix des *chants* ; car, le dimanche, des caravanes de commis marchands, enlacés dans des guirlandes de grisettes, exécutent, avec fioritures, *le Sire de Franc-Boisy* et *les Cosaques*. — Malheureusement, il est très-rare que la troupe des Italiens vienne chanter dans *le pays*. Ces gens-là ne connaissent que l'argent, et ils vont chanter à Londres.

La vie de château, dans la campagne *nature*, est très-certainement la plus large et la plus indépendante qui soit en ce monde. — La vie de campagne aux portes de Paris en est la charge, la caricature et l'envers. — Cette manie est cependant une de celles qui excitent le plus les fermentations de l'ambition bourgeoise. Pour avoir une campagne, le bourgeois descend à toutes les capitulations et s'accommode de toutes les illusions. — J'en ai connu un qui avait des lapins dans un tiroir de commode. — J'en sais un autre qui avait pour ombrage un parapluie suspendu et garni de feuillage.—Certains boutiquiers, épuisés par le travail de la semaine, *se reposent*, le dimanche, en construisant des berceaux, en tirant de l'eau du puits et en ravageant la terre pour y planter des haricots d'Espagne. — Il en est d'assez pervers pour se ruiner en cloches à melons. — Un jour, cette magnifique culture aboutit à une petite citrouille grosse comme la boule d'un bilboquet et à peu près aussi tendre. — Ce jour-là, on invite des voisins de Paris à venir manger le *melon*. — Les voisins déclarent que le melon est excellent, mais pas tout à fait assez mûr. Un enfant terrible (cet âge est sans pitié!) demande si ce n'est pas du concombre. Son père lui donne le fouet pour lui apprendre à distinguer un cantaloup d'un cornichon.— Le bourgeois, lui, est modeste; il ne trouve son melon qu'à moitié réussi, sa terre n'est pas encore assez *fumée;* l'année prochaine, il aura du terreau.

Tous les enfants ne sont pas aussi indiscrets que le susdit. — J'en sais un qui a péché un jour par une discrétion bien déplorable. — C'était, toujours à la campagne, chez un fort sellier qui, le dimanche, recevait à Antony, près Bourg-la-Reine, jusqu'à douze couples de corroyeurs, sans préjudice de l'imprévu. — On nous servit, vers six heures, une immense jatte de soupe au lait. Tout le monde se rua sur le potage helvétien, excepté un aimable enfant de cinq ans, qui déclara qu'il se réservait pour le dessert. — On insista : le jeune homme se défendit avec politesse, mais avec fermeté. La soupe mangée, l'enfant fut interpellé par sa mère.

« Mais, Edmond, tu es donc malade? C'est étonnant! tu aimes beaucoup le lait; pourquoi n'as-tu pas voulu manger de cette soupe? Voyons, manges-en un peu....

— Non.

— Pourquoi, mon chéri?

— Parce que...

— Parce que, quoi?

— Eh bien, parce qu'il y a un crapaud dans le fond. »

Émoi général! — On sonde la soupière, et on y trouve, en effet, le cadavre d'un imprudent crapaud qui, au moment où la cuisinière déposait le vase sur le seuil de son officine, avait sauté dans le lait bouillant.

Le père du jeune révélateur se tourne alors vers son fils avec colère.

« Petit imbécile! pourquoi n'as-tu pas parlé plus tôt?

— Dame, répondit l'enfant, je sais que maman a peur des crapauds, et je ne voulais pas l'effrayer. »

Naturellement, la Société des *anthropotages* était fort écœurée; — mais la maîtresse de la maison, avec un sang-froid magnifique, et comme accoutumée à de pareils présents, se contenta de dire à la cuisinière :

« Catherine, ma fille, faites attention : il y avait un crapaud dans votre soupe, qui, à cela près, était excellente. »

Ce détail est encore une des petites misères des repas champêtres, — et ceci nous rappelle la boutade d'un poëte de nos amis. — On était au dessert, sous la tonnelle, et la châtelaine l'invitait « à prendre quelque chose. »

« Mon Dieu, madame, ce serait avec plaisir... mais je ne vois que des chenilles... et je n'en mange jamais le soir : — c'est trop lourd! »

Au-dessous des bourgeois qui ont un pigeonnier à la campagne, il y a les catégories nomades des Parisiens affolés des repas sur l'herbe. — On emporte un pâté, un jambonneau, — des cerises, trois assiettes pour six, — un verre pour tous, — du vin dans des bouteilles de fer-blanc, et on se met à la recherche d'un gazon frais. — Le gazon est souvent émaillé des accidents les plus variés; mais on s'y assoit tout de même. Ces dames retroussent leurs robes par-dessus leur tête; ces messieurs ôtent leurs habits, leurs cravates, et gardent tout au plus le reste. Dans le monde dominical, on appelle cela « se mettre à son aise. — Le vin échauffé rafraîchit peu les gosiers altérés; les viandes fondent au soleil. — La posture adoptée torture un peu le torse; mais on est sur l'herbe, on jouit de la campagne, et, le lendemain, on raconte aux camarades du magasin qu'on a fait, la veille, une ravissante partie de plaisir.

Hélas! ces gens-là sont sincères; — nous rions d'eux, il faudrait les envier : ils ont la jeunesse, le plaisir vif et emporté des écoliers en congé ; — ils boivent dans le verre de la femme aimée et ils digèrent le pâté ! — Heureux âge ! heureuses illusions ! — Plus tard, il leur faudra, pour dîner, une chaise, une table, un verre par tête et du perdreau truffé. — O progrès, ne serais-tu que la décadence !

On a constaté le renchérissement de toutes les choses nécessaires à la vie ; mais voici que le superflu s'en mêle : — la glace classique de 1 fr. coûte maintenant 1 fr. 25 chez Tortoni. Un des garçons de M. Tortoni m'a affirmé que, par suite d'un impôt nouveau, le prix de revient de la matière première avait triplé pour le glacier. Quelle imprudence aussi d'exploiter un pareil commerce sur le boulevard des Italiens, au lieu d'aller s'établir au pôle nord ou sur les glaciers des Alpes. Au fond, je ne suis pas tout à fait la dupe de M. Tortoni ; — je veux croire que le gouvernement a eu la très-bonne idée d'imposer un objet de luxe ; mais je suppose aussi que M. Tortoni prend de là prétexte pour augmenter ses recettes de 20 p. c. Du reste, M. Tortoni serait bien bon de se gêner ; — s'il est au monde un commerce qui échappe aux tarifs du maximum, c'est bien le sien. — Les gens riches ont bien le moyen de payer leur vanille, et, quant aux indigents, ils sont si désintéressés dans la question, que la nouvelle mesure n'a provoqué aucun attroupement dans les faubourgs.

L'Angleterre possède un superbe Castaing, sous le nom de Williams Palmer. — Elle est bien heureuse, l'Angleterre ! — Chez nous, le crime devient d'une mesquinerie déplorable : — c'est tout au plus si, tous les six mois, nous pouvons nous procurer un cocher assassin.—Donc, M. Palmer occupe beaucoup la curiosité des deux côtés du détroit. — Il y a une certaine élégance dans ses scélératesses ; le sport y est agréablement mêlé à l'arsenic. — Mais je trouve que les tribunaux anglais ne savent pas, comme nos cours d'assises, dramatiser les procès. —Peut-être aussi les criminels manquent-ils des qualités de l'emploi. — La *Gazette des Tribunaux* nous apprend, et j'en suis très-mortifié, « que, dans l'extérieur de Palmer, rien ne décèle un assassin. » — Chez nous, au moins, les assassins savent *se faire une tête.* « Leur front déprimé, — leurs yeux injectés de sang, — leurs cheveux rudes et hérissés » révèlent tout de suite leur profession.

Ce n'est peut-être pas très-adroit à un assassin de donner ainsi son signalement à la société, mais c'est infiniment plus émouvant. — Ce Palmer est un homme tout à fait indifférent à l'art : il paraît qu'il a considérablement engraissé en prison. — Un assassin qui engraisse ! cela fait pitié. S'il n'est pas pendu pour avoir empoisonné, il mériterait de l'être pour avoir engraissé.

La *Patrie* a découvert une petite fille qui est morte pour avoir trop sauté à la corde. Mais, d'autre part, un journal de province a découvert un petit garçon qui s'est incendié en mettant le feu à une botte de foin au moyen d'une *Patrie* enflammée. — Grand embarras pour les pères de famille, vous leur mettez la *Patrie* entre les mains pour les corriger des abus de la danse de corde, et ils se font un bûcher de la feuille salutaire. Que faut-il supprimer ? Les enfants, — la corde — ou *la Patrie?*

Cela revient un peu à cette autre question :

Que faut-il supprimer, ou des théâtres qui mécontentent tant les critiques, ou des critiques qui mécontentent tant les théâtres ? J'incline à penser que tout le monde peut vivre en s'y prêtant un peu.

Dans tous les cas, ce n'est pas l'Odéon qui pourrait en ce moment se plaindre de la critique. A propos de la comédie de M. Ponsard — *la Bourse*—dont la première représentation a eu lieu cette semaine, la presse a, comme le public, témoigné au théâtre toutes ses sympathies, à l'auteur toutes ses déférences.

La sensation du jour est là, à cette représentation.

De mémoire de chroniqueur, on n'avait vu pareil gala ! Les princes, les ambassadeurs, les ministres, les plaques, les grands-cordons, les millionnaires, les femmes du monde, les comédiennes, les poëtes, les écrivains, les artistes, toutes les splendeurs, toutes les richesses et toutes les beautés paraient la vieille salle du faubourg Saint-Germain. —Depuis quinze jours, les loges étaient disputées à prix d'or et à coups d'influences,—les stalles se négociaient sur le pied de cent francs,—et cette représentation était devenue la fièvre, la folie, la rage de la société parisienne. — Pendant une semaine, l'incertitude qui planait sur le jour de l'événement a troublé toutes les relations : on n'osait pas indiquer un dîner, une soirée, la plus simple réunion, et tous les engagements réciproques se terminaient par cette formule : « Il est bien entendu que je ne vous invite, — il est bien entendu que je n'accepte — qu'à la condition que la pièce de Ponsard ne sera pas jouée ce jour-là. »

Pourquoi tant de bruit, de mouvement, de démarches, de rumeurs?—L'Odéon a-t-il dépensé cent mille francs en cartons peints? —Va-t-il montrer un âne savant?—S'agit-il d'un mélodrame à surprises?—Frédérick Lemaître, Rachel, la Ristori et quelques autres auraient-ils eu la fantaisie de mettre leur génie en pique-nique pour interpréter quelque œuvre inédite d'une poétique audacieuse et nouvelle? — Non. — Il s'agit d'une comédie en cinq actes et en vers, jouée par les comédiens ordinaires de l'Odéon.

Alors qu'y a-t-il?

Il y a que, quoi qu'on en dise, et quoi qu'il puisse dire lui-même, Ponsard est un homme heureux, —peut-être le plus heureux qu'il y ait dans sa sphère. Toutes les sympathies viennent à lui sans que jamais une contestation timide essaye de se produire.—Il a du talent et pas d'envieux; — il a un noble caractère et pas de détracteurs; — il a sa part des faiblesses humaines et on trouve que ses défauts donnent un attrait de plus à sa physionomie;—il exploite une forme littéraire tombée en désuétude, condamnée par le mouvement de son temps, et il passionne la foule; — tous ceux qui marchent dans sa voie gagnent à peine de quoi payer la copie de leur manuscrit, et chacune de ses comédies lui rapporte la valeur d'un domaine en France et de deux villas en Italie; — il a un succès éclatant qui projette son ombre sur tous ses émules, et pas un mauvais sentiment ne se trahit, et son succès semble une fête de famille.

Si vous étudiez plus attentivement les procédés de ce talent sobre et sévère, vous serez plus étonné encore de cette merveilleuse fortune. — Pas une audace, pas une tentative, pas une concession aux aspirations maladives des esprits avides de nouveauté. — Des mots épuisés mais remontés et éclatant dans des hémistiches bien cadencés; — une aptitude particulière à s'assimiler l'esprit public pour le lui renvoyer; — une grande autorité dans l'expression des sentiments généreux, quelle que soit d'ailleurs leur vulgarité; une humeur hautaine et dédaigneuse pour les mœurs du siècle;—un certain frémissement qui semble un réveil dans une époque de sommeil; la passion de l'honnêteté instantanément imposée à deux mille spectateurs, très-vicieux et subitement charmés de s'immoler sur l'autel de la vertu; — une sobriété d'action qui laisse presque constamment le moraliste en scène; — des naïvetés de combinaison qui font sourire comme la grâce indécise d'un enfant; une langue, tantôt robuste comme celle du Gaulois, tantôt parée d'images rustiques comme celle d'Horace et de Virgile; — voilà les éléments et *les instruments de travail* du poëte. — Il semble que Ponsard réussisse autant par ses défauts que par ses qualités, tant les uns et les autres sont solidaires dans sa manière. — Il est au moins évident que quiconque essayerait d'imiter ses procédés échouerait contre ce grand écueil qu'on appelle l'indifférence. — Il est donc évident aussi que des qualités très-supérieures se dégagent, dans les œuvres de Ponsard, d'une forme qui, maniée par d'autres, n'obtiendrait même pas les honneurs d'une critique malveillante.

Tant il y a qu'à cette heure la vogue de *la Bourse* est la comète de l'horizon parisien : ce sera longtemps encore l'événement des causeries : — on calcule les bénéfices probables de l'auteur, estimés provisoirement, en vertu de son traité spécial, à mille francs par soirée. — Si Ponsard peut *passer* cent fois, sa fortune est faite.

Il nous semble que, cette fois, Ponsard devra plus à lui-même qu'aux artistes interprètes de son œuvre.

Laferrière a, dans les conditions de son talent et de son organisation, un lyrisme qui se trouve à la gêne dans les situations des trois premiers actes. — Une hausse *sur le cinq*, — une baisse *sur le trois*, — voilà les incidents vulgaires qui l'agitent, et l'agitent un peu trop. — L'artiste ne retrouve sa puissance que dans la grande et forte scène du quatrième acte. — Il y est bien secondé par Tisserant, qui a de l'autorité et de la conviction dans cette seconde version de Rodolphe. Je crois constater que mademoiselle Thuillier est un peu discutée comme valeur et comme beauté. J'avoue sans peine qu'elle m'est très-sympathique. Ce qui n'est nullement controversé, c'est la grâce et la verve heureuse de mademoiselle Pauline Grangé, dans un rôle un peu parasite. Cette actrice est, je crois, engagée au Théâtre-Français. Elle y apporte en dot *la beauté du diable*, de l'honnêteté dans la mutinerie, de saines études, un accent de comédie qui enlève nettement la réplique et envoie bien au public le mot de valeur. — A l'Odéon, elle était l'enfant gâtée des étudiants. — Au Théâtre-Français, elle trouvera un public plus solennel, plus contenu dans ses enthousiasmes, moins chevaleresque dans ses trépignements, mais tout disposé déjà à l'accueillir.

Le Vaudeville nous a donné un drame en trois actes : *le Chemin le plus long*. Cette pièce est d'un très-jeune homme, M. de Courcy fils. — J'aime beaucoup le père ; c'est déjà un acheminement à aimer son héritier. — C'est pourquoi, avant tout, je constate avec une sincère satisfaction un succès auquel tout le monde s'est prêté de bonne grâce, et les pères et les fils de la grande famille dramatique. — J'ai même remarqué des jeunes filles qui applaudissaient peut-être en vue de ne pas rester filles ; — dame ! un auteur de vingt ans, cela ne se trouve pas toujours sous la perruque d'un académicien.

Or çà, jeune homme, maintenant, venons aux choses sérieuses : je n'ai jamais fait de pièces de théâtre, mais j'en ai beaucoup vu. — Je ne me vante pas pour cela de savoir les premiers rudiments de cette bizarre littérature. — Mais, si je ne sais rien, je sens ;—j'ai des impressions, des attractions et des répugnances, et c'est toujours sur ce terrain que je place ma critique.

D'abord, monsieur, je ne sais pas si le caractère de votre héros, M. Adrien de Reuille, rentre bien dans les définitions du *scepticisme*. Je vois un jeune homme qui a commis un crime charmant : il a séduit une jeune fille : — il refuse de l'épouser ; pourquoi ? parce qu'il ne croit pas *à l'amour des femmes*. — Voilà sa base d'opération, il ne sort pas de là, ce jeune M. Adrien. Mais ce n'est pas là *un sceptique* : c'est tout simplement un pédant, masquant ses vices de cœur sous de grands mots qu'il ne comprend pas. — En termes beaucoup moins ambitieux, ce garçon devait dire tout simplement à son père, qui le presse d'épouser celle qu'il a déshonorée :

« Mon père, j'ai recherché un plaisir vulgaire où je n'ai engagé ni mon cœur ni mon âme. — J'aimais assez Berthe pour en faire ma maîtresse, pas assez pour en faire ma femme. — Les devoirs de la famille m'effrayent. — On m'attend au club, je vous salue. »

Et je comprendrais cela, tandis que je ne comprends pas, je vous l'avoue, votre *sceptique* creux comme un abîme.

Enfin, votre sceptique se corrige : il tombe aux pieds de la femme méconnue, on lui pardonne et il épouse. — Ce n'était vraiment pas la peine, pour en venir là, de mettre en jeu cette grande maladie de nos générations, le *scepticisme.*

Et puis, voyez-vous, jeune homme, l'ambition des idées entraîne l'ambition des mots. Votre pièce, dans son ensemble, est écrite assez pour attester que vous avez de la grammaire. — Ne cherchez pas à avoir du *style*. Le style fuit ceux qui le poursuivent. — Je vous signalerai cette scène où M. de Reuille, le père, essaye de ramener son fils au sentiment de son devoir. — Quelques mots simples y suffiraient. — Mais voilà que ce vieillard parle à ce jeune homme *de la fleur qui va s'étioler dans la nuit de sa solitude.* — Il lui demande *dans quel marbre il pourra tailler une plus belle statue.* — Quand on a vingt ans et qu'on a trouvé ces deux phrases, on se relève la nuit pour se les réciter, on les confie aux vents et aux étoiles;—on se croit dans la poésie,—on est dans le galimatias pur, qui conduit au galimatias composé.—Le galimatias composé le voici : *Quand on chemine dans le sentier des souvenirs, la course est longue, parce qu'on marche avec son cœur.* — Trois mille francs de récompense à qui donnera un sens quelconque à ce non-sens; l'auteur peut concourir.

La simplicité, jeune homme! la simplicité! hors de là point de salut; et se défier des voisins de campagne qui trouvent votre pièce *bien écrite* aux endroits où elle est enluminée de ces prétentions.

Le premier et très-honorable ouvrage de M. de Courcy fils est joué avec un très-bon sentiment de comédie, par Lafont, Lagrange et Parade. — Le rôle de la jeune fille était l'occasion d'un début pour mademoiselle Dinah, la dernière de la grande race des Félix.—C'est une très-jeune fille, rappelant beaucoup mademoiselle Rébecca, d'intéressante mémoire. — Le début de mademoiselle Dinah a fait presque autant de bruit qu'une rentrée de sa sœur Rachel. Elle a eu des bravos, des fleurs, des rappels; — je me crois donc dispensé de lui donner des éloges, qui pourraient paraître tièdes après de pareilles ovations. — J'aimerais mieux lui donner des conseils, mais je n'ai jamais joué les *jeunes premières.* — Je me risquerai seulement à dire que mademoiselle Dinah doit sérieusement travailler à assouplir un organe un peu criard :—le reste lui viendra comme l'esprit vient aux filles.

Si jamais je te pince est un titre grotesque d'abord et ensuite un succès de rire au Palais-Royal. — C'est un carambolage en trois actes, où Ravel, Hyacinthe et mademoiselle Aline Duval se rencontrent et se heurtent par des effets de procédés particuliers à deux joueurs habiles, MM. Labiche et Marc Michel. Si tout le monde ne rit pas, c'est que tout le monde ne trouve pas de place.

Enfin, la Gaieté nous a servi un plat de brigands, assaisonné d'incomparables scélératesses, — où *Mandrin*, en personne, assassine tout ce qui lui tombe sous la main, y compris le sens commun. — Mais il est évident que M. Arnault, l'auteur des *Cosaques*, comprend mieux que nous le public de la Gaieté ;—j'en atteste les queues folles qui forment tous les jours, aux abords du théâtre, des guirlandes de titis et des massifs de bourgeois affamés d'émotions. Je reprocherai donc seulement à M. Arnault d'avoir un peu compromis sa charmante femme dans *les Aventures de Mandrin*, et je lui pardonne le reste, même les cinq tableaux que j'ai vus de sa pièce.

XLV

Chantilly. — Les courses. — Les logements. — *L'hôtel du Grand Cerf.* — Souvenirs du passé. — Les Condés. — Les écuries de Chantilly. — Comme quoi on n'a plus le loisir d'avoir des loisirs. — Le turf et la Bourse. — Le derby. — *Lion et diamant*, drame équestre en deux parties. — Les jockeys. — Esprit du loto. — La chasse. — La curée. — Théâtres. — Variétés : *le Billet de faveur*. — Gymnase : *les Fanfarons de vice*. — La pièce. — Les acteurs.

29 mai.

Figurez-vous que j'étais arrivé jusqu'à mon âge sans savoir ce que c'était qu'un *hack*, — un *premier pas*, — un *handicap*, — un *derby* et des *gentlemen riders*. — C'est pourquoi, enviant la gloire des palefreniers de lettres, après en avoir médit, je prenais, vendredi, à onze heures vingt-cinq minutes du matin, le convoi de Chantilly. — Moitié chemin de fer et moitié patache, on arrive en moins de deux heures à destination, et alors commence l'exploitation du voyageur par la ville hospitalière des Condés.

« Voilà, messieurs, deux chambres à coucher et un cabinet de toilette.

— Combien, pour les trois jours de courses?

— Trois cents francs.

— C'est cher.

— Voyez ailleurs. »

Ailleurs, c'est à peu près la même chose. — Quand on est quatre, on est heureux de trouver pour cent francs deux chambres à deux lits. — Nous avons eu cette chance et, mes amis et moi, nous passons sur le turf pour quatre coquins très-roués.

Quand il s'agit de déjeuner ou de dîner, il n'y a guère de choix : — un homme qui respecte ses digestions ne peut pas prendre sa nourriture ailleurs qu'à l'*hôtel du Grand Cerf*, où le Jockey-Club a élu domicile.

On est, du reste, très-bien traité à l'*hôtel du Grand Cerf*. — L'immeuble appartient à un gentleman très-célèbre dans le sport du dernier règne. — Étranger aux spéculations de la fricassée, M. de C... la surveille néanmoins par esprit de courtoisie; — son contrôle défend le voyageur contre les inventions de la chimie culinaire. — Si vous n'êtes pas content, c'est que vous êtes un esprit chagrin ou un estomac maussade; dans tous les cas, gardez-vous de le manifester : — Un mot de plus et M. de C... payerait pour vous, ce qui simplifie beaucoup les notes d'auberge, mais en grevant la conscience.

Chantilly, animé deux fois par an, aux courses du printemps et de l'automne, par l'invasion du sport, est, tout le reste du temps, un magnifique désert, le Versailles des Condés. Du château, qui a joué un si grand rôle dans les galantes féeries des deux derniers siècles, il ne reste guère que le castel bâti au moyen âge par un Montmorency et habité récemment encore par le vieux duc de Bourbon et le duc d'Aumale. Comme à Versailles, il y a quelque chose de profondément mélancolique dans ces demeures vides, dans ces eaux dormantes, dans ces parcs témoins de tant de grandeurs éclipsées. Si Chantilly traduit encore à la pensée la condition princière des petits-fils du grand Condé, ce n'est pas dans les palais qu'il faut chercher cette signification, mais dans les écuries. Peu courtisans, se refusant à se laisser absorber par les charges de la cour, vivant à distance du maître, à l'état de grands féodaux, les Condés avaient conservé à côté de Versailles la vie libre et indépendante des gentilshommes de province. Ils négligeaient volontiers leur château, mais ils élevaient des palais à leurs chevaux et à leurs chiens. Les écuries de Chantilly demeurent debout comme un symbole de la grandeur de ces princes dont la vie s'écoulait dans les bois, au milieu des meutes et des piqueurs.

Aujourd'hui, en plein XIXe siècle, les écuries de Chantilly confondent l'esprit, — non pas encore par leur aspect monumental, — nous ne manquons pas de monuments, — mais parce qu'elles représentent les mœurs d'un autre âge, des grandeurs dans le loisir, et des magnificences stériles qui ne sont données à personne aujourd'hui. — De nos jours, un Mercadet très-enrichi pourrait, à la rigueur, se passer la fantaisie d'avoir deux cents chevaux pour ses chasses; — mais, eût-il le capital de la compagnie des Indes, il logerait ses chevaux entre quatre planches, — tout au plus dans un bâtis en pisé; — mais il ne lui viendrait jamais à l'esprit de dépenser seize millions pour construire une *écurie* de cent pieds de haut avec des épaisseurs de quinze pieds en pierre de taille. — Pour avoir de pareils goûts, il fallait être né dans les siècles majestueux d'une monarchie olympienne, ne se soucier guère de l'*utile*, du produit des capitaux, et n'avoir rien autre chose à faire qu'à regarder passer un règne. — Aujourd'hui, quand on a seize millions disponibles, on fonde un Crédit mobilier, on perce un isthme, on va chercher du guano au Pérou, on fouille le sol pour en extraire du charbon de terre; quand on a doublé ses seize millions, on travaille à les quadrupler.

Il arrive une fois l'an que le millionnaire est invité à une chasse par quelque prince ou quelque boyard fixé en France. — L'homme de cabinet, s'il ne peut refuser, conserve son habit noir et sa cravate blanche, suit la chasse pendant deux heures en voiture, rentre dans son appartement, reçoit son courrier, fait sa correspondance, se fait adresser les cours de la Bourse par dépêche électrique, et, dès qu'il peut s'échapper, retourne dans son usine; voilà un des caractères saillants du siècle présent. Autrefois, il y avait des hommes qui eussent dérogé en travaillant, d'autres qui, réduits à travailler, ne se soumettaient à cette nécessité sociale qu'en vue de se reposer un jour : — aujourd'hui, il n'y a pas de condition et pas d'opulence qui donne de loisirs. On ne sait plus *ne rien faire;* — c'est un secret perdu; quelques-uns disent qu'ils ne travaillent pas, mais qu'ils font travailler leurs capitaux. Charmants loisirs! aimable indépendance! — Au lieu d'aller à un atelier ou à un bureau, ceux-là vont à la Bourse le jour, — à la Bourse encore le soir. Il leur faut, vingt fois par mois, vendre et acheter des papiers de toutes couleurs, — tendre leur esprit à tous les calculs de la politique et de la spéculation, et se tenir toujours en permanence sur le marché. — Ils n'oseraient passer trois jours à la campagne, de peur de perdre un *bon cours.* — S'ils rencontrent dans les yeux d'une femme jeune et belle cet appel confus et étrangement instinctif, qui révèle au premier regard une attraction réciproque, ils s'en détournent de peur de s'engager *dans un roman* et de *perdre du temps.* Mais de quel temps s'agit-il, bon Dieu! et que veulent dire ces gens-là? — Est-ce que, en dehors de l'existence moyenne et commune, l'argent donne à quelques privilégiés une vie supplémentaire et réservée? — Mais non, — sauf quelques splendeurs de corbillard qui sont l'apanage de la *première classe*, je les vois aller comme des goujats au rendez-vous universel. — Parfois, les hommes engagés dans cette vie fébrile et sans trêve rencontrent un des sages de ce monde, quelque artiste insouciant, n'estimant l'argent que pour ce qu'il représente d'indépendance; et alors ils lui disent naïvement : « Vous êtes plus heureux que nous : — vous n'avez pas le sou, — vous êtes libre. » — Ils ont peut-être alors la fatuité de croire qu'ils font un paradoxe; ils proclament tout simplement une vérité méconnue.

Les mœurs du siècle se retrouvent aujourd'hui partout : sur la pelouse de Chantilly comme sur le boulevard des Italiens. — Le *turf* est une petite Bourse — avec un argot particulier. — Le goût du cheval, l'élégant vernis du sport est à la surface, — le jeu est encore dessous. — Comme à tous les jeux, il y a des novices et des naïfs. — Moi qui vous parle, je suis une victime du turf : j'ai parié vingt francs pour une rosse qui m'a trahi. — Mais les roués du turf procèdent autrement : ils connaissent de longue date le souffle d'un cheval, son aptitude aux conditions différentes de chaque course, le talent de *l'entraîneur*, l'action du jockey : — sur ces notions, ils engagent des paris de proportions souvent très-considérables.

Malgré tout, le hasard et l'imprévu sont encore les grands maîtres sur le turf, et le *derby* de dimanche l'a bien fait voir. — Pour l'instruction des classes laborieuses, je veux bien dire que le *derby* est une course entre chevaux de trois ans, fondée par lord Derby, et qui a retenu son nom. — Mais c'est la dernière fois que je descends à ces explications : — on est du turf ou on n'en est pas, et je ne veux pas me déshonorer en écrivant pour des marchands de contremarques.

Au derby de Chantilly, il y avait quatorze chevaux présents sur le turf. — Le prix était de 20,000 francs ; les *entrées* et les *forfaits* y ajoutaient encore une somme de 26,000 francs environ. — Toutes les gageures vivement poussées se portaient avec complaisance sur le favori, *Isolier*, appartenant à M. Lupin ; d'autre part, on pariait vingt contre un contre *Diamant*, poulain répudié par l'écurie Aumont et vendu 1,400 francs à M. de Morny. — La course s'engage, et *Diamant* arrive au poteau, nez à nez avec *Lion*, au prince de Beauveau. Le fameux *Isolier* arrivait troisième, mais *beau* troisième ; — le turf a beaucoup de ces euphémismes. — On arrive même *beau dernier*, et je voudrais que l'Université adoptât ces locutions émollientes en faveur des disgraciés de la composition en thème.

La course du *derby* se trouvait sans résultat. — *Diamant* et *Lion* étaient arrivés *ex æquo*. — En pareil cas, les deux écuries partagent le prix, ou on procède à une seconde épreuve entre les deux vainqueurs. — C'est ce qui eut lieu dimanche. — Dans l'entr'acte des deux courses, le *turf* et le *beating-room* (salle des paris) étaient dans la plus grande effervescence. — Certains joueurs, engagés dans des paris de proportion contre *Diamant*, s'efforçaient de se couvrir. — A ce moment, MM. Lehon gagnaient trois cent soixante mille francs, après avoir engagé tout au plus une vingtaine de mille francs sur

Diamant. — Dans les mêmes proportions, un de mes amis, contre dix louis engagés, gagnait quatre mille francs. — Je vous donne ces explications à vous tous, vilains et manants étrangers au turf, pour en venir à vous faire comprendre l'intérêt qu'on peut prendre à ces péripéties. La seconde épreuve entre *Diamant* et *Lion* engageait des sommes immenses, et on pouvait manquer sa fortune d'*une tête de cheval.* — Enfin, les deux quadrupèdes sur lesquels reposaient tant d'émotions ont été lancés. — Vers le dernier tiers du parcours, *Diamant* s'est trouvé distancé d'environ deux longueurs de cheval, et, malgré des efforts héroïques, n'a pu rattraper le terrain perdu, et perdu, disait-on, par une fausse manœuvre du jockey. — D'autre part, on n'hésitait pas à attribuer la victoire de *Lion* aux merveilleux talents de l'homme qui le montait, le fameux Flatman. — J'ai vu ce jockey *à la ville.* C'est un de ces Anglais qui parviennent à rejeter de leur corps tout ce qui est luxe, la chair, la graisse et une foule d'organes que nous portons par genre. — Ils conservent une peau parcheminée qu'ils portent sur un paquet de nerfs, et ne pèsent guère plus sur la croupe d'un cheval qu'une grosse mouche qui aurait une culotte et des bottes.

Il y avait vendredi, à Chantilly, un monde suprême, mais rare; dimanche, le *derby* avait attiré le sport et le demi-sport.—Le monde avait député quelques très-jolies femmes, entre autres cette charmante madame de S..., qui, d'origine française, porte un nom portugais. Quant *à ces demoiselles*, qui étaient très-nombreuses, on ne voyait qu'elles aux fenêtres de Chantilly, toujours rongeant des os de volaille ou *sablant* du champagne. Quand on n'a pas de famille, il faut bien occuper la vie.

Dans l'après-midi de ce mémorable vendredi où j'ai paru, pour la première fois, sur le turf, la pluie — une pluie insensée par sa persistance — nous a consignés dans nos logis. — Au *Grand Cerf*, on discutait les qualités des vainqueurs du jour, les chances du surlendemain. — Un peu blasés sur la question, mes amis et moi, nous résolûmes de varier les émotions du turf par les péripéties du loto.

Le loto se distingue de tous les jeux connus par les merveilleux motifs qu'il fournit à l'esprit français. — Les joueurs de la vieille école se contentent d'un appel solennel des numéros, en appliquant tout au plus quelques sobriquets classiques qui doivent remonter au siége de Troie : « Sept, *la pioche;* — soixante-dix-sept, *les deux potences;* — quatre-vingt-neuf, *époque mémorable.* » Mais les romantiques, jeunes et inventifs, perfectionnent cette mythologie par des improvisations inépuisables en ressources.

Nous avons eu hier :

Quatre-vingt-dix, — l'âge des jeunes premières ;

Un, — la canne à Siraudin ;

Onze, — Siraudin et sa canne ;

Trente-trois, — les jambes à Prémaray ;

Vingt-sept, — pluie et grand vent ;

Cinquante-trois, — l'âge d'être aimé des femmes ;

Quatorze, — grand succès au Vaudeville ;

Vingt-deux, — pour les représentations de Frédérick Lemaître ;

Trente-neuf, — un décès à l'Académie ;

Quarante-quatre, — la double méprise ;

Trente-cinq, — à la santé des dames ;

Quatre, — la casquette à Titi ;

Sept, — le baron Taylor ;

Vingt et un, — l'escroc sans prétention ;

Six, — la splendeur ;

Neuf, — la décadence ;

Treize, — le raseur ;

Soixante-neuf, — pour la rentrée de mademoiselle Page, etc., etc.

Vous voyez que le loto donnerait de l'esprit à ceux mêmes qui en manquent.

Le lendemain, samedi, il y avait chasse à courre dans la forêt.— Les chasses de Chantilly sont exploitées par une société anglaise qui, dans ces dernières années, a loué une partie du château. Malheureusement, si la société est riche en bottes molles et en vestes de velours, elle paraît plus indigente en gibier. Pour chasser un cerf, on est obligé d'en élever un dans les écuries du château ; quand le cerf est bien dressé à son rôle, on fait une répétition générale en forêt, puis on le lance définitivement au jour indiqué ; — le cerf, qui connaît son affaire, vient loyalement se faire tuer après une demi-heure de poursuite ; — reste le spectacle de la curée : — A cinq heures, le cerf éviscéré est étendu sur la pelouse de l'hippodrome. Soixante chiens anglais, lancés du chenil, arrivent d'un bond jusqu'à dix pas de l'animal, et, maintenus à distance par le fouet des piqueurs, se livrent, pendant dix minutes, à toutes les évolutions d'une convoitise ardente et sévèrement comprimée. — Enfin, on met un terme à ce supplice de Tantale : les entrailles du cerf sont découvertes, et la meute se rue sur ces débris sanglants, où chacun saisit sa proie; — alors s'engagent entre les mieux et les moins pourvus, des batailles homériques qui, dans les détails, rappellent le songe d'Athalie.

Pendant ce temps, que faites-vous, vous tous que j'ai laissés dans la grande ville? — Le jour de mon départ, on donnait un mélodrame à l'Ambigu; qu'est-il devenu? — Ce serait à vous à m'en donner des nouvelles; mais il faudra probablement encore qu'au retour du turf j'aille aux informations pour votre instruction.

Avant mon départ, j'avais vu aux Variétés une pièce amusante, *le Billet de faveur*. On a groupé là ingénieusement, dans trois tableaux, les tribulations du bon bourgeois qui, pour ne pas prendre un billet de trois francs au bureau d'un théâtre, dépense beaucoup de son argent et un peu de sa dignité en vue d'un billet de faveur. Tout cela, sous la forme d'une plaisanterie, est beaucoup plus vrai et plus sérieux qu'on ne pourrait le croire. Vous ferez bien de prendre un billet payant pour aller voir *le Billet de faveur*.

Enfin, mercredi dernier, on avait joué au Gymnase une pièce en trois actes, *les Fanfarons de vice*. — Le titre était riche de promesses; — il annonçait une comédie : il n'a donné qu'une fantaisie, souvent amusante, mais parfois aussi un peu chagrine.

Les auteurs nous ont présenté, avec diverses nuances, plusieurs types de la jeunesse du jour, assez mal élevée, comme vous savez. — Ils ont attribué à ces personnages, que nous coudoyons tous les jours, des travers vrais et bien observés, mais aussi des vices à faire frémir. — Par exemple, un de ces messieurs, au milieu d'une orgie, apprend la mort de sa tante. « Messieurs, s'écrie-t-il, je vous conduis tous demain au théâtre du Palais-Royal, — j'ai perdu ma tante. » Puis, à part, il pleure la parente qui avait soutenu son enfance. — Certes, il peut se rencontrer un vaurien assez pervers pour aller chercher des consolations dans les bras de Grassot le jour de la mort d'une tante; mais c'est naïvement qu'il commettra cet acte d'insensibilité, et il n'y attachera pas sa gloire. — Le monde est assez mauvais tel qu'il est; il est superflu de lui prêter gratuitement des monstruosités impossibles.

Donc, ce qui a résisté au succès dans cette pièce, c'est l'ensemble, l'idée mère; ce qui a réussi, c'est le détail; — je reconnais, pour les avoir vus, ces fanfarons de l'orgie qui jettent leur vin sous la table, et vont se mettre au thé dans la pièce voisine. — Une scène charmante, que M. Dumanoir a reprise dans son répertoire, est celle où un lion, qui menace toujours sa maîtresse de la cravache devant le monde, reçoit les coups de cravache dans l'intimité.

C'est Lesueur qui représente ce dernier personnage. — Il a été très-vrai et très-amusant dans tout le cours de la pièce. — Le jeune comique Priston, qu'on voit rarement, est toujours bien accueilli, et le mérite. — Berton, selon son lot ordinaire, a un rôle difficile à faire accepter. — Pierron, qui débutait au Gymnase, a encore les airs un peu ténébreux du mélodrame. Des trois ou quatre femmes de la pièce, mademoiselle Désirée seule avait besoin de talent; — les autres étaient tenues d'être jolies, et elles ont poussé le sentiment du devoir jusqu'au dévouement. — Il y a surtout une demoiselle Gravière, qui parle peu, mais qui est fort agréable à voir.

XLVI

Les millions en émeute. — Prrrenez vos actions !... — L'apologue du marchand de crayons. — Le pour et le contre. — Des rectifications en matière de conseil de surveillance. — Les deux Galard. — Une déconfiture. — Tous les millions égarés ne se retrouvent pas. — Les conséquences. — De l'influence de la chasse. — Palmer. — Sa fin prochaine. — Procédure anglaise. — Le jury cellulaire et le jury à l'air libre. — De la consommation du thé en Angleterre. — Polémique. — Réponse à M. Muriel. — La littérature et les poseurs. — Cirque : *la Marchande du Temple*. — La pièce. — L'auteur. — Le théâtre.

5 juin.

Où en sommes-nous? — où allons-nous? — Lisez la quatrième page des journaux, et voyez un peu cette émeute de millions; — toutes les fantaisies, toutes les *blagues* de la banque sont distancées par les réalités de l'annonce. — M. Mirès, un millionnaire *pour de bon*, annonce qu'il va remettre à neuf la ville de Marseille. — Tous les maires de France font présentement queue rue de Richelieu.

« Monsieur Mirès, dit un maire, ma ville est une vieille défroque du XVIe siècle. Tous les ans, nous sommes obligés d'y mettre des pièces : ayez la bonté de nous faire une ville neuve; — capital social : trois cents millions. »

Approuvé, met au bas de la requête M. Mirès.

Et, dans deux ans, la ville de M le maire sera luisante comme un sou neuf.

« Par ici, messieurs, par ici ! — moi, je construis aux Champs-Élysées; — capital social : cent vingt millions..

— Vous voyez, messieurs, crie un troisième, — les Champs-Élysées sont construits. — Moi, je bâtis depuis l'Arc-de-Triomphe jusqu'au parc de Neuilly ; — capital social : deux cents millions.

— Et l'Hippodrome! s'écrie M. Arnault. Messieurs, n'oubliez pas l'Hippodrome! capital social : douze cent mille francs. Moyennant un versement de dix actions, le chroniqueur Villemot lui-même peut recouvrer ses entrées à l'Hippodrome. — Pour vingt actions, on a ses entrées à l'écurie, et on voit les palefreniers avec leur rouge.

— Voilà le crédit houiller! demandez du crédit houiller! capital social : vingt millions.

— Ah! le voilà, le voilà, le voilà! c'est le caoutchouc dur! ne pas confondre avec le caoutchouc mou. Le caoutchouc mou n'est bon qu'à faire des balles élastiques pour les polissons; — mais le caoutchouc dur! oh! le caoutchouc dur! nous en faisons des peignes, des pendules et des primes.

— Tenez, messieurs, je n'abuserai pas de la complaisance de l'aimable société... Passez-moi votre chemise, jeune homme. — Tenez, messieurs, vous voyez la chemise de ce jeune troubadour; elle est bien malpropre, n'est-ce pas? — Depuis combien de temps portez-vous cette chemise, jeune homme?... Depuis cinq semaines?... — Eh bien, jeune homme, — voyez, — sans battoir ni brosse, — sans battage et sans tordage! — Voilà votre chemise, jeune homme, — blanche comme un lis. — Messieurs, je suis le représentant du *Lixiviateur*; capital social : six millions. — Prrrrenez vos actions. — Allez, la musique! »

Dans ce concert de vociférations, je distingue une voix grave et sévère, celle de Mangin, le marchand de crayons.

« Messieurs, je suis un charlatan, un ignoble charlatan. — Si j'avais pu me procurer un conseil de surveillance, je ne serais pas sur la place publique : — j'aurais mis mes crayons en actions au capital de dix millions; j'aurais le siége de ma société à la Maison d'or, et le siége de mon exploitation près de mon bassin minéralogique. — Vous voyez où un homme peut en être réduit faute d'un conseil de surveillance. — Quand vous me regarderez d'un air bête. — Eh bien, oui, je vous blague, tas d'imbéciles! badauds! jocrisses! actionnaires! — vous hésitez à prendre mes crayons pour un sou, et vous en prendriez pour cinquante mille francs si je vous les débitais sur papier rose, sous le titre de la *Plombagine*, *société géné-*

rale des crayons de France. — Je vois avec amertume que mes concitoyens sont tous des idiots. »

Mangin n'a pas tort; mais il n'a pas raison. — Chaque période sociale a ses instincts et sa mission : — la nôtre est prédestinée à changer la face du globe, à réunir des mers, à ceindre la planète de bandelettes de fer, sur lesquelles volent les locomotives écumantes. — Pour tout cela, il faut beaucoup de confiance, beaucoup de milliards et beaucoup d'actionnaires. A côté des Pereires solides et des Mirès sérieux, fermentent des Bilboquets uniquement préoccupés de sauver la caisse. — Il faut se garer de ces derniers ; mais il ne faut pas méconnaître ce que ce mouvement, dans son ensemble, a de grand, d'utile et de sérieusement progressif. — Pour escalader le ciel, il n'a manqué, peut-être, aux Titans qu'une forte commandite au service d'un conseil d'ingénieurs civils. — Laissons faire et regardons. C'est curieux, c'est immense et parfois grotesque. Il y a place pour l'admiration et pour l'ironie. Tâchons de ne pas nous tromper, surtout au moment de souscrire les actions.

Il semble, d'ailleurs, que ce bouillonnement soit plus actif, précisément parce qu'il va rejeter son écume. — Des lois sages, dit-on, sont en élaboration.—On commence à se tenir à distance des affaires compromettantes. — Des hommes appelés d'office dans des conseils d'administration se récusent par voie d'huissier; d'autres réclament par la voie des journaux; — mais alors il en résulte des conflits sans issue : par exemple, M. Hector de Galard informe le public qu'il n'a rien de commun avec le Galard de l'Hippodrome. — M. Arnault réplique qu'en effet, l'*honorable* Galard n'a rien de commun avec M. Hector Galard, *inconnu à l'Hippodrome*. —Voilà ce qu'on s'attire par la manie des rectifications. — M. Hector Galard pourra-t-il se consoler d'être *inconnu à l'Hippodrome?*

Mais, s'il est aisé de se préserver du contact des millions *en imitation*, il est plus difficile de ne pas tomber dans les traquenards de la faillite qui, pendant dix ans, parvient à se tenir en équilibre sur la corde roide du crédit public. —Il paraît qu'il y a des millionnaires *à l'américaine*.—Vous pouvez visiter leur caisse : aux deux extrémités des rouleaux, il y a une pièce d'or ;—le reste est fourré de plomb ; — Mangin en ferait des crayons; la Bourse en fait une déconfiture.

C'est ainsi que le monde financier s'est réveillé, ces jours-ci, en sursaut, au bruit d'un grand écroulement de vingt millions, dont les deux tiers environ ne se sont pas retrouvés dans les décombres. — La plupart des victimes sont des millionnaires, qui peuvent s'imaginer qu'ils ont perdu leur porte-monnaie en allant à la campagne; — mais il y a peut-être bien, au fond, quelques capitalistes en herbe, qui perdent tout ce qu'ils avaient et un peu ce qu'ils n'avaient pas. — Il faut s'y attendre : trop chauffée, la machine éclate. — On dit que cette catastrophe remet en problème le théâtre du Peuple, dont le failli était le commanditaire magnifique. — Pour le reste, demander des renseignements à Constantinople!

L'homme qui vient de décéder, financièrement parlant, — s'était rendu célèbre par son goût pour le faisan : — propriétaire d'une chasse splendide, il avait tour à tour capté les plus hautes notabilités sociales de tous les régimes par le patronage de saint Hubert. — Au fond, il chassait moins le perdreau que le million.—Mais, quand une compagnie de millions ne veut pas se lever, le meilleur *rabatteur* n'y peut rien.—C'était, dit-on encore, un artiste déclassé, et on assure que, s'il vit seulement trois mille ans, il pourra couvrir son passif à l'aide de son pinceau.

Palmer, ce sportman qui était en train d'empoisonner toute l'Angleterre, est condamné à mort. Les journaux annoncent qu'il sera pendu le 14 juin.—J'aime à penser qu'il ne lit pas les journaux.

Le procès de Palmer a mis en relief les mœurs de la procédure anglaise : — il est curieux de voir les jurés retranchés pendant douze jours de la société, promenés dans les parcs, conduits au réfectoire et au dortoir par les huissiers de la cour :—on obtient ainsi un verdict dégagé de toute impression extérieure.

En France, le juré rentre dans son foyer après l'audience et subit alors toute espèce d'influences.—S'il s'agit d'un scélérat qui a assassiné sa femme, la femme du juré insiste pour une condamnation: mais, s'il s'agit d'une femme qui a empoisonné son mari, pour se marier avec son cousin, la femme du juré représente que l'accusée est bien jeune, que le mari était bien vieux et bien laid, et elle recommande l'indulgence. Puis vient l'assaut des parents de l'accusé. — On évoque, dans la conscience du bon bourgeois, le fantôme des erreurs juridiques : « Souvenez-vous de l'infortuné Calas! rappelez-vous l'infortuné Lesurques. » Des voisins féroces émettent, en sens contraire, un avis *tranchant.* « Il suffit de lire l'acte d'accusation pour voir que cet homme est coupable; — pas de faiblesse et pas de circonstances atténuantes. »

Le bourgeois que les hasards de la loterie ont tiré de son comptoir pour le constituer juge, flotte quelquefois très-indécis entre ces influences diverses, et nous croyons que le jury cellulaire peut donner de meilleures garanties.

J'ai encore remarqué au procès Palmer quelques détails secondaires de mœurs anglaises.—On appelle à titre de témoin un décrotteur qui, à une heure déterminée, a dû voir passer Palmer.

« Je n'étais pas à ma station, dit le décrotteur.

— Où étiez-vous?

— Je prenais mon thé. »

On appelle dans la même intention des balayeurs :

« Avez-vous vu Palmer?

— Non.

— Mais il a dû passer devant vous?

— A cette heure-là, nous prenions notre thé. »

En Angleterre, tout le monde prend son thé,—et M. Cook, la victime de Palmer, en a tant pris, qu'il en est mort.

Un confrère qui a l'esprit militant de la jeunesse, M. Auguste Muriel, m'a cherché une querelle très-courtoise dans la forme, à propos de mes impressions sur la pièce de M. de Courcy fils, *le Chemin le plus long.*—Il semble à M. Muriel que le héros de M. de Courcy est bien une expression de la société de ce temps-ci, un vrai sceptique élevant son égoïsme à la hauteur d'une théorie. Ce caractère paraît à M. Muriel un travail sérieux et digne d'attention, qu'il me reproche d'avoir traité légèrement.

Si le héros de M. de Courcy a réellement ces prétentions, je lui dirai ce que devrait lui dire son père : « Enfant, ôtez votre faux nez, vous êtes un *poseur,* un *fanfaron de scepticisme.*

Mais, comme la pièce n'est pas prise à ce point de vue, je n'ai pas dû m'occuper de la refaire.

Mon cher monsieur Muriel, il ne faut pas encourager ces épidémies d'imitations maladives qu'enfantent tous les mouvements littéraires. — Au XVIIIe siècle, Florian avait créé une société de bergers; — on portait la houlette, on s'enrubanait, et chacun avait son petit mouton. — Plus tard, le sentimentalisme éloquent de Rousseau donna à ces fadeurs un accent plus passionné : toute femme fut Julie, tout homme fut Saint-Preux ; — on était bien ému en ce temps-là : on ne pouvait voir deux colombes sans verser des larmes; on parlait de la nature, de la vertu, et le diable n'y perdait rien. — De là naquit la *femme sensible*. Moins altière et moins orageuse que la femme *incomprise*, la femme sensible était infiniment plus pleurnicheuse et menaçait toujours de noyer son amant dans les deux ruisseaux qui coulaient de ses beaux yeux.—Tout à côté, une autre secte s'étudiait à imiter les roueries et les scélératesses de Lovelace et du comte de Valmont.—Un jour, un coup de pistolet retentit de l'autre côté du Rhin ; — c'était le jeune Werther qui venait de se brûler la cervelle. — René lui tendit la main. — Vers le même temps, la voix désolée d'Obermann remplissait de ses lamentations une vallée de l'Oberland. Alors apparut un élément nouveau, *la mélancolie*, née dans les brouillards de la Germanie, et, jusque-là, inconnue à cette vieille terre des Gaules.—L'impression fut profonde : et nous avons vu les *poseurs* du découragement promener leurs rêveries dans le monde réel comme dans le monde idéal des livres.

Plus tard vint Byron ; — ce fut encore autre chose : — aux énervements de la mélancolie succéda la tempête des blasphèmes.—Jusque-là, on s'était contenté de s'en prendre à la nature des choses et aux choses de la nature ; à dater de ce moment, on s'en prit à Dieu et à la société.—On était campé sur la hanche ; quelques-uns s'avisèrent de boiter, parce que le maître boitait. — On s'épuisait en crâneries et faquineries impossibles ; la bohème se drapait dans le manteau de don Juan, et ce pauvre Lassailly mettait des gants jaunes pour décrotter ses bottes percées. — Il y a un quart de siècle, Werther, échauffé au soleil des tropiques, avait pris le poignard d'Antony. Alors les jeunes gens de porter le poignard et de laisser flotter leurs cheveux à l'instar de M. Bocage. — En ce temps-là, on cassait les vitres pour entrer avec effraction chez une couturière qui avait laissé la clef à la porte, et la femme demandait à être assassinée.

Tout cela, mon cher monsieur Muriel, n'est pas sérieux ;—ce sont de pures *polissonneries* dont il ne faut pas être dupe. — La littérature, a-t-on dit, est l'expression de la société; mais il y a aussi une société qui n'est que l'expression de la littérature.—Les hommes de génie condensent dans un livre les idées ambiantes de leur temps.— Le lendemain, des bandes de cabotins mettent au pillage toute la garde-robe du poëte et se parent, celui-ci des bottes à revers et de l'habit bleu de Werther, celui-là du chapeau empanaché de don Juan. Cela dure ce que dure un carnaval. — Ce qu'il y a à reprocher au héros de M. de Courcy, c'est qu'il porte encore son déguisement quand le carnaval est fini.

Que l'auteur traduise sur la scène des caractères et des travers plus actuels. — Les vanités du jour ne se drapent plus dans le manteau d'Oswald ; — elles se sont logées à l'aise dans un paletot-sac : —il y a présentement fanfaronnade de grossièreté, de brutalité et de cynisme. — On quitte une femme pour aller fumer une pipe; — on déserte le salon pour l'écurie, et si, comme M. Adrien de Reuille, on est mis en demeure d'épouser une jeune fille qu'on a déshonorée, on ne prend pas, pour motiver son refus, par les sentiers fleuris de la poésie byronienne; on dit tout simplement : « De quoi! le mariage? — Ça *m'embête!* »

Voilà, mon cher monsieur Muriel, comment on répond aujourd'hui, quand on a vingt-cinq ans et une raie au milieu de la tête; — et, là-dessus, on va aux Folies-Nouvelles, sucer un sucre d'orge à l'absinthe.

Passons au Cirque :

Il s'agit de *la Marchande du Temple,* drame en cinq actes. — L'auteur est M. Auguste Luchet, un des *découragés* de la démocratie. Il appartient à une école où, longtemps, a prévalu cette opinion : que tous les marchands d'habits sont des hommes vertueux, et tous ceux qui portent des habits de la canaille. — M. Luchet s'est amendé; il a introduit, dans son nouveau drame, un millionnaire si vertueux, qu'il a l'honneur d'être embrassé à chaque acte par un marchand d'habits. — Au surplus, le fond des idées de M. Luchet n'a aujourd'hui plus rien d'irritant. — Si, au temps où le peuple régnait sur la place publique, il était malavisé d'exalter le sentiment de ses forces peu disciplinées, maintenant il n'est qu'opportun de rappeler à la société raffermie que tout le monde ne repose pas sur un lit d'actions libérées. — Avec des éléments un peu incohérents, M. Luchet a composé un drame dont le marché du Temple n'est que le cadre et le prétexte; — mais, sur ce terrain, il a rencontré des tableaux populaires d'une vérité attrayante. — Dans les derniers actes, l'action s'engage dans une aventure dont la moralité ne m'apparaît pas clairement, à moins qu'on ne veuille en conclure que la veuve d'un marchand d'habits ne doit jamais marier sa fille à un homme bien mis.

La conclusion la plus lucide, c'est que le Cirque tient un succès incontesté. — Si la foule ne vient pas, il faudra en accuser plutôt le théâtre que la pièce. — Cette scène du Cirque a des traditions écrasantes pour l'écrivain qui veut se faire entendre sans tirer le canon. — On voit entrer un monsieur décoré, en habit bleu et en gants jaunes, et on s'étonne qu'il ait laissé son cheval à la porte. — On écoute avec langueur une révélation d'empoisonnement obtenue par une scène de magnétisme fort bien traitée, et on se demande si tout cela ne va pas finir par la bataille de Marengo.—J'invite donc M. Luchet, puisqu'il se donne la peine *d'écrire* ses drames (quoique avec un peu de boursouflure), à les porter à quelque théâtre où le public soit plus recueilli : — à la Porte-Saint-Martin, — à la Gaieté; — je n'ose dire à l'Ambigu : — il y a là un précédent trop funèbre pour qu'il soit encourageant.

XLVII

Le déluge. — Le désastre et la réparation. — Des souscriptions volontaires. — Des réformes à y introduire. — De l'unité d'action dans les émotions publiques. — Un dentiste malencontreux. — Exposition des produits de l'agriculture. — Réhabilitation du cochon. — Projet d'une autre exposition. — Théâtre-Français : *le Village.* — L'auteur. — Les acteurs.

12 juin.

Il n'y a plus de causerie frivole : — nous sommes en présence du déluge; — des populations entières sont sous les eaux. — On dirait un de ces grands châtiments bibliques que Dieu, dans sa colère, envoyait aux aînés de la race humaine. — Le fléau diluvien procède avec la puissance des grandes convulsions du globe : — les montagnes minées s'affaissent et se creusent en vallées; — ailleurs, les vallées, poussées par les eaux, se dressent en montagnes improvisées. — Les scènes les plus émouvantes se dégagent de ce chaos, — et partout des pleurs, des ruines, des familles dispersées et mutilées, sans pain, sans asile et sans vêtements, sollicitent l'assistance publique.

Jamais, peut-être, les générations modernes n'ont été soumises à une pareille épreuve. — La charité privée est à l'œuvre; — ce n'est pas la décourager que de dire qu'elle sera insuffisante; elle pourvoira aux nécessités les plus urgentes; — pour le reste, nous avons foi au gouvernement, dont le chef a voulu prendre une part personnelle dans ces émotions navrantes. — Nous n'avons jamais été épris des théories communistes et égalitaires; nous ne comprenons pas une société sans hiérarchie, sans émulation et sans splendeur; nous ne comprendrions pas davantage une société impuissante et désarmée devant de pareilles calamités. — Ici, la solidarité est un devoir rigoureusement indiqué, — et nous n'admettons pas une famille où des privilégiés continueraient le lansquenet *à sec*, pendant que d'autres membres de la famille se noient. — En pareil cas, l'impôt est la forme de cotisation la plus efficace et la plus équitable, parce que les âmes les plus froides et les bourses les mieux fermées s'ouvrent à l'appel du percepteur. — Il ne s'agit pas aujourd'hui d'une bourgade incendiée ou d'un mineur enfoui dans un puits : il s'agit de reconstruire des villes entières, de rendre un abri et des instruments de travail à des milliers de familles. — L'inspiration du cœur n'y suffirait pas. — Le cœur n'a pour lui que la première heure d'émotion ; il a contre lui toute la vie, — l'indifférence, la paresse et le calcul qui s'éveille au lendemain des plus généreux élans. — Au premier récit d'une calamité, tout le monde est debout : les femmes veulent donner leurs diamants, leurs dentelles et les chinoiseries de porcelaine qui parent leur étagère ; — les hommes parlent de supprimer un cheval, — une campagne, — une loge à l'Opéra. — Ce mouvement est sincère, et, si le contrat pouvait être dressé par-devant notaire, sous l'impression de la première émotion, il s'exécuterait. — Mais le lendemain arrive : — on a besoin de ses dentelles pour aller dîner en ville, — on est forcé de conserver la campagne dans l'intérêt de la santé des enfants ; — le cheval n'est pas un luxe, c'est une nécessité de la profession. — Tout bien examiné, en se dépouillant, on ne ferait qu'ajouter au nombre déjà trop grand des malheureux. — On finit par envoyer cinquante francs au *Journal des Débats*, et la conscience s'acquitte avec ce sophisme : « Que tout le monde en fasse autant et le désastre sera réparé. »

Je ne calomnie pas l'humanité, je l'explique ; — les meilleurs cœurs ont besoin d'être soutenus dans leur élan : — quand le malheur et la charité se rencontrent face à face, celle-ci ne prend pas la fuite ; — mais, si le malheur attend à domicile, la charité, qui a d'autres occupations, ne montera pas toujours l'escalier d'un notaire pour déposer son offrande. — Je le répète, l'homme est encore plus indifférent que mauvais ; — pour le bien comme pour le mal, il lui faut souvent une provocation directe, inéluctable. — Procédons par exemple, comme tous les professeurs. — Je suppose qu'un journal adresse à ses abonnés la circulaire suivante :

« Monsieur,

» Les inondations qui désolent une partie de la France provoquent les secours publics sous toutes les formes : — nous avons renoncé, en ce qui nous concerne, à ouvrir une souscription dans nos bureaux ; pour vous épargner tout déplacement, sûrs, d'ailleurs, d'avoir pressenti vos intentions, nous élevons de cinq francs le prix de notre abonnement pour l'année 1856, à dater du prochain trimestre. — Ce supplément sera versé, en votre nom, d'après un état de souscription qui sera dressé dans notre feuille, à la caisse centrale des secours. »

Je gage que ce système ne rencontre pas un réfractaire. — Si le journal a six mille abonnés, il réalisera trente mille francs. — Qu'il ouvre une souscription en la forme ordinaire, c'est beaucoup s'il réalise trois mille francs. Au jour de l'appel, l'abonné, ému par le *premier-déluge* du journal, mettra la main à la poche pour envoyer sa souscription. Mais, sur six mille, cinq mille au moins se trouveront n'avoir pas de monnaie. — Le lendemain, ils ne penseront plus à y penser.

Tout ceci m'amène à l'étude d'un cas de psychologie fort étrange : — avez-vous remarqué que l'humanité est moins émue des catastrophes qui atteignent des masses que de celles qui atteignent des individus ? — Il semble que les désastres qui engloutissent des populations dépassent les proportions du cœur humain. — Un tremblement de terre enfouit une nation : je suis anéanti, confondu, mais les larmes ne me viennent pas aux yeux ; — qu'un ouvrier gémisse isolément au fond d'un puits, j'entends ses cris de détresse et je m'attache à ce drame ; — de là, probablement, cette loi de l'*unité d'action* que les maîtres de l'art ont toujours pratiquée ; — en d'autres termes, représentez sur la scène le *Déluge universel*, je verrai passer sans émotion les empires submergés ; — mais que la dernière famille humaine, réfugiée sur la cime d'un rocher, dispute sa vie au fléau, c'est sur elle que va se concentrer tout l'intérêt. Nous avons tous lu et relu cette admirable histoire de Robinson Crusoé. — Quelle anxiété quand la tempête déchire les flancs du navire qui porte Robinson! O bonheur! — il est sauvé! — il aborde dans une île! — mais les compagnons de Robinson, tous noyés, qui jamais s'y est intéressé?

Le cœur humain est plein de ces phénomènes. Ainsi, dans cette calamité qui occupe toute la France, l'ensemble du désastre accable l'esprit. — Mais ce qui émeut, c'est l'accident, *l'épisode*. — C'est cette mère et ces deux filles que l'eau atteint dans leur dernier refuge et qui se disputent la *dernière* place dans la barque où est le salut. — C'est l'enfant bercé comme Moïse par le flot qui va le submerger; — c'est enfin tout ce qui, en individualisant le drame, le circonscrit dans une sphère que *l'intelligence du cœur* ne peut dépasser.

Comme bien vous pensez, je ne puis guère vous parler d'autre chose. — L'heure présente n'est guère aux frivolités, aux histoires galantes et aux aventures de l'esprit.

Je lis bien dans divers journaux :

« Il n'est bruit, dans la haute société, que de l'Eau et de la Poudre de M. Léon, dentiste, rue de la Chaussée-d'Antin, n°... »

Mais je suis très-convaincu qu'on calomnie la *haute société*, et que l'*eau* de M. Léon n'est pas sa préoccupation du jour. Pour dire toute ma pensée, je trouve M. Léon un peu présomptueux : — d'abord de s'appeler Léon tout court, ce qui est tout au plus un nom pour un garçon de café; — puis de s'imaginer que la *haute société* n'entend pas d'autre *bruit* que celui que des réclames à cinquante centimes la ligne font autour de son Eau et de sa Poudre. — Il paraît que M. Léon est un dentiste de l'école de Bilboquet; il croit encore à la *foule idolâtre*.

Je ne dois pas dissimuler à M. Léon qu'après les inondations, ce qui occupe le plus aujourd'hui la *haute société*, c'est l'exposition des produits de l'agriculture. Je ne crois pas que ce genre d'exhibition ait jamais eu à Paris un succès comparable. On s'est affolé, cette année, des vaches, des taureaux, des béliers et des lapins. — Le Parisien est ordinairement plus froid pour les produits de *la province;* le Parisien comprend bien qu'on fasse des vaudevilles et des mélodrames; mais il s'étonne toujours un peu que des êtres raisonnables passent leur vie à élever des bestiaux. — L'étonnement du

Parisien redouble quand on lui dit qu'il y a des éleveurs plusieurs fois millionnaires; il ne s'explique pas que ces gens-là ne viennent pas vivre à Paris, où ils pourraient suivre le répertoire de l'Opéra. — *Trahit sua quemque voluptas.* — Celui qui a été élevé à l'air sain des grandes étables tomberait asphyxié dans l'atmosphère d'une première représentation. — Ces hommes, d'ailleurs, ont aussi leur orgueil et leur ambition; un beau taureau est leur gloire, — un beau porc est leur poëme. — L'exposition, par parenthèse, est très-riche en poëmes de l'école porcine. — Il y a là une centaine de porcs qu'on ne peut plus raisonnablement appeler des cochons, tant ils sont lustrés et vernis sur leur fraîche litière de paille immaculée. —C'est ainsi que je me représente, après leur catastrophe, les compagnons d'Ulysse subissant les conséquences des enchantements de Circé, mais protestant par tous les raffinements de la toilette contre les préjugés du vulgaire à l'endroit du cochon. Ceci me rappelle que j'ai connu dans le Berry un éleveur de porcs qui nourrissait une tendresse particulière pour les élèves auxquels il devait sa fortune, et j'ai retenu de lui cet aphorisme que je livre à mes contemporains sans le discuter :

« Le cochon est né propre : — c'est la mauvaise éducation qui l'induit à la saleté. — Toutes choses égales, le cochon est toujours plus propre que le charcutier. »

Le succès des bêtes m'a donné à penser que, si on exposait les gens d'esprit dans un beau palais, au milieu des fleurs et des gazons anglais, la foule leur accorderait peut-être quelque attention. — Je suis sûr qu'on donnerait bien vingt sous pour les voir. — Ces vingt sous produiraient des millions, et les gens d'esprit seraient alors presque aussi fortunés que les bêtes. — On pourrait conserver pour cette exhibition toutes les dispositions actuelles, il suffirait de modifier les indications du catalogue dans ce sens :

« *Races des colonies.* — **Alexandre Dumas**. — Romancier et dramaturge; forte organisation; travaille quinze heures par jour. — Mange de tout.

» *Races du midi de la France.* — **Léon Gozlan**. — Produit de l'esprit français; vif et subtil comme un Italien, — plus rêveur qu'improvisateur. — Passe son temps à fumer des bouts de cigare.

» *Ancienne race gauloise.* — **Alphonse Karr.** — Produit sain et vigoureux ; — dissimulant la force sous la grâce et la vérité sous le paradoxe. — Le bon sens est le tremplin sur lequel il exécute les plus merveilleuses voltiges de l'esprit. — Rumine beaucoup et se plaît au bord de la mer.

» *Races croisées.* — **Théophile Gautier.** — Produit des contemplateurs du Nord et des coloristes orientaux ; — préfère le soleil aux chauves-souris et les palais de marbre aux échoppes de savetier ;—rentre sa plume quand il rencontre des ordures,—mais l'épanouit et la promène avec complaisance sur les sables d'or. — Adore les chats et les poissons rouges.

» *Races de l'Attique.* — **Lamartine.** — Sa construction physique rappelle les marbres de Paros et les belles races de la Grèce antique. — Il y a en lui de l'aigle et du paon. — C'est avec une complaisance enfantine qu'il étale aux yeux éblouis de la foule les splendides couleurs de son lyrisme. — Hautain devant le succès, il ne chante que les causes compromises ou perdues. Brave comme un chevalier, il affronterait la colère d'un peuple, après l'avoir provoquée, et s'étudierait seulement, comme le gladiateur, à mourir avec grâce. — C'est un preux qui va au combat la lyre à la main. — Son émotion domine presque toujours sa raison. — Il ne méprise et ne condamne que ce qui est vulgaire, et couvre tout le reste du manteau de la poésie. — A aimé Elvire. — N'aime plus que les levrettes. »

Je clos ici le catalogue de l'Exposition des gens d'esprit, en laissant à l'administration le soin de féconder mon idée.

Le Théâtre-Français était en fête l'autre jour. Il ne s'agissait cependant pas d'une pièce de grosse artillerie, mais tout simplement d'un proverbe à trois personnages de M. Octave Feuillet, *le Village.* — Encore, la plupart des spectateurs, initiés d'avance au secret de la comédie, ne s'attendaient pas aux surprises de la scène, aux prestiges de la jeunesse et de la parure. — *Le Village* n'emploie que trois personnages, tous trois d'une certaine maturité. Ce proverbe, de M. Feuillet, arrivait donc en scène avec une réputation toute faite; la question était de savoir quelle contenance il ferait devant la rampe, quelle portée auraient sur une masse les nuances délicates et les miévreries du dialogue; enfin, si le public se laisserait prendre, sans la briser, dans cette toile d'araignée qui constitue toute la trame de ce petit conte. — Quant à moi, je ne suis pas suspect : j'ai confessé ici hautement mes sympathies pour la douce muse de M. Octave Feuillet; mais j'avoue que ce n'était pas sans terreur que je le voyais exposer son frêle et élégant édifice aux bourrasques d'un parterre. M. Feuillet triomphe, — Dieu soit loué ! O grands maîtres du drame sombre : emplissez vos coupes de poison, aiguisez vos poignards, multipliez les crimes et les égorgements, n'épargnez personne, assassinez le souffleur, immolez le pompier; le public demeure froid et indifférent; — aux galeries supérieures, on mange des pommes (il paraît même que c'est pourquoi on appelle cet endroit *le paradis*); — aux premières, on mange des oranges; — les claqueurs eux-mêmes sont plus ennuyés qu'émus. — Maintenant venez voir, je vous prie, le proverbe de M. Feuillet. — En voilà un qui ne s'épuise pas le tempérament en combinaisons. — Sa *charpente* peut s'écrouler sans l'écraser. — Je suis sûr que M. Feuillet n'aurait jamais inventé cet épisode d'un drame militaire qu'on m'a communiqué ces jours-ci, un dragon qui mange son cheval pour ne pas le laisser tomber aux mains de l'ennemi. — M. Feuillet est un pauvre esprit; quand il a trouvé trois personnages, il est essoufflé. — Son drame repose sur une malle qu'on fait et qu'on défait : il s'agit de savoir si M. Rouvière, le voyageur, le touriste, le nomade, entraînera dans son tourbillon ce brave Dupuis, assis depuis trente ans à son petit foyer de province. — Rouvière est sur le point de triompher, et je vous assure qu'au moment où madame Dupuis va perdre son mari, il y a eu dans la salle plus d'anxiété et d'émotion qu'il n'y en aura peut-être le jour où le dragon mangera son cheval. — Voilà le talent, voilà l'art. — Il est inutile de faire écrouler le ciel sur la terre, d'ouvrir des trappes pour engloutir des victimes échevelées : ce simple tableau de la vie la plus intime et la plus familière, cette douloureuse résignation de la femme qui voit s'éloigner l'homme près duquel elle a vécu, près duquel elle comptait mourir, suffisent à faire venir des larmes à tous les yeux.

Il faut reconnaître, néanmoins, que la transition du livre à la scène est une périlleuse épreuve. Quand il s'agit d'une œuvre inédite, les interprètes composent, d'après leur inspiration, des physionomies qu'ils imposent au spectateur. — Mais, quand le spectateur arrive, l'imagination peuplée des types qu'il a composés lui-même, il est bien rare qu'il rencontre son idéal. — Pour ma part, j'ai éprouvé une certaine déception. — Je ne m'étais pas figuré Dupuis aussi affaissé que l'a fait M. Samson. J'avais entrevu dans Rouvière un personnage infiniment plus élégant et gentleman que ne l'a représenté M. Régnier. — Je me trouve en présence de deux comédiens d'une valeur incontestée, d'une habileté consommée dans leur art, et j'ai besoin de répéter que je ne donne qu'une impression personnelle, et que je n'entreprends pas ce métier bête d'enseigner la comédie à M. Samson et à M. Régnier. — Du reste, il m'a paru que le succès de la soirée penchait vers mademoiselle Nathalie, qui a très-bien deviné le type de la bonne femme de province, et a très-bien rendu ses émotions contenues.

Donc, ô monsieur l'administrateur général du Théâtre-Français, voilà une belle soirée, digne de la scène que vous dirigez, sans cris, sans remords et sans barbarismes.—M. Feuillet parle la langue que nous aimons, une langue mille fois plus duchesse en ses simples atours que toutes les parvenues du grand style avec leur strass et leurs paillettes de cuivre. Pourquoi, ô monsieur l'administrateur général, vous en tiendriez-vous à cette tentative? — Il y a d'autres perles non moins fines dans l'écrin de M. Feuillet. — Ah! si jamais vous osiez jouer *Rédemption!* — Mais vous ne l'oserez pas, — et vous aurez raison de ne pas l'oser,—il faudrait mutiler ce petit chef-d'œuvre et la loi dit : *Ne touchez pas à la reine!*

XLVIII

Réhabilitation du soleil. — Les fêtes du baptême. — Le Parisien et les fêtes publiques. — *Panem et circenses*. — De l'ennui dans ses rapports avec l'ordre social. — La chaleur et les théâtres. — Consultation gratuite sur la décadence des théâtres. — Ouverture de l'Hippodrome. — Les inconvénients de l'érudition. — Théâtre des Variétés : *la Médée de Nanterre*. — Les parodies. — Mademoiselle Alphonsine. — *M. Prud'homme*. — Le dénoûment d'un drame.

19 juin.

Le soleil est réhabilité. — On le croyait fini, éteint et noyé, et, depuis quinze jours, il verse des torrents de lumière sur ses obscurs blasphémateurs... — même j'ai vu des énervés qui protestaient déjà contre la lumière et la chaleur : — les Français sont rarement contents.

Paris a traversé les solennités du baptême de l'enfant impérial.— Il y avait là un spectacle, et aussitôt les Parisiens d'accourir. — On était aux fenêtres, on était sur les toits, on s'entassait sur le passage du cortége, dans les maisons en construction.—Dans la rue de Rivoli, sur la place de Grève, sur la place du Parvis-Notre-Dame, les locataires qui ont le moyen d'avoir des amis avaient invité leurs amis au spectacle;—mais la plupart avaient invité des inconnus et des indifférents sur le pied d'une hospitalité qui variait de 10 à 100 francs par spectateur. — Les amateurs n'ont pas manqué à la spéculation. — Le Parisien ne boude jamais la mise en scène : sur ces mêmes boulevards, sur ces mêmes quais, il a vu rentrer Louis XVIII, rentrer Napoléon, rentrer encore Louis XVIII ; — il a suivi les funérailles du duc de Berry, les obsèques du général Foy, de Talma et de Manuel ;—il a assisté aux revues de Louis-Philippe;— il a vu défiler les blessés de Février, les états-majors de la République et les états-majors de l'insurrection; en juin 48, il invitait les voisins à venir voir la bataille. — Depuis, il a compté ses fêtes par ses journées. Un gouvernement militaire est essentiellement dans les aptitudes du peuple français, qui aime le fifre, le tambour, les beaux uniformes, les jolis colonels, l'éclat, la splendeur et le gala. Il faut convenir qu'on lui en donne pour son argent et qu'il n'est pas volé.

Ainsi va ce peuple, curieux, flâneur, badaud, béotien, désintéressé de tout, naïf dans ses admirations de l'heure présente, oublieux le lendemain de ce qu'il a vu la veille, aimant la guerre par lassitude de la paix, et la paix par lassitude de la guerre, toujours à la recherche d'un spectacle ou d'une émotion, indifférent, enthousiaste, prosterné devant le succès, n'estimant que ce qui est fort, méprisant qui le ménage, ne s'étonnant de rien et disposé à croire, comme M. de Talleyrand, que *tout arrive*. — Un pareil peuple, on l'a dit, est à la fois très-facile et très-difficile à gouverner. — Il suffit, comme on disait autrefois d'Abd-el-Kader, de *savoir le prendre* : s'il résiste au sentiment, prenez-le par les yeux, — occupez-le, amusez-le, — élevez-lui des palais, — ouvrez-lui des parcs, — semez de fleurs toutes les surfaces de la société, — emplissez la ville de bruits et de fêtes; — que les prospérités publiques, du faîte de votre édifice, retombent de cascade en cascade jusque dans les plus humbles familles : — vous aurez trouvé la pierre philosophale de ce temps-ci, et, un jour, ce peuple sera tout charmé de voir qu'on fait son bonheur qu'il n'avait pas su faire lui-même.

« La France s'ennuie, » a dit un jour M. de Lamartine : le mot était gros, et une révolution était au bout. Mais de quoi la France s'ennuyait-elle ? — Sait-on pourquoi on s'ennuie ? — Demandez à la femme vive, alerte et nerveuse, pourquoi son mari l'ennuie : — c'est un honnête homme; il a toutes les vertus bourgeoises; il élève bien ses enfants, et il n'a jamais manqué l'heure du bureau; même, il emporte des dossiers chez lui; — mais cet homme ponctuel, réglé comme un chronomètre, administrant sa vie comme un devoir sans poésie, cet homme n'est pas dans le tempérament de sa femme; quelques vices feraient peut-être valoir ses vertus; il manque d'imprévu : c'est une surface polie et sans accident, sur laquelle la vie glisse sans émotion. — Il y aurait donc l'ennui *positif* et l'ennui *négatif* : — l'ennui positif est celui dont on peut déterminer les causes; l'ennui négatif est celui qui résulte d'un vague énervement de l'âme; dans ce dernier cas, on s'ennuie tout simplement parce qu'on ne s'amuse pas.

La France, en 1848, ressemblait un peu à la femme du bourgeois; — elle était fatiguée de repos et de bonheur domestique, — agacée du bruit monotone de son moulin constitutionnel, — blasée sur les redites de ses représentants; — on lui promettait toujours d'aller en Pologne, et on n'y allait jamais; on lui avait promis un voyage en Orient, et, le jour venu, le bourgeois décommandait le voyage. La France se prit à rêver un Arthur : elle voulut vivre en femme libre et se mit en république. C'était peut-être un peu trop d'émotions. La France voulait être un peu taquinée; elle fut rossée, elle cria, la garde survint, *et voilà pourquoi votre fille est muette.*

Il fait chaud, mes frères, et l'heure présente n'est guère propice à la comédie, — laquelle, dans ce mouvement progressif qui transforme tout, n'a rien trouvé de mieux que d'étouffer ses fidèles dans des salles closes, où circule, en cette saison, un air méphitique. — Le vertige vous prend dans ces petites boîtes où s'évertuent les neuf muses; les spectateurs payants y deviennent rares, et les autres écrivent naïvement au directeur, qui leur envoie une loge :

« Nous sommes à la campagne, mon cher directeur, et nous ne pouvons profiter de votre gracieuse invitation. Nous prenons bonne note de vos bienveillantes dispositions, et, cet hiver, nous comptons vous demander beaucoup de loges. »

Mais, braves béotiens du billet de faveur, cet hiver, le directeur n'aura pas besoin de vous : il aura l'hiver d'abord, — puis des combinaisons, — des acteurs, — des actrices, — des auteurs, — des succès (espérons-le); — s'il vous envoie une loge en ce moment, c'est qu'il pense que vous lui ferez la politesse de la garnir au moins de votre nourrice et de votre jardinier. — Il est en déroute, ce pauvre directeur : — au parterre, les claqueurs jouent à saute-mouton et à la balle empoisonnée; — les acteurs apportent en scène des langueurs de veaux qui regrettent la prairie verdoyante; — les auteurs travaillent sous la feuillée pour être représentés en hiver; — les gardes municipaux qu'on a placés à la porte pour *contenir la foule*, se livrent à de familiers entretiens avec la bouquetière et le marchand de coco; — le caissier est parti pour Bade, en chargeant une ouvreuse de mettre les recettes de côté dans un bas de laine ;—les marchands de billets en sont réduits à se proposer entre eux *des fauteuils numérotés moins chers qu'au bureau.* — Le directeur lui-même en prend son parti et va pêcher à la ligne.

Heureusement pour les intéressés, cela ne dure pas longtemps ; —mais il y a toujours, dans la saison d'été, deux ou trois crises formidables. — On dépense douze cents francs, et on encaisse dix-sept francs. — On s'abandonne, on renonce à lutter, et on se dit que la Ristori, donnant la réplique à Rachel, ne pourrait rien contre le thermomètre.

Malgré tout, il y aurait toujours place à Paris pour un succès ; — mais, ce succès, il faudrait le chercher, le méditer et le couver. — Les auteurs sont à la campagne : — faites-leur un pont d'or, ils reviendront ; — mais la plupart des directeurs ont des préjugés ; — ils aiment mieux donner douze pour cent sur des recettes de trois cents francs, que vingt-cinq pour cent sur des recettes de trois mille francs. — Il n'y a cependant que ce moyen de salut, assez bien compris de M. Montigny, le directeur du Gymnase, et de M. Royer, le directeur de l'Odéon :—intéresser au travail les esprits d'élite, et tenir à l'écart les esprits prudents, qui n'ont jamais risqué une plaisanterie en scène avant de s'être assurés qu'elle avait, depuis cinquante ans, l'approbation de tous les parterres de France.—Malheureusement, en hiver comme en été, les théâtres se montrent bien peu inventifs.—Chaque directeur a un moule, d'où les pièces sortent en tout pareilles, comme les gaufres.—Il ne vient à l'idée d'aucun d'eux qu'il faudrait tout changer, le moule, la pâte et les mitrons. — Il arrive cependant un moment où le moule est épuisé, — où la pâte est insipide, — où le mitron a des droits à la pension pour infirmités contractées au service. — Rien n'y fait, ce sont les gens de la maison, — *nos auteurs.* — Leurs pièces ne font pas le sou, — c'est vrai, — mais elles ne tombent jamais. — Voilà précisément le grand malheur. — Vous êtes perdu le jour où, devant la recette, vos succès n'ont pas plus de signification que vos chutes. — Cherchez donc quelques chutes, — appelez le sifflet par des tentatives ; le sifflet, c'est la passion, c'est la lutte, c'est la vie. — Le succès, avec l'indifférence et le dédain du public au lendemain, c'est la mort.

Je confesse qu'il est beaucoup plus commode de développer ces théories que de les mettre en pratique : mais il faut convenir, néanmoins, que c'est pitié de voir des hommes culbuter tous les uns pardessus les autres dans le même fossé. — Un théâtre fait faillite, on le badigeonne, on le rouvre. — Ah! vous allez voir ce que vous allez voir. — Quoi? Un nouveau directeur? — Oui. — Des idées nouvelles? — Non. — Le nouveau directeur reprend la faillite de son prédécesseur au point où celui-ci l'a laissée, et les mêmes couplets, les mêmes calembours l'escortent à son tour au tribunal de commerce.

Je me résume : le mal est dans l'indigence des auteurs. — Il n'y a en ce monde que des esprits distingués et des esprits vulgaires, — il n'y a donc que deux moyens d'exploiter les théâtres, — ou comme le Gymnase et l'Odéon, qui attirent les premiers par de larges rémunérations, ou comme Bobino, qui paye les autres ce qu'ils valent : — trois francs par jour. — Je sais que la *commission* va beaucoup crier, — mais alors que la commission prenne les théâtres en régie.

La commission garantit à ses membres une portion notable de la recette des théâtres, *quelle qu'elle soit*. En retour, elle devrait garantir aux directeurs des écrivains d'un esprit et d'une orthographe proportionnés à ces prétentions. — A la vérité, ce serait un peu l'affaire des directeurs de les découvrir, et ils ne s'en avisent guère.

Une autre vérité encore, c'est qu'il y a trop de théâtres à Paris pour que l'art y soit respecté. — On demande à une génération littéraire d'alimenter vingt scènes où tous les soirs on débite de la prose et des vers. — Elle n'y peut suffire. — Les écrivains d'un vrai talent, dont la production est limitée, sont naturellement accaparés par les théâtres les mieux pourvus ; cependant, comme il faut donner du nouveau, au moins par le titre, les autres directeurs sont bien forcés de se contenter de rempailleurs de vaudevilles et de ressemeleurs de mélodrames.

J'espère que l'Hippodrome ne s'irritera pas de ces observations qui ne le concernent pas. — Là, on peut impunément employer les bêtes, et c'est même une des conditions de succès de l'entreprise, à ce point que les gens d'esprit y nuisent. L'autre jour, M. Arnault s'est trompé en voulant faire, dans son arène, de la couleur locale.

d'après Walter Scott. Tous ces chevaliers de la *passe d'armes d'Ivanhoë*, avec leurs cuirasses fraîchement étamées, rendaient un son de chaudronnerie qui n'avait rien d'héroïque. Je crois que M. Arnault fera bien, à l'avenir, de renoncer à ses travaux de bénédictin et à ses savantes recherches de couleur historique. — Le moindre éléphant qui jouerait de la clarinette ferait bien mieux notre affaire.

Voilà donc le nouvel édifice de l'Hippodrome ouvert à la foule idolâtre. — Il est un peu loin de la foule et un peu trop près de Saint-Cloud. — Quand on n'a pas une voiture à soi (il y a des années où j'en suis là), et qu'on ne trouve pas de voitures publiques pour le retour, ce qui m'est arrivé l'autre jour, on a quelque peine à se figurer qu'on s'amuse beaucoup.

Le nouvel amphithéâtre de l'Hippodrome est beaucoup plus vaste que l'ancien. — On dit qu'il peut contenir dix mille personnes: — il ne s'agit plus que de les y attirer.—L'aspect général de cette grande boiserie recouverte de cartouches plus ou moins moresques, lui donne beaucoup de ressemblance avec l'école de natation du pont de la Concorde. — Les aménagements m'ont paru bien entendus. On a surtout très-fort approuvé un couloir de circulation réservé derrière les loges et très-bien aéré.

Vous pensez bien que c'est à peu près tout, et que de ce temps-ci les comédies sommeillent sur les genoux du régisseur, en attendant une pluie pour se produire.

Le théâtre des Variétés a, seul, tenté un badigeonnage général de son affiche. — Il a, d'abord, donné une parodie de *la Médée*, d'un membre de l'Académie française, dont les œuvres font beaucoup de bruit depuis qu'on les traduit en italien. — La parodie est un genre pour lequel j'ai peu d'entraînement. — Son moindre inconvénient est de laisser le public indifférent. — On ne citerait pas, je crois, depuis la fameuse parodie d'*Henri III* (il y a de cela plus de vingt-cinq ans), une pièce de ce genre qui ait eu quelque action sur les recettes. — Ceci réservé, je confesse avec satisfaction que *la Médée de Nanterre* est semée de lazzis amusants. Elle est jouée, d'ailleurs, avec une originalité très-plaisante par mademoiselle Alphonsine, célébrité du boulevard du Temple, qui débutait sur le boulevard

Montmartre. — Si nous ne nous trompons, elle y fera fortune. — Cette actrice a de la verve, de la fantaisie, des bouffonneries charmantes et imprévues, et avec cela du goût. — Elle apporte même, dans les crudités du genre grivois, je ne sais quoi de candide et d'ingénu qui lui concilie les sympathies.

Le lendemain, le théâtre des Variétés a fait rentrer Henry Monnier dans le *Prud'homme* de l'Odéon, réduit en trois actes,—ce qui n'est pas un mal, mais assaisonné de couplets, ce qui n'est pas un bien. — Il paraît que les dieux l'ont voulu, et il faut vraiment que des dieux soient bien oisifs pour avoir de pareilles fantaisies.

La pièce a vieilli depuis deux ans, et, à vrai dire, elle n'avait jamais été bien jeune. — Le malheur de la comédie politique, c'est qu'elle n'est jamais représentée dans le milieu qui l'a inspirée. — Sous Louis-Philippe, cette pièce eût été un chef-d'œuvre; — aujourd'hui, pour beaucoup de gens déjà, elle aurait besoin de notes et de commentaires. — Cependant il reste des générations qui prendront plaisir à revoir dans sa grandeur et dans sa décadence l'illustre professeur d'écriture.

Le reste des émotions de la semaine, c'est le dénoûment d'un drame en Angleterre, où Palmer a été pendu le 14 juin, à l'heure annoncée depuis quinze jours par les journaux bien informés. — On a adressé à Paris une dépêche télégraphique annonçant l'événement en ces termes :

« Palmer vient d'être exécuté; il paraissait très-bien portant et avait bien dormi la nuit dernière. »

C'est peut-être s'intéresser beaucoup à la santé et au sommeil d'un homme qui vient d'être pendu; mais les Anglais ne perdent jamais le sentiment des bienséances sociales.

XLIX

Le recensement de la population. — Les femmes et le recensement. — De la profession d'artiste dramatique et de ses mystères. — Les déceptions du recensement. — Des moyens de le rectifier. — Le régime cellulaire de la vie parisienne. — Scènes de la vie de province. — Les férocités du public. — Vaudeville : *l'Enfant du siècle.* — Retraite de M. Boyer. — Sa direction. — Son successeur. — Porte-Saint-Martin : reprise de *Marino Faliero.* — le *Musée plastique.* — Feuilleton officiel. — Les fleurs et les épines.

26 juin.

Il se fait en ce moment à Paris une grande opération administrative, — le recensement de la population.

Le recensement consiste en ceci : un employé se présente chez chaque habitant de la bonne ville de Paris et lui demande son nom, son âge et sa profession ; — en ce qui concerne ces deux derniers renseignements, une certaine classe de femmes se montre très-blessée de l'indiscrétion de l'administration.— L'enquête se fait à l'amiable ; mais néanmoins l'administration a des formules de protestations contre les déclarations évidemment entachées de poésie.

Quand la scène se passe dans le quartier Bréda, elle se résume à peu près ainsi :

« Votre nom, madame ?

— Élodie-Clorinde de Saint-Ange.

— Pardon, madame, êtes-vous bien sûre de vous appeler Saint-Ange. — Il résulte des *registres matricules* que vous vous appeliez naguère Françoise Merluchet, du nom de monsieur votre père, marchand des quatre saisons. »

La dame, en rougissant :

« C'est vrai, monsieur; mais mon père n'ayant pas été heureux dans son commerce, j'ai pris depuis dix ans le nom de Saint-Ange, sous lequel je suis connue *dans la société*.

— Ah bien, Saint-Ange, soit. — Votre âge, madame ?

— Dix-neuf ans.

— Pardon, madame : j'ai été *coulant* sur le nom ; ne pourriez-vous me faire une concession sur l'âge ?

— Mais, monsieur, c'est une horreur, un supplice de l'inquisition. Est-ce que je parais plus de dix-neuf ans ?... Je ne les ai pas encore, c'est vrai ; mais je vais les avoir demain matin. — Je n'ai pas cru devoir tricher pour vingt-quatre heures.

— Pardon, madame, vous me disiez tout à l'heure que, depuis dix ans, vous auriez pris une grave résolution ?... »

La dame, se mordant les lèvres :

« Eh bien, monsieur, mettez vingt-cinq ans.

— Voilà toujours six ans de gagnés. Ne pourriez-vous, madame, faire quelque chose de plus, dans l'intérêt de la sincérité du recensement ?

— Monsieur, prenez ma tête ; mais vous n'obtiendrez pas trois mois de plus : — je vous fais déjà cadeau de six semaines, pour vous être agréable.

— Tenez, madame, je mets d'office vingt-neuf ans ; — je vous sauve *le trois*, — par galanterie. — Si vous vous trouvez lésée, vous pourrez réclamer à la préfecture, votre extrait de naissance à la main. »

La dame s'apaise subitement en entendant parler d'extrait de naissance.

L'interrogatoire continue.

« Votre profession, madame ?

— Célibataire.

— Madame, ce n'est pas là une profession ; c'est une situation.

— Alors... rentière.

— Voyons, madame, pas de farce... Vous êtes ici en garni. De quoi vivez-vous ?

— Ah ! c'est là ce que vous voulez savoir ? Eh bien, je suis... artiste dramatique. »

Ici, l'employé dépose sur la table sa plume, ses lunettes, son mouchoir et sa tabatière, et, s'appuyant sur les deux coudes, entreprend de la voix paternelle d'un confesseur le speech suivant :

« Madame, l'opération du recensement est sérieuse ; — elle a pour but de donner à l'administration les éléments d'une classification des habitants de la ville de Paris. — La profession surtout est d'un haut intérêt statistique ; je vous engage à être sincère. — Vous vous dites actrice dramatique : où avez-vous joué ?

— Partout, monsieur... partout... excepté, je l'avoue, au Théâtre-Français, où les sociétaires sont trop jaloux pour laisser arriver les jeunes talents.

— Pourriez-vous, madame, me montrer votre dernier engagement ?

— Certainement, monsieur. — Tiens, je n'y pensais pas ! — Voici, monsieur, mon dernier traité avec M. Charles Desnoyers, le directeur de l'*Ambégu-Comique.* »

L'employé prend ce document imprimé et lit à haute voix :

« Entre M. Charles Desnoyers, directeur privilégié du théâtre de l'Ambigu-Comique, et madame Françoise Merluchet, dite de Saint-Ange, artiste dramatique, il a été convenu ce qui suit :

» M. Charles Desnoyers engage madame de Saint-Ange pour remplir, à la première réquisition, tous les rôles qui conviennent à son physique et à son talent, et notamment les rôles dits de grande tenue. »

Ici, l'employé au recensement commence à lire à la course et en bredouillant, comme un homme qui cherche l'article essentiel.

« Madame de Saint-Ange sera tenue de se fournir de tous les costumes de ville et de caractère. »

— Ce n'est pas cela.

« En cas de grossesse de l'artiste non mariée, les appointements sont suspendus de plein droit. »

— Ce n'est pas cela.

« Madame de Saint-Ange s'oblige à se contenter de la loge et du luminaire qui lui seront attribués. »

— Ce n'est pas cela.

« Madame de Saint-Ange s'engage à venir en personne consulter le tableau des répétitions et à se mettre à la disposition de l'administration à l'heure du spectacle, quand même elle ne jouerait pas dans la représentation. »

— Diable ! c'est dur, cet article-là. — Mais ce n'est pas encore cela... — Ah ! nous y voici.

« Moyennant ces conditions fidèlement exécutées, il sera payé à madame de Saint-Ange, par douzième et de mois en mois, la somme de trois mille francs... »

Note manuscrite :

« Que madame de Saint-Ange s'engage à déposer préalablement à la caisse, pour répondre de la régularité de son service. »

« Madame, continue l'employé, je vois que vous êtes bien, en effet, artiste dramatique. — Mais, si c'est là une profession, ce n'est pas une profession lucrative.

— Monsieur, une artiste qui veut *se faire connaître* doit faire quelques sacrifices.

— Madame, le recensement, après tout, n'est pas un interrogatoire de cour d'assises. Vous êtes artiste dramatique. — Je vous porte en cette qualité sur la feuille. — Pour mon édification personnelle, il me resterait à savoir par quelle profession vous soutenez la profession d'artiste.

— Monsieur, réplique la dame qui a repris son aplomb, — ayez vingt-cinq ans et des bottes vernies, ou soixante ans et autant de mille livres de rente que d'années, et on vous le dira... »

En résumé, j'estime que le recensement, honnête et modéré, comme il l'est et doit l'être, dans ses moyens d'enquête, doit donner des résultats bien décevants au point de vue des renseignements essentiels qu'il est chargé de recueillir. — Sait-on combien il y a, dans une ville comme Paris, d'hommes intéressés à dissimuler leur nom et leur profession ? — On le saurait par un contre-recensement, c'est-à-dire en éclairant par une instruction rigoureuse les indications fournies par les intéressés eux-mêmes. — Le résultat serait, sans aucun doute, curieux pour la police et pour la philosophie.

On découvrirait par là :

Des milliers d'individus se disant *hommes d'affaires*, sans avoir jamais fait une affaire ; — *peintres* sans avoir enluminé une toile ; — *hommes de lettres* sans avoir écrit une ligne ; — *rentiers* sans posséder un sou. — C'est là le secret de ce grand abîme qu'on appelle Paris, et dont les profondeurs défient toutes les sondes du recensement.

Un autre résultat que pourrait produire le recensement, c'est la constatation de l'état cellulaire où les habitants de Paris vivent relativement les uns aux autres. — Assurément, quand on a l'honneur de posséder dans sa maison un sénateur ou un évêque, on ne l'ignore pas; — mais, dans les classes moyennes, on vit dans la plus parfaite ignorance et sans souci de son voisinage. — J'ai rencontré un jour à Florence un jeune avocat très-avenant et très-spirituel; — nous nous liâmes de cette amitié si facile et si communicative du voyage; — tout en causant avec lui, je découvris qu'il demeurait depuis dix ans dans ma maison et sur mon carré. — Je l'avais vu un jour de dos, et il n'en savait pas davantage sur mon physique. — Que celui d'entre vous qui connaît les locataires de sa maison me démente.

Cet état d'insouciance réciproque, propice à tous les travestissements et à toutes les dissimulations, entretient la *liberté des mœurs privées*, liberté supérieure à toutes les lois, échappant à toutes les tyrannies et qui n'existe qu'à Paris.

En province, les choses se passent tout autrement. Les provinciaux sont précisément le plus curieux de ce qui nous inquiète le moins.

Un ménage vient tout à coup s'établir dans un chef-lieu de canton. — Aussitôt grande rumeur. — Toute la petite ville s'attroupe sur le mail : on dirait la cour du collége le jour où apparaît *un nouveau*.

« Avez-vous vu les gens qui viennent de s'installer dans la maison de feu madame Darancourt ? — Qui sont-ils ? — Quelle mine ont-ils ? — On dit qu'ils viennent de Paris...

— L'adjoint m'a dit que c'était un ancien parfumeur qui se retire en province. »

Une dame :

« La femme a l'air d'une fameuse *bécasse* !

— Est-il bien sûr qu'ils soient mariés ? »

La même dame :

« La femme a bien de la dentelle par une *épouse légitime.* »

Un enfant :

« Papa, j'ai vu le monsieur : — il louche ! »

Le père :

« Messieurs, mon fils a vu l'homme ; il paraît qu'il louche.

— Je n'y tiens plus, — je vais voir le maire.

— Ne vous dérangez pas... je viens de le voir. — Il ne sait rien. — Il écrit à la sous-préfecture pour avoir des renseignements.

— Tiens !... les gendarmes rôdent autour de leur maison ! — Si c'étaient des assassins de Paris !

— Messieurs, vous savez que l'homme a déclaré se nommer Renard. Eh bien, le commissionnaire qui les a emménagés a remarqué que leur argenterie n'était pas marquée à leur chiffre.

— Toto, mon petit, va donc jouer devant leur maison, et, — sans en avoir l'air, — tâche de voir ce qu'ils font.

— Il paraît qu'ils n'ont pas d'enfants ?

— Si... le commissionnaire dit qu'on a disposé une chambre pour le fils, quand il viendra en vacances...

— Et qu'est-ce qu'il fait, ce fils ?

— Ah ! voilà ce qu'on ne sait pas... »

Toto de retour :

« Papa, l'homme cloue des tableaux, et la femme vient de lui dire : « Mon ami, je crains que l'air ne soit bien humide ici pour ma poi-» trine. »

Chœur général :

« Humide ! Ah bien, elle est bonne, celle-là... Humide ! — Sont-ils étonnants, ces gens de Paris : — dirait-on pas qu'ils ont vécu dans le paradis terrestre ?

— S'ils croient qu'ils pourront continuer à vivre comme ça *en cachette*, — ils se trompent. »

Un homme éclairé :

« Attendez donc. — Il n'y a que dix heures qu'ils sont arrivés. — Attendez qu'ils aient engagé *des relations sociales...* »

La dame :

« Eh bien, pourquoi qu'ils ferment toutes les portes et les fenêtres ? Est-ce une saison à se claquemurer comme des faux monnayeurs ?

Je leur en souhaite, des relations sociales. — C'est pas moi qui les recevrai, d'abord.

— Moi non plus... Mais, c'est égal... je voudrais bien aller chez eux, pour voir quelle tournure ça a.

— Tout le mobilier est en acajou. — La femme a une armoire à glace en palissandre ; — le mari avait des livres plein trois charrettes : — c'est quelque astronome... »

L'homme le plus spirituel du canton :

« J'aimerais mieux un gastronome. »

Le mot est trouvé charmant, et tout le monde convient que « ce M. Anatole a bien de l'esprit. »

Au bout de huit jours, l'enquête est terminée ; — elle a éclairé sur tous les points la vie des nouveaux hôtes de la petite ville : — on sait ce qu'ils sont et ce qu'ils ont été, — à quelle heure ils se lèvent, à quelle heure ils se couchent, — ce qu'ils boivent, ce qu'ils mangent, et quel journal ils lisent. — On s'inquiète et on s'irrite de leur humeur sédentaire ; les petits esprits de la province qui se cotisent tous les soirs pour faire une plaisanterie, supportent impatiemment ceux qui n'apportent pas leur contingent de banalités dans ce pique-nique. — S'ils persistent à se tenir à l'écart, on dit qu'ils ont des vices et des maladies, — on les calomnie, mais on ne les dédaigne pas ; car, en province, pouvoir se passer de son voisin, c'est l'indication d'un esprit supérieur et superbe.

La semaine se signale par quelques rosées rafraîchissantes et par deux pièces nouvelles. — J'ai dénoncé souvent les complaisances idiotes du public : j'ai à gémir aujourd'hui de ses férocités ; — parfois sur ces eaux mortes s'élèvent des tempêtes aussi terribles et aussi imprévues que celles de l'Océan.

L'autre soir, on donnait au Théâtre-Français une comédie en trois actes, le *Pied d'argile*. — Le public a écouté dans une attitude marmoréenne un premier acte, où ne manquent, certes, ni les combinaisons ingénieuses, ni le bel esprit, — ce qui était déjà une injustice ; — puis il s'est livré aux polissonneries d'un parterre odéonien. — Il a imité le cri de l'âne, le chant du coq matinal et le coassement de la grenouille s'immergeant dans son lit fangeux ; si bien que l'auteur, qui se croyait devant un jury et qui se trouvait dans une ménagerie, s'est enfui avec son manuscrit sous le bras et n'a plus reparu.

Le lendemain, au Vaudeville, le public m'a paru encore quelque peu enragé. — On lui donnait une pièce, toujours en trois actes, *Un Enfant du siècle.* — Qu'est-ce qu'*un enfant du siècle?* C'est ce qui n'est guère commode à expliquer. — Voici un homme jeune, beau (dans l'intention des auteurs), riche, somptueux, et quelque peu taillé dans les types byroniens (encore !). — Ce garçon mène la vie à grandes guides, escalade tous les sommets de la fantaisie parisienne, et retombe en pluie d'or sur le lit des courtisanes et sur les tapis de lansquenet. Un médecin lui a annoncé qu'il n'avait pas six mois à vivre, et le jeune Sardanapale, pour se faire un convoi de première classe, se met sur le bûcher avec ses femmes et ses trésors. — Un jour, en sortant des flammes de Bengale, le jeune homme se trouve guéri, ruiné et endetté. — Le bois du bûcher s'achetait à crédit. — Une marquise recueille le naufragé; — il reprend la vie élégante aux frais de la princesse, et, un jour, veut se passer la fantaisie d'un duel. — Refus du monsieur provoqué.

« Mais, alors, vous êtes un lâche!

— Moi! — je me suis battu six fois; et vous savez bien quelle contenance j'ai sur le terrain, vous qui m'avez servi de témoin.

— Mais, alors, pourquoi refusez-vous de vous battre avec moi?

— Ah!... parce que... je ne sais que vous dire... Autrefois, vous vous mettiez sur un bûcher... aujourd'hui, il faudrait vous mettre sur le gril. — Au surplus rapportons-nous-en à l'arbitrage d'un tribunal d'honneur... »

Le tribunal d'honneur décide que M. Lucien de Sardanapale n'est plus assez frais pour qu'un galant homme puisse l'embrocher.

Le jeune homme comprend que la marquise l'a déshonoré (c'est la revanche de mademoiselle Isabelle Constant, de l'Ambigu, qui est toujours déshonorée par des marquis). — Il prend alors un parti héroïque. — Il achète deux magnifiques bustes représentant Hippocrate et le docteur Charles-Albert, et, s'inspirant de ces deux plâtres, se propose de devenir un jeune médecin de la force de Ricord. — Il arrive! le jeune homme, il arrive! — et il épouse la fille du médecin sept fois décoré qui l'avait si lestement enterré au premier acte.

A ce moment, le public a trouvé Lucien de Sardanapale un peu ingrat envers une couturière qui s'est dévouée, pendant les trois actes, *à panser les plaies de son âme* sans parler des consolations de l'entr'acte.

Sardanapale donne quarante mille francs à la couturière ; — celle-ci en fait cadeau aux inondés.

Je vous disais donc que j'ai trouvé le public encore un peu hargneux envers cette pièce, sobrement écrite et assez réussie dans les détails. — Malheureusement, le sujet était gros, et la sauce n'a pu faire passer le poisson. — Je remarque, au surplus, que j'ai bien souvent des impressions en sens inverse du public. — Ainsi, la scène du tribunal d'honneur, qui m'avait paru bien traitée, a provoqué des cris d'animaux.

M. Boyer, le directeur du Vaudeville, a rendu son privilége, qui échoit à M. de Beaufort, un très-galant homme, qui occupait, comme un simple mortel, une stalle voisine de la mienne, et qui s'est excusé de m'avoir marché sur le pied en regagnant sa place. — Cela nous promet des relations d'une politesse chevaleresque.

M. Boyer, à mon avis, a exploité le Vaudeville avec quelque intelligence. — Après quelques tâtonnements dans le sens du vaudeville caduc, il s'est mis à étudier les procédés du Gymnase et à les imiter, peut-être avec un peu de servilité. Quand M. Montigny allumait trente bougies, M. Boyer en faisait flamber soixante. Le Vaudeville eut aussi des domestiques en livrée qui réglaient des lampes au lever du rideau. Le salon orange (un salon qu'on voit un peu souvent, par parenthèse) s'ouvrait à des sociétés cossues. — Mais, si la salle du festin était parée, le festin était souvent médiocre. — Disons, toutefois, que M. Boyer a été aussi trahi par la fortune : — *les Parisiens de la décadence*, qui devaient être une vogue, n'ont été qu'un succès. —Avec quelque chose de plus ou quelque chose de moins, *le Mariage d'Olympe* pouvait passionner la foule.—*La Joie de la maison* et *le Fils de M. Godard* étaient des comédies réussies, et je ne sais à quoi il a tenu que le public leur accordât un peu plus que de l'estime.

Dans les temps où nous vivons, je félicite toujours un directeur qui se retire ; — d'autre part, il est d'usage de féliciter un directeur qui arrive. — Les choses devaient se passer ainsi au temps du divorce : on prenait une voiture pour aller congratuler l'époux en retraite et on apportait ensuite ses félicitations à l'époux qui prenait la suite des affaires.

Maintenant, que va faire M. de Beaufort? — C'est peut-être bien indiscret à demander à un homme qui n'en sait probablement rien. — Ce que je sais, moi, c'est que ce métier de directeur devient tous les jours plus difficile, et que j'ai le cœur plein de mansuétude et d'encouragements pour les hommes vaillants qui s'y dévouent.

La Porte-Saint-Martin a repris le *Marino Faliero* de Casimir Delavigne avec accompagnement de *Tableaux vivants.* — Ici, je cède la place à la prose de l'administration :

« Hier a eu lieu, à la Porte-Saint-Martin, la première représentation du *Musée plastique* qui accompagne le succès de *Marino Faliero.* Après les fortes émotions du drame, que fait revivre avec tant de talent Ligier, si bien secondé par Luguet, Baron, Latouche, Steiner et madame Deshayes, à la grâce candide, on aime à se reposer l'esprit et le cœur; rien ne peut donc charmer davantage les yeux que cette réunion de jeunes et jolies femmes groupées en faisceau ou semées comme autant de fleurs, et tout Paris viendra s'inscrire au bureau de location. »

M. Marc Fournier a fait l'emplette d'un nouveau secrétaire qui débute dans la réclame anacréontique. — C'est un bien brave garçon ; — je le connais beaucoup et je lui serre la main ; — mais je le supplie de se calmer. — Au premier jour, le théâtre paraît toujours *semé de fleurs* et d'actionnaires *à la grâce candide.* (Je ne vois pas pourquoi madame Deshayes aurait le monopole de la *grâce candide.*) Mais, le lendemain, les fleurs deviennent des huissiers et les actionnaires deviennent des épines.

L

Les inondations et le travail du dimanche. — *L'Univers* et la mendicité. — Problèmes civils et religieux. — Les morts vont vite. — Le général Petit. — Les miettes du festin de la Gloire. — Casimir Bonjour. — Le prince de Monaco. — Mémoires pour servir à l'histoire de cette principauté. — Le beau temps et la pluie. — Encore les inondations. — Rappel aux gens sans mémoire. — Les théâtres. — Le départ.

2 juillet.

Il paraît que, si nos malheureux concitoyens du Midi ont été inondés, ce n'est ni parce que les fleuves ont grossi, ni parce que la science imprévoyante n'avait pas dressé devant les formidables invasions de l'eau des remparts salutaires, mais parce qu'ils travaillent le dimanche. — Telle est la théorie présentée par quelques prélats vénérables, avec le concours du journal *l'Univers*. — Le siècle présent est bien encore un peu voltairien pour accepter sans discussion ces châtiments célestes, et on se demande surtout pourquoi le Midi, relativement plus religieux que le Nord, a été submergé, tandis que les septentrionaux persévèrent, à sec, dans l'impénitence finale du travail dominical. C'est là le cas de dire que les voies de la Providence sont impénétrables. — Il y a encore cette objection que, *l'Univers* paraissant le lundi, M. Veuillot doit nécessairement travailler le dimanche ; — mais probablement les rédacteurs de *l'Univers* ont une dispense. — Quant à moi, il faut bien que je me dénonce : je continue, à mes risques et périls, à faire, le dimanche, mon barbouillage hebdomadaire; — mais, comme je me repose toute la semaine, j'invoque le bénéfice des compensations.

Quelque chose de plus grave, c'est le conflit engagé entre les évêques et la loi civile au sujet de la mendicité.—Les évêques, toujours avec le concours de M. Veuillot, sont en train de sanctifier les mendiants.— Un certain frère mendiant vient d'être canonisé; et, tandis que les païens, les gentils et les pharisiens des tribunaux correctionnels envoient les mendiants au dépôt de Saint-Denis, l'*Univers* les envoie au ciel. — Que deviennent, dans ce système, les poteaux municipaux annonçant que *la mendicité est interdite sur le territoire de la commune?* — Je n'en sais rien. Que les maires impies et les adjoints sacriléges s'arrangent avec M. Veuillot.

M. Veuillot a cela de bon, que jamais son zèle ne cherche ni les accommodements ni les équivoques : c'est un homme carré dans ses systèmes. — Être aveugle, infirme ou débile, dit M. Veuillot, et mendier, c'est se soumettre à une nécessité bestiale; ce n'est pas glorifier Dieu.— Mais être jeune, fort, valide, et consacrer toutes les forces de sa vie, toutes les puissances de son intelligence à tendre la main aux passants, voilà ce qui réjouit la vue du Seigneur.

Cette dernière théorie n'a guère d'application en France, où les mendiants valides, — pourchassés d'ailleurs par la police, — ne réussissent à apitoyer le passant qu'à l'aide d'infirmités simulées.— Mais c'est évidemment une réclame en faveur des mendiants italiens et espagnols, gaillards aux membres robustes, aux formes athlétiques, qui demandent l'aumône uniquement pour être agréables à Dieu et à *l'Univers*. — La vérité est que, dans aucune classe de la société, on n'a mieux le sentiment de sa mission et de sa dignité. — Je me rappelle qu'en arrivant à Rome, je me trouvai entouré de *faquins* (nous disons ici commissionnaires) qui se disputaient ma malle pour la transporter de la *dogana* (nous disons ici la douane) à un hôtel quelconque. J'avisai, sur une borne, un jeune hercule d'une trentaine d'années, qui m'avait demandé l'aumône à la descente de la diligence : autant les faquins m'agaçaient par leurs criailleries, autant l'hercule m'attirait par sa discrétion :—je voulus lui confier le transport de ma malle; — mais, d'une voix forte et sereine, il répliqua à cette proposition : « Signor *forestiere* (nous disons ici étranger), je suis mendiant et non faquin; donnez cela à ces hommes. » —Celui qui parlait ainsi fumait son cigare dans un bout d'ambre; il avait l'attitude aisée et tranquille : — je commençai à démêler que, en

Italie, la mendicité pouvait bien être, comme le brigandage, une position classée et reconnue. — Il me restait à apprendre que c'était un passe-port pour le séjour des élus.

Je n'oserais rechercher jusqu'à quel point la parole de M. Veuillot est conforme à la parole des apôtres, en ce qui concerne la mendicité : — je ne sais pas bien si le christianisme, sain et intelligent, a indiqué comme but suprême aux hommes des haillons et une sébile. Je ne veux éveiller dans l'âme de M. Veuillot qu'un doute de casuiste ; pourquoi les mendiants travaillent-ils le dimanche et, travaillant le dimanche, pourquoi ne sont-ils pas inondés ?

« Les morts vont vite ! » dit la ballade. En voici un cependant qui s'est hâté lentement. C'est le général Petit, que l'empereur a immortalisé par le suprême adieu de Fontainebleau. — Quand on aspire au Panthéon, et qu'on ne sent pas en soi le souffle d'un héros, il est bien avisé de se mettre sur la route d'un grand homme. La gloire éclaire tout ce qui l'approche : nous savons le nom du cheval d'Alexandre, — le nom de la femme de Socrate; — le boulet de canon qui a tué Turenne a immortalisé l'officier auquel il n'avait pris qu'un bras. — Dans trois mille ans, quand la légende impériale passionnera les générations futures, à côté du nom du grand empereur se dresseront les noms d'officiers obscurs, d'humbles serviteurs, que le *Mémorial de Sainte-Hélène* aura envoyés à l'adresse de la postérité. — Ainsi, de cette foule de braves soldats, retombés dans la nuit de l'oubli, surgira le nom du général Petit, recommandé par cette parole du maître à l'agonie de son règne : « Soldats de ma garde, je ne puis vous embrasser tous; mais je puis embrasser votre général. — Venez, général Petit, que je vous embrasse! »

Le général Petit a survécu quarante-deux ans à cette scène mémorable : — dans ses derniers jours, il était gouverneur des Invalides et veillait encore, avec quelques vieux débris de ces temps fabuleux, auprès du tombeau de son maître.

Cette semaine a encore emporté un homme qui, lui, se serait contenté de l'immortalité éphémère de l'Académie. — Il s'en préoccupa toute sa vie sans pouvoir y atteindre. — Son nom, Casimir Bonjour, est presque ignoré de la présente génération, et, cependant, ce fut un écrivain de quelque renommée, au temps où la comédie ne demandait pas une mise de fonds bien considérable en style et en imagination. — Dans ces conditions, Casimir Bonjour a composé une demi-douzaine de comédies, de celles qu'on voit représenter et qu'on ne lit jamais. — C'était, même en son temps, un esprit déjà un peu attardé, de cette médiocrité que dédaignent également et l'envie et la gloire, un honnête talent de professeur, traitant la comédie et ses enseignements plutôt en *pion* qu'en écrivain. — Sa vie ressemblait à ses œuvres : — elle était modeste, repliée et négative; — elle s'est éteinte dans la poussière d'une bibliothèque, ce premier tombeau des gens de lettres morts à la littérature militante. — Son convoi a été, comme sa vie, sans bruit et sans éclat.

Enfin a disparu, dans ces derniers jours, un personnage assez étrange, Florestan Ier, souverain légitime de la chimérique principauté de Monaco. — On sait que les Valentinois, dont il était issu, avaient souche en France et siége héréditaire dans les conseils de la pairie. — Florestan fut élevé au collége de Sainte-Barbe ; — il passa sa jeunesse à Paris, et ses contemporains ont conservé la mémoire de ses excentricités bourgeoises et bohèmes, faisant contraste avec les hautes dignités d'un prince de droit divin. — On a beaucoup raconté que Florestan avait été figurant à l'Ambigu. — Le fait paraît incontestable, mais je crois qu'il se réduit à ceci : Florestan était passionné pour la comédie. Il était l'élève et l'ami de M. Bocage, et il paraît que celui-ci, pour donner au prince *l'habitude de la scène*, le mêlait parfois, dans les mélodrames à grand spectacle, aux artistes muets qui représentent, au troisième plan, des conjurés à bonne lame de Tolède.

Quoi qu'il en soit, vers 1841, Florestan fut appelé à succéder à son frère, Honoré V, mort de dépit de n'avoir pu faire passer pour deux sous, en Europe, ses *monacos*, qui ne valaient qu'un sou. — Quel sujet de mécontentement l'élève de M. Bocage donna-t-il à son peuple? C'est ce que j'ignore. — Toujours est-il que, lors de la grande commotion de 1848, deux des trois puissantes cités qui composaient la principauté de Monaco lui signifièrent le divorce et se mirent sous le protectorat sarde. Le prince perdait à Roquebrune environ six cents sujets et un important commerce de citrons; — à Menton, près de cinq mille contribuables et le joyau de sa couronne. — Il lui restait Monaco, célèbre par la fameuse gigue : *A la monaco, l'on chasse et l'on déchasse.*

Malgré ses efforts, le prince chassé ne fut jamais déchassé. — Il passa les dernières années de sa vie à rédiger des mémoires, qu'il adressait à tous les cabinets de l'Europe. — Il paraît que l'Europe était très-occupée ; — le prince n'obtint rien. — Sa dernière émotion princière remonte au carnaval dernier. — A cette époque, trois pierrots furent arrêtés à Menton, pour avoir crié : « Vive Florestan ! » mais la population, ayant elle-même conduit ces trois chienlits au violon, l'incident n'eut pas d'autre suite dynastique. — La vérité est que, à tort ou à raison, les gens de Menton et de Roquebrune ne voulaient plus entendre parler de l'ancien figurant de l'Ambigu. — Une chose assez plaisante, c'est que Florestan, redevenu par la force des choses citoyen français, faisait partie de la garde nationale du dixième arrondissement, où, dans les chaudes journées de 1848 et 1849, il se distinguait par *des idées avancées.* — On eût dit le doge Marino Faliero conspirant avec les barcarols.

Ce contraste avait été donné déjà en spectacle d'une manière plus accusée encore par son frère et prédécesseur Honoré V.

Celui-ci était maire de je ne sais quelle petite commune de la Normandie, et, dans les élections, sous Louis-Philippe, il était le chef de l'opposition féroce. — Rentré dans ses États, c'était un despote de l'école fantaisiste : — ainsi, Honoré V avait eu un jour l'idée de se faire boulanger ; — en d'autres termes, il avait concédé à une maison de Marseille le monopole de la boulangerie dans sa principauté, et défense était faite à ses sujets de se fournir de pain ailleurs qu'à la boulangerie légitime. — En ce temps-là, la grande *scie* des mécontents consistait à passer sur le territoire sarde, ce qui peut se faire en trois enjambées, à y acheter du pain et à venir le manger au nez et à la barbe des janissaires d'Honoré V. — Peut-être Florestan, bon figurant au fond, a-t-il porté la peine de ce pacte de famine. — C'est ainsi que les peuples font justice, et que Louis XVI, le plus honnête serrurier qui ait jamais occupé le trône, a payé pour Louis XV, assez bon gentilhomme, mais vraiment un peu trop enclin à la gaudriole.

Je n'ose vous dire que le temps est beau. — On prétend que j'ai une influence sur le baromètre, et que, quand je chante les beaux jours, je fais accourir les frimas. — Je suis peut-être l'auteur des inondations. — M. Veuillot n'y aura pas songé.

A propos des inondations, voilà trois millions réalisés en souscriptions. — Ce n'est pas assez. — J'espère que, sur ce texte, on ne nous reprochera pas les redites. — Eh bien, franchement, si la France, si fière de son luxe, de ses palais, de son industrie, de son commerce, de ses primes, ne trouve que trois millions dans sa poche pour tant d'infortunes, — ce n'est pas beau. — Évidemment, tout le monde n'a pas donné ou tout le monde n'a pas donné ce qu'on est en droit d'attendre de chacun, en proportion de son luxe, de ses chevaux et de sa crinoline.

Allons, messieurs, — mesdames, — un peu de courage à la poche ! — Je sais que le mouvement n'est pas à son terme, et que tous les jours encore le *Moniteur* enregistre beaucoup de souscriptions. — Mais la saison s'avance. — On part ou on va partir. — Heureux du jour, avant de monter en chemin de fer, avant d'aller au Rhin, en Italie, pensez à ceux qui pleurent sur leur chaumière écroulée.

Cela vous attriste? Eh bien, je n'en parlerai plus. — Au fait, nous sommes bien fous de nous occuper de gens assez pervers pour travailler le dimanche, quand le travail de la semaine ne suffit pas pour nourrir leur famille. — Tout cela est providentiel. — D'ailleurs, chaque peuple a ses petites tracasseries. — Un de mes amis, qui arrive d'Espagne, me raconte que, dans le royaume de Murcie, on demeure quelquefois sept ans, le nez en l'air, sans voir tomber une goutte d'eau. (En Espagne, les fleuves ne travaillent pas le dimanche.)

Faut-il vous parler des théâtres? — Ils sont dans l'attitude du royaume de Murcie, ils attendent la pluie. — Quelques-uns attendent les nouveaux directeurs que la rumeur publique leur signale; — car on parle d'un grand déménagement dans les plus hautes régions de l'Olympe dramatique. — On connaît ma jurisprudence : — félicitations à ceux qui partent; — félicitations à ceux qui arrivent.

On assure, et c'est bizarre, que certains théâtres répètent des pièces nouvelles, qu'ils offriront cette semaine à l'enthousiasme d'un public qui fait ses malles. — Est-ce bien le moment, et que fera-t-on pour amuser un public devenu, comme Louis XIV, si difficilement *amusable?* — L'Odéon, plus sage, ferme ses portes; — le Théâtre-Lyrique imite l'Odéon, et le directeur des Délassements-Comiques vient d'obtenir une autorisation spéciale pour imiter le Théâtre-Lyrique pendant deux mois. — *L'Entr'acte*, en donnant cette nouvelle, ajoute que l'intelligence du directeur saura mettre à profit ces deux mois de clôture. — Mais, du moment que ce directeur ferme son théâtre, quelle plus haute preuve d'intelligence voulez-vous lui demander? — Voilà un théâtre où je prendrais bien des actions — pendant deux mois.

C'en est fait — *alea jacta est* — les Parisiens prennent leur volée, — les commis marchands mettent leur chapeau au bout de leur canne, — les *patrons* se promènent au bois de Boulogne, tenant à la main cette fameuse paire de gants noirs piqués qu'ils n'ont jamais mis et ne mettront jamais, mais qui leur donne une contenance de haute bourgeoisie. — Au bois de Boulogne, précisément, vient d'éclore une espèce de Tivoli perfectionné, *le Pré-Catelan :* — on s'y promène, on y boit, on y mange, on y joue à toutes sortes de jeux forains, et le bois de Boulogne, vous le savez, avec ses parcs, ses cascades et son gaz, est aujourd'hui la plus récente merveille de Paris.

Tout cela, cependant, n'est que la bagatelle de l'été pour les gens assez riches pour être indépendants, ou assez indépendants pour être riches. Ces derniers sont déjà en route pour les châteaux, pour les eaux; — ils sont partis, nous laissant pour consolation un petit morceau de carton sur lequel on lit : P. P. C. — Je ne vous prends pas en traître, lecteur, je ne tarderai pas à les rejoindre.

LI

Les préparatifs et le cérémonial du départ. — Les passe-ports. — Comme quoi les petits sont parfois plus puissants que les grands. — Les administrateurs et les administrés. — De la civilité puérile et honnête dans l'administration. — Des moyens de l'y introduire. — L'autre côté de la question. — Une exhumation ajournée. — Les dîners à la campagne. — Jadis et aujourd'hui. — Le restaurateur Ravel. — Encore *le Pré-Catelan*. — L'assassinat et la politique. — Théâtres. — Les nouveaux privilèges. — Opéra. — M. Royer. — La direction. — Odéon. — Les théâtres fermés. — Gaicté : *l'Oiseau de paradis*. — Madame Guy-Sthéphan. — Cirque : *les Frères de la côte*.

10 juillet.

C'est le moment de relire les Mémoires du prince Pukler-Muskau, ce Prussien qui avait de l'esprit, cet amateur fanatique de parcs et de châteaux, ce touriste infatigable, qui enseignait si doctement l'art de faire une malle et d'y loger les chemises, les mouchoirs et les chaussettes.— Nous en sommes tous plus ou moins aujourd'hui à la scène de la malle. — C'est pour le coup qu'il n'y a plus rien de Paris dans Paris ; — tout y est languissant ; les Chambres sont fermées, le chef de l'État est aux eaux ; les ministres en vacances sont remplacés par des intérimaires ; il n'y a plus d'activité qu'aux gares des chemins de fer et au ministère des affaires étrangères, bureau des passe-ports. — Le mouvement se répercute autour de toutes les légations étrangères, car il est imprudent de passer la frontière sans s'être muni de tous les cachets et de toutes les légalisations en usage chez les peuples libres, comme dit Bilboquet.

Un de mes amis attaché à une grande administration me disait hier : « J'ai obtenu un congé de quinze jours que je comptais aller passer sur les bords du Rhin ; — j'ai employé dix jours à mettre mon passe-port en règle ; il me reste cinq jours pour le voyage. »

Si vous croyez que je plaisante, laissez-moi vous expliquer le cérémonial obligatoire pour tout Français qui veut temporairement quitter les bords de la Seine pour les bords du Rhin.

1° Obtention d'un passe-port ; visa au commissaire du quartier, en compagnie de deux notables du même quartier, ordinairement l'épicier et le boulanger, qui déclarent que vous ne leur devez rien, et qu'il n'y a aucun inconvénient à vous laisser voyager.

Après quoi, il faut :

Le cachet belge,

Le cachet prussien,

Le cachet de Hesse,

Le cachet de Nassau,

Le cachet de la ville *libre* de Francfort,

Le cachet de Bade.

Vous allez à une légation quelconque, et, conformément à un usage prescrit par les inscriptions murales, vous parlez au concierge.

« Je voudrais faire légaliser mon passe-port.

— Monsieur, il est trop tard.

— Ah ! — A quelle heure faut-il revenir ?

— Monsieur, il faut venir demain pour *déposer* votre passe-port : — vous repasserez le lendemain. »

Multipliez cette cérémonie par le nombre des cachets précités ; — mettez en ligne de compte les malentendus, les accidents, votre passe-port qu'on a remis à un autre voyageur dont on vous offre le passe-port, et vous ne verrez plus rien d'extravagant dans l'aventure de mon ami, qui voyagera cinq jours sur le Rhin après avoir voyagé dix jours autour des cachets européens.

Cependant, pour dire la vérité, et pour que ce bavardage soit au moins utile à quelqu'un, il faut ajouter qu'au ministère des affaires étrangères et à la préfecture de police, un garçon de bureau se charge, moyennant une modique redevance, de vous mettre lestement en règle avec l'Europe. — C'est là un des résultats de la franc-maçonnerie des gens du petit monde qui vivent sur le grand. —

Quand le bourgeois se présente directement pour faire ses affaires, on l'éconduit en vertu des règlements; mais, quand un garçon de bureau s'adresse à un garçon de bureau, le règlement s'assouplit.

J'aurais, à ce propos, bien des vérités utiles à faire entendre; — et, comme il y a peu de danger qu'elles soient prises en considération, je ne vois pas pourquoi je ne me risquerais pas. — J'ai toujours pensé, contrairement à l'opinion de ceux qui croient que le peuple français *se lève* de temps en temps pour ses libertés, que les révolutions avaient dans ce pays-ci les causes les plus infimes et les plus puériles. — L'administration, en France, est de toute tradition montée sur un ton rogue et despotique qui rend douloureux tous les contacts qu'on a avec elle. — Depuis le plus infime commis jusqu'à l'homme important qu'on n'approche pas, tout fonctionnaire se croit obligé de traiter l'administré en cosaque. — Je vais au ministère des finances toucher un malheureux semestre (je vous prie de croire que c'est par délégation); je passe mon titre à travers un guichet; j'attends dix minutes qu'un monsieur, invariablement coiffé d'une calotte en velours, ait fini son feuilleton. — Enfin, sans me regarder, le monsieur prend mon titre, y jette un coup d'œil, et le repousse en disant :

« Ce n'est pas ici.

— Mais, monsieur, on m'a adressé ici. Où faut-il aller?

— Informez-vous... Nous ne sommes pas un bureau de renseignements. »

De renseignement en renseignement, ballotté de l'escalier D à l'escalier F, de l'escalier F à l'escalier P, vous revenez souvent au point de départ. — L'employé s'était trompé : — on vous paye; mais vous remerciez la fortune de vous avoir ménagé des rentes à longue échéance.

Autre scène : — Vous entrez dans un bureau de poste; — vous vous présentez à un guichet pour acheter un modeste timbre. — Deux ou trois employés causent de leurs affaires : — on ne paraît pas soupçonner votre présence; — vous toussez, — rien; — vous laissez tomber votre canne, — rien; — vous frappez, enfin, sur la planchette du bureau; — un commis se décide à se déranger, prend votre lettre, la pèse, découpe un cachet, reçoit votre argent et vous rend la monnaie, — toujours sans vous regarder. — (Il faut croire que c'est défendu.)

Pourquoi vous a-t-on fait attendre? pourquoi le service public que vous venez réclamer est-il fait avec si peu d'aménité? — Je l'ignore; — c'est une tradition administrative; — voilà tout ce que je sais. — Cependant le bourgeois irritable, ne sachant à qui adresser ses plaintes, se retire froissé, et, dans sa logique mal dirigée, il n'hésite pas à rendre le gouvernement responsable des écarts de politesse de ses concierges et de ses commis. — Si j'étais ministre, je voudrais passer quelques semaines sous le travestissement et le sévère incognito du calife Haroun-al-Raschild, et, assisté de mon grand vizir, je prendrais plaisir à me faire berner dans toutes les administrations, bien sûr de prendre un peu plus tard ma revanche. Vous voyez d'ici l'effet que produirait dans le *Moniteur* la note suivante :

« Le ministre de l'intérieur s'étant présenté incognito dans telle administration, pour réclamer d'un employé un service ressortissant à ses fonctions, et ayant été accueilli avec des formes peu convenables, l'employé a été destitué. »

A dater de ce jour, tous les citoyens seraient traités comme des ministres, et la bienveillance serait organisée dans les rapports avec l'administration et les administrés. — On ne verrait plus alors des gens, qui affronteraient une batterie, pâlir et reculer d'effroi en abordant un concierge.

Comme toute question a son envers, il faut bien dire qu'un certain public, inintelligent et importun, met parfois à de rudes épreuves la patience de l'employé. — J'ai traversé les bureaux d'un ministère : j'avais dans mes attributions le maintien des règlements concernant les exhumations, et, pendant trois ans, j'ai reçu deux fois par semaine la visite d'un ancien huissier de province, qui venait me demander de vouloir bien faire déterrer son père pour le transporter d'un département dans un autre. — La première année, j'exposai à ce monsieur que des motifs de salubrité publique s'opposaient à sa demande; — la seconde année, je lui répétai ce que je lui avais dit l'année précédente; — la troisième année, je lui laissai deviner que je donnerais bien vingt francs de ma poche pour que son père fût déterré, afin de n'en entendre plus parler; — la quatrième année, je quittai le ministère sans trop regretter le dossier des exhumations. — L'huissier a eu depuis trois employés tués sous lui, et son père n'est pas encore déterré.

Les attardés de l'émigration se montrent encore, sinon à Paris, au moins dans le rayon de dix lieues, où reposent, sur des pelouses anglaises, les charmantes villas des châtelains. — Les chemins de fer nous ont fait ces loisirs. — On part à cinq heures, après les affaires, et on va dîner chez des amis, dans le département de Seine-et-Marne. — Nous sommes loin du temps où le restaurateur Ravel, qui vient de faire reconstruire son cabaret à la barrière de l'Étoile, marquait les colonnes d'Hercule de l'excursion parisienne. — Vous souvenez-vous qu'il y a encore vingt ans, c'était une résolution grave d'aller dîner chez Ravel. — On en parlait la veille; on s'y préparait le matin, et, le soir, de retour à Paris, on avait les airs éreintés d'un homme qui revient de la Palestine. Le dimanche, des colonies de petits bourgeois entreprenaient à pied ce pèlerinage fabuleux, et c'était toute la semaine le récit de l'arrière-boutique. Temps naïfs, qui nous rappellent bien des semelles de bottes accommodées aux pommes de terre, et dissimulant mal l'empeigne du bifteck; — car ce Ravel était, après Castaing et Palmer, un des plus grands scélérats de son siècle. — On dit qu'il est mort sans faire des révélations; — mais, je l'attends au jugement dernier, quand le Juge suprême lui dira : « Avancez, Ravel, et répondez : Que mettiez-vous dans vos sauces, et d'où tiriez-vous ces poulets qui n'avaient ni ailes, ni cuisses, mais de simples carcasses en parchemin? » — Je vois d'ici Ravel, tournant son bonnet de coton entre ses doigts, et s'efforçant de persuader au Seigneur qu'il a toujours donné aux Parisiens une nourriture saine et abondante.

Aujourd'hui, on passe dédaigneusement devant le laboratoire de Ravel : — le bois de Boulogne est si proche, si frais et si attrayant! — Et *le Pré-Catelan* donc! — je l'ai revu et je me reproche de ne vous en avoir pas assez parlé. — Savez-vous qu'il y a là des miracles de volonté et d'intelligence; savez-vous que là où vous admirez aujourd'hui un parc anglais, des pelouses, des forêts d'arbres verts et d'immenses corbeilles de fleurs, il y avait, à la fin de mars encore, une fondrière profonde, pleine d'orties, d'épines et de pierres? — Il a fallu trois mois et 400,000 francs pour combler la fondrière et faire fleurir un Éden sur cette terre désolée. — Ma foi, vive le capital qui est le dieu de ce temps-ci, et M. Ber qui est son prophète!

Je n'ai rien relevé d'intéressant dans les journaux de la semaine que cette appréciation d'une feuille de la Nouvelle-Orléans : — Il s'agit d'un Français nommé Girard qui a été assassiné en plein jour, comme cela se pratique dans les pays où règne le revolver. — Le journal constate que ce meurtre, ayant été consommé avant les élections, n'a pas d'*excuse politique*. — Il est évident, en effet, que du moment qu'un meurtre n'est pas l'expression d'une *opinion*, le coupable n'est plus sous la sauvegarde des partis. — Il paraît que, dans le cas contraire, il en serait autrement.

Les théâtres ne font guère de bruit que dans les bureaux du ministère d'État, où on se dispute les priviléges. — A l'Opéra, les événements sont accomplis : M. Alphonse Royer a pris possession de la direction. — Nous sommes convaincu qu'il trompera bien des prédictions. — M. Royer, sous des surfaces d'une politesse raffinée et d'une courtoisie qui semble disposée à toutes les capitulations, cache un caractère et une autorité que beaucoup de gens ne soupçonnent pas; — précisément, c'est par le caractère qu'on peut gouverner l'Opéra. La lutte y est une loi permanente, — la moindre cachucha y est une question de cabinet. — Il y a là des ouvreuses sacrées, des receveurs de contre-marques invulnérables, des allumeurs qui regrettent les vieilles dynasties; — tout y est constitué comme un pays qui a subi des révolutions successives : — les partis y sont en présence, — les costumiers tiennent toujours pour M. Duponchel, et le souffleur pleure encore M. Sosthène de la Rochefoucauld. Il faut manier tout cela avec une main de fer sous un gant de velours. — Puis il faut assez de souplesse pour avoir raison contre l'autorité sans lui donner tort, et savoir sourire comme une danseuse qui a un clou dans le talon, en écoutant quelque musique de grande naissance qui porte d'azur en *chant* de gueule. — Et la petite Fœdora, et la petite Pepita, et l'astucieuse Caroline, et l'altière Zéphirine! Croyez-vous qu'on ait facilement raison de ces rats parvenus quand chacun d'eux cache derrière lui un club ou une puissance européenne? — Un directeur de l'Opéra se double nécessairement d'un diplomate, d'un homme du monde et d'un homme de plume. — M. Roqueplan, tant méconnu, fut longtemps pour nous l'idéal de l'emploi. — On ne comprit pas assez que cet homme d'esprit montrait souvent l'envers de ses qualités là où ses qualités eussent été des défauts. — On fera autrement que lui, on ne fera pas mieux. — Il n'est pas question à l'Opéra de gagner de l'argent, — il s'agit d'en perdre le moins possible en faisant grande figure. Ce que M. Royer doit tout d'abord faire comprendre aux intéressés, c'est qu'on est un fort habile homme lorsque, à l'Opéra, on réalise dix mille francs de recette avec douze mille francs de frais. C'est là le tour de force que M. Roqueplan a longtemps exécuté sous nos yeux, et c'est infiniment moins simple que de faire des recettes de quatre mille francs avec des frais de huit mille. — Il semble au premier abord qu'il suffise de savoir que deux et deux font quatre pour constater la supériorité du premier procédé sur le second. — Mais il y a encore des gens bien arriérés en calcul élémentaire.

Voilà M. Royer arrivé : — tout ce que nous lui recommandons, s'il doit tomber, c'est de tomber grandement, comme un seigneur qui se ruine, et non comme un pleutre qui épargne. — Il lui restera notre estime, qui lui assurerait, au besoin, une place distinguée à l'hôpital.

On dit que le privilége de l'Odéon est signé ; — mais les conjectures flottent encore entre beaucoup de noms également méritants.

Tout le reste sommeille. — Le Vaudeville se badigeonne. — Le théâtre de la Porte-Saint-Martin s'est donné une semaine de vacances pour répéter ce fameux *Fils de la Nuit*, drame que j'ai bien envie de revendiquer, pour faire comme tout le monde. — La Gaieté seule a fait acte de virilité en risquant un ballet-féerie, *l'Oiseau de paradis*.

La pièce est agréable à voir et à entendre. — Rien n'y est bien neuf, ni les décors, ni les plaisanteries ; — mais les uns et les autres sont d'anciennes connaissances qu'on a pris plaisir à retrouver. D'ailleurs, ce libretto est assez habilement combiné pour sa destination chorégraphique ; — car, en tout ceci, les couplets, les bons mots, les cascades de MM. les comiques et les langueurs de l'amoureux n'étaient que la bagatelle de la porte. — La grande affaire, c'était de fournir à une danseuse, madame Guy-Stéphan, un prétexte à toutes sortes de gigues cosmopolites. Madame Stéphan est une sylphide peut-être un peu trop en chair, — mais très-bien faite et légère à l'œil, malgré la prospérité de ses formes, — probablement appréciée d'ailleurs dans la vie privée. — Sa tête est un peu bourgeoise et n'éveille aucune extase séraphique ; — mais on sait que la beauté d'une danseuse est dans ses jambes. — Son exécution rappelle, sans imitation servile, les trois ou quatre ballerines illustres qui se sont succédé depuis la Taglioni. — Elle a des *pointes* très-réussies et met avec aisance ses jambes sur les épaules de son danseur ; — elle gagnerait à les mettre sur les siennes. — Elle a eu un très-grand succès et s'en est montrée reconnaissante, si j'en crois les nombreux saluts qu'elle a adressés au public et que celui-ci lui a rendus en bravos.

A côté de madame Stéphan, un diable d'homme dont j'ignore le nom, vêtu d'un petit paletot bleu de ciel avec bordures de satin, a exécuté des sauts de carpe dans la friture, qui ont eu l'approbation des titis. — Seulement, j'ai remarqué que les danseuses de l'Opéra se pâmaient de rire dans leurs loges. — Probablement, ce jeune homme faisait des fautes d'orthographe au point de vue de la classe de M. Mazillier. — Mais, que m'importe ! — c'est un danseur romantique, — qu'il soit le bienvenu. — Nous aimons et nous encourageons toutes les audaces. — Ce jeune homme méprise les règles d'Aristote. — Je les méprise également, — jeune homme. — Nous sommes de la même école, et, si jamais *je prends* la danse, je ne veux pas danser autrement que vous.

Le même soir, et tout à côté, le Cirque se donnait la récréation d'un grand drame breton et maritime, *les Frères de la côte*. — Je ne sais si vous approuverez ma discrétion ; mais, n'ayant pas vu la pièce, je n'en médirai pas. — Bien plus, je vous confierai ce qui se disait au café, ce grand consolateur du mélodrame, à savoir que le drame ne manquait pas d'intérêt, mais qu'il manquait d'acteurs. — Notez que ce n'est là qu'un jugement d'estaminet, et qu'il y a l'appel et le recours en grâce.

LII

P. P. C. — Théâtre de la Porte-Saint-Martin. — Son succès et son vaisseau. — *Le Fils de la Nuit.* — M. Bernard Lopez. — Des collaborations et de quelques auteurs. — La boite aux lettres. — A propos des démagogues. — A M. Octave Feuillet. — Renseignements sur une cuisinière. — Le service des abonnés de province. — Les provocations anonymes. — Le garçon épicier. — Les gloires du théâtre. — Un amateur de développements historiques. — Histoire de Carthage. — Indication de domicile. — Le marchand d'habits et l'homme de lettres. — La politesse des chroniqueurs. — Adieux à Paris. — La veuve de Charles Nodier. — Souvenirs de l'arsenal.

20 juillet.

P. P. C. — Pour prendre congé.

Il faut bien partir, puisque tout le monde part et qu'il ne reste plus dans ce Paris abandonné que des boursiers sans primes, des journalistes sans matière, des vaudevillistes sans public et des portiers sans locataires.

Adieu, mon beau navire ! — je parle du navire de la Porte-Saint-Martin, qui porte un grand succès dans ses flancs. Voilà donc tous ces relâches expliqués et justifiés. — Schiller dit quelque part : « Je placerai mon vaisseau sur le promontoire le plus élevé, et j'attendrai que la mer soit assez haute pour le faire flotter. » — Ainsi calculait le directeur de la Porte-Saint-Martin, et, aujourd'hui, c'est la foule qui fait flotter son vaisseau. Cette fois, M. Marc-Fournier a bien compris le tempérament de son théâtre. Il ne s'est effrayé ni d'une pièce parfois languissante, ni de la faiblesse de quelques interprètes : — il avait son vaisseau, madame Guyon, madame Laurent, et les cris d'un collaborateur égorgé. — Si M. Bernard Lopez n'a rien écrit dans *le Fils de la Nuit*, il a au moins beaucoup écrit autour et à l'entour. — Ce n'est pas trop maladroit, puisque, si sa part de gloire lui échappe, sa part de droits d'auteur est réservée. — Dans tout cela, je vois un homme de génie qui ne réclame pas : c'est l'auteur du vaisseau. Le vrai talent est toujours modeste.

Un autre jour, je traiterai la question des collaborations revendiquées ou contestées. Il y a là beaucoup de choses à dire. Le plus clair, c'est que la littérature donne à la porte un vilain spectacle au public. Il y a dans le conflit Séjour et Bernard Lopez, ou un auteur qui réclame ce qui ne lui appartient pas, ou un auteur qui nie un dépôt. — Quelle imprudence aussi de collaborer sans témoins! Quelle déplorable décadence et quelles misères attestent aussi ces mœurs littéraires, et qu'est-ce donc que cette littérature qui a besoin d'un attroupement pour enfanter un vaudeville ou un mélodrame? — Tant que le théâtre a été un art, notez ceci, la collaboration a été chose inconnue; — c'est à peine si on en trouverait trace encore à la fin du siècle dernier. — Les auteurs se sont rassemblés pour les petits besoins du métier. — Il y a les chercheurs d'idées, les chercheurs d'esprit, les charpenteurs et les commissionnaires. Celui-ci est un ancien marchand de lorgnettes; il n'écrit le français dans aucune langue, comme disait Charles Nodier; — mais il a une magnifique trompette de commis voyageur, et il sait faire valoir, auprès des directeurs, ce que les autres ont écrit. Voilà un auteur. —Celui-là a eu des malheurs sur les deux rives de la Seine, ce qui ne le rend pas plus intéressant. Il sait de sa langue ce qu'on en débite dans les chiourmes du journalisme sans responsabilité, parce qu'il est sans lecteurs : — mais, enfin, à force d'avoir étudié le sous-pied et la pâte Aubril au point de vue de l'annonce, il a entre les mains quelque chose qui s'imprime et qu'on rencontre chez les décrotteurs. — Quelques directeurs, dans les régions du Petit-Lazari, sont assez naïfs pour considérer ce papier comme un journal, et reçoivent de ce particulier des pièces qu'il se charge de faire agréer — la diffamation sur la gorge. — Encore un auteur!

Mais, le pied sur l'étrier, il est trop tard pour remuer toutes ces turpitudes; —nous y reviendrons, car la question est loin d'être épuisée.

Aujourd'hui, pour ne rien laisser derrière moi, je veux liquider la correspondance du chroniqueur. — Notre boîte aux lettres a reçu depuis deux mois plus de cent lettres, la plupart anonymes ou pseudonymes, — parmi quelques autres signées des noms les plus élevés. — Bien entendu qu'en analysant cette correspondance, nous n'avons d'autre but que de tenir nos lecteurs au courant du mouvement qui se fait autour de nos appréciations — erronées peut-être — mais toujours loyalement inspirées.

Sous le n° 1. — Un honorable correspondant qui se nomme, nous reproche, avec esprit et bienveillance, des humeurs noires à l'endroit de la démagogie. — Il nous signale très-ingénieusement un moyen d'amortir les démagogues, en leur faisant vingt mille livres de rentes! — Renvoyé au ministre des finances. — En ce qui nous concerne, nous distinguons toujours soigneusement la démocratie de la démagogie. — La première compte dans ses rangs quelques-uns des esprits les plus élevés et des caractères les plus nobles de ce temps-ci et de tous les temps. — La seconde n'a jamais eu à son service que des truands, des envieux et des impuissants.

N° 2. — A M. Octave Feuillet.

« Je suis très-honoré, monsieur, de me rencontrer avec un homme de talent et de votre caractère, en communauté de sympathies littéraires. — J'aime en vous la réaction de tout ce que je n'aime pas. — Votre talent, si sobre, si fin et si délicat, me console de toutes les violences, de toutes les déclamations et du faux éclat d'une littérature qui se soutient comme une orgie de carnaval, au milieu d'un peuple endormi : — vous êtes pour moi, monsieur Feuillet, un de ces amis inconnus, un de ces fantômes charmants que l'on évoque dans les soirées d'hiver, au coin du foyer. — Je rêve toujours un théâtre qui ne jouerait que vous et vos pareils; — mais que deviendraient la *vieille gaieté française* et la *bonne lame de Tolède?* — Croyez moi, monsieur Feuillet, ne soyez pas trop fier des exquises délicatesses de votre esprit, — un calembour cuit à point et un *merci, mon Dieu!* bien envoyé, à la scène de l'enfant retrouvé, auront toujours plus d'autorité devant le peuple le plus spirituel de la terre que tous les raffinements de votre talent. »

N° 3. — On me demande des renseignements sur une cuisinière.

Réponse. — Elle manque ses rôtis et a un enfant. — Du reste, elle n'entend pas un mot de français, et achète des pantoufles quand on lui envoie chercher de la salade. — Bonne fille au fond. — Aime trop le pompier, ce qui atteste, du reste, une sainte horreur de l'incendie.

N° 4. — Un abonné de province me prie de lui envoyer, avec le prochain numéro, cinq livres de chocolat de la Compagnie coloniale. — Le correspondant, ne connaissant personne à Paris, me prie de lui rendre ce petit service.

Réponse. — J'ai acheté le chocolat; je l'ai mangé.—Il était excellent. — S'adresser *directement*, comme disent les *Petites-Affiches*.

N° 5. — D'un monsieur qui signe, mais sans donner son adresse, ce qui est de convenance en pareil cas. — « Le chroniqueur continue donc à se soûler ? — A jeun, il respecterait au moins les choses les plus sacrées. — On le défie à l'épée, au bâton et au chausson. » (Toujours sans indication de domicile.)

Réponse. — Le chroniqueur soupçonne le correspondant d'être le protecteur ou le protégé d'une danseuse. — Au reste, comme tout homme bien élevé, il n'est dépourvu ni d'épée, ni de bâton, ni de chaussons.

N° 6. — Un garçon épicier me déclare « que je suis un insolent.— Il a plus d'éducation que moi et se moque de tout ce que je puis dire de sa profession, plus honorable que la mienne. »

Réponse. — Je m'avoue vaincu. — J'atteste les dieux que je respecte les garçons épiciers comme personnes privées. — Comme fonctionnaires de l'épicerie, je trouve qu'ils manquent d'élégance et qu'ils abusent de la tare. — Mais je me trompe peut-être. — Au besoin, je ferai des excuses.

N° 7. — Un monsieur très-curieux voudrait savoir « *combien je reçois de la police* pour insulter aux gloires du théâtre. » Signé : *Un artiste dramatique*.

Réponse. — J'avouerai naïvement à l'anonyme que je fais un métier de dupe, et que c'est gratuitement que j'insulte *aux gloires du théâtre.* — Le préfet de police m'a fait offrir deux mille francs par mois pour éreinter Machanette de l'Ambigu ; mais j'ai refusé, dans l'attitude connue d'Hippocrate repoussant les présents d'Artaxerce. — Machanette est un homme de conscience, et moi aussi.

P. S. Je me ravise, et j'ai envie d'accepter. — J'éreinterai Machanette; et je lui donnerai mille francs par mois.

N° 8. — « Le chroniqueur ne manque pas d'esprit, mais on le soupçonne d'être superficiel et de manquer d'instruction solide. — On remarque qu'il n'aborde les sujets historiques qu'avec timidité et qu'il en élude toujours les développements. »

Je réponds comme le philosophe qui marcha pour démontrer le mouvement :

« On ne sait pas bien la date de la fondation de Carthage, en latin *Carthago*, *Carchedon* en grec. Les uns l'attribuent à Didon, vers l'an 900 avant J.-C. Mais d'autres auteurs pensent que Didon est un personnage fabuleux (1). — Ce qui paraît certain, c'est que Carthage a existé. — Dans tous les cas, Virgile a usé d'une licence poétique en transposant de trois siècles l'arrivée d'Énée à la cour de Didon.

» Le plus grand général de Carthage fut Annibal, célèbre pour avoir traversé les Alpes, qu'il fit dissoudre dans du vinaigre (2). — Ce grand homme était borgne (3) mais actif et, après la victoire de Cannes, il fit trembler Rome dans les murs du Capitole. — Malheureusement, il s'arrêta à Capoue, et oublia la Gloire dans les bras de la Volupté (4). — Dans la troisième guerre punique, Carthage fut anéantie par Scipion Émilien, — 146 ans avant Jésus-Christ. — Auguste la releva plus tard, mais non sur le même emplacement. — Ses ruines, dont il ne reste *rien*, attestent sa grandeur passée. »

J'espère que voilà du *développement historique*, et que mon cor-

(1) Tite Live, livre XXIII.

(2) Diodore de Sicile.

(3) Polybe.

(4) *Ibidem.*

respondant sera content ; je m'applique à satisfaire tous les goûts. Mais, lecteurs, la main sur la conscience, croyez-vous que nous fassions un métier commode, nous autres barbouilleurs de papier, et comprenez-vous cet amateur, qui vient demander de l'histoire à un Tacite du bois de Boulogne et des Bouffes-Parisiens !

N° 9. — Par une lettre laconique, on me demande mon adresse.

Réponse : *Rue Jacob, n°* 13.

J'ai d'autant plus de mérite à m'exécuter, que j'ignore absolument s'il s'agit de recevoir un pâté de foie gras ou une assignation.

N° 10. — Un marchand d'habits me propose de parler de son établissement. « Il me donnera des pantalons. » — Renvoyé aux journalistes sans culottes.

N° 11. — Dix lettres généralement très-bienveillantes à propos des théâtres. — « On reconnaît que le chroniqueur a une grande indépendance ; on le trouve ici trop sévère, là trop indulgent. Il a quelquefois une politesse plus féroce que l'injure. »

Réponse. — Le chroniqueur ne renoncera jamais à la politesse, qui est une excellente base d'opération pour dire la vérité.— Quand sa politesse devient féroce, c'est qu'il a affaire à des hommes déclassés comme moralité, qui ont perdu tous les droits des civilisés.— Le public ne comprend pas toujours, mais les intéressés comprennent. — La vie de certains drôles serait vraiment trop douce si on respectait l'inviolabilité de leur infamie.

Ce n'est pas tout ; mais le reste est insignifiant, et, d'ailleurs, c'est assez pour un jour, — surtout pour un jour de départ.

Adieu donc, Paris ! adieu, bois de Boulogne et Pré-Catelan ! adieu, drames, comédies, vaudevilles, pantins, marionnettes, boulevards, salons, cafés, villas coquettes et parées comme des lorettes, horizons de Gymnase et d'Opéra-Comique, adieu ! — Moi aussi, je vais franchir les Alpes, sans vinaigre, et, de l'autre côté, je trouverai ces plaines de la Lombardie qu'Annibal et Bonaparte montraient comme une terre promise à leurs soldats affamés. — Là, si le cœur vous en dit, j'aurai bien prétexte à vous conter l'histoire du temps passé.— Mais rassurez-vous, je n'en abuserai pas.— Je suis, avant tout, un voyageur curieux de l'heure présente, et j'aime mieux étudier la physionomie du goujat qui chante dans un cabaret, que celle d'un empereur enseveli depuis deux mille ans dans la poussière des siècles.

Avant de quitter Paris, cependant, donnons un souvenir à une tombe encore entr'ouverte, qui a reçu les restes de la veuve de Charles Nodier, morte ces jours-ci. — C'est maintenant entre les mains de sa fille Marie Méneissier-Nodier que passe la tradition de ce fameux salon de l'Arsenal, aussi célèbre, vers 1830, que les centres de beaux esprits les plus vantés des deux derniers siècles. Là, dans cette réunion présidée par Charles Nodier, parurent sur le seuil de leur gloire, toutes les grandes renommées littéraires de ce temps-ci: Hugo, Dumas, de Vigny, de Musset, etc.; là, parmi quelques femmes, les enfants gâtés de la poésie, s'épanouissaient, à la même époque, deux jeunes filles, rivales de grâce et d'esprit, et élevées celles-là, on peut le dire, sur les genoux des muses : — l'une était Marie Nodier elle-même, aujourd'hui affligée de ce grand deuil ; — l'autre, qui a disparu de ce monde, il y a quelques mois, portait un nom qui nous est bien cher. O mort! combien de fois tu nous blesses avant de nous tuer!...

LIII

La promenade d'été. — Le choix d'un itinéraire. — Au dieu Hasard. — De Paris à Aix-les-Bains. — Aix. — Les jeux et les rhumatismes. — L'administration du chemin de fer de Savoie. — Les Parisiens. — Ponsard volé. — Un aubergiste peu écossais. — Excursion aux Alpes. — Chambéry. — La prose d'un *Guide*. — Les auberges de Paris. — Les crétins des Alpes. — Une nuit romantique. — Ascension aux Alpes. — Extases. — Un refuge. — La bergère des Alpes. — Un souper et un coucher alpestres. — Deuxième ascension. — Descente en Italie.

3 août.

Il y a un point sur lequel nous sommes tous d'accord, c'est que, de juillet à octobre, il est impossible de rester à Paris. — Ceci convenu, il n'est pas aussi aisé de s'entendre sur un itinéraire et une destination : les uns préfèrent les Pyrénées, les autres le Rhin ; beaucoup vont à la mer, et un très-grand nombre de philosophes se bornent à cacher leurs loisirs derrière les murs d'un parc. — En pareille matière, la controverse est puérile, et c'est bien là le cas où le *trahit sua quemque voluptas* est une loi respectable.

Aujourd'hui que *tous les chemins sont ouverts*, comme dans *Guillaume Tell*, le mieux est de n'arrêter aucun plan et de se laisser dériver au courant de la destinée. — Ainsi ai-je fait. Je n'avais nullement prémédité de traverser les Alpes, mais une combinaison m'y a entraîné : j'ai suivi une caravane, et me voilà en Italie, pour la seconde fois de ma vie.

De Paris en Savoie, le voyage est devenu tellement classique, qu'on ne peut plus en parler sous peine de n'avoir pour auditoire que des frotteurs et des ramoneurs. D'ailleurs, j'ai déjà donné cet itinéraire l'an dernier : on traverse Lyon, on s'embarque sur le Rhône, et, vingt-quatre heures après le départ, on débarque au Port-Puer, à l'extrémité du lac du Bourget. — De là à Aix-les-Bains, il y a un trajet d'une demi-heure en voiture.

Aix n'a plus d'autre attrait que ses eaux et les grâces de son site cisalpin. On y a supprimé les jeux. Je ne sais si on vous a conté cette aventure. La voici :

De temps immémorial, les marchands d'Aix avaient pris l'habitude de déclamer, dans le forum municipal, contre les abominations de la roulette et du trente-et-quarante. Le gouvernement, qui savait combien le vice ajoute aux séductions de la vertu, fermait les yeux et les oreilles; mais, un jour de l'année dernière, les protestations des marchands d'Aix ayant atteint des proportions cicéroniennes, le gouvernement, ennuyé de ce *quousque tandem*, leur a brusquement octroyé ce qu'ils demandaient avec tant d'insistance, avec le doux espoir de ne pas l'obtenir.

Maintenant, on gémit beaucoup dans les arrière-boutiques. Ce n'est pas qu'il y ait moins de monde à Aix que les années précédentes : les hôtels sont pleins, mais pleins de gouttes, de dartres et autres élégances cutanées; le rhumatisme y est installé en famille; mais le rhumatisme, s'il fait l'ornement d'une cité thermale, n'en fait pas la fortune.— Le rhumatisme se lève à cinq heures pour aller prendre sa douche écossaise; il déjeune, va se promener dans la vallée de Chamouny, lit les journaux, dîne et se couche. — A ce compte, Aix peut encore être un hôpital plus élégant que l'Hôtel-Dieu et la Charité, mais ce n'est déjà plus la ville qui avait son nom inscrit au livre d'or des loisirs européens.

Les familles vertueuses lui donneront désormais la préférence sur les petites Ninives des bords du Rhin; mais les boutiquiers d'Aix s'aperçoivent déjà que la vertu achète peu et marchande beaucoup, quand elle achète. — Cela est tout simple, et il fallait le prévoir. — Parlez-moi de la clientèle des joueurs! ceux-là ont mille fantaisies; ils achètent toujours, et sans compter. — Qu'importe à un homme qui va risquer le soir mille francs sur le tapis de payer un chapeau de paille cent sous de plus ou de moins! — et, s'il a gagné ces mille francs, croyez-vous qu'il hésitera beaucoup à jeter son chapeau pardessus les moulins pour en acheter un autre?

J'ai déjà eu occasion de traiter cette question des jeux, en général.

— Mes idées n'ont pas varié depuis un an. On est en présence d'une passion qui, comprimée, cherche une issue par les voies souterraines. Vous ne voulez pas du jeu à ciel ouvert, vous avez les tripots, où on est volé tout à la fois par le jeu et par le joueur. — En ce qui concerne spécialement les villes thermales, le jeu est une condition *sine quâ non* de leur existence. — Vous direz peut-être : « Périssent les villes thermales plutôt qu'un principe! » Soit; je tiens peu aux principes, qui sont très-variables de leur nature; mais je tiens encore moins aux villes thermales. Seulement, je constate que les marchands d'Aix ne vendent plus leurs chapeaux de paille.

Cette année, la transition de l'ère du crime à l'ère de la vertu est très-sensible à Aix. Le Casino, qui subsiste, entretenu, je crois, par l'édilité, ressemble beaucoup présentement à la maison de Diomède, telle qu'on la voit à l'entrée de Pompéi. — On essaye de ranimer, par quelques bals, cette situation languissante. Il en résulte des assemblées bourgeoises d'une décence révoltante pour des touristes habitués aux témérités sociales et chorégraphiques de Bade et de Hombourg. A dix heures, d'ailleurs, les rhumatismes emmènent leurs filles, et le Casino reprend sa figure sous-vésuvienne, égayée par un ancien avoué qui lit le *Journal des Débats* dans l'ancien salon du trente-et-quarante.

L'administration du chemin de Savoie *Victor-Emmanuel* est arrivée fort à propos pour relever pendant deux jours la physionomie d'Aix-les-Bains. Aussi a-t-elle été reçue, au Port-Puer, par les salves de l'artillerie et les détonations de la reconnaissance. — En dehors de ces millionnaires, je n'ai rencontré à Aix que trois notabilités parisiennes : Ponsard, Dauzats et Jadin. On m'a dit que Dumanoir y était aussi installé; mais je n'ai pas eu l'esprit de le découvrir.

Vous avez lu dans les journaux, qu'à Aix, Ponsard avait été volé. — Voici en deux mots l'événement. Le poëte arrive un soir à Aix, s'établit dans un hôtel et se couche. Pendant son sommeil, un visiteur inconnu, armé probablement du râteau de la défunte banque, attire à lui le porte-monnaie de Ponsard, qui renfermait 900 francs en or. — Ponsard se plaint doucement à l'aubergiste, et, dépouillé de son or, offre un billet de la banque de Genève pour payer un lit qui lui coûte déjà si cher! — L'aubergiste refuse, sous prétexte que le billet lui ferait supporter un change de 25 centimes. — Alors, Ponsard, qui avait déjà accepté sa perte en beau joueur, se révolte devant le scrupule des 25 centimes; il saisit le juge de paix de la question de responsabilité, et l'aubergiste est condamné à restituer la somme volée. Mais, d'autre part, Ponsard payera le change de son billet de Genève.

Cependant un grand événement se préparait en Savoie : — l'administration du chemin Victor-Emmanuel venait inaugurer la section d'Aix aux Alpes et reconnaître les plans des ingénieurs pour le percement du mont Cenis. — Quelques privilégiés, tels que Jadin, Dauzats et nous, ont été admis à cette excursion tout administrative, et qui nous laissera des souvenirs impérissables.

Donc, le mardi 22 juillet, nous montions en chemin de fer à une lieue d'Aix et nous fûmes bientôt à Chambéry. — De cette ville, je ne veux rien vous dire que ce qu'en raconte mon *Guide :*

« Chambéry, capitale de la Savoie, est fort bien située. — Néanmoins, elle présente un aspect triste et morne, les rues étant étroites et les maisons, quoique assez bien bâties, très-élevées et construites avec une pierre de couleur brune qui les assombrit. — Le commerce y est considérable, les manières du peuple honnêtes et engageantes, la société aimable. On compte dans cette ville plus de vingt mille âmes. — On y remarque *avec plaisir* les tombeaux de quelques anciens ducs de Savoie. »

Ce *Guide* que j'ai acheté en Italie, et qui est écrit au point de vue italien, fait mon bonheur par ses naïvetés. — J'y lis à l'article Paris :

« Les meilleures *auberges* sont dans la rue de Rivoli, dans la rue de Richelieu, au boulevard des Italiens et *à Montmartre.* »

De Chambéry, la locomotive nous transporta au pont de l'Isère. — Là, on lui substitua des chevaux qui nous traînèrent sur les rails jusqu'à Aiguebelle. — Nous parcourions une vallée resserrée entre les Alpes, en suivant le cours de l'Arc, rivière singulièrement turbulente et rageuse. A Aiguebelle, où nous nous arrêtâmes, nous trouvâmes les premiers exemplaires de ces fameux crétins des Alpes, dont l'abaissement dépasse toute imagination. — Figurez-vous des êtres brutes et difformes, avec des excroissances charnues au cou (les goîtres) et à la tête, un sourire idiot, des jambes torses, — dégradation physique qui ne peut se comparer qu'à leur dégradation intellectuelle. On paraît savoir bien peu de chose sur les causes de cette épouvantable déchéance, d'abord probablement individuelle et accidentelle, et maintenant perpétuée de génération en génération. — On accuse la crudité des eaux, l'action des vallées humides où ne pénètre pas le soleil, et je ne sais quoi encore : — tout cela semble bien peu démonstratif. Ce qu'il y a de certain, c'est que jamais spectacle plus pénible ne s'était présenté à nos yeux. — Mes amis me traitent quelquefois de crétin : à dater de ce jour, j'interdis cette plaisanterie.

A Aiguebelle, les rails nous manquent, et c'est dans des voiturins que nous achevons notre étape jusqu'à Saint-Jean-de-Maurienne, où nous arrivons à minuit. Je cultive peu le genre descriptif; autrement, je ne pourrais me dispenser d'une longue *impression* sur les splendeurs de cette nuit alpestre. La lune s'était levée et projetait sa lumière douce et mystérieuse sur la chaîne infinie des montagnes. Jamais je n'entrevis une nature plus grandiose et plus romantique, et nous tombâmes tous d'accord que ce décor ferait beaucoup d'argent à l'Ambigu.

Le lendemain, dans la matinée, nous étions à Modane, c'est-à-dire au pied des Alpes, et, ici, commençait le grand intérêt de notre excursion. Il s'agissait de monter à dos de mules jusqu'aux cimes couvertes de neige, et, là, de descendre en Italie par le versant opposé.

Je n'oublierai jamais les étonnements et les ravissements de cette journée : dans un an ou deux, quand des tunnels auront éventré la montagne, quand des ponts jetés sur les abîmes auront ouvert aux touristes les plus vulgaires le chemin de Suse, une ascension aux Alpes entrera dans le programme du train de plaisir, comme aujourd'hui, à Bade, la promenade dans la forêt Noire. Mais nous parcourions, en précurseurs, des sentiers connus des seuls chamois et de quelques bergers, qui vivent une partie de l'année sur les sommets des montagnes.

Quant à la grandeur et à la variété du spectacle, elle défie tous les poëtes et tous les idiomes. — Imaginez des sentiers à décourager des chèvres aboutissant tout à coup à des plateaux chargés de riches cultures; partout des abîmes couverts, que des torrents, descendant des sommets, emplissent de leur bruit sonore; — tour à tour des Édens et des Thébaïdes : — ici, des sapins sévères; là, la Flore des Alpes s'épanouissant comme dans un paradis inconnu aux hommes de la plaine. — On monte toujours, — on monte encore, — on arrive à des hauteurs aérostatiques. — L'immense vallée qui s'étend à nos pieds n'apparaît plus que comme un ruban de verdure; — la rivière n'est plus que ce mince filet de cristal qui serpente dans les tableaux-horloges. — On est, du reste, familiarisé avec la situation. Au début de l'ascension, on a toujours un peu la prétention de diriger son mulet; — mais on prend bientôt une telle confiance en ces admirables bêtes, qu'on leur abandonne sa destinée avec une complète sécurité.

La nuit venait lorsque nous touchâmes à l'avalanche de neige descendue d'un glacier supérieur. — C'est une sensation singulière pour des Parisiens de barboter dans la glace à la fin de juillet, dans les jours caniculaires. — Enfin, nous abordâmes *un refuge*. Ce refuge est une cabane de bois habitée par une bergère des Alpes — (ne pas confondre avec celle de la Gaieté). — Cependant Catherine, notre bergère, à nous, est une fille très-intelligente; — elle nous explique sa vie avec une sorte de gravité douce qui nous enchante : — pendant deux mois de l'année, elle habite le sommet où nous la rencontrons; — mais, dès septembre, elle descend avec ses troupeaux à une région inférieure; — bientôt l'hiver la chasse de ce dernier asile, et alors elle se réfugie dans la vallée.

Il y a pour ces familles pastorales des coutumes consacrées par les siècles : — la bergère qui habite la montagne est toujours fille; dès qu'elle se marie, elle descend dans la plaine. — Le chalet de Catherine (on donne ce nom à ces habitations, mais je le trouve prétentieux) — je dis donc la cabane de Catherine est un assemblage de morceaux de bois de quinze pieds de long sur six de haut. — Ces constructions doivent toujours se ramasser le plus possible sur le sol, afin de laisser passer sur leur tête la tourmente de neige; — par la même raison, il n'y a pas d'autre ouverture qu'une porte étroite, afin que le vent ne vienne pas s'engouffrer dans la cabane, qu'il emporterait comme une cocotte en papier.

Il y a cependant du feu dans la cabane, et, par conséquent, un peu de fumée. — Mais il faut bien se chauffer et faire cuire les aliments. — Notez, je vous prie, que nous sommes à six mille pieds au-dessus de vos têtes et que l'air est assez raréfié pour que la respiration soit quelque peu embarrassée. — Cependant, on est bien vite acclimaté. — Nos mules vivandières ont apporté les éléments d'un souper, car Catherine est si innocente, qu'elle ne saurait pas faire une omelette, et nous n'avons pas voulu lui enseigner la corruption des villes. — Elle fait bouillir du lait; nous y mettons du riz, et voilà un potage alpestre.—Nous avions, d'ailleurs, plus besoin de repos que de nourriture.—Quant au coucher, il est élémentaire :—il est représenté par une botte de paille et une couverture : — la puissance de l'or expire sur ces sommets;—il y avait parmi nous deux ou trois millionnaires, et, au prix d'un hôtel à Paris, ils n'auraient pu se procurer, là, le plus mauvais lit de la plus mauvaise auberge.

La gaieté parisienne nous soutient dans nos misères. — Jadin met nos souliers à la porte de la cabane dans l'espoir qu'un dieu viendra les décrotter. — Avant neuf heures, nous ronflons sur nos douze bottes de paille comme douze toupies d'Allemagne.

Mais aussi, le lendemain à trois heures, les muletiers viennent nous réveiller. — Autre soupe au lait, — et départ.—On promet un billet de faveur à Catherine pour voir *la Bergère des Alpes*, quand elle viendra à Paris; on récompense magnifiquement son hospitalité, et nous voilà sur nos mules.—Il s'agit de monter encore environ quinze cents pieds avant de rencontrer le col de Fréjus, qui doit nous ouvrir le passage en Italie. — Nous atteignons des altitudes glacées et désolées.—Plus de végétation, plus de bruits humains, pas un oiseau,— partout du schiste et les nuages à nos pieds. —Nous formons, j'imagine, une caravane assez pittoresque : — enveloppés dans nos couvertures et marchant au pas de nos mules, nous représentons assez bien ces cavalcades d'aventuriers qui se rendent aux placers du Sacramento.—Enfin, en sortant d'un nuage qui nous avait enveloppés, nous arrivons au col. — Il ne s'agit plus de monter, mais de descendre; nous envoyons en avant les mules, beaucoup moins propres à ce dernier exercice. — Après sept heures de marche, nous rencontrons une oasis, — c'est-à-dire un campement des ingénieurs du chemin de fer. Nous trouvons là du café et du vin chaud. — Nous reprenons les mules, et bientôt nous rencontrons des villages, la civilisation, des repas réguliers, des lits,—et des routes praticables pour les voitures. Le lendemain, à midi, nous étions à Suse. — Là, après avoir visité un arc de triomphe dédié à Auguste et d'une remarquable conservation, je pris congé de mes compagnons de voyage qui rentraient en France : je montai en chemin de fer, et, le soir, j'étais à Turin. — J'ai bien le droit de m'y reposer, n'est-ce pas ?

LIV

Turin — Trop de beauté nuit. — La vie de Turin. — Les cafés. — Les coiffeurs. — Les restaurants. — Le problème de la vie à bon marché. — Indifférence des Italiens en matière de cuisine. — Le mouvement intellectuel. — Un exemplaire de *la Dame aux Camellias*. — *Le Sire de Franc-Boisy*. — Les journaux italiens et les journaux français. — Le Pô. — Le bourg du Pô. — Les théâtres de Turin. — La Norma. — Adieux à Turin. — De Turin à Milan. — L'entrée à Milan. — La paix et la guerre. — Les leçons de l'histoire. — Le Milan vieux et moderne. — Le Dôme. — Le Corso Francesco. — Les théâtres. — Une affiche à la gloire d'Alexandre Dumas.

7 août.

Me voilà donc à Turin, me reposant, à l'hôtel Feder, de mes excursions dans les neiges. La vie pastorale et alpestre a ses charmes, je ne le conteste pas ; — mais on m'accordera que la civilisation a ses douceurs. — Du reste, on ne sent jamais mieux les jouissances de la vie organisée des villes que lorsqu'on a goûté, pendant vingt-quatre heures, de la vie primitive.

Turin, on ne peut le nier, est une grande et belle ville. Les artistes, les fantaisistes, les coloristes lui reprochent sa beauté régulière et alignée. — Toute la ville est bâtie dans le système de la rue de la Paix : — ce sont des voies larges, bordées de chaque côté d'arcades et aboutissant à des places immenses;—mais les indigènes, qui probablement se soucient peu du pittoresque, trouvent quelque douceur à circuler, sous ces arcades, à l'abri du soleil. — Il est certain, en effet, qu'on peut parcourir ainsi tout le centre de la ville sans souffrir aucunement de la chaleur.

Sans indication, sans cicerone, par pur instinct, le touriste, qui voyage pour le seul plaisir de voir, a bien vite découvert dans une ville le centre de l'activité et des loisirs. Ce centre, c'est, à Turin, la rue du Pô, qui aboutit, d'un côté, à la place du Château, de l'autre, au Pô lui-même. — C'est là que, jusqu'à minuit, on rencontre tout ce qui vend, tout ce qui achète, tout ce qui flâne, boit et mange. — Les deux arcades latérales sont bordées de boutiques vraiment très-élégantes; les cafés (les Italiens écrivent invariablement *caffés*) y sont dans la proportion de quatre boutiques sur dix. Je n'en ai vu autant nulle part, et chacun de ces établissements a une clientèle nombreuse et assidue. — Toute la journée, on y fume, on y prend du café, des groseilles, des glaces. Il semble que, dans ce pays, on n'ait pas d'autre affaire. — Les glaces, d'un volume double des nôtres, coûtent quarante centimes, — le café vingt centimes. — (On peut en absorber impunément, car il n'est pas précisément de la force d'un Turc.) — Dans ces cafés, on trouve souvent (ce qui chez nous serait une irrévérence) le portrait à l'huile du roi régnant et de son père Charles-Albert.

Après les cafetiers, les coiffeurs sont les industriels qui occupent le plus de surface métrique dans la ville de Turin. — Il m'a paru que les Turinois passaient une notable partie de leur existence à se faire couper les cheveux. — Puis viennent les débits de cigares, qui sont aussi des débits de galanterie. — Pour un sou, on a *un cavour*, espèce de cigare noir, long et mince qu'on appelait autrefois *un piémontais*, et qui, je ne sais pourquoi, a pris le nom du premier ministre de Sardaigne. Pour trois sous, on se procure un havane, très-supérieur à ceux que nous payons vingt-cinq centimes. Aucune de ces boutiques n'a de portes; toutes sont fermées par un rideau ou de mousseline blanche, ou d'étoffe rayée, ce qui est d'un aspect assez pittoresque. J'en dirai autant des longs rideaux qui enferment dans leurs plis les balcons en saillie de chaque fenêtre. Vis-à-vis des boutiques sont des étalages de fruits et de fleurs qui sont un grand régal pour l'œil.

Les restaurants sont en nombre assez limité.—Quoi qu'on puisse dire du renchérissement solidaire de la vie dans la société européenne, Turin ne me paraît pas bien gravement atteint par le fléau. — Voici la carte de mon déjeuner de ce matin dans le premier restaurant de la ville :

Un bifteck, — un macaroni, — une tasse de café, — un carafon de vin et du pain, — total : 29 sous.

Je vous parle des Frères-Provençaux de l'endroit. Si on voulait descendre du rang des dieux au niveau des commis voyageurs de troisième ordre, il est probable qu'on trouverait encore la vie au rabais.

Mais, il faut bien le dire, cette victuaille est des plus médiocres. — Les Italiens sont absolument indifférents aux jouissances gastronomiques, et il n'est pas étonnant que Rossini, un Italien gourmand par exception, ait pris le parti de renoncer à la musique pour faire de la cuisine. — Il faut, dans ces pays, se contenter de ce qu'on vous donne : vous payeriez un bifteck mille francs, que vous ne l'obtiendriez pas ; il y manquerait toujours le bœuf, les pommes de terre cuites à point, et surtout le cuisinier.

La librairie française et italienne occupe une place importante dans le commerce et les étalages de Turin. On y rencontre la collection Lévy, la collection Hachette, la collection Hetzel, de Bruxelles ; puis des traductions de nos auteurs, avec des annonces, des commentaires et des sous-titres qui feraient crever de dépit l'agence de M. Panis. — Je ne manquerai pas de rapporter en France un exemplaire de *la Dame aux camellias*, orné d'une gravure sur bois qui représente madame Doche à son lit de mort, bénissant les deux Dumas, père et fils. — Le plus jeune des Dumas est assez calme et prend des notes ; mais son père, inconsolable, s'arrache tant de cheveux, que je doute qu'il lui en reste pour toutes les pièces de son fils.

Comme répercussion du mouvement français à l'étranger, j'ai oublié de vous dire qu'à Aix, j'avais entendu exécuter sur une vielle l'atroce *Franc-Boisy* traduit en savoyard.

D'autre part, cependant, on souffre à Turin, bien plus que dans les autres villes d'Italie que j'ai visitées, d'une interruption de relations avec la France. — Les journaux français sont ici excessivement rares. — Les *Débats*, *la Presse* et *la Patrie*, voilà tout ce qu'on rencontre dans quelques cafés, où il est même assez difficile de se les procurer; — car, lorsqu'un Italien tient une de ces feuilles, il en a pour sa journée. — J'en suis donc réduit à lire ou à épeler les journaux italiens : — j'y apprends, à la vérité, des choses assez neuves, à savoir, par exemple, que le maréchal Pélissier est d'origine italienne, étant né à Livourne, vers 1790. — Il s'appelait alors Pelissa, et a pris le nom de Pélissier en entrant, en 1811, au service de la France.

Je suis bien médiocrement renseigné sur les affaires d'Espagne, mais je me rassure en lisant dans *la Patrie* qu'il n'y a plus, dans ce pays, que trois combinaisons : la réaction absolutiste, la démocratie républicaine ou la monarchie libérale! — *La Patrie* appelle cela une simplification : — au premier abord, cela m'avait paru une complication.

Je crois vous avoir suffisamment expliqué ce qu'on trouve à Turin. — Ce qu'on n'y trouve guère, c'est un établissement de bains. — Il m'a fallu déployer mille intrigues pour en découvrir un. — La noblesse probablement se lave à domicile ; mais le reste?

Il est vrai qu'il y a sur le Pô une école de natation ; — mais les eaux du Pô ne sont pas toujours appétissantes : — je n'ai jamais rien vu de pareil à ces eaux d'un jaune qui incline au rouge; — on dirait que cette rivière roule dans son lit le sang de toutes les armées immolées sur ses rives depuis l'antiquité jusqu'à nos jours.

A l'extrémité du Pô, on trouve une espèce de bourg qui conduit dans la banlieue de Turin. — Il y a là un boulevard planté d'arbres qui rappelle assez notre boulevard extérieur. — Les guinguettes, les danses en plein vent, les rafraîchissements, les pâtisseries d'occasion et les diseurs de bonne aventure y attirent la population faubourienne et les soldats. J'y ai vu, un dimanche, la foule aussi compacte qu'aux Champs-Élysées dans nos jours forains.

Il y a à Turin huit théâtres : le théâtre Royal, le théâtre Carignan, le théâtre Gerbino, le théâtre National, le théâtre Lupi, le cirque

Sales, le théâtre d'Aquila et le théâtre d'Angennes. — Le théâtre Royal n'ouvre que pendant le carnaval ; — Carignan et Angennes (ce dernier exploité par une troupe française) sont fermés présentement; — Aquila est une espèce de Lazari ; — les autres jouent d'une manière intermittente.

Après un orage qui avait rafraîchi la température, je me suis risqué au théâtre Gerbino. On jouait *la Norma*. Contre mon attente, la salle était comble. Je n'ose dire que le chef-d'œuvre de Bellini ait été exécuté aussi bien que je l'ai entendu à Paris ; — mais j'ai toujours pris un plaisir vif à entendre la musique italienne en Italie. Elle est là dans son atmosphère et y conserve un accent original que perd tout ce qui est transplanté. — A Paris, c'est le public qui manque aux chanteurs italiens, je parle de ce public ardent et enthousiaste qui est en communication constante avec les exécutants. — Aussi, quoique les artistes fussent médiocres peut-être, jamais les langueurs élégiaques de Bellini ne m'avaient autant touché ; — je dois dire aussi qu'une femme dont j'ignore le nom, un de ces talents de second ordre qui usent leur âme sur les petites scènes italiennes, donnait aux incantations de la druidesse un sens orageux et des attitudes de pythonisse d'un style supérieur peut-être à celui de la Grisi.

Au bout de trois jours d'expérience, je demeurai convaincu que la rue du Pô me conduirait toujours, soit à la piazza del Castello, soit à la piazza Vittorio-Emmanuello : je fis mon examen de conscience, et je reconnus que ce petit travail d'écureuil devenait monotone. Alors je poussai le cri des braves : « En avant ! »

Pour nous autres Parisiens, qui n'attendons rien d'une civilisation supérieure à la nôtre, tout le charme du voyage est dans la nouveauté des objets. Le jour où la physionomie d'une ville ne nous réserve plus une surprise, il faut partir.

C'est à Milan que m'appelle mon itinéraire. On va de Turin à Novare en trois heures par une voie ferrée ; à Novare, on trouve une diligence, servie par les chevaux de poste, qui ne met pas moins de cinq heures à franchir une dizaine de lieues. — Pour mon compte, je ne m'en plains pas ; j'avais pris place sur l'impériale avec le conducteur, et j'avoue que, pour quelques heures, j'étais bien aise d'en revenir à ce vieux mode de locomotion qui nous met en familiarité plus intime que le chemin de fer avec le pays qu'on parcourt. — On a bientôt atteint un pont sur le Pô qui est la limite des États sardes. — Il n'est pas, d'ailleurs, permis de l'ignorer ; car, outre que vous apercevez déjà un poste autrichien, des écussons portant l'aigle bicéphale vous avertissent que vous êtes sur les terres de S. M. I. et R. — Je ne puis, du reste, que lui en faire mon compliment. Ces fameuses plaines de la Lombardie n'usurpent pas leur réputation de fertilité. On dirait un vaste verger.

En entrant à Milan par la porte occidentale, la première chose qui se présente à l'œil, c'est la place d'armes et la citadelle. — Sur un des flancs de celle-ci, s'élève l'arc de la Paix, ce qui met assez en relief l'adage : *Si vis pacem, para bellum.* — Cet arc triomphal, moderne et si fameux, construit tout entier des marbres les plus rares, avait été commencé en 1805 pour Napoléon ; — il a été définitivement inauguré en 1839, au couronnement de l'empereur Ferdinand Ier. L'histoire ne se lasse pas de donner ses leçons, et je ne sais pourquoi elle y met tant de persistance, puisque personne n'en profite.

L'aspect de Milan est tout différent de celui de Turin : autant ici les rues sont calmes et rectilignes, autant là elles sont sinueuses et tourmentées. — C'est qu'en effet tous les peuples et tous les siècles ont passé par cette ville de Milan, chacun y laissant sa trace, qui subsiste, sauf toutefois celle des Romains, dont il ne reste rien que les ruines de quelques thermes. Mais, au milieu des constructions neuves, vous trouvez à Milan une foule de ces vieux palais à portiques profonds, à colonnades intérieures, avec fresques naïves, qui datent depuis le IXe jusqu'au XVIe siècle, et qui ont pour type le Campo-Santo de Pise.

La plupart de ces édifices sont aujourd'hui consacrés à l'administration civile et militaire. — La vie est ailleurs, dans une rue où dominent les constructions modernes, qu'on appelle le *Corso Francesco,* et qui règne depuis le Dôme jusqu'à une galerie couverte dont la physionomie extérieure rappelle beaucoup celle de Saint-Hubert, à Bruxelles. — C'est là, dans le parcours d'une centaine de mètres, que s'épanouissent tout le luxe et tous les loisirs de Milan. — A dix pas de là, de quelque côté que vous vous tourniez, vous rencontrez des petites places aussi désertes et aussi mortes que cette bonne ville de Pise dont je parlais tout à l'heure, et qui semble elle-même ensevelie dans son Campo-Santo. — Il faut en excepter toutefois la place de la *Scala*, sur laquelle règnent deux ou trois cafés toujours pleins — même en ce temps-ci où la Scala est fermée — de dilettanti, de ténors, de barytons et de basses profondes. — On n'entend là que des roulades et des exercices de vocalisation.

Donc, pour quiconque n'a ni le loisir ni la volonté de fouiller les archives du vieux Milan, une reconnaissance à vol d'oiseau dans le Milan moderne est bientôt faite. On va au Dôme — on revient du Dôme — et on retourne au Dôme, toujours en suivant le *Corso Francesco.* Hors de là, il n'y a pas de salut. Je me rappelle d'avoir lu, il y a une quinzaine d'années, un feuilleton un peu plus que paradoxal où un touriste, en guerre ouverte avec le gothique, se vantait d'avoir passé huit jours à Milan sans avoir vu le Dôme. C'est tout simplement impossible : — on n'évite pas plus le Dôme à Milan que la mer à Naples. — Ici, le Dôme mène à tout, et tout mène au Dôme.

Si vous me demandez ce que je pense du Dôme en lui-même, je vous renverrai tout simplement à un livre de Théophile Gautier, *Italia,* où vous trouverez, avec la couleur et le relief qui n'appartiennent qu'à cet écrivain, un commentaire savant de cette vaste dentelle de pierre. — Il faut sentir ces œuvres-là comme les sent Gautier, il faut surtout avoir comme lui, à sa disposition, tout un vocabulaire architectonique pour en parler décemment. Moi, j'ai vu le Dôme et ses cent huit clochetons, et je ne sais qu'en penser, ni surtout qu'en dire. — Est-ce plus beau que bizarre? — est-ce plus hardi que beau? — Je ne sais; — ce que je comprends parfaitement, c'est que c'est précieux, parce que cela ne peut plus se refaire.

J'ai calculé que, depuis deux jours que je suis à Milan, j'avais fait cent cinquante fois le parcours du Dôme au café de l'Europe, *et vice versâ.* — Je crois que je connais suffisamment Milan, et, comme il y fait chaud (les Italiens disent *caldo*, je ne sais pourquoi), comme le lac de Côme m'attire, je suis très-convaincu que le soleil couchant ne me surprendra pas demain dans la capitale du royaume lombardo-vénitien. — Encore, si la Scala était ouverte, j'aurais à vous rendre compte de cette salle de spectacle, une des plus vastes, dit-on, de l'Europe, mais qui doit, malgré tout, causer peu d'étonnement à celui qui a vu Carlo-Felice, à Gênes. — Mais la Scala est fermée, et n'ouvre, comme le théâtre Royal à Turin, que pendant le temps du carnaval.—Il n'y a en ce moment-ci en activité, à Milan, que deux théâtres : — le théâtre Carcano, où j'irai ce soir entendre un opéra de Mercadante, *Leonora* (la Lénore de la ballade allemande) ; — puis l'*Amfiteatro*, dont voici l'affiche pour ce soir :

TERESA

Applauditissimo ed acclamato dramma in 5 atti,
scritto dalla celebre penna
di
ALESSANDRO DUMAS.

LV

De Milan à Venise. — Les chemins de fer italiens. — Le parcours. — Les cachets autrichiens. — L'imagination et la réalité. — Entrée nocturne à Venise. — Chapitre terrible où le chroniqueur doit la vie à son chapeau. — Venise entrevue. — Une nuit sans moustiques, mais troublée par des songes. — Le canon et l'aurore. — La place Saint-Marc. — La basilique. — Les Procuraties. — Le café Florian. — Les petites industries. — Les bouquetières. — Les décrotteurs. — La Piazzetta. — Le grand canal. — Une féerie.

14 août.

En réservant le lac de Côme pour le retour, je me suis dirigé de Milan à Venise. — Le trajet entre ces deux villes, sauf une section entre Treviglio et Brescia, se fait en onze heures par une voie ferrée. — En Italie comme en Allemagne, les premières places des chemins de fer sont absolument abandonnées : les compagnies n'ont pas inventé, dans ces pays-là, des secondes inabordables, pour forcer la recette des premières : — les compartiments italiens sont établis d'après un système qu'on étudie encore en France ; — on y monte de face par un escalier bien autrement praticable que notre barbare marchepied : — un couloir de circulation traverse le compartiment dans toute sa longueur ; vous trouvez là des siéges vastes et commodes, garnis en cuir, sur lesquels un sybarite pourrait reposer vingt-quatre heures sans sentir ses feuilles de rose se replier. — Les premières n'ont sur les secondes que le frivole avantage d'une ornementation plus luxueuse ; — on y trouve des glaces, mais il faudrait avoir la confiance d'Adonis pour payer le plaisir d'y réfléchir son image. — Aussi, le voyageur qu'on rencontre aux places d'élite se signale, par cela seul, comme un touriste de la première candeur. Il n'a de comparable que l'Anglais qui, à l'Opéra, paye son billet de bal dix francs au bureau, quand tous les gantiers et les débitants de tabac en vendent à six francs.

Nous traversons les plaines de plus en plus fertiles de la Lombardie : la culture dominante est celle du maïs, dont la tige atteint là jusqu'à sept pieds de hauteur. C'est d'un effet charmant à l'œil. — Nous traversons des villes, des bourgs, Peschiera, forteresse célèbre, Vérone, Padoue ; — partout, les agents autrichiens ajoutent à notre passe-port l'ornement d'un nouveau cachet. Du reste, ce contrôle n'a rien de fiscal comme dans d'autres parties de l'Italie. L'Autriche donne ses timbres et ne les vend pas. — Enfin, à une heure du matin, c'est avec l'émotion naïve d'un enfant qui n'aurait rien vu de sa vie que j'entends le conducteur crier : « Venise ! »

Toutes les choses humaines m'ont toujours paru un peu surfaites par l'imagination ; une certaine déception nous attend toujours quand nous touchons aux objets que nous avons rêvés : Venise seule demeure au-dessus de toute attente, et je dois à cette ville merveilleuse la surprise la plus émouvante que j'aie ressentie de ma vie. Théophile Gautier recommande cette entrée de nuit à Venise. — Je fus admirablement servi par les circonstances : — tous mes compagnons de voyage couchaient apparemment en terre ferme : — ce que je sais, c'est qu'ayant pris une gondole, je me trouvai seul, à deux heures du matin, aux prises avec la plus étonnante navigation qu'il ait été jamais donné aux hommes d'inventer. — La gondole glissait sur l'eau sans bruit, avec une discrétion dont les gondoliers vénitiens ont seuls le secret.

Nous traversions ce réseau de petits canaux, que je conçois bien maintenant, mais qui, alors, me paraissaient une invention diabolique. — Ces canaux baignent des rues si étroites, que deux gondoles peuvent à peine y passer de front; — nous tournions et nous tournions sans cesse dans ce labyrinthe aquatique, passant sous des ponts jetés d'une fenêtre à l'autre, sans fanal, dans cette nuit obscure, qu'éclairait parfois dans le lointain une lumière douteuse, comme celle qui guide les chevaliers à la recherche d'un palais enchanté. — A cette heure de nuit, dans cette ville inconnue et bizarre, toutes les apparitions prenaient un caractère fantastique. Sur un pont, deux officiers autrichiens se tenaient immobiles, regardant passer la gondole. Grâce à leur uniforme blanc, je n'hésitai pas à les prendre pour deux fantômes.

Du débarcadère au grand canal, cette navigation, Dieu en soit loué, dure au moins une demi-heure. — Le silence étrange de cette ville unique n'était interrompu que par les interpellations qu'échangeaient, en patois vénitien, les deux gondoliers placés à la proue et à la poupe. Un moment, je crus les comprendre, et il me sembla qu'ils se disaient : « Voilà un étranger qui doit être cousu d'or; si nous le coulions sous le pont des Soupirs?... Personne ne le connaît, personne ne le réclamera, et nous sommes ses héritiers naturels. »

Il me sembla aussi que le gondolier de la poupe, inspiré d'un rare bon sens, répliquait : « Eh ! que veux-tu faire d'un voyageur qui a un si vilain chapeau gris ?... Ne vois-tu pas que c'est un des barbouilleurs de papier qui viennent, toute l'année, dessiner la Piazza et la Piazzetta? Menons-le coucher, et souhaitons-lui une bonne nuit et un meilleur chapeau. »

Je demeure convaincu que mon chapeau m'a préservé des horreurs que méditait le gondolier de la proue, et, par reconnaissance, je le porterai toute ma vie. — Je demande seulement à le faire retaper.

Nous débouchâmes, tout à coup, dans le grand canal, et, là, de nombreux becs de gaz offrirent à mes yeux éblouis un morceau de la féerie vénitienne. — C'est donc bien vrai ! il y a une ville au monde qui n'est que marbres, palais, statues. — Quels enchanteurs ont fait surgir de la mer ces merveilles que j'avais jusque-là reléguées dans le domaine des fictions?

J'avais indiqué au gondolier l'hôtel de l'Europe. — Le concierge nous signifia qu'il était *occupato*. — Nous poussâmes jusqu'à l'hôtel Danieli, le plus classique de Venise, et, là, je trouvai une chambre.

Deux heures sonnaient quand je me mis au lit : — on m'avait beaucoup effrayé des moustiques et aussi

Des punaises
Bien aises,
De pouvoir, d'un jeune étranger,
Manger.

Je n'ai pas vu trace de ces hôtes incommodes. Mais mon incursion nocturne dans la ville et tout l'appareil de la Venise mystérieuse et scélérate chantée par le mélodrame avaient laissé dans mon cerveau des impressions obstinées : — mon sommeil fut celui de l'acteur qui s'agite sur un accessoire, avec musique en sourdine à l'orchestre, tandis que le fond du théâtre s'ouvre pour lui dévoiler un rêve en action. — Mon rêve fut celui-ci :

Les douze Autrichiens qui, depuis la frontière, avaient déposé des timbres sur mon passe-port, étaient rangés en ligne, tenant une torche à la main. — Leur chef s'approcha de moi. Par une de ces bizarreries si communes dans les songes, cet inquisiteur avait la tête et la voix un peu voilée de Grassot. Il me parla en ces termes :

« Et gnouf, gnouf, gnouf! — Nous venons donc surprendre les secrets de Venise? Nous prenons l'aigle d'Autriche pour une autruche? — Et tout cela pour écrire dans des petits papiers! — Ah! ah! ah! nous allons voir. — On me prend pour un baladin, — moi dont les ancêtres ont épousé la mer! »

J'étais bien aise de rencontrer Grassot, et je voulus m'en faire reconnaître.

« Gnouf! gnouf! gnouf! pas de familiarité, reprit le farouche inquisiteur. — Nous ne sommes pas ici pour jouer des pièces de Labiche. — Tu as pénétré dans Venise malgré la défense des inquisiteurs d'État. — Nous allons te décoller; — à moins que tu ne préfères boire l'eau du grand canal pour t'en retourner à pied sec à Paris. — Tu refuses de boire le canal? — Alors, nous allons te décapiter sur le grand paillasson de l'escalier des Géants, comme Marino Faliero. — Cela fera plaisir à Marc Fournier. — Coupart! dites à vos hommes de se tenir prêts. »

La scène changea subitement. — Je me trouvai sur un grand radeau. — Je rencontrai là Paul de Saint-Victor. — Je lui contai mon affaire en le priant de faire mes adieux à ma famille. — Je le chargeai aussi d'avertir les directeurs de ne plus m'envoyer de stalles pour les premières représentations. Saint-Victor se mit à rire :

« C'est la première fois que vous venez à Venise, me dit-il ; — eh bien, c'est votre baptême du tropique...

— Comment?

— Oui; — il y a ici une société de farceurs qui promènent les étrangers nouvellement débarqués dans les horreurs ténébreuses de la Venise de l'Ambigu. — Tout cela finira demain par un déjeuner. — Vous avez bien reconnu Grassot? C'est le vice-président de la société, dont le président est Donvé. »

J'embrassai Saint-Victor et je m'éveillai. — Il y a toujours dans les rêves des impressions de la vie réelle qui surnagent sur ces abîmes de folie. — Saint-Victor se rencontrait là probablement parce que, à Paris, il m'avait annoncé qu'il me retrouverait à Venise. — Quant à Donvé, son intervention était encore plus logique. — La veille même de mon départ de Paris, le tapissier de l'Opéra, l'excellent Duval, un Mécène en palissandre, donnait à Courbevoie un gala de soixante couverts où je rencontrai Donvé, ce dernier des troubadours, qui chanta diverses gaudrioles en s'accompagnant de la guitare. — Venise, — guitare, — vous voyez la liaison des idées.

Le lendemain, j'étais sur pied dès l'aube. — A Venise, le bon vouloir des gens vertueux qui aiment à voir lever l'aurore est encouragé par un bâtiment autrichien en station dans la lagune de l'ouest qui, tous les matins, annonce le soleil par un coup de canon. — Je louai une gondole à la journée. — Le premier jour, il n'y a pas autre chose à faire. — Plus tard, on parvient à s'orienter dans ce réseau de petites rues et dans les îlots, reliés par des ponts, où les indigènes circulent toujours à pied sec; — mais, au début, on ne saurait faire un pas dans Venise si on n'avait une gondole à ses trousses. — D'ailleurs, dans tous les temps, la gondole est de rigueur pour parcourir la grande artère et le siége de toutes les merveilles de Venise, — le grand canal.

Naturellement, je courus tout d'abord à la place Saint-Marc. — La fameuse basilique est là : je ne vous la décrirai pas — (relisez *Italia*). — Je me bornerai à vous dire que, quand on ne connaît ni la Sainte-Sophie de Constantinople, ni les étonnantes découpures de l'Alhambra, on ne peut se faire aucune idée de ce style gréco-byzantin, mêlé d'arabe, qui se signale dans la basilique et le palais ducal. — C'est quelque chose de tout à fait nouveau et surprenant pour les hommes du Nord occidental, qui ne connaissent que l'art grec ou romain, la renaissance ou le gothique.

La place Saint-Marc, proprement dite la Piazza, forme un carré long assez semblable au Palais-Royal. — La Basilique et une moitié du palais ducal, un peu masquée par la tour carrée ou campanile de Saint-Marc, ferment un des côtés du carré; — les trois autres sont occupés par des galeries à arcades qu'on appelle les Procuraties. C'est là le centre de toutes les élégances et de tous les loisirs de Venise. C'est là qu'on rencontre ce fameux café Florian, qui est à la fois une Bourse, un foyer et un lieu de rendez-vous universel. — On dit que le café Florian n'a jamais fermé: — ce qu'il y a de certain, c'est que, cette nuit, en revenant de la Fenice, à deux heures du matin, j'y ai trouvé des gens qui prenaient des glaces avec autant de sérénité qu'en plein midi.

Toute la journée et une partie de la nuit, on rencontre sous les Procuraties, un incroyable fourmillement de Vénitiens et de cosmopolites. — Là, on demande des glaces, des sirops de cerise, des limonades dans tous les idiomes connus; car, à Venise, on ne fait pas trente pas sans s'offrir à soi-même un rafraîchissement qu'on accepte toujours.

Toutes les petites industries parasites circulent sous les Procuraties et contribuent à leur donner une physionomie orientale. — Des Levantins vous offrent des parfums et des essences de Constantinople; — des juifs vous proposent leurs éternels petits canifs; —

comme à Florence, deux ou trois bouquetières viennent tous les matins, au café Florian, fleurir notre boutonnière. — Ce petit commerce se fait avec beaucoup de grâce et de discrétion ; — la fleuriste qui a adopté un étranger lui donne tous les jours son petit bouquet, et s'éloigne rapidement sans jamais rien demander. — Le jour du départ seulement on lui donne une pièce de monnaie dont elle est toujours satisfaite. — Il n'y a qu'une industrie que je n'ai jamais pu comprendre dans cette ville, tout entière pavée de dalles comme une église et où, même en admettant la pluie, la boue est chose inconnue, c'est l'industrie des décrotteurs. — Cependant, à chaque pilier des Procuraties, on rencontre un de ces fanatiques amants de la propreté de la chaussure. — Mais aussi il faut voir quelle diplomatie ils déploient pour se procurer un client. — Vous êtes au café Florian, lisant un journal : vous levez les yeux et vous voyez un farceur qui contemple d'un air triste votre bottine.

« O signor ! — poussière... pauco... poussière...

— Non... laissez-moi.

— O signor...

— Mais laissez-moi donc... »

Ici, le décrotteur se jette à vos pieds.

« O signor ! — pour l'honneur de Venise... »

Vous êtes vaincu, et, pour l'honneur de Venise, vous laissez cirer vos bottes et un peu votre pantalon.

Quand il s'agit d'un Vénitien, la formule est différente ; — le décrotteur se prosterne comme ci-dessus, en s'écriant : « O signor, que diraient les doges, vos aïeux, s'ils vous voyaient en cet état ? »

Enfin, quand le décrottage ne peut s'opérer, ni par l'insinuation, ni par la violence, il s'accomplit par la ruse ; — un jeune Vénitien de quatre ou cinq ans, gros comme un moustique, se glisse sous votre table ; — un farfouillement insensible vous avertit à la longue de la présence d'un corps étranger sur votre botte ; mais, quand vous découvrez le délinquant, le délit est consommé. — Je répète que la boue est une chimère à Venise, et que les décrotteurs n'y peuvent vivre qu'à force de génie et d'invention. — Mais ce n'est pas toujours une explication suffisante de la manie qu'ils ont de cirer les pantalons jusqu'à la naissance du mollet.

Toutefois la Piazza n'est qu'un lieu de réunion dont l'horizon est borné : — le point de vue merveilleux est à la Piazzetta, ou petite place, qui lui donne accès en venant du canal. — Là, en tournant le dos à Saint-Marc, vous avez : à gauche, le palais ducal ; — à droite, le palais impérial ; — en face, les deux colonnes si célèbres, — le grand canal, — et, de l'autre côté de ce canal, l'église Saint-Georges, qui semble gracieusement accroupie dans la lagune. — C'est là, au môle, qu'il faut s'embarquer pour suivre les sinuosités du canal dans le sens du Rialto. — Tous les palais de Venise sont là qui vous regardent passer ; — tous les grands noms de la ville des doges sont attachés à ces marbres, autrefois pleins de bruits et de fêtes, et aujourd'hui pour la plupart sombres et abandonnés.

Parfois, cependant, Venise semble sortir de ce sommeil et se souvenir. — Demandez à Eugène Guinot, que j'ai rencontré ici, quelle impression nous a laissée la soirée du dimanche 3 août. — Nous étions sur le canal : au delà du Rialto, nous rencontrâmes une immense gondole, parée de fleurs, qui portait des musiciens invisibles, — la musique d'un régiment autrichien. — Une centaine de gondoles éclairées de ces feux de couleur que nous appelons flammes de Bengale, suivaient la sirène harmonieuse ; — les marbres baignés dans les lueurs immenses et phosphorescentes, apparaissaient comme ces palais enchantés que les génies évoquent des flammes. — Sous les baldaquins de leurs palais, des femmes vêtues de mousselines diaphanes et penchées dans des attitudes molles et vaporeuses, semblaient les fées de ce beau conte adriatique. Rien ne peut rendre l'enivrement d'une pareille scène, dont Venise garde le secret. « En effet, dit très-bien Théophile Gautier, Venise est un drame dont les acteurs ont disparu ; mais la décoration est encore debout. » — Et quelle décoration !

On ne rend pas compte de Venise comme d'un vaudeville. — On voudrait se borner, on est débordé. — Aussi bien je ne demande qu'à rester ici quelques jours encore. — Après vous avoir communiqué mes premières impressions, je me propose, à une prochaine entrevue, de vous initier plus familièrement aux splendeurs de cette étonnante féerie.

LVI

La chaleur à Venise. — Le commerce. — Les boutiques. — Le Lido. — Les bains de mer. — Les marchands italiens. — Un couvent arménien. — Excursion sur le grand canal. — Le palais ducal. — La bouche de fer. — Les prisons. — Le pont des Soupirs. — Théorie sur Venise. — Les palais. — Le Rialto. — Les marchés. — Le comte de Chambord. — La duchesse de Berry. — Leurs palais. — Souvenirs historiques. — L'Académie des beaux-arts. — Les collections particulières. — La collection Correr. — Les théâtres. — La Compagnie française à Venise. — Mademoiselle Laurentine. — La Fenice. — Débuts de madame Medori. — Le passé et l'avenir de cette chanteuse. — Le dilettante vénitien. — Constitution des théâtres en Italie. — Adieux à Venise.

21 août.

Il fait chaud à Venise, mais la chaleur n'y est pas écrasante comme à Paris. — Le thermomètre monte en ce moment comme chez nous à trente degrés; — mais, en Italie, dès qu'on s'approche d'une des deux mers qui baignent la Péninsule, on reçoit des brises rafraîchissantes qui, dans l'après-midi, tempèrent l'atmosphère.

A Venise, quand le môle et la place Saint-Marc sont inabordables, le touriste se réfugie dans le réseau des petites rues coupées par les canaux. — Il y a là aussi beaucoup à voir et à observer.

C'est là qu'on rencontre tout le commerce et les boutiques de Venise, dont il n'y a pas vestige sur le grand canal, peuplé uniquement de palais. — La circulation y est très-active; — les rues, emmêlées comme un peloton de fil, aboutissent à des carrefours ou petites places où l'on trouve soir et matin des chanteurs et des baladins, et toujours aussi des cafés, des osteria, des gens qui mangent et qui boivent. Là aussi, on rencontre des ruelles sordides où Shylock a dû faire son commerce de chair humaine.

Mais revenons au grand canal.

Je suppose que vous êtes en gondole, tournant le dos au golfe Adriatique; — vous laissez derrière vous le Lido, langue de terre sablonneuse, qui ne mérite ni sa renommée ni son nom poétique. Le Lido conduit à la pleine mer, où l'on se baigne; mais où rien n'a été disposé pour rendre cet exercice agréable... Un établissement pareil à ceux qui règnent sur les côtes de la Manche et de la mer du Nord ferait indubitablement fortune ici. Mais il faudrait y songer, intéresser des capitaux dans cette entreprise, et, si des Français ou des Anglais ne sont pas tentés de le faire, les Italiens ne s'en aviseront jamais. — Je retrouve sur la côte de l'Adriatique les Italiens tels que je les ai trouvés sur la côte de la Méditerranée, incapables de cet effort héroïque qui consiste à dévouer, pendant un certain nombre d'années, sa vie au public, pour se faire une fortune et se reposer. — Les Italiens aiment mieux se reposer tout de suite. — Les patriciens, riches pour la plupart, sont absolument étrangers à ces fièvres de spéculation qui agitent les sociétés du Nord. — Les classes moyennes ont peu de besoins, peu d'ambition et peu d'invention... Les cafés sont ici la seule industrie organisée. Tout le reste rappelle beaucoup l'activité de Pompéi et d'Herculanum, deux villes dont les marchands ont dû se trouver bien heureux, le jour où ils ont été ensevelis sous la lave. Cette combinaison les dispensait à tout jamais de la nécessité de vendre leur marchandise au public; ce que le boutiquier italien a en horreur!

En revenant du Lido, sur un îlot situé dans la plus grande largeur de la lagune, on visite un couvent de moines arméniens, où l'on rencontre d'intéressants souvenirs de lord Byron, qui y a passé six mois dans l'étude et dans la méditation.

Maintenant, nous entrons dans le grand canal, et nous ne le quitterons plus. — En suivant la rive droite, nous arrivons bientôt au môle. C'est le moment de débarquer entre les deux colonnes de Saint-Marc, d'aborder à la Piazzetta, et de visiter le palais ducal.

On monte au palais ducal par l'escalier dit des Géants, à cause de deux statues placées au sommet et qui n'ont cependant rien de bien gigantesque. Une tradition obstinée veut que Marino Faliero ait été décapité sur l'escalier des Géants. Mais le plus vulgaire cicerone vous fait remarquer que cet escalier est une construction postérieure de deux siècles à la tragique aventure du doge. C'est, paraît-il, au sommet de l'escalier parallèle qu'il faut chercher le lieu de cette exécution.

Ce qui confond en entrant dans les salles du palais ducal, c'est l'admirable conservation des dorures et des peintures. Tout est encore en place ; le doge, les sénateurs peuvent remonter sur leurs siéges, recevoir les ambassadeurs, délibérer sur les affaires de la république : — voilà la chambre du grand conseil, voilà la salle des Dix et des inquisiteurs d'État ; — voilà, dans l'antichambre de cette dernière salle, la fameuse bouche de fer : la garniture de bronze en a été arrachée, mais l'ouverture subsiste ; elle peut recevoir des *plis* qui viendront se loger dans la cavité de la muraille, où les curieux plongent la main. — J'avais vu, dans divers mélodrames, la bouche de fer sur la place publique ; je conviens qu'elle était là mieux à sa place, et que les délateurs devaient être quelque peu gênés de venir déposer leurs lâchetés dans l'antichambre des Dix.

Une des salles d'attente est tapissée de cartes géographiques auxquelles leur date donne le plus vif intérêt. On y voit une figuration de la terre avant la découverte de l'Amérique, c'est-à-dire avec un seul hémisphère ; — des représentations des conquêtes de Venise et des voyages de Marco Polo ; — puis d'anciens plans de Venise qui démontrent que, dès le XVe siècle, la ville était dans toute sa splendeur. — A cette date, on y trouve la figuration de tous les palais célèbres aujourd'hui existants. Seulement, le pont du Rialto est figuré en bois.

J'ai voulu voir, naturellement, les fameuses prisons du palais ducal, le pont des Soupirs, etc. Les cachots de Venise ressembleraient à tous les cachots, s'ils n'avaient un revêtement en bois qui préservait le prisonnier de l'humidité. — Vous croyez que je plaisante? Allez-y voir ! — Si je voulais partir de ce fait pour déduire tout une théorie, je me trouverais entraîné trop loin. Mais il y aurait à se demander un jour sérieusement si des hommes qui, pendant six siècles, ont dominé le moyen âge et la renaissance par le génie des arts autant que par la guerre, ont pu, de toute tradition, se transmettre ce rôle de geôlier, d'inquisiteur et de tourmenteur que leur attribue invariablement la littérature fantasmagorique. — On montre, à la vérité, un couloir plongeant par une baie dans le canal ; — dans le couloir, il y avait un fauteuil ; dans le canal, une gondole ; — les criminels d'État, exécutés secrètement, s'asseyaient dans le fauteuil, et y étaient étranglés par une mécanique ingénieuse qui rappelle la garrotte des Espagnols. — De là, le supplicié passait sur le canal, et vous devinez le reste. — Vous voilà contents, lecteurs ; vous retrouvez votre Venise, que j'avais un peu dérangée par mes inductions optimistes. Mais considérez un peu quels étaient les temps, et comment, aux mêmes époques, les choses se comportaient dans le reste de l'Europe. — Vous verrez peut-être alors que Venise était au diapason, et rien de plus.

Au surplus, je ne suis pas devenu un érudit, Dieu m'en garde ! — Je dis seulement qu'il y a là peut-être une histoire à refaire : on peut la refaire avec d'autant plus d'impartialité, que les doges et leurs complices ont laissé les documents les plus compromettants, savoir : des procès-verbaux de leurs délibérations et des procès criminels. — Tout cela est chronologiquement rangé dans la bibliothèque de Venise ; — on n'a qu'à puiser. Cela a dû être fait, à la vérité, mais jamais peut-être dans l'esprit de saine critique que j'indique.

J'oubliais de vous parler du *pont des Soupirs*, dont la signification spéciale est reconnue par tout le monde une farce dans le genre de celle que Grassot voulait me faire le jour de mon arrivée à Venise. — Le pont des Soupirs est un chef-d'œuvre d'art, ce qui n'est pas un crime : — jeté sur le canal qui sépare les prisons du palais ducal proprement dites et les prisons ordinaires, il servait aux communications des accusés avec le tribunal suprême. — Il est, par conséquent, fermé et prend le jour cependant par deux rosaces ménagées au milieu. Que des prisonniers aient beaucoup soupiré en traversant ce pont, cela est bien probable ; mais les ponts de Venise n'ont pas le monopole des soupirs.

Continuons à parcourir le grand canal.

Voici *le jardin royal*, un des rares bouquets de verdure qu'il y ait à Venise ; — l'office de santé ; — l'hôtel de l'Europe (ancien palais Giustiniani) ; — le palais Cornaro, premier du nom ; — le palais Barbaro (asile pour l'enfance) ; — le superbe palais Contarini ; — le palais

Moncenigo (demeure de lord Byron);— le palais Cornaro deuxième, un des quatre que mademoiselle Taglioni possède sur le grand canal; — la Poste, — l'hôtel de ville (ancien palais); — les palais Loredan, — Dandolo, — Bembo, — Manin; — et nous voici au pont du Rialto.

Sur le pont même sont établies des boutiques, comme autrefois sur le pont Neuf à Paris. Des deux côtés du Rialto sont les marchés les plus importants de Venise. — On rencontre là les poissons, les fruits, les verdures, les pastèques et tous les produits extravagants de la famille des cucurbitacées. — Le touriste qui visite Venise ne quitte guère la place Saint-Marc, et c'est un tort : il y a dans les centres populaires beaucoup de choses à observer, des mœurs primitives et nationales, effacées dans les hautes régions sociales, par le frottement et l'absorption d'une civilisation qui tend à tout uniformiser.

En deçà et au delà du Rialto, on trouve deux palais qui se signalent à ceux qui les cherchent par des poteaux bleus fleurdelisés.— C'est la demeure du comte de Chambord et de la duchesse de Berry. Ces deux palais, qu'on peut visiter en l'absence des maîtres, sont intéressants pour les hommes de toute opinion. On y rencontre à chaque pas des souvenirs des Tuileries, de Saint-Cloud et de l'Elysée-Bourbon. — La plupart des portraits de famille qu'on voit chez le comte de Chambord sont des copies tirées de la galerie de la duchesse sa mère; j'y ai vu, de plus, son propre portrait peint tout récemment par M. le baron Schwiter, et naturellement plus *actuel* que celui de M. Pérignon, qui a déjà huit ans de date.

La duchesse de Berry habite le palais Vandremi, qui a appartenu tour à tour au duc de Mantoue, à un duc de Brunswick, et qui porte les traces de ces diverses origines.

On trouve au palais Vandremi de très-curieux témoignages de la destinée si accidentée de la duchesse de Berry. — Des portraits des Bourbons de Naples attestent son origine. — Dans cette galerie, un portrait m'a beaucoup frappé : c'est celui de lady Hamilton, l'amie de Nelson et de Caroline de Naples, qui joua un rôle si aventureux dans la révolution de 1799.

La galerie française ne remonte pas au delà de Louis XIV. — On rencontre des Rigaud très-intéressants, représentant le grand roi, ses favorites, le duc et la duchesse de Bourgogne; — puis on arrive aux contemporains : Louis XVI, Marie-Antoinette, la duchesse d'Angoulême, le comte d'Artois, le duc de Berry, la duchesse elle-même, tantôt en habits de deuil, tantôt parée pour la fête du pavillon Marsan. — Une aquarelle très-curieuse représente la chambre de la duchesse à l'Élysée; — la princesse lit pendant que ses deux enfants jouent autour d'elle. — Quelques-uns des meubles indiqués dans ce dessin se retrouvent au palais Vandremi, entre autres un lit immense qui est celui de la princesse depuis son arrivée en France.

Dans une troisième série, on voit des portraits du comte de Lucchesi-Palli et des quatre enfants issus du second mariage de la duchesse : — trois filles, dont l'aînée a vingt ans, et un jeune garçon, le dernier de tous, qui peut avoir quinze ans. — Tous ces enfants sont nés en Italie, — la petite fille qui avait vu le jour à Blaye étant morte.

Le palais Vandremi est riche encore en curiosités de toute nature : — sur des étagères en bois sculpté, qui ont appartenu aux Visconti de Milan, on voit des porcelaines, des faïences et des verreries de toute origine et de toute date. — Un reliquaire bourbonien renferme des choses rares ou plutôt uniques, — entre autres un soulier de Louis XIV, sur le talon duquel Vanloo a peint une bataille.

Ajoutez à tout cela quelques beaux tableaux de l'école italienne, des Corrége, des André del Sarto,— et vous aurez une idée confuse, mais approximative, de la galerie du palais Vandremi.

Le mot galerie dont je me sers est impropre. Tous ces tableaux sont épars dans la familiarité des boudoirs, des cabinets de travail et des chambres à coucher; — mais, naturellement, les salons de réception en ont la meilleure part.

A Venise, la princesse reçoit beaucoup. — Deux cents personnes environ figurent habituellement à ses soirées.

En sortant du palais Vandremi, l'intérêt de l'excursion sur le grand canal nous invite à retourner vers Saint-Marc. — Alors, du côté opposé aux palais que nous venons de citer, on trouve encore un ancien palais où siége aujourd'hui le mont-de-piété et qu'habita Catherine Cornaro, la reine de Chypre; — les palais Giustiniani, — Barbaro, — Balbi (habité par Napoléon), — Araschoni (habité par don Carlos, car il semble que toutes les ruines viennent se consoler sur les ruines de Venise) ; — le palais Pisani, l'Académie des Beaux-Arts, l'église Santa-Maria dell' Salute, la douane maritime, et, au bout de cet édifice, une colonne surmontée d'une Fortune assez chimérique qui se tient en renommée sur un globe doré ; — enfin, l'église Saint-Georges, qui fait face à la Piazzetta.

Naturellement, nous marchons au pas de course sur les chefs-d'œuvre : tout cela est plein de tableaux, de statues et de curiosités. — Pour l'Académie, les Véronèse et les Titien, je vous renvoie à l'*Italia* de Théophile Gautier ; — pour les collections particulières, je vous renvoie à tous les *Guides*. — Je recommande seulement au touriste de visiter la collection Correr, pleine d'antiquités vénitiennes et de témoignages historiques, depuis l'origine jusqu'aux temps modernes, puisqu'on y conserve les bulletins d'élection du dernier doge, Manin. (Triste élection !)

Il y a à Venise une demi-douzaine de théâtres. — Deux seulement étaient ouverts à mon arrivée à Venise ; — la Fenice, ou grand Opéra, — puis un petit théâtre, Santo-Samuelo, où jouait la compagnie française de Turin. J'ai vu là *la Revanche de Lauzun* et *le Demi-Monde*. — J'y ai retrouvé la jeune Laurentine, du Gymnase, attachée pour trois ans à l'entreprise de M. Meynadier. Mademoiselle Laurentine a fait à Turin trois débuts brillants ; — les Piémontais, qui avaient d'abord pris ombrage de son arrivée et s'étaient crus menacés du règne d'une favorite, se sont rassurés en la voyant si jeune et si candide. — Toute cette troupe, qui est maintenant à Trieste, passera dans quinze jours à Milan et reviendra, en octobre, prendre ses quartiers d'hiver à Turin.

Quant à la Fenice, c'est un magnifique théâtre, trop magnifique peut-être et trop chargé d'or. — Je constate, en passant, que les théâtres d'Italie, que j'avais trouvés, il y a une dizaine d'années, plongés dans l'obscurité, brillent maintenant du plus vif éclat au soleil du gaz.

La grande affaire qui préoccupait le dilettantisme vénitien, c'était le prochain début de la Medori. La Medori est une Française née à Lille et sœur d'une chanteuse du nom de Clari, que nous avons entendue il y a une quinzaine d'années sur le théâtre de la Renaissance.

—La Medori a chanté un peu partout, en Italie, à Constantinople, à Vienne : — sa réputation est arrivée jusqu'à la rue Lepelletier, en passant par le ministère d'État : — dans quelques semaines, elle sera à Paris, où elle doit débuter vers la fin de septembre. — Un grand intérêt s'attache à ce début, car Meyerbeer, qui a entendu cette chanteuse à Vienne, croit tenir enfin *l'Africaine* qu'il cherche en Europe depuis quinze ans. — Seulement, l'illustre maëstro veut entendre la Medori dans sa musique : elle débutera donc dans Valentine des *Huguenots*.

Ici, à Venise, la Medori a réussi dans ces mêmes *Huguenots*, — et ne croyez pas que ce soit chose si facile. — Il y a, à la Fenice, bien des écueils autour d'une chanteuse ; il y a le parti autrichien, le parti italien et la coterie des *florianistes* (réunion du café *Florian*). — On ne rencontre plus qu'en Italie un type usé dans le reste de l'Europe, celui de dilettante. — Le dilettante est un homme de soixante ans, un peu sec, un peu râpé, déjeunant d'un petit pain dans une demi-tasse de chocolat, dînant problématiquement, et portant encore un *transparent* comme feu Spontini.—Cet homme n'a pas d'estomac : tout son organisme se compose d'une seule corde, une corde à boyau, qui vibre à tous les vents comme une harpe éolienne ; il n'a pas d'autre passion que la musique, et sa passion est un peu tyrannique. Le dilettante est à lui seul toute la presse musicale de Venise, et c'est au café Florian qu'il rend ses arrêts. Or, le feuilleton du café Florian est un peu comme le feuilleton parisien, — il a des prétentions ; il veut qu'on lui rende des visites, des hommages, et il n'admet pas qu'on réussisse sans son consentement. On expliquait par le travail des *florianistes* l'accueil un peu froid que la Medori a rencontré à sa première représentation. — Depuis, il faut le dire, la glace s'est rompue. A la seconde représentation, il y a eu trois rappels, et le public ne s'en serait pas tenu là, si les règlements autrichiens ne bornaient maintenant l'enthousiasme à trois manifestations.

Les théâtres en Italie sont constitués d'une façon très-funeste à leur prospérité. — Les salles appartiennent à la noblesse, qui paye seulement l'entrée dans les loges ; — mais il en résulte que, si la noblesse boude, si la noblesse voyage, les loges demeurent vides sans qu'on puisse en disposer. On remédie à cet inconvénient par un abonnement forcé au début de chaque saison ; mais ces mesures sont encore bien précaires et bien arbitraires. — Quant au touriste qui a loué une stalle, il est fort étonné lorsque, le soir, on lui demande le prix de l'entrée au théâtre. — Louer une stalle, c'est interdire à un autre le droit de l'occuper ; — mais, pour l'occuper soi-même, il faut entrer dans la salle. — C'est logique. — Derrière les stalles, il y a un hémicycle qui demeure libre et où les spectateurs qui n'ont pas de poste assigné se tiennent debout. — Ceux-là ne payent que l'entrée.

Je quitte Venise, toujours étonné et charmé ;—après quinze jours, la lassitude n'est pas venue. — Demandez à tous les poëtes qui l'ont chantée, si jamais elle les a fatigués...—Je ne forme plus qu'un vœu, c'est qu'une *administration* intelligente se charge de donner le spectacle dans cette merveilleuse décoration d'opéra. — Assurément, vous avez bien vu répéter quelque féerie, splendide de décors et de lumières, tandis que les acteurs sont en paletot et en chapeau à tuyau de poêle. — Ce contraste blessant est celui que produit à Venise notre costume de croque-mort...

On ne comprend pas ce pays autrement qu'il est représenté dans les toiles de Véronèse, avec de grands festins, des tables chargées de vaisselle d'or, des femmes éblouissantes de brocart, d'or, de perles et de diamants ; — des musiques mystérieuses sur des gondoles parées de fleurs, et, de temps en temps, un doge jetant son anneau à la mer. — La mer n'a pas été infidèle ; — c'est un doge qui le premier a divorcé. — Je demande que sa face soit voilée comme celle de Marino Faliero, *pro criminibus decapitati.*

LVII

Retour à Milan. — La Scala. — L'amphithéâtre nautique. — Le lac de Côme. — Autre lac méconnu. — Un sujet de vaudeville fait pour effaroucher la censure. — Guillaume Tell et M. Michelet. — Bâle. — Bade et ses hôtes. — La Berlinoise. — La Conversation.

24 août.

Il a donc fallu quitter Venise. Quand la gondole vous emporte, on se retourne involontairement pour contempler une fois encore cette poétique cité, la dernière merveille d'un monde qui disparaît sous le travail uniforme de la société européenne. Maintenant, mon itinéraire consiste à retourner à Milan, à traverser la Suisse et à gagner le duché de Bade par le chemin de fer de Bâle.

A Milan, où je me suis reposé un jour, j'ai revu le Dôme et le café de l'Europe; j'ai vu, de plus, cette fameuse salle de la Scala, la plus grande de l'Europe. — Moyennant une gratification, on obtient du concierge un éclairage *a giorno*. La Scala est, en effet, une salle magnifique, d'un goût beaucoup moins contestable que celui de la Fenice de Venise. Toute l'ornementation est dans le style de Versailles et du grand Trianon. Au moment de ma visite on répétait un ballet, *le Comte de Monte-Cristo*. — Il y avait une grande discussion entre deux danseuses qui ne voulaient pas danser ensemble. — Voilà de ces choses qui n'arrivent jamais à Paris, et qui prouvent bien l'utilité des voyages.

J'ai visité aussi à Milan un très-curieux amphithéâtre construit en 1806 par ordre de Napoléon, et qui peut contenir trente mille spectateurs assis sur des gradins de verdure. L'arène reçoit l'eau d'un petit canal, et on y donne des spectacles nautiques. Seulement, les représentations sont un peu intermittentes; car, depuis dix ans, on y fait relâche, probablement pour *répétitions générales*. Il faut croire qu'on prépare un grand succès.

De Milan, on va à Côme en chemin de fer. On est en présence de ce lac si fameux dans la poésie byronienne; — les deux rives sont peuplées de villas délicieuses, et, dans cette oasis, vivent au son des musiques, dans les loisirs d'une élégance poussée jusqu'au lyrisme, des princes, des danseuses, des chanteuses, tout un monde et un demi-monde; car le lac de Côme est un des refuges des amours proscrites par la société.—C'est là que se retira, il y a quinze ans, avec un prince italien, cette belle et blonde comtesse de P., qui fut un jour la plus jolie femme de Paris. — Le comte de P., en apprenant cette fuite, qui n'était que le dénoûment d'une liaison connue et tacitement tolérée, se contenta de dire philosophiquement : « Ils me regretteront. » En effet, il est difficile de comprendre deux êtres soutenant éternellement l'existence sur la note lyrique de Corinne et d'Oswald au cap Misène. — Il y a quatre ans, la comtesse disparut du lac de Côme en même temps qu'un jeune Italien. — Depuis, je crois qu'on a perdu sa trace.

Un peu après Côme, on trouve la limite du royaume lombardo-vénitien, et on entre dans le Tessin, un des vingt-deux cantons suisses. — Mais la Suisse n'est encore là qu'une expression géographique, comme disait le prince de Metternich. — L'Italie y respire encore : — la langue, le culte, les mœurs, tout est italien. — Ce n'est, en effet, que vers le XVIe siècle que les ducs de Milan ont cédé le Tessin aux Suisses.

A Lugano, on rencontre encore un lac, et un lac superbe. — Pourquoi est-il moins célèbre que celui de Côme et le lac Majeur? — Je ne sais. — Peut-être lui a-t-il manqué des poëtes, des illustrateurs et des chroniqueurs. Je crois cependant me rappeler vaguement que Chateaubriand a chanté le lac de Lugano.

Il y a là un peu en deçà de Lugano, sur la rive orientale du lac, une anomalie assez étrange : c'est un village autrichien enclavé en pleine Suisse. On le nomme Campligione. Des raisons politiques qui ont conservé à l'Autriche cette guérite dans le canton du Tessin, je ne sais rien et je ne dirai rien. — La situation de la politique autrichienne est là très-bizarre : quand vous traversez la langue de terre sur laquelle le village est assis, l'Autriche est chez elle : elle vous demande votre passe-port et visite vos malles ; — mais, les eaux du lac étant suisses, quand vous passez en barque devant Campligione, vous pouvez faire à l'Autriche ce geste familier qui consiste à souder les deux mains au bout de son nez en les agitant comme les ailes d'un moulin à vent. Cette démonstration, dédaignée par les ambassadeurs, est très-pratiquée dans les ateliers. C'est même la seule réponse connue du rapin à qui un autre rapin demande à emprunter dix francs. Or, voici ce que raconte la légende à propos de Lugano, de son lac et du poste autrichien.

Il y a trois ans, deux artistes français avaient découvert le lac de Lugano et s'y étaient établis. Chaque matin, en passant en barque devant Campligione, ils se livraient, à l'égard de l'Autriche, à la manœuvre irrévérencieuse ci-dessus décrite. Cette familiarité agaçait beaucoup les agents autrichiens, qui se firent ce raisonnement : « Si on pouvait entraîner ces deux scélérats sur le territoire lombard, on les ferait arrêter, et on leur donnerait une bonne leçon. » — Un émissaire très-subtil fut chargé de l'entreprise. Il vint à Lugano s'établir au café, lia conversation avec les Français, parla des beautés de Côme et des îles Borromée, et proposa une excursion. On devait aller en barque jusqu'au fond du lac, et, de là, entreprendre à pied le reste du voyage. — Les Français acceptèrent ; mais, comme ils avaient pénétré les projets de l'agent, en route ils proposèrent de se baigner dans le lac. — La seule difficulté était que l'agent n'avait pas de caleçon ; mais un agent dévoué ne s'arrête pas à de pareils détails. — On se met à l'eau ; puis, à un moment donné, les deux Français remontent dans la barque et s'éloignent à force de rames, emportant la reliure autrichienne de l'agent.—Celui-ci, bon nageur, gagna facilement le bord ; mais il lui fallut rentrer à Campligione dans le costume d'Adam avant le péché. Les vieillards qui avaient la tradition du pays, ne se rappelaient pas avoir vu un agent autrichien en cet état.

Voilà l'histoire ; mais, si on se propose de la mettre en vaudeville, il est bien probable que la censure demandera des modifications au costume de l'agent, qui constitue tout le comique de l'aventure. Vous voyez combien le théâtre est difficile !

Le voyage de Milan à Bâle comprend tous les modes connus de locomotion : chemin de fer, voitures, nombreuses excursions à pied, quand il s'agit de monter les pentes du Saint-Gothard, et navigation sur le lac de Lucerne. — Deux nuits et un jour suffisent à tout cela. En cette saison, les nuits d'Italie sont éclairées à demi-rampe, comme une décoration d'opéra; l'horizon prend des teintes vagues et fantastiques, et on échappe aux chaleurs cuisantes du jour.—Il y y a encore des artistes qui pleurent les scènes de diligence, la rondeur et les familiarités du conducteur, les descentes à l'auberge, les paysans ameutés sur le seuil du logis pour voir passer les étrangers, les jeunes filles qui s'enfuient à tire-d'aile en voyant venir ce nuage de poussière, plein de commis voyageurs. — Tout cela avait son charme, et vous pouvez le retrouver pour vingt-quatre heures dans l'itinéraire que j'indique. — Seulement, hâtez-vous, car il paraît que les lignes de fer sont à l'étude. Quand vous avez traversé le Saint-Gothard, et c'est l'affaire d'une journée entière, la Suisse italienne expire et vous abordez la Suisse allemande, très-reconnaissable à ses chalets, à son accent et à sa cuisine. — Un peu en deçà de Lucerne, vous rencontrez Altorff.

Partons, les chemins sont ouverts ;
Suivez-moi !...

Altorff est la patrie de Guillaume Tell. — C'est ici que se serait passée cette tragédie aux pommes dont il est le héros. — A Altorff, Guillaume Tell triomphe sur toutes les enseignes, sur toutes les fontaines et sur tous les clochers. Divers barbouillages représentent les scènes bien connues de la vie du libérateur de l'Helvétie. — Enfin, une statue nous a conservé ses traits. C'était, contrairement à mes idées préconçues, un petit homme gros et court, très-simple dans son attitude, et ressemblant à s'y méprendre à Ricquier, de l'Opéra-Comique, dans *les Rendez-vous bourgeois*.—Un peu plus loin, sur le lac de Lucerne, on trouve une construction qu'on appelle la chapelle de Guillaume Tell. — Ce serait une assez jolie niche pour un chien de Terre-Neuve; mais cela m'a paru tout à fait insuffisant pour un homme qui a délivré sa patrie.—Décidément, ce qu'on a fait de mieux pour Guillaume Tell, c'est la musique de Rossini, que j'ai encore entendue à Venise, et qui m'a paru très-bien réussie pour un homme qui met tout son amour-propre dans le macaroni.

Vous me trouvez peut-être un peu léger à l'endroit de Guillaume Tell, et je vous dois à ce sujet deux mots de commentaire. — J'ai eu pour professeur d'histoire M. Michelet : ce savant et implacable bénédictin m'a laissé très-peu d'émotions historiques. Quand nous expliquions l'*Iliade*, il ne manquait jamais de nous avertir qu'Homère n'avait pas existé, et, en ce qui concerne Guillaume Tell, il nous recommandait de ne pas trop nous attendrir sur un personnage purement légendaire.—Vous voyez d'ici les conséquences : si Guillaume Tell n'a pas existé, je suis autorisé à douter de l'existence de son fils. Par suite, je doute du farouche Gessler et de la Suisse tout entière.

Nous traversons le lac de Lucerne, une des quatre merveilles des vingt-deux cantons. Il est sept heures du soir, le soleil se couche dans un lit de pourpre; nous sommes donc dans les meilleures conditions : cependant le lac de Lucerne ne m'a pas émerveillé. — Peut-être l'ai-je mal vu ; — peut-être fallait-il une trêve à mes yeux, repus depuis un mois de lacs et de montagnes? — C'est possible : mais, avant tout, je vous donne mes impressions dans leur sincérité, sans m'atteler aux admirations commandées par la tradition.

Une fois à Lucerne, neuf heures de voiture vous séparent de Bâle, petite ville d'une physionomie flamande, dont les rues propres, les portes en bois brun, les marteaux et les sonnettes en cuivre poli rappellent les faubourgs de Bruxelles.

De Bâle à Bade, trajet de cinq heures en chemin de fer.

Je suis arrivé à Bade dimanche. — Déjà, à la station où le convoi de Strasbourg verse ses voyageurs dans le train badois, j'ai assisté à un gros déballage de Parisiens.

A Bade même, sur l'esplanade de la Conversation, on se croirait au boulevard des Italiens. — On ne rencontre que des figures françaises, c'est-à-dire parisiennes. — C'est, entre mille, par exemple. Eugène Guinot, le plus acclimaté des touristes de Bade ; — Amédée Achard, — Schayé, l'agréé, qui a transplanté là, pour deux semaines, sa verve intarissable ; — Offenbach et Hector Crémieux, qui rappellent les meilleures soirées des Bouffes-Parisiens ; — Émile Daugny,

Bourgoin, de la Bourse, Berlioz, Duprez; — mademoiselle Duprez, madame Mira et sa fille; — les deux frères Braniski, M. de Heckeren, le sénateur, etc., etc. — Des femmes de tous les mondes, des princesses allemandes et des princesses d'avant-scène. — Parmi ces dernières, mademoiselle Constance, mademoiselle Soubise, mademoiselle Adèle Courtois, mademoiselle Deslions, et pas mal d'autres.

La lionne de la saison est une jeune blonde qui a fait son entrée l'hiver dernier dans le demi-monde parisien, et qu'on appelle ici *la Berlinoise.* — Elle a un très-grand succès de jeunesse, de beauté et de toilettes.

Je ne dois pas vous cacher que nous nous plaisons beaucoup ici. — Quelques-uns de nous reçoivent tous les jours une dépêche électrique de Paris. — Il paraît que vous continuez à griller. Rien ne nous presse donc d'aller vous rejoindre.—Nous déjeunons, au frais, sous les grands arbres des petits boulevards de la Conversation; — nous dînons en groupes de cinq ou six, à sept heures, à la Conversation même, qui a maintenant un restaurant de premier ordre. — Nous sommes préservés de l'épidémie du jeu par les grandes cohues qui s'attroupent autour des tables et en rendent l'accès impossible.— Tout va donc pour le mieux.

D'ici, nous ne comprenons pas ce que vous faites là-bas, à Paris, — avec des théâtres vides, une Bourse déserte et des journaux qui, pour toute nouvelle, donnent tous les jours la cote du thermomètre. — Fermez donc la boutique et venez tous : les chemins et nos bras vous sont ouverts.

LVIII

Le guide polyglotte. — Bade. — Jadis et aujourd'hui. — Aristocratie et bourgeoisie. — La société en général et la *société* proprement dite. — Le spectacle à Bade. — *Le Sylphe*, opéra-comique en deux actes, de MM. Saint-Georges et Clapisson. — Mademoiselle Duprez. — Son mariage. — Concert d'Offenbach. — Les illustrations de Bade. — Le tour des écureuils. — L'administration de la Conversation. — La fin d'une saison à Bade.

4 septembre.

Je commence par une digression. Tous les ouvrages spéciaux à l'usage des touristes débutent par cet avis :

« Avant de se mettre en voyage, la précaution la plus essentielle est de se munir d'un bon guide. »

Dans mon trajet de Milan à Lucerne, j'ai trouvé entre les mains d'un Anglais le modèle du genre, un guide polyglotte, avec formules pour tous les besoins de la vie.

Rien n'y manque, comme vous allez voir.

FORMULES DANS LA DILIGENCE.

Le touriste : Conducteur, quel est le nom de ce village? combien avons-nous de lieues à faire, avant d'arriver à destination?

Le conducteur : Monsieur, tant de lieues.

Le touriste : Nous allons bien lentement.

Le conducteur : Monsieur, les chevaux sont fatigués.

Le touriste : Conducteur, arrêtez, j'ai besoin de descendre.

Le conducteur : Monsieur, on descendra à la côte.

Le touriste : La côte est-elle éloignée?

Le conducteur : Monsieur, d'une petite lieue.

Le touriste : Conducteur, je ne puis attendre ; — il faut absolument que je descende.

ARRIVÉE DANS LES VILLES.

Objets à visiter dans les villes :

Les églises,
Les théâtres,
Le commissaire de police,
Les bibliothèques,
Les cafés et restaurants,
La poste aux lettres.

ARRIVÉE A L'AUBERGE.

Le touriste : Bonjour, monsieur l'aubergiste... Avez-vous deux chambres convenables et un petit salon, pour moi et milady ?— Voyons vos chambres... — C'est bien peu confortable... mais, en voyage, il faut savoir faire quelques concessions...— Servez-nous à dîner dans ce salon. — Que pouvez-vous nous offrir ?...

L'aubergiste : Monsieur, j'ai du saumon, de la truite, des perdreaux, du chevreuil, de la salade, etc.

Le touriste : Avez-vous du rosbif aux pommes de terre ?

L'aubergiste : Oui, milord.

Le touriste : Vous dites oui et je suis sûr que vous n'avez pas de rosbif aux pommes de terre.

L'aubergiste : Milord jugera.

PENDANT LE SOUPER.

Le touriste : Bonjour, monsieur l'aubergiste. — Je vous l'avais bien dit, vous n'aviez pas de rosbif aux pommes de terre. — Votre bœuf est bouilli. — Donnez-moi autre chose. — Quels sont ces gens qui font tant de bruit à côté ?

L'aubergiste : Milord, c'est un monsieur et une dame qui viennent d'arriver.

Le touriste : Sont-ils mariés ?

L'aubergiste : Milord, je l'ignore.

Le touriste : Informez-vous-en.

RÈGLEMENT DE LA NOTE.

Le touriste : Bonjour, monsieur l'aubergiste. — Votre note est bien élevée. — Comment ces prix sont-ils calculés? en livres françaises ou étrangères?

L'aubergiste : Milord, les prix sont établis d'après les monnaies du pays.

Le touriste : C'est un usage que je blâme. L'étranger ne peut s'y reconnaître. — Voilà le montant de votre note; mais je proteste contre l'exagération de vos prix.—Nous avons été pillés tout le long de la route! Je m'en plaindrai à mon ambassadeur.

Note du chroniqueur : L'usage infiniment prolongé de ce formulaire explique et justifie, jusqu'à un certain point, la manie invétérée des aubergistes d'assassiner les voyageurs.

AU SPECTACLE.

Le touriste, à son voisin : Bonjour, monsieur. — De quel pays êtes-vous? Y a-t-il longtemps que vous êtes dans cette ville? — Que joue-t-on ce soir au théâtre?—Y a-t-il des acteurs célèbres? — Auriez-vous la complaisance de me prêter votre lorgnette pour voir cette actrice? — Elle est bien jolie, cette actrice! — Est-elle mariée? — Reçoit-elle les gentlemen qui demandent à lui être présentés?

APRÈS LE SPECTACLE.

Le touriste, à son voisin : Bonsoir, monsieur; je suis bien honoré d'avoir fait votre connaissance. Si vous venez à Londres, faites-moi la faveur de vous présenter chez moi. J'aurai le plaisir de vous faire manger du rosbif aux pommes de terre. — Dans ce pays-ci, ils disent qu'ils ont du rosbif aux pommes de terre, mais ils n'en ont pas...

A LA DOUANE.

Le touriste, au douanier : Monsieur, je n'ai rien de sujet aux droits. — Il n'y a dans ma malle que du linge et des habits. — Mais, monsieur, vous bouleversez mes effets! — Je me plaindrai à mon ambassadeur.

Il me semble que le guide anglo-franco-germanico-italiano s'égare par trop de prévoyance. La pratique de la vie enseigne que se plaindre des chevaux ne fait pas aller les chevaux plus vite, et se plaindre du rosbif ne fait pas le rosbif meilleur. — Il faut se laisser conduire et nourrir à la mode de chaque pays. — Napoléon a pu conquérir l'Allemagne; mais toute sa volonté et toute sa puissance n'y eussent pas fait rôtir une pièce de bœuf ou de mouton.

Heureusement, Bade est un pays français, et il devient plus rationnel d'avoir une maison de campagne ici qu'à Auteuil.

Si jamais la main des fées s'est plu à arranger la nature, c'est bien à Bade qu'elle a laissé son empreinte. Depuis vingt ans, des concurrences formidables se sont élevées; Bade a conservé sa supériorité sur tous les établissements du Rhin. Le zéro unique de Hombourg y attire les joueurs; mais les familles persistent dans leur prédilection pour Bade.

A la vérité, Bade n'est plus défendu par cette muraille de Chine qui, il y a quinze ans encore, tenait à distance de la Conversation tout ce qui n'appartenait pas à un monde suprême. Le goût général des excursions et le chemin de fer de Strasbourg y amènent tous les jours des cargaisons très-bourgeoises. — C'est le courant du siècle et il faut le suivre. A Bade, cependant, l'aristocratie blessée proteste par toutes sortes d'expédients. — La société s'y fractionne en groupes, qui dessinent les diverses castes. En ce moment, la noblesse est représentée par un club où la France, l'Angleterre et la Russie forment une triple alliance. — M. de la Rochefoucauld, le prince de Beauffremont, madame Kalergi, la princesse Labanoff, madame Cavendish, forment un centre autour duquel gravitent des étoiles d'un ordre secondaire. — Cette société mange et danse à part : on la trouve un peu hautaine et un peu exclusive, et beaucoup de récriminations tendent à entamer le privilége qui lui attribue le monopole de quelques salons particuliers. — Tout cela me paraît bien puéril, et il faut avoir une furieuse envie d'entrer dans *la société*, comme on dit ici, pour se préoccuper autant de ses entrechats particuliers. Chaque caste a toujours, d'ailleurs, derrière elle une queue qui murmure, et Bade, d'après son organisation nouvelle, représente très-exactement notre France constitutionnelle avec une aristocratie, une bourgeoisie et un peuple.

Très-récemment encore, il y avait ici un petit théâtre où tous les plaisirs se prenaient en commun et moyennant rétribution. — A ce théâtre démoli, on a substitué une salle et une scène ménagées dans un très-magnifique salon. — Le spectacle et le concert sont des gratis offerts par la munificence de M. Bénazet aux touristes de tous pays. — Mais on n'y est admis que sur invitation, et vous voyez encore d'ici les exclusions qui portent principalement sur le sexe le plus faible. La femme non mariée n'est pas invitée, ce qui est un grand triomphe pour les bourgeoises.

On assure que les spectacles et concerts de M. Bénazet lui coûtent annuellement une cinquantaine de mille francs. — Il ne me paraît pas qu'il en ait pour son argent. — On donne cette semaine la dernière représentation du *Sylphe*, opéra-comique expressément commandé, pour la saison de Bade, à MM. Clapisson et Saint-Georges. — Mademoiselle Duprez soutient de toute sa grâce et de tout son talent cette petite musique, qu'elle chante avec l'impatience d'une fiancée qu'on attend à Paris. J'ai rencontré ici, pour la première fois, hors de la scène, cette aimable et intéressante artiste, et la sympathie que m'a inspirée sa tenue modeste et réservée me détermine à lui donner ma bénédiction, qu'aucune femme n'avait encore obtenue. — Son mariage est un petit roman qui, dans quelques jours, sera de l'histoire, on peut même dire de l'histoire ancienne, puisqu'il a pour base le désintéressement et la plus exquise délicatesse de sentiments.

Entre les représentations du *Sylphe*, nous avons eu ces jours-ci un concert organisé par Offenbach, qui naturellement s'était arrangé pour avoir les honneurs de la soirée.

La saison de Bade, quoique déjà sur la pente de son déclin, est encore très-brillante. — Je crois pouvoir dire, sans paradoxe, que, sur la terrasse de la Conversation, on est, en ce moment, plus près de Paris que sur le boulevard des Italiens. Grâce au télégraphe électrique, nous savons, jour par jour, votre pluie et votre beau temps, les cours de la Bourse et les pièces qu'on a l'honneur de représenter devant vous. — Vous m'excuserez si, provisoirement, je ne trouve pas tout cela assez intéressant pour quitter le gros arbre sous lequel nous déjeunons tous les matins, en société parisienne. — Ce matin, nous avons trouvé à ce rendez-vous Boyer, l'ancien directeur du Vaudeville, et Alexandre Weil.

On s'est donné des nouvelles des membres dispersés de la grande famille des arts et de la littérature. — Le cancan parisien est mieux installé ici présentement qu'au café des Variétés, et on y éreinte le prochain d'après les informations les plus fraîches.

Je ne vous parle pas des environs de Bade. Lorsqu'on visite pour la première fois ce beau pays, on s'épuise en excursions à la forêt Noire et aux châteaux voisins. Mais, quand on connaît chaque arbre et chaque pierre de ces classiques itinéraires, on l'abandonne aux touristes de premièré année, et on se borne à faire ce qu'on appelle ici *le tour des écureuils*, c'est-à-dire à tourner dans un cercle infiniment vicieux autour de la Conversation. C'est là que la vie est douce, sans souci, sans préoccupation. — On y oublie sa patrie et sa profession. — On rêve qu'on est l'élu d'un Éden dont l'accès n'est permis qu'aux princesses, aux rossignols et aux journalistes, car le paradis lui-même a besoin d'un peu de publicité.

Malgré tout, on peut dire que Bade vit par sa force propre et sans secours humains. L'administration de la Conversation ne se signale que par son absence. — M. Bénazet, par une répugnance explicable, ne paraît jamais dans les salons; il ne touche que du bout du doigt à tout ce monde de croupiers, et, plus dégoûté que Vespasien, il encaisse en soupirant les énormes produits du jeu. M. Duchemin, avec ses soixante et quinze ans, demeure l'administrateur général de la Conversation. C'est un homme vénérable et pavé de bonnes intentions : — personne ne dit avec plus de grâce que lui à une femme en avançant la lèvre inférieure : « D'honneur, madame, vous êtes la reine de la saison et la fleur de la Conversation; » — mais ces galanteries ne s'étendent pas à la masse des touristes. La police du jeu est mal faite. — Des groupes de badauds stationnent toute la journée autour des tables et y écrasent les joueurs de leur poids et de leurs émanations.—Enfin, les lacunes du confortable sont telles, qu'on ne trouve même pas une table pour faire son courrier. Le cabinet de lecture est aussi tout à fait insuffisant pour sa destination.

Mais on est à Bade ; — on a la terrasse, la musique autrichienne, des femmes charmantes, un mouvement incessant de voyageurs qui apportent des nouvelles *du pays*, des communications en douze heures avec Paris. — On serait bien fou de chercher mieux ou autre chose.

Cependant, voici que la pluie se déclare ici avec persistance. — Quand les brumes se fixent à la cime des sapins de la forêt qui enveloppe Bade de tous les points de l'horizon, c'en est fait des beaux jours. On appelle cela ici une saison qui *se pourrit*. Alors les malles se mettent en fermentation, et les vents de l'automne qui approche poussent le flot des voyageurs soit vers le bas Rhin allemand, soit vers la France.

LIX

Vivier et le condamné à mort. — Concerts et spectacles. — Le gentilhomme prestidigitateur. — Études sur le jeu et les joueurs. — Profession de foi. — Les jeux publics et particuliers. — La banque de Bade. — Son administration. — M. Bénazet. — M. Duchemin. — Deux scandales. — Le maximum. — Allocution philanthropique de la banque. — Un minimum spirituel. — Un joueur novice. — Une restitution pénible. — Épisodes. — Un lycéen. — Deux poids et deux mesures. — Bilan de la banque de Bade. — Rumeurs sur Hombourg. — La roulette universelle. — *La marche* du chroniqueur.

11 septembre.

La saison de Bade s'épuise. Après un jour de chaleur exorbitante, les pluies sont venues : — les pluies ont amené le temps froid, et, dans cette vallée, cernée de tous les points de l'horizon par la forêt Noire, une halte plus longue devient maussade; — aussi y a-t-il eu ces jours-ci des emballages considérables. On ne voit plus, sur la terrasse de la Conversation, qu'en nombre assez limité, les fameux petits chapeaux Louis XIII, et les crinolines insensées sont vêtues d'étoffes d'hiver. — Moi-même, je me propose d'aller feuilletoniser, la semaine prochaine, à Spa, pour clore en Belgique cette excursion aventureuse, commencée en Italie.

Nos soirées se passent à cancaner sur le monde parisien. On parle beaucoup ici de l'affaire des Thernes, où seraient impliqués des hommes de théâtre et de sacristie. — Puis Vivier nous raconte ses succès à Plombières. Vous savez que Vivier n'est pas seulement un artiste d'un talent rare et curieux, mais que c'est aussi un improvisateur d'une faconde merveilleuse. L'empereur a voulu l'entendre sur ce terrain. Vivier a raconté alors l'*Histoire du condamné à mort*. C'est une charge où l'artiste s'est excusé de mettre en scène la magistrature et tout l'appareil de la justice. Les éléments en sont très-simples :

Un homme est trouvé, sur un chemin public, percé de vingt et un coups de poignard.—A côté de lui, on ramasse un individu endormi. Ce sommeil devient la base de l'accusation.

« Car, dit le ministère public, quel autre que l'assassin pourrait s'endormir à côté de sa victime! »

On demande à l'accusé l'emploi de son temps depuis le jour de sa naissance.

L'accusé donne, à cet égard, des explications insuffisantes qui compromettent sa position.

« Mais, d'autre part, dit l'avocat de l'accusé, la victime a reçu vingt et un coups de poignard. — On aurait donc dû trouver vingt et un poignards sur mon client. — Or, il n'en portait qu'un, tellement ébréché, qu'on pourrait à peine s'en servir pour assassiner un enfant de six mois. »

Les choses vont ainsi jusqu'au dénoûment, et l'homme est condamné à mort et exécuté.

L'empereur a beaucoup ri.—La séance terminée, un aide de camp s'est approché de Vivier, l'a félicité et lui a seulement glissé ce mot à l'oreille : « Vous auriez dû dire que l'empereur lui avait fait grâce. »

Voilà nos loisirs : ajoutez-y des bals et des concerts. — On attend Brindeau et Levassor, qui doivent donner des représentations. — Ce soir, nous avons une séance de magie amusante, donnée par le vicomte de Caston. — Ce prestidigitateur descend, comme vous savez, de haute lignée. — C'est un ancien élève de l'École polytechnique ; il a servi deux ans en Afrique, et, en 1848, a été aide de camp du général Duvivier. — Des revers de fortune l'ont déterminé à utiliser, en public, des aptitudes très-extraordinaires dont il avait longtemps fait l'épreuve en société. — On m'assure que les exercices de cet artiste sont d'une application très-supérieure aux banalités de l'escamotage. — A huitaine, je vous en dirai probablement un peu plus à ce sujet.

Je continue ici mes études philosophiques sur le jeu et sur les joueurs. — L'Europe ignore que j'ai publié dans les journaux belges, sur cette matière, des aperçus d'une hauteur incomparable. Le jeu est un drame shakspearien où le grotesque se mêle toujours au terrible. Je suis tout porté pour vous en esquisser quelques scènes.

*

De ce que, à propos de la petite ville d'Aix, j'ai péroré en faveur des jeux, dans les villes thermales, il ne faudrait pas conclure que je me dissimule les abominations de cette désolation.

Je dis seulement que le jeu public est encore le plus loyal et celui qui présente les meilleures chances à quiconque veut assouvir sa passion.

*

Les jeux publics ont sur le jeu particulier cet avantage, que, la banque étant un être impersonnel, vous n'avez pas, quand vous gagnez, le remords d'avoir dépouillé un ami ; — quand vous perdez, vous n'avez à accuser personne que vous-même, et vous n'avez pas le déplaisir de voir l'homme qui vous a gagné mille francs la veille, acheter un pantalon neuf.

*

Mais, pour échapper à toute récrimination, les banques publiques doivent être tenues avec infiniment de souplesse et d'intelligence; — or, la banque de Bade est tenue d'une façon déplorable.

*

Je vous ai déjà esquissé une silhouette de M. Bénazet, le fermier des jeux de Bade.—C'est un homme de sentiments très-scrupuleux, très-sincèrement apitoyé sur les catastrophes dont il est la cause accidentelle.—M. Bénazet se voile la face pour ne pas voir les malheurs et les turpitudes du tapis vert.—Mais ces qualités deviennent un défaut. Par suite de sa répugnance très-légitime pour son petit enfer, M. Bénazet demeure dans son olympe et ne montre jamais l'œil du maître dans les salons de jeu.—Une organisation forte pourrait suppléer à son absence; mais cette organisation est précisément ce qui manque le plus.

*

M. Bénazet étant obstinément absent, le chef réel de l'administration est M. Duchemin, vieillard de soixante et quinze ans, ancien tailleur de Frascati. — C'est un bon homme, mais d'un zèle mal entendu pour les intérêts de la banque, interprétant arbitrairement des règlements très-mal définis, et incapable, d'ailleurs, de faire face aux orages qui s'élèvent dans cette population tempêtueuse des joueurs.

Exemples :

Hier, il y a eu deux gros scandales au trente-et-quarante. Un joueur a déposé sur le tapis le maximum de six mille francs. — Dans ce cas, voici ce qui se passe : — Quand les enjeux sont dispersés sur les quatre chances du tableau, la banque tient bien au delà du maximum, parce qu'elle a le bénéfice des compensations. — Mais, quand les enjeux sont massés sur une même couleur, et que la série est indiquée, la banque élève la prétention de faire retirer tout ce qui excède le maximum de six mille francs.—Or, vous voyez d'ici les fureurs de tous ceux qui exploitent une *marche* et des *progressions*, et qui, ayant semé leur or pendant plusieurs coups, voient leur jeu interdit au moment où ils croyaient recueillir les bénéfices du *système*. — Il y a donc eu des tempêtes à faire sauter le tripot. — Au milieu de l'effervescence générale, le vénérable M. Duchemin est parvenu à obtenir un moment de silence, et a prononcé ces paroles remarquables :

« Messieurs, nous avons fixé le maximum à six mille francs, pour ne pas consommer la ruine des familles. »

M. Duchemin a eu le même succès que Gringalet, lorsqu'il dépose entre les mains de Bilboquet un portefeuille plein de billets de banque.

« Tu n'en as pas pris? dit Bilboquet.

— Au contraire, j'en ai remis! » répond Gringalet.

Quand l'explosion d'hilarité provoquée par la philanthropie de M. Duchemin fut un peu calmée, on reprit le jeu aux conditions imposées par la banque. — L'Anglais mit ses six mille francs et passa trois fois. Chaque fois, l'annonce du point qui dénonçait la déconfiture de la banque fut acclamée par des hourras dignes de hordes sauvages.

★

Dans un autre établissement, où l'on applique le même règlement qu'à Bade, j'ai vu un joueur faire quelque chose d'assez spirituel. — Il était en série gagnante, et avait bien 40,000 francs à sa masse.

« Monsieur, dit le tailleur, nous ne pouvons tenir ce jeu-là.

— Quel est donc votre maximum?

— Six mille francs, monsieur, mais sur l'ensemble des joueurs.

— Très-bien! — Et quel est votre minimum?

— Deux florins, monsieur.

— Alors, dit le joueur, deux florins à la masse. »

Et, comme le hasard se mêle quelquefois aussi d'avoir de l'esprit, la banque gagna ce coup de deux florins, avec accompagnement de gaieté générale.

★

Ceci me rappelle un mot qui a eu le plus grand succès, il y a une dizaine de jours, à Bade. C'était à la roulette : — un joueur novice venait de mettre un florin à rouge ; — il gagne, — on le double. — Pendant que le cylindre tourne, notre homme, troublé, calcule qu'il risque en un seul coup son capital et son bénéfice, et, au milieu du recueillement général, d'une voix altérée par l'émotion, il s'écrie en désignant ses deux florins : *Moitié à la masse!*

Les croupiers disparurent sous la table, et on ne voyait plus que le sommet de leurs râteaux agités convulsivement par les hoquets du rire.

★

L'autre scandale de la soirée d'hier avait une couleur encore plus désobligeante pour la banque :

Un joueur annonce *cinq cents francs au billet ;* — il y a refait : le billet est emprisonné avec d'autres confrères. — Quand il s'agit de liquider le coup, le billet se trouve de cinq cents francs seulement. — Le joueur déclarait avoir mis mille francs, et il y avait présomption suffisante que le râteau, dans son tripotage, avait déplacé les mises respectives. — Dans tous les cas, il était de bon goût de payer sans discussion, puisque, selon toute apparence, il faudrait en finir par là.

Cependant, l'administration lutta avec acharnement pendant un gros quart d'heure, avant de se décider à passer le billet de cinq, par profits et pertes. Personne ne savait de quoi il s'agissait, mais tout le monde hurlait contre la banque.

★

Au milieu de ces exaspérations, un petit vieillard qui n'avait pas quitté le tapis, déposait obstinément son florin sur la rouge, en disant, de très-mauvaise humeur :

« Voyons, joue-t-on ou ne joue-t-on pas? — Tout cela ne me regarde pas : — si on ne joue pas, je pars pour Hombourg. »

*

Enfin, le commissaire intervient et condamne la banque.

« Monsieur, dit le papa Duchemin au joueur, voilà cinq cents francs; la banque vous les *donne.* »

Trépignement général, — fureurs, — imprécations. — M. Duchemin retire son improvisation, et le commissaire, un homme très-convenable, ajoute :

« Monsieur, on ne vous donne rien, — on vous restitue. »

*

Ces scènes sont fréquentes à Bade. — Je répète qu'il faut en accuser uniquement une mauvaise direction, des règlements inintelligibles, et l'insuffisance du personnel administratif...

Certes, il ne viendra à la pensée de personne de comparer M. Bénazet, de Bade, à M. Blanc, de Hombourg. L'honorabilité personnelle est tout à l'avantage du premier, mais la moralité du jeu est tout à l'avantage du dernier. — A Hombourg, l'administration est trop savante pour engager, à propos de cinq cents francs, des disputes qui durent une demi-heure : « Pendant ce temps, dit M. Blanc, on perd trois tailles. »

*

En tout et pour tout, l'administration de Hombourg a des procédés d'une grandeur intelligente. — A Bade, on lésine, on chipote, et, par moment, il semble qu'on ait affaire à la banque de Bilboquet.

*

Encore une assez jolie scène.

Il y a deux mois, me raconte-t-on, un jeune homme se met au trente-et-un, attaque de vingt-cinq louis et perd le coup. Ceci fait, un employé vient lui frapper sur l'épaule :

« Vous êtes trop jeune pour jouer; retirez-vous.

— Mais, réplique le joueur, j'étais encore plus jeune tout à l'heure, quand j'ai perdu vingt-cinq louis; je dois être présentement assez vieux pour les rattraper. »

L'administration n'accepta pas cette logique, et le lycéen fut évincé. — La banque demeure avec le remords d'avoir gagné vingt-cinq louis à un homme trop jeune pour les perdre.

★

A Bade, l'arbitraire de l'administration se traduit en actes quelquefois puérils et quelquefois révoltants.

Il y a quinze jours, on a expulsé du salon une femme sans chaperon. C'est d'une très-haute moralité, et on comprend que les honnêtes femmes applaudissent à ces exécutions. — Mais pourquoi y a-t-il tolérance quand la courtisane joue de l'or? — On pourrait croire que la banque ouvre un œil et ferme l'autre.

Je dois dire que la femme expulsée a obtenu réparation. — Un homme décoré et très-imposant est revenu tout exprès pour la promener dans les salons, et le vénérable M. Duchemin, sans la proclamer « la reine de Bade et la fleur de la saison, » lui a fait des excuses.

★

La banque de Bade perd depuis quelques jours deux cent mille francs. — C'est là, dit-on, ce qui lui donne cette attitude un peu hargneuse. — Les frères D..., très-connus à Paris, un jeune Mecklembourgeois et l'Anglais d'hier au soir sont les bénéficiaires de ce prélèvement sur la liste civile de M. Bénazet. — Les *demoiselles* jouent un jeu d'enfer avec des succès et des revers qui se balancent.

★

On raconte ici que la banque de Hombourg est en perte d'un million. — On parle d'un Hambourgeois qui aurait levé quatre cent mille francs. — Je crois qu'il y a beaucoup de fantaisie dans ces histoires.

★

On ne peut prévoir, du reste, où s'arrêtera l'épidémie de la roulette. — Hombourg n'est déjà plus que le centre d'un cercle vicieux autour duquel rayonnent de petits tripots à peine au sortir de l'enfance.

*

Vous supposez peut-être, lecteurs, que je suis plus spirituel que les imbéciles qui entretiennent les palais des bords du Rhin. — Ce serait une erreur. Mais il faut dire aussi que j'ai découvert une *marche*. — Je joue dix florins par jour, et je les perds invariablement. — Mais, d'après mon système, si je puis *tenir* jusqu'à la saison de 1886, je serai remboursé avec de très-gros avantages. — Il faut de la patience, car on a une *marche* ou l'on n'en a pas.

LX

Le retour. — Spa. — Sa physionomie. — Les avantages de la simplicité. — La comédie à Bade. — Rossini. — L'ouverture de *Guillaume Tell*. — La gloire dans les villes de jeu. — Chronique d'Aix-les-Bains. — Madame de Solms. — Ponsard. — Le maréchal Canrobert. — Nouvelles de Moscou. — Le sacre. — Les bottes du prince Esterhazy. — Les Français en Russie. — Les veuves des bords du Rhin. — Les Russes et les Français. — Réconciliation générale. — Un vœu en faveur de la réforme des monnaies. — Grandeur et décadence de l'or. — Bruxelles. — La salle de la Monnaie. — *Les Diamants de la couronne*. — Un vote éclairé.

25 septembre.

Les beaux jours s'épuisent; — il faut songer à rentrer dans ses foyers. — Déjà, tout le mouvement des chemins de fer se manifeste dans le sens du retour. — Moi aussi, je reviens, par le chemin le plus long, parce qu'après tout un rayon de soleil suffit dans cette course errante au charme de la vie, et que je suis médiocrement empressé de revoir mes vaudevilles et mes mélodrames.

Parti de Bade il y a quelques jours, j'ai traversé Hombourg, où j'ai rencontré peu de princes. — Me voici à Spa, la dernière étape des loisirs qui commencent au haut Rhin, pour finir à Bruxelles, ce faubourg de Paris.

Quand on arrive à Spa, venant de Bade, l'impression est singulière. — Un public bourgeois et clair-semé remplace les cohues aristocratiques et les célébrités de boudoir qu'on contemple à Bade. — La roulette, émaillée de pièces de quarante sous, ressemble à un petit jeu de famille, et le trente-et-quarante lui-même ne semble pas destiné à provoquer de fortes émotions.

Ceci n'est pas une critique! c'est une réclame. Il est bon que les familles sachent qu'il y a en Belgique une oasis où l'on peut passer six semaines sans courir le risque de se mettre sur la paille.

J'ai trouvé les salons de la Redoute à peu près tels que je les avais laissés, il y a trois ans; cependant, on a ouvert une nouvelle salle d'une ornementation sobre qui me plaît plus peut-être que les orgies de dorures qui, dans les autres établissements rhénans, signalent les énormes bénéfices des banques. — Il est malavisé de révéler ainsi au public qui vient jouer son or, que son or doit fatalement s'incruster dans les corniches et les plafonds.

Donc, Spa me plaît par sa simplicité même, sa tenue modeste et réservée. — Si la banque fait de gros bénéfices, elle les encaisse silencieusement et n'insulte pas par son luxe aux misères du décavé; — peut-être même la banque pousse-t-elle ce scrupule un peu loin, en conservant de toute tradition son meuble en velours rouge. — Si c'est un fétiche, je n'ai rien à dire; — mais, si aucune superstition ne protége ces fauteuils et ces canapés sur lesquels se sont assises plusieurs générations, je demande pour eux le repos et les Invalides.

On me dit, du reste, que la saison de Spa a été brillante; — aujourd'hui, elle tourne à sa fin. — La pluie disperse les derniers touristes, et le feu du grand salon de la Redoute remplace avantageusement le soleil.

La veille de mon départ de Bade, j'ai assisté à la première soirée dramatique qu'y donnait la compagnie dont Brindeau est le colonel. Le spectacle se composait du *Cheveu blanc*, d'Octave Feuillet, et de la *Maîtresse du mari*, agréable petite comédie que Brindeau a en prédilection, parce qu'elle lui rappelle un succès au Vaudeville. —

Tout cela a été fort bien accueilli par un public d'une distinction suprême, où la duchesse de Cambridge tenait le premier rang. Mais ce qui a ému tout le monde, c'est un épisode de la représentation. — Avant le lever du rideau, l'orchestre a exécuté l'ouverture de *Guillaume Tell.* — Rossini était dans le salon, et, dès les premières mesures, toute la société s'est tournée vers lui par un élan d'admiration et de sympathie dont je ne saurais rendre ni l'effet ni la spontanéité électrique.— Je ne saurais dire davantage dans quelle attitude vraiment modeste et, pour ainsi dire, résignée, Rossini a reçu ces hommages. Il se tenait les yeux baissés, appuyé sur sa canne, suivant cependant avec attention tous les mouvements de l'orchestre. — Qui pourrait dire ce qui se passait alors dans son âme, et quels souvenirs éveillaient en lui les inspirations de sa seconde jeunesse, retrouvée, à vingt-huit ans de distance, dans un pays étranger qui n'était ni la France ni l'Italie ! — Toutefois, aucune impression ne s'est dessinée sur son visage, et il a paru supporter en martyr de la gloire cette silencieuse ovation. — Le public était infiniment plus ému que lui, et j'ai vu des femmes essuyer leurs yeux.

Rossini était d'autant moins fondé à redouter les piéges de la renommée, que sa présence à Bade m'avait paru faire une médiocre sensation. — Le jour de son arrivée, on désignait à un touriste l'auteur du *Barbier de Séville.* Le touriste, très-distrait, se contenta de dire : « Montrez-moi donc l'Anglais qui a gagné quatre-vingt-dix mille francs. »

Ne riez pas trop de ce touriste : il était dans la logique. — Dans ces royaumes où règne le dieu Hasard, la gloire revient à ceux qui maîtrisent le hasard.

Ce serait le moment de faire la liquidation de la saison des villes d'eaux.

A Aix-les-Bains, il y a une histoire fort embrouillée à cheval sur la politique et la galanterie, où figurent madame de Solms, Ponsard, le maréchal Canrobert, Eugène Sue. Les journaux belges reprochent à madame de Solms d'avoir donné une fête au maréchal Canrobert. Celle-ci se défend dans une lettre très-mesurée, mais d'une logique suspecte, où elle établit des distinctions un peu subtiles. Quant à Ponsard, on lui reproche d'avoir fait des vers. Il nous semble que les poëtes ne sont pas inventés pour autre chose, et nous ajouterons que la poésie nous a toujours paru très-compromise du jour où elle avait à compter avec les partis. Vous saurez, au surplus, que cette petite ville d'Aix, aussi bien que la Suisse, se livre à des élucubrations sans fin, en prose et en vers, à l'endroit de madame de Solms. — Cette dame, par le nom qu'elle porte et ses aventures d'exil, occupe beaucoup le public.

De Bade, je n'ai plus rien à vous dire, après tout ce que j'en ai dit; — de Hombourg, où je n'ai passé qu'une soirée, peu de chose. Cette dernière ville thermale entre déjà dans sa saison d'hiver. — Les touristes amateurs l'ont désertée; il y reste les décavés et les joueurs qui viennent avec la préméditation perverse de faire sauter la banque.

C'est en Russie, présentement, qu'il faudrait aller chercher des nouvelles de Paris : — outre les correspondances officielles, les correspondances particulières sont pleines des récits merveilleux de la grande féerie du sacre. — Les détails que l'on donne sur les rubis, les topazes et les perles dont étaient émaillées les bottes du prince Esterhazy, autorisent à penser que, si ce personnage venait à Paris, il aurait quelque succès auprès des spectatrices des Folies-Nouvelles. — Même on pourrait supposer que certains bohèmes ne seraient pas fâchés de recevoir quelque part la botte du prince Esterhazy, pourvu qu'elle y restât.

Toutes ces relations sont d'accord sur l'accueil privilégié qu'ont reçu les Français à Moscou. — Je ne parle pas seulement des Français *officiels*, mais aussi des simples touristes qui s'étaient risqués en amateurs dans ce gala oriental. — Tous ont trouvé des facilités pour assister aux pompeuses cérémonies du sacre. — Que si vous me demandez qui m'a si bien informé, je vous répondrai que les bords du Rhin sont peuplés de Médées qui pleurent leurs Jasons. — On est parti ensemble de Paris; puis monsieur, laissant madame à Bade ou à Wiesbaden, a poursuivi sa route vers le Nord.

Il résulte sommairement de tous les détails qui m'ont été communiqués, que les cérémonies ont été aussi imposantes que magnifiques; que notre ambassadeur, M. de Morny, y a fait une très-grande figure, écrasant d'un luxe attique et de bon goût les boisseaux de diamants que d'autres ambassadeurs avaient semés sur leur éblouissante personne. — On ajoute que les jeunes officiers et secrétaires d'ambassade à la suite de M. de Morny ont également réussi par une attitude pleine de mesure et de retenue. Il est vrai que les Russes raffolent de nous, et que les Français sont bien plus populaires dans ce pays-là qu'en France.

C'est un fait très-remarquable, et très-digne de tenter les études et les récherches d'une plume moins frivole, que cette subite passion de la Russie pour la France, après une guerre où les intérêts et l'orgueil des Moscovites ont été également blessés. — Cela rappelle un peu les femmes qui adorent les hommes qui les battent. — Mais à Dieu ne plaise que je veuille diminuer le mérite et les conséquences politiques de cette inspiration de la Russie. — Beaucoup de tendances, depuis un demi-siècle, ont concouru à ce résultat. Notre langue, notre littérature, nos modes, tout est français en Russie, dans la partie de la population qui compte pour quelque chose. — Quand un boyard a un congé, c'est à Paris qu'il vient passer ses loisirs, et, comme il y est adoré des Françaises, il ne peut suspecter les sentiments des Français. — A la vérité, il est exposé à voir *les Cosaques*, à la Gaieté, et il faut convenir que, dans cet *ouvrage*, les Russes ne sont pas traités avec infiniment de courtoisie; mais, nous-mêmes, à Londres, nous pouvions, il y a quelques années encore, assister à la représentation annuelle de la *Bataille de Waterloo*, aimable et patriotique stupidité où l'on voyait un soldat anglais mettre en fuite la vieille garde de Napoléon.

Ces galanteries internationales ont pour correctif l'excès même de leur bêtise : — c'est un gros morceau que l'on jette aux appétits robustes des faubourgs; mais les gens d'un monde un peu élevé ne prennent pas au sérieux ces orgies du patriotisme en goguette. Nous avons pardonné aux Anglais la *Bataille de Waterloo*, les Russes nous pardonnent *les Cosaques* et tout le monde s'embrasse. Cela finira par des chemins de fer, une langue et une littérature universelles. — Dieu veuille aussi que cela finisse par la suppression des *thalers*, des *gros*, des *kratts* et autres inventions monétaires qui font le supplice du touriste.

Je dois, à ce propos, signaler quelque chose de fort gênant. —

Ayant à faire une excursion de Spa à Bruxelles, je donne au chemin de fer une pièce de 20 francs; là, j'apprends que ma pièce perd 25 centimes. — Aujourd'hui, j'ai reconduit des voyageurs jusqu'à Liége. — Là, mes voyageurs ont appris que leur pièce d'or perdait 50 centimes. — La progression me paraît inquiétante, et, dans huit jours, quand je retournerai en France, je ne serais pas étonné que ma pièce de 20 francs ne valût plus un cigare.—Il paraît décidément que l'or était une vieille superstition dont les peuples s'affranchissent.

A Bruxelles, j'ai vu la nouvelle salle de la Monnaie, dont la décoration rappelle notre Opéra-Comique, avec plus de splendeur. On jouait *les Diamants de la Couronne*. Le poëme de cet opéra a le privilége d'entretenir chez moi la vieille gaicté française. On y voit une reine de Portugal qui fait transformer en strass les diamants de la couronne, ce qui, à la rigueur, est possible.—Ce qui est bien inutile, c'est que la reine aille s'enfermer avec des brigands dans une caverne *pour surveiller l'opération*. — Voilà bientôt quarante ans que M. Scribe a l'art d'imposer au public de pareilles énormités, et cela seul suffirait à démontrer que c'est un homme de beaucoup d'esprit. Quant à la musique, je ne crois pas m'exposer à me faire gronder par mon ami Jouvin en proclamant que c'est un chef-d'œuvre. Cette adorable musique a été chantée ou chantonnée par des débutants, car on est à l'époque des débuts. — A mon entrée dans la salle, on m'a même remis un bulletin de vote pour ou contre l'admission d'une chanteuse. J'ai voté *pour* sans être convaincu; cela m'a rappelé mes votes de 1848.

Mon dernier Feuilleton.

2 octobre 1856.

Ce feuilleton sera bref et triste comme un adieu.

Lecteur, je vous quitte. — Je deviens un chroniqueur *sérieux*, sans prétention toutefois à devenir un chroniqueur ennuyeux.

Je regrette, il n'est pas besoin de le dire, le terrain que j'abandonne.

—Pendant deux ans, le *Figaro* a servi de tremplin à toutes les évolutions d'une plume qui n'a jamais connu d'autre loi que sa fantaisie.— *Figaro* était compromettant, mais il était bon prince : il admettait toutes les professions de foi, toutes les opinions et toutes les nuances.

En désertant le poste militaire que j'occupais au *Figaro*, je puis me rendre à moi-même ce témoignage, que, dans le cours de deux années de critique, touchant à toutes les vanités, à tous les noms et à tous les intérêts, je n'ai pas soulevé contre moi une seule récrimination sérieuse. J'ai mécontenté quelques directeurs, des auteurs, des danseuses et des marchands de contre-marques ; — mais personne n'a été fondé à dire que j'aie jamais manqué de loyauté et de courtoisie dans mes appréciations. — J'ai donné sur le monde des arts et de la littérature des impressions personnelles, et rien de plus. Le droit de la critique me paraît toujours exorbitant lorsqu'il prétend dépasser cette limite et s'ériger en arrêt. Le public a su distinguer et encourager mes intentions. — Énervé par les haines et les complaisances qui dominent dans la littérature, il a fait accueil à une critique sincère, sans système, sans rancune et sans servilisme. — Les artistes et les gens de lettres eux-mêmes, du moins ceux qui sont intelligents, ont fini par comprendre qu'ils avaient tout à gagner à n'être loués que dans la mesure de leur valeur. S'il en était autrement, *l'Entr'acte* aurait fait depuis longtemps la fortune de comédiens qui s'obstinent à gagner 1,800 fr. par an, après s'être montrés *passionnés et chevaleresques* dans toutes leurs créations. — C'est qu'au-dessus de tous les mensonges et de toutes les fictions des réputations à dix centimes la ligne, il y a une conscience universelle qui remet et maintient chaque homme et chaque chose à sa place.

FIN.

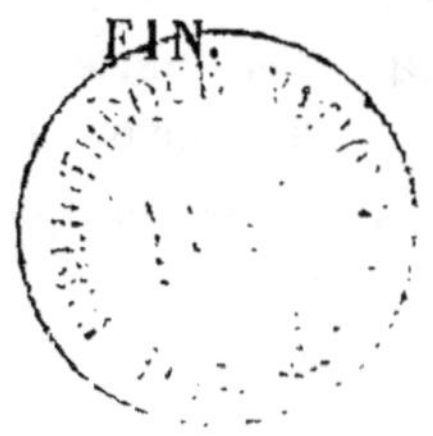

TABLE DES MATIÈRES.

I

II

III

IV

V

VI

VII

XII

XIII

XIV

XV

XVI

XVII

XVIII

XIX

XX

XXVI

XXVII

XXVIII

XXIX

XXX

XL

XLI

XLII

XLIII

XLIV

XLIX

L

LI

LII

LIII

LIV

LV

LVI

TABLE

DES NOMS CITÉS DANS CE VOLUME.

C

D

E

N

O

P

R

S

www.ingramcontent.com/pod-product-compliance
Lightning Source LLC
LaVergne TN
LVHW020558110826
845149LV00002B/301
* 9 7 8 2 0 1 4 4 8 6 3 7 7 *